中央高校基本科研业务费专项资金资助
山东省社会科学规划研究项目文丛·重点项目

王蒙文艺思想论稿

温奉桥/著

齊魯書社

序

朱德发

十几年前，奉桥读研究生时就对王蒙研究感兴趣，他的硕士学位论文即是关于王蒙文艺思想的研究，提出了一些不俗的见解，形成了独特的研究思路；后来攻读博士学位，转向了通俗文学大师张恨水的研究，出版了《现代性视野中的张恨水小说》和《张恨水新论》两部学术著作，并发表了一系列充满学术新意的张恨水研究的论文，在学界渐为人知，崭露头角。博士毕业后，奉桥来到中国海洋大学王蒙文学研究所工作，又重新回到王蒙研究中来，以新的学术视野与知识结构拥抱并透析已熟悉的研究对象，必然会有新的感悟、新的认知和新的把握。虽然从张恨水到王蒙，这个研究对象的转换不可谓不大，但奉桥研究角色的调整相当成功。从此，我接连在《文学评论》、《当代作家评论》、《文史哲》等刊物上读到了奉桥一系列研究王蒙的论文，也陆续接到了奉桥寄来的由他主编的《多维视野中的王蒙》、《王蒙文艺思想研究》、《理论与实践——〈王蒙自传〉研究》等学术研究著作。由于奉桥的勤奋努力和不断积累，他于2009年入选了“教育部新世纪优秀人才”，其研究题目仍是王蒙。摆在我眼前的这部30多万字的《王蒙文艺思想论稿》（以下简称《论稿》），是奉桥这些年来殚精竭虑孜孜以求研究王蒙的心血之作；作为导师，我由衷地为他所取得的成绩感到高兴。

读罢《论稿》，给我的突出印象是：

首先，《论稿》体现了年轻学者可贵的学术勇气。王蒙是当代文学的代表性作家，同时也是一个极为复杂的“球形发展”的作家，他不但是当代杰出的小说家，又是一个具有锐意创新精神的马克思主义文艺理论家，而且还是一个学者和文化官员，正如《论稿》开篇所言：“王蒙是中国当代文学的一个传奇，一个变数。”（以下引文皆出自《论稿》一书，不一一注出）即王蒙已经成为当代文学一个缩影和符号，具有一定的“镜像”功能，是当代中国的一种独特文学现象和文化现象。因此，对王蒙的研究在一定意义上已深化为对中国当代文学发展演变及其内在规律性的认识和研究，从王蒙身上既可以看到中国当代文学60多年的演变足迹和艰难，又可以窥到中国当代文学所处文化生态的复杂和严峻。既然王蒙有如此重要的文学史意义和学术价值，那么选取王蒙作为研究对象，正体现出作者可贵的学术眼光。但是，也必须注意到这样一个事实，即王蒙的独特身份，为研究者带来了不小的难度和挑战：如何对“王蒙现象”特别是对他丰富驳杂又充满变异的文艺思想进行深入细致的梳理和研究，成为当代文学研究界不可回避的一个课题，也是一个难题。在这个意义上，王蒙之于研究者而言，既是挑战，也是一种诱惑，甚至冒险——由于王蒙太复杂，有可能把研究者淹没——对此，我想奉桥不会没有察觉，但他还是没有回避这一切，迎难而上，这需要一种学术勇气；因为奉桥懂得，学术有时就是冒险，没有一定的探险精神，就不可能有真正的学术创新。

长期以来，特别是自上个世纪八十年代以来，王蒙研究一直是当代文学研究的一个热点，许多学者都涉猎过，并出现了数量不菲的研究成果；因此，如何不走王蒙研究的老路，另辟蹊径，开辟王蒙研究的新视域，就在一定程度上决定了这部学术著作的价值和意义。在这一点上，《论稿》没有停留在以往的对具体作品解析研读的层面，而是向王蒙文学世界的纵深和内部掘进，发现前人所未发现的新问题，得出了许多令人耳目一新的结论，体现出了强烈的创新意识。研究一个当代作家的“文艺思想”，本身就容易招致误解，甚至生发出一些险情；而王蒙更是一个极具争议的作家，这就形成了双重冒险。惟其冒险，所以才会有别样的发现和收获，《论稿》的学术价值在一定程度上源于这种冒险精神。《论稿》不仅体现出王蒙研究正在走向深化和拓展，还体现了严肃客观的学术态度。对于像王蒙这样一个具有多方面重要影响的作家，如何准确地评价他对中国当代文学的贡献，做到既不有意拔高，也不因言废人，并非易事。这一点，《论稿》做得较好，求真务实的逻辑分析判断是令人诚服的。

其次，《论稿》体现了开放的学术视野。对于王蒙这样一个复杂的研究对象，必须采取相应的研究方法和研究路径，这样才能避免复杂问题简单化。那么，如何对王蒙进行合理准确的“定位”，就成为这部著作必须面对和作出回答的问题，对此《论稿》给了我们很多启示。一是开放的学术视野，在《论稿》中表现为多维的研究视角。之前的研究大多是对作为小说家王蒙的研究，然而王蒙并非单纯的小说家，所以对王蒙的研究必须顾及其他维面，进行多维的研究。《论稿》没有拘囿于单纯的文学家王蒙，而是从文学史、思想史、文化史、学术史等方面，对王蒙进行了多维立体研究，特别是对王蒙在思想史、文化史、学术史上的贡献和意义的研究是前人所忽略的，而本书则填补并充实了这几个薄弱点。例如，《论稿》对于“王蒙与20世纪中国激进主义”、“王蒙与20世纪中国理想主义”关系的梳理，认为王蒙是“20世纪中国文学理想主义最大的质疑者、审视者和反省者”，“王蒙是一个清醒的痛苦的理想主义者”，这些说法，颇具新意。再如，把王蒙置于20世纪中国文化史视野中考察其文化思想，认为王蒙的文化思想是革命文化的当代“变奏”，“王蒙的文化‘多元化’的思想，则主要表现为对世俗、低端、非意识形态的平民化文化的认同和肯定，这实际上是对革命政治文化一统天下的反拨”，这都显示了论者的某种思想的闪光点。王元化曾提出“有思想的学问和有学问的思想”，如果一个学者能够自觉地把“思想”和“学问”相贯通相融合，哪怕这种贯通和融合并不严密，而这种学问也是真的学问，不是掉书袋式的死学问。二是表现为一种“史”的学术眼光。列宁曾说，评价一个历史人物的贡献，不是根据历史活动家没有提供现代所要求的东西，而是根据他们比其前辈提供了新的东西。所谓“根据他们比其前辈提供了新的东西”，即要求研究者应有一种“史”的视野和评价坐标。王蒙作为一个当代作家，虽属于“现在进行时”，但是对他的评价仍需这种“史”的视野。例如，《论稿》对王蒙文学史地位的评判，并没有笼统地认为王蒙多么重要，而是从20世纪中国文学现代性的视角，把王蒙与鲁迅、赵树理并列加以研究，从而得出了“王蒙是20世纪中国文学发展中的具有转折意义的代表性作家”这一结论。《论稿》认为：“王蒙以一种更富有时代感和现代性的文学规范，取代了原有的文学规范，开创了新时期文学的多元整合的文学规范的新时代，王蒙的许多独具新意的文学作品在一定意义上标志着中国当代文学尚未完全被湮没的某种自由精神、创造精神。”这是一种关于20世纪中国文学史的全新的理解和描述，论者认为正在这个文学史构架中，王蒙找到了自己的位置。

再次，《论稿》体现了一种主体建构意识。王蒙是一个极具主体意识的作家，正如奉桥在书中所言，王蒙通过他的创作“基本建立起了自己的主体话语，建立了一个独立而庞大的具有个性的文学世界、语言世界”；而在当代作家中，能够建立起属于自己的独具个性的“文学世界”和“主体话语”的作家并不多。面对这样一个大作家，研究者没有一种主体建构意识，是无法完成这一挑战性工作的。

《论稿》详细梳理了王蒙文艺思想发展流变的过程，并对王蒙如何从一个北方农村的“土孩子”，经过革命的历练和洗礼，成为“革命时代”的理想主义者，再到“后革命时代”的经验主义者的转变，进行了清晰的描述；特别是对王蒙文艺思想“实践性”、“嬗变性”以及“开放性”特征的概括，客观准确，具有科学性。特别值得一提的是，奉桥对王蒙文艺思想的研究注重系统性和整体性，而不是像有的学者那样截取一个片断或干巴巴地抽出几点，乃是多维度地有机地进行考察和归纳。例如《论稿》对王蒙既有辉煌也有失落，既有成功者的欢欣也有不为人知的痛苦，甚至那种左右为难的尴尬及其革命者心态和某种“主流”身份感的论述，具有综合把握的整体感；尤其可取的是体现出论者对王蒙的某种理解心态，不是把王蒙看做一个冰冷的“他者”，一个单纯的研究对象，而是一个有深刻理性、丰富情感、睿智才气、充满活力的生命体。这对于一个年轻学者而言，是不容易的。从整体看，《论稿》基本做到了“知人论世”，从人本与文本的结合上来洞悉王蒙，这也是本书的一个亮点。

研究王蒙的文艺思想无法回避其浓厚的革命、政治色彩，论著对王蒙文艺思想中革命与政治主题的研究，颇见深度，不时闪耀着思想的火花。例如《论稿》对王蒙政治心态即“执政心态”的发现：“王蒙的政治经历，形成了他某种‘执政心态’，也可以说是执政者价值立场”；再如王蒙与政治的复杂关系，“政治是把双刃剑，既成就了他（王蒙），也可能在一定程度上‘摧毁’着他”。这些论述都体现了研究者的发现思维机制的敏锐。论著对王蒙人道主义思想以及表现形态的探析，这是一个相对被忽视的研究领域。在当代，“人道主义”并不像其字面含义这样美好，我们曾一度把“人道主义”看做是西方资产阶级的特权和徽章，将其进行不间断的“大批判”，形成了难以逾越的“政治禁区”。奉桥冲破了这种“政治禁区”和思想拘囿，结合王蒙不同历史阶段的小说创作，从“启蒙”、“反思”、“世俗”三个维度探析了王蒙的人道主义思想的独特内涵和表现形态，认为王蒙的人道主义思想超越了一般层面，经过了一个“普泛化到高度个性化”的发展过程，具有了更深和更具时代感的内涵；并明确指认人道主义是王蒙文艺思想的“本质和灵魂”，“人道主义是贯穿王蒙整个创作过程的最核心的东西，也是最具生命力的东西”，这是对王蒙文艺思想的新概括、新认识，也是富有新意的理论判断。

《论稿》是一部充满探索精神的创新之作，是王蒙研究的新收获，不论其开放的研究思维、大胆的理论勇气或者创新的学术见解，都会对王蒙研究乃至当代作家研究起到积极的启示和推动作用。作家研究既要“入乎其内”又要“出乎其外”，而《论稿》在“出乎其外”这一点上略嫌不足，特别是对王蒙文艺思想的局限性未能充分展开，给读者留下了遗憾。不过，奉桥在现代中国文学研究界是一个有创造潜能的青年学者，尽管学术探索已有所发现有所创新有所成就，然而也有些值得反思的不足和总结的经验；只有时刻保持着清醒的理性头脑，朝着既定的高远的研究方向孜孜不倦地探索下去，依凭奉桥的才气、勇气、灵气、骨气及其永不言败的人格力量，定会在来日方长的研究征途上，攻下一个个难关，达到理想的彼岸，出色完成终生为之奋斗的学术目标。

是为序。

草于 2010 年 8 月 24 日

目录

中　编

下　编

上　编

导　言

王蒙是中国当代文学的一个传奇，一个变数，是当代文学的一个“奇才”①。王蒙是一个具有世界影响和声誉的大作家、卓有成就的马克思主义文艺理论家、杰出的文化学者。王蒙无疑是新中国以来最重要的作家之一，事实上，王蒙的影响特别是自上个世纪八十年代以来，已经超越了文学界，在思想、文化、学术等领域都有巨大的影响力。也正缘于此，王蒙同时又是当代最具争议的作家。王蒙代表了一种精神，一种永不满足、与时俱进的探索精神。可以说，在当代文坛上，王蒙就是创新的代名词。正是由于这种探索、创新精神，王蒙成为这个时代富有标志意义的作家；王蒙代表了一种传统，一种永远心怀天下、心系人民的伟大的人道主义传统，王蒙是一个伟大的人道主义者，是人民作家。他所有的作品都与人民同呼吸、共命运，因此，他又是文学上的人民的代言人；同时，王蒙更代表着一个文学时代，一个开放进取、革故鼎新的开放的文学时代。王蒙以他不朽的作品，赋予这个时代的文学以高度和深度，因此，他又是这个时代文学的良知和代表。自发表《组织部来了个年轻人》② 后，就已经注定了王蒙要在争议中走向他的文学之路。对王

---

① 张光年：《读〈王蒙论〉致曾镇南》，见曾镇南：《王蒙论》，第 1 页，中国社会科学出版社 1987 年版。

② 小说发表时改为《组织部新来的青年人》，收入 1956 年《短篇小说选》时恢复原稿题目《组织部来了个年轻人》——见王蒙《〈组织部来了个年轻人〉琐谈》；但据崔建飞先生文章：这篇小说的原名叫《组织部来了一个年轻人》，《人民文学》发表时，副主编秦兆阳把它改成《组织部新来的青年人》。当它被收入这年的《短篇小说选》时，王蒙为小说恢复了原名并删去了一个“一”字，定名为“组织部来了个年轻人”，并使用至今——见崔建飞《毛泽东五谈王蒙〈组织部新来的青年人〉初探》，《王蒙研究》2005 年 10 月号。

蒙的争议并非来自什么“不同政见者”之类，就像某些国外媒体所极力引导的那样，了解、熟悉王蒙生活和创作的人都十分清楚，王蒙永远都不是一个所谓的“异议者”，相反，他不仅是个体制内作家，而且是一个具有强烈“执政心态”的作家。王蒙的争议源于他对文学的不同理解及其创新所带来的某种不适感，源于他的文学思想的丰富驳杂，而不是其他。

王蒙通过他的创作（小说、诗歌、杂感、文论、学术研究著作等）基本建立了自己的主体话语，构筑了一个独立而庞大的具有个性的文学世界、语言世界，甚至感觉世界。在一定意义上，王蒙代表了当代文学的某种灵动的、恢宏的气象，无论你喜欢王蒙与否，他都是中国当代文坛的“这一个”。作家陈祖芬说过：“假如一个人，先给他戴右派帽子，再把他流放到新疆，再当摘帽儿右派，再当作家兼部长，再当前部长，再当文学先生，那么这个人只有——王蒙。”① 这种复杂性，凝就了王蒙的独特性、唯一性。

王蒙有一部著作叫《我叫王蒙》，然而“王蒙是谁”？其实，早在八十年代初，作家冯骥才就问道：“谁来解释清楚王蒙——这个当代文学的叛徒，不肯循规蹈矩，搞坏人们文学胃口的狂人，戏弄读者的文字魔术师？”② 十年前，龚一舟在《王蒙其人其事》中也曾开门见山地问：“王蒙，到底是怎样一种人？”作者的结论是，王蒙是一个“党内的不同政见者”③。今天，我们还禁不住要问：王蒙到底是怎样一个人？我极想给出一个简洁明了的答案，但是给不出。为王蒙画像是非常困难的。困难在于王蒙是复杂的、立体的、变化的，而不是简单的、平面的、凝定的。王蒙非常喜欢“瞎子摸象”的故事，其实，对于王蒙而言，在很多的时候我们又何尝不是“瞎子摸

① 陈祖芬：《所以他是王蒙》，《当代工人》2009 年第 8 期。

② 冯骥才：《话说王蒙》，见李扬编：《走近王蒙》，第 56 页，中国海洋大学出版社 2003 年版。

③ 龚一舟：《王蒙其人其事》，《中流》1997 年第 1 期。

象”？王蒙自己也在问：“我究竟是谁?”① 他回答说：“王蒙其实很简单，他自幼参加了革命，他对待革命充满理想主义的憧憬，他的理想有时碰壁，但是他并不因为理想主义的不完全成功而干脆否定革命的初衷与实践。……王蒙经历了考验，一次次付出了代价，他从来与中国的老百姓中国的贫瘠而又亲爱的土地在一起，与中国的知识分子、干部、中国社会的中坚力量，实实在在地干事业、办好事的人在一起，也是和对于中国怀有善意的理解与祝愿的朋友们在一道，有福同享，有难同当。”② 王蒙也曾自嘲：“王蒙是‘现代派’的风筝。王蒙是停留在50 年代的古典。是幽默。是象征。是荒诞。是始终坚持现实主义。是永远的少共布尔什维克。是乡愿。是尖酸刻薄。是引进西方的艺术手法食洋不化。是党官。是北京作家群的‘哥儿们’。是新潮的保护人。是老奸巨猾。是智者。是意识流。是反官僚主义的先锋。是一阔脸就变。是儒。是老庄。是魔术师。是非理性。是源于生活。是‘三无’（无人物、无情节、无主题）……”③ 所有这些注定了王蒙永远都是个富有争议的作家，因为他背离了太多的中国社会以及文学的“传统”，他总是“不安分”：“我的为官冲淡了我的地地道道作家身份。我对于王朔的‘躲避崇高’的评论冲淡了我的主流意识形态的最后一个理想主义者（语出香港《大公报》与《文汇报》）的形象感。我的荒诞冲淡了我对于现实的关注。我的不放弃进言冲淡了我的飘逸潇洒。我的飘逸潇洒与灵活冲淡了我的执著与愚勇、还有我的敢为天下先的食蟹胆量。我的政论、学（术）论与杂文冲淡了我的小说。我的小说冲淡了我的诗歌。我自己的活人故事冲淡了我构筑的文学故事。我的头衔冲

① 王蒙：《王蒙自传》第二部《大块文章》，第 221 页，花城出版社 2007 年版。

② 王蒙：《王蒙自传》第二部《大块文章》，第 227 页，花城出版社 2007 年版。

③ 王蒙：《蝴蝶为什么得意》，《王蒙文存》第 21 卷，第 96 页，人民文学出版社 2003 年版。

淡了王蒙的真身。我的幽默与恶搞冲淡了我的感动。我的谈笑风生冲淡了我的眼泪。我的古典文学研究冲淡了我的翻译。我的周游列国冲淡了我的老土情深。”① “我说得写得太多，太快，太淋漓，风格太宽，战线太长，自诩又太高。太多了如同杂乱，叫人晕乎，用王安忆的话说，是自己冲了自己。太快了只如匆匆掠影。你没有给读者留下消化与反刍的时间。太淋漓了如同相声，……太宽了叫人摸不着门，找不到北，一头雾水。太高了最多是鹰击长空，增加的是距离，减少的是亲切。”② “人就是要读万卷书，行万里路，识万种人，做百样事，懂百样道理千样行当万种风物。老王就是游了太多太多，看了太多太多，开眼了太多太多，探险了太多太多，获救了太多太多，遇难遇了太多太多，呈祥又呈了太多太多，才成了今天的老王的。我观了景，我审了美，我碰了壁，我有见又有了点识。我陶醉，我歌唱，我少年得志，我低头认罪，我落入泥沼，我凌风抱月，我入地狱（我不入谁入?）我上天堂，我狼狈憔悴，我富贵荣华，而富贵于我如浮云!”③ 王蒙总是追求着不同，他总要标识出自己，他害怕被淹没，失去自己，正如他自己所言：“不同，这就是我。”④ 这其实是王蒙的“自画像”。

在中国当代作家中，无论是就创作、才华、思想，还是境界、胸怀、眼光而言，王蒙都体现出了一个大作家的精神气象。除了“反右”、“文革”期间，可以说王蒙一生都是“高调”的，站在前台，有时处于漩涡中心，有时处于风口浪尖，成为文学界、文化界关注的一个焦点。称王蒙为中国当代文学的“常青树”，似不为过。王蒙是当代文坛上少有的“多面手”，大的方面，跨政治、文学两

---

①② 王蒙：《王蒙自传》第三部《九命七羊》，第 343 页，花城出版社 2008 年版。

③ 王蒙：《王蒙自传》第一部《半生多事》，第 224 页，花城出版社 2006 年版。

④ 王蒙：《关于当代文学的问答》，《文艺研究》2009 年第 2 期。

界；创作方面，文学、学术、翻译外，更是涉猎几乎小说（长篇、中篇、短篇、微型）、诗歌（新诗、旧体诗、散文诗）、散文、杂文、报告文学等各类文体。因此，似乎没有另一个当代作家比王蒙更复杂，更难以把捉，更难以言说。他是中国当代文坛上的一只翩翩飞舞、自由自在的“蝴蝶”，你永远都无法捕捉它的全貌，你只能看见它彩色翅膀的一闪。他的智慧，他的敏锐，他的激情，他的幽默，甚至他的痛苦，他的内心的煎熬和不被理解，都是“王蒙式”的。同时，王蒙曾说，自己是个“历史化”的人，是他生活的那段“历史”的产物。理解王蒙，在一定意义上也就是理解当代中国文学、当代中国社会。

诗人邵燕祥曾说：“中国只有一个王蒙，不是太多，而是太少！”其实，一个王蒙足矣。王蒙不可复制！

第一章　辩证的文艺主体论

王蒙是个复杂的存在。王蒙首先是个复杂的文学的存在。然而他的意义又不仅仅限于文学，王蒙的意义不是纯文学的。他的思想的复杂性、深刻性，甚至矛盾性，在某种程度上可以说是我们这个时代的缩影。八十年代对于中国作家而言，是一个“狂欢的季节”，对于王蒙，则尤其如此。王蒙这只当代文坛的“大蝴蝶”①，在八十年代终于“化蛹为蝶”，振翅高飞，它上下翻飞而又自由自在。他身居官位，又厕身民间；他极力反“左”，又因倡导“意识流”小说而多招非议；情感上，他痴迷地留恋着那曾经失去的豪情满怀如花似玉的青春岁月，理智上，他又叹息着“一切美好的东西是何等地脆弱”；他力倡“宽容”、“恕道”，又往往与某些意见相左者冰炭不容；他承传了伟大的人道主义情怀，又对“人文精神失落说”不以为然。在许多人眼里，他是新奇怪异的代表；在知情人眼里，他却是一个九死未悔、矢志不移的赤子。王蒙可能不是当代最伟大的作家，也可能不是当代最杰出的思想家；但是，在当代又有哪一个作家能比他更充分地体现了我们生活的这个时代？他们那一代人所经历的激动、兴奋、希望、惶惑、痛苦、叹息，又有谁能比王蒙感受得更深切、认识得更深刻？唯其如此，王蒙研究才成为新时期文学研究的热点。透过王蒙，我们可以了解新时期文学发展嬗变的整个

---

①　王蒙：《蝴蝶为什么得意》，《王蒙文存》第21卷，第97页，人民文学出版社2003年版。

过程。王蒙的文学创作正是“在一定历史条件冲击下感生的文学原子核裂变现象”①，王蒙就是一部缩写的中国当代文学史。

第一节　唯物的反映论

作为中国当代卓越的马克思主义文艺理论家，王蒙对具有中国特色的当代文艺理论的建构，作出了自己的贡献。虽然在许多人眼中，王蒙是“现代派”在中国的代言人，但王蒙的文艺理论体系之所以能够立得住，没有被攻破，首先在于王蒙坚持了马克思主义文艺理论的基本前提、基本原则，即坚持了马克思主义的唯物辩证法，坚持了辩证的文艺反映论。

王蒙的文艺思想是极为复杂的。既有中国古代“文以载道”（即济世传统）的思想，也有鲁迅的深刻的现实主义思想，也融合了前苏联文学博大的人道主义情怀，甚至某些西方现代主义文学思潮，形成了一个充满活力的、多元开放的理论体系。在这个理论体系的形成发展过程中，王蒙始终坚持了马克思主义辩证的文艺反映论。无论是五十年代的小说创作，还是八十年代的“意识流”小说，以至于九十年代的“季节系列”小说，都没有偏离马克思主义辩证的文艺反映论，是对马克思主义文艺思想在新的时代的丰富和发展。

唯物主义的反映论是马克思主义的基本内容，也是马克思主义文艺思想的哲学基础。“文艺是生活的反映”，这是马克思主义文艺思想的基本命题。马克思主义经典作家认为，文学艺术和科学、哲学、宗教一样都是精神活动，都是对客观世界的一种认知方式，都是从不同的角度对客观世界的反映形式，因而都是客观世界的产物。所以，艺术活动遵循着人类认识活动的一般规律；而艺术之所以区别于科学、哲学、宗教，还在于它是以审美的形式认知世界、掌握

① 徐怀中：《跟随着时代前进的步伐——致王蒙同志信》，《文学评论》1982 年第 3 期。

世界。因而它又遵循着这一审美形式的特殊规律。艺术活动实质上是人类对世界的一种特殊的认知把握过程，即对世界的审美反映和审美把握，是一种发现美、创造美的活动。所以，客观世界不仅是人类一切认识活动的本源，也是艺术创作的唯一源泉。“作为社会形态的文艺作品，都是一定的社会生活在人类头脑中反映的产物”，唯物主义的反映论是王蒙文艺思想的哲学基础。

在王蒙的整个文艺思想体系中，虽然他一贯十分强调作家的主体创造性——这形成了王蒙文艺思想的显著特色，但他始终都坚持着马克思主义唯物反映论，坚持着生活第一性与“文学是对生活的一种发现”的观点，坚持着“一切创作来自生活”与“生活是文学的最大的参照系”① 的观点。王蒙始终坚持着马克思主义唯物论的反映论思想，从来就没有丝毫偏离过。王蒙在《红楼启示录》的《情与政》一节中，由“宝玉照镜子”一节引发了这段议论：

> 人的意识的基本矛盾一是主观与客观的联结与分离，自我与世界的联结与分离。由是而生种种的哲学与科学。二是此岸与彼岸的联结与分离，生命的短暂与感悟的无限的联结与分离。……由是而生种种的宗教、哲学、艺术。三是灵魂与躯体的联结与分离，由是而生种种的喟叹，种种的艺术与宗教。而在这三大矛盾中，自我是主体，这是不错的，但自我同样可以观察自我，省视自我，反思自我。这后面的三个“自我”便又变成了对象，变成了客体，变成了被一个超脱的、与无限的世界与灵魂契合的自我怀着悲悯与智慧所面对的渺小的个体。这也就是说，人的意识不仅在于主观与客观的分离，而且在于主观与主观的分离；不仅在于自我与世界的分离，而且在于自我与自我的分离；不但有灵魂与肉体的分离，而且有灵魂与灵魂的分离……说到底主观仍然是客观的一部分，自我是世界的一部分，

---

① 王蒙：《关于创作的通信》，《王蒙文存》第21卷，第56~59页，人民文学出版社2003年版。

此岸是彼岸的一部分（是序幕或者插曲或者变奏）。灵魂是肉体的一部分（能量或者升华或者特性）。反过来说，客观是主观的材料，世界是自我的舞台，彼岸是此岸的想象（恐惧或者向往），肉体是灵魂的暂时依托，自我和世界都是一分为二、互相关照又自相关照的。①

王蒙的这段话虽然不是直接谈文学的，但它相当集中地体现了王蒙对文学问题的基本思想。其中有两点需要注意：一是一切的文学、艺术、宗教、哲学、科学，都是"人的意识"的表现形式，都是"人的意识的基本矛盾"的表现形式，都起源于"主观与客观，自我与世界，此岸与彼岸"的"联结与分离"；但主观、自我、此岸等归根结底又都是客观世界的派生物，离开了客观、世界、彼岸，也就无所谓主观、自我、此岸，也就没有了文学、艺术、宗教、哲学、科学等人类的意识形态。二是自我与世界、主观与客观，又都是一分为二的，互相关照又自相关照。自我、主观既是关照的主体，同时它们也是关照的客体。在这里，王蒙既看到了主观与客观、自我与世界的分离和联结，同时也看到了自我与自我、主观与主观的分离和联结。王蒙对于文学的"客体"的理解要比我们仅仅将其看做是客观物质世界在范围上要广大得多，更具有包容性和开放性。王蒙说："现实不仅仅是社会生活、阶级斗争、政治斗争，现实里也包含着个人的精神世界。人和人之间不仅仅是社会关系，也还有其他关系，男女的关系、性的关系、代的关系，还有许多属于人的精神世界范围的东西，既和现实分不开，本身也构成现实的一部分。"②

在这里，人的内心世界并不是与现实生活相对立的，而是它自身就是"现实世界"的一部分。实际上，王蒙澄清了一个重大的理论命题。长期以来，我们在对马克思主义"文学是对生活的反映"

---

① 王蒙：《王蒙文存》第 18 卷，第 92 页，人民文学出版社 2003 年版。

② 王蒙、王干：《王蒙、王干对话录》，《王蒙文存》第 20 卷，第 213 页，人民文学出版社 2003 年版。

这一命题，在理解上存在着偏差，我们往往把这里的“生活”理解得过于褊狭，有时甚至就是政治斗争、阶级斗争，完全排斥了人的内心世界与意识、精神领域，这样就导致了在文学创作中不敢面对和描写人的内心世界。王蒙曾大胆地批驳了“只有没落阶级才表现人的内心世界”的观点，强调文学既要面向外部世界，同时也要反过来面向内心世界；自我内心世界不但不是文学表现的禁区，而且是文学表现的无限丰富广阔的天地。

王蒙曾不止一次地强调“首要的问题仍然是文学和生活的关系”，“严重的问题是深入生活”。① 王蒙说过，“从来不怀疑，也不否认文学是生活的反映”，“生活是创作的谜底”，认为“来自生活，反映生活并转过来作用于生活，这便是我们必须坚持和发展的现实主义的基本前提，也是我们有别于一切主观唯心主义、非理性主义的文学思潮的界限所在”②。王蒙多次表达过：文学只能来自生活，只有生活才能产生文学，文学本身并不能产生文学。他强调指出，在生活中发现文学，而不是脱离现实生活凭空胡编乱造，离开了现实生活，文学就离开了它赖以产生的最坚牢的根基。熟读文学书籍不会产生文学。只有生活才是文学创作的唯一来源。王蒙甚至语重心长地劝告那些一味“文学”的人：“一定要努力生活在非文学的生活环境里，如果，周围都是文学的话，有时是一种危险，如果只能从文学到文学，那么文学就要枯萎，就要真的‘腻歪’起来了。”③ 在文学与生活这个既简单又令无数文艺理论家头疼的问题上，王蒙始终坚持“生活是本体”这一基本出发点，始终坚持了文学与生活的“统一性”，他说：“宇宙的统一性和世界的统一性、整体性、共

---

① 王蒙：《生活呼唤着文学》，《王蒙文存》第 23 卷，第 270、272 页，人民文学出版社 2003 年版。

② 王蒙：《生活呼唤着文学》，《王蒙文存》第 23 卷，第 274 页，人民文学出版社 2003 年版。

③ 王蒙：《小说家言》，《王蒙文存》第 19 卷，第 236 页，人民文学出版社 2003 年版。

同性决定了艺术的统一性、整体性、共同性与可比性、可交流性。不管把艺术吹得多么玄抬得多么高，艺术来自宇宙—世界，艺术是宇宙—世界的一部分，因为认识宇宙—世界的一部分，艺术的本体不是、不仅仅是一个封闭的艺术本身，而是、而且是宇宙—世界的本体的一部分，艺术的本体与宇宙—世界的本体相通。这种本体是不论如何花样翻新，都是宇宙—世界—艺术本体这棵生生不已的大树上所结的果。”①

关于生活和倾向的关系，王蒙说：“生活是第一性的，倾向是第二性的，是生活决定倾向，而不是倾向制造生活。”② 新时期以来，王蒙可以说是打破旧有的束缚作家头脑的条条框框的急先锋，他充满热情地呼唤着文学的试验和创新，并率先大胆地引进了“意识流”的创作手法。他之所以没有陷入非理性主义的泥潭，而是充分显示了一个文学创新者的胸怀和胆识，就在于他很好地坚持了“一切艺术探索不能离开生活”③ 的观点；同时王蒙提出，文学本身并不能产生文学，文学的魅力是生活的魅力的浓缩、再现和反映。王蒙从来就没有把作家的主体创造性强调到可以脱离现实生活的所谓纯主观的创造状态。在他的一系列文章中，他多次使用了“生活依据”、“生活的力量”、“生活经验”、“生活气息”等字眼，由此可见王蒙对“生活”这一创作源泉的尊重和重视，他多次强调说，艺术家的想象从根本上而言来自生活，同时，又是对生活的挑战和突破，生活哺育着艺术家，限制着艺术家，却又提示着种种的可能。

王蒙十分强调艺术上的大胆探索和形式技巧上的创新，但他同时也认为，任何的探索和创作都是现实生活的产物，都是生活发展

---

① 王蒙：《红楼启示录》，《王蒙文存》第18卷，第62页，人民文学出版社2003年版。

② 王蒙：《生活·倾向·辩证法和文学》，《王蒙文存》第23卷，第46页，人民文学出版社2003年版。

③ 王蒙：《文学现状断想》，《王蒙文存》第23卷，第100页，人民文学出版社2003年版。

的内在需要和来自生活的“提示”，而不是脱离现实生活，更不是凌驾于现实生活之上的。所有艺术形式的产生和艺术技巧的翻变，都有其内在的依据，都有其内在的必然性。艺术形式、技巧与生活相比，毕竟还是第二性的东西。王蒙说：“生活是水，形式与技巧是船，有了水，船才能浮起和行进，水深才能行大船，没有水，船就会搁浅、生锈、变成废铜烂铁。”① “探索也好、创新也好、形式也好、技法也好，这一切必然深深地扎根于本民族的生活之中。正是生活本身给人以启发和提示，使鉴赏和吸取古今中外一切有益有用的艺术表现经验成为可能。”② “复杂化了的经历、思想、感情和生活需要复杂化了的形式……我上下古今中外以求索，求索的目的仍然是创作中的‘我自己’。我不否认我有所借鉴，不仅对外国文学有所借鉴，而且还对李商隐和李贺的诗，对侯宝林和马季的相声有所借鉴，但是，我的试作的形式仍然来自我脚下的土壤、我们自己的生活。首先是我们的生活复杂化了，节奏加快了，尔后我的小说才变得多线条和快节奏了的。”③ “当代中国文学中的现代主义思潮并非来自对西方现代主义的简单模仿，其根本动力来自于文学内在的创新冲动，某种意义上还是现实主义深化的结果。”④ 但王蒙这里所说的“生活”，与我们通常所理解的现实的物质的世界不同，还包括精神生活。也就是说，文学除了反映现实的外在的物质的世界外，还同时反映个体的内在的精神世界。本来文学反映的“生活”包括物质和精神两个方面，是马克思主义反映论的题中应有之意，但长期以来我们只承认或更强调的是前者，对“精神生活”的一面，则

---

① 王蒙：《生活呼唤着文学》，《王蒙文存》第 23 卷，第 274 页，人民文学出版社 2003 年版。

② 王蒙：《生活呼唤着文学》，《王蒙文存》第 23 卷，第 273 页，人民文学出版社 2003 年版。

③ 王蒙：《我在寻找什么?》，《王蒙文存》第 21 卷，第 27 页，人民文学出版社 2003 年版。

④ 陈晓明：《表意的焦虑》，第 306 页，中国编译出版社 2002 年版。

有意回避。王蒙重新赋予了“生活”全面内涵，因此，王蒙强调文学应该将面向世界（客观世界）和面向内心（主观世界）结合起来，这样就拓展了文学表现的视阈和对象，也为那些侧重于描写人物内心世界的作品取得了“豁免权”或“准生证”。还有，王蒙针对具体创作过程中出现的过于强调“生活的心灵化”从而贬低了生活作为源泉和第一性的倾向，提出了“心灵的生活化”，他认为，创作的过程实际上是二者的逆向互动的过程，任何的主体性都要依附于生活，并要求生活的参与，他说：“生活是心灵的关照的对象，又是造就心灵的土壤，而心灵的活动，心灵的多流与冲撞，无不依附于一定的生活依据与生活样式。”① 王蒙从生活、心灵、创作的具体过程出发，谈论生活之于创作的本体意义，无疑要远比笼统的“生活决定文学”的观点，更深入，更具体，更“专业”，更符合文学创作的规律。

王蒙提出了“文学的本体”的概念，但是王蒙的“本体”又不同于我们通常所说的文学本体论，甚至相反，在王蒙看来，“文学的本体”首先是指文学赖以产生、发展的根据——宇宙、自然、世界、人生、社会、生活、人类的精神世界，以及古今中外所有的文学作品。王蒙认为，现实生活才是文学的首要的“本体”，而文学观念等则是这一“本体”的产物。

就现实主义大的原则而言，王蒙认为现实主义的基本精神是“来自生活，反映生活，为了生活”②，但具体到“反映生活”，王蒙一般不笼统地讲文学反映生活，他更喜欢用诸如文学源于内心的体验、内心的经验之类说法，这一说法避免了“文学反映生活”的直白和直接，更为接近于文学的特点。王蒙说：“有一种力量，它可以

---

① 王蒙：《学文偶拾》，《王蒙文存》第 23 卷，第 131 页，人民文学出版社 2003 年版。

② 王蒙：《漫谈小说创作》，《王蒙文存》第 19 卷，第 89 页，人民文学出版社 2003 年版。

超出一时一地的局面，这就是生活的力量。”[1] 因此，王蒙认为在创作上“面向生活，面向群众，面向民间，似可通经络，可调寒热，可免积食成痞，可防中虚受风”[2]。与此同时，王蒙认为文学作为一种精神活动的创造物，好的文学作品不是“惨淡经营”出来的，而应该是一个“先验的存在”，它具备宇宙本体所具备的一些特性如原生性，他说：“最好的小说，都是最逼近宇宙本体的小说。”因为，你在这个小说中看到的是整个宇宙、整个世界。文学是个自足体，“文学像生命一样，具有孕育、出生、饥渴、消受、蓄积、活力、生长、发挥、兴奋、抑制、欢欣、痛苦、衰老、死亡的种种因子、种种特性、种种体验”[3]，这又避免了机械的决定论。

王蒙的这些论述，可能在今天看来并不新鲜，但是在当时的历史条件下，尤其是极“左”思潮在文坛上并没有被完全扫除的时候，却显示了一个马克思主义文艺家的理论勇气和胆识。这对于在文坛上恢复马克思主义的文艺反映论起了积极的推动作用。

第二节　辩证的主体论

王蒙的文艺思想之所以是个充满活力的开放体系，不仅在于他坚持了马克思主义唯物的反映论，更在于它鲜明的辩证主体论的色彩。在一定程度上，王蒙在八十年代担当了中国当代文学的“监护人”和“清洁工”的角色。作为中国当代文学的“监护人”，也即是他所说的“桥梁”和“橡皮垫”的作用，作为“清洁工”，他对许多教条主义的文学“教义”进行了系统的辨析和清理，为中国当

---

① 王蒙：《止于流血　止于画龙》，《王蒙文存》第 21 卷，第 128 页，人民文学出版社 2003 年版。

② 王蒙：《〈回娘家〉模式的意义》，《王蒙文存》第 17 卷，第 24 页，人民文学出版社 2003 年版。

③ 王蒙：《文学三元》，《王蒙文存》第 23 卷，第 174～175 页，人民文学出版社 2003 年版。

代文学廓清了许多思想迷雾，从而也建立了自己独具特色的文艺理论体系。

七十年代末八十年代初，许多小说之所以“火”，部分原因是由于题材上“闯禁区”的结果，如刘心武的《班主任》等。然而，王蒙并没有走这条路，王蒙的“火”，则是闯了另一个更大的“禁区”——艺术上的“禁区”。因此，在一定意义上，中国当代文学也是在打破一个个“禁区”中走向繁荣和发展。这其中，王蒙扮演了一个探险家和引路者的角色，他就像是一个排雷战士，走在了前面，为中国当代文学特别是新时期文学趟出了一条新路。

一段时期以来，人们在谈论文学与生活的关系问题时，都自觉不自觉地过多强调了生活对文学的决定作用，而较少重视创作主体的能动性。一说到反映论，就好像是直观的机械的忽视主观精神甚至反主观精神的，甚至等同于模仿论，这实在是对马克思主义反映论的误解。事实上，马克思主义在强调生活对文学的决定作用的同时，丝毫没有削弱创作主体的能动作用。马克思主义反映论与旧唯物主义反映论的一个根本区别，就是马克思主义者在唯物论的基础上充分强调了“人”的作用，即人的主体创造性。马克思主义反映论本身就内含着主体性的思想，确立了人在认识过程中的主体地位。早在《1848 年经济学哲学手稿》中，马克思就充分强调了人的生活活动的自由、自觉的特性，“人不仅像在意识中那样理智地发现自己，而且能动地、现实地复现自己，从而在他所创造的世界中直观自身”①。在《〈资本论〉第一卷第二版跋》中，马克思提出了著名的“观念的东西不外是移入人的头脑并在人的头脑中改造过的物质的东西而已”的观点。可见，从主体性的角度来探讨反映论是马克思主义认识论的重要特色。新时期以来，作家面临的一个根本问题就是冲破各种条条框框的严重束缚，将作家从极“左”

---

① 《马克思恩格斯全集》第 42 卷，人民出版社 1979 年版。

的教条主义思想中解放出来，充分发挥作家的主体创造性。王蒙是深切地感受过极“左”思潮的毒害的，所以新时期以来在恢复文学的现实主义传统中，较早地在文坛上提出了文学创作主体性的问题。

充分肯定作家的主体创造性，是王蒙整个文艺思想体系中最具活力的部分，王蒙也恰是在主体性这一点上建构了他文艺思想的大厦。针对文学上创作的机械论，王蒙强调的是文学作为一种“创造物”的独特过程，即文学是一个创造的过程，而这个过程并非完全是“按既定方针办”，在这个创造过程中，渗透着强烈的主体色彩，同时有自己的独特性和规律，“思想吸引着思想，形象推动着形象，语言挑动着语言，激情激动着激情，鲜活感生发着鲜活感”①，文学“重感情、重直觉、重灵感、重突破超越横空出世、重个人风格的独特的不可重复性、无定法性”②。王蒙在强调生活之于作家和文学的唯一性的同时，警告说切莫把生活和文学变成“互不贯通的死水两潭”③。那么把生活和文学贯通起来的力量是什么呢？王蒙认为是作家的主体创造性。创造就是“从现实生活的记忆里，飞跃到想象的艺术的世界里”④，再进一步问，如何才能完成这个“飞跃”过程呢？王蒙的回答是“精神的奔突”，特别是“大胆的、奇突奔放”的想象，以及激情和作家的“人格力量”。文学作为一种“艺术”，它是感受和想象的艺术，“文艺是一个民族的敏感的神经，是最富于创造力、想象力、探索精神、才华智慧和内在激情的文化载体，是

---

① 王蒙：《作家是用笔思想的》，《王蒙文存》第17卷，第34页，人民文学出版社2003年版。

② 王蒙：《谈学问之累》，《王蒙文存》第17卷，第49页，人民文学出版社2003年版。

③ 王蒙：《致习作者》，《王蒙文存》第21卷，第341页，人民文学出版社2003年版。

④ 王蒙：《当你拿起笔……》，《王蒙文存》第21卷，第167页，人民文学出版社2003年版。

思维定势、唯书唯上的教条主义的天敌”[①]。因此，他认为文学具有“非群体意识”的特点，“没有个性就没有创造”。王蒙在谈论文学创作时更喜欢使用的字眼是灵感、热情、想象、趣味、游刃有余、行云流水、妙手偶得、神来之笔等，这其实就是文学的主体性、创造性表现的一个方面。

在中国，“主体性”之类的概念一直带有“异端”色彩，特别是新中国成立以后的历次文学运动，加剧了人们对这类词语的恐惧心态，甚至人们像躲避瘟疫一样地躲避着“主体性”、“个性”、“人性”、“人道主义”等概念，如果一个作家与之沾边，那是相当麻烦的事情，因为我们早已把这类词语送给了资产阶级，无产阶级作家是不谈也不屑于谈这类概念的。这实际上把我们自己的文学理论和创作置于相当被动的境地，有点作茧自缚的味道。从文学史的角度讲，文学上的这种“作茧自缚”，从上个世纪三十年代即伴随着左翼文学逐渐主流化，这种理论上的机械唯物论、教条主义不可避免地成为了中国当代文学的客观存在。

20 世纪中国文学的一大传统就是“左”，这是我们必须面对的事实。这种“左”的文学传统从三十年代即已开始，如果说“三十年代的‘左’，是中国的‘文以载道’的传统和苏联引进的‘一切文艺都是宣传’和‘文艺是党的传声筒’的结合”[②]，那么，新中国成立以后的“左”则又加上了新的内涵和质素：更为急功近利的考量。“左”的影响在文艺界根深蒂固，如文艺从属于政治、文艺为政治服务，这一口号早在 1980 年 1 月邓小平在《目前的形势和任务》中就明确指出：“我们坚持‘双百’方针和‘三不主义’，不继续提文艺从属于政治这样的口号，因为这个口号容易成为对文艺横加干

---

① 王蒙：《为了民族的生机》，《王蒙文存》第 21 卷，第 423 页，人民文学出版社 2003 年版。

② 夏衍语，见李子云：《往事与今事》，第 48 页，浙江文艺出版社 1998 年版。

涉的理论根据，长期的实践证明它对文艺的发展利少害多。”① 1980年11月26日，《人民日报》又发表了《文艺为人民服务、为社会主义服务》的社论，明确指出：“为人民服务、为社会主义服务，这个口号概括了文艺工作的总任务和根本目的，它包括了为政治服务，但比孤立地提为政治服务更全面，更科学。”但是，突破这一观念的拘囿并非易事，许多人甚至对不再提“文艺从属于政治，文艺为政治服务”的口号，“感到不理解”②。事实上，文学史无法完全脱离开“主体性”、“个性”、“人性”、“人道主义”，因而，真正改变文学观念、文学理论上的这种教条主义，并非简单的一朝一夕的事情。鲁迅曾说，在中国搬张桌子都要流血，更何况是一种文学观念和理论的改变呢？

“主体性”在中国长期不受待见，但我仍要说，王蒙文艺思想的一个核心的概念就是“主体性”——尽管王蒙自己也尽量不用“主体性”之类的带有刺激性的字眼。王蒙较早地在文学领域恢复了“人”的存在，并在很大程度上恢复了文学的主体性内涵，这是王蒙对当代文学最大的贡献。中国当代文学由于各种原因，基本上可以说是无“我”甚至是反“我”的文学，尽量抹去作家的主体性存在，基本上看不出作家的个性。从七十年代末起，王蒙在当代文学中开始恢复“我”的存在，这主要表现在作家的主体性方面。王蒙曾指出，在20世纪中国人的思维中存在着许多有趣的怪现象，就是“廉价的两极论”，一种“绝对化的形而上学”思维，即把很多本来并非对立的概念人为地对立起来，走极端，王蒙对这种思维上的“廉价的两极论”，深为警惕，并作出了批判：

> 不是革命就是反革命，不是英雄就是魔鬼，不是一片光明

① 邓小平：《目前的形势和任务》，见《邓小平文选》（1975～1982），人民出版社1993年版。

② 周扬：《文艺界党员领导骨干学习讨论会小结》，见顾骧：《晚年周扬》，第158页，文汇出版社2003年版。

就是一片黑暗，不是皆大欢喜就是统统灭亡，不是大获全胜就是一败涂地，不是大跃进就是大倒退，不是全盘西化就是国粹神圣……多年来，我们在政治上、哲学上、文学艺术上受这种绝对化的形而上学之害还少吗？不承认事物的中间状态，不承认“中间人物”，不承认量变和改良，不承认团结和平衡，不承认轻音乐、无标题音乐和音乐的某种程度的抽象性，不承认无害作品和娱乐性，这种两极化的形而上学多少次使我们面对社会现象和文艺现象陷入窘境！①

这种“廉价的两极论”，制造了很多文学上的悖论，那就是王蒙指出的文学讨论中的“AB 制”：

反右时 A 组角色要上：倾向性、上层建筑、重大题材、写英雄人物、社会意义、社会效果；这些概念属于 A 组。与它相对的是 B 组：倾向性不上就上真实性，上层建筑不上就上生产力是决定性因素，重大题材不上就上题材多样化，英雄人物不上就上各种各样的人物……其实 A 组和 B 组并不是相矛盾的，比如真实性与倾向性并不矛盾，但我们老是争论不休，好像争论吃饭与喝水哪个重要，时而反复阐述一个原理：不吃饭就不能生活，谁反对这个道理，就是没有理。过些日子，风向一变，又会说：光吃饭不喝水行吗？需要喝水，这是颠扑不破的真理，又大声疾呼。②

除了以上悖论，还有例如客观与主观、真实与虚构、生活与意识等，总是在这些概念之间绕来绕去，“绕”了近百年，也没有“绕”到文学自身。在这种绕来绕去的过程中，“主体性”也是一个被这种“廉价的两极论”所牺牲掉的概念，因为囿于诸多

① 王蒙：《生活、倾向、辩证法和文学》，《王蒙文存》第 23 卷，第 45 页，人民文学出版社 2003 年版。

② 王蒙：《探索断想》，《王蒙文存》第 21 卷，第 306 页，人民文学出版社 2003 年版。

的因素，我们似乎强调得更多的是与“主体性”相对立的另一“极”。

恢复“主体性”这一长期被压抑被忽视的一“极”，成为新时期文学发展的首要任务。从左翼文学乃至革命文学发展传统而言，对这一问题进行较为深入探讨的过程中，有两个标志性人物：一个是胡风，一个是王蒙。胡风和王蒙，在中国20世纪文艺理论建构中，留下了自己的声音，作出了独特的贡献。在20世纪中国文艺理论史上，我们不应该忘记这两个名字。新中国成立后胡风的遭遇，在一定意义上是由他独具个性的文艺理论引发的，但是，胡风的文学理论并没有完全被消灭——事实上，一种理论特别是一种道出了某种事实和真相的理论，是不会被轻易消灭的。胡风的文艺思想极为丰富，其核心的意思实际上就是发扬作家的主观能动性，也即主体性，胡风的主体性凝结成一个独具个性的概念就是他的“主观战斗精神”；王蒙的主体性，其核心内涵是“创新”，因此，创新就成为了王蒙文艺思想的精髓，创新是王蒙文艺思想中最核心的概念。从胡风四十年代的“主观战斗精神”，到王蒙八十年代的主体性“创新”理论，构成了20世纪中国左翼文学的另类性存在，构成了中国文艺理论的另一条线索。

“另类”，是相对于“主流”而言，其本身并不应带有价值判断性质。事实上，王蒙的主体性理论是时代发展的必然要求，也是中国当代文学畸形发展的必然产物，套用王蒙评价王朔的话：那是不合理时代的合理产物。重提文学的主体性问题，也可以看做是文学上的“拨乱反正”，只不过是这个“正”长期处于被压抑被漠视的地位而已。

王蒙多次说过，作家应该首先是个思想家，是个有头脑的人，作家的智慧、激情、胸怀和人格力量构成了文学的主体性内涵。王蒙特别强调作家的“精神能力”，以及“穿透生活的眼光”，他说：“我老觉得文学有一种境界，到了这一境界，……你不会想到语言、想到技巧，不会想到什么现代感，也不会想到深度，而到了那样迸发的时候好像只剩下作家赤裸的灵魂和赤裸的心，这样一种冲撞、搏斗，或者这样一种拥抱。"① 王蒙说："掏出你的心，敞开你的灵魂，发出你的呼号，才有真的人生，真的爱情，真的文学。"② 我们可以发现，构成王蒙文艺创新理论的"关键词"主要有这些：思索、探求、发现、发展、试验、创造、想象、感觉、虚构、情绪、趣味、触觉、触发、直觉、激情、燃烧、灵魂、倾吐、搏动、升华、精神活动、内心体验、艺术个性等。这些"关键词"与那些动辄文学与生活、文学与政治、文学与真实之类的"大问题"相比，都是小问题，但都是文学的内部问题。这是 20 世纪中国文学理论发展过程中的一次转变，也可以认为是"向内转"。王蒙曾明确反对将文学作品比喻为一面"镜子"的说法，把文学作品看做如实反映社会生活的"镜子"，这在客观上抹杀了创作的特殊性以及创作过程中的诸多复杂的心理过程。传统文学思维中的"理性主义"太过发达，把一切都纳入其轨道，试图用明确的概念进行表述，排除了任何可能的模糊性、过渡性、变化性、不确定性，一切都可以"量化"。这实际上也是一种简单化，是另一种教条主义。在这种"理性主义"思潮的影响下，我们的文学观念、理论、创作变得简明化、狭仄化、教条化，以致出现了"最最最"的目的论，更出现了"三结合"的怪胎。王蒙的可贵之处在于他并没有因为坚持生活第一性的观点从而弱化创作主体的作用，把文学变成生活的奴隶，成为文学上的犬儒主义者，而是始终坚持和强调主体对生活的超越，也就是通常所说的能动性。美国作家福克纳说，做一个作家，需要三个条件：经验、观察、想象；索尔·贝娄干脆把小说家定义为"富

① 王蒙、王干：《王蒙、王干对话录》，《王蒙文存》第 20 卷，第 243 页，人民文学出版社 2003 年版。

② 王蒙：《风格散记》，《王蒙文存》第 21 卷，第 266～267 页，人民文学出版社 2003 年版。

有想象的历史学家"①，想象之于文学的重要性不言而喻，在一定意义上可以说，没有想象，就没有文学。在我们的文学理论教科书中，对经验（有时称之为"生活"）和观察，强调得已经十分突出，但对想象，往往回避不谈。王蒙极为重视文学创作中激情和想象力的作用，他说："生活就好像土地，但是土地本身并不是一棵树，也不是一朵花。而是我们的激情，我们的倾向，我们的想象，它就像阳光一样，只有有了想象这个阳光，在生活的土地里才能够发芽，才能够破土，然后才能长出一棵树，然后才能开花，然后才能结果。"② "生活就像飞机的跑道，而想象力就像是机翼，有了想象力这双翅膀，飞机才能飞起来。"③ 这类表述在当代文学特别是十七年文学中是极少见的。

长期以来，由于我们过于强调文学贴近现实、反映现实，在客观上放逐或弱化了想象、感觉等之于文学的意义，也萎缩了作家的艺术想象力，这是造成文学公式化、模式化的一个原因。而到了"三结合"时期，则彻底否定了文学的想象成分，王蒙批评了当代文学对"感觉"的漠视甚至排斥，呼吁在文学创作中应该给感觉以应有的地位。感觉是一种非理性的直觉方式，是各种情感、经验、体验"蒸腾"出来的，是超越理性和经验层面的一种情绪、灵气和悟性，"如果把整个文学比成河床的话，那么感觉无疑是浮动在整个河床上面最耀眼最灿烂最动人的花朵"④，他把艺术感觉提升到文学本

---

① ［美］索尔·贝娄：《小说是向社会作调查的一种工具》，崔道怡、朱伟、王青风、王勇军编：《"冰山"理论：对话与潜对话》（上册），第144页，工人出版社从1987年版。

② 王蒙：《漫谈短篇小说的创作》，《王蒙文存》第19卷，第58～59页，人民文学出版社2003年版。

③ 王蒙：《漫谈小说创作》，《王蒙文存》第19卷，第87页，人民文学出版社2003年版。

④ 王蒙、王干：《王蒙、王干对话录》，《王蒙文存》第20卷，第200页，人民文学出版社2003年版。

质的层面，而不是可有可无的东西，他认为，“感觉”是区分艺术和非艺术的起码的界限。王蒙认为，在构成一个伟大作家的“天赋”中，感觉是其中之一。

王蒙一直强调“文学的方式”，他说，所谓“文学的方式”，其实就是想象的方式、主观的方式、审美的方式、虚拟的方式和修辞的方式。实际上，王蒙在这里强调的是文学的特性。从本质上而言，“文学的方式”是一种创造的方式，王蒙说：“作家即创造”①，“作家的任务是创造”②。在《小说的可能性》这篇文章中，王蒙用“创世的可能性”来代替反映生活的观点，其实，王蒙在这里强调的仍旧是“创造”，创作就是“翻案”——“翻已有的案”，就是“变法图新”③，“没有精神上的自由驰骋就没有文学”④，“艺术的品格在于心灵的自由”⑤。王蒙强调，要把文学回归到“文学的方式”。其实，王蒙所谈的这些方式，基本属于文学“常识”范畴，问题是我们最容易在常识问题上犯糊涂、犯错误。时至今日，王蒙所谈的这些“文学的方式”也并未完全被认同，被接受。我们已经习惯了用非文学的方式来谈论、评价文学了。把文学拉回到文学，何其难哉！

王蒙认为，文学创作上模式化、类同化的根本原因，在于作家丧失了创作主体性。丧失了主体创造性的文学，实际上变成了现实生活的简单的模仿和复制。极“左”思潮的最大危害，就在于完全否定和扼杀作家的创造性，把复杂的创作过程简化为冰冷的教条，甚至说成是领导出意图、群众出生活、作家出技巧的所谓“三结

---

①④王蒙：《我们的责任》，《王蒙文存》第19卷，第130页，人民文学出版社2003年版。

② 王蒙：《论风格》，《王蒙文存》第21卷，第195页，人民文学出版社2003年版。

③ 王蒙：《翻与变》，《王蒙文存》第21卷，第213页，人民文学出版社2003年版。

⑤ 王蒙：《清风·净土·喜悦》，《王蒙文存》第19卷，第301页，人民文学出版社2003年版。

合”。王蒙认为，只有真正尊重、发挥作家的主体创造性，才能真正破除束缚作家头脑的条条框框，才能真正实现艺术观念上的变革和艺术形式上的创新，也才能真正地打破创作上的模式化和类同化，实现文学上的百花齐放。王蒙在许多文章中都谈到了作家的主体创造性在创作过程中的重要作用。

王蒙试图建立一种革命—政治文化下的文学意识形态新秩序，拓展一下文学的疆域，开阔一下文学的视野，解放一下文学的观念。王蒙的文学主体性理论，把文学从“时代的镜子”、“政治的风雨表”、“匕首与投枪”等外部规定性中解放出来，在一定程度上恢复了文学本性或文学的“自性”（此概念刘再复多有使用），让文学回归文学，是王蒙对中国当代文学的一个贡献。

第三节　“创作是一种燃烧”

王蒙是新时期文学领域的一个探索者、先行者。人们不应该忘记他在这方面所做的许多开风气之先的工作。王蒙为新时期文坛的思想解放运动作出了重要贡献，甚至他自己也成了这场思想解放运动的某种“风向标”。

文学与生活的关系问题是文学理论所关注和解决的“头等大事”，这个问题解决不好就容易犯诸如“唯心主义”之类的方向性错误。在这一问题上，无论具有多么创新意识的作家都极为谨慎。但是，无论多么高明的理论都有可能被教条化、简单化，这同样也是事实。长期以来，在文学与生活关系问题的理解上，我们都过于生硬和教条化，是生硬的专横的唯物主义。王蒙对这一问题的理解，似乎表现出了某种变通和灵性，他说：

> 其实我非常重视生活，热爱生活，迷恋生活，对于生活我是一往情深，如醉如痴。但是我不认为文学就是一面简单的镜子，就是找到原型再编造——叫做加工呀什么的。人们多么习

惯于用工业用语来讨论文学的创造过程啊。莫以为什么样的生活就反射出什么样的映象。生活的发酵要经过心灵的酝酿，生活像风，像日光和月光，像云也像雷电和地震，心灵像海，像水像大地，要经过风的激动与抚摸，日光与月光的吸引、照耀与上色，经过了云的覆盖与改妆，经过雷电与地震的震撼与激荡，才出现波浪、出现潮汐、出现蜃楼海市，出现虹霓与气势，出现无边的辽阔与忧思。一句话，出现了文学。生活是文学的天启，文学的灵感，而心灵是文学的土壤，是文学的驱动系统。当然也可以说生活是土壤，心灵才是风雨。生活是文学的演奏之手，而心灵是文学的琴弦。或者说心灵是文学的演奏之手，生活是文学的琴弦，都行。①

王蒙在强调“文学是对生活的一种发现”的基础上，更加突出地强调了“文学是对生活的一种发现”，“文学是生活的发展”，“创作是一种燃烧”，“创作乃是心灵的搏动与倾吐”，“文学艺术既是对现实的一种反映，也是对现实的一种突破”②。王蒙在这里所说的“发现”、“发展”、“燃烧”、“搏动与倾吐”、“突破”，实际上指的就是创造主体性在创作过程中的重要作用。余华说：“作家是否能够使自己始终置身于发现之中，这是最重要的。”③ 王蒙指出：“只有人才是生活的主体”④，“忽视创作主体的作用，就是忽视创作规律”，“没有创作主体的作用，就没有艺术的灵魂”，一切的文学艺术都是创作主体的“心智的伟大创造”，都是创作主体激情的燃烧。王蒙特别强调想象、激情、理性、探究在具体创作过程中的重要性。

① 王蒙：《王蒙自传》第二部《大块文章》，第 92 页，花城出版社 2007 年版。

② 王蒙：《我的几点感想》，《王蒙文存》第 19 卷，第 227 页，人民文学出版社 2003 年版。

③ 余华：《河边的错误》后记，长江文艺出版社 1992 年版。

④ 王蒙：《漫谈文学的对象和功能》，《王蒙文存》第 23 卷，第 50 页，人民文学出版社 2003 年版。

他认为，缺乏锐敏的感受性，缺乏想象、激情和创造力即缺乏创作主体的活跃性与能动性的文学，与真正的文学艺术之间，还存在着难以逾越的隔膜。王蒙在这里所强调的其实是创作过程中的作家“自己的内在依据”，而不是强加在作家头上的外在律令，强调的是作家的“深刻的内省和感悟”以及对生活的激情和发现，而不是毫无热情的简单的对生活的模仿和复制；王蒙呼唤渗透着作家激情能够读出作家灵魂的真诚的文学，他呼喊道：“掏出你的心，敞开你的灵魂，发出你的呼号，才有真的人生，真的爱情，真的文学。”① 可能王蒙在谈论创作主体性的时候，更多的是针对具体的创作过程，但他是着眼于整个新时期文学的繁荣与发展的。王蒙大力倡导的创作主体性，不仅为他后来创作上的“实验”和“创新”、艺术手法上的“翻”与“变”找到了内在合理性，具有现实指导意义，在整个新时期文学的发展过程中具有巨大的思想解放的意义，成为从根本上清除极“左”思潮对作家束缚的最有力最锐猛的武器；同时也是对马克思主义文艺思想在新的历史条件的丰富、完善和发展。尤其是对创作主体性的空前重视，体现了王蒙文艺思想的鲜明的时代特色。总之，王蒙的文艺思想是马克思主义的辩证反映论在新的历史时期的发展产物。

王蒙的这些观点在今天看来似乎“卑之无甚高论”，基本属于“文学常识”的范畴，并无惊骇之语。但是，在上个世纪 80 年代初，就是说出这些“文学常识”也是需要勇气、承担风险甚至付出代价的。王蒙的这些颇有“异教徒”色彩的文学见解，只有一个目的：那就是使文学回归自身。王蒙作为新时期第一个“吃蜗牛”的人，其贡献在于对长期以来形成的文学“教谕”进行了适当的“纠偏”和“补救”，拓展了人们的思维和理论视域，有的评论家指出：“王蒙的理论情结乃是延安文学精神，不过是一个跨过了延河的比较开

---

① 王蒙：《风格散记》，《王蒙文存》第 21 卷，第 266 页，人民文学出版社 2003 年版。

放、善于变通的延安文学精神之子。”“在王蒙的文学活动中，文学观念上的‘延安情结’和政治理想上的‘少共情结’，一直起着一种潜在的支配作用”①。这在一定意义上是有道理的。但是，如果我们对长期以来的文学指导思想、文学理论以及文学创作上的教条主义有所了解的话，我们就会明白王蒙新时期所做的一切努力，实在仅仅是让文学回归文学，西方有句谚语：上帝的归上帝，撒旦的归撒旦。其实，文学理论中也应如此，政治的归政治，文学的归文学。事实上，近百年来的文学理论和文学实践并非如此。翻开我们的文学理论教科书，“文学”反而成为次要的了，连篇累牍的都是诸如文学和政治、文学和社会、文学和生活、文学和意识形态、文学和上层建筑，再就是诸如文学的党性、人民性、倾向性、真实性，还有就是典型环境中的典型人物等等，都是“大问题”，同时也几乎都是文学的外围问题，很少有人认真探讨文学自身的诸如结构、语言、色彩、节奏等的问题，这是20世纪以来中国文学的一大特色。也就是说，与从文学的角度谈文学相比，我们更善于和喜欢从社会和政治的角度谈文学。而王蒙所做的，就是在文坛上普及了一个“文学常识”：文学就是文学。

王蒙早在《漫谈文学的对象和功能》一文中，就对文学的独特“对象”和“功能”进行了实事求是的既符合马克思主义又符合文学自身特征的辨析。王蒙说：

> 恩格斯说，他从巴尔扎克的《人间喜剧》中学到的“甚至在经济的细节方面……也要比从当时所有职业的历史学家、经济学家和统计学家那里学到的全部东西”的总和要多。这当然很重要、很感人，这是巴尔扎克的光荣、是现实主义的光荣、是文学这门精神活动的光荣。但是，我们能否问一问，过去和现在，法国、欧洲和中国、亚洲以及别的国家和别的洲，多数

① 张钟：《王蒙现象探讨》，《文学自由谈》1989年第4期。

读者首要是为了研究经济学、是为了研究法国“革命以后动产和不动产的重新分配”而阅读巴尔扎克的著作的吗？

列宁指出托尔斯泰是俄国革命的镜子，列宁特别珍视和强调指出了托尔斯泰的作品对当时俄国农民问题的深刻的观察、理解和反映。列宁的论述是我们用来反对“四人帮”式的文化虚无主义、蒙昧主义的有力武器。但是，试问那些在各地的新华书店门前排着长队等待购买《安娜·卡列尼娜》和《复活》的读者，他们当中又有百分之几十主要是为了了解俄国革命的某些本质方面，是为了研究十九世纪沙皇俄国的农民问题而争相购买托尔斯泰的长篇小说的呢？

毛泽东同志关于《红楼梦》的论点也是大家都知道的。我们同样可以提出这样一个问题，有多少读者首先是为了研究封建社会的阶级斗争、政治斗争而阅读《红楼梦》的呢？有多少读者是把《红楼梦》首先当做政治小说来读的呢？（这些说的都是首先是，当然，人家会从那些大师的作品中学到有关政治、有关经济、有关社会学的知识。）

以上说的是读者。我们还可以再设想一下，尽管这种设想已经是“死无对证”的了。巴尔扎克撰述《人间喜剧》的时候，主要的目的是为了提供经济学的资料吗？托尔斯泰拿起笔来的时候，意识到他是在反映俄国革命的某些本质方面吗？曹雪芹自己是否明确，他的《红楼梦》的总纲是第四回，而且他是在写一部政治小说，一部关于阶级斗争的小说呢？

高山仰止，景行行止。恩格斯、列宁、毛泽东是伟大的革命导师，他们既是伟大的革命的组织家，又是伟大的社会科学的理论家，一方面，他们具有极高的艺术趣味和欣赏水平，另一方面，他们又是作为一个革命家、政治家、理论家来看待那些文学巨匠和巨著，来考虑问题、提出问题和回答问题。也许他们的评价比数以千万计的一般读者，甚至比巴尔扎克、托尔斯泰、曹雪芹本人对于自己的著作的理解和解释更有意义，但我们不能无视作家的创作实践，不能无视不同时代不同国籍的广大读者——社会公众的阅读和欣赏的实践。我们正是要通过这些实践的检验，通过对这些实践经验的总结，来探讨关于文学的对象与功能问题的各个（不是一个）方面，来补充、丰富和发展马克思主义经典作家的有关论述。①

王蒙的这篇文章写于1980年初，在这篇文章中，王蒙明确提出文学要“干预灵魂”：“我们在继续强调面向生活的同时，我们要特别强调面向人，面向人的心灵。我们在继续大胆干预生活的同时，我们尤其要感染人的灵魂，做人类灵魂的工程师。”② 这在思想解放刚刚启动的时代，王蒙的这些富有真知灼见的说法，对当时的极“左”文学理论形成了极大的挑战，也极大地启发了人们的思维，开阔了人们的理论视野，不但体现了王蒙的敏锐，更体现了王蒙真正的马克思主义的理论胆识和勇气。

---

① 王蒙：《漫谈文学的对象和功能》，《王蒙文存》第23卷，第48~50页，人民文学出版社2003年版。

② 王蒙：《漫谈文学的对象和功能》，《王蒙文存》第23卷，第57页，人民文学出版社2003年版。

第二章　开放的文艺本体论

中国当代文学近70年的发展历程①，实际上也是延安文学体制从确立到逐步被消解的过程。这个过程，大体可为三个阶段，即1942年到七十年代后期，这是延安文学体制主流化时期；七十年代后期至八十年代中期，是延安文学体制的调整期；八十年代中期以来，是后延安文学体制的消解期。

第一节　王蒙与延安文学体制

1942年到七十年代末，这是中国当代文学史上的“毛泽东时代”。毛泽东时代文学的主要特征集中体现为延安文学体制。所谓延安文学体制，本质上是一种文学的军事化②，主要表现为文学上的机械反映论、工具论、意识形态论，其中文学的意识形态化是延安体制的最核心最本质内涵。意识形态化是毛泽东时代的一个显著特点，

① 一般文学史都把1949年7月“中华全国文学艺术工作者代表大会”的召开作为“当代文学”的起点，但就当代文学的合法性和自身的规定性而言，其真正源头和逻辑起点应该追溯到1942年5月的延安文艺座谈会。毛泽东《在延安文艺座谈会上的讲话》作为“纲领性”文件，规定了未来中国当代文学的基本发展方向，对当代文学从基本价值取向到文本形态都产生了决定性影响。

② 文学的“军事化”说法，见顾彬：《二十世纪中国文学史》，第263页，华东师范大学出版社2008年版。

文学同样如此，“在毛泽东等人的观念中，文学不过是一种特殊的意识形态化宣传工具罢了”①。当然，把文学看做“宣传”并非自毛泽东始，早在二十年代，“左翼”作家就提出了“文学是宣传”的命题，但1942年后这一命题无疑借助政治威权得到了进一步的强化，“依凭政治强力和新的意识形态话语所具有的某种现代性魅力相结合，把‘左联’时期较为抽象、空泛并寄寓了各种知识分子自由想象的马克思主义政治实实在在推进到了与党的权力意志紧密结合的政党政治”②，并逐渐主流化甚至唯一化。毛泽东曾有著名的“两支军队”论：“文艺是一支军队，它的干部是文艺工作者。”③ 文学的“工具性之思”在延安文学中达到了登峰造极的程度。

中国当代文学脱胎于延安文学，而延安文学“是30年代左翼文学之内在政治性传统在新的语境中走向极致的结果”④。毛泽东的《在延安文艺座谈会上的讲话》，强化了列宁提出的文艺是整个革命机器上的“齿轮和螺丝钉”的观点，明确提出“文艺从属于政治”⑤，并进一步强调文学的“党性”原则，强调作家的“党的立场”、“党性和党的政策的立场”⑥，从而重塑了中国当代作家的文化人格和当代文学的价值诉求。特别是新中国成立后通过对电影《武训传》的批判，对萧也牧《我们夫妇之间》的批判，对俞平伯、胡适《红楼梦》研究的批判以及对胡风“反革命集

---

① 袁盛勇：《“党的文学”：后期延安文学观念的核心》，《中国现代文学研究丛刊》2005年第3期。

②④ 袁盛勇：《延安文学及延安文学研究刍议》，《文学评论》2005年第1期。

③ 毛泽东：《文艺工作者要同工农兵相结合》，《毛泽东论文艺》，第94页，中央文献出版社2002年版。

⑤ 毛泽东：《在延安文艺座谈会上的讲话》，《毛泽东论文艺》，第70页，中央文献出版社2002年版。

⑥ 毛泽东：《在延安文艺座谈会上的讲话》，《毛泽东论文艺》，第49页，中央文献出版社2002年版。

团”，丁玲、冯雪峰“反党集团”的整肃等历次文学运动，完成了作家队伍的重新整合和作家思想的“格式化”处理。如果说四十年代的延安“整风”还算比较温和的话，那么五十年代的“整肃”，则是强制性的，从而以威权的力量完成了文学上的一体化过程，确立了新的文学规范，即“党的文学”的唯一合法性。在“党的文学”的掩护下，中国当代文学彻底摒弃了尚或残存的作家独立的话语立场、话语方式。在一定意义上，当代文学与意识形态的日益同构化、一体化源于延安文学体制的内在要求，而这种延安文学体制在根本上整控、主导了中国文学的未来之路。延安“整风”完成了中国当代文学对“五四”文学的全面“改造”，政治成为延安文艺美学最高范畴，也成为中国当代文学最主要的价值视阈。

中国当代文学，本质上是一次去主体化过程。高度组织化、一体化也即“格式化”，是中国当代文学的最本质特征。当然，这期间也出现了诸多的矛盾和“异动”，例如文学思潮上的“写真实”、“干预生活”，创作上则出现了如《我们夫妇之间》、《洼地上的“战役”》、《在悬崖上》、《组织部来了个年轻人》等“异端”，但就整体而言，十七年文学是一次政治话语的集体行动，是作家与文学的双重失落。有的论者指出，20 世纪中国文学有三大“悲剧”：“尊群体而斥个性”、“重功利而轻审美”、“扬理念而抑性情”①，这种说法大体符合文学史事实。应该看到，这种“悲剧”在当代文学特别是十七年文学中尤甚。它在很大程度上窒息了当代文学的生机和活力，作家们也陷入了一种严重扭曲的创作心态，当代文学丧失了其应有的自主性。过分意识形态化、工具化，已经成为中国当代文学自身的达摩克利斯之剑，实际上构成了延安文学体制自身所无法克服的矛盾和悖论。毛泽东自四十年代起就探讨“革命性、党性与艺术工

① 谢冕：《百年中国文学总系·总序一：辉煌而悲壮的历程》，山东教育出版社 1998 年版。

作的完全的统一”①，应该说，在毛泽东时代这种“完全的统一”并没有实现，而是在很大程度上背离了这一原则。有的学者曾把“样板戏”的美学理念看做是“一场瘟疫之后的病理报告”②，现在回过头来看十七年及之前的中国当代文学，也似乎并非完全不具有某种“病理报告”的意义。

对延安文学体制的质疑和动摇，开始于上个世纪七十年代末。“文革”后期，随着延安文学体制的极端化，中国当代文学几乎完全窒息，“中国文学在政治的强力干预下，自由度越来越小，最后几乎等于零”③，特别是“样板戏”的出现，标志着四十年代确立起来的延安文学体制已经走进了历史的死胡同，中国当代文学面临着新的变革。

1979 年 10 月 30 日，第四次全国文代会召开，邓小平在《祝词》中提出文艺要“满足人民精神生活多方面的需要”，不要求文学艺术从属于“临时的、具体的、直接的政治任务”，这在一定意义上拉开了中国当代文学变革的大幕。1982 年 6 月 25 日，主管意识形态的胡乔木在中国文联四届二次全委会招待会上发表讲话：“不能把文学艺术这种广泛的社会文化现象纳入党所独占的范围，把它说成是党的附属物，是党的‘齿轮和螺丝钉’”，“我们不能把人类历史上的文学艺术除掉我们所要剔除的那一部分糟粕以外都贴上‘为政治服务’的标签，那是做不到的”。④ 邓小平和胡乔木为即将展开的新时期文学变革做了舆论准备。

---

① 毛泽东：《文艺工作者要同工农兵相结合》，见《毛泽东论文艺》，第 90 页，中央文献出版社 2002 年版。

② 季红真：《一场瘟疫之后的病理报告——“样板戏”的美学理念》，《读书》2009 年第 8 期。

③ 吴立昌：《重评基点和论争焦点——现代文学论争两“点”论》，《复旦学报》2003 年第 6 期。

④ 胡乔木：《关于文艺与政治关系的几点意见》，《胡乔木文集》第 2 卷，第 532～533 页，人民出版社 1993 年版。

新时期对延安文学体制的解构，是伴随着思想解放的时代潮流进行的。长期以来被严重忽视的文学的自主性即“主体性”问题，成为当代文学关注的一个焦点。针对延安文学体制特别是“文学从属于政治”的弊端，文学上的一些新的说法如“文学本体论”、“纯文学”、“文学本性”、“让文学回到文学自身”等逐渐出现，恢复、重建文学的“主体性”，成为冲破延安文学体制的突破口。较早对延安文学体制进行了卓有成效反思的是王蒙。王蒙是一个具有探索精神的敏锐的作家，他在七十年代末较早意识到一个新的文学时代的到来，对长期以来占主流地位的文学观念和文学创作上的一些基本理论命题进行了富有时代感的探索。王蒙在文学创作领域较早地践行了“主体性”的思想。

王蒙文艺思想的一个很重要的特点就是以独具个性的文学活动，完成了对传统现实主义理论的多角度、多层次的审视和富有探索性、建设性的丰富和发展，使现实主义理论在新的时代背景下，成为具有鲜明时代特色的动态开放的理论体系。不过，王蒙并不是延安文学体制的颠覆者，他总是怀着“爱惜而又嘲讽”① 的眼光看待文学和社会，这就决定了他是一个文学上的温和的改良者，而不可能成为一个决绝的反叛者。他是“惜春派”的代表性人物②。在一定意义上，王蒙是八十年代文学、文化、思想领域的晴雨表、风向标。

第二节　全息性文学功能论

我们已经习惯了在社会学和认识论范畴谈文学。长期以来，我们在文学的功能上都太过功利化——短视的、直接的社会功利主义

---

① ［德］顾彬：《二十世纪中国文学史》，第 365 页，华东师范大学出版社 2008 年版。

② 许志英、丁帆主编：《中国新时期小说主潮》（上卷），第 30 页，人民文学出版社 2002 年版。

或政治功利主义，文学的认识功能、教化功能等强调得多，而审美愉悦等其他功能相对较少。古人尚有“兴观群怨”说，在这一点上，我们甚至不及古人。这造成了一种状况，就是文学功能的被扭曲，单一化，狭仄化，枯燥化，完全变成了某种意识形态的载体。“文学”之“文”的特性极为稀薄，文学的非文学化越来越明显，这其实是文学的一种异化。对此，许多作家和学者都有体认，文学评论家谢冕在谈到20世纪中国文学时曾指出：“文学承受着充满焦虑而又复杂多变的社会给予的重压。文学为适应生长它的特殊环境而付出的代价：一方面为了顺应社会的情势，文学竭力以自有的方式传达出这一特殊时空中国的现实处境和中国人的情感经历；另一方面，它又不得不在较之艺术和审美更为急切的社会功利面前，不同程度地削弱以至在某一时期排挤文学自身的品质。审美与非审美，功利与非功利的矛盾、对立，以及‘杂呈’，是这一百年文学的常态。”① 对于中国文学的这一独特矛盾以及中国文学所承受的这种“重压”，王蒙的体会更深。王蒙曾较早恢复了文学的“游戏性”提出，他甚至提出了“文学本来就是心灵的游戏”② 的大胆命题，他说：“我希望我们的文学多一点游戏性，少一点情绪性或者表态性。”③ 这在许多人看来是离经叛道的，是与传统的文学教义不相符合的。他甚至要为“玩文学”进行“辩护”：

> 我倒想为“玩文学”辩护一下。就是不能把文学里面“玩”的因素完全去掉。人们在郁闷的时候，通过一种形式甚至很讲究的形式，或者很精巧、很宏大、很自由的形式来表达自己的郁闷，是有一种自我安慰的作用，甚至是游戏的作用。过

---

① 谢冕：《回望百年》，第23页，作家出版社2009年版。

② 王蒙：《清风·净土·喜悦》，《王蒙文存》第19卷，第302页，人民文学出版社2003年版。

③ 王蒙：《清风·净土·喜悦》，《王蒙文存》第19卷，第303页，人民文学出版社2003年版。

去很多中国人讲“聊以自娱”。写作的人有自娱的因素，有多大还可以再说，至于读文学的人有自娱的因素更加难以否认。也就是你我都有“玩文学”的因素，但是完全把文学看成“玩”会令许多人通不过的。①

王蒙之所以为“玩文学”辩护，在于王蒙看到了文学的另一面，即“玩”的因素，也即消闲娱乐的因素。王蒙在《开拓研究文艺心理学》一文中，批判了长期以来只在认识论范畴内谈论和研究文艺问题的教条主义方法论，以及“只承认文艺的认识功能——反映功能，最多承认文艺是人类认识世界的一种特殊方式，即承认文艺是用想象思维反应世界的，……即承认文艺活动中的理性活动、目的性活动，却不承认文艺活动中的更加丰富得多的内容，尤其是不承认那些不自觉的下意识的自发的随机的蓬蓬勃勃的内容”②。承认文学的“游戏性”，其实并不是否认其功利性，而是拓展了其功利性的范畴，把短视的、直接的功利性，变成了潜移默化的更为持久也更符合文学规律和特性的功利性。

王蒙在《你为什么写作》中，列举了世界上许多大作家关于“为什么写作”的回答，从这些回答中，王蒙对如塞内加尔作家比拉戈·狄奥普的“主要还是为了个人消遣”、瑞士作家弗里施的“写作首先是为了游戏”的说法表示了某种认同甚至欣赏。他甚至认为文学是“梦的近邻”、“文学不具备正面的可操作的行动特质”③，其对生活的作用是“曲折的”，是通过作用于读者的心灵和精神来实现的。

文学的功能其实是个多层级、多维度的结构。任何社会都不会

① 王蒙、王干：《王蒙、王干对话录》，《王蒙文存》第20卷，第168页，人民文学出版社2003年版。

② 王蒙：《开拓研究文艺心理学》，《王蒙文存》第22卷，第160页，人民文学出版社2003年版。

③ 王蒙：《苏联文学的光明梦》，《王蒙文存》第21卷，第440页，人民文学出版社2003年版。

忽视文学的社会性功能如教化、宣传等，但这仅仅是文学功能之一，除此之外，文学还有其他方面的功能和价值，如娱乐功能等。一段时间以来，我们剥离了文学的娱乐性，把娱乐性仅仅看做是通俗文学的品格，这是片面的。无论是严肃文学还是通俗文学，都具有娱乐功能，这是文学的本质属性之一种。美国作家艾萨克·辛格曾说“娱乐是写作的最低目的和必须达到的目的”①，对于文学功能的这种非单一性，王蒙曾给予充分的“照顾”。虽然王蒙是个政治性极强的作家，但他并没有因此而否认文学的其他功能。王蒙曾提出“文学在本质上是业余的”② 论断，王蒙的“业余”论曾招致一些人的不满和批评，认为是对文学和作家的不够尊重。其实，从文学的本性而言，王蒙的“业余”论是有道理的。王蒙认为，文学的“业余”性主要表现在两个方面，即文学是人生的“副产品”，以及文学的非急功近利性。王蒙指出，“非具体实用性”是文学的一个核心特征。就新中国文学而言，其实一直没有摆脱“功利文学”的框囿，这是不言而喻的。中国现代文学也带有强烈的功利色彩，如文学研究会“为人生”的文学，以及后来的左翼文学等，但是功利文学尚未形成笼罩性力量，也缺乏制度性保障，还很难说就是一种主流力量，许多作家、作品，如“京派”、“海派”等，其作品的功利性并不浓厚。新中国成立后，我们对文学产生了新的价值估定和期待，随着一系列文学体制和规范的确立，“功利文学”可以说是已经一统天下了。中国当代文学在很大程度上丧失了“文学性”，变成了一种赤裸裸的说教文学、权力文学，甚至阴谋文学。“功利文学”在今天仍有强大的力量。王蒙的一个贡献就是在可能的范围内，恢复中国

---

① ［美］艾萨克·辛格：《我的创作方式》，崔道怡、朱伟、王青风、王勇军编：《“冰山”理论：对话与潜对话》（上册），第126页，工人出版社1987年版。

② 王蒙：《敞开心胸，欣赏与接纳大千世界》，《王蒙文存》第20卷，第121页，人民文学出版社2003年版。

当代文学的“文学性”。王蒙曾把人生比喻成粮食，而文学、艺术、哲学、宗教等则是粮食发酵的产物，他强调说，不能用社会价值取代审美价值、艺术价值。① 王蒙“玩”文学的意义在于把在功利的道路上愈走愈远的中国当代文学，往“文学性”的道路上稍稍拉回那么一点点。

王蒙反对的“干预政治”之类过于简单明确的提法，反对文学成为某种意识形态的“喇叭筒”，提出了文学的超意识形态的“特殊质地”，甚至提出了“无害即是有益”的观点。长期以来，我们过于强调文学直接的现实性功能，所谓“投枪”、“匕首”、“炸弹”、“旗帜”、“螺丝钉”之类的说法即是明证，“干预生活”的提法更是如此。在这个问题上，王蒙较早地进行了反思和引导。他认为，文学的“干预生活”功能是间接的，第二性的，因为文学的长处是着眼于人的灵魂，所起作用是潜移默化地打动、影响读者的心灵，“文学艺术对社会的直接功效不能同一个交通法规相比，甚至不能同报纸上的一篇社论相比”②。在文学的功用问题上，他认为文学最直接的功能是打动人心，因此，与“干预生活”相比，王蒙更喜欢说的是“干预灵魂”：“文学的力量，文学的功能，文学的特长是在于它发自作家的心灵深处，它关心着，感受着，理解着和表现着许许多多的人的命运和灵魂，从而打动着，潜移默化着千千万万读者的心，化为读者的内在的精神力量”③，“文学有它的力量所在。……它的力量在于激动人心，打动人心，它的力量在人心里边”。④ 把文学作用

---

① 王蒙、王干：《王蒙、王干对话录》，《王蒙文存》第20卷，第197页，人民文学出版社2003年版。

② 王蒙：《共建我们的精神家园——与陈建功、李辉的对谈》，《王蒙文存》第17卷，第268页，人民文学出版社2003年版。

③ 王蒙：《漫谈文学的对象与功能》，《王蒙文存》第23卷，第54页，人民文学出版社2003年版。

④ 王蒙：《文学的力量在于打动人心》，《王蒙文存》第19卷，第3页，人民文学出版社2003年版。

的对象，从政治、社会、现实拉回到读者的“心”，显示了王蒙对艺术规律的尊重，也表现了王蒙的从容和自信。

王蒙经常说的一句话是“文以清心”。“清心”的说法就比我们惯常强调的文学的现实直接功能，更符合文艺的本质。我们太习惯于从直接的功用的角度来看待、要求文学，否则就被斥之为“为艺术而艺术”。应当把文艺从现实的社会的政治的战车上松松绑，文艺的被捆杀太久了，否则，“利用小说反党”之类的事还会发生。与之相联系，王蒙不赞成作家怀着太过功利的心态来创作，他有诗云：“文心宜淡淡”，他曾给作者题词：“文心淡远”。无论是“文心宜淡淡”、“文心淡远”，还是“文学艺术是人类心灵追求自由的表现”①，其实都反映了王蒙的某种对创作心态的认识。

我们之前对文学的“趣味”是深怀警惕的。“趣味”与政治相左，对“趣味”的排斥也是高度政治化的文学的题中应有之义。王蒙极力恢复文学的“趣味”，因为在他看来，“趣味是小说的一个重要的因素”②，“趣味是一种对于人性的肯定与尊重，是对于此岸而不仅是终极的彼岸、对于人世间、对于生命的亲和与爱惜，是对于自己也对于他者的善意、和善、和平。趣味是一种活力，一种对活生生的人生与世界的兴趣、叫做津津有味，是一种美丽的光泽，是一种正常的生活欲望，是一种健康的身心状态”③。趣味不等同于趣味主义，文学中“趣味”的恶名声应该得到校正。

王蒙在《陌生的陈染》中，借题发挥，嘲弄讽刺了文学欣赏的非文学现象：

---

① 王蒙：《我的几点感想》，《王蒙文存》第 19 卷，第 226 页，人民文学出版社 2003 年版。

② 王蒙：《漫话小说》，《王蒙文存》第 21 卷，第 208 页，人民文学出版社 2003 年版。

③ 王蒙：《难得明白》，《王蒙文存》第 17 卷，第 332 页，人民文学出版社 2003 年版。

> 单是她的小说的题目就够让人琢磨一阵子的。《潜性逸事》《站在无人的风口》《另一只耳朵的敲击声》《与假想心爱者在禁中守望》《巫女与她的梦中之门》《秃头女走不出来的九月》《凡墙都是门》。……她的笔下显然有另一个世界，然而不是在中国大行其时的“魔幻现实主义”，不是“寻根”，也不是“后现代”或者“新”什么什么。因为她的作品，那是“潜性”的，是要靠“另一只耳朵”来谛听的“敲击”，是“巫”与“梦”的领地，是“走不出来”的时间段，是亦墙亦门的无墙无门的吊诡。而多年来，我们已经没有那另一只耳朵，没有梦，逃避巫，只知道墙就是墙，门就是门，再说，显性的麻烦已经够我们受的了，又哪儿来的潜性的触觉？①

无独有偶，王蒙在评论中国电影时曾说：“称颂或者暴露，讴歌或者鞭挞，赞美或者控诉，宣告或者声讨，迎合或者颠覆，煽情或者沉闷，大树特树或者深揭猛批，……使某些已经浓得化也化不开的中国电影，更是硬得成了一个个死疙瘩，不妨戏称为‘影结石’、‘文结石’。”②

为什么出现这种现象？为什么“我们已经没有那另一只耳朵，没有梦，逃避巫，只知道墙就是墙，门就是门”呢？这其实是读者长期以来被教条主义的文学理论和严重概念化公式化文学作品“培养”的结果。

王蒙的文学理论，胀破了现实主义的硬壳。自新中国成立后，文学界存在两大痼疾：棍子和套子。七十年代末八十年代初，随着思想解放，棍子虽未绝迹，但明显少了，而套子却依然存在，且几乎无处不在。套在作家心头的无数套子，成了制约文学发展

---

① 王蒙：《陌生的陈染》，《王蒙文存》第17卷，第294页，人民文学出版社2003年版。

② 王蒙：《伊朗印象》，第162～163页，山东友谊出版社2007年版。

的最大障碍，王蒙因而疾呼“套子是文学的大敌、死敌，有套子即无文学”①。然而破除套子，并不是那么容易的，再说，文学上的一些套子已经内化为了作家的“无意识”，为作家“解套”、为文学“解套”成为当代文学发展的关键。事实上，王蒙提出的一系列文艺理论和文学创作的问题，都是一种“解套”，起码是在做“松套”的工作。

第三节　语言与文体

中国当代作家语言和文体意识普遍较为淡泊，似乎总是感觉语言、文体之于作品的思想，处于次要地位。实际上，语言、文体和思想是不可分的。查斯特菲尔德说，文体是思想的外衣。思想与文体并不矛盾，二者是相辅相成的。

王蒙是一个具有自觉而强烈的文体意识的作家，刘再复认为“王蒙可称为文风的改造家和文体的变革家”②，他从艺术本体的角度看待文体，而不是把文体置于“第二性”的位置，他说：“文体是个性的外化。文体是艺术魅力的冲击。文体是审美愉悦的最初的源泉。文体使文学成为文学。文体使文学与非文学得以区分。正像仪表对于一个人并非无关紧要一样。文体对于文学也是不能掉以轻心的。”③ 也许多少年后，人们才能够真正认识王蒙的这种文体自觉对中国当代文学的影响。

王蒙小说语言的后意识形态性，构成了王蒙整个后意识形态诗学的一个维面。在王蒙看来，后革命时代的文学，已经不同于革命

---

① 王蒙：《当你拿起笔……》，《王蒙文存》第 21 卷，第 166 页，人民文学出版社 2003 年版。

② 刘再复：《〈王蒙小说语言研究〉序》，《语文建设》1988 年第 5 期。

③ 王蒙：《关于文体学——“文体学丛书”序》，《王蒙文存》第 22 卷，第 297 页，人民文学出版社 2003 年版。

文学意识形态的封闭性和单一性，表现为某种多元化，甚至非本质化。“文学是一种开放的东西，而不是封闭的”①，这在王蒙文学语言上表现尤为明显，并最终凝成了王蒙独特的话语风格。在当代作家中，王蒙无疑是最具有语言感的作家之一，这种语言感，一方面来自作家的天赋，另一方面更来自一种自觉的语言意识。因此，透过王蒙小说的语言，发掘其透释出来的深层内涵，同样成为理解王蒙文艺思想的一个维面。刘再复认为，王蒙“似乎更自觉地意识到文学是语言的艺术”，“王蒙的语言艺术对于扫除‘文化大革命’中形成的形式主义和独断主义的文风，是起到了重大的历史作用的”②。应该说，中国当代文学特别是新时期文学，语言的“觉醒”源于王蒙。作家李锐在一篇文章中曾猛烈批判了中国文学语言的“工具论”，他指出：“纵观新文学史，纵观自新文学至今的文学史，‘工具’日臻完善，使用也日趋成熟，我们操着这‘工具’，借鉴和模仿了一次又一次的新潮，表达了一个又一个深刻的主题和思想，描述了一个又一个的‘典型人物’。但是，‘工具’还是‘工具’，我们从来也没有把自己的语言上升成为主体，上升成为与人并重的‘本体’。”③ 语言的觉醒本质上是文体的觉醒，更是人的觉醒体现。从七十年代末王蒙的《夜的眼》开始，新时期文学语言开始从这种“工具论”及革命历史语汇秩序的桎梏中松动、解放出来，从而具有了相对独立的审美性。

从语言哲学的角度而言，革命时代的文学语言是透明的坚固的凝定的所指系统，它的威严性、宏大叙事性事实上代表着一体化的革命意识形态诗学。王蒙的文学创作，特别是五十年代小说，甚至

---

① 王蒙、王干：《王蒙、王干对话录》，《王蒙文存》第20卷，第170页，人民文学出版社2003年版。

② 刘再复：《〈王蒙小说语言研究〉序》，《语文建设》1988年第5期。

③ 李锐：《我们的可能——写作与“本土中国”断想三则》，《被克隆的眼睛》，第23页，人民文学出版社2008年版。

包括新时期以后的《最宝贵的》、《悠悠寸草心》等，其话语方式更多地带有革命意识形态色彩；而自《夜的眼》、《春之声》后，王蒙的小说语言则体现了明显的变异性和自觉意识，追求的不再是语言的单一性、明确性和能指、所指的直接同一性，更多了一些装饰性，甚至表演性，将文学从语言（文本）—现实（社会/政治）的单一化的对应结构中解放出来，变成语言（文本）—现实（社会/政治）之可能的多重性和多种意义，能指和所指变得模糊并适度分离，转而努力营造语言自由开放的动态的语义场甚至是某种心理现实。王蒙文学创作中这种“语言转向”代表着文学意识形态诗学的“转向”，王蒙从革命的意识形态诗学，转向了多元的后意识形态诗学。在王蒙的文学话语中，有这样几个突出的特点，那就是幽默、杂语与狂欢。

在原初的意义上，幽默指向某种性格类型和精神特征，但幽默从来就不单纯是种语言现象，也不仅仅是“心灵的光辉与智慧的丰富”，其深层意义正如莫洛亚所言：“幽默是哲学的一种形式。”也就是说，幽默既是一种价值观，是作家对自我与现实关系的理解和选择，同时还是一种意识形态，具有多方面的意义关联。老舍认为幽默是“和颜悦色，心宽气朗”的“心态”，①《苏联大百科全书》则认为幽默是意识对客体个别现象和整个世界采取的内庄外谐的态度，这种理解类似于《辞海》对“幽默”的解释：“以轻松、戏谑但以含有深意的笑为其主要审美特征，表现为意识对审美对象所采取的内庄外谐的态度。”突出了幽默的“内庄外谐”审美态度。无论是老舍所说的“和颜悦色，心宽气朗”，还是《苏联大百科全书》《辞海》中关于幽默的“内庄外谐”的说法，其实都与王蒙所说幽默是智力上的优越感相通。“内庄外谐”其实质就是“优越感”的一种外在表现形式，而其内在的表现则是对康德关于幽默的“乖讹”的

① 老舍：《老舍文集》第15卷，第258页，人民文学出版社1990年版。

发现，在康德看来，“在一切引起撼动人的大笑里必须有某种荒谬背理的东西存在着”①，这种“荒谬背理的东西”，康德称之为“乖讹”，幽默恰是对“乖讹”的领悟和洞穿。叔本华也认同幽默的“乖讹”说，他认为笑是“对概念与现实客体之间乖讹的突然了悟”。

从文学史的角度而言，“幽默”在现代并没有好的名声，特别是鲁迅对幽默的反感更是人所共知，“我不爱‘幽默’，并且以为这是只有爱开圆桌会议的国民才闹得出来的玩意儿”②。正如鲁迅对幽默的反感，代表了革命和前革命时代特定的文学氛围和价值取向一样，王蒙对幽默的认同和提倡，则代表了另一时代——后革命时代的文学氛围和价值取向。丹纳在其《艺术哲学》中特别强调了时代“精神的气候”对文学艺术的影响，认为在文学艺术的发展中，“精神气候”即“时代的趋向始终占着统治地位”③，鲁迅对幽默的反感和王蒙对幽默的提倡，折射了现代以来“精神气候”的某种转变，无论是拒斥还是提倡，都具有特定时代的合理性。

王蒙是人所共知的幽默大师。王蒙认为：“中国人很有‘幽默感’，而且历史渊源要比西方深远。比如近代林语堂的作品，还有钱钟书的《围城》，杨绛的《洗澡》等；庄子的古代哲学著作你看了吗？那才是大幽默。你能说一个有五千年历史的民族没有幽默感吗？”④ 王蒙认同并承续了中国文化、文学中幽默的传统。王蒙的早期小说如《书记、队长、野猫和半截筷子的故事》、《歌神》、《买买

---

① ［德］康德：《判断力批判》（上卷），第180页，宗白华译，商务印书馆1964年版。

② 鲁迅：《论语一年》，《鲁迅全集》第4卷，第71页，人民文学出版社1981年版。

③ ［法］丹纳：《艺术哲学》，第35页，傅雷译，人民文学出版社1963年版。

④ 王蒙：《我是新中国历史的见证人》，见张英：《文学的力量：当代著名作家访谈录》，第188页，民族出版社2001年版。

提处长轶事》等，在其意义层面，与当时的“伤痕文学”并没有大的区别，在话语方式上，则表现出了其独特性——明显的幽默色彩。王蒙在这类作品中试图改变小说的传统的叙事方式，那就是用幽默的话语来讲述一个严肃的沉重的故事，也就是人们所说的“黑色幽默”。然而，从意识形态诗学的范畴来看，“黑色幽默”并非幽默的常态，其明显的绝望感遮蔽了幽默所具有的多重的意识形态色彩。因此，此时王蒙小说的幽默带有更多的荒诞性，甚至反讽性，带有更多的语言“策略性”，还没有表现出明确的意识形态动机。它们表现了当代文学特别是新时期文学的另一种叙事形态和话语方式。我们习惯了用写社论的态度、语气写小说，王蒙小说中出现的幽默，在一定意义上恢复了文学的“文学性”。幽默，允许适度的夸张、变形，允许调侃和戏谑，老舍认为幽默是“想得深而说得俏”，“说得俏”其实就是语言或话语方式的某种文学化，幽默本质上不单纯是一种语言修辞方式，而是一种意识形态叙事。

西方对于幽默有一种“释放论”（Release Theory）理论，亦称慰藉论（Relief Theory）理论，即从心理学角度将幽默机智等引发的笑看成是社会约束所产生的紧张和压抑心理的释放和宣泄。弗洛伊德认为，幽默的实质是把为社会禁止的侵略性冲动转换为社会可接受的行为，而且可以不必耗费额外的心理能量来抑制这种冲动。他指出，笑中所宣泄者既不是积聚起来的情结，也不是积累起来的精力，而是受压抑的力比多①。王蒙说“从容才能幽默”②。对幽默者本人如此，其实对于幽默赖以产生的大的社会文化氛围而言，尤其如此。宽松社会氛围才能产生从容的文化心态，才能产生适于幽默的土壤。你死我活、偏执极端、“阶级斗争要年年讲，月月讲，天天讲”、“时刻绷紧阶级斗争这根弦”，动不动“利用小说反党”，不可

① 参阅尉万传博士学位论文《幽默言语的多维研究》，第 13 页。

② 王蒙：《我喜欢幽默》，《王蒙文存》第 15 卷，第 405 页，人民文学出版社 2003 年版。

能产生真正的幽默。

从意识形态的视角来关照王蒙的幽默，会有新的发现。许多论者都过于强调王蒙的幽默与西方“黑色幽默”的不同，忽视了王蒙幽默话语自身的深层意识形态价值与意义。其实，正如德国学者顾彬所言，王蒙借助于幽默完成了“对统治秩序的质疑”，“用智力来向一个不人道的体制示威”①。在一个思想专制的时代，一个极端主义、教条主义盛行的时代，是不允许笑的，更没有幽默的存在。王蒙对此有清醒的认识：“极端主义是极其虚弱的，任何幽默或者人情味都令他们恐惧和丧失信心。”②，因此，幽默既是一种“智力的优越感”，更着眼于培育和认同这种“智力的优越感”社会文化氛围和意识形态。中国文学特别是新中国成立以来的文学过于严肃，过于剑拔弩张，其原因不是中国作家缺乏幽默，而是缺乏培育幽默的精神土壤和容许幽默的文化氛围——幽默被放逐了。苏珊·桑塔格说“疾病是通过身体说出的话，……是一种自我表达”③，幽默又何尝不是一种“自我表达”呢？正如威廉所言，幽默是人在强权面前的一种自我表白的方式。

幽默本质上是种解构的力量，是对于威权的动摇和不信任感，是后革命时代的产物，也是后意识形态的表征之一。王蒙说：“幽默感是平等的表现，是对于等级观念的抗议，是对自负、病态的自尊、威严观念的一种矫正。”④ 幽默与“左”无关，与教条主义的极端化

---

① ［德］顾彬：《圣人笑吗——评王蒙的幽默》，见温奉桥编：《多维视野中的王蒙——第一届王蒙文学创作国际学术研讨会论文集》，第26、27页，中国海洋大学出版社2004年版。

② 王蒙：《想起了日丹诺夫》，《王蒙文存》第17卷，第242页，人民文学出版社2003年版。

③ ［美］苏珊·桑塔格：《疾病的隐喻》，第41页，程巍译，上海译文出版社2003年版。

④ 转引自冯骥才：《话说王蒙》，见李扬编：《走近王蒙》，第64页，中国海洋大学出版社2003年版。

无关，更与假大空和装腔作势无关，甚至革命的严肃性、威严性也与幽默关系不大，这是否是大多数的革命文学缺乏幽默感的一个原因？在革命时代，幽默无法纳入到主流意识形态价值体系之中。因此，王蒙小说话语的幽默就超越了语言学的意义，带有相当明显的后意识形态的价值特性。王蒙说，幽默“与悲愤的孩子无关，与自以为是的师爷无关，与只会做小葱拌豆腐的五级厨师无关，与拯救为己任的这功那功无关”①，并强调说“笑也是一种生命力”②。王蒙式幽默的出现，其意义绝不是单纯的语言现象，在一定意义上是一种预言和象征，是一个文学“事件”，它标志着一种文学上新的叙事方式的开始，也标志着一个新的文学时代的到来，这一点，只要将王蒙小说的幽默与“十七年”文学的严肃和一本正经相比较即可知晓。如王蒙在《在我》这篇小说中有一句话：（外国客人）见到这练功的场面，如获至宝，立刻就“碗豆腐”（奇妙）“耐斯”（美好）地赞叹起来；再如王蒙小说《轮下》中：我的电话费的百分之十五是为了费城街上的狗屎而赔（pay）出去的。这两句话是靠“译音”取得幽默效果的，但是，“豌豆腐”（wonderful）、“耐斯”（nice）、“赔”（pay）同时具有了某种意识形态意义，即改革开放带给人们心理上的某种轻松感、欣悦感，带有某种独特的时代烙印。

中国人对语言充满了先天的警惕，一个人如果语言才华过于外露未必是好事，人们更推崇的是沉默，沉默是金。“语言的巨人”并非是个好的称谓。这也表现在文学上，尽管文学首先是语言的艺术。与之前的文学风格特别是语言风格不同，王蒙的文学创作体现出了新的语言倾向，这种语言现象招来了许多议论，正面的负面的都有。其实，抛开王蒙语言现象的得失与否不谈，这种语言现象本身就是

---

① 王蒙：《回眸琐记》，《王蒙文存》第21卷，第520页，人民文学出版社2003年版。

② 王蒙：《相声的文学性》，《王蒙文存》第17卷，第101页，人民文学出版社2003年版。

有意义的，代表了一种新思维、新试验。王蒙说："语言是一种符号，但符号本身有它相对的独立性与主动性。……哪怕仅仅从形式上制造新的符号或符号的新的排列组合，也能给思想的开拓以启发。"① 又说："我喜欢语言，也喜欢文字，在语言和文字中间，我如鱼得水，语言和文字是我的比人民币和美金更重要的财富，我要积累它们，更要使用经营——有时候是挥霍它。"②

自巴赫金的理论传到中国，王蒙小说语言的另一特点即引起了高度关注，那就是杂语与狂欢（许多学者将杂语与狂欢看做性质完全相同的东西，其实并非如此）。在20世纪中国文学中，由于过分强调语言的纯洁性和符号性，过分追求能指和所指的直接同一性，过分强调了文学语言的实用性和科学性，这在一定意义上忽视了文学作为"语言艺术"的语言自身的真正艺术性的一面。新时期以来，对于文学语言"纯洁性"和明晰性的挑战，构成了许多当代作家的一种自觉行为。王蒙、莫言、刘索拉、残雪、洪峰以及"先锋诗人"等，都试图通过这种语言实验，建立新的语言诗学。有的学者用"杂语喧哗"和"语言狂欢"来形容王蒙的小说语言是很妥帖的。无论是"杂语喧哗"，还是"语言狂欢"，都是对传统语言学及其意识形态的疏离，这种变化相对于"十七年"文学，无疑具有相当的革命性和颠覆性，对于此，郭宝亮先生在其《王蒙小说文体研究》一书有相当精到和深入的研究。

王蒙的夫人崔瑞芳戏称王蒙患有"话痨"、"语言魔症"③。其实，所谓"话痨"、"语言魔症"，事实上就是一种"语言狂欢"。王蒙的"语言魔症"并不仅表现在对语言的兴趣方面，如学习维吾尔语、外语等，也表现在语言的一种无节制现象，一种"语言流"。读

---

① 王蒙：《符号的组合与思维的开拓》，《王蒙文存》第17卷，第97页，人民文学出版社2003年版。

② 王蒙：《自序》，《王蒙文集》第1卷，第1页，华艺出版社1993年版。

③ 方蕤：《我的先生王蒙》，第141、172页，长江文艺出版社2004年版。

者甚至感到，王蒙写小说时语言能力、语言思维的太过发达太过活跃，这种语言现象在他的季节系列小说中得到了充分表现，的确是语言的“狂欢”：王蒙太明白，善议论，即使他的长篇小说，议论的篇幅、分量几乎与故事平分秋色，夹叙夹议，王蒙无法安静地叙述一个完整的故事，他甚至不屑于来叙述一个完整的故事。他一定要把他的想法直接地赤裸裸地告诉你，而不是通过一个完整的故事。在小说中，王蒙显得迫不及待，他直接跳出来随时随地地发议论。评论家郜元宝指出，“季节”小说显示了一种“说话的精神”——“隐含作者”直接站出来“说话”，他甚至称“季节”小说是一“长篇大论”，“‘说话’，这是王蒙小说最高的兴奋点，不管什么场合，幸福的时候，悲哀的时候，顺利的时候，尴尬的时候，适合说话的时候，不适合说话的时候，人物或隐含作者都会滔滔不绝地大说一通，哪怕只剩下最后一口气，也要卖弄才气，鼓足干劲，把话说得足够精神，说他个‘六够了’，不说白不说，说了也白说，白说也要说，关键在于‘说话’时要有一股子精神，要有一种自我确证、自我宣泄、自我享受乃至自我疗救的意思”，“‘说话的精神’可以通过小说中任何一个人物传达出来，但隐含作者也可以撇开情节结构，撇开人物塑造，撇开心理分析，‘冷锅里冒热气’，随便拎出一人，一事，一线索，一细节，一感觉，一梦境，而大肆发挥其‘说话的精神’”。① 王蒙的“季节”小说在很大程度上改变了传统的小说文体特征，开创了一种新的长篇小说体：夹叙夹议体，使长篇小说在文体形态上更丰富，更开放，更具有思想含量，“这种混合型精神主体的‘说话的精神’是任何别的作家作品所没有的，它寓于王蒙独有的一心一意要将话说足说透说绝的排山倒海层峦叠嶂的文体。王蒙的精神表达和王蒙的独特文体联系在一起，‘季节系列’又是王蒙文体最成熟最极端的呈现”②。

①② 郜元宝：《“说话的精神”及其他》，《当代作家评论》2003 年第 5 期。

其实，早在《春之声》和《蝴蝶》中，王蒙语言的狂欢性就已经初露端倪，《春之声》中有这样的句子："事实就像宇宙，就像地球，华山和黄河，水和土，氢和氧，钛和铀，既不像想象那样温柔，也不像想象那样冷酷。"其实，这种语言已经带有某种"狂欢"的意味，只不过当时人们过于沉迷所谓"意识流"带来的新奇感，并没有注意这种非常规语言所具有的深层内涵；中经《冬天的话题》、《来劲》、《一嚏千娇》，到"季节"系列，这种语言的狂欢成为一种明晰的线索和自觉的语言事件。特别是《狂欢的季节》，王蒙语言的"狂欢性"可谓炉火纯青、登峰造极。其实，仔细区分开来，"喧哗"与"狂欢"并不一样，"狂欢"是一种表面无节制的语言倾泻、语言瀑布，更多带有宣泄性，其意识形态性是通过语言的反讽性来实现的。《踌躇的季节》中，"命运是什么？是一种戏弄，一种残酷的考验吗？是一种掷骰子般的偶然与随机吗？一个人的悲欢离合，它的千变万化就像小说家的胡编乱造一样的随意和方便吗？人的心气人的选择又是些什么呢？是自寻烦恼，乃至于是自取灭亡吗？有多少人想着的是白玉，得到的却是乌煤，想着的是火焰，得到的却是冰雪，想着的是花朵，得到的却是狂风暴雨！有多少人想到海里去航行，结果却走到了干旱的沙漠，想到天空去自由地飞翔，结果却钻进了密不透风的灌木丛，想永远拥抱太阳，却丢失了如豆的灯火。……缘木求鱼，南辕北辙，画虎类犬，饮鸩止渴……"①

再如钱文回忆起当年在北京酷暑吃西瓜，有一段"语言流"：

> 多么可爱的夏天！西瓜是上苍的杰作，吃西瓜是夏天的幸福的极致，幸福、理想、诗意与西瓜同在。在酷热的折磨中，在炼狱的威逼下，在你的呻吟和抱怨、挣扎和潦倒中，你得到了天助，得到了上苍的恩宠，得到了一股清流，一派清新，简直是一个崭新的生命。既是啜饮，又是吞噬，既是收纳，又是

---

① 王蒙：《踌躇的季节》，《王蒙文存》第6卷，第146页，人民文学出版社2003年版。

吐弃。踢哩秃噜，滴滴答答，三拳两脚，张飞李逵，一个西瓜就进了肚。除了西瓜，什么东西可能吃得这等痛快！夏天吃个瓜，豪气满乾坤！伏天抱个瓜，清风浴灵魂！盛夏抱个瓜，飞天怀满月！春风风人，夏雨雨人，何如西瓜瓜人！有物曰西瓜，食之脱俗尘！有瓜甘而纯，食之乃羽化！清凉，甘洌，柔润，通畅，安抚，洗濯，补养，透亮，如玉如珠，如液如浆，如花如鸟，如云如霞，如饴如脂，如鲲鹏展翅逍遥游于天地之间直到六合之外！当你吃得肚胀欲爆，满身瓜汁，暑气全无，过瘾解恨之时，你与东菊相视而笑，为什么笑？为什么笑得这样傻气这样饱满这样莫名其妙？这里有多少盈亏、虚实、得失、雅俗、积泄的哲理！瓜中有道，瓜中有仙，瓜中有万物之仁，瓜中有好生之德、有消长之理、有相克相生阴阳五行八卦、有禅趣有瑜伽有烟士披里纯！夏日吃瓜，这就是人生，这就是思维，这也是创作！对于这个世界，不哭，不笑，而是要理解！就从理解吃瓜开始吧。这又是何等的幸福！从此钱文不做诗人，只做瓜人！①

还有小说中的政治熟语：

翻开报纸，打开广播，真是熊熊燃烧的岁月，后来称做“火红的年代”！到处是豪言壮语，到处是火热战斗：三大革命运动包括科学实验；三大国际敌人包括帝修反；城市五反反贪污盗窃，反投机倒把，反铺张浪费，反分散主义，反官僚主义；农村四清清工分，清账目，清财物，清仓库；学大寨学大庆学铁人学永贵；困难像弹簧，你强它就弱，你弱它就强；吃大苦耐大劳；天大旱，人大干；先治坡，后治窝；白天和黑夜一个样；领导在场和不在场一个样，当班和不当班一个样；甘当革命的老黄牛；见困难就上，见荣誉就让，见先进就学，见落后

① 王蒙：《踌躇的季节》，《王蒙文存》第6卷，第285页，人民文学出版社2003年版。

就帮：比学赶帮超；不比不知道，一比吓一跳；成绩不说跑不了，缺点不改不得了；小土群；蚂蚁啃骨头；鸡毛能上天；开顶风船，坐争气车；西方资产阶级做得到的事情，难道东方的无产阶级就做不到吗；我们要为党争光为人民争气；小车不倒尽管推；被敌人反对是好事不是坏事，敌人反对得愈起劲，就愈是证明我们的工作大有成绩；养猪就是好，浑身都是宝；开发小球藻；米饭双蒸法；忙时吃干，闲时吃稀，不忙不闲时吃半干半稀；四个第一，三八作风，三老四严；硬骨头六连；南京路上好八连；宁为公字前进一步死，不为私字后退半步生；为有牺牲多壮志，敢教日月换新天；冷眼向洋看世界，热风吹雨洒江天；小小寰球，有几个苍蝇碰壁；芙蓉国里尽朝晖……①

可见，王蒙在“季节”小说中所表现出来的这种“说话的精神”，并非一种话语的游戏，也不仅仅是“话痨”，而是基于这部小说的独特视角和基调。似乎这部小说充满了总结意味，王蒙在总结自己，在总结中国革命，在总结革命知识分子的精神——心灵历程，这种总结的初衷决定了这部小说的基调是倾诉和反讽——这决定于其反思的视角。这种反思的视角和倾诉、反讽的基调决定了王蒙的语言走向。

在《踌躇的季节》中，钱文反思自己的处境：“你一没有肝癌二没有入狱坐老虎凳往指甲肚上钉竹签三没有打光棍干撞墙四没有痤疮五没有降工资六没有平地摔跤折腰椎骨七没有生在刚果与卢蒙巴一道牺牲八没有与许多欧洲人犹太人一样在二次大战期间被送入奥斯维辛集中营化人炉更没有被枪毙：嘎叭一声，脑袋开花。”② 更为研究者援引的是《狂欢的季节》第五章钱文在边疆从

---

① 王蒙：《踌躇的季节》，《王蒙文存》第6卷，第343～344页，人民文学出版社2003年版。

② 王蒙：《踌躇的季节》，《王蒙文存》第6卷，第125页，人民文学出版社2003年版。

小报上看到刘小玲的死讯，报道内容则是“一连串政治咒语套语熟语”：

……报纸上还有批斗这样的闹翻案的右派的照片，无非是一个人被两名红卫兵扭抬着胳臂，按下了脑袋，形状像一个喷气式飞机，故而俗称为（练）“喷气式”。报道内容则是一连串政治咒语套语熟语：发动本能，蛇蝎心肠，刻骨仇恨，丧心病狂，处心积虑，野心仔狼，猖狂反扑，摩拳擦掌，错打算盘，时机妄想，破门而出，欲求一强，颠倒黑白，信口雌黄，混淆是非，丧尽天良，恬不知耻，瞪目说谎，狰狞丑恶，狐狸粉娘，腐烂透顶，妖精跳梁，恶如虎豹，毒如砒霜，痴人说梦，丑志难藏，自我暴露，破绽暴光，白骨成精，恶毒攻党，含沙射影，毒汁溅墙，阴谋诡计，策划急忙，铁证如山，天罗地网，人民铁拳，泰山压顶，无耻吹嘘，欲盖弥彰，铜墙铁壁，口诛笔伐，铁打江山，人民汪洋，擦亮眼睛，十手所向，油炸炮轰，粉身碎浆，无处逃遁，义愤填膛，体无完肤，匕首投枪，短兵相接，刺入膏肓，批倒批臭，婊子牌坊，司马昭心，路人皆详，以卵击石，碎壳流黄，右派得逞，工农悬梁，死有余辜，杀杀杀乓，苟延残喘，自取灭亡，胜利胜利，人心当当，金猴奋起，玉宇辉煌……

这是典型的语言狂欢。而“杂语喧哗”并不完全一样。“喧哗”所强调的是语言的杂语化、异质化、分裂化，如上面所引《狂欢的季节》中的一段，所有词语其意义指向基本相同或相似，并不构成杂语“喧哗”的局面，更像是语言的“泥石流”（不带有贬义），因此，在语言哲学的层面，“杂语喧哗”的意识形态性更为明显和自觉。所谓“杂语”（heteroglossia），主要指向意义的分裂、破碎所带来的语言的异质化现象，在这种异质性语言并置中，完成意义的去本质化过程，从而对意识形态的唯一性和绝对性形成颠覆和解构，走向一种多元、多重、多维的意义建构，如《失态的季节》的一段话：

> ……又聪明又愚蠢又高贵又下贱又自私又爱别人又政治又个人又渴望女性又胆小如鼠的那个名叫郑仿或者名叫王八蛋或者大好人其实全一样的暂时还活着的讨厌的家伙如斯。
>
> 多么可笑！多么徒劳！多么庸人自扰！多么无事生非！多么过眼烟云，转瞬即逝，逝者如斯，不舍昼夜，付诸东流，了无痕迹！

再如《来劲》的开头：

> 您可以将我们的小说的主人公叫做向明，或者项铭、响鸣、香茗、乡名、湘冥、祥命或者向明向铭向鸣向茗向名向冥向命……以此类推。三天以前，也就是五天以前一年以前两个月以后，他也就是她它得了颈椎病也就是脊椎病、龋齿病、拉痢疾、白癜风、乳腺癌也就是身体健康益寿延年什么病也没有。

这可能是古今中外最惊世骇俗的小说写法了。这段话违反了一切教科书关于文学语言的说教，但是，它具有相当特殊的意义，有的学者将这种语言现象称之为“立体语言”（王一川语）。语言的个性化，本质上就是意识个性化的外在形式，语言结构“是一种投射到个体心灵之中的对于复杂而稳定的社会经济结构状况所做的确定的意识形态解释”①，在这种语言流中，一切固定的唯一的专断的语言和价值关联彻底崩毁，语言的所指与能指关系彻底瓦解，一切都是碎片，一切都是偶然，成为一种飘浮性存在，也即是“其实全一样”，这既是对传统意识形态话语的疏离和解构，也是对一种新的意识形态话语的探索和试验。王蒙的这种语言追求是自觉的，具有明确的“意识形态性动机”（孟悦语）。《来劲》在整体语言风格和形式上，完成了对传统小说特别是“十七年”小说模式的颠覆，《来劲》“是以颠覆某些语言规则的方式，象喻着曾占主宰地位的某一意

① ［俄］巴赫金：《马克思主义与语言哲学——语言科学中的社会学方法基本问题》，《巴赫金全集》，第440页，河北教育出版社1998年版。

识形态概念体系的崩溃坍塌”①。

王蒙在《庄子与阿Q》一文中这样描述庄子的“内心世界”，他说：

> 庄子的内心世界堪称内宇宙，堪称大周天小周天，堪称奇绝，纵横驰骋，流星满空，鲜花遍地，电光石火，波纹巨浪，高大卑微，智智愚愚，疯疯傻傻，大块噫气，野马尘埃，像风一样自由，像雾一样弥漫，像湖海一样茫茫，像高山一样耸立，像罔两一样模糊，像朝三暮四与朝四暮三一样狡猾，像混沌一样难得糊涂，翩若游龙，疾如闪电，奔如脱兔，巧若织锦，坠若天花，彩如云霞。他是宏论滔滔，诡辩矫矫，天上地下，生拉硬扯，抡得圆，甩得开，想东就东，想西就西，邪正雅俗深浅良莠善恶虚实，想怎么来就怎么来。骇人听闻，新人耳目，火爆却又潇洒灵动，冷峻却又无可无不可，巧辩却又意识横流，并无逻辑程序，深邃却又旁敲侧击，不求甚解，以及俯视睥睨，仰视谦卑，神神叨叨，嘻嘻哈哈，玄玄妙妙，尖尖刻刻……无所不至其极!②

其实，用这段话来描述王蒙的文学语言世界也是妥帖的，王蒙的许多小说语言的确给人一种“宏论滔滔，诡辩矫矫，天上地下，生拉硬扯，抡得圆，甩得开，想东就东，想西就西，邪正雅俗深浅良莠善恶虚实，想怎么来就怎么来。骇人听闻，新人耳目”的感觉，你喜好也罢，不喜好甚至厌恶也罢，应该说这是以前我们文学作品中所没有的，它不符合任何一本文学理论教科书关于文学语言的说教，特别是不符合经典作家们的关于语言的论述，但这是王蒙的独创，这是一种独特的语言现象，一种语言奇观。王蒙说：“语言本身有一种结构的能力，有一种相悖拗的力量，也有一种相亲和的力量，

① 孟悦：《语言缝隙造就的叙事——〈致爱丽丝〉、〈来劲〉试析》，见崔建飞编：《王蒙作品评论集萃》，第340页，中国海洋大学出版社2003年版。

② 王蒙：《庄子与阿Q》，《读书》2009年第8期。

有一种演绎的力量。”① 也即是说，语言有一种自我衍生的能力。王蒙的小说验证了他的这种理论。他还说：“语言特别是文字，对于作家来说是活生生的东西。它有声音，有调门，有语气口气，有形体，有相貌，有暗示，乃至还有性格有生命有冲动有滋味。语言文字在作家面前，宛如一个原子反应堆，它正在释放出巨大的有时是可畏的有时是迷人醉人的能量。正是这样一个反应堆，吸引了多少语言艺术家把全部身心投入到它的高温高压的反应过程里。它唤起的不仅有本义，也有反义转义联想推论直至幻觉和欲望，再直至迷乱、狂欢和疯狂。”② 王蒙喜欢庄子的“洒脱和语言上的造诣”③。王蒙语言的这种“泥石流”现象，起码标志着一种文学创作上的语言民主，这是一种进步。德国著名心理文体学家利奥·施皮策（Leo Spitzer）曾精辟地论述了精神与语言之间的对应关系，他提出：“背离正常的精神生活引起的精神激动必须有一种背离正常用法的语言来表达。”④ 王蒙的这种看似无节制的语言扩张现象，表达了一个噤声时代的另类诉说，也是一种无声的反抗，同时，又是一个走出噤声时代后对复杂多元世界自由言说的“失态”。正如评论家郜元宝所指出的，王蒙在这种语言的“失态”中，完成了对一元化乌托邦语言的“戏弄”和“谋杀”⑤，更完成了对一元化乌托邦语言所代表的时代的“戏弄”和超越。

---

① 王蒙：《作为艺术的文学》，《王蒙文存》第 21 卷，第 457 页，人民文学出版社 2003 年版。

② 王蒙：《道是词典还是小说》，《王蒙文存》第 17 卷，第 303 页，人民文学出版社 2003 年版。

③ 王蒙：《“空中百花园”直播记录》，《王蒙文存》第 20 卷，第 41 页，人民文学出版社 2003 年版。

④ 转引自陶东风：《文体演变及其文化意味》，第 98 页，云南人民出版社 1994 年版。

⑤ 郜元宝：《戏弄与谋杀：追忆乌托邦的一种语言策略——诡论王蒙》，《作家》1994 年第 2 期。

作家李锐说："叙述就是一切。"① 从特定意义上而言，所谓作家，就是"一群在词语的池塘里游泳的人们"，王蒙尤其如此。王蒙之于语言，恰如鱼之于水。王蒙是当代作家中语言感、文字感最好的作家之一。他的文字感有他的千万言创作为例，他对文字的把握能力——一般而言，作家的文字感、语言感都不会差，但是有时候会出现这种情况，就是文字感强的语言感未必强，而语言感强的文字感或许又差一些——王蒙是把二者结合得最好的作家之一，可能不应该用"结合"之类的词，或许，这是一种天赋吧。王蒙是一个既会说又会写的作家，甚至他的语言感在一定程度上胜过了他的文字感，笔者曾有幸近距离聆听过王蒙二十余场文学讲座，其精彩程度可谓有目共睹。关于王蒙的文字感，只要读读他的作品，即可有十分深切的体会。那种用词的准确和把捏的到位，无与伦比。

关于作家与语言的关系，绝大多数作家要求做词语的"守财奴"。法国著名作家福楼拜说："无论你所要的是什么，真正能够表现它的句子只有一句，真正适用的动词和形容词也只有一个，就是那最准确的一句，最准确的一个动词和形容词。其他类似的都很多。而你必须把这唯一的句子、唯一的动词、唯一的形容词找出来。"诸如此类的说法不胜枚举，因此，要炼字炼句，要"推敲"，要"吟安一个字，捻断数茎须"，要"吟成五个字，用破一生心"；再如"春风又绿江南岸"之"绿"字，"红杏枝头春意闹"之"闹"，都被认为是炼字之典范，因此，"简洁"、"简练准确"被认为是文学语言的首要品格，刘勰在《文心雕龙》中更有"句有可削，足见其疏；字不得减，乃知其密"的说法。所有这些，在一般的意义上都是正确的。但王蒙的小说语言对这些经典理论形成了挑战和解构。

以上所举王蒙小说的语言，如果按照传统文学理论中关于文学语言的说法，何止是"叠床架屋"，简直就是一堆废话、胡话、疯

---

① 李锐、毛丹青：《文字就是被大海推到沙滩上的贝壳》，《读书》2008年第3期。

话。就连刚会写作文的小学三年级学生也能比他写得简练。王蒙曾有一篇著名的演讲:《语言的功能与陷阱》,难道王蒙真的掉进了语言的“陷阱”?

马克思说“语言是思想的直接现实”①,著名语言学家索绪尔也说“语言是组织在声音物质中的思想”②。语言背后联系的是一种思想,一种文化,一种意识形态。王蒙曾在极为正面的意义上说文学是一个“魔方”,他的文学创作也更接近于“魔方”的说法,王蒙似乎就是那个以语言为材料变化出无数令人眼花缭乱而又意味无穷的魔术的“魔术师”,我们无法知道他的下一个“魔术”是什么,但是我们又充满了好奇和期待。这就是王蒙的魔力。王蒙尽量把各种不同的艺术质素融于小说之中,形成一种开放杂糅的状态。例如,他的许多小说掺进了相声、散文诗、杂文、议论等因素,在《说客盈门》、《色拉的爆炸》、《满涨的靓汤》、《球星奇遇记》、《蜘蛛》、《莫须有事件》、《冬天的话题》中,他把深情、幽默、荒诞、滑稽等审美质素杂糅杂交,“文体扩展”,开拓作家的思维空间、精神空间,从而开拓文学的艺术空间。著名学者童庆炳曾经这样惊叹于王蒙独特的小说文体风格:“那种看似非正规而又正规、看来似通非通、非通又通、似连非连、似不连又连的句子满篇都是:白话、古代诗词、现代诗歌、政策条文、苏联歌曲、流行口号、毛泽东语录、成语、流行谚语、民间俚语等夹杂在一起;幽默、排比、反讽、比喻、象征、议论、调侃、戏谑等交叉使用,可这一切又都能连成一气,且蕴涵丰富,信息量大,形象鲜明,生气盎然,风味独特,形成了别具一格的小说的统一的杂语文体。”③ 王

① 《德意志意识形态》,《马克思恩格斯全集》第3卷,第525页,人民出版社1961年版。

② [瑞士] 费尔迪南·德·索绪尔:《普通语言学教程》,第157页,商务印书馆1980年版。

③ 童庆炳:《历史维度与语言维度的双重胜利》,《文艺研究》2001年第4期。

蒙的文体有毛泽东的影子，生动活泼、气势磅礴，甚至不避俗语、俗字。

王蒙的探索和创新极大地开拓了中国当代文学的艺术空间和精神空间，王蒙小说的“装饰性”① 赋予了中国当代小说强烈的“形式感”②。八十年代初的那些“意识流”小说，则重新赋予了中国文学想象力、艺术性、美感。王蒙在当时允许的可能的条件下，努力倡导一种更具文学化的理论，特别是王蒙文艺思想中体现出来的那种辩证思维，那种灵活性，对传统的生硬蛮横的现实主义理论形成了冲击，“对文坛的偏执和峻厉之见将起到一种冲淡的作用”③。

王蒙的探索和创新，在文坛引发了极大的激动和不安，欣赏者、赞扬者有之，反对者有之，忧虑者同样也有。各种意见交锋碰撞，作家刘心武称王蒙为当代文坛头一个“吃蜗牛”的人：“他的尝试，绝不含有对我们已有的‘食源’（特别是‘美味’）加以贬低、扬弃的动机，而且从他那些小说的内容上看，无论从生活场面、人物形象、心绪、气氛乃至于景物，都是地道的国货，绝未脱离我们的时代和民族，因而可以断定，他并不是主张从国外搬回现成的‘洋蜗牛’来吃，而是力图借鉴外国经验，来在中国发现、采集、培植、烹制‘土蜗牛’吃，这对发展我们中华民族的文学创作，特别是加强和丰富中国小说的创作手法、品种风格，实在是只有好处而没有坏处的”④；也有的读者、评论者对王蒙的创新和探索表示“失望”⑤，认为王蒙的小说“好像骑手闯进了八卦阵，既没有突破，又

---

① 吴炫：《中国当代文学批判》，第 90 页，学林出版社 2001 年版。

② 赵玫、任芙康：《旗手王蒙》，见温奉桥编：《多维视野中的王蒙——第一届王蒙文学创作国际学术研讨会论文集》，第 49 页，中国海洋大学出版社 2004 年版。

③ 陈骏涛：《关于对王蒙的批评》，见丁东、孙珉选编：《世纪之交的冲撞——王蒙现象争鸣录》，第 446 页，光明日报出版社 1996 年版。

④ 刘心武：《他在吃蜗牛》，《北京晚报》1980 年 7 月 8 日。

⑤ 陈俊峰：《我失望了——致王蒙》，《北京晚报》1980 年 7 月 17 日。

令人摸不清去路”，奉劝王蒙“更弦易音”：“少来点‘洋’的，多来点‘土’的”①；也有好心的读者劝告王蒙“要创新，但别脱离群众”②；也有读者认为，要创新，开始就难免要脱离一部分群众，甚至引出了“多少人才算是群众”的争论③。总之，王蒙的小说已经成为了八十年代初的一个文学现象、文化现象。王蒙在当时平静的、同时也是徘徊不前的文坛，真的悍然“爆弹”了，借用王蒙小说《夜的眼》中的一句话，王蒙小说引发的惊恐和不安，的确比“入侵一个骑兵团还要怕人”。王蒙在《文学的挑战与和解》中提出文学会“挑战”，会使人感到“不安”，原因在于文学是最讲创造的，是不断求新求创造的，而创造性本身对于随大流、对于安全系数、对于跟着走就造成了挑战。王蒙说：“对于作家本身来说，完全有可能承担很大的风险，有可能走火入魔，一味求新、求怪，语不惊人死不休，‘为人性僻耽佳句，语不惊人死不休’，还有过去还讲，为了一个字，要捻断几根须，很疼。这个作家，而且有一个问题，作家如果费了很大的劲，弄了与众不同的东西，确实出现了花样翻新的创造，是艺术上的成就那还行，但是这个艺术的成功与否，不敢肯定，你有可能不是成就而是败笔，你有可能一部分人认为是成功的，而另一部分人认为是败笔，你有可能引起社会、文坛或者高等学校的不安，这叫小说吗？这叫诗歌吗？这是随意的东西，这是胡说八道，这是信笔胡写，这是骗局，现在有这样的看法。”④

海德格尔指出：“语言的本质却并不完全就等于传达信息。……

---

① 王志宇：《曲高和寡对谁弹？——评王蒙的近作》，《北京晚报》1980年8月6日。

② 罗天平：《要创新，但别脱离群众》，《北京晚报》1980年8月6日。

③ 沈志明：《要创新，开始要脱离一部分群众》，《北京晚报》1980年8月11日。

④ 王蒙：《文学的挑战与和解》，《王蒙研究》2006年5月号，中国海洋大学王蒙文学研究所编。

语言不仅只是工具，不只是人所拥有的工具之一；恰恰相反，正是语言提供了人处于存在的敞开之中的最大可能性。”① 王蒙语言的这种杂语喧哗现象，在这种“其实全一样”的后面，呈现了某种价值的随意性、不确定性、相对性，同时也呈现了一种迥异于传统文学形式的更富有现代感和启发意义的关照世界的方式，这种语言现象从根本上摧毁了我们赖以存在的某种坚定的信条。王蒙通过他的杂语喧哗式的“狂欢”语言，建构了一种新的人与世界、人与人的关系，这种关系破除了单一性、明确性、所指和能指的直接同一性，走向了复杂性、未知性和不确定性，在这种语言面前，秩序和权威、中心论和本质论纷纷解构，世界呈现出新的图景；也重建了另一种语言和存在（我们更习惯称为现实）的关系，重塑了语言与存在的一种动态的多向性、无序性和模糊性，存在于这种语言流中呈现为一种无限性的意义敞开。

维特根斯坦说，想象一种语言就是想象一种生活方式。从语言哲学的视角而言，王蒙小说的“语言转向”，既是一种新的语言实践，也是一种意识形态“事件”。王蒙小说的幽默、杂语和狂欢，寄寓了王蒙对后革命时代文学意识形态的一种新的理解和“想象”，更是一种表现和达成，也标志着一种当代中国文学的新的意识形态价值诉求。

第四节　文学与市场

文学与市场的关系是中国文学自上个世纪九十年代中国实行市场经济以来面临的一个新课题，应该说，这是一个要求每一位作家都要作出回答的课题。如何适应市场经济的新形势，对中国作家是

---

① ［美］梅尔文·弗拉德曼：《意识流：文学方法研究》，见伍蠡甫、胡经之主编：《西方文艺理论名著选编》（下），第 576 页，北京大学出版社 1987 年版。

个挑战，对中国文学的发展亦是如此。

市场经济的到来给中国作家、知识分子心理上带来的不适感，首先表现在关于“人文精神”问题的讨论中。中国文学几乎是在一夜之间，由社会的良知、精神的守护者变成了大众娱乐性消费品，这种转变对作家心理的影响是可想而知的，由此产生了“人文精神失落”的问题。不管这个问题是一种真实的存在，还是一种错觉，都反映了中国作家、知识分子面对市场经济时的某种惶惑不安心态。在这次讨论中，王蒙颇有一种“孤独的战士”的味道，而后来的事实证明，王蒙是正确的，他无疑看得更远，想得更深。面对“人文精神失落”说，王蒙大声地甚至决绝地表达了不同的声音。他认为高度专制主义的文化是无所谓人文精神的，“人文精神应该承认人的差别而又承认人的平等，承认人的力量也承认人的弱点，尊重少数的巨人，也尊重大多数人的合理的与哪怕是平庸的需要”①。王蒙认为，只有在市场经济的条件下，在承认尊重人的个性差异性的大众文化氛围中，才能产生人文精神。计划经济是对个人主动性的抹杀，是反人文精神的，“计划经济的悲剧恰恰在于它的伪人文精神，它实质上是用假想的‘大写的人’的乌托邦来无视、抹杀人的欲望与需求。它无视真实的活人，却执著于所谓新型的大公无私的人”②；“是市场而不是计划更承认人的作用，人的主动性”③。他认为，人文精神必然是市场经济发展的产物，是文化专制主义解体和文化多元格局形成、发展的产物和标志，因为人文精神在本质上是应该能够承认社会生活与文化格局中的多因子、多层次结构的。所以王蒙说，寻找或建立一种中国式的人文精神的前提是对于人的承认，而这种人文精神的前提，也只有在市场经济的条件下才能切实地提供。王蒙是站在一个更高得多的层面上来看市场经济的，因而他看到了市场经济绝不仅仅是一种单纯的经济行为，在更深刻的意义上，它

---

①②③ 王蒙：《人文精神问题偶感》，《王蒙文存》第 23 卷，第 216、211 页，人民文学出版社 2003 年版。

是一种新的文化行为，它的潜在作用比单纯的经济行为的作用要巨大得多。市场经济本身就是一种破除文化专制主义的巨大力量，同时也是形成一种更承认人的平等和差异、更适合人生存发展的文化格局的巨大力量。王蒙对那些坚持所谓人文精神而又激烈批判市场经济的人曾说过这样一句玩笑的话："不要以为市场经济很好，不，市场经济实在糟透了，但是不搞市场就更糟糕得多。"① 王蒙警告那些"坚持只认为过去是美好的，而今天充满了罪恶"的人说，这实际上是用乌托邦主义来枪毙现实，这种思想存有潜在的巨大的破坏性，因为它并非产生于中国正在艰难地迈向现代化的现实，其参照系只是西方对现代文明的批判，所以这种用乌托邦枪毙现实的思想在客观上有使中国重走回头路的可能。应该看到，王蒙的这种担心并非杞人忧天，也不是危言耸听，而是以几十年的惨痛经历作基础的敏锐的洞察，以及对现实的小心的珍视。

在当代，还没有另一个作家像王蒙这样对市场经济条件的文学给予这么积极的理解甚至热烈的辩护。甚至有一段时间，作家、学者似乎认为不骂几声市场经济就显不出他的伟大、精英和清高。其实正如王蒙在《文学的期待》中所说的："人类的社会是从金字塔型向网络型过渡的，所以不管什么事情都是越来越民主的，写作也是如此，也越来越民主化、大众化，任何人挡不住，你哭天抢地你哭爹骂娘也无济于事。"② 王蒙面对市场经济，不是哭天抢地，而是积极理解，王蒙"不主张排斥（文学的）商业化"，更反对"一谈到商业化就那么痛心疾首，如丧考妣"③，王蒙曾多次表示"我一向认为文艺和市场并不是注定要势不两立的"，这是王蒙的不同。王蒙甚至充满激情地"辩护"道："受众有权利选择娱乐性消费性作品"，"与其说文学需要外力的拯救、施舍、抬举，或者认为文学需要权威

---

① 王蒙：《世纪之交的文学选择》，《王蒙讲稿》，第 147 页，上海文艺出版社 2001 年版。

②③ 王蒙：《文学的期待》，《王蒙研究》2006 年 5 月号。

的社会力量为自己的发展扫清道路，清除通俗文艺和大众传媒，或者认为文学需要社会的普遍精英化、诗化，或者把文学发展的关键说成是政策决定一切，设想写作环境的理想化；不如说中国的文学需要自身的努力，需要学习，需要补课，作家需要大大提高自身的素质。与其叫苦连天，不如奋力一搏：拿出自己的货色，至少，拿出点货色来再发宣言再怨天尤人不迟。"① 王蒙的这种看似激愤之辞，并非没有道理。王蒙比较早地意识到了文学格局、文化格局在新的条件下的多样化、多层次性，面对文学、文化上的所谓世俗化，王蒙更是不遗余力地为之"辩解"："文化的消费呈金字塔型，高雅的是顶尖，高级，但数量不太多，大众（包括通俗与流行）是塔基，面很大，二者互相不能代替，不能以顶尖的标准去要求塔基，也不能以塔基的标准去要求顶尖，它们具备互补性。"② 王蒙的关于文学、文化的"塔基"、"顶尖"的理论，道出了新的历史境遇中文学的一个事实。王蒙曾多次呼吁：给通俗文化一点理解！王蒙甚至从社会进步、民主和文明的高度，来看待通俗文化和通俗文学的出现。应该看到，王蒙的这些说法，充满了理解和理性，也充满了善意和建设性。

王蒙并不认同市场经济条件下文学"滑坡"、"边缘化"的说法，他认为这是一个错觉，甚至是伪命题。王蒙在北京大学所作的《话题与歧义——关于现当代文学》的演讲中，对我们转型期的文学有一个基本判断，他认为："我们面对的是一个逐渐走向正常的这样一个社会和文学生活。"③ 所谓文学的"边缘化"、"失却轰动效应"乃至"失重"，恰是文学的"常态"，而过去的所谓"文学热"，"是

① 王蒙：《谁来拯救文学和文学能拯救谁?》，《王蒙讲稿》，第24、25页，上海文艺出版社2001年版。

② 王蒙：《圈圈点点说文坛》，《王蒙文存》第20卷，第77页，人民文学出版社2003年版。

③ 王蒙：《话题与歧义——关于现当代文学》，http：//book. sohu. com/20090927/n267038015. shtml。

特定历史条件下的产物，难以为法”①。王蒙早在上个世纪八十年代后期即市场经济在中国尚未展开的时代，就对“失却轰动效应”以后的文学给予积极的理解，他认为随着中国社会的发展和人们逐渐把注意力从政治热情、意识形态方面转移到经济建设和经济活动上来，社会对文学的热度会降低，读者对文学的热情也会有所降低，不会再出现诸如五六十年代《青春之歌》、《红旗谱》、《创业史》等作品问世时的盛况，甚至也不会再出现七十年代末《乔厂长上任记》发表时的“轰动效应”，社会对文学热度的“衰退”，恰恰反映了社会的稳定和进步，王蒙甚至认为：“如果一个社会的许多成员只是为了解闷儿而读文学作品，冷落了一些救世型的思想家与惊世玩世型的艺术家的巨著，也并非完全可悲。”② 王蒙在当代作家中比较早地意识到了文学上的理想主义、激情主义时代的结束和一个新的文学时代的到来。

王蒙对文学与市场关系的乐观态度，基于王蒙对文学价值多元性的体认，王蒙在接受《南方周末》采访时说，不应把文学“拯救的功能”绝对化，他对那些怀有“准弥赛亚精神”的作品在市场经济条件下的境遇，并不十分乐观，他说：“文学把自己提升到一个弥赛亚的位置，它和读者之间会形成一个很大的落差，这是一个悲哀。”③ 王蒙曾不无愤激地说，近百年来中国文学是“乱世的太阳”，“我国的文学的花朵盛开于乱世”④。所谓“乱世的太阳”，凝就了文学的悲情风貌，以及“准弥赛亚精神”的品格，而这些是与市场经济条件下对文学的期待不相符的。王蒙认为，市场经济多元的社会需求为文学的多样性

---

① 王蒙：《谁来拯救文学和文学能拯救谁?》，《王蒙讲稿》，第 23 页，上海文艺出版社 2001 年版。

② 王蒙：《文学：失却轰动效应以后》，《王蒙文存》第 23 卷，第 180 页，人民文学出版社 2003 年版。

③ 《王蒙：文学拯救的功能不应绝对化》，《南方周末》2008 年 6 月 5 日。

④ 王蒙：《王蒙自传》第二部《大块文章》，第 145 页，花城出版社 2007 年版。

功能的实现创造了条件。文学的功能是多样性的，而在市场经济条件下，文学的消费性、娱乐性、趣味性功能得到了较为充分的实现。他说，“价值的追求应该是、实际上也是多元的”①。王蒙一方面承认文学的精英意识、批判意识乃至“拯救”功能，同时认为，这并非文学的全部，文学同时还包括消费功能、娱乐消闲功能。王蒙是当代较少几位能比较正视、重视文艺的娱乐性、趣味性的作家之一，这实际上体现了一种文学上的平民意识，也是一种价值民主。

王蒙对王朔的欣赏是人所共知的，他甚至冒着很大的风险——事实上也的确遭到过许多人的不解、误解甚至嫉恨。王蒙在《躲避崇高》、《王朔的挑战》等许多文章中都为王朔作了适当“辩护”，他认为，王朔的出现“绝非偶然”，而是“应运而生”，是“非常中国非常当代的现象”②，是“任何人都不可回避的文学现象”③。王蒙认为王朔的小说“自成一家”④，“他拼命躲避庄严、神圣、伟大”⑤，王朔“有意识地与那种‘高于生活’的文学、教师和志士的文学或者绅士与淑女的文学拉开距离，他反感于那种随着风向改变、一忽儿这样一忽儿那样的诈诈唬唬，哭哭啼啼，装腔作势，危言耸听。他不相信那些一忽儿这样说一忽儿那样说的高调大话。他厌恶激情、狂热、执著、悲愤的装神弄鬼”⑥，王朔“不写工农兵也不写

---

① 王蒙：《文学和市场》，《王蒙讲稿》，第49页，上海文艺出版社2001年版。

② 王蒙：《躲避崇高》，《王蒙文存》第17卷，第154页，人民文学出版社2003年版。

③ 王蒙：《与〈小说界〉记者的谈话》，《王蒙文存》第20卷，第27页，人民文学出版社2003年版。

④ 王蒙：《王朔的挑战》，《王蒙文存》第21卷，第407页，人民文学出版社2003年版。

⑤ 王蒙：《躲避崇高》，《王蒙文存》第17卷，第150页，人民文学出版社2003年版。

⑥ 王蒙：《躲避崇高》，《王蒙文存》第17卷，第151页，人民文学出版社2003年版。

干部、知识分子，不写革命者也不写反革命，不写任何有意义的历史角色的文学，即几乎是不把人物当做历史的人社会的人的文学；不歌颂真善美也不鞭挞假恶丑乃至不大承认真善美与假恶丑的区别的文学，不准备也不许诺献给读者什么东西的文学，不‘进步’也不‘反动’，不高尚也不躲避下流，不红不白不黑不黄也不算多么灰的文学，不承载什么有分量的东西的（我曾经称之为‘失重’）文学……”① 王蒙并不认为王朔就是市场经济条件下文学的“样板”，王蒙对王朔的欣赏更多地表现为对王朔所代表的价值立场的肯定，他思考的是王朔的小说为何那么“火”，那么受到“热烈的欢迎”。王蒙认为，王朔的出现契合了某种当代价值需求，是一种市场化时代文学的合理现象。王蒙不是在为王朔辩护，他是在为市场经济条件下的文学辩护。王蒙用“入木三厘”来概括王朔的小说，并提醒道：“他的作品是不是在这种轻松调侃口语的作用之外还应该补充更有分量的内容呢？”②

王蒙怀着一种较为平和的心态看待市场条件的文学，看待文学与市场的关系。他一方面认为文学、艺术走向市场，是一种必然，乃至一种进步，同时也高度警惕市场化可能带给文学的负面影响如艺术的“空心化”、“空壳化”等，他甚至大声呼吁道：“我们能不能期待我们的精神生活，我们的精神产品，我们的作品，多一点智慧的含量，多一点文化的含量，让我们不至于越看越傻。”③ 王蒙高度警惕商业化时代文学、艺术作品的模式化、“配方化”问题。他一方面把港台的某些具有“良好配方”——“有一些文化但绝不坚实，有一些伤感但绝不沮丧，有一些愤怒但绝不激烈，有一些知识但既

① 王蒙：《躲避崇高》，《王蒙文存》第17卷，第149页，人民文学出版社2003年版。

② 王蒙：《“空中百花园”直播记录》，《王蒙文存》第20卷，第38～39页，人民文学出版社2003年版。

③④ 王蒙：《文学的期待》，《王蒙研究》2006年5月号。

不十分生僻也不十分流行，有一些爱心但是并不疯魔，既不是基督式的爱也不是我佛的那种爱”——的作品称为“伪作品”④；另一方面他同时认为，例如美国电影《泰坦尼克号》的成功，完全符合商业化时代“古典加通俗”的价值观念及其“配方”策略：“一分崇高、一分纯洁、二分善良、半分丑恶、半分叹息、二分令观念干瞪眼的豪华、一分半恐怖、一分正义再加半分虚空——其酸甜咸淡都正可口。”① 对于商业化时代文学、艺术作品的模式化问题，王蒙以客观的态度看待之，他并不认为经典作品及其体现出来的精英意识、终极关怀与商业化相悖，王蒙认为商业化思路与艺术追求可以做到并行不悖乃至相得益彰。与把商业化与艺术性、精英意识相对立的观点相比，王蒙的思路无疑更开阔一些，更宽容一些。王蒙在一系列演讲中，都表达了对市场经济条件下文学的乐观态度，他的这种乐观招致了许多人的不满乃至批评，2009 年 10 月王蒙在法兰克福书展上的一次文学演讲中指出：“不管对中国文学有多少指责，我只能说，中国文学处在它最好的时候，中国现在有上百种文学刊物，诸多作家在从事纯文学创作，全国每年发表的长篇小说有上千部之多，中国可算是全世界的文学大国。”王蒙的这番话特别是“中国文学处在它最好的时候”的论断，几乎招来了一片谩骂，其实，在很多的时候人们更愿意相信一种乌托邦幻觉，而不愿相信现实。凡是熟悉中国文学史的人应该清楚，王蒙的话并无错处，他道出的是一个基本的文学事实，人们应该更多地理解王蒙的一片苦心。在很多时候，王蒙之所以招来责难、谩骂，不是因为他的某些言论的不当、不妥，仅仅因为他是王蒙。

---

① 王蒙：《通俗、经典与商业化》，《王蒙文存》第 21 卷，第 505 页，人民文学出版社 2003 年版。

第三章　重铸现实主义文学之魂

王蒙对中国当代文学的贡献之一，表现为他对新时期现实主义文学的重建作出的努力。现实主义无疑是中国当代文学的主流，这一事实在短时间内无法改变。现实主义作为一种创作方法由来已久，就世界文学而言，其先后经过了批判现实主义、社会主义现实主义和开放的现实主义这样几个阶段。当代以来，我们事实上奉行的是现实主义独尊论，如果说苏联曾把现实主义写在作家协会的章程里的话，那么我们在一个时期则是把现实主义钉在了作家的头脑里。恰如批评家王干所说，现实主义在中国是个幽灵，是套在作家头上的一个紧箍咒。那么，如何破除这个套在作家头上的紧箍咒，驱赶掉这个“幽灵”？王蒙的方法是“消解”。王蒙说过一句极有见地的话：对“左”要批评，但更主要的是消解。① 王蒙在许多文章中，明确提出反对“爆破式”的思想方法，反对动不动就“断裂”，反对非黑即白、非此即彼的二元对立的思维方式，而是强调建设性的思维方法。“消解”是王蒙从建设性出发重铸现实主义文学之魂的策略。新的观念建立起来了，旧的也就自然消解了。其效果要远比动辄风声鹤唳、大批判、大轰隆好得多。王蒙在文学的认识上，采取了一种努力提倡尽可能打破过去那种过分偏狭的文学观的排他性的通达态度，破除了对文学的狭仄的理解。

---

① 王蒙：《从政治心态到商业心态》，《王蒙文存》第 20 卷，第 67 页，人民文学出版社 2003 年版。

第一节　文学的“悖论”

王蒙提出了一个关于文学的重要命题：悖论，这是王蒙对“文学”认识上的重要突破。何为悖论？所谓“悖论”，其实就是自身的矛盾性。关于“悖论”，王蒙喜欢讲这样一个故事：有一个乖戾的国王，凡是到他那里的人，一定要回答来干什么，如果回答的是实话，就被烧死，如果是假话，就被淹死。一天，有个非常聪明的人来了，他说，我是要来淹死的。这就造成一个悖论，什么悖论呢？就是说如果你把我淹死了，证明我说的是实话，说实话就不能淹死，只能烧死。但是你要是把我烧死了，就证明我说的是假话，说假话就只能淹死而不能烧死。最终国王认输了。悖论就是吊诡，就是第“二十二条军规”（美国小说《第二十二条军规》中的“第二十二条军规”规定：疯子才能获准免于飞行，但必须由本人提出申请；同时军规又规定，凡能提出免飞申请的，属头脑清醒者，应继续执行飞行任务）。王蒙在《庄子的享受》一书中，在解释“是今日适越而昔至也”一句时，说庄子以其无比锐利的眼光，揭示了一种普遍的世相——悖谬。事实上，我们在对“文学”这一概念的理解上，也同样存在着“今日适越而昔至”的悖谬。承认文学的悖论，标志着我们对文学理解的一种辩证思维。必须承认，有时我们对文学的许多理解和说法过于专势，过于强横，过于“定于一”，过于全称判断，而这些忽略了文学自身存在的可能的悖论。悖论，其实就是承认事物的多种可能性、多维品性，就是破除“定于一”、单一化，单一没有悖论。与我们长期以来喜欢用一句简洁（又嫌简单）的语言概括文学的本质不同，王蒙认为，文学其实是“瞎子摸象”，你永远都无法给出文学一个全面的准确的定义，因为你所看到的文学仅仅是“大象”的尾巴、鼻子或耳朵。王蒙更是多次谈“文学的歧义”、“小说的可能性”、“小说面面观”，这实际上谈论的就是文学的悖论。文学其实是一个最复杂的概念，无法用简单的一句话加以概括。把复杂问题简单化是我们的一个嗜好，一个通病。作家贾平凹曾说：“文学到底是什么，实叫人疑惑，就像对自己是从哪儿来的死后又要去哪儿一样地疑惑。”① 其实，这种“疑惑”并非贾平凹所独有。王蒙探讨文学的这种“疑惑”，力求把“文学”从某种狭隘的约定俗成的理解中解放出来。这为他打破一些传统的文学观念找到了一个内在合理性，既然文学在本质上是多层面的、矛盾的，为什么不可以在一些传统的观念上进行稍稍的探讨呢？

王蒙认为，悖论或歧义构成了文学的基本属性，而这种悖论或歧义恰恰反映了文学自身深刻的内在矛盾性。王蒙说：“我始终觉得文学本身就是充满悖论的，而最大的悖论就是文学定义本身——它既是真实的又是虚构的。”② 王蒙指出：“文学本身有一些互相违背的命题，又都能够成立。”③ 也就是说，在王蒙看来，文学是一个具有多维性质和属性的自我矛盾体，也许正是在这个意义上，王蒙强调文学是一个“魔方”。王蒙曾深有感触地说：“谈文学是非常难的。你每句话都可能是错误的。”④ 又说“文学是一个引起争论的题目”⑤。王蒙所谓的“难”，就在于文学是个悖论性概念，我们往往习惯于从社会的文化的哲学的角度，而不太愿意从艺术的角度，也很少从创作的角度谈论文学。王蒙的不同在于，他对文学的体认和领悟，更多是从经验、体验的角度，从一个作家的角度来认识文学。

---

① 贾平凹：《一九九八年五月三日的笔记（代序）》，《做个自在人——贾平凹序跋书话集》，第 1 页，内蒙古教育出版社 1998 年版。

② 王蒙、李润丽：《王蒙海大访谈录（二）：文学》，见温奉桥编：《王蒙在海大》，第 148 页，中国海洋大学出版社 2005 年版。

③ 王蒙：《文学的悖论》，《王蒙文存》第 19 卷，第 537 页，人民文学出版社 2003 年版。

④ 王蒙：《作为艺术的文学》，《王蒙讲稿》，第 160 页，上海文艺出版社 2001 年版。

⑤ 王蒙：《文学三元》，《王蒙文存》第 23 卷，第 168 页，人民文学出版社 2003 年版。

王蒙认为，文学的悖论处处存在，例如他在《文学三元》这篇文章中，就较早地体悟到了文学的悖论，只是那时王蒙尚没提出“文学的悖论”这一概念而已。在这篇曾引起巨大争议的文章中，王蒙指出，文学是一种社会现象，是一种文化现象，是一种生命现象，而这构成了文学的“三个棱面”。王蒙的“文学三元”论比“定于一”不知前进了多少。“三元”就有了多维理解和言说的空间和可能，就有了变化，也就有了“张力”。

王蒙认为，文学在本质上具有多级特质群聚的全息性特点。他说：“文学正像世界一样，正像人类生活一样，具有非单独的、不只一种的特质。”① 文学的这种多级特质群聚的特点，既构成了文学的悖论，同时也构成了文学自身。在一定意义上，文学的丰富性和开放性，源于文学的悖论性。王蒙指出，功利与非功利，真诚与表演，精英与大众，继承与现代，形式与内容，感情与理念，理性与非理性，直观与思辨，鲜明性与多义性，以及雅与俗等，都构成了文学的悖论，这些悖论涉及文学的多级特质，既涉及文学与外界的关系问题，更涉及文学自身内部的特质。王蒙认为，在文学的这一系列悖论中，“虚构和真实”构成了文学的最大也是最根本的悖论，因为这一悖论是由文学的本性（既是真实的，又是虚构的）所决定的。王蒙同时认为，文学的悖论源于生活自身的悖论以及文学反映、表现生活的方式。生活自身的复杂性决定了其悖论性，生活中充满了矛盾即悖论，特别是文学表现的主体“人”，更是充满了悖论，而文学反映、表现生活的方式又具有其独特性，这表现为：文学的方式是一种整体性、原生性即总体的方式，是一种主观的方式，是一种情感的方式，同时又是一种拉开距离保持审美的方式，还是一种语言的方式，② 而

---

① 王蒙：《文学三元》，《王蒙文存》第 23 卷，第 168 页，人民文学出版社 2003 年版。

② 王蒙：《文学的方式》，见温奉桥编：《王蒙在海大》，第 22 ~ 36 页，中国海洋大学出版社 2005 年版。

不是把生活提炼成几条简单的规律、定义和原理，文学的这些“方式”从根本上强化了其悖论的可能。王蒙把文学的这些看似对立的“两极”看做是文学自身的“悖论”，这实际上体现了一种整体的文学观，比把文学“两极”对立起来好得多，它消解——起码是弱化了——某种文学的二元对立所带来的紧张感。王蒙特别喜欢瞎子摸象的故事，王蒙的文学“悖论”论，一定程度上体现了瞎子摸象的“悖论”。

王蒙一方面承认文学的悖论性，另一方面又认为文学的这些相互矛盾的特质即悖论又不是多级特质的简单叠加，而是呈现为各级本质的综合的系统。在这个各级本质群聚的系统中，审美性又是其核心和基础，是其他各级本质的载体。王蒙说：“我相信，阅读小说与阅读文件，需要的是不怎么相同，相当不同的两种心理准备，两种频道接收制式，两种编码系统，两种语言符号。”① 在王蒙看来，文学是一个民族的精神的转接方向，它内含着这个民族文化中的各个方面和层次的问题。王蒙承认文学实际上是“作家个人在一定的社会思潮、社会集团利益、社会生活的需求或社会发展变革的趋向的影响下，即在社会发展的客观规律的作用下，向广大社会公众的一个发言、一个公报，它是一种面向社会公众的诉说、报道、记载、吁请、辩解、提醒、透露、劝诫、激发、声明、宣传”②，换句话说，文学是社会言论社会舆论的一个组成部分，是历史动态的一个组成部分，是民情、民忧、民瘼的标志之一种，信号之一种。王蒙把文学的社会性、历史性、阶级性甚至政治性、新闻性看成是文学的内在本质之一种，而非文学的唯一本质，只是各级本质群聚系统中之一元素。所以，他在强调文学是社会现象的同时，也看到了文

① 王蒙：《王蒙自传》第二部《大块文章》，第 56 页，花城出版社 2007 年版。

② 王蒙：《文学三元》，《王蒙文存》第 23 卷，第 168 页，人民文学出版社 1991 年版。

学作为一种文化现象、生命现象的存在本质。王蒙关于文学前后有好几次极为精彩的“王蒙式”的说法。在《我的写作》中，王蒙给文学下了个“独特”的定义，任何文学理论教科书中都找不到的定义：

> 文学是一种特殊的记忆形式。文学就是怀念，文学就是复苏，文学就是青春，文学就是人生的滋味，文学就是余音绕梁三日不绝。文学就是生命所剩余的一切。
>
> ……文学使往日重新鲜活，文学使黯淡变成趣味——至少是自嘲，文学使痛苦焕发辉煌，文学使灰烬蓬勃温热。文学使有所作为者尽情发挥，文学是仁人志士的战场、十字架至少是试验场①……

> 小说之所以是小说，正因为它说了很多却又没有直接发言，它提供的不是一个简约化了的主张，而是一种真实的和假设的生活，诗化了或者荒诞化了的，自然状态的或者变了形了的生活。像生活一样生活，像回忆一样回忆，像感觉一样感觉，像喜怒哀乐一样喜怒哀乐；而又是别一种喜怒哀乐，一种经过个人的独特心灵折射，独特的酿制创造，从而艺术化了的生活、回忆、感觉、喜怒哀乐。它提供的是一种经验，一种感受，一种智慧和一种激情，更多的时候是一种困惑，一种无法言说，却恰恰不是明快的主张本身。②

> 文学就是这样一种东西，任何得意特别是失意者，赋闲者，自命怀才不遇的穷酸者，自恋者，梦游者，热情者，有使命感

① 王蒙：《我的写作》，《王蒙文存》第 21 卷，第 104 ~ 105 页，人民文学出版社 2003 年版。

② 王蒙：《小说永远不会被替代》，《王蒙文存》第 21 卷，第 514 页，人民文学出版社 2003 年版。

者，也可能是妄想者，与编辑出版人员有私人关系者……都可一试，都有可能小试身手。①

小说不是什么有力量的存在。小说作者在许多情况下属于弱者，……小说的力量在于打动人心，供读者一恸、一哂、一惊、一皱眉或者一笑。小说的可能性是通过打动人，多多少少地，常常是少少地，快快慢慢地，常常是慢慢地，影响一下现实。②

与绝大多数作家强调文学的力量不同，王蒙更多强调的是文学的没有什么力量，如果说绝大多数作家看到的是文学的“有”，那么，王蒙更多看到的却是文学的“无”，这正是王蒙的独特之处。对于文学的“有”——力量、功用、意义等，我们已经强调得太多，这导致了许多非文学力量的介入，事实上导致了文学的非文学化。王蒙对文学的“无”的强调，恰恰契合了文学的本性。

第二节　多维的现实主义真实观

经典现实主义理论认为，文学应该“真实地、历史地、具体地描写生活”。“文革”期间阴谋文学和谎言文学盛行，破坏了文学的现实主义传统，七十年代末，文学界提出了恢复文学的现实主义传统问题，特别是“写真实”问题，许多作家呼吁文学反映真实，正视现实，敢于、勇于揭露现实，这在当时有其一定的历史原因。但是对“写真实”的强调，在一定程度上使文学的范畴和表现方法狭仄化，桎梏了文学的更为繁荣和多样态的可能，针对这种情况，王蒙对“真实性”进行了较为系统深入的思考和探究，形成了自己关

---

① 王蒙:《王蒙自传》第一部《半生多事》，第 130 页，花城出版社 2006 年版。

② 王蒙:《王蒙自传》第一部《半生多事》，第 143 页，花城出版社 2006 年版。

于文学真实性的理论。

文学的真实性是长期套在中国作家脖子上的最大的套子。罗布—格里耶认为，文学的不断改变主要在于真实性概念在不断改变。余华特别强调了区分“生活真实”和“精神真实”的重要性：“我开始意识到生活是不真实的，生活事实上是真假杂乱和鱼目混珠。这样的认识是基于生活对于任何一个人都无法客观。生活只有脱离我们的意志独立存在时，它的真实才切实可信。而人的意志一旦投入生活，诚然生活中某些事实可以让人明白一些什么，但上当受骗的可能也同时呈现了。几乎所有的人都曾发出过这样的感叹：生活欺骗了我。因此，对于任何个体来说，真实存在的只能是他的精神。当我认为生活是不真实的，只有人的精神才是真实时，难免会遇到这样的理解：我在逃离现实生活。汉语里的‘逃离’暗示了某种惊慌失措。另一种理解是上述理解的深入，即我是属于强调自我对世界的感知，我承认这个说法的合理之处，但我此刻想强调的是：自我对世界的感知其终极目的便是消失自我。人只有进入广阔的精神领域才能真正体会世界的无边无际。我并不否认人可以在日常生活里消解自我，那时候人的自我将融化在大众里，融化在常识里。这种自我消解所得到的很可能是个性的丧失。”① 中国当代文学观念的突破和演进，在一定意义上是从对文学的真实性观念的澄清和重新理解开始的，在这个过程中，王蒙是一个先行者。王蒙早在上个世纪七十年代末八十年代初的《作家应有真知灼见和真情实感》、《“反真实论”初探》、《睁开眼睛面向生活》、《是一个扯不清的问题吗——谈文学的真实性》等一系列文章中，就对文学的真实性问题进行了深入的探析，提出了一系列闪耀着思想解放光芒的论断，如在《睁开眼睛面向生活》一文中，表达了他对“真实性”的新的理解：“文学的真实性，既包括对于客观外部世界的如实反映，也包括

---

① 余华：《虚伪的作品》，《上海文论》1989 年第 5 期。

着对于人们的（包括作家自己的）内心世界的如实反映，我们绝不因为提倡真实而排斥浪漫主义，排斥理想、想象、艺术的虚构与概括。”① 王蒙说：“小说最大的特点在于它是假的。……小说是根据生活的真实来的，但它本身是假的，这是它最大的一个特点。英文管小说叫fiction，fiction本身的意思就是虚假。这个假是非常严肃的假，是从生活当中来的，是根据真的东西写出来的。但是它变了，它变的方式是通过虚拟。”② 王蒙对艺术虚构的重视，与过于强调“写真实”和“真实是艺术的生命”的观点相比，是一种进步，是对文学特性的尊重。与现实主义文学基本精神理解上存在着某种程度的僵化封闭相联系，对现实主义文学的真实性问题，也往往理解得过于片面和狭窄，甚至有时离开文学的特点来抽象地谈论真实性，或者将文学的真实直接简单地等同于现实生活的真实。这样，真实性实际上就成了凌驾于现实主义之上的东西，甚至成了某些人手中的“棍子”。王蒙在《是一个扯不清的问题吗——谈文学的真实性》一文中进一步提出：“在恢复了真实地反映生活的传统以后，我们不能满足于表面的和外在的生活记录，我们需要有更多的艺术想象，更多的艺术探索，更强烈的艺术个性，更多样的艺术手法。我们要忠实于真实，我们还要敢于和善于突破那些表面的和外在的真实的硬壳，我们要更加大胆、更加巧妙地去创造一个艺术世界、精神的境界，为社会主义的创业者提供越来越多、越来越新鲜、营养丰富而美味可口的精神食粮，以提高和扩展读者的眼界、趣味、欣赏水平和情操，以感染、慰藉、净化、强化和震撼读者的灵魂，培养更多的社会主义新人。”③ 王蒙又说：

---

① 王蒙：《睁开眼睛面向生活》，《王蒙文存》第23卷，第23页，人民文学出版社2003年版。

② 王蒙：《漫话小说创作》，第78页，上海文艺出版社1983年版。

③ 王蒙：《是一个扯不清的问题吗——谈文学的真实性》，《王蒙文存》第23卷，第72页，人民文学出版社2003年版。

“文学需要真实，又不仅需要真实。文学还需要崇高的信念，深沉的思索，大胆的想象；文学还需要激情，需要是非心与同情心，文学还需要鲜明生动的形象、精湛完善的艺术形式。”① 在这里，王蒙破除了离开具体的文学形象和文学作品来谈真实性的做法，以及人为地将文学的真实性和大胆的艺术想象对立起来的做法。王蒙说，文学的最本质的特点并不是它的真实性，而恰恰是它的非真实性即虚拟性。文学的真实性和虚拟性并不是对立的，而恰恰是一个球的两面。文学的真实性是以虚拟性为基础和前提的，离开了虚拟性这一文学的最本质的特点也就无所谓真实性。所谓文学的真实性，并非就是指其内容的可考证性和可验证性，而主要是指虚拟的合逻辑性，即符合生活的内在逻辑，符合人的思想、感情、行为的内在逻辑，所以“文学的真实性问题，归根结底是一个艺术说服力的问题”②。

王蒙把文学的真实性并不是看做是否“以生活本来的面貌来反映生活”的问题，而看做是感受的真实和感情的真实的问题。也就是说，王蒙认为文学的真实性主要是指一种主观心理的真实，在真实性上他更强调的是主观感受的“真”，而不是客观效果上的“实”。他说：“有时真诚就是真实。比如幻想，是最不真实的，但是他要是诚心诚意在那里幻想，写到作品里就是真实的、感人的。”③ 唯其真诚，才有说服力，唯其有说服力，才有真实性。与王蒙开放的文学观相联系，在对于现实主义精神的认识上，王蒙也有自己独到的见解。一般来说，我们将现实主义的精神概括为“以生活的本来面貌来反映生活”，王蒙曾对这种论断提

---

① 王蒙：《是一个扯不清的问题吗——谈文学的真实性》，《王蒙文存》第 23 卷，第 70 页，人民文学出版社 2003 年版。

② 王蒙：《是一个扯不清的问题吗——谈文学的真实性》，《王蒙文存》第 23 卷，第 69 页，人民文学出版社 2003 年版。

③ 王蒙：《探索断想》，《王蒙文存》第 21 卷，第 309 页，人民文学出版社 2003 年版。

出过质疑，他说现实主义主要的是希望表达和显示人物更加独特的性格和对人性更新的更深度的发现，而不仅仅是外在的性格和气质。现实主义不是一种性格和气质的代名词，而是一种基本精神，其实质是“来自生活，反映生活，为了生活”。“以生活的本来面貌来反映生活”只不过是这一基本精神制导下的一种具体的表现形式和手法，而现实主义文学反映生活的形式和手法则是多种多样的，它可以以生活本来的面貌反映生活，也可以以浓缩多了的面貌反映生活，又可以以想象的、发展的、虚拟的、变形的形式来反映生活。因此，他提出了“反映现实不等于现实主义”的命题，因为任何文学作品都是现实生活的表现形式，都是对生活的反映，只是反映的具体方式不同而已，不能把现实主义的精神实质凝固为反映现实，更不能凝缩为“以生活本来的面貌来反映生活”。

与将文学的真实性主要理解为主观感受的真实相联系，王蒙将我们通常所说的“文学是生活的反映”中的“生活”在范围上做了扩大性理解。他说，文学所反映的“生活”并不单指外部现实世界，也包括人们的特别是作者的主观心灵世界。在王蒙看来，既然文学能直接起作用的终究不过是读者的心，因而文学必须面对人的心灵世界，“没有自然，没有物质世界就没有生活，而没有人的主观精神活动，也同样没有文学所要反映的生活”①。他提出，“文学创作要把面向世界（客观世界）和面向内心世界（主观世界）结合起来”。因为在作家笔下，是没有什么所谓纯客观世界存在的，任何生活无一不是经过作家心灵浸润后的主观化、心灵化了的生活，处于具体生活实践过程中的人，他的主观世界、主观愿望、主观要求无不与客观世界发生联系，所以在这个意义上，“激情、愿望、倾向、理解、想象都是生活”。王蒙的这个提法，很大程度上弥补了现实主义

---

① 王蒙：《是一个扯不清的问题吗——谈文学的真实性》，《王蒙文存》第23卷，第69页，人民文学出版社2003年版。

文学发展过程中只注重客观世界而忽视人的主观心灵世界的严重不足，极大地拓展了现实主义文学反映“生活”的范畴，不仅为他的小说创作向生活纵深、向人的精神世界的最深处开掘找到了很好的“突破口”，而且在很大程度上解除了“真实性”对作家的创造力的束缚，打破了作家头脑中关于“真实性”的许多禁律，为现实主义文学最终从极狭小的河道中走出来，形成创作上的波澜壮阔的气势奠定了理论基础。

王蒙说：“小说是虚拟的生活”①。王蒙在一系列文章中强调，小说的特质是“虚构”，这本来是个最基本的文学常识，但是我们恰恰在常识上犯错误。长期以来，我们在文学的真实性上过于纠缠，越强调真实性，有时就越是走到了真实性的反面，这种怪圈折腾了中国作家几十年。王蒙曾批评过中国文学一方面写得“不真”，另一方面又“太实”的弊端，他强调说：“文学中应该有一些虚的、想象的东西，应该发挥人的想象力，如诗如梦，犹如雾里看花、镜中望月。”② 王蒙曾在多篇文章中强调小说的“可能性”，强调“文学”的方式，其实所指都是文学的虚构品格。在王蒙看来，“可能性”是小说的“关键词”，小说的魅力源于其“可能性”。王蒙认为，所谓小说的“可能性”就是“可能的现实，或者是现实的可能”③，而所谓小说的真实性其实就是的“可能性”的虚拟实现。王蒙对文学“虚构”品格的重视，其实正是对文学真实性的品格的正视和尊重，王蒙理解的文学真实性是一种超越现实的真实，其实是一种“可能性”、或然性而非实有。

---

① 王蒙：《漫话小说创作》，《王蒙文存》第19卷，第42页，人民文学出版社2003年版。

② 王蒙、李润丽：《王蒙海大访谈录（二）：文学》，见温奉桥编：《王蒙在海大》，第146页，中国海洋大学出版社2005年版。

③ 王蒙：《可能性与小说的追求》，见温奉桥编：《王蒙在海大》，第7页，中国海洋大学出版社2005年版。

第三节　开放的审美风格观

风格是现实主义文学的重要美学范畴。长期以来，在我们的文学理论教科书中就有诸如“风格就是人”、“文如其人”之类的关于文学风格、作家风格的论述。这些论述在一般意义上都具有相当的合理性，但也应该看到，这些论述尚缺乏深度，尚嫌单一和封闭。同时，我们必须承认，在对“风格”的理解上，我们尚存在着一些模糊的认识，而这些模糊的认识有时候却成为了作家必须自觉遵循的“律令”，成为了某种文学教条，在一定程度上限制了作家创造性的发挥。

开放的多元风格观是构成王蒙现实主义理论的重要部分。王蒙认为，风格并不是一个凝固的概念，而是一个开放的动态发展体系。构成王蒙风格观的基本内核有两点：一是风格便是探求。王蒙认为，一成不变的风格是不存在的，风格是在不断探索中形成的，没有创造、没有探索也就无所谓风格。风格就是创造，就是追求——追求一种最适于作家个性的方式来表现自己感受最深的生活。创造是无止境的，最具个性化的表现方式也是一个无止境的探索过程。长期以来，我们对风格过于尊崇，甚至认为只有大作家才有创作风格。其实，风格作为作家精神个体性独特的表现形式，是其独特的性情、气质、思想、个性等的综合表现，正如别林斯基所言，风格是作家在作品的“思想和形式密切融会中按下自己个性和精神独特性的印记”①。风格不应该成为一种专利。德国艺术学家哈乌金斯坦在《艺术与社会》中提出：“艺术风格乃是生命力的最高表现。”风格在一定意义上是作家创造性的体现，没有创造，也就没有个性，没有风格。

---

① 十四院校《文学理论基础》编写组：《文学理论基础》，第 275 页，上海文艺出版社 1989 年版。

王蒙指出，“简明性”是人类认识论的一个“奇迹”，也是一个“悲剧”①。其实，所谓“风格”，也是认识论之“简明性”的一个体现，在一定意义上则是一种简单化或以偏概全。王蒙还认为，作家的风格应该是多元的。以前的文艺理论教科书中也承认风格的多样性，但更多的是从诸如时代、阶级、民族的范畴来谈论风格的多样性，较少论述个体风格的多样性、嬗变性，更多强调的是个体作家风格的“统一”性。刘勰在《文心雕龙》“体性”篇中，已经注意到了作为个体作家的风格的复杂性问题：贾生俊发，故文洁而体清；长卿傲诞，故理侈而辞溢；子云沈寂，故志隐而味深；子政简易，故趣昭而事博；孟坚雅懿，故裁密而思靡；平子淹通，故虑周而藻密；仲宣躁锐，故颖出而才果；公干气褊，故言壮而情骇；嗣宗俶傥，故响逸而调远；叔夜俊侠，故兴高而采烈；安仁轻敏，故锋发而韵流；士衡矜重，故情繁而辞隐。刘勰所论，并非强调作家风格的统一性，而是论及了风格的某种非统一性。王蒙认为，风格并非一凝定不变的概念，风格本身也要求发展，要求突破，在要求统一性的同时，更要求多样化。

与许多作家渴望风格心态不同，王蒙对风格充满了某种警惕性，因为在他看来，一个过早地形成自己风格的作家，也就是过早地停止了探索和追求，“固定风格便是风格的停滞乃至死亡”。他甚至说：“没有比过早地判定一个青年作家的风格更有害了。……他在作品中开始表现了自己的一些特色，过分好心的读者和批评家便开始判定这种作家了，就呼吁他，保持自己的风格，坚定地走自己的路了。这样，往往使一个青年作家以为自己的路子已经成功了，‘定’下来了，不要轻易变了。”② 类似的说法在黑格尔的某些论述中也能见

① 王蒙：《王蒙自传》第二部《大块文章》，第 67 页，花城出版社 2007 年版。

② 王蒙：《论风格》，《王蒙文存》第 21 卷，第 196 页，人民文学出版社 2003 年版。

到，例如黑格尔曾指责道："艺术家有了作风就是捡取了一种最坏的东西，因为有了作风，他就只是在听任他个人的单纯的狭隘的主体性的摆布"，"作风愈特殊，它就愈易退化为一种没有灵魂的因而是枯燥的重复和矫揉造作，再见不出艺术家的心情和灵感了。到了这种地步，艺术就要沦为一种手艺和手工业式熟练，于是原来本身没有多大坏处的作风就变成枯燥无生命了"。① 这与王蒙关于风格的见解是相通的。王蒙曾非常有见地地指出："那些所谓非常有风格即一眼能看出风格的作家、艺术家，如果不能突破自己的风格而被风格所困；如果其风格本身就相当狭窄，创作量越丰就越被人一览无遗、越暴露自己的艰窘贫乏。在他（她）的有限的想象力、创造力、胸怀、语汇的空间里，堆满了他（她）自己营造出来的不厌其详的孪生兄弟一样的作品，还怎么会留下令读者欣赏者心旷神怡畅快呼吸的余地?"② 王蒙的这种"孪生兄弟"的说法，虽略嫌刻薄，但道理是对的。

我们习惯认为，风格的形成是一个作家成熟的标志，歌德甚至把风格的形成看做是"艺术所能企及的最高境界"③，而王蒙似乎并不这样认为，他甚至提出了相反的意见，他说："那种僵死的、所谓一眼就能看出的，确定了它的界限的风格往往并不是最有前途的风格，而且风格也不是判断一个作家成就的最主要的标志。有些很有特色的风格家，他们的作品并非上乘。"④ 王蒙在风格这一问题上，赞同胡乔木的观点，胡乔木说风格的鲜明性即"形式的求奇和一味的风格化"并非是作家成就的标志。风格的鲜明性即"形式的求奇

---

① ［德］黑格尔：《美学》第 1 卷，第 370 ~ 371 页，朱光潜译，商务印书馆 1986 年版。

② 王蒙：《谁了解毕加索?》，《王蒙文存》第 17 卷，第 13 页，人民文学出版社 2003 年版。

③ ［德］歌德等：《文学风格论》，第 3 页，王元化译，上海译文出版社 1982 年版。

④ 王蒙：《新时期文学面面观》，《王蒙文存》第 19 卷，第 275 页，人民文学出版社 2003 年版。

和一味的风格化”并非作家成就的标志。王蒙援引了文学史上的一些作家来证明胡乔木的这一观点，他说屠格涅夫的风格比托尔斯泰鲜明得多，但从作品分量上看，屠格涅夫无法与托尔斯泰相比①。同时，王蒙对“一眼可以看出风格来”的观点也提出了质疑，他提出：“风格而一眼能够看出来，鲜明则鲜明矣，独特则独特矣，丰富性和深度却不免可疑。”② 同时，王蒙指出：“既然风格产生于一个漫长的探索、追求、试验、冒险、突破、胜利、失败、再探求、再胜利的过程中，难道它不应该是具有相当广阔的容量，并且随着时间、社会情况的变化而发生某种变化吗？一眼看出来的风格固然很好，两眼、三眼，甚至看了几遍再琢磨琢磨才能看出来，又有什么不好呢？”③王蒙认为，真正的大作家是超越风格的，他提出：“‘超主张性’，是作家成就的一个标志。”④ 王蒙这里所说的“超主张性”主要是针对现实主义与作家的创作方法而言的，但他的“超主张性”的说法，也同样适合作家风格的说法，或者换句话说，“超风格”才是一个作家成就的标志。王蒙的这类看似怪异的说法，充满了某种关于风格的警惕性，是具有某种警醒意义的。因为，习惯思维使我们更多地从正面的意义上来理解风格，而忽视了风格可能具有的负面意义。王蒙的这种提醒，并非没有针对性。

王蒙进一步提出，所谓风格是一个动态的“局限与反局限的统一”的过程，他说：“一个作家就是一个局限，同时又是一种探索，一种突破局限的势头，可以说，是局限与反局限的统一。一种风格也是这样，唯其有局限才有风格，唯其不断地努力突破局限才有新意、有创造、有生命、有发展，才不会僵死，不会令读者初而喜、

---

① 参见王蒙《不成样子的怀念》，《王蒙文存》第17卷，第208～209页，人民文学出版社2003年版。

②③王蒙：《论风格》，《王蒙文存》第21卷，第197页，人民文学出版社2003年版。

④ 王蒙、王干：《王蒙、王干对话录》，《王蒙文存》第20卷，第220页，人民文学出版社2003年版。

继而倦、终而厌。”[①] 既然风格形成于一个漫长的探索追求的过程，因此，“风格是无止境的”[②]，因为“风格本身便是一个探求的过程”，“风格要求发展，风格要求突破，风格要求连续性和统一性，同时风格也要求多样性和连续性的中断——飞跃”[③]，因此，风格是一个多元开放的体系，既有统一性，又有多样性。风格的统一性来自作家稳定的创作个性，多样性来自作家不断地探索和追求。统一性并不是风格的纯粹性，而是多样的统一，是“杂色”之底色。王蒙特别强调了当代风格观念的变化，他说，风格是一个“活的不断发展不断充实的概念”[④]；他认为，当代作家所追求的已经不再是风格的被承认，而是风格的不断发展变化，使自己的风格更具有一种涵盖力、适应力和弹性，只要有探索、追求，就有变化，就有多样。但无论怎么变都离不开作家稳定的创作个性，所以风格统一性的形成是一个自然的过程，不必去刻意追求，因为作家任何的探索和试验都无法摆脱作家的个性特征，都有作家个性灵魂的渗透。统一性不是同一性，它是多样性中的稳定因素的自然呈现；多样性又是统一性的表现形式，每一种不同的风格，都是作家全部个性、全部风格的有机组成部分。王蒙关于风格是“局限与反局限的统一”的论断是一个极为新颖大胆的说法，是一个极其创新性的理论命题。

王蒙指出，风格的多样化既是一个作家不断探索、追求的结果，同时也是一种客观必然。文学既然来自生活，是现实生活的反映，那么就不可能只有一种色调，一种声响，因为生活本身就是多色彩、多声部的。所以，就文学风格而言，“可以是抒情的，冷峻的，嘲讽的，诙谐的，庄严的，快乐的，悲痛的，也可以是混合的，酸甜苦

---

① 王蒙：《善良者的命运——张弦小说集〈挣不断的红丝线〉序》，《王蒙文存》第 22 卷，第 224～225 页，人民文学出版社 2003 年版。

②③王蒙：《论风格》，《王蒙文存》第 21 卷，第 196 页，人民文学出版社 2003 年版。

④ 王蒙：《新时期文学面面观》，《王蒙文存》第 19 卷，第 275 页，人民文学出版社 2003 年版。

辣都有的"①。各种不同的风格之间更多的并不是互相排斥和对立，而应该是一种多元并存、融合共生的关系，"幽默与严肃，达观与哀伤，夸张与写实，议论与直观，通俗与含蓄，嬉笑与怒骂与深沉委婉都不是互相绝对排斥的"②。司空图在《诗品》中把诗的风格分为雄浑、冲淡、纤秾、沉着、高古、典雅、洗炼、劲健、绮丽、自然、含蓄、豪放、精神、缜密、疏野、清奇、委曲、实境、悲慨、形容、超诣、飘逸、旷达、流动等二十四种，王蒙在《风格散论》中，则列举了诸如潇洒、机智、幽默、激昂、清明、痛苦、含蓄、赤诚、神秘、老辣、奔腾、清新、温馨、雄浑、豁达、单纯、空灵、朦胧、自然等近二十种不同的风格表现形式。同时，王蒙也警告不要"刻意"追求风格，因为在他看来，"风格是不可强求的，因为灵魂、个性非强求而来"③，信手拈来，天衣无缝，浑然天成才是"风格之上乘也"，过于求奇，过于追求风格的"独特"，可能走向风格的对立面。这也是王蒙之辩证法的一个体现。

王蒙小说创作中也的确呈现着五彩缤纷的"杂色"风格。他早期的小说《青春万岁》清新明丽，《活动变人形》冷峻凝重，《海的梦》、《听海》、《夜的眼》朦胧飘逸，《蝴蝶》、《杂色》开阔豁达，《十字架上》深邃诡异，《在伊犁》幽默，《惶惑》、《心的光》、《最后的"陶"》含蓄，《冬天话题》、《莫须有事件》讽刺，《说客盈门》、《色拉的爆炸》夸张，《球星奇遇记》、《九星灿烂闹桃花》诙谐，《庭院深深》伤感，《歌神》忧伤，《木箱深处的紫绸花服》、《歌声好像明媚的春光》、《春堤六桥》、《秋之雾》、《太原》深情，"季节"系列开阔，《在我》俊雅，等等。每一种不同的风格都是王蒙自觉探索的结

---

① 王蒙：《短篇小说杂议》，《王蒙文存》第21卷，第191页，人民文学出版社2003年版。

② 王蒙：《倾听着生活的声息》，《王蒙文存》第21卷，第50页，人民文学出版社2003年版。

③ 王蒙：《论风格》，《王蒙文存》第21卷，第199页，人民文学出版社2003年版。

果，也是他在文坛上积极倡导探索、试验的自觉实践。王蒙多元的风格观不仅是对极“左”思想影响下的谈风格、谈创作个性色变的反拨与匡正，也是对僵化的风格观念的一种积极的拓展和发展。

王蒙在生活中是一个“口味很宽兴趣很广”的人，方蕤在《我的先生王蒙》中有一大段记述，她说：

> 王蒙就是一个热爱生活的人：他爱国家爱人民，爱工作爱学习，爱亲人爱朋友，爱运动爱旅游，爱世界爱宇宙，爱体力劳动也爱脑力劳动，爱吃喝也爱艺术，爱平凡的日子也爱接受各种挑战，爱穿新衣服更爱显示自己的朴素与艰苦奋斗，爱听表扬的话也绝不在乎批评乃至攻击。他爱谈政治哲学玄学神学形而上，也爱谈家常谈物价谈时尚形而下。王蒙喜欢听音乐，音乐上也绝对不党同伐异，他爱听交响乐也爱听民族古乐，爱听昆曲、河北梆子、单弦、梅花大鼓也爱听苏州评弹，爱听王昆、郭兰英、郭颂，也爱听约翰·丹佛的乡村歌曲，爱听帕瓦罗蒂与多明戈，甚至也爱听周璇、邓丽君、凤飞飞……再以吃饭为例，他爱吃北方面食、广东菜、上海本邦菜、东北菜、四川菜……对法式俄式意大利式西餐也赞不绝口。他爱吃日本生鱼、寿司、天妇罗，韩国烧烤，泰国甜辣，印度咸辣与各种薄饼，也爱吃穆斯林地区的烤全羊或者古斯古斯（一种小麦碎片），他吃北京的臭豆腐、绍兴的霉千张、宁波的霉冬瓜，也吃法国的荷兰的各种带气味带霉斑的乳酪和俄式红、黑鱼子。王蒙接触各种人物，高级领导、学者、外国人、港澳台胞、少数民族、基层干部、工人农民、企业家、小摊贩、宗教神职人士、“另类”作家、劳改释放犯，老中青男女，革命派、保守派、激进派、改革派、自由派、新左派。①

这也从另一侧面反映了王蒙的丰富性和“多面性”。

---

① 方蕤：《我的先生王蒙》，第231页，长江文艺出版社2004年版。

第四节　统一的现实主义创作论

在传统的现实主义文学理论中，一般都强调主题的鲜明、统一、集中，一切为了主题，一切服务于主题。应该看到，这是一种比较理性也比较僵化的文学观念。这种文学观念在一定程度上否定了创作的特殊性，很容易导致创作上的模式化、类型化。王蒙从创作实际出发，结合自己的创作经验指出，文学作品的思想应该深刻、丰富、崇高，而不一定多么鲜明、集中、统一。形象大于思维，文学作品的思想意义相对于鲜明、集中、统一而言，更要求含蓄性、立体性、多义性。王蒙向来反对无思想、无主题的文学主张，更主张思想的宽泛性和多义性。与单纯发掘文学作品的主题思想相比，王蒙主张更应该注意文学作品本体的审美意义。就如同一支交响乐，你可能不明白这支曲子讲了个什么意思，也可能不明白各个组成部分的作用和含义，但你只要感觉好听也就够了。由此，王蒙阐述了他的关于小说情节的观念。王蒙一向反对所谓“三无”小说（无人物、无冲突、无情节），但他又不赞成过分情节化的小说，传统文艺理论家往往把情节看做是人物性格发展的历史，把情节分为开端、发展、高潮、结局几个部分；对于这种过分戏剧化了的情节观念，王蒙提出：“这在美学上，在艺术形式上到底提供了些什么新鲜东西呢”？与传统的过分强调冲突的戏剧化的情节观念相比，王蒙更主张情节的情绪化、散文化，主张情节的舒展自如、摇曳多姿的开放状态。王蒙认为：《夜的眼》最大的“突破”和“变化”，是摆脱了“戏剧性的小说写法”。他的“意识流”小说如《春之声》、《海的梦》、《杂色》、《布礼》等，大体说来都有个情节，但都是一个松散的朦胧的不鲜明也不集中的情节，几乎没有什么冲突，也很难说它就是人物性格发展的历史，但它自身就具有一种审美价值，就具有一种独立的审美性。王蒙在称赞张承志的小说《绿夜》时说：“没有开头，没有结尾，没有任何对于人物和事件的来龙去脉的交代……不借助传统小说的那些久经考验、深入人心、约定俗成的办法，诸如性格鲜明、情节的生动性、丰富性、戏剧性……摆在你面前的，是真正的无始无终的思考与情绪的水流，抽刀也断不开的难分难解的水流。"① 他说，"没有情节的小说，实际上是用一些小的情节来代替总的情节，绝对没有情节的小说是不可能的"。王蒙把情节分为"总的情节"和"小的情节"，在对传统的情节观念上，尤其是过分强调情节的动作性、完整性、紧张性方面是个极大的拓展。他所说的"小的情节"是指生活情节，"总的情节"是指戏剧情节。王蒙主张小说的生活化、散文化、情绪化、心灵化，反对过分人为的戏剧化；因为在他看来，生活中多的不是高度的戏剧化冲突，而是流水一般的平淡无奇的"生活流"。

在主张情节的心灵化、生活化的同时，王蒙也强调了构成小说的各部分的独立审美性，这在"思想、人物、环境、情节"等一级小说构成要素的基础上扩大了小说的其他构成要素。王蒙认为，具有丰富性、鲜活性、流动性的生活是构成小说的一个因素，像一首歌一样优美的情调、像一幅画一样鲜艳的色彩也是小说的一个因素，意境、氛围、节奏等同样也是构成小说的因素。它们都具有独立的审美价值，而不是小说主题的派生物，都具有自身的独立的存在意义。在《故事的价值》这篇文章中，王蒙打破了传统的关于故事的价值的观念，阐发了他的关于故事价值的新观念。在传统的审美习惯中，往往把故事看做是人物性格的表现形式，是主题思想和作者意图的载体，是社会生活实质的外化，甚至是单纯吸引读者的浅层手段。传统文学理论认为，在小说中，故事是表层的、非独立性的东西，它本身不具有独立意义，它的存在在于它负载的哲学、道德、审美观念，它起的是载体的作用。王蒙却并不这样认为，他指出，

---

① 王蒙：《读〈绿夜〉》，《王蒙文存》第22卷，第41～42页，人民文学出版社2003年版。

小说中的故事本身是有意义的，它本身就是一种审美对象，“故事是文学也是人生的一种风景、风光。故事本身的繁复或单纯、紧张或轻松、曲折或平直、参差或整齐、急促或缓和、幽深或明快、宏大或小巧、跌宕或冲淡、丰绰或质朴、出人意料或者似曾相识、山重水复或者一泻千里，都是十分诱人、吸引人、刺激人或愉悦人的。这就是说，故事本身就是审美的对象。故事就是故事，而好故事就值得一看，就有文学价值”①。在王蒙看来，所有的真实的自然的故事本身就是人生经验的一种普遍的表现形式，是人生某种经历和经验的概括、象征和抽象，而不是为了体现、负载某种思想意义而编造出来的，它自己就已经构成了审美对象本体，并不仅是从属于主题思想的外在因素。也就是说，构成小说的一切因素，故事、色调、节奏、意境等都是生活的固有形式，都是生活的表现形式，其自身就是一种独立的审美质素和审美形式，具有相对的审美独立性和价值，而不是思想、典型人物等“一类概念”的派生物和载体。在小说的起源上，余华也有与王蒙《故事的价值》类似的说法：“我们都知道文学给予我们的是一个虚构的世界，我相信这是因为人们无法忍受现实的狭窄，人们希望知道更多的事物，于是想象力就飞翔，情感就会膨胀，人们需要一个虚构的世界来扩展自己的现实，……现实太小了，而每个人的内心都像是一座火上一样，喷发是为了寻找更加宽广的空间。”② 王蒙把这些独立的审美质素和审美形式看做是“相对独立的文学本体范畴”，他强调各构成因素的独立审美性，这就从单纯的主题思想最高任务的文学观念中将这些独立的审美因素解放出来，凸现它们自身的存在意义和价值。生物学上有一个全息理论，认为每一个机体都是由若干全息胚组成的，任何一个全息

---

① 王蒙：《故事的价值》，《王蒙文存》第 21 卷，第 278 页，人民文学出版社 2003 年版。

② 余华：《没有一条道路是重复的》，第 90 页，上海文艺出版社 2004 年版。

胚都是机体的一个独立的功能和结构单位，也就是机体的一个相对完整而独立的部分，就是一个全息胚。文学上，我们长期坚持的是“有机统一论”，把文学的构成要素分成若干层级，就像是一个金字塔，而最重要的层级即金字塔顶是思想、主题，其余的则是为之服务的次层级、次次层级。王蒙不这样认为，他说，构成文学的要素都具有独立性，都存在独立的审美价值和意义，不存在谁为谁服务的问题。我们把王蒙的这种观点，称之为文学的全息论。王蒙扩展了文学特别是小说的构成要素，例如他认为小说的构成要素除了人物、故事外，还有诸如色彩、情调、意境、趣味、旋律、节奏等，而这些是一般文学理论教科书上所没有的。实际上，这是从有机整体论的审美观向统一本体论的审美观的转变。有机整体论的文学观念，其自身内含着导致审美上的单一化、简单化、非审美化的因素，审美上的单一化、简单化即可能导致创作上的类型化、模式化。而统一本体论的审美观并没有否定主题的意义，而是更看重所有审美因素的独立性，既有统一又有本体，是本体的统一。统一本体论的审美观容易在文学创作和欣赏中培养一种开放的多元的主体心态。

关于小说的结构，王蒙的想法也与经典的现实主义文学理论不同，他主张的是“文无定法”、“无法之法”①。他曾多次说过，最好的技巧是无技巧，“最好的技巧和手法，应该是让读者和作者本人完全忘掉了世界上还有技巧和手法一说”。王蒙说：

> 写文章，应该是有结构有起承转合而无定型、无定则、无安排巧思的任何痕迹的。文无定法，大匠运斤。……好的作品，其作者的感觉绝对不是自己怎么呕心沥血、惨淡经营，而是天假尔手，踏破铁鞋无觅处，得来全不费工夫。
>
> 好文章的力透纸背处也是见不到用力的姿态与斧凿的痕迹的。越是有经验的作家，越不会在要紧的地方拼命煽情、拱火、

① 王蒙：《倾听着生活的声息》，《王蒙文存》第21卷，第49页，人民文学出版社2003年版。

咬牙、谩骂、胳肢人以逗笑、糟践人以出气、哭天抹泪以求同情、大话连篇以壮声势。好的作家越到关键处越是写得相对平静和不动声色。①

王蒙还这样表达了他心目中的文学的“最高境界”——无技巧境界，他说：

得心应手，行云流水，浑如天成，行于所当行，止于所不得不止，古今中外，熔于一炉，笔走龙蛇，心生万象，既能忠于生活，又能驰骋想象，“下笔如有神”，绝无任何斧凿、雕琢、为形式而形式、为技巧而技巧的痕迹。是谓“无技巧”的境界也。②

德国汉学家顾彬曾认为，王蒙在写作上，“他的技巧做得太过分”③。其实，在当代作家中，王蒙是极少数的不讲究“技巧”的作家之一。在具体的表现手法和形式方面，王蒙更是主张广纳博采，为我所用，反对僵化和自我封闭。如针对评论界把他的八十年代早期作品归类为“意识流”小说，王蒙说：

区区意识流，有什么了不起？为何不可一用？又为何需要望文生义地、空对空地议论不休？说实话，为了反映生活，刻画与表述社会面貌与人们的心理风貌并传达作者的思想感情见解，小小一个意识流，够用吗？如实的白描，浮雕式的刻画，寓意深远的比兴和象征，主观感受与夸张变形，幽默讽刺滑稽，杂文式的嬉笑怒骂，巧合、悬念、戏剧性冲突的运用，作者的旁白与人物的独白、对比、反衬、正衬、插叙、倒叙，单线鲜明与双线、多线并举，作者的视角、某个人物的视角与诸多人

---

① 王蒙：《老子的帮助》，第279页，华夏出版社2009年版。

② 王蒙：《王蒙文存》第22卷，第33～34页，人民文学出版社2003年版。

③ ［德］《顾彬：中国当代作家基本没有思想》，http：//culture. ifeng. com/popular/leisure/200903/0313－4092－1059619－1. shtml。

物的多重视角的轮换或同时使用，立体的叙事方法，理想、幻梦、现实、客观世界与主观世界的分别的与交融的表述，民间故事（例如维吾尔民间故事）里大故事套小故事的方法，“此时无声胜有声”的空白与停顿，各式各样的心理描写（我以为，意识流只是心理描写的手段之一），生活内容的多方面与迅速的旋转——貌似堆砌实际上内含情绪与哲理的纷至沓来的生活细节（在《深的湖》里我尝试的正是此种），入戏与出戏的综合利用与从而产生的洒脱感，散文作品中的诗意与音韵节奏，相声式的垫包袱与抖包袱……诸如此类，我是满不论（北京土话，读 lìn）的，我不准备对其中任何一种手法承担义务，不准备从一而终，也不准备视任何一种手法为禁区。①

关于文学的创作心理，王蒙也曾专门探讨这个问题，只不过也许是避免“创作心理”之类的字眼，王蒙称之为创作过程中的“思想方法问题”。对于创作的心理过程，长期以来，我们一般避而不谈，仿佛一谈什么“创作心理”，就有偏离唯物主义之嫌，即使偶有涉及，也是语焉不详。但是，不谈并不说明问题不存在，我们的文艺学中许多教条主义的观点，实际上是漠视、回避文艺创作特殊规律的结果。因此，王蒙谈创作的心理过程，并不是就事论事，而是着眼于解放文艺生产力，打破束缚作家的一些条条框框。与一般教科书中强调“文学”是“客观的社会生活”的“如实反映”或文学是一种“审美意识形态”的大而无当的论述不尽相同，王蒙在谈到具体创作过程的时候，一般不使用类似的概念。王蒙有一套自己的话语方式，如在《漫话文学创作特性探讨中的一些思想方法问题》一文中，王蒙认为文学创作是一个“辩证的立体的过程”。

与一般作家强调的诸如“推敲”、“斟酌”、“琢磨”等不同，王

① 王蒙：《关于创作的通信》，《王蒙文存》第21卷，第57~58页，人民文学出版社2003年版。

蒙一方面认同创作过程中具有一定的目的性、规律性，具有一定的意识、理性、意志和经验的参与成分，但王蒙强调的重点不是目的性、规律性，而是结合自己的创作过程和经验，承认创作过程中的确存在着某种“神秘的魅力”，承认创作过程中的某种特殊规律性，即偶然性、模糊性、整体性，乃至自动性、不可控制性等文学创作心理活动的特殊性。他指出文学创作的过程不可能清晰准确地描述，因为这一过程充满了某种说不清的模糊性。他说：“不可能全部穷尽地觉悟和表述一个作品的准备过程和写作过程，不可能全部穷尽地掌握和表达文学创作作为一项社会劳动和一项特殊的、立体的心理过程所包含的认识的与审美的、理智的与感情的、实在的与虚幻的、大脑的与全部感官全部神经全部心灵的、来自外部客观世界与来自内部主观世界的多向多线多层次的诸种信息、诸种因素、诸种变化发展飞跃。”① 王蒙的这两个“不可能”道出了文学创作心理过程的某种复杂性，承认“不可能”正是走向某种可能的前提和条件，在王蒙这里，“不可能”才是可能。同时，王蒙又警告，不要过分夸大创作心理过程的这种特殊性和神秘性，不要像狄德罗所说的那样，作家成为“发疯的钢琴”。王蒙认为，文学创作的心理过程要求的是想象、灵感、热情、直觉等全部活动的自然而然的活跃，“必须充分尊重文学创作心理活动自身的规律”。在王蒙看来，承认创作中的特殊心理过程，客观上可以防止“对于创作不适当地横加干涉”，因为“否定文学创作心理活动的特殊性与规律的客观性可能导致简单粗暴的瞎指挥或作品的概念化”②，这是王蒙探讨创作心理过程的目的和良苦用心。

王蒙把文学创作的这种“辩证的立体的过程”，又称为“全面而

---

① 王蒙：《漫话文学创作特性探讨中的一些思想方法问题》，《王蒙文存》第 21 卷，第 246 页，人民文学出版社 2003 年版。

② 王蒙：《漫话文学创作特性探讨中的一些思想方法问题》，《王蒙文存》第 21 卷，第 245 页，人民文学出版社 2003 年版。

又自然的心理活动过程”，这里突出了“全面”和“自然”。王蒙曾感叹道：“在文学创作过程中，形象与概念、感觉与思维、追忆与想象、喜怒哀乐的情绪活动与归纳演绎的推理判断、联想与梦幻、理性与直觉、有意识与无意识，都是怎样的活跃啊!”① 王蒙的这段话，实际上涉及了文学创作过程中的许多非常复杂的心理现象、思维现象，如果排除意识形态的偏见、歧见，我更倾向于使用“非理性”一词来描述文学创作的心理过程。关于文学创作过程中的“非理性”因素，大家是承认的，但是从思维的角度谈论“非理性”似乎又多有顾虑，甚至是一禁区。我们已经习惯了逻辑思维和形象思维之类的说法，对于其他的思维形式，不大容易认同。其实，就文学创作的具体过程而言，理性成分当然存在，甚至相当重要和明显，但并非全部。除此之外，还有许多的非理性的心理活动和思维活动，如灵感思维、非感觉思维等。王蒙与许多文论家的不同之处在于其更加尊重文学艺术的特殊规律，例如他对“艺术直觉”的重视。王蒙在许多文章中强调“艺术直觉”的重要性，他直言“我推崇艺术直觉”，“坚信艺术直觉、艺术的感觉在文学创作中的重要作用。我讨厌图解，讨厌把生活只是当做主题思想的例证，使每一个具体描写都服务于作者的意图……我坚信‘形象大于思想’。而形象委实大于思想，正是一篇作品有味道、耐咀嚼的首要条件。我认为写作的时候，不但要求助于自己的头脑，而且要求助于自己的心灵，求助于自己的皮肤、眼睛、耳朵、鼻子、舌头和每一根末梢神经”②。王蒙尊重文学创作的独特性，反对“按既定方针办”，反对机械唯物论者的“镜子”论，而是更加重视文学的独特性，特别是其心灵性和精神性特点。

王蒙并不笼统地否认理性对于创作的重要性，相反，认为其指

---

① 王蒙：《漫话文学创作特性探讨中的一些思想方法问题》，《王蒙文存》第 21 卷，第 238 页，人民文学出版社 2003 年版。

② 王蒙：《我是王蒙》，第 166 页，团结出版社 1996 年版。

导意义是存在的。但王蒙谈论得更多的不是理性和理性思维——也许我们已经谈得太多了，他在许多文章中喜欢的是与理性和理性思维相对的另一套话语，例如直觉、感觉、触发等，如果我们不能从一谈文学就是什么理性思维、形象思维的拘框中解脱出来，我们就不可能接近真正的文学，更不能建立真正的文学理论。其实，王蒙所推崇的艺术直觉，在思维科学上就是直觉思维，这是人类思维特别是创造性思维的一种重要思维形式，不要一看到“直觉”就反应过敏，就认为犯了“直觉主义”的错误。直觉思维具有“非模仿性和不可重复性”的特点，直觉思维类同于艺术灵感，黑格尔在《美学》中，已经相当敏锐地把它看做“艺术家的一种能力”。直觉思维具有突发性、非自觉性、整体性、不可重复性、非逻辑性、不可诠释性以及反常规的独创性等特点，是心理学中的一种“高峰体验状态”，是思维的瞬间“潜知闪现”，这种思维特点是与文学创作的特点相一致的。对于文学创作中“灵感状态”的论述很多，如郭沫若在谈到创作《凤凰涅槃》时，相当生动地描述了“灵感”来临时的情景：“《凤凰涅槃》那首长诗是在一天之中分成两个时期写出来的。上半天在学校的课堂里听讲的时候，突然有诗意袭来，便在抄本上东鳞西爪地写出了那诗的前半。在晚上行将就寝的时候，诗的后半意趣又袭来了，伏在枕上用着铅笔只是火速地写，全身都有点作寒作冷，连牙关都在打颤，就那样把那首奇怪的诗也写出来了。”① 创作思维除了灵感思维外，文学创作中的潜感觉思维也越来越引起注意。歌德在创作完《少年维特的烦恼》后再回过头来阅读时感到非常诧异，“这部小册子好像是一个患睡行症的人在梦中做成的”；王蒙在谈到《海的梦》这篇小说时也说过“一切都好像从笔端自己流出来的”、“似乎小说是奇妙的自动完成的”之类的话。歌德、王蒙都触及了创作思维中的一个重要现象，即潜感觉思维。潜

① 郭沫若：《沫若文集》第 11 卷，第 144 页，人民文学出版社 1959 年版。

感觉思维是创作中的非理性思维，但并非平时我们所说的潜意识之类，而是饱含着不同层次心理因素的混合体，是一种类似于荣格的“集体无意识”的原始感觉能力，即康德所说的那种人人都具有的先天的“共同感觉力”，是个体的某种遗传性的先天感觉能力、感觉倾向和感觉模式。潜感觉思维是创作思维中的一种“盲目但不可或缺的机能”，别林斯基甚至认为，这种“本能、朦胧的、不自觉的感觉，那是常常构成天才本性的全部力量”。歌德曾把这种现象称为“精灵”，他说：“精灵在诗里到处都闪现，特别是在无意识状态中，这时一切知解力和理性都失去了作用，因此它超越一切概念而起作用。”① 从创作主体的心理结构而言，灵感思维和潜感觉思维都属于非理性的深层心理结构，它的发生带有强烈的非自觉性和本能自发性，属于非定向思维，这种自发性实际上就是长期被搁置或淡忘的记忆、情绪、印象、体验、欲望、情感等非理性因素的被激活，是一种深层的审美体验的瞬间的高强度直觉。无论是灵感思维还是潜感觉思维，都契合了文学“艺术”地掌握世界的审美形式的需要，是文学创作思维的特殊性的自我内在性选择。西方马克思主义文艺理论家伊格尔顿曾说过，杰出的作家总是以一种“统一的”、“朦胧的”但“不一定是自觉的”独特方式即艺术的方式来理解和表现这个世界。从科学的意义上讲，文学艺术的“创造性”也许恰恰就产生于非理性思维这种独特的思维方式。② 在探索创作的心理和思维过程中，王蒙已经触及了这一问题，只是他没有使用这类概念而已。

王蒙在《理论、生活、学科研究问题札记》中，提出了一个学术研究中不容忽视的“事实”，那就是“满足于马克思主义一般规律的推演和重复，用一般规律自我循环，代替对一门具体学科对象的把握、考察和研究”，“不能用马克思主义关于社会的一般规律代替

① ［德］歌德：《歌德谈话录》，第 236 页，人民文学出版社 1997 年版。

② 关于文学创作的灵感思维和潜感觉思维，参见朱德发、温奉桥：《论文学创作中的非理性思维》，《学习与探索》2003 年第 3 期。

文学艺术的特殊规律”，不能把马克思主义的真理变成套话，“不能用大道理、牛鼻子扼杀一切小道理、一切牛耳朵牛尾巴”①。王蒙对具体文学创作心理过程的探讨，很好地体现了他的这一观点。具体的文学创作的心理过程与马克思主义文艺理论相比，可能就是牛耳朵、牛尾巴，但它们仍然重要，仍然有价值有意义。王蒙是当代较早体悟、认识、探讨文学创作具体心理过程的作家，也是较早从认识论的高度看待、承认文学特殊性的作家。王蒙所谓的文学创作是一个“辩证的立体的过程”的说法，在一定程度上克服了文学创作中的机械反映论的弊端，是对长期以来文学观念上的单一的直线型思维的消解。

此外，在典型的问题上，王蒙也有自己的独特理解。现实主义的哲学基础是实证主义，所谓“典型”，在一定意义上是对实证论的偏离。“典型论”究竟在多大程度上体现了现实主义文学的本质特性，王蒙对此十分谨慎。在王蒙的一系列文学理论文学批评文章中，并不一般地使用“典型”的概念，而更多的是讲文学的整体性、原生性，在一定意义上是对现实主义“典型论”的消解和反拨。

塑造典型环境中的典型人物被认为是现实主义文学的一般规律，“这是因为，文学是人学，文学要表达的是人的思想、情感、心理。……以人为对象，为创作素材，所以，我们直接用典型人物来表达对于人的观察、感受和理解，用人物来表现人，这是现实主义叙事文学最顺理成章、最直接了当、最有效、最经过长期考验的创作方法”②。王蒙一方面认为，典型化理论及创作方法的出现“是文学观念的一次了不起的飞跃”，但同时他又说“尽管如此，仍然不能把塑造典型人物这一要求‘单一化和绝对化’”，因为在他看来，“塑造

---

① 王蒙：《理论、生活、学科研究问题札记》，《王蒙文存》第 23 卷，第 156、157、158 页，人民文学出版社 2003 年版。

② 王蒙：《关于塑造典型人物》，《王蒙文存》第 19 卷，第 97 页，人民文学出版社 2003 年版。

典型环境中的典型人物，尽管在现实主义文学创作中占据着核心的地位，但它不是无所不包的，更不是唯一的创作规律。它并不具有排他性，并不能成为主宰全部文学史和文学现象、衡量一切文学作品的独一无二的核心命题，它的适用性和有效性仍然是有限度的”①。如果将“塑造典型环境中的典型人物”这一命题神圣化，作为衡量现实主义文学的最高品格，这在理论上不但有失粗疏、偏颇，将一些实际上的现实主义文学作品排除在现实主义之外，而且在实践上可能有害，因为它将作家的创作视野和创作思路狭窄化和单一化了。现实主义文学的形态是多种多样的，可以着重写人的命运、遭遇——故事，也可以着重写人的感情、心理；可以写人的幻想、奇想，还可以着重写人生存于其中的自然环境——风暴；可以写人的环境氛围、生活节奏，也可以着重写人物——性格。如果将“塑造典型环境中的典型人物”绝对化，客观上势必造成现实主义文学的单一化，势必取消现实主义文学的多样化，因为具体到每一个现实主义作家，情况都是各不相同的。王蒙举了契诃夫的例子。他说，在契诃夫的众多的短篇小说中，《变色龙》、《套中人》等确实是以塑造典型人物著称的，不过他的同样有名的小说《苦恼》却是完全不同的，它主要表达的是一种典型的情感，而不是典型的人物。王蒙说：“把《苦恼》说成与上述几篇小说并无大异的塑造典型人物或典型性格的小说，真不知道这是由于契诃夫的贫乏还是由于我们的文学观的贫乏。”②

同时，王蒙对传统现实主义文学理论中的“人物即性格”、“典型人物都是某种性格的共名”的说法，提出了“人是否就等于人物？人物是否就等于性格？”的怀疑。他说，“性格”一词主要的是个心理学的概念，虽然塑造典型性格是塑造典型人物的重要途径，但性

① 王蒙：《关于塑造典型人物》，《王蒙文存》第19卷，第99页，人民文学出版社2003年版。

② 王蒙：《对一些文学观念的探讨》，《王蒙文存》第23卷，第64页，人民文学出版社2003年版。

格与人物毕竟是各自有不同的内涵和外延的两个概念。王蒙进一步反问道，如果说人物的一切都是性格，或者说艺术典型的性格就等于人物而并非心理学意义上的性格，那么将恩格斯的著名论断的译文由“塑造典型环境中的典型性格”更改为“塑造典型环境中的典型人物”，不就是完全多余的吗？他还反问道，如果“典型人物是某种性格的共名”的命题能够成立并成为创作成功的主要标志的话，那么“解放以来三十年，我们的文学创作的不可逾越的顶峰只能是相声《买猴儿》，因为里边有个马大哈，马大哈确实是共名。这三个字本身就是性格的抽象”①。王蒙甚至提出“把人物等同于性格是有害的”，甚至比将人物等同于人还有害，因为它将现实主义文学创作的十分广阔的领域缩小到了十分狭窄的空间，客观上把一些十分有效的创作手法如“意识流”的手法，排除在了现实主义之外。

王蒙比较早就提出，将“人”（个体的独特的而非阶级的类型化的）作为文学表现的中心。人是生活的主体，也应该是文学表现的主体，因而，文学是“人学”。王蒙的不同之处在于对“人”的理解，他强调“人学”中的“人”，应该是“单独的，一个一个有名有姓、不可重复、不可替代的活人，而不是抽象的、概括的群体（阶级、阶层、集团……）才首先是文学的对象”，他说：“文学从来不是主要靠概括地描写社会来表现社会，不是靠概括地去描写一个阶级、政党、集团来表现社会，而是通过描写单个的活人，描写‘这一个’人的命运、性格和感情来兼而表现社会、提出社会问题的。”② 王蒙提出了文学表现的中心也即文学的对象主体应该是“单个的活人”，这一点很重要，这是一种文学观念的改变，更是对之前文学观念特别是文学创作中相反表现的反拨。

---

① 王蒙：《对一些文学观念的探讨》，《王蒙文存》第23卷，第64页，人民文学出版社2003年版。

② 王蒙：《漫谈文学的功能和对象》，《王蒙文存》第23卷。第50、53页，人民文学出版社2003年版。

王蒙虽然主张对典型人物的观念进行探讨，但他并不反对在小说中塑造具有巨大概括意义的典型人物。作家余华对传统的人物即性格的“理论”感到厌倦，“对那种竭力塑造人物性格的做法”，感到“不可思议和难以理解”：“我实在看不出那些所谓性格鲜明的人物身上有多少艺术价值。……我更关心的是人物的欲望，欲望比性格更能代表一个人的价值。”① 王蒙坚持了塑造典型人物的方法在现实主义文学中的基本有效性，在他的笔下，活跃着一大批具有典型意义的人物：刘世吾、林震、赵慧文（《组织部来了个年轻人》）、郑波、田林、杨蔷云、张世群（《青春万岁》）、钟亦成（《布礼》）、张思远（《蝴蝶》）、曹千里（《杂色》）、蓝佩玉、杜艳（《相见时难》）、倪吾成、静珍、静宜（《活动变人形》）、钱文（“季节”系列小说）等。同时，王蒙也有许多小说写的并不是典型人物，而是一种典型的情绪、典型的感受、典型的世相，同样具有审美意义。《海的梦》、《高原的风》、《惶惑》、《心的光》、《最后的“陶”》等写的是典型的心态；《春之声》、《夜的眼》等写的是典型的感觉；《湖光》、《木箱深处的紫花绸衣》写的是典型的情绪；《说客盈门》、《坚硬的稀粥》、《冬天的话题》等写的是典型的世相。应该看到，王蒙在关于现实主义文学塑造典型人物的论述上，主观上急于为他那些写心理写情绪的小说寻找理论上的支撑，从而在客观上造成了理论上某种程度的粗疏和偏颇，甚至也确实存在着如他自己后来所意识到的“在强调开阔发展的同时，没有足够地强调一些重大文艺学命题的必要性、重要性和基本有效性”的倾向。但王蒙始终是怀着积极的建设性的态度来做严肃探讨的，这种探讨对于丰富现实主义文学理论是有积极意义的，探讨本身就显示了王蒙理论家的勇气和实事求是的科学态度。

综论之，多维的现实主义真实观、开放的审美风格观、统一的

---

① 余华：《虚伪的作品》，《上海文论》1989 年第 5 期。

现实主义创作论以及灵活的典型人物说，共同构成了王蒙开放的现实主义文学本体论思想。王蒙对现实主义文学观念的探讨和发展，对现实主义文学表现手法的创新和丰富，反映了我们对现实主义文学的一种新的认识水平；尤其是他倡导的对文学的多元、宽容的态度，则反映了我们对文学的新的体认。也许在今天看来，王蒙的许多理论早已“过时”，不再具有冲击力，仅仅是文学常识的范畴，然而，让常识回归常识，也是王蒙的意义之一。

第四章　文学与革命

就王蒙的整个文学创作特别是小说创作过程而言，从上个世纪50年代的《青春万岁》、《组织部来了个年轻人》到70年代末的《布礼》、80年代的《蝴蝶》、《杂色》、《活动变人形》、《坚硬的稀粥》，再到后来的“季节系列”以及“后季节”的《青狐》等，有一个一以贯之的东西在里面。革命也好，政治也好，“少共情结”也好，是可以明显感受到的。王蒙是一个有信仰的作家，这个信仰支撑起了王蒙的文学大厦。在王蒙思想和情感深处，革命和文学其实是一个东西，是一个东西的两面，它们互为革命，也互为文学——这成为王蒙的文学信仰，王蒙以文学的方式“参加”了革命。20世纪七十年代末“复出”后，王蒙在第四次文代会上曾充满激情地说：“我们与党的血肉联系是割不断的！我们属于党！党的形象永远照耀着我们！即使在最痛苦的日子里，我们的心向着党。而当一旦重新允许我们拿起笔来，我们发出的第一声欢呼和呐喊，仍然充满了对党的热爱、信念和忠诚，我们所仇恨、所诅咒、所批判的正是党的敌人，正是危害党的病毒和细菌。”① 正是这种信仰，决定了王蒙“永远和人民在一起，做人民的代言人”的创作立场。

第一节　“我的起点是革命”

王蒙曾说，知识分子的革命化是中国现代革命的一大特点。王

① 王蒙：《我们的责任》，《文艺报》1979年第11、12期合刊。

蒙在一定意义上可以看做是知识分子革命化的一个典型。他说:“我一辈子最大的经验最多的思考最深的记忆最根本的性格就是革命。革命一直与我息息相关。”王蒙在评论丁玲的“作家是政治化了的人”这句话时说，丁玲的“政治化”来自她的“政治信念价值系统”①，他自己又何尝不是呢?

历史上，许多伟大的文学家是思想和体制的反叛者，如卢梭、托尔斯泰、鲁迅等，恰恰是在反叛的方向上，成就了他们的思想高度。王蒙不同，与他们相比，王蒙走的是另一道路。王蒙一直身处政治和文学两“界”，这是不容忽视的事实。王蒙无论厕身政治，还是身居文坛，都没有“纯粹”过，他对政治和文学两“界”，都极为熟悉，都能“说得上话”，借用汉学家白杰明的话说都能“玩得转”。王蒙一直游走在政治和文学之间，他曾不止一次说过，要自觉“充当中央与作家同行之间的桥梁”②，在当代作家中，能够充当中央和作家之间的“桥梁”的，恐怕并不多，王蒙是最合适的。因此，政治(或革命)和文学之于王蒙其实是合二为一的东西。2009 年秋，在哈佛大学第二届“中美作家论坛”演讲中，王蒙说:“我多次提到了过去，这让我想起芭芭拉·史翠珊的歌《往日情怀》(The way we were):‘假如我们有机会重来一遍，告诉我，我们还愿意吗?我们还能做到吗?’我想告诉你们:如果有机会重来一遍，我还是愿意、而且能够像我以前做过的那样。”③ 王蒙文学创作中所体现出来的明显的政治意识，是王蒙内在价值立场的一种表现。

在中国当代文坛上，王蒙其实是一个“革命作家”，只不过他是一个具有强烈创新意识和创新精神的“革命作家”而已。事实上，

---

① 王蒙:《我心目中的丁玲》,《王蒙文存》第 17 卷，第 311 页，人民文学出版社 2003 年版。

② 王蒙:《王蒙自传》第二部《大块文章》，第 335 页，花城出版社 2007 年版。

③ 查建英:《国家的仆人:中国最著名的作家是一名改革派还是一位护教者?》，http://matthewhau. blog. 163. comblogstatic/61087201201010297928840/。

综观王蒙的创作，无不与时代、革命、政治等“宏大叙事”紧紧相连。在一般意义上，对于一个作家而言，是通过其文学创作、文学活动参与社会和时代的，通过其作品和思想来实现其存在的明证。但是王蒙不单纯是这样一个作家，他除了文学创作、文学活动外，还以更为直接的身份和方式参与了中国的革命和建设。在特定的意义上，他不仅仅是这个社会和时代的表现者、书写者，更是这个社会和时代的积极参与者、实践者，正如孙家正所指出的：“王蒙的生活道路与新中国的成长道路息息相关，王蒙的文学创作与新中国的进步发展紧紧相连。”① 王蒙不止地一次说过：“我的头一个身份是革命者”②，“我的起点是革命”③。王蒙曾自称是一个“深刻的悲观主义者”，但他同时又坚信“只有最深刻的悲观主义者才能乐观”④。王蒙的“悲观”正是他的“政治意识”的另一种表现形式。应该说，在王蒙小说创造的这个“反省的、思索的世界”中，完整地体现了一个“少共”对中国革命的全部理解和智慧。王蒙一生都没有摆脱早年的“少共”经历所形成的强烈的政治热情和政治意识感。《相见时难》中，翁式含曾说，政治是一件激动人心的事情，是一切观念——伦理的、美学的、哲学的，科学的——中最高的观念，是一切感情——私人的、朋友的，阶级的与社会的——中最强烈的感情，因为政治关系着的是亿万人民的命运，是祖国、世界的命运。实际上这也正是王蒙积几十年的经验对政治的认识和体悟。可以说，政治在王蒙的心目中，一直处于最高的位置。“革命者”或许才是王蒙的第一副面孔。

---

① 孙家正在“王蒙文学创作国际学术研讨会”上的“贺辞”。见温奉桥编《多维视野中的王蒙——第一届王蒙文学创作国际学术研讨会论文集》，中国海洋大学出版2004年版。

② 王蒙：《我只是文化蚯蚓》，《羊城晚报》2000年7月21日。

③ 王蒙：《王蒙自传》第二部《大块文章》，第187页，花城出版社2007年版。

④ 王蒙：《我是王蒙》，团结出版社1996年版。

在当代作家中，王蒙是懂得政治的极少数几个人之一。除了“反右”和“文革”时期，王蒙一直与政治保持着密切联系，也一直是“在组织”里的。应该说，他在政治中戏过水、搏过浪、“翻过筋斗”，也经历过“重大的政治风浪”。王蒙从小就对政治表现出了浓厚的兴趣，在他少年时代，他甚至感觉读鲁迅的著作不过瘾，因为里面缺少像巴金小说中的那种革命的激情和热烈。余华说：“任何一个人童年的经历都决定了他一生的方向。”① 这句话在王蒙身上得到了验证。王蒙一生都对政治保持着一种热情，五十年代，他曾担任过北京市东四区团委副书记，四机部 738 工厂的团委副书记；自八十年代以后，从中央候补委员；1982 年秋在中国共产党第十二次代表大会上当选为中共中央候补委员），到中央委员（1985 年 9 月，在中国共产党第十二届四中全会上当选为中央委员；1987 年 10 月，在中国共产党第十三次全国代表大会上，再次当选为中央委员。王蒙曾先后任十二届、十三届中央委员），前后 10 年；从文化部长（1986 年 3 月～1989 年 9 月），再到全国政协委员、常委（1993 年担任第八届全国政协委员，1994 起王蒙先后任第八、九、十届全国政协常委）、全国政协文史和学习委员会主任等（2005 年 2 月，在十届全国政协常委会第八次会议上，王蒙被任命为全国政协文史和学习委员会主任）。需要特别指出的是，王蒙是在 1985 年当选为中央委员的，这一点很重要。王蒙 1982 年秋在中国共产党第十二次全国代表大会上当选为中央候补委员，按照党代表大会惯例，下次党的全国代表大会应是 1987 年的党的十三次全国代表大会，然而，在这期间，“邓小平等同志经过反复考虑，建议党中央在十二大到十三大期间召开一次全国党代表会议，再挑一批年轻领导干部，充实到中央政治局、中央委员会、国务院中来，加快党和国家领导干部的

---

① 《余华：我的工作就把中国存在的事实写出来》，http：//www. chinareviewnews. com/doc8/5/4/100685466. html? coluid = 0&kindid = 0&docid = 100685466&mdate = 0702094145。

革命化、年轻化、知识化、专业化步伐”。这就是1985年党的全国代表大会。“1985年召开的全国党代表会议前夕，邓小平更加重视培养‘第四梯队’。他说，为什么要开这次党代表会议，主要是选拔一批年轻的人进入中央委员会，后继有人，这是一个战略安排”①，由此，王蒙进入党的“第四梯队”。从王蒙当选中央委员的时间看，王蒙曾进入最高领导人的战略视野。当然，后来的事情可能超出了原来的设想。我之所以不厌其烦地“罗列”王蒙的政治“履历”，目的在于说明，自上个世纪八十年代以来，王蒙就一直与上层政治有着紧密联系，特别是他的10年中央委员的政治生活，对他文艺思想的形成和整体风貌起到了相当重要的潜在的影响，但至今鲜有人论及。

长期以来，研究界对于王蒙的政治经历对其思想和创作的影响重视不够。在王蒙本人去职后的一些言语中，也似乎有某种与这段政治经历拉开距离、“撇清”的味道，王蒙多次表示，当作家、写作才是自己的“本行”，在《老子的帮助》中更是把自己的“本态常态”定位为一个“积极参与的与孜孜不倦的写作人”②，委员、部长等似乎是一场“误会”。王蒙的这种表态有时并非必要。在一般知识分子的心目中，文学和政治、作家和部长是两股道上的车，甚至有点水火不容的味道，用王蒙自己的话就是文人和官员时常“尿不到一壶里”，似乎作家一旦成了部长，有损于他的人格的完美和作品的伟大。也许源于此，对王蒙的前后十年中央委员、三年部长以及十几年政协委员、政协常委的政治生活，人们多有忽视。其实，在历史上特别是现代以来，文人对政治的热情并不少见，这本身也没有什么不光彩。三年多的文化部长生涯，在许多人眼中，甚至成为了王蒙的一个“心结”，特别是他去职的时间，让人产生一些联想，这是很正常的。其实，王蒙在诸多场合、文章中，关于他的去职有过

① 赵晓光、刘杰：《一代伟人：邓小平的三落三起》，辽宁人民出版社2011年版。

② 王蒙：《老子的帮助》，第70页，华夏出版社2009年版。

明确和清晰的表述：早在1987年春天，王蒙就专门找过当时的中宣部部长王任重，表达了“经过一个阶段的实践，我觉得自己还是辞去领导职务，专门从事创作为好”① 的意思；1988年10月1日，也就是王蒙担任文化部长一年零三个月的时候，就正式向中央提交了书面辞职报告，只是到了1989年9月4日才获准辞去文化部长这一职务。王蒙有诗曰：急流勇退古来难，心未飘飘身已还。大体符合实际情况。不能说王蒙对部长对政治不感兴趣，但他更感兴趣更胜任的可能还是文学。王蒙在自传《九命七羊》中再一次提到了自己的卸任：“李鹏总理在人大常委会上提出，为了尊重本人早已提出的专心从事文学创作与文艺评论的意愿，免去王蒙的文化部长职务。”② 这既是一种相当官方化的说法，更是事情的真相。有些文人对权力的迷信、迷恋，超过真正的政治家，相反，政治家们对王蒙的去职给予了更多的积极的理解，如习仲勋曾对去职后的王蒙说：“你是如愿以偿了！”③ 李瑞环也曾对王蒙说过“少生闲气，专心创作”④ 的话。这让斯时“处境微微有些不太妙”的王蒙感到了温暖，这与当时文坛上某些人对王蒙的“半明半暗的封冻”⑤，形成了鲜明的对比。

政治经历之于一个作家也许并非必需，有无这种经历却并不一样。王蒙在一首诗中说：“经验塑造着不同的人”。王蒙八十年代的政治经历，其实是他“少共”和共青团经历的延续，王蒙的干部特别是中央委员和部长身份，不但使他开阔了眼界，有机会接触到了

---

① 王蒙：《怀念王任重同志》，《王蒙文存》第15卷，第165页，人民文学出版社2003年版。

② 王蒙：《王蒙自传》第三部《九命七羊》，第30页，花城出版社2008年版。

③ 王蒙：《王蒙自传》第三部《九命七羊》，第31页，花城出版社2008年版。

④ 王蒙：《王蒙自传》第三部《九命七羊》，第113页，花城出版社2008年版。

⑤ 王蒙：《王蒙自传》第三部《九命七羊》，第75页，花城出版社2008年版。

如邓小平、陈云、李先念、胡耀邦、万里、习仲勋、王任重、胡乔木等政治人物以及其他各界重要人物，在参与关系国家民族命运、国计民生大事的过程中，进一步了解了中国的国情、政治甚至权力的运作。更为重要的是，这段政治生活使王蒙在很大程度上改变了观察社会、看待问题的立场、心态或角度，获得了全局意识、大局意识，能够更为宏观地理解性地建设性地看待问题，这也正是王蒙所说的“识大体，顾大局”①。政治生活不但极大地拓展了王蒙的“生活经验面”，构成了王蒙“重要的政治经历、政治资源、理论资源、生活资源与文学资源”，而且这种政治实践“可以去魅、去偏见、去谎言，透过表层看到内里。它使我对许多事不再感觉那样陌生，以及因陌生而神魔化、夸张化、恶意化”②，同时，这种政治历练使王蒙“学会用更为务实的态度考虑许多事”③。王蒙的政治经历，深化了他对社会对人的认识。其实，关于政治他还是很有心得的，如在《诫贤侄》一文中，王蒙告诫老友刚升任副县长的儿子：把眼睛盯在工作上业务上，不要盯在别人服不服自己上；不要到上级面前老是说你这个县的人民多么落后，这个县的干部的素质多么低下；不要动不动骂前任；不要老是到上面去呼救求援；不要动不动在下属面前流露对上级的不满；不要搞十几个人来七八条枪的亲信，更不要走到哪里把他们带到哪里。王蒙说的这几个“不要”，看似属于官场ABC，但并非每一个在官场待过的人都能体味得到。王蒙更是语重心长地说道：“大官小官，都是办事的官。用工作的成绩说话，则兴，则立，则吉；用说话来取代工作成绩，则败、则危、则凶。切切，切切！……能上能下，才见人品官品，下的时候切莫

① 王蒙：《王蒙自传》第三部《九命七羊》，第86页，花城出版社2008年版。

② 王蒙：《王蒙自传》第二部《大块文章》，第186页，花城出版社2007年版。

③ 王蒙：《王蒙自传》第二部《大块文章》，第181页，花城出版社2007年版。

出洋相！任职期间也不要把业务全丢了，免得最后弄个一无所长，一无所成，武大郎盘杠子，上下够不着。”① 这几句看似简单的话，其实包含了王蒙相当的政治智慧，没有相当的政治经验是说不出来的。王蒙的“人生哲学”在一定意义上也是一种官场哲学，特别是他的“二十一条人际准则”，还有诸如“不把自己绑在任何战车上”、“对所有上级尊重而不投靠”、“所有同行都团结，但不结帮拉伙”等，既有他对人生的深刻领悟，更有他从官场政治中得来的切身经验。而他的小说如《球星奇遇记》、《虫影——为BNW护发灵所拟广告小说》等，则被解读成“官场小说”，表达的是一种“为官的心境”和某种“官路历程”②，这也并非是捕风捉影。王蒙在《大块文章》之《相差一厘米》中坦言，他“比作家同行们多了一厘米政治上的考量和成熟，比书斋学院派精英们多了也许多于一厘米的实践”③。王蒙所说的“相差一厘米”，应该说源于他与一般作家特别是书斋型学院派精英相比这种独特的政治阅历和历练，这实际上就是王蒙的某种“政治视野”和“政治眼光”。作为文化部长，王蒙接触和处理的都是一些极为现实的问题，这与文学的想象、主观、虚拟的特点是不同的，如何处理这些现实问题，需要技巧、策略、智慧，更需要对现实的深刻理解和把握。王蒙从八十年代深圳“选美”事件以及引进外国音乐剧《猫》的过程中深刻体会到，任何事物的发展都是一个“期以时日，自然而然”的过程，王蒙的“期以时日，自然而然”，与他的同乡张之洞的“厉行新政，不悖旧章”以及邓小平的“不争论”本质一致。从政治上看问题，是王蒙的一大“法宝”。还有，王蒙曾以文化部长或作家的身份，到过世界

---

① 王蒙：《诚贤侄》，《王蒙文存》第15卷，第350~351页，人民文学出版社2003年版。

② 於可训：《王蒙传论》，第232页，武汉大学出版社2009年版。

③ 王蒙：《王蒙自传》第二部《大块文章》，第175页，花城出版社2007年版。

上50多个国家、地区，进行访问或文化、学术交流，这也极大地开阔了眼界，接触到各色人等和不同文化，使王蒙从不同的价值标准、文化立场来看待问题。对于一个作家而言，有没有这种经历是不一样的。

王蒙曾把自己定位为“写小说的”，但同时仍坦称自己“具有相当引人注目的干部身份”①。王蒙经常说自己喜欢穿“干部装”，何为“干部装”？喻指其干部身份也。许多论者谈到王蒙创作中的“革命情结”或“政治意识”②，均认为是与王蒙的这种独特的“干部身份”紧密相连的。王蒙内心似乎有一种“19岁情结”，特别是那批政治上早熟的“少年布尔什维克”更是给王蒙留下了终生难忘的印象，王蒙喜欢用“充满阳光”来形容这段难忘的青春岁月，以致晚年在其自传中，回忆这段生活的时候仍充满激情：

> 我的周围有一大批这样的充满阳光的青年骨干。……男男女女的团干部，人小心大，重任在肩，读书求知，才智出色，一心革命，豪情如火，功课好，能讲演，善分析，同时具有组织能力指挥能力，优秀得很。……与这些青春革命好友一起开总支书记联席会，汇报情况，传达指示，总结工作，交流经验，不但是公务是工作，也是友谊、学习、“充电”和享受。我们共同享受着革命，享受着胜利，享受着荣耀，享受着青春，享受着新生的中华人民共和国。③

革命或政治，对于王蒙而言，绝不是一种外在的东西，王蒙对革命或政治的兴趣，几乎是天生的，甚至是一种“宿命”。王蒙曾坦言：“我不是历史大变革中的遗老遗少，我不是书斋里的兰菊文

---

① 王蒙：《王蒙自传》第三部《九命七羊》，第74页，花城出版社2008年版。

② 王蒙的“革命情结”方面的论述，可参阅吴三冬：《解不开的革命情结——王蒙小说的思想轨迹》一书，北京出版社、文津出版社2002年版。

③ 王蒙：《王蒙自传》第一部《半生多事》，第87页，花城出版社2006年版。

竹，我不是远庖厨而又善美食的谦谦君子，更不是咬牙切齿而又昏头昏脑的偏执狂与夸大狂，即在庄严的历史面前自以为小葱拌豆腐一清二白，解决复杂的问题如探囊取物的保守的或时髦的牛皮大王。我是历史的积极参与者、弄潮者，有时候被迫晒干岸儿，也至少是观察者与思考者。历史从来与我息息相关，痛痒相通，成败相连，得失相与。"① 就一般而言，作家对政治是不太感兴趣的，甚至是有意疏离的，然而王蒙不是。王蒙丝毫不掩饰自己对政治的兴趣："我不能够做出一副'我不喜欢政治'的样子，那是虚假的。我从小就热衷于救国救民。"② 王蒙谈到自己的创作时，有一段话说：

> 让我写民俗？大概也就能说说新疆，因为我在那里生活工作过。让我写遗老遗少？我没研究过清史。让我写性爱脱衣？别说裤衩了，就是让我脱上衣光着脊梁，我也扛不住。……我也想书卷气，如兰似菊，可我气韵不对！你让我学富五车？那就是让我裤腰上缠死耗子，假充猎人。我只能写政治生活下的人们，因为我的特点就是革命。③

王蒙与革命真正结下了"不解之缘"。"革命"是理解王蒙的一个"管道"，正如王蒙自己所言："对于我来说，革命和文学是不可分割的。"④ 王蒙的政治经历，赋予了他特殊的身份感，塑造了他的精神个性、思想性格以及价值取向。人的思想的形成，受诸多因素的制约，既"决定于历史的大手笔时代的大潮流人生的大际遇"⑤，

---

① 王蒙：《长图裁制血抽丝》，《王蒙文存》第21卷，第129～130页，人民文学出版社2003年版。

② 杨澜：《杨澜访谈录》第九辑，第60页，辽宁人民出版社2002年版。

③ 杨澜：《杨澜访谈录》第九辑，第77页，辽宁人民出版社2002年版。

④ 王蒙：《〈冬雨〉后记》，《王蒙文存》第21卷，第19页，人民文学出版社2003年版。

⑤ 王蒙：《王蒙自传》第二部《大块文章》，第197页，花城出版社2007年版。

更决定于个体的人生实践和经验。王蒙的厕身政治权力中心的经历，势必影响到他的诸如思想、心态，甚至眼界，这种影响也一定会在他的文艺思想中表现出来。甚至王蒙的许多说法诸如毛泽东思想是“欧洲式的激进主义与中华的传统文化相结合的产物”①，以及“中国的政治在相当程度上是盛况空前的政治，是人山人海的政治，是人民的政治”② 等，其实都与他的政治经历有关。王蒙有一篇文章《〈红楼梦〉中的政治》，他从“政治主题”、“权力格局”、“政治人物与政治事件”等层面来阐释《红楼梦》中的“政治”主题，提出了政治资源“耗散”说，以及主流派、在野派、疏离派等概念，在无数的《红楼梦》研究中，还没有一个人对《红楼梦》中的“政治”有过如此深切、透彻的体悟和发现，更没有这么清晰、深刻的解读和阐释，这确实与王蒙的政治经历有关。我有幸与王蒙有过多次接触和交流，在中国当代诸多作家中，王蒙的“政治感”是最强的，这不仅表现为他的明显强于一般作家的政治眼光、政治意识，也表现为对现实政治、现实生活的理解和建设性态度，人们几乎不曾听到王蒙发牢骚、抱怨、不满，也极少听到王蒙说“怪话”，这其实是很难得的。如果把这些看做是王蒙的个人“修养”，不如看做是一种真正意义上的“政治觉悟”。而王蒙的这种“政治觉悟”是与他的政治实践、政治阅历分不开的。

王蒙的政治经验，不但影响了他的胸怀、视野、处世哲学，也影响到他对文学的认识。王蒙独特的政治身份和文学身份的结合，在一定意义上带来了一种“身份认同”，这进一步强化了王蒙共青团时期就已经形成的主人意识和责任意识，进而构成了王蒙文艺思想的某种资源或背景，并在深层制约着王蒙文艺思想的总体风貌和价

---

① 王蒙：《我的读书生活》，《王蒙研究》2005 年 10 月号。

② 王蒙：《王蒙自传》第二部《大块文章》，第 298 页，花城出版社 2007 年版。

值取向。在《踌躇的季节》第九章开头，有一大段关于革命与文学的论述，这其实并不完全是“小说家言”，在一定意义上正是王蒙内心的声音：

> 然而，我们要活下去，要咯咯咯地迈出虽不阔大却是坚定不移的步伐。我们要咬紧牙关，露出微笑，唱出最新最美的歌曲。即使已经两眼昏花，我们仍然要描摹缤纷的色彩。即使已经重听依稀，我们仍然要赞美激越的铿锵。即使已经一踱一拐，我们仍然要展现竞争马拉松冠军的顽强。即使已经满眼的苦泪，我们仍然要肯定奇妙的人生。
>
> 即使已经丢盔卸甲，即使已经遍体鳞伤，即使已经气喘吁吁，即使已经伤筋折骨，即使已经被命运打倒在地，不免怀疑自己是不是再也没有还手的力量，在数到十以前，我们仍然要一跃而起，仍然要立好个门户，握紧拳头，调理内息，大喝一声“呔!”，再搏他一个天昏地暗。
>
> 因为我们选择了生活，选择了诗，选择了长篇小说。在活着还是不活着的问题面前，我们无法困惑，我们无权犹豫。我们投入了时代，我们相信了正义，我们献身给理想，我们崇敬于精神，我们牺牲于解放全人类的壮丽事业。我们得到的，永远永远多于我们失去的。
>
> 因为我们经历了浴血的战斗，我们在刑场上高歌，在刑场上举行婚礼。不能理解我们的坚强勇敢的黄口小子又怎么能理解我们的忍辱负重、俯首甘为快乐的牛?
>
> 眼泪并没有从我们脸上擦干，然而我们已经唱出了快乐的风。苦恼并没有从我们的内心扫除，我们已经在吟咏雄健的雷。庸俗和琐碎的霉锈烦闷着吞噬着我们的血肉，然而我们献出的是英雄的礼赞。失误和混乱碾轧着我们的心思，打落了的牙齿吞到了肚里，然而我们给予的是继续进攻永远征战的行进的图画。我们吃的是草根、树皮、牛粪、毒蘑……我们挤出来的是

洁白无瑕的牛奶。

因为我们只能选择生活，而不能选择死亡，我们只能选择革命，而不能选择自私和反动，我们不能选择与历史的车轮顶牛，我们不能选择置烈士的鲜血于不顾。即使我们被戴上了反党反社会主义帽子，我们谱写的仍然是对于党对于革命的赤子之歌！①

王蒙的政治经历，形成了他的某种“执政心态”，也可以说是执政者的价值立场，这种价值立场是一种建设性的立场，例如，王蒙多次说中国文学正处于历史上最好的时期之类的话，这既是一种真诚的价值判断，也是一种“执政心态”的表现。革命的确给王蒙带了某种自豪感，带来了某种自信心。然而，在“革命作家”的队伍中，王蒙又是一个特例：他的敏锐和开放性的思想，使他与传统意义上的“革命作家”并不一样。王蒙是“怀着对朝气蓬勃的新中国的满腔挚爱，开始他文学创作生涯的”，“富有对人民的深情和对社会的强烈的责任感”；除了这种“挚爱”，这种“深情”和“责任感”，王蒙更“富有艺术创新的勇气和胆识，富有深刻敏锐的思想和广阔的视野”②。这两方面，构成了独特的“革命作家”王蒙。这是贯穿王蒙一生的最重要的精神徽记。当然，真正的革命者并不一定为统一阵营所理解，这样的事也是屡见不鲜。在王蒙身上大概就发生过不止一次。因此，长期以来，我们更容易更习惯于从这种不被理解所造成的印象中塑造王蒙的“个体性”，甚至将王蒙塑造成为一种历史的“符号”和象征。

---

① 王蒙：《踌躇的季节》，《王蒙文存》第6卷，第150～151页，人民文学出版社2003年版。

② 孙家正在“王蒙文学创作国际学术研讨会”上的“贺辞”。见温奉桥编：《多维视野中的王蒙——第一届王蒙文学创作国际学术研讨会论文集》，中国海洋大学出版社2004年版。

第二节　政治与理性

王蒙否认自己是个政治家，但由于他对政治的了解显然比其他作家更直接也更深入，他对政治的反思也就更深刻。王蒙后期倾注大量心血的“季节”系列小说，可以看做是他对革命或政治的一次集中反思和审视，这是王蒙对当代革命文学的一个贡献。信仰不是简单的盲从，也表现为深刻的理性，正如有的研究者所指出的那样：“在当代中国作家中，王蒙以其创作中的革命叙事和深蕴其中的对革命的理性反思，不仅深化了五四新文学以来的革命主题，还构成了他创作中的一个十分突出的特点。”①

王蒙是个充满了反思精神的作家。反思是种理性的力量，是种理性的自觉，反思主题在王蒙的小说中得到了持久的不同层面的表现。这从他复出不久创作的许多小说中可以看出，例如，几乎与王蒙同时被打成“右派”的刘绍棠，1979 年恢复党籍时曾真诚地说过这样一段话：“党是我的亲娘，是党把我生养哺育成人，虽然母亲错怪了我，打肿了我的屁股，把我赶出了家门，我是感到委屈的；但是母亲又把我找回来，搂在怀里，承认打错了我，做儿子的只能感恩不尽，今后更加孝敬母亲。难道可以怀恨在心，逼着母亲给自己下跪，啐母亲的脸吗？那是忤逆不孝，天理不容！”② 把党比做“母亲”的，不光刘绍棠，丁玲在 1984 年 8 月得知中央组织部为她恢复名誉时，也曾激动地给党中央写信：“这真如一轮红日，从浓雾中升起，阳光普照大地，我沐浴在明媚的春光中，对党的感谢之情如热泉喷涌，我两手高举，仰望云天，满含热泪，高呼：‘党啊！母亲！你真伟大！’”③

---

① 蔺春华：《论王蒙的苏联文化情结》，《兰州大学学报》（社会科学版）2007 年第 1 期。

② 刘绍棠：《走在乡土文学的道路上》，吉林人民出版社 1982 版。

③ 周良沛：《丁玲传》，第 806 页，北京十月文艺出版社 1993 年版。

把党比做“母亲”的还有诗人公木。1979 年诗人公木的冤案得以昭雪，他激动地流着泪说：“我入党整整四十年了。1938 年，作为儿子，我投入了母亲的怀抱。20 年后，母亲狂怒之下不认她的儿子了。又 20 年后，母亲张开臂膀来拥抱她的儿子了……”① 把党比做“母亲”，对于此时的刘绍棠、丁玲、公木而言是真诚的声音，也是朴素的情感，王蒙小说《布礼》中的主人公钟亦成在历尽磨难恢复了党籍时，也有类似的“心里的声音”：

> 多么好的国家，多么好的党！即使谎言和诬陷成山，我们党的愚公们可以一铁锨一铁锨地把这山挖光。即使污水和冤屈如海，我们党的精卫们可以一块石一块石地把这海填平。尽管“布礼”这个名词已经逐渐从我们的书信和口头消失，尽管人们一般已经不用、已经忘记了这个包含着一个外来语的字头的词汇，但是，请允许我们再用一次这个词吧：向党中央的同志致以布礼！向全国的共产党员同志致以布礼！向全世界的真正的康姆尼斯特——共产党人致以布礼！

然而，钟亦成与现实中的刘绍棠、丁玲、公木不同，他除了表达一种儿子对母亲的感激之情外，还表达了另一种声音：

> 二十多年的时间并没有白过，二十多年的学费并没有白交。当我们再次理直气壮地向党的战士致以布尔什维克的战斗的敬礼的时候，我们已经不是孩子了，我们已经深沉得多、老练得多了，我们懂得了忧患和艰难，我们更懂得了战胜这种忧患和艰难的喜悦和价值。而且，我们的国家，我们的人民，我们的伟大的、光荣的、正确的党也都深沉得多，老练得多，无可估量地成熟和聪明得多了。被革命的路上的荆棘吓倒的是孬种，闭眼不看这荆棘，甚至不准别人看到这荆棘的则是自欺欺人或是别有居心。任何力量都不能妨碍我们沿着让不灭的事实恢复

① 吴开晋主编：《中国当代文坛群星》，第 12 页，北岳文艺出版社 1986 年版。

本来面目、让守恒的信念大发光辉的道路走向前去。①

这里面体现了钟亦成在“忠亦诚”后面的一种反思，也是王蒙的反思。这种反思的声音很微弱，这其实就是王蒙与刘绍棠、丁玲、公木等人的不同之处。对王蒙而言，“二十多年的学费并没有白交”，这才是最可贵的。

王蒙小说的独特的“政治意识”同时来自于他深邃的历史情怀，这种历史感使王蒙的“政治小说”既具有深度感，也具有超越性。王蒙的反思并没有就此止步于《布礼》。《布礼》是他反思的开始，他把审视的目光投向了历史更纵深处，就是对整个五十年代的审视。王蒙创作《恋爱的季节》的时候，已过花甲之年，经历了“反右”“文革”等诸多的人生坎坷、磨难，人生阅历的极大丰富，加之时间距离的拉大，使王蒙怀着一种更为复杂的情感和态度来重新看取、思考和审视50年代初那段“少共”们的“青春万岁”的生活。按照故事发生的时间，《恋爱的季节》与《青春万岁》极为接近，其故事也有类似之处，但是这两部作品在情感基调、叙述方式方面已有明显不同。王蒙后来在谈到“季节系列”长篇小说时，曾十分真诚而又不无感慨地说：“它是我的怀念，它是我的辩护，它是我的豪情，它也是我的反思乃至忏悔。它是我的眼泪，它是我的调笑，它是我的游戏也是我心头流淌的血，他更是我的和我们的经验。它是我的过程，它是我的混乱和清明，它是我的寄语和诘难，它是我的纪念和旧梦、新梦、美梦、噩梦，它是我的独语、呓语、禅语与献词，它是我的软弱和顽强，理智和痴迷。”② 这是走过了“恋爱的季节”后，王蒙内心真实的感受。王蒙在回顾、回味那段生活的时候，已经充满了极为复杂的矛盾情感了。

---

① 王蒙：《布礼》，《王蒙文存》第9卷，第66~67页，人民文学出版社2003年版。

② 王蒙：《长图裁制血抽丝》，《王蒙文存》第21卷，第130页，人民文学出版社2003年版。

《恋爱的季节》中并没有多少激动人心的恋爱故事：无论是赵林与林娜娜，洪嘉与鲁若，甚至周碧云、满莎、舒亦冰之间的爱情“纠葛”，还是祝正鸿与束玫香之间的风波，李意与袁素化之间的曲折等，都极为简单，缺乏一般爱情小说的回肠荡气，其实，这正是那个革命年代真实的恋爱故事。《青春万岁》洋溢着的那种热烈的理想主义，在《恋爱的季节》中已不再那么单纯、明快，相反，反思的口吻却是十分明显。正如评论家南帆所说：“经历了半个世纪的颠簸以后，王蒙终于意识到，革命和激情是历史上的双刃剑。”① 在《恋爱的季节》中，王蒙极力渲染了那个“少共”们所组成的“革命大家庭”中的温暖、热烈和空前的团结，男女同志之间那种兄弟姐妹般的革命友情，甚至连上厕所都一块去，男女之间同住一室，中间仅拉一道帘子……然而，在这种热烈、单纯、友爱的后面，那种《青春万岁》中苏君和张世群所发出的“杂音”和“感慨”，已经悄然生长，成为一种理想主义主旋律中明显存在的不和谐音符。一方面，对于这群年轻的职业革命家而言，他们既渴望革命，也同样渴望“火一样的，阳光一样的，天空一样的爱情”，正如年轻的革命家洪嘉所认为的那样：“革命者应该恋爱，恋爱本身似乎就带有‘革命’的味道，大胆地去追求幸福，勇敢地去接触禁果，沉醉于一种高尚而又热烈的激情。”在他们眼里，革命、青春、爱情，所有这一切其实都是一个东西，他们确实感受到革命与青春、爱情的无处不在：“这是一个恋爱的季节，每一个人都觉得自己能够爱了，觉得爱正在向自己走来，觉得幸福的花朵已经在每个角落含苞待放，幸福的鸟儿已经栖息在每个房间的窗口”②，“哪里都是爱情，到处都是爱情，人人都是爱情。……获得信念，获得爱情……这是何等光明的岁月！到处都是光明，心底是一片光明。除了光明光明光明还

---

① 南帆：《革命、浪漫与凡俗》，《文学评论》2002 年第 2 期。

② 王蒙：《恋爱的季节》，《王蒙文存》第 4 卷，第 18 页，人民文学出版社 2003 年版。

是光明！能够这样度过自己的青年时代，能够这样度过哪怕是一年、一个月或者一个星期，就已经值得羡慕了！”再如[1]《恋爱的季节》中有一段关于钱文爱情体验的描写：

> 爱是什么？钱文说不清楚。但是他感到了它。像是温暖的波浪，簇拥着他漂荡浮沉。像是清冽的空气，无所不在，无影无形却又充溢着他的心胸，唤醒着他的精神。像是一首歌儿，从早到晚，萦绕在他的耳旁，使他心荡神驰，心花怒放，心旷神怡，愁肠百结。使他自己也变成最动人的歌曲中的一个音符，一会儿攀援入云，一会儿飘然出海，一会儿缠绕折曲，一会儿潇洒落寞，一会儿甜蜜融消，一会儿逍遥朗阔，一会儿强，一会儿弱，一会儿紧，一会儿缓……即使是休止那么一会儿也罢，它等待着呼应，期望着连接，温习着节拍，酝酿着变奏，呼啸着所有的弦管铙钹鼓角，激起连天巨浪，谛听鸟语虫啼……每天醒来的时候他想到了——不，是感觉到了爱，每天入睡的时候他依托着爱——他简直分不清睡和醒，只觉得睡的时候爱得益发深沉、浑厚、酣足，他有多少爱就爱了多少；醒的时候爱得分外俏皮、神奇、喜悦，他爱得无孔不入，得心应手。一个隐约的笑容，一个爱的笑意飘忽在他的脸上，附着在他的睡梦与清醒之中，点染着、熨帖着、笑闹着他的青春岁月。[2]

在这段美妙的文字中，包含了那个时代独特的青春气息，打上了那个时代特有的烙印。

王蒙的“季节”系列小说，从“恋爱”到“失态”，从“踌躇”到“狂欢”，始终贯穿的一个主题，就是对那个“很纯很正的理想主义”同时也是一个“把人还原成动物”的时代的理性反思和批判。

---

① 王蒙：《恋爱的季节》，《王蒙文存》第4卷，第194页，人民文学出版社2003年版。

② 王蒙：《恋爱的季节》，《王蒙文存》第4卷，第208页，人民文学出版社2003年版。

在《青春万岁》中，青春、理想、革命、爱情等主题是直接统一的，但是到了《恋爱的季节》中，王蒙却对那个“除了光明光明光明还是光明”的“季节”产生了这样的疑问：“这真是一个恋爱的季节、浪漫的季节、唱歌的季节吗?”事实上，在那个“像水晶一样纯净、像钢铁一样坚强的共产党员的队伍中”，已经悄悄出现了裂痕，一方面他们坚信“革命像一柄魔杖，魔杖所指，一切人、事、家庭都离开了原来的轨道，都出现了新的面目，新的希望”，另一方面，他们又时时面对着无奈和惶惑，例如，在周碧云这个苏菲亚式的“崭新的红彤彤的女革命家”面前，面对她那种强大的无坚不摧的革命的逻辑，我们对那个身材修长、脸庞俊秀、性格软弱、似乎浑身散发着“资产阶级”气息的舒亦冰，又确实不无同情，不无怅怅，而周碧云要把舒亦冰重塑为一个“目光如电、头脑如高速切削刀刃的布尔什维克”的愿望也最终落了空；这群年轻的布尔什维克，由衷地表达着对革命的无比的热爱，发自内心地感受到“幸福就像泥石流，幸福就像瀑布一样，横天而泻，滚滚而来，大珠小珠，美不胜收……”，然而又不时面临着苦恼、无奈：洪嘉与鲁若的爱情，差点由于误解而解体，那个始终充当“赐给别人以幸福的角色”的赵林，他所爱的林娜娜也不买他的账，甚至高来喜半夜三更要捉周碧云与凌函栋的“奸”……所有这些，都表明到了《恋爱的季节》，那个“团结一致亲密无间的光明高尚的革命集体”已无可避免地面临着解体和破裂的命运。事实上，早在他们从同一间大办公室各自分开自己有了独立办公室的时候，钱文就开始怀恋那个“又说又笑又唱，互相关心批评督促，比兄弟姊妹还亲，成为一个不可分离的不单是政治上的与工作上的而且是情感上生活上的共同体的岁月”，钱文甚至怅然若失：“那最崇高、最辉煌、最纯洁、最无间的一段堪称是共产主义的英特纳雄耐尔式的世界大同式的符合人类理想国模式的集体生活，难道已经成为过去了吗?”① 在这

① 王蒙：《恋爱的季节》，《王蒙文存》第4卷，第284页，人民文学出版社2003年版。

种充满历史理性精神的质疑中，王蒙最终完成了对那个“无可救药”地怀念着的“神话”的历史性批判，这其实是一种残酷，这令我想起王蒙经常提到的鲁迅的故事：离家多年后的鲁迅，极为怀念儿时的一种小吃，等到回乡终于吃到了，却感觉不过如此。王蒙认为，鲁迅在这件事上表现得“特别的清醒”、“特别残酷无情”①。王蒙对五十年代的反思和审视，近似于鲁迅。王蒙在接受记者访谈时说：“我写的是千遍万遍感动了我自己的东西”②，唯其如此，王蒙内心也同样充满了无情和残酷。因为，创作《恋爱的季节》时候的王蒙，已经与创作《青春万岁》时候的王蒙，不是同一个王蒙了。事实上，到了“后革命时期”，王蒙对《青春万岁》和《恋爱的季节》中的理想主义进行了理性的反思，甚至是质疑。王蒙开始把理想主义与情感狂热、偏执相联系。

“季节”系列小说是王蒙的另一部“自传”，一部精神和心灵的自传，既是王蒙的“心史”，也是王蒙的一个心结，是王蒙的血和泪。这部小说其实更接近历史，从“恋爱”的季节（恋爱也就是革命，也就是青春）到“失态”的季节、“踌躇”的季节（所谓“踌躇”，既是踌躇满志，更是踌躇不前），最后到“狂欢”的季节，甚至连同《活动变人形》，王蒙探讨的只有一个问题：中国知识分子如何走向革命——成为革命的主人——被革命抛弃的过程。这既是一个荒诞的过程，更是一个真实的过程，一个历史的过程。如果要了解中国当代知识分子如何走向革命并被革命所接纳、所抛弃的过程，没有比王蒙的“季节”系列小说更生动的文本了。王蒙的“季节”系列小说，既是一部泣血之作，也是一部深含反思意识的史诗巨作，代表了王蒙对历史的反思和超越，也集中体现了王蒙面对历史的态度。王蒙在涂光群《五十年文坛亲历记》香港版序言中说：

---

① 王蒙、王干：《王蒙、王干对话录》，《王蒙文存》第20卷，第198页，人民文学出版社2003年版。

② 王蒙：《关于当代文学的答问》，《文艺研究》2009年第2期。

> 正视历史与写出真实并不容易，因为总有人害怕真话，怕现在的真实也怕过去的真实——历史。
>
> 但最好是面对，哪怕是不那么愉快的真实。你面对了才能超越，才能长进，才能不重蹈覆辙。①

这其实就是王蒙晚年倾毕生之力创作“季节”系列小说的原因。

贯穿整个“季节”系列小说的主人公钱文，在一定意义上是王蒙之前小说主人公林震、钟亦成、张思远、曹千里等的综合，也即是说林震、钟亦成、张思远、曹千里是不同历史时期的钱文。而青狐则是“后文革”时代的钱文们。在《恋爱的季节》中那个由于“少共”身份而充满了安全感、自豪感、自信感的革命者钱文，到了《狂欢的季节》则变成了一块“破布”：“他是一块破布。他是一纸风筝。他是一块泥巴揉成圆球又抻成长条，擀成薄饼又挤成疙瘩。他是一只喑哑的哨子，贮存着风声浪声吼声，却发不出自己的任何一点声响。”② 从革命的干部、知识分子到一块“破布”，对于这种“身份”转换，钱文不能理解，困惑不已，他在反思，反省，追问：

> 为什么他们对于革命的追求，对于新中国的欢呼接下来变成了可疑的虚伪？阴谋？投机？变成了可笑可鄙的单相思！事情究竟错在哪里？一个青年人，也许可以说是少年人，倾心革命，莫非他或者她是挑选了自己不能承担不能负责不能分辨的历史重担？是太火热的激情？是青春不能负担之重？他从来不认为错全在旁人而自己纯白如玉，命薄如纸。与控诉、怨尤、牢骚或者装腔作势的愤激相比较，他更愿意寻找自己的历史责任，他相信历史对他要负责，他也同样要对历史负责。十余年

① 转引自涂光群：《五十年文坛亲历记（上）》王蒙序言，辽宁教育出版社2005年版。

② 王蒙：《狂欢的季节》，《王蒙文存》第7卷，第298页，人民文学出版社2003年版。

来他一直在扪心自问，我错在哪里？①

钱文的反思，也是王蒙的反思。从一个理想主义者，到一个审视者、反思者，甚至某种程度上的批判者，这既是钱文的路，也是王蒙的路，同样也是那一代知识分子的路。王蒙的深刻之处在于他自觉的反思意识、自省意识，他没有把自己打扮成“苦主”，而是同样严厉地自我审视，他在《狂欢的季节》中说：“知识分子‘忠’起来，哪个工农也比不上，工农毕竟要实际得多。而知识分子的忠，无边无际，又像抒情，又像浪漫主义，又像童话，又像黑格尔的绝对理念，又像为忠而忠，甚至像是表演。”② 在“季节”系列小说中，始终回荡着这种自省意识。

同时，王蒙的小说揭示了底层人民对政治特别是“文革”期间极左政治的厌倦。王蒙经常提到一部叫做《为自由所囚》的书，其实，不光自由，任何事情包括革命都是双刃剑。革命带给人们的除了激动、欢呼，也许还有厌倦。《狂欢的季节》描写“文革”中的“反击右倾翻案风”，革命群众上街游行的时候，忽然发现大街上有卖韭菜的，于是游行队伍大乱，大家纷纷与卖韭菜的讨价还价。因为，在大家看来“游行与买韭菜也并无二致”。还有，在这次游行之前是政治学习，转弯子，就在大家纷纷表态的时候，传来了游方大士“老夫子”的如雷鼾声：

……听到了一声巨大的鼾声，是老夫子。他叼着半支烟，唾液洇湿了卷烟纸，唾液亮晶晶地从口角垂下来，像庐山仙人洞一股细细的瀑布似的下垂到地面上，小瀑布折射着昼光的光谱，很好看。他睡着了。

他的鼾声低沉然而很有分量，听来像是一声闷雷，使与会

---

① 王蒙：《狂欢的季节》，《王蒙文存》第7卷，第396～397页，人民文学出版社2003年版。

② 王蒙：《狂欢的季节》，《王蒙文存》第7卷，第365页，人民文学出版社2003年版。

的人轻轻笑起来。主持学习的老蒋若无其事，就像根本没听见这一声鼾一样。小刘由于正说得兴起，也没有注意老夫子的深度入眠。

钱文捅了游方大士一下。

大士眼睛尚未睁开，睡意尚未消除，他连声说道："好啊，好，实在好，好，实在好，要打，一定要打，要狠狠地打，打得好打得好。当然，那还用说？毋庸置疑，邓小平那怎么行？好啊，好啊。"他的声音渐渐低下去，钱文吓坏了，只以为他又睡着了。忽然此兄挺直了腰身，挥拳道："我认为处理得实在好！"

老夫子一脸认真，同时，他继续吸他的已经被口水浸得湿湿的香烟。香烟湿成那个样子，照样嘶啦嘶啦一亮一亮地燃烧着。这很令人吃惊。①

"老夫子"的鼾声与一本正经的批判令形成了强烈的反讽，这是一种对政治的厌倦和解构。

再如，《狂欢的季节》中，张志远"动员"祝正鸿揭发陆浩生，有一段话说："揭发者人恒揭发之，批判者人恒批判之，打报告者人恒报告之，操人者人恒操之……"② 在非常严肃的氛围中，突然来了一句"脏话"：操人者人恒操之。其实，这就是一种消解。还有，当祝正鸿犹豫再三后决定不揭发陆浩生，又有一段：

……陆浩生的揭发材料就是不写了，老子本来就没想写，管你张志远是党的化身也好，是毛主席司令部的人也好，是我亲爹干爹也好，老子就是不尿了，枪毙就枪毙，杀头就杀头吧，……他们终于安静下来了，朦胧中他似乎又看到玫香拉屎了。③

---

① 王蒙：《狂欢的季节》，《王蒙文存》第7卷，第401页，人民文学出版社2003年版。

② 王蒙：《狂欢的季节》，《王蒙文存》第7卷，第356页，人民文学出版社2003年版。

③ 王蒙：《狂欢的季节》，《王蒙文存》第7卷，第177页，人民文学出版社2003年版。

“不尿”以及“攻香拉屎”，都是一种极“俗”的语言，一种对极左政治的消解，这是一种后革命的叙述策略。在《狂欢的季节》中，王蒙用反讽的口吻调侃道：

钱文又见过多少四十岁的五十岁的六七十岁的男同志和女同志自己没有跟上毛主席的革命路线而咧着大嘴哇哇哇地号啕！他们中有高、中级干部，有受过高等教育乃至有教授之类的头衔的高级识分子，有光荣的人民代表、政协委员，有早年的战斗英雄、劳动模范，更有高级领导人的妻子。他们哭得返璞归真，他们哭得悲悲切，无依无靠，像是两三岁的被爹娘痛打了屁股蛋子的孩子。在伟大无产阶级“文化大革命”中我们大家都成为了毛主席他老人家的不肖“赤子”，成了老人家的糊涂的不孝婴孩啦！……除了哭，除了拖鼻涕，除了做检讨表忠，他们还能做什么呢？他们就是把毛主席共产党看做自己的亲爹娘啊，比爹娘还亲呀，在‘文革’中屡犯错误，那就要硬是把裤子脱光让爹娘照着光腚狠狠揍了又揍呀。爹呀娘呀，举起藤条打吧，孩儿两扇屁股就交给您老人家了，只要能给您老人家出气，打烂了它孩也是心甘情愿的！孩儿再也不敢违背您老人家的路线啦，孩儿后生就做一个无腚之人吧，孩儿活该！只要不赶出家门，无腚，孩儿也要在你膝下承欢呀！爹娘的藤条打得好打得好，打得实在是妙哇！哭得愈凶愈是说明孩儿是乖子孝女而绝对不是忤子逆女呀。孩儿不怕打不怕疼不怕皮开肉绽不怕双腚烂得招了蛆，孩儿怕就怕被爹娘赶出家门呀。①

在创作“季节”系列的时候，王蒙就像鲁迅笔下的那个决绝的孤独的战士，“季节”小说是王蒙对革命的一次深度叙述，也是一次集中清算，因为王蒙要给自己一个“交代”。清算不是复仇，而是一种和解。正如他在《狂欢的季节》中所言：

---

① 王蒙：《狂欢的季节》，《王蒙文存》第 7 卷，第 254 ~ 255 页，人民文学出版社 2003 年版。

> 时间和季节永远不可能是单纯诅咒的对象。它不但是一页历史，一批文件和一种政策记录，更是你逝去的光阴，是永远比后来更年轻更迷人的年华，是你的生命的永不再现的刻骨铭心的一部分。它和一切旧事旧日一样，属于你的记忆你的心情你的秘密你的诗篇。而怀念永远是对的，怀念与历史评价无关。因为你怀念的不是意识形态不是政治举措不是口号不是方略谋略，你怀念的是热情是青春是体验是你自己，是永远与生命同在的快乐与困苦。没有它就不是你或不完全是你。它永远忧伤永远快乐永远荒唐永远悲戚而又甜蜜。①

这实际上又是一种超越，一种反思后的清明和通达，这或许就是王蒙说的“理解比爱更高”的含义。

第三节　政治的悖论

王蒙之于中国当代文学具有某种象征性，可以说他是中国当代文坛上的一个“符号”，他的探索，他的创新，甚至他的幽默，无不如此。王蒙既是一种“符号”，一种“现象”，更是一种本质性、“寓言性”的存在形式，他是一个时代的“标本”，标志着中国文学的一种永远挥之不去的潜在“情结”——政治、革命意识。

然而，作为文学家的王蒙，政治是把双刃剑，既成就了他，也可能在一定程度上“摧毁”着他。把王蒙单纯看做是一个作家或文学家，失之简单化，无法从根本上解释王蒙——当然，也无法解释王蒙身上的许多“矛盾”的方面。曾不止一个人注意并谈到了王蒙文化心态中理智与情感的矛盾——李子云早在八十年代中期就指出：“你理智上倾向于面对现实，但在感情上，你仍不能忘情于过去，不

---

① 王蒙：《狂欢的季节》，《王蒙文存》第7卷，第250页，人民文学出版社2003年版。

能忘情于那个豪情满怀、生气蓬勃的青少年时代。”① 曾镇南也明确地意识到了王蒙小说中“一个充满使命感、现实感”的王蒙和“一个‘俱怀逸兴壮思飞’”的王蒙在“搏斗”②；郜元宝在谈到这一问题时也承认，王蒙小说确实存在着某种“本文破碎”现象③；甚至王蒙也说自己的作品中的确存在着某种“游戏和真诚”的悖反。王蒙的这种“矛盾性”，其实是我们从一种视角、一个标准——文学的视角和标准——来看取、评判王蒙的结果。如果我们充分注意到了王蒙“身份”的独特性、复杂性，也许就不会过于敏感于这种“矛盾性”了。王蒙曾说“革命者和作家的矛盾冲突造就了我”④，这才是问题的根本。

王蒙是一个具有思想家气质的小说家。王蒙一方面入世极深，在他的小说中充满了革命和政治激情，其政治意识和社会意识在当代作家中无人能比；同时，他也有某种文人的“为艺术而艺术”的“狂热”，“被艺术的梦幻的乃至出世的力量撕扯着”⑤。他写得最好的小说，不是那种充满了政治激情或政治理性的作品，而是那些充满了惶惑、沉思、感喟等多种说不清的人生况味的小说。后来，他干脆写了大量的玄思小说，就是要通过所谓小说的形式，表达他对生活、人生的新的思考和发现，特别是表达人生的尴尬、无奈和悖论，这些小说都带有某种寓言的性质，带有某种阿凡提式的智慧和幽默。就思想和情感的隐藏度或呈现度而言，王蒙小说大体分为三

---

① 李子云：《关于创作的通信》，《王蒙文存》第21卷，第69页，人民文学出版社2003年版。

② 曾镇南：《王蒙论》，中国社会科学出版社1987年版。

③ 郜元宝：《戏弄和谋杀：追记乌托邦的一种语言策略——诡论王蒙》，《作家》1994年第2期。

④ 王蒙：《我是新中国历史的见证人》，见张英：《文学的力量：当代著名作家访谈录》，第186页，民族出版社2001年版。

⑤ 王蒙：《敞开心胸，欣赏与接纳大千世界》，《王蒙文存》第20卷，第126页，人民文学出版社2003年版。

类：一类是隐藏很深的，如《木箱深处的紫绸花服》、《筝波》，一类是半隐藏型，如《夜的眼》、《春之声》，还有一类则较为直白一些，如《最宝贵的》、《悠悠寸草心》、《友人和烟》、《表姐》等。

作家冯骥才给2003年“王蒙文学创作国际学术研讨会”发来的贺辞云：“满纸游戏语，彻底明白人。偶挂部长相，仍是作家魂。”“游戏语”和“明白人”、“部长相”和“作家魂”构成了既是多维统一也是彼此矛盾的一面。王蒙认为，与“部长”相比，自己“更适合当知识分子”，“作为作家，我的优势是历史和政治，你让我写个人经历，你让我脱衣用皮肤写作，我做不到。我平时穿干部装，喜欢游泳，但最少要穿游泳裤，再往深里我下不了手”①。喜欢穿“干部装”的王蒙，同时具有良好的文字感、语言感、思想感。政治对一个人的影响，可能是巨大的、细微的。作家肖建国曾记录了前后两次听王蒙文学讲座的不同感受：第一次是1982年3月18日，王蒙给第七期中国作协文学讲习所的学员讲课，这次讲课广受好评，王蒙更是“口若悬河，一泻而下，激情四射，宏论滔滔”，所谈内容也是古今中外，“无所顾忌”，以致肖建国几乎把王蒙的每句话都记录了下来；第二次是时过五年后，王蒙给北京大学首届作家班的学员讲课，此时的王蒙已非五年前的王蒙了，他已是文化部长，故讲的“多是官话、套话”，肖建国也是“懒得听，不记也罢”②。这是很有趣的两次听课经验。

王蒙其实是个生活感极强的作家，他对生活的敏感是很少有人能比的，这在他的五十年代的《组织部来了个年轻人》、新时期小说如《夜的眼》、《春之声》中都有明显表现，这其实正是王蒙不同于一般革命作家的地方。在王蒙更多的作品中，读者所看到的“生活”被革命所取代，政治淹没了生活（政治成了日常生活），这一点在王

---

① 王蒙：《我是新中国历史的见证人》，见张英：《文学的力量：当代著名作家访谈录》，第186页，民族出版社2001年版。

② 肖建国：《也说说王蒙》，《随笔》2008年第2期。

蒙的“季节”系列长篇小说中尤其如此。

王蒙的“季节”系列小说似乎并未引起文坛和读者的应有兴趣。读者对它的“冷淡”，究其原因，我认为在于王蒙的“政治情结”与时代、社会兴奋点的“错位”。众所周知，二十世纪九十年代的中国，随着市场经济的兴起，大众文化以不可阻遏之势迅速占领了人们的眼球，这在一定意义上消解了政治文化带给人们的厌倦感，是对政治文化的反拨。与八十年代相比，人们的兴奋点已经有所转移，大众文化不知不觉间生产了大规模的“政治冷漠症候群”，无论是研究者还是一般读者，其政治热情显著降低，在物质主义的诱惑下，人们逐渐丧失了反省的意识和能力。相对于“政治冷漠症候群”而言，王蒙的“季节”系列及其对政治、历史、人性的反思，无疑已经“过时”，王蒙的执著遭遇的是冷漠。对此，郜元宝也有论述。另一方面，其强大的革命叙事压抑了日常叙事，这也许是个两难处境，因为就王蒙“季节”小说所叙事的时代而言，革命就是一切，革命与生活已经完全是一个东西了，除了革命没有其他的所谓“生活”。这带来的一个问题就是读者对“季节”系列小说事实上的隔膜感，甚至带来了阅读上的压抑感。文化学者查建英在一篇文章中说道：“即使在文学圈内，‘季节’系列也没得到什么赞扬。评论家们抱怨说，王蒙的叙事风格，已从鼎盛时期的动感与机智，变成饶舌与卖弄。他的语言缺乏精致与内敛。他的描写满是夸张的形容词和成语的堆砌，成为混沌的流水账。”① 查建英所谈，并非没有道理，但这仅是纯文学意义或纯叙事策略方面的问题，还不是“季节”遇冷的根本原因。作家铁凝曾特别欣赏《狂欢的季节》之第八章，并专门撰文《狂欢季节里的猫》，认为这一章不但是《狂欢的季节》“最好的一章”，而且也是整个“季节”系列小说“至关重要的一章”，因为“这一章没有写革命的人和被革命的人，只写了主人公钱文和一

---

① 查建英：《国家的仆人：中国最著名的作家是一名改革派还是一位护教者?》，http：//matthewhau. blog. 163. comblogstatic/6108720120101029792840/。

只猫在60年代末到70年代初的一段相处”①。为何？因为对于一部一味“写革命的人和被革命的人”的小说而言，激情叙述有时也带来单调和沉闷，倾诉有时也会对读者带来一种阅读上的压迫感和变换一下口味的渴望，“猫”的出现带来了生活，带来了生活的另一面。

对此，王蒙也有清醒认识，他说：“我也曾不满足于自己作品里有太多的政治事件的背景，包括政治熟语，我曾经努力想少写一点政治，多写一点个人，但是我在这方面没有取得我所期待的成功。”② 王蒙早年的阅读经历在深层决定了王蒙的文学甚至人生走向。左翼书籍使王蒙向往革命，并最终投身革命；而传统小说和诗词，使王蒙在内心深处保持了一种温情、古典和善良，一种对艺术的欣赏和追求。王蒙也谈到太过革命化的经历带来的局限，那就是“缺少一种‘脚踏实地’的日常身份和细致入微的日常体验”③，王蒙的遗憾或“局限”，也许是所有作家必须面对的一个悖论，成就你的同时也在限制着你。

---

① 铁凝：《狂欢季节里的猫》，见崔建飞编：《王蒙作品评论集萃》，第188～189页，中国海洋大学出版社2003年版。

② 王蒙：《道是词典还是小说》，《王蒙文存》第17卷，第298页，人民文学出版社2003年版。

③ 王蒙：《敞开心胸，欣赏与接纳大千世界》，《王蒙文存》第20卷，第125页，人民文学出版社2003年版。

第五章　人道主义思想

人道主义是现代中国文学的主流。人是文学表现的中心，这也是文学之为“人学”的本质内涵。马克思早在《1844 年经济学哲学手稿》一书中就提出了“人本身是人的最高本质”、“人的根本是人本身”的重要命题。具体到中国当代文学而言，对“人”自身的关注，反而常常成为次要，甚至“人道主义”一词也一度成为资产阶级的专利。新时期以来，中国当代文学恢复了“人”的主题，“人”重新回到中国当代文学中来，形成了一道独特的人道主义洪流。王蒙的文学创作构成了新时期人道主义文学的一个重要组成部分。

有个英国汉学家曾问过冯骥才这样一个问题：“除去意识流，王蒙还有什么？”① 看来，无论是在国内还是国外，“意识流”成了王蒙的代名词。王蒙曾说过，简明性是人类认识的一个奇迹，也是一个悲剧。简明性的悲剧这次发生在了王蒙身上。把王蒙等同于“意识流”，简明则简明，然太过简单。王蒙文艺思想是一个系统的多层面的开放体系，我们应该看到，在这个系统多层面的开放体系中，人道主义是其本质和灵魂。王蒙曾要自己“写一些好的故事”，仁者王蒙！作家金庸称王蒙为“君子”，所谓君子，大概也是指王蒙的“仁”。然而，关于王蒙文艺思想中的高度个性化的人道主义至今还缺乏深入系统的研究，这不能不说是王蒙研究中的一大缺憾。人道

---

① 冯骥才：《话说王蒙》，见李扬编：《走近王蒙》，第 60 页，中国海洋大学出版社 2003 年版。

主义是贯穿王蒙整个创作过程最核心的东西，也是最具生命力的东西。王蒙曾说："自己写作的终极宗旨就是为了人道主义、展现个人性格，以及发挥想象的自由。"① 只有从高度个性化的人道主义入手，才能真正探视王蒙的思想深处，才能真正理解王蒙文艺思想中表面看来许多相互矛盾的方面。

王蒙的人道主义思想经历了一个发展流变的过程，在不同的历史阶段，表现出了不同的内涵。大体而言，自上个世纪七十年代末复出文坛，王蒙的人道主义思想经历了启蒙人道主义—反思的人道主义—世俗的人道主义②这样三个历史阶段。这个过程，同时也是王蒙的人道主义思想由普泛化到高度个性化的发展过程。

第一节　启蒙的人道主义

王蒙七十年代末八十年代初的一批小说，契合了当时思想界人道主义的潮流，表现了对极左政治下被损害、被侮辱的下层劳动人民的深切同情。

启蒙是人道主义者永远面对的一个课题，而揭露和批判则是人道主义者最常用的武器。王蒙在其八十年代早期小说创作中，人道主义主要表现为对"文革"中践踏人的尊严和权利的控诉和抗议。《歌神》、《表姐》、《杂色》等都集中表达了这一主题。小说《歌神》、《表姐》属于典型的"伤痕文学"，《歌神》的主人公艾克兰穆曾大声抗议道："你的命，我的命，我们不都是只有一次生命吗？我们不应该过得健康、美满和幸福吗？人生下来就要求幸福，就像鸟

---

① 李静雯：《王蒙、哈金、张抗抗等参加哈佛"第二届中美作家论坛"：聚焦文学"代沟"问题》，http：//scholarsupdate. zhongwenlink. com/news - read. asp？NewsID = 2999。

② 这里所谓"启蒙的人道主义"、"世俗的人道主义"说法，参阅了王达敏：《从启蒙人道主义到世俗人道主义——论新时期至新世纪人道主义文学思潮》，《文学评论》2009 年第 5 期。

儿要求天空，草儿要求太阳而鱼儿要求大海。我们不应该幸福吗？我恨死了这些苦难、愚蠢、野蛮。”① 王蒙借艾克兰穆之口表达了对“苦难、愚蠢、野蛮”的非人道生活的抗议和劳动人民对幸福生活的向往。《表姐》则揭示了不合理的社会在人们心灵上留下的严重创伤。本来可以成为夏绿蒂·勃朗特或者蔡文姬、李清照的表姐，在极不合理的社会中，最后变成了一个心灵严重扭曲的形象。再如《杂色》中那匹渴望“跑一次”的老马：“‘让我跑一次吧！’马忽然说话了，‘让我跑一次吧！’它又说，清清楚楚，声泪俱下，‘我只需要一次，一次机会，让我拿出最大的力量跑一次吧！’”② 无论是艾克兰穆、表姐还是老马，都带有浓重的悲剧感，都是被损害者，都是牺牲者。特别是表姐的形象，比《班主任》中的赵慧敏似乎具有更为沉重更具悲剧感的一面。在艾克兰穆、表姐以及老马这些文学形象身上，寄寓了王蒙深切的人道主义情感。

然而，“写一些好的故事”的愿望，促使王蒙很快从这种伤痛记忆中走出来，转向了另一面：发现、发掘生活中的美好。当伤痕作家们沉浸在悲痛和眼泪中的时候，王蒙发出了“生活是多么美好”的感叹：“生活是多么美好！这一直是我心灵的一个主旋律，甚至于当生活被扭曲、被践踏的时刻，我也每每惊异于生活本身的那种力量，那种魅力，那种不可遏止、不可抹杀、不可改变的清新活泼。”③ 他又说：“即使仅仅从艺术上考虑，我也不赞成堆砌黑暗，渲染丑恶，或者一味沉湎于那种廉价的怨艾伤感。”④ 这是王蒙与许多伤痕文学作家所不同的地方。因此，王蒙很快就推出了《最宝贵的》、《光明》、《风筝飘带》、《春之声》、《深的湖》、《温暖》等一批更具“亮色”、更具暖意的作品，这些作品表现了更多的生机和希

---

① 王蒙：《歌神》，《王蒙文存》第 11 卷，人民文学出版社 2003 年版。

② 王蒙：《杂色》，《王蒙文存》第 9 卷，人民文学出版社 2003 年版。

③④ 王蒙：《倾听着生活的声息》，《王蒙文存》第 21 卷，第 40、52 页，人民文学出版社 2003 年版。

望。在《风筝飘带》中，王蒙塑造了两个充满朝气、正做着未来好梦的青年佳原和素素的艺术形象，在这篇小说中，王蒙的人道主义表现为努力争取和小心维护青年人生活的权利、爱的权利、创造和劳动的权利，甚至是青年人做梦的权利。《在伊犁——淡灰色的眼珠》中，通过马尔克、伊斯麻尔、穆敏老爹、阿依穆罕大娘等形象，表现了在光怪陆离、阴霾邪恶的政治浊浪中劳动人民的乐天气质和对生活的热爱和迷恋。他们不贪、不惰、不妒、不疲沓，也不浮躁，不尖刻也不软弱，不讲韬晦也绝不莽撞，生活平淡而又自得其乐，“傻气”中透着劳动人民的生命之光、智慧之光。他们乐天知命而又热烈地渴求着知识和文明，在污浊的政治狂潮中，仍然蓬勃地跃动着生命之气和创造力量，仍然热烈地向往着真、善、美。

如果王蒙的人道主义仅仅停留在对不合理社会的抗议和对劳动人民优秀品质的肯定上，那么就未免显得浅显，缺乏深度和个性化。王蒙的深刻之处，恰恰在于他迅速地走向了历史的深处，以一颗共产党人的心对长期以来的极“左”思潮进行了深入理性的反思，以一个共产党人的理性的目光来冷静地思考、审视我们党几十年的革命历程，并努力探索中国革命发生的内在合理性，把一个共产党人对党和人民的高度的政治责任感融于他的小说中，这正是王蒙人道主义思想的特异之处。

在王蒙的小说中，塑造得最成功的是那些历经坎坷、饱经沧桑而又壮志不移的知识分子形象。钟亦成（《布礼》）、张思远（《蝴蝶》）、岳之峰（《春之声》）、曹千里（《杂色》）、杨恩府（《深的湖》）、刘俊峰（《惶惑》）等，他们大多命运坎坷、深受磨难，心灵上受到了极大创伤，但都始终保持着对党和革命事业的无比忠诚的信念，始终没有泯灭对革命的热情和希望，浑身洋溢着“对于理想及信念的虔诚、始终不渝的追求与为之献身的渴望”（李子云语）。《杂色》中的曹千里可谓一生失意潦倒，但是就在他那看似“两眼发直、对周围的一切都失去了反应，又似傻呆，又似苍老”的神情中，流露出的却是内心深处从未消沉的想奔跑想飞腾的“冲锋陷阵”的愿望。曹千里骑的那匹老鼠一样渺小瘦弱的灰杂色老马，不是仍然蕴藏着警觉、敏捷、勇敢和精力吗？不是仍然向往着赛马场上欢呼狂叫中的风驰电掣和战场上的枪林弹雨吗？曹千里和他的灰杂色老马心灵上都饱受了创伤和痛苦，但是并没有淹没他们想奔腾的意志和志在千里的革命者不可摧毁的理想，我们仍可以看到创伤和痛苦遮掩下的“诞生于痛苦的经验和成熟了的思考之中升华起来的希望”①，这种希望才是这部小说的主色调。曹千里在回顾自己坎坷的人生历程时，也有对是非颠倒、横逆妄行的荒谬年代的愤激和抗议，但在曹千里的愤怒中蕴含更多的不是消沉和失望，而是掩饰不住的对生命激情的渴望和对未来生活的希望，以及对革命事业无比忠诚的信念和理想。《深的湖》中的杨恩府，外表谨小慎微、婆婆妈妈，甚至遭到儿子的轻视和厌恶，但就在这看似平庸的外表下，埋藏着的却是他未曾消失的智慧、信念和对崇高美好事物的执著追求。他的猫头鹰雕塑深深凹下去的眼睛不是仍然明亮、润泽吗？不是仍然充溢着“生机和希望”吗？“那简直是两个湖，两个海！那可以装下整个的历史，整个的世界”，“他把他们那一代人的悲哀与欢乐，渺小与崇高，经验和智慧，光荣和耻辱……还有其他一切的一切，全装进去了”。② 就是这种“生机和希望”形成了王蒙小说的乐观向上的基调，也是王蒙的这部分小说与一般“伤痕文学”的不同所在。王蒙始终以一种坚定的九死未悔的共产党人的执著信念面对着现实，并积极地去理解这种现实，努力发现埋藏在艰难的生活深处的“生机和希望”。《布礼》中的钟亦成、《蝴蝶》中的张思远，都以一种成熟的共产党人的心态对几十年来政治生活的弊端和自身的局限进行了深刻的反省，在这种反省中，有愤怒甚至责问，更多的却是理

---

① 徐纪明、吴毅华编：《中国当代文学研究资料丛书·王蒙专集》，第471页，贵州人民出版社1984年版。

② 王蒙：《深的湖》，《王蒙文存》第11卷，人民文学出版社2003年版。

想、豁达和宽容，以一个共产党人的责任感，站在历史的高度上，真诚地面对昨天，反省自己，也更深刻地反省着我们党所走过的路。这种共产党人的历史责任感，就是前面我们所说的“政治意识”的表现形式；正是这种以“政治意识”为核心的人道主义思想，使王蒙的小说脱离了一般人道主义小说的浅露，有一种温暖的亮色，成为当代小说中独特的人道主义文本。

然而，王蒙并没有停止自己探究历史的脚步。曹千里、杨恩府、钟亦成、张思远们将审视的目光射向了中国革命历史的更幽深处，这就是小说《活动变人形》。

王蒙的人道主义思想在《活动变人形》中已发展成为一条气势浩大、波澜壮阔的河流，表现为对革命的理解和对中国革命发生的内在合理性的思考。《活动变人形》是王蒙向当代文坛奉献的一部重要作品，也是王蒙创作走向深刻和升华的标志，其中寄寓了他对中国传统文化“深层次的痛苦”的审视、反思、和批判，即“精神审判”①。王蒙的思考主要是通过静珍和倪吾诚这两个形象来完成的。

静珍是中国当代文学的一个沉重的悲剧形象。她十八岁结婚，十九岁丧夫，从此立志终身坚守她的“寡妇事业”，但生命的潜能和欲望又无时无刻不在她身上奔涌、冲突，她甚至咒骂劝她改嫁的倪吾诚为企图破坏她“寡妇事业”的不通人性的“匪类”。她每天早上的“骂誓”就是她生命淤积的潜能畸变而成的一股冷酷的毒焰。王蒙把他那支凌厉而冷峻的笔深入了静珍心理最黑暗最隐秘的角落，极力表现的是静珍身上的恶，但并不是单纯的所谓人性恶，而是竭力发掘造成静珍恶的社会因素及历史文化因素。静珍的病态“恶”是对灰暗、阴冷、险恶无助的社会的抗议，更是一种报复；静珍恶毒的“骂誓”其实是她心灵惨伤的嗥叫，她身上熊熊燃烧的邪火是对旧社会最强烈的抗议。王蒙不仅写了静珍的“恶”，也写了她生活

① 刘再复：《挚爱到冷峻的精神审判——评王蒙的〈活动变人形〉》，《文艺报》1986年7月26日。

的空洞和无聊："我今天做什么呢？在周姜氏的每一个早晨，在她的生活的道路上的每一天的开始时分，都有这样一个恼人的老问题横在面前，沉重如山，无形如烟，无边如天。我今天做什么呢？她永远回答不上来，她永远害怕回答这样的问题，她永远为这样的问题而痛苦，甚至是羞愧。"① 与她身上的"恶"相比，这种生命的空洞感和无聊感更惊心动魄，更令人可哀怜和同情，如小说中写到她在与"热乎"进行了一番深、烈、狠、毒的"轰炸"后，她的解释是"管她三七二十一，先骂一顿出出气"，而且竟然自己小声地笑了起来。她在这种骂的亢奋、骂的躁狂、骂的恶毒、骂的淋漓尽致中，欣赏骂人的激情、骂人的智慧、骂人的专注和骂人的快感。静珍的灵魂已经完全被封建观念所虐杀，反过来她又以更疯狂更恶毒的方式虐杀他人。通过静珍这一形象，王蒙发出了对中国封建文化旧伦理道德的最强烈抗议。在这里，王蒙与鲁迅、巴金等人站在了一起。但王蒙毕竟不同于鲁迅、巴金，在王蒙的抗议中，我们时时听到一个共产党人的激越的呼喊和愤怒的指斥。

如果说静珍是旧文化、旧道德的牺牲品，而从倪吾诚身上，我们可以看到的是旧文化如何慢慢地吞噬一个人的生命，如何将一个聪明活泼的少年慢慢变成掏尽了智慧、心灵、欲念、灵魂的躯壳。

在一定意义上，倪吾诚的悲剧比静珍更具有惊心动魄的力量。静珍的痛苦在很大程度上是生命本能的痛苦，而倪吾诚的痛苦则完全是理性的痛苦，即新旧价值观念矛盾冲突的痛苦，是人性已觉醒的痛苦。倪吾诚留过洋，接受过西方文明的熏陶，但又没有完全褪尽陶官村那块盐碱地上所特有的陋性和倪家特有的"邪"："那是一种灵气，一种热情，一种躁动，一种痛苦。那是一种诱惑、一种折磨、一种毁灭一切也毁灭自身的毒火。"②倪吾诚永远只能是一只"巴甫洛夫的狗"，西方文明对他来说，永远只能是高悬于空中的缥

①② 王蒙：《活动变人形》，人民文学出版社 1987 年版。

缈的希望，他永远吃不到的那块“肉”；他永远渴望着，又永远绝望着，在渴望与绝望的厮杀中忍受刻骨铭心的痛苦；他孕育着火，但在封建主义的污水中，他永远也发不出一丝生命的火花。

通过静珍和倪吾诚这两个悲剧形象，王蒙在猛烈地批判封建旧文化、旧道德的同时，更在深刻地思考着中国革命发生的内在合理性，为中国革命的发生找到了最根本的说明：封建文化的反人道主义的狭隘性和残酷性及对人性的扼杀和扭曲、对人的生命的漠视和践踏，最终得到了历史的报应。就在这种报应的主题中，王蒙发掘着蕴于其中的共产党领导的中国革命发生的历史必然性，也就是从根本上铲除灭绝人性的吃人的旧制度、旧意识，为中国人的人性解放与性格健全发展开辟康庄大道。

第二节　反思的人道主义

王蒙是中国当代文坛上热情最持久的反思小说家，在他半个世纪的小说创作中，除了早期的《青春万岁》，几乎都可以看做是“反思型”小说，从《最宝贵的》、《悠悠寸草心》到《布礼》、《蝴蝶》，到《活动变人形》和“季节”系列小说，莫不如此。只是反思的对象和深度各不相同，从对“文革”的反思到对传统文化以及政治、革命、人性等的审视，呈现出逐步宏大化和深邃化的特征。王蒙的“季节”系列小说之所以被誉为“反映二十世纪中国知识分子生活道路的史诗般的作品”，一个重要的原因即在于它的真正剔骨见髓般的冷峻和这种冷峻背后的深刻思考。《活动变人形》原名是《报应》，可以说“报应”的主题，不仅是《活动变人形》的核心思想，也是王蒙“季节”系列小说的一个总的主题。从根本上说，王蒙的小说是以一个共产党人的眼光来审视历史的报应。从反思的角度讲，《活动变人形》可以说是“季节”系列小说的前奏。在当代还没有哪一个作家能像王蒙这样如此宏阔如此深刻地来思考中国革命的问题。从“季节”系列小说中，可以清晰地看到王蒙的思考轨迹。“季节”系列小说完成了王蒙对革命、政治、人性等主题的系统反思，特别是对革命与人性的反思，成为王蒙人道主义思想的另一特色。

革命是20世纪中国文学最耀眼的主题，20世纪中国文学特别是当代文学对革命的叙述，客观上存在着某种价值单一的偏向，革命简直成了传说中的“神杖”，所指之处，处处光明。我们很少反思革命过程的曲折性、复杂性，我们也很少反思革命所可能带来的另一面，例如革命对个人的遮蔽乃至压抑。王蒙在“季节”系列小说中重新审视和思考革命与知识分子、革命与个人、革命与人性等一系列复杂问题。我们通常认为，革命是通向真理通向理想的必经之路，革命带来的一定是崭新的理想的世界，然而王蒙说：“革命并不是神话中的活命水，它并不能立即改变一切。”① 王蒙就“季节”系列小说曾说过两句非常沉痛的话：“‘狂欢’也被泪催成”②、“长图裁制血抽丝”③。一个“泪催成”，一个“血抽丝”，的确如此。王蒙的“季节”系列小说是王蒙用“泪”、“血”催成的，是泣血之作。王蒙在谈到“季节”系列缘起时曾说：“在我五十多岁快六十的时候，我想该来点真格的了，就是把我和经历与我相类似的一些知识分子的心路历程写下来，于是就开始了《季节》系列长篇的写作。你叫它心灵史、心理史、心史都可以。”④ 王蒙在谈论“季节”系列小说时，多次用“真相”、“历史的证词”这类的语言，可见“季节”之于王

---

① 王蒙：《活动变人形》，人民文学出版社1987年版。

② 王蒙：《“狂欢”也被泪催成》，《王蒙文存》第20卷，第131页，人民文学出版社2003年版。

③ 王蒙：《长图裁制血抽丝》，《王蒙文存》第21卷，第129页，人民文学出版社2003年版。

④ 王蒙在《恋爱的季节》、《失态的季节》研讨会上的发言。见王安：《从“恋爱”到“失态”——王蒙〈恋爱的季节〉〈失态的季节〉研讨会纪要》，《小说评论》1996年第2期。

蒙的意义。王蒙曾深情地说："它是我的怀念，它是我的辩护，它是我的豪情，它也是我的反思乃至忏悔。它是我的眼泪，它是我的调笑，它是我的游戏也是我心头流淌的血。"① 王蒙曾说，与创作技巧相比，长篇小说更需要的是生活，是"硬货"——"季节"系列当然不缺乏生活和"硬货"，但我认为支撑这部作品的并不是这些，而是王蒙的一种勇气和力量，要知道，王蒙"季节"系列小说所反思的革命与个人、革命与人性的关系问题，应该说，既是一个艰难的问题，更是一个敏感的问题。王蒙对革命的反思，如果联系王蒙的革命背景，更会使人想起鲁迅所说的"反戈一击"之类的话来。

王蒙在"季节"系列小说中，已经超越了政治的层面，而是从人性的维度重新审视革命。其实，对于革命与人性关系的思考，是复出后王蒙创作的一个重要主题。王蒙的老朋友泰国公主诗琳通认为《蝴蝶》"表现了实际生活中人们认识自我、接受自我以及理想与现实冲突时产生的困惑、迷茫等人性的普遍问题"②，仔细体悟，诗琳通的说法并非没有道理，"蝴蝶"不就是人性的某种错位吗？张思远内心深处寻找自我的冲动，又何尝不是一种人性的迷失呢？王蒙常说，历史比人强，同时他认为"历史有可能遮蔽真实的人"③，这其实是一个带有某种悲剧感的命题。王蒙在一篇文章中曾指出："中国的近现代史整个说起来变得非常剧烈，有时剧烈得如果离开了历史，就没有了个人，或者说就剩下很少的个人了。"④ 王蒙已经意识到了革命、历史等宏大主题与个人、人性之间的冲突和矛盾，对此，

---

① 王蒙：《长图裁制血抽丝》，《王蒙文存》第 21 卷，第 130 页，人民文学出版社 2003 年版。

② ［泰］诗琳通：《〈蝴蝶〉泰文版序言》，见崔建飞编：《王蒙作品评论集萃》，第 269 页，中国海洋大学出版社 2003 年版。

③ 王蒙：《王蒙父子说〈青狐〉》，《王蒙新世纪讲稿》，第 377 页，上海文艺出版社 2005 年版。

④ 王蒙：《"狂欢"也被泪催成》，《王蒙文存》第 20 卷，第 131 页，人民文学出版社 2003 年版。

李泽厚在《批判哲学的批判》中也有类似论述，他说：相当一段历史时期以来，“有一种对历史必然性的不恰当的近乎宿命的强调，忽视了个体、自我的自由选择并随之而来的各种偶然性的巨大历史现实和后果”①。王蒙和李泽厚思考的其实是一个问题：革命对个体的忽视和挟裹。宗璞说过一句深得王蒙小说三昧的话，她说：“读王蒙的语言常常忍不住要笑，笑完了又感到某种沉重和心酸。”②“季节”系列小说则尤其如此，让你感到沉重和心酸的，是王蒙表露出来的深沉的爱和人道主义情怀。

就王蒙创作的整体而言，在“反思”这一背景下，他思考的重心是随着时代的发展不断转移、深化的，在“季节”系列小说中，王蒙思考的重心在于政治、革命与知识分子的关系，是一个“宏大叙事”；革命在一定意义上是以牺牲个体为前提和代价的，革命与个性天然地冰炭不容。《恋爱的季节》中，年轻的革命家周碧云看不起恋人舒亦冰的“落日、蟋蟀、秋天、眼睛、天使”的诗句并最终分手，郑仿为自己内心的梦幻、温柔、敏感、娇嫩而羞愧，这些都是某种征兆。正如钱文在付出巨大代价后所认识到的那样：“革命是这样地容不得一丝一毫的属于个人的最终仍然是属于革命的温柔美好的情感。”在这个意义上，所谓“失态”，恰是一种常态。而在后“季节”的《青狐》中，王蒙似乎更感兴趣的是历史与人的关系，更加关注作为整体性的历史和个体性的人的相互性、人与历史的相互对视、相互掣肘、相互重塑。如果说“季节”系列小说尚以一种独特的“失态”的历史语境为前提的话，那么《青狐》作为“后季节”小说，其反思无疑更冷峻、更深邃，更具有普遍意义，更深入了一层。王蒙在多个场合都强调了《青狐》世俗性的一面，其实，

---

① 李泽厚：《批判哲学的批判》，第434页，人民出版社1984年版。

② 宗璞在王蒙小说《恋爱的季节》、《失态的季节》研讨会上的发言。见王安：《从“恋爱”到“失态”——王蒙〈恋爱的季节〉〈失态的季节〉研讨会纪要》，《小说评论》1996年第2期。

“世俗”并非这部小说倾力关注之所在，相反可以看做是王蒙反思型小说的总结者。在《青狐》中，王蒙的反思超越了政治和革命的层面，直接探讨历史与人的关系，而这正是王蒙作为一个人道主义小说家的最高体现。《青狐》实际上描写的就是这种“历史和人的错位感”、“历史与人的不匹配”①。王蒙的反思实际上已经超越了一般意义上的“政治性”，进入了一种更高的人生层面。

王蒙之所以称《青狐》为“后季节”小说，一定意义上既表明了《青狐》与“季节”系列的内在联系，同时也表明了王蒙对超越“季节”系列的决心和信心。在《青狐》中，王蒙并不满足于用文字建构一种历史话语，他有更大的“野心”，试图探讨人与历史的关系，这种对历史与人关系的辩证思考，也可以说是一种对历史的不信任感。作家李锐说：“一切真正的文学和艺术所要做的事情，就是去打捞和表达这所有的被‘历史’所遗漏的东西，这所有的遗落在‘历史’之外的人的生命体验。”② 王蒙通过《青狐》重新审视和探讨了人与历史的复杂关系，也即李锐所说的“遗落在‘历史’之外的人的生命体验”。王蒙自己曾说，“在历史转折中，人们常常扮演他所不能胜任的角色”③，在谈到《青狐》时也一再表示，自己所写的主要是历史与人的“互相为难，互相挑战”，历史与人的“不匹配”以及“错位”。其实，王蒙所谓的“不匹配”和“错位”，正是人面对历史的荒谬感、荒诞感，在许多情况下，历史才是真正的主人。历史对人的挟裹，对人的扭曲甚至“重塑”，皆为“错位”和“不匹配”。王蒙在这部小说中，对他的主人公青狐的遭遇表达了深切的同情甚至怜悯。这种同情和怜悯，同时来自于王蒙感受到的历

---

① 王蒙：《王蒙：文学期待的是智慧——王蒙父子关于〈青狐〉的对话》，《文汇读书周报》2003年12月19日。

② 李锐：《旷日持久的煎熬——〈马桥词典〉的启示》，《被克隆的眼睛》，第47页，人民文学出版社2008年版。

③ 《王蒙：文学期待的是智慧——王蒙父子关于〈青狐〉的对话》，《文汇读书周报》2003年12月19日。

史对个体的忽视、冷漠的质疑和冷视，历史主体性对人的作为个体的主体性的忽视，以及个体与历史的相互拆解、别扭和背叛。在这里，王蒙对传统的历史观提出了新的理解和表达，即对历史主体性的质疑。王蒙在《青狐》中已经超越了欲望叙事的写实层面，具有了历史叙事的哲理思辨色彩。

一般认为，在《青狐》中，王蒙“从一个绝妙的角度对女性、欲望、爱情以及革命、民主、权力等等作出了自己独特的解读”①，因为在王蒙以前的创作中，并没有对女性特别是性表现出特别的兴趣和关注，所以，《青狐》对女性身体、爱情和欲望的描写，特别是对女性混杂的欲望、隐秘的激情的描写，给读者提供了某种新鲜的阅读经验，然而，这是小说的表层。王蒙曾特别指出，《青狐》有“医心”在，在关于女性与欲望的书写中“有大嘲笑、大怜爱、大悲悯、大剖析存焉”②。王蒙这里所说的“医心”，以及大嘲笑、大怜爱、大悲悯、大剖析，其实就是其人道主义的一种表现形式。

《青狐》相当原生态地描绘了处于社会历史变革时期中国文人的某种精神生态——精神“失措”状态。其实，就历史本性而言，是无所谓“失措”与否的，“失措”仅仅是事后的某种“描述”而已。王蒙说，《青狐》所写的是“二度恋爱季节”，当然，单从年龄而言，与“季节”系列相比，确是“二度”，但里面的主人公并没有因为“二度”就变得更清醒、更理性、更实在。特别是小说的女主人青狐，遭遇了两次恋爱失败、两次婚姻失败后，虽然赶上了思想解放的好日子，但是她的“天大的热情”、“天生的热情”仍然相当盲目，仍然心痒难挠，找不准“靶子”，常常有不是自己的“虚假”感。青狐虽然在创作上大获成功，赢得了巨大的荣誉和尊崇，但她总有一种找不到位置的感觉；还有总是自己与自己矛盾的雪山，“他

---

① 《青狐》扉页内容简介语。

② 王蒙：《作家怎么了》，《王蒙新世纪讲稿》，第448页，上海文艺出版社2005年版。

能说、能跑、能联系人、能吹能捧、能造势、能经营、能把大家串在一起”，事事听到雪山，会会见到雪山，场场离不开雪山，到处向人“讲解形势”；号称“无定向导弹”的袁达观，从下放劳动的地方回到北京，身上揣着两部作品：一部批邓批“走资派”，一部批“四人帮”；米其南为了弥补二十年“右派”生涯的“亏”，决心不再“苦”自己了，追求的是“数量”，目标是干 108 个女人……更不用说什么工于幕后策划的紫罗兰和善于搬弄是非的李秀秀之类了。总之，在《青狐》中王蒙向人们展示了太多的不平衡、不对称、不和谐，从这个意义上说，《青狐》所描写的才是真正的“失态的季节”——精神“失态”的众生相。王蒙让我们在惯常的历史大叙事的背后，看到了许多更为隐秘也更为真实的存在，也可以说，王蒙在《青狐》中拆除了历史的话语幻觉的一面，还原为某种真实的存在。如果说在“季节”系列中王蒙着重思考的是后革命时代的政治的话，那么《青狐》关注的却是后革命时代的个体命运、生存境遇和精神生态。

“自审”是二十世纪中国文学的一个重要母题，这种“自审”主题在二十世纪中国文学中主要表现为浓重的原罪感和忏悔意识。“自审”在王蒙的小说特别是“季节”系列中同样有集中的表现。但是，王蒙的“自审”与鲁迅、巴金、曹禺等人具有明显不同：鲁迅、巴金、曹禺等人的“自审”带有更多的精神个体性，而王蒙的“自审”则带有更多的时代感和历史性。就如托尔斯泰的作品都有某种“自传性”一样，在王蒙的许多创作中也似乎总能找到王蒙自己的影子，他就是那段历史的参与者、书写者、建构者，他的最主要的作品都可以认为是某种“精神自传”。《青狐》同样具有这种“精神自传”性质，只不过与“季节”系列相比，《青狐》更具有某种精神“自审”意味，可以认为，《青狐》是王蒙的一部精神“自审”之作。对于这一点，我认为王蒙是相当自觉的。在《青狐》中，似乎并没有“季节”系列关于“失态”的现象性描写，但是《青狐》

的所有的“失措”、“失态”都是真正精神性的，在看似正常的下面隐藏着真正的“失态”，这种精神“失态”才是真正惊心动魄、触目惊心的。这种描写背后，寓含着作者的一种思考，一种反思，一种自审。因此，《青狐》无论是作为“后季节”小说，还是二十世纪中国知识分子的心灵史的最后一章而言，都是意味深长的，寄寓了作者某种更深的体悟和认识。

在《青狐》中，王蒙似乎厌倦了对政治、革命、理想、爱情等“原始教义”做更多的探究，他写作的基本动力，由这些宏大主题转移到了对历史与人的关系的关注和思考上。这是他的超越。郜元宝在一篇文章中说：“季节系列不是精心结构的关于革命的一个完整细密的大故事，而是隐含作者歪着脑袋探讨后革命时代政治化人生对个人存在的意义的长篇大论——长篇的‘说话’。”① 郜元宝抓住了“季节”系列小说最深邃的意义所在。王蒙在《青狐》中有意摈弃了“季节”系列中预期的“光明梦”，“革命”结束了，但是他们并没有得到想象中的给予，“革命”对他们的馈赠是可怜的。“革命”除了带来灾难和苦中作乐的聊以自慰外，究竟给予了这代人什么东西？他们并没有在“革命”中变得更加崇高，或者更加凡俗，正如康德所说：“一场革命可能会颠覆个人独裁、贪婪或专横的压迫，却永远不会带来一场真正的思维方式的改革，新的偏见将会同旧的一样主导这不思想的大众。”② 经过了“革命”洗礼的钱文们，并没有得到什么，这就是历史的荒诞性。“季节”系列中存在大量荒诞叙事，这些荒诞来源于灾难。但是在《青狐》中，荒诞已经摆脱了灾难，超越了具体历史层面，在一种平静和惯常中凸显历史荒诞的一面，变得更加荒诞——历史和人互为荒诞。《青狐》中王模楷曾说：

---

① 郜元宝：《“说话的精神”及其他——略说“季节系列”》，《当代作家评论》2003 年第 5 期。

② ［德］康德：《何谓启蒙》，转引自刘皓明：《启蒙的两难》，《读书》1995 年第 3 期。

“历史有时候虎头蛇尾，有时候昙花一现，突然变脸，冷锅里冒热气。历史常常患流行感冒、疟疾、便秘，蛮不讲理却又怎么说怎么有理。”其实，这可以认为是王蒙的夫子自道。

如果说，在“季节”系列小说中，王蒙表现了某种“总结历史经验”的决心和信心的话，那么到了《青狐》中，这种努力基本荡然无存。在“季节”系列中，无论是“恋爱”、“失态”还是“踌躇”、“狂欢”，都可以看做是个体命运和社会历史的非常态和暂时形式，是历史的“不平衡”时期的“闹剧”。而《青狐》基本上可以认做是“非常态”过后的历史正剧，历史已经恢复到了“平衡”状态，已经不是超越个体的存在形式。在《青狐》中，王蒙对历史这一宏大的整体性符号架构提出了质疑，王蒙曾说：“历史其实需要多种视角，需要立体化的解读和温习。”① 历史作为一种“宏大叙事”，它的“崇高”和庄严的一面已经不复存在，“人”与“历史”相互“建构”，同时也相互被解构，青狐等人的遭遇和命运就是这种相互建构和解构的结果，而这种相互建构和解构的过程则充满了悲剧感。

同时，《青狐》似乎还有更深层的意蕴。在这部小说中，王蒙表现了一种现代人的更为本体的悖谬感、无法把捉的“无名”感、无所适从的异己感，也就是现代人的整体的“不适”感。王蒙的作品，给人一种感觉，那就是过于纠缠诸如革命、青春、政治等命题，力图“再现”某种历史话语。但《青狐》的不同之处，恰在于对这些主题的超越——王蒙进入了更深的层面，即现代人的精神存在。《青狐》营造了某种内在张力：一是表面上的“历史青春期”，二是在这一“历史青春期”中所隐含的历史“颓像”。这种历史“颓像”比比皆是：理论巨人杨巨艇长着雄狮般的头颅，高大的身躯，却是“阳痿”，徒有其表而无法“兴奋”；女主人公青狐的继父是多年卧床不起的“植物人”，当青狐把一幅裸体女人画挂在墙上时，“植物

① 《王蒙：作家怎么了》，《南方周末》2004 年 1 月 15 日。

人突然睁开眼，……他看了一眼画，奥地怪叫了一声，两眼上翻，嘴里突出了白沫”，吓死了。这些都构成了某种极具象征性的“镜像”。通过这些富有“寓意”的“颓像”，一方面表达了作者对上个世纪八十年代初轰轰烈烈的思想启蒙运动合法性的质疑；另一方面，隐藏在这一表层结构下面的文本深层结构，则是在所谓启蒙、解放等话语下现代人的“无名”与“焦虑”的情绪。现代以来，西方人文主义哲学的一个基本命题就是对现代人的生存本体性状态的探讨，特别是自萨特以后的存在主义哲学尤其如此。卡夫卡的《城堡》、艾略特的《荒原》，无不因为揭示了现代人对自身存在的荒谬感、“不适”感、虚无感而引起人们长久的深沉思考。现代德国哲学家弗洛姆在其著名的《逃避自由》一书中，表达了人类在摆脱了最初的“原始关联”，走向“自由”的旅途中，无可避免地陷入了巨大的孤立、无权力与不安全的焦虑之中，人类开始变得“不知道如何适应这个世界”，“他开始怀疑自己，怀疑生命的意义，最后怀疑任何生命的原则”①。这种现代人的“孤独、无权力和不安全”的感觉，是人类走向“自由”之途的必由之路。美国心理学家卡伦·荷妮则把这种现代人的“不适”感、异己感称之为“时代的病态人格”。这既是现代人无法摆脱的生命存在感，同时又是无处不在的巨大的悖谬感。现代社会在使人变得越来越自主自立的同时，也越来越成为现代社会这个“大机器中的小零件”。萨特认为，现代人的一个根本性特征，就是从根本上背离了“是其所是”的“自在的存在”状态，进入了一个“不是其所是和是其所不是”的“自为的存在”状态。现代人的一切的“病态人格”无不与这种“自为的存在”有极其密切的关系。

青狐在当代文学中是一个独特且富有历史感的形象，她比王蒙笔下的其他人物更具有心灵的震撼性和艺术涵括力。欲望之于青狐并没有构成王蒙思考的中心，王蒙描写的着力点是青狐在历史挟裹

---

① ［美］弗洛姆：《逃避自由》，《弗洛姆文集》，第103页，改革出版社1997年版。

下的无所适从和对于自我的“无名感”，这也是青狐这一艺术形象之所以“具有构成某种深刻精神现象的可能”。虽然在20世纪八十年代，人到中年的她赶上了思想解放的好日子，为人注目、羡慕。但是，就她自身而言，仍然无法摆脱纠缠伴随了她大半生的莫名的龃龉感，无论是一夜成名，还是后来的红得发紫，都是非她所思所想所愿，而她真正的想法却处处失败，她生活在历史的夹缝中，惶惑莫名、哭笑不得、爱恨交加、心痒难挠。她从“倩姑”变成了“青姑”再变成了“青狐”，在这一变再变中，她自己也不知道到底是谁了，她已无可避免地陷入了自我丧失的巨大的“焦虑”之中。自我丧失的结果就是对自我身份的深刻怀疑。这既是历史对人的愚弄，也是每一个现代人都无法逃遁的困境。现代人的这种“无足轻重与无权力”感及由此产生的深切的怀疑感，早在20世纪初期就被人类所深刻洞察，意大利的皮兰·得娄在他的话剧中，反复出现这样的主题：“我是谁？我有什么证据来证明，我是我自己，而不是我肉体的延续？”现代社会的发展，在人的需求日益得到更大满足的同时，强烈的“认同的需要”——获得自我身份感的需求，却越来越难以有效地得到满足。人类在一次次的“我是谁”的充满焦虑的诘问中，深刻咀嚼着因无法获得个人身份感所带来的失败的经验。《青狐》中的青狐形象，即是20世纪八十年代“启蒙中国”时代这一人类“失败经验”的又一例证。

人类永远渴望着自我的解放和回归，20世纪八十年代的中国同样如此。一批最先感知到思想解放的知识分子，却找不到自己的位置。在启蒙的话语下，作为个体的人的真实的欲望仍旧被忽视、被遮蔽，这究竟是历史的粗疏，还是人类无法摆脱的悖谬？在《青狐》这部小说中，可以说作者粉碎了历史的同一性品质，也粉碎了启蒙的神圣光环——人与历史相互解构，相互背叛，相互质疑，这种对历史和启蒙等“宏大叙事”的不信任和疑虑，是王蒙在《青狐》中体现出来的新思考。王蒙的“季节”系列小说，一个潜在的坚定信念就是对未来的期待，认为无论是“狂欢”还是“失态”，都是历史的暂时和非常态。这样，就预约了历史的合法性和正义性，也就是说，当历史发展到一定阶段，人性、欲望、理想、青春等都会与历史保持一致性，都会在历史的常态中恢复其动人的品性。因此，在“季节”系列中，虽然写了那么多的不忍和残酷，但读者仍旧有理由怀有某种乐观的高昂感和对未来的信任感。但是，到了《青狐》中，所有这些都已经被证明是廉价的预期，都是“伪命题”。历史的发展没有提供这种证明，反而走向了反面，个体永远无法摆脱历史的责难和折磨。正如小说中的米其南，在被打击被批评被整肃的时候，在连饭都吃不饱的情况下，“仍然做着高尚的梦”，“追求着渴望着文学，尊敬着每一本铅字印到白纸上的书”，然而现在，“他只剩下了一个嘴巴和一根鸡巴”。钱文，这个在万家墨面的无声时期，尚能鼾声如雷；获得了第二次解放后，却感到心惊肉跳，面对历史转折带来的突如其来的命运转折，他感触最深的不是兴奋而是一种莫名的“恍惚”：“恍惚如戏”、“精神恍惚”，有一种按导演的意志行事又不知道导演是谁的感觉。钱文再也不是从前的钱文了，他一再感叹，“人太可怜了，人是随着环境随着历史走的。人其实是掌握不了自己的命运的呀”。历史在与包括米其南、钱文在内的每一个人开着玩笑。这些“年轻的老革命”在新的历史时期失去了目标、失去了方向、失去了归属，他们的“恍惚”既是历史转折期的特有现象，更是现代人的普遍性精神存在。

除此之外，王蒙在“季节”系列小说中，还出现了两个特别富有象征意味的独特的隐喻形象——两个阳痿病患者，即《失态的季节》中的曲风明和《青狐》中的杨巨艇。性从来都是政治的隐喻。无论是东西方文化中，男性生殖器都代表着力量、能力、创造，“标志着阳刚之气和支配能力”①。性与革命、政治似乎总是存在着某种

① ［美］戴维·M·弗里德曼：《男根文化史：我行我素》，第161页，华龄出版社2003年版。

隐秘的内在关联。美国学者凯特·米利特在《性政治》一书中指出，性是构建政治权力机器的体现，一般认为“革命的狂欢与性的狂欢具有某种气势上的美学对称”①。然而，在王蒙笔下，性与革命则完全丧失了这种正面意义上的“美学对称”，成为了另一种价值对等，即负面意义上的“美学对称”——阳痿与政治乌托邦：“性，……成为‘革命’所要解放或压抑或牺牲的能量。”②

《失态的季节》中的曲风明和《青狐》中的杨巨艇，一个共同的特点都是理论大师、语言巨人，滔滔不绝，所向披靡。“每一个细胞都流溢着党性和正气”的曲风明，不但是天生的马克思主义理论大师，而且是思想工作的能手，分析起“右派分子”的思想问题来说一不二、势如破竹，批评起人来铁面无情、凶悍凌厉，开口闭口要为那些“迷途的羔羊”治疗精神脓疮，割除他们心灵上的恶性肿瘤。然而，就是这样的一个理论天才，这样一个自以为掌握了客观规律、客观真理的历史主人，却是一个阳痿患者，“干不成事儿”，个人生活一塌糊涂，无论他的理论威力多么巨大，都最终无法做通妻子的“思想工作”——动摇与他离婚的意志；堪称“社会良知代表”的杨巨艇，动不动对人宣讲文学的社会使命、文学的巨大社会作用，满口的民主、人道、智慧、文明、世界、潮流等等，然而“小小的蔫蔫的悬垂的小把戏”与他那雄狮般的头颅、高耸的鼻梁和高大的身躯以及高屋建瓴、势如破竹的理论话语，更是形成了鲜明的对比。我们曾生活在一个语言空前发达的时代和理论的王国，对“理论”充满了膜拜之情，许多知识分子就寄生在这种“理论”的空壳里面，滔滔不绝，发空论，说大话，自以为成了“救世主”，而不知已经被这种“理论”所奴隶、所阉割。王蒙小说中的这两个形

① 南帆：《文学、革命与性》，见王晓明主编：《二十世纪中国文学史论》（下卷），第438页，东方出版中心2003年版。

② 黄子平：《革命·性·长篇小说——以茅盾的创作为例》，《文艺理论研究》1996年第3期。

象，对于极左时代的假大空的“理论”对人的扭曲和异化，做了极为深刻的“吊诡”般描写，曲风明和杨巨艇的“阳痿”病状，其实正是他们在那个特殊年代人格扭曲、畸变的表现，隐喻地反映了专制主义政治文化对中国当代知识分子在思想和心灵上形成的严重扭曲、摧残，具有巨大的精神深度和思想史意义。精神“阳痿”构成了那代知识分子最基本的生命形态，正如杨巨艇所言：“由于连年的政治运动和极左路线，特别是由于‘文化大革命’和‘破四旧’，中国的男人至少有百分之七十一是办不成事更办不成好事的。”① 曲风明和杨巨艇，实在是那个时代的最具隐喻性的“历史颓像”，也是那个时代留给人们最深刻的记忆，在这一“颓像”和记忆中，隐藏着某种荒诞化的历史情景和一代中国知识分子历史性危机的精神秘密。

王蒙笔下的曲风明和杨巨艇，针对的是中国特殊历史年代革命政治文化对个体生命本能的压抑和阉割，这两个阳痿病患者的形象，一方面与政治热情高涨形成了吊诡式的解构，另一方面又隐喻了政治热情的乌托邦的虚假性。中国特殊年代政治热情的高涨，带来的并不是性的“解放”，而是产生了大量的丧失了性能力的“废人”，在这种表面的政治热情的高涨下面，掩藏的是一种更为残酷的政治禁锢和政治压抑。性的本质是追求快乐，追求自由，追求个性，反抗权威，反抗禁忌，而性的这些本质力量和要求，正与那个表面狂热的乌托邦时代的中国的政治要求和政治伦理背道而驰，因此，性在当时的中国被视为一种破坏性力量而被禁锢。这种禁欲主义，既来自外在的政治性禁锢，也来自自我内心的禁锢，在这个意义上，在王蒙笔下乃至中国当代文学中，性在很大程度上偏离了它固有的诗性光辉，成为某种思想文化符码并与那个乌托邦时代的政治直接关联②。王蒙在“季节”系列小说中对乌托邦政治的反思，令人想

---

① 王蒙：《青狐》，第175页，人民文学出版社2004年版。

② 关于性与政治，请参阅温奉桥、李萌羽：《精神生态视野中的20世纪中国文学》，《文史哲》2006年第4期。

起雨果小说《九三年》中郭文的疑问："革命的目的难道是要破坏人的天性吗？革命难道是为了破坏家庭，为了使人道窒息吗？"至此，王蒙对中国当代乌托邦政治文化的反思和批判达到了一个新的高度，也标志着王蒙小说的人道主义思想内涵跃至一个新的历史高度。王蒙是一个理性的深刻的甚至残酷的人道主义者！

"王蒙创造了一个世界，一个反省的、思索的世界。这个世界体现了一代人的激情、希望和迷误，以及他们上下几代人的追求、痛苦、失望、醒悟和振奋"①。一定意义上说，王蒙自身就是中国现代革命史的缩影，王蒙曾不止一次地说："我的经历未免是太历史了"，"我的命运完全变成了历史的回音"，"虽然我主张作家写得可以个人一点，也可以写得花样多一些，但实际上我做不到，我的作品里，除了历史事件，还是事件的历史"，"我的写作，我觉得我确实还是历史的回音"②。实事求是地说，在当代还没有哪一个作家的历史感和使命感像王蒙这样强，并在作品中表现得这样明显。"对于我们来说，对于'文革'就记忆犹新，所以时时保持警惕，对于可能导致的'文革'思维模式十分敏感"，"实际上我是在反思我们这代人的精神历程"。王蒙曾说中国文化中有"记忆难以保持"的特点，也就是说，中国人很容易忘记历史的教训，而王蒙通过他的小说，不但努力保持着对于历史的记忆，而且努力从这种历史的记忆中"汲取历史的教训"。③ 王蒙的这种永远无法摆脱的沉痛的历史感和强烈的使命感，一方面是由于他太历史化的个人经历造成的，更重要的原因却是他那颗仍然壮怀不已的"少共"之心。我们只有从一个共产党人努力从"历史记忆"中"汲取历史教训"的使命感入手，才能真

---

① 吴亮：《王蒙小说思想漫评》，《文艺理论研究》1983 年第 1 期。

② 王蒙：《我们是世界的希望和果实》，《王蒙文存》第 19 卷，第 385、386 页，人民文学出版社 2003 年版。

③ 王蒙、陶东风：《多元与沟通——关于当代文化与知识分子问题的对话》，《北京文学》1996 年第 8 期。

正地理解王蒙那深沉的人道主义情怀。

第三节　世俗的人道主义

王蒙的人道主义，有两种表现形态：一表现为对历史（昨天）的反思，一表现为对现实（今天）的肯定，二者之间有其内在的一致性。王蒙更多的是站在今天，回首昨天，从而更加珍惜今天。王蒙的人道主义少了许多虚幻的乌托邦的东西，多了一些温暖的人间情怀和世俗关怀。王蒙太珍爱今天的来之不易的生活了。也许昨天的记忆实在太惨痛，所以王蒙才小心地维护着今天的生活，不了解王蒙的昨天，就不会理解今天的王蒙。20 世纪 90 年代以来，王蒙曾因《躲避崇高》和人文精神讨论中的一些言论而遭到许多人的非议，但在这些批评王蒙的人中，又有几个人能真正读懂并理解了王蒙？

这里所说的“世俗”，不是与“宗教”相对立的“世俗”，是与“精英”相对应的概念，主要是指非精英的俗世的低端的价值取向。世俗的人道主义本质上是一种民主的人道主义，是一种人本主义思想的体现。王蒙的人道主义含有民粹主义——即对下层人的关怀、同情——的成分。

对王朔、赵本山、小沈阳的认同，给王蒙招来了诸多非议，然而，王蒙并没有回避，而是从底层文化的角度，看待他们的价值。赵本山在 2009 年春晚上演《不差钱》后，王蒙在《读书》上发表文章，认为赵本山通过不止一个电视小品中对于钱呀、报销呀、人生最大的痛苦是死了却没把钱花完抑或是虽然活着却没有了钱的讨论，以及对于种种农民式的自私加狡黠加忽悠的嘲笑，确实解构了人物拔高的教条公式。王蒙指出：“通过卖拐者的阴损与买拐者的愚蠢，稀释了当年的高大全的教条。通过以笑为纲以角儿为主以娱乐为目的与大量语言游戏的设置，多少稀释了内容决定一切、主题先行、直奔主题的绝对化条条。在连京剧都直白地高唱政治口号的同时，赵本山的小品却大大方方地在那里调侃忽悠、装傻充愣、油腔滑调，却又个个呈现出善良百姓拥戴现今领导与政策的表情姿态，货真价实，并无虚假。这不是也令人耳目一‘新’吗?”①

在《躲避崇高》中，王蒙更多地并非是从纯粹文学的角度来看待王朔，而是肯定其在文化上的意义，将王朔看成是特定历史的产物。王蒙所肯定的是王朔所代表的那种平民化的文化立场和大众化的价值观念。王蒙在这篇文章中认为，王朔撕破了一些伪崇高的假面，王朔是太痛恨那种非人的伪道德、伪崇高、伪姿态了，他所竭力躲避的是装腔作势、道貌岸然的“伪理想主义”，是精神膨胀的乌托邦文化。王朔是这种“伪理想主义”、乌托邦文化的产物，也是最有力的反击者、最无情的嘲弄者。在王蒙看来，“多几个王朔也许能少几个高喊着‘捍卫江青同志’去杀人与被杀的红卫兵。王朔的玩世言论尤其是对红卫兵精神与样板戏精神的反动”②。王朔的出现，本身就是对非人道的专制主义文化的反动和否定，也是当代中国多元文化分化的产物。所以，王蒙认为，王朔的出现是“非常中国非常当代的现象”。与许多人对王朔的不宽容态度不同，王蒙小心地为王朔辩解着，更加小心地维护着产生王朔的宽容、宽松的文化氛围。因为在王蒙看来，这种宽容、宽松的文化氛围更符合人性，也更适合人的生存和发展，因而是人道主义的。王蒙的这一思想发展演变成后来人文精神讨论中对市场经济的肯定态度。

王蒙的民粹主义，表现为对当下、此岸生活珍视，对合理人性内涵的理解和尊重，他在《美丽围巾的启示》中说：

> 力量与人性是分不开的。人的一切活动与目标之所以成为

① 王蒙：《赵本山的“文化革命”》，《读书》2009年第4期。

② 王蒙：《躲避崇高》，《王蒙文存》第17卷，第152页，人民文学出版社2003年版。

可能，都与人性的筛选，从长远与整体来说，与人的物质的与精神的需要分不开。人当然可能迷失，可能醉心于非人，但是非人的追求终究会失败与消逝。与其说人文精神是一种反世俗的高扬的神圣哲贤的精神，不如说它是一种珍惜人的生命，珍惜此岸而不是彼岸的生活的一切具体而微的美好方面——例如一条美丽毛围巾——的精神。如果我们确实非常喜爱人文精神这个词儿的话。

……

关键在于，只有确信自己的目的本身就是充溢着人性内容的，是充溢着对于人的物质的与精神的关怀的，是非常慈爱的与美好善良的，才能做到上述的契合与天衣无缝。我们还是相信世界上有类似于或远远优于绒毛围巾的美好事物，美好的事物就在人间，就在形而下，就是“in life”的——当然也可以在玄思与冥想之中。让我们同时向玄思冥想者致以最良好的祝愿，祝他们天冷的时候也有世俗的优质围巾可戴。①

王蒙人道主义的两种表现形态，无论是对历史的沉重反思，还是对现实的积极的肯定，都是在极力倡导一种多元宽容的更适合人生存发展的社会文化形态，以及更人道的社会秩序，实质上他是通过文学的形式思考着政治的问题。王蒙一生都没有摆脱早年的“少共”经历所形成的强烈的政治热情和责任感。《相见时难》中的翁式含认为，政治是一件激动人心的事情，是一切观念——伦理的、美学的、哲学的、科学的——中最高的观念，是一切感情——私人的，朋友的，阶级的与社会的——中最强烈的感情，因为政治关系着的是亿万人民的命运，是祖国、世界的命运。翁式含对政治的理解和认识，也正是王蒙对政治的理解。可以说，政治在王蒙的心目中，一直处于最高的位置，也是王蒙创作中最稳定的文化心态。人道主

① 王蒙：《美丽围巾的启示》，《王蒙文存》第21卷，第489、490页，人民文学出版社2003年版。

义在不同的作家那里有不同的内容，对于王蒙来说，“政治意识”一直是他人道主义思想最核心的问题。从这个意义上谈，王蒙的小说所思考和回答的都是中国的政治问题，因而可以称为“政治小说”，王蒙是作家中的伟大的人道主义者，人道主义者中的政治家。

王蒙始终以一种鲜明的积极的姿态投身于中国革命的历史进程，在本质上他是个忧国忧民的传统的知识分子，所以王蒙的人道主义思想，实质上是中国传统知识分子浓重的患世意识与中国共产党人的政治责任感及其解放全人类的伟大理想相融合的产物，这一点也正是王蒙人道主义思想最鲜明的个人化特色。

中　编

第六章　王蒙文艺思想的实践性

思想是实践的产物。王蒙文艺思想的形成、发展极其特点，是与中国当代社会实践特别是当代文艺实践紧密相连的，更与王蒙独特的社会实践、文学实践有着紧密联系，无论是王蒙的人生哲学，还是文艺思想，都是他丰富人生经历的升华，同时也曲折地反映了中国当代文学发展演变的历史过程。在当代作家中，似乎没有人比王蒙更具有过程性，更具有标志性。

第一节　“少共”情结

对于一个作家而言，少年时代的经历对其思想和创作的影响是深远而巨大的。王蒙的少年经历特别是他的“少共”经历，决定了王蒙文艺思想的基本走向，从大的方面讲，也决定了王蒙的人生方向。评论家李子云提出王蒙的“少共情结”的概念，是很有见地的。在一定意义上，“少共情结”是理解和进入王蒙文学世界及其文艺思想的原点和唯一管道，如果不解王蒙的少共经历，就无法真正理解王蒙及其创作。

王蒙祖籍河北沧州南皮县潞灌乡龙堂村，南皮历史上曾出过张之洞。王蒙曾称自己是一个“北方农村的土孩子”①，《王蒙自传》

① 王蒙：《王蒙自传》第二部《大块文章》，第 204 页，花城出版社 2007 年版。

第一章即是《故乡》，可见“故乡”之于王蒙的重要性。王蒙说：“故乡是一个生死攸关的词儿。……故乡一词包含着我的悲哀，屈辱，茫然与亲切，热烈，高度的我要说是蚀骨的认同”①，“它是我的出发点，我的背景……也是我的原罪，我的隐痛”②，其实说的就是他与故乡的隐秘然而“蚀骨”的精神联系。但王蒙出生在北京，故乡对王蒙的影响永远是“背景”性的。当时王蒙的父亲王锦第正在北京大学哲学系读书，母亲也在北京上学，都是接受了新思想的进步青年。王蒙的祖父王章锋，是个“改革派”，曾参加过康有为倡导的“公车上书”，并组织过“天足会”，提倡妇女“天足”。王蒙出生在这样一个较为开放的知识分子家庭，这为他后来的倾向革命无形中提供了某种契机和可能。然而，王蒙的童年极为不幸，由于父母长期感情不和，家庭纷争不断，有时甚至大打出手，给王蒙幼年心灵带来极大的伤害。甚至曾发生过这样一件事：王蒙七岁的时候，由于害怕父母吵架，放学后不愿回家，无聊的他看到路旁一家棺材铺，顺手推门进去，看看这口棺材，又看看那口棺材，突然问道：“掌柜的，您的棺材多少钱?”③ 王蒙从小生活在恐惧和孤寂之中，这养成了王蒙异常早熟和敏感的性格。然而，王蒙自幼聪慧，深得家庭和老师的宠爱。王蒙说自己是“一个落后的野蛮角落的宠儿”④，就是这个意思。王蒙曾不止一次地说过：“我没有童年。”“没有童年”是一句极为沉痛的话。王蒙的“没有童年”成为他后来走向革命、追求光明的动力之一，也成为他一生创作的某种潜隐的力量。

---

① 王蒙：《王蒙自传》第一部《半生多事》，第 4 页，花城出版社 2006 年版。

② 王蒙：《王蒙自传》第一部《半生多事》，第 1 页，花城出版社 2006 年版。

③ 方蕤：《我的先生王蒙》，第 14 页，长江文艺出版社 2004 年版。

④ 王蒙：《王蒙自传》第一部《半生多事》，第 26 页，花城出版社 2006 年版。

生活在不幸家庭中的人容易走向革命。父亲王锦第对王蒙的影响是多方面的。父亲（其实就是《活动变人形》中倪吾诚的“原型”）的“清谈”、“大而无当”，“树立高而又高的标杆”、“绝不考虑条件和能力”的“理想主义”，对所谓诸如“喝咖啡”、“讲哲学”等新潮和“西洋文明”的“痴迷”以致被讥为“外国六”① 的做派，以及最终“一事无成”的命运，都在一定意义上成了王蒙的反面教材，树立了反面“榜样”。“父亲”的形象，成为王蒙内心深处的一种永久的自我提醒，也促使王蒙走出那种互为“石碾子”的生活轨迹，寻找“别样”的人生。王蒙在父亲王锦第的身上，找到了某种“革命”的依据和必然性，这也是王蒙最终走向革命的原动力之一种。另一方面，王锦第的热爱新文化、崇拜欧美、喜欢与外国人结交，似乎也并无大错，再说，这种较为“洋化”的思想，对王蒙的影响也许并非全是负面的，例如，王蒙“此生遇到的第一个共产党人”李新就是王锦第的朋友。王蒙在其自传中曾不无激昂地写道：“西学、新学的冲击，呼唤着悲壮的先行者也呼唤着皮相的浮躁，激发着志士仁人也激发着大言欺世，造就着真正的猛士，也造就着悲喜剧的堂·吉诃德——搅屎棍。”② 王锦第其实并不是堂·吉诃德，他身上具有强烈的悲剧感，他是中国现代知识分子的一个悲剧性缩影。王蒙曾多次谈到中国文化中的“戾气”问题，其实，在王锦第的身上，是看不到这种“戾气”的。

王蒙自幼喜欢读书，具有良好的文学感觉和文学才华。十岁的王蒙就写下了“千里追风孰可匹，长途跋涉不觉劳。只因伯乐无从觅，化作神龙上九霄”的诗句。九岁的王蒙已经在民众教育馆阅读了雨果的《悲惨世界》等小说，阅读了鲁迅、冰心、巴金、老舍的

---

① 王蒙：《王蒙自传》第一部《半生多事》，第 7 ~ 10 页，花城出版社 2006 年版。

② 王蒙：《王蒙自传》第一部《半生多事》，第 27 页，花城出版社 2006 年版。

作品，并开始接触“左翼”作家丁玲的《水》等进步作品，从这些作品中，王蒙开始产生了最初的“左倾”意识；王蒙自小对政治怀有特别的兴趣和关切，早在小学三年级的时候，就产生了“左翼思想的萌芽”①，中学的时候，参加全市中学生演讲比赛，王蒙演讲的题目竟是《三民主义与四大自由》。中学时代，王蒙更是集中阅读了诸如巴金的《灭亡》、曹禺的《日出》、茅盾的《腐蚀》、《子夜》以及绥拉菲摩维奇的《铁流》等带有革命思想的作品，这对其最初革命思想的形成产生了的重要影响。敏感的王蒙预感到中国社会要经受一场狂风暴雨、一场铁与火的洗礼已经不可避免。十一岁的时候，王蒙与共产党的地下领导人有了最早的接触，并发生了经常性联系，特别是从地下党员李新身上，王蒙看到了共产党人的逻辑、正义、全新理想以及希望和光明，这为王蒙思想的成长产生了极为重要的影响。后来，王蒙在地下党员何平的带领影响下，阅读了艾思奇的《大众哲学》、华岗的《社会发展史纲》、毛泽东的《新民主主义论》等马克思主义革命书籍，还阅读了苏联作家卡达耶夫的小说《孤村情劫》、《妻》，革拉特考夫的《士敏土》以及奥斯特洛夫斯基的长篇小说《钢铁是怎样炼成的》，通过阅读这些马克思主义著作和带有社会批判倾向的文学作品，少年王蒙进一步坚定了革命的信念。同时，王蒙也开始意识到文学“常常会成为革命的一个因子”②，文学与革命互为统一的观念产生。此时的王蒙，逐渐成长为我党地下组织在学生中间重点联系、培养的对象，被党确定为“进步关系”，王蒙也由此“怀着一种隐秘的与众不同和众相悖的信仰，怀里揣着那么多成套的叛逆的理论、命题、思想、名词”③，积极投身到进步学生运动之中，被时代的洪流推到反美反蒋、争取人民民主革命胜利

---

① 王蒙：《王蒙自传》第一部《半生多事》，第30页，花城出版社2006年版。

② 王蒙：《王蒙自传》第一部《半生多事》，第41页，花城出版社2006年版。

③ 王蒙：《王蒙自传》第一部《半生多事》，第61页，花城出版社2006年版。

的斗争前线去了。1948 年 10 月 10 日，差 5 天不满十四岁的王蒙加入中国共产党。事实上，王蒙在中学阶段就已经悄悄地“把自己的命运的全部与革命的前途联系在一起了”①。

新中国成立前夕，十五岁的王蒙中断了学业，成为了一名新民主主义青年团的专职干部，此时的王蒙，已经成长为了一名真正的“革命干部”了。这段共青团生活，是王蒙一生的“激情岁月”，也成为他后来小说《恋爱的季节》所描写的主要内容。应该说，这段生活留给王蒙的记忆是刻骨铭心的，王蒙后来在回忆这段特殊的经历时，曾深有感触地说：“在中国翻天覆地、高唱革命凯歌行进的年代成长起来的少年—青年人的精神风貌是非常动人和迷人的，特别是其中那些政治上相当早熟的‘少年布尔什维克’，给我终生难忘的印象。”② 王蒙在《半生多事》中提到自己经常做的一个梦：“梦到在区里住的单身男子集体宿舍，小小的院子，槐树树荫，后院只有一排房屋，一排床，半军事化。我的那张床空着，我感到心酸。”③ 按照弗洛伊德的理论，梦是愿望的达成，是信心的渴望。王蒙的这个梦，其实也可以看做是他的“共青团”情结的一种曲折的表现形式。也就是说，在王蒙的内心，王蒙与他的那段共青团生活还没有一个最后的了结。王蒙的这段共青团的历史，是王蒙的第一个明确的政治“身份”，也几乎是影响王蒙一生的最重要的精神“徽记”，在王蒙的整个创作中，或隐或显地存在着某种共青团的影子。王蒙的这种政治上的早熟和少年时代的革命经历，在很大程度上决定了他后来的思想走向，也决定了他的基本价值观念的形成。

---

① 王蒙：《王蒙自传》第一部《半生多事》，第 65 页，花城出版社 2006 年版。

② 王蒙：《文学与我——答〈花城〉编辑部 × ×同志问》，《王蒙文存》第 21 卷，第 78 页，人民文学出版社 2003 年版。

③ 王蒙：《王蒙自传》第一部《半生多事》，第 96 页，花城出版社 2006 年版。

八十年代以来，王蒙常遭致文坛的误解，遭遇“界碑”的尴尬，其中一个原因是持论者不了解王蒙的历史。不了解王蒙的过去，也就不可能真正理解王蒙。王蒙的过去相当重要的一部分是他的“少共”经历。走向革命后的王蒙，经历了正常年代一个中学生不可能经历的许多事情。例如，北平解放前夕，王蒙曾与当时的进步同学一起参加了迎接北平解放的活动，在街上散发传单，张贴布告，发表讲演，甚至佩戴上北平市军事管制委员会的胸标和袖标，配备左轮手枪值夜班①，还发动学生参加“护民护城”运动；王蒙在担任团干部期间，更是参加过很多实际社会工作，对社会有了更多更深入的了解，他参加开国大典，参与取缔“一贯道”，“镇反”、“三反”、“五反”等等，这种经历是一般作家所没有的。王蒙之所以没有成为“狂狷之辈”，没有成为“半空立论，大言欺世”的人②，与这段实际工作的经历密不可分。这段生活不但养成了他后来十分重视和强调实践的思想，同时也影响到王蒙的思维方式，让他不可能简单地从概念出发，从教条出发，从书本出发，而会更注重实践的复杂性、变化性、相对性。王蒙后来的很多思想，特别是他的《我的人生哲学》里的许多提法，例如不要走极端，不要把复杂问题说成是小葱拌豆腐一清二白，不要把复杂问题的解决看成是探囊取物，等等，与他的早期参加实际工作解决实际问题的经历有关。

革命是王蒙的“起点”③。王蒙曾不止一次说过：革命是他的“童子功”。王蒙晚年在自传中透析了自己与其他作家相比某种强烈的“桥梁意识”或者说“桥梁心态”，其实，这源于王蒙的“独一

---

① 参见王蒙：《王蒙自传》第一部《半生多事》，第69页，花城出版社2006年版。

② 王蒙：《王蒙自传》第一部《半生多事》，第94页，花城出版社2006年版。

③ 王蒙：《王蒙自传》第二部《大块文章》，第187页，花城出版社2007年版。

无二的少年革命生涯”① 所塑就的“干部的心理和习惯”②。王蒙本质上是个干部，是个“革命人”，无论他是部长还是作家。王蒙后来在回答某些诸如对历史和现状不够决绝的责备时说：“我的起点、出发点、思考的角度就是有所不同”③，王蒙的“起点、出发点”其实就在这里。“少共”经历及其所带来的新中国成立初期的准“革命家”的心态，塑就了王蒙的某种远比一般作家更为强烈的主人意识和政治意识，革命、政治是王蒙心头挥之不去的“情结”。心理学认为，一个作家的童年记忆会影响他的一生，甚至成为他日后创作的总主题，“这些记忆不仅在情感上始终缠绕着他们，……这些童年记忆都以这样或那样的方式与作家或艺术家以后的创作母题有关联，它成为一定创作思维定势的某种定向路标或一口取之不尽的灵感的泉眼”④。对王蒙而言，他早年的这段革命经历，是王蒙文学创作和文艺思想的总起点，是他文学世界的核心。

王蒙说：“我的青春是高调的。”⑤ 王蒙所说的“高调”，在于他的“少共”经历以及这种经历所塑就的革命“主人公”的心态。王蒙对这段生活是极为珍视的，以致晚年王蒙在回忆这段经历的时候仍旧禁不住感叹道：“革命，点燃了青春的烈火，革命，那真是盛大的节日呀”⑥，“革命带来的解放感青春感都是无与伦比的”⑦。“少共”经历在王蒙身上留下的精神“遗产”是多方面的。王蒙曾说共

---

① 王蒙：《王蒙自传》第一部《半生多事》，第 122 页，花城出版社 2006 年版。

② 王蒙：《王蒙自述：我的人生哲学》，第 22 页，人民文学出版社 2003 年版。

③ 王蒙：《王蒙自述：我的人生哲学》，第 9 页，人民文学出版社 2003 年版。

④ 宋耀良：《童年记忆与艺术母体》，《小说评论》1988 年第 2 期。

⑤ 王蒙：《王蒙自传》第一部《半生多事》，第 164 页，花城出版社 2006 年版。

⑥ 王蒙：《王蒙自传》第一部《半生多事》，第 72 页，花城出版社 2006 年版。

⑦ 王蒙：《王蒙自传》第一部《半生多事》，第 88 页，花城出版社 2006 年版。

和国的第一代青年是“相信的一代”①，所谓“相信的一代”，在于他们的革命信仰，也即经历了上个世纪五十年代后形成的理想主义。王蒙曾深受这种理想主义的影响，并成为文学创作的一个重要特色。王蒙一生，无论身居高位，还是“落难”坠马，都没有丝毫削减他对革命、政治的信念和热情，“如果说我的作品中对现在的一些意识形态、体制上的缺陷作了一些批评，这些批评也是从深深投入这一切、爱护这一切出发”②，痛哉斯言！应该说，王蒙心中一直存在着浓重的“少共”情结或者说“共青团”情结。革命带来的紧张、新鲜、兴奋、激动，革命自身的那种高歌猛进、摧枯拉朽、热火朝天，对于少年王蒙确如一剂兴奋剂，充满了魅力和刺激。许多学者都充分注意并论及了王蒙创作中的“革命情结”或“政治意识”③。在当代作家中，像王蒙这样与革命和政治发生如此密切关系的并不多见。革命或政治，对于王蒙而言，绝不是一种外在的东西，绝不是一种单纯的文学叙事对象或叙事策略，王蒙对革命或政治的兴趣，是“宿命”：“我不能够作出一副‘我不喜欢政治’的样子，那是虚假的。我从小就热衷于救国救民”④，“中华人民共和国对我从来就没有是身外之物”⑤。正是由于这种早年的革命经历和革命信仰，九十年代的王蒙拒绝对现实和历史采取决绝的态度，拒绝成为“对立面”，甚至拒绝鲁迅式的“横站”⑥，拒绝成为索尔仁尼琴式的批判

---

① 王蒙：《王蒙自传》第一部《半生多事》，第246页，花城出版社2006年版。

② 夏冠洲：《生活·创作·艺术馆——王蒙访谈录》，《用笔思想的作家》，第245页，新疆大学出版社1996年版。

③ 对王蒙的“革命情结”论述，可参阅吴三冬著：《解不开的革命情结——王蒙小说的思想轨迹》一书，北京出版社、文津出版社2002年版。

④ 杨澜：《杨澜访谈录》第九辑，第60页，辽宁人民出版社2002年版。

⑤ 王蒙：《王蒙自传》第二部《大块文章》，第24页，花城出版社2007年版。

⑥ 王蒙：《王蒙自述：我的人生哲学》，第83页，人民文学出版社2003年版。

型知识分子。

政治之所以成为王蒙文艺思想的一个“关键词”，成为王蒙文艺思想的一个显著特色，根源在此。王蒙文艺思想的形成是与他的独特的革命身份和革命经历密切相关的。一个人的实践轨迹决定了他的思想轨迹，而他的思想又反过来影响到他的实践过程。王蒙后来创作中明显的政治意识，对革命的信仰和忠诚，都与他早年的这段经历有着隐秘而内在的关联。王蒙后来的创作中对“革命”的热衷和反复诉说，在很大程度上，源于他早年的这段革命经历。王蒙在谈到自己的创作时，曾慨叹自己创作的“不足”，那就是太政治化、太革命，缺乏世俗性。王蒙曾“羡慕”贾平凹的《废都》，“把社会政治意识形态给你洗得干干净净”①，王蒙自己却永远做不到，“我无法淡化掉我的社会政治身份社会政治义务”②。在与王蒙同代的作家中，像王蒙那样对革命“陷”得如此之深者，实不多见。

第二节 “新的一页”

人永远都是历史的产物。历史在根本的意义上塑就着人，改变着人。我们今天所面对的很多问题，其实在某种意义上都是一种历史的“报应”。如果没有后来的“反右”和“文革”，王蒙可能是完全另一个“王蒙”，当然，历史是无法假设的。然而，我们无法否认，1957 年的“反右”和后来的“文革”，构成了王蒙那代人独特的记忆，也是一种独特的思想资源。从中国当代思想史的角度而言，“反右”和“文革”直接开启了新时期思想解放的闸门；对王蒙个人而言，这种历史同时也是个人生活的转折，构成了他生命的第一个也是最大的一个“拐点”。

---

① 夏冠洲：《生活·创作·艺术馆——王蒙访谈录》，《用笔思想的作家》，第 245 页，新疆大学出版社 1996 年版。

② 王蒙：《王蒙自传》第二部《大块文章》，第 79 页，花城出版社 2007 年版。

鲁迅有诗云：“运交华盖欲何求，未敢翻身已碰头。”“反右”使中国几十万知识分子“运交华盖”。当然，王蒙也难以逃脱“华盖运”。“反右”究竟在何种意义上改变了王蒙，特别是对王蒙后来文艺思想和文学创作产生了怎样的影响，这种历史和命运的转折究竟引发了怎样的化学反应，这是一个值得深入研究的课题。对个体生命而言，面对历史的威严和不可抗拒，其实是无所谓“幸”和“不幸”的，任何人都无法逃避历史的“成全”或挟裹。然而，历史在每个个体身上所留下的印痕，却需要你独立面对和承担。王蒙曾说，人生具有一种“测不准原理”，说的其实就是人与历史、命运的相互“调适”：“错位”与“误植”①。历史有时就像是个脾气乖戾的老人，的确让人“测不准”。王蒙的名字出现在中国文坛上有一种先声夺人的味道。可以说，王蒙因《组织部来了个年轻人》一举成名，成为当时文坛的一颗耀眼的新星，并多次得到最高领袖毛泽东主席的肯定。据统计，毛泽东曾先后五次在诸如最高国务会议、全国宣传工作会议等公开场合谈论这部小说，王蒙由此得到毛泽东了“新生力量，有才华，有希望”② 的赞誉，这对中国当代小说而言是绝无仅有的。毛泽东身为革命家、领袖，其文学欣赏口味是很“雅”的，中国古典小说他谈论最多的大概是《红楼梦》，现代作家中谈论最多是鲁迅，当代作家中应该就是王蒙了。当然，毛泽东谈文学有他独特的出发点和角度，也有他独特的用意——政治上的考量，他谈论《组织部来了个年轻人》也是如此。《组织部来了个年轻人》不仅为年轻的王蒙赢得了最初的文学声誉，也初步显示了王蒙之后创作

---

① 王蒙：《王蒙自传》第二部《大块文章》，第158页，花城出版社2007年版。

② 《百年潮》1999年第4期。关于毛泽东谈论《组织部来了个年轻人》，详细资料请参阅崔建飞：《毛泽东五谈王蒙〈组织部新来的青年人〉初探》，《王蒙研究》2005年10月号、2006年5月号，中国海洋大学王蒙文学研究所编。

的所有的规定性和可能性，他的巨大的才华、他的敏感以及复杂的创作基调和倾向，都在这部小说中得到了最初的充分的展现。应该说，《组织部来了个年轻人》不仅是王蒙也是整个中国当代文学史上最优秀的作品之一。然而，《组织部来了个年轻人》连同毛泽东的肯定和客观上的保护，并没有改变王蒙后来的命运。王蒙不可避免地走进了一张巨大的张开的网中。

王蒙如何从文坛“宠儿”一夜之间成了“右派”，其实是一笔糊涂账①。但无论怎样，王蒙的生活正如他在自传中所说的，掀开了“新的一页”。

1958 年 5 月“反右”扩大化中，王蒙稀里糊涂地被“扩大”进去了，戴上“右派帽子”②，直到 1961 年秋摘掉帽子，成为“摘帽右派”，重新“回到人民队伍”来（1979 年春，王蒙的“右派”问题真正得到改正）。“右派”身份，使那个少年得志意气风发的王蒙，一夜之间沉于社会的最底层。这期间，王蒙先是到北京景山公园少年宫建筑工地劳动，后到京郊的门头沟斋堂公社军饷大队桑峪生产队劳动，还到潭柘寺附近的南辛房大队一担石沟，再后来转到当时北京市委副食生产基地大兴县三乐庄，背石头、烧石灰、栽果树、盖房子、养猪、平地、种菜等农活都干过。在这几年的劳动“改造”期间，王蒙看到、听到了许多在这之前所见不到、听不到的人和事，王蒙的这段“右派”生活在他的小说《失态的季节》和自传《半生多事》中，都有详细的描写和记录。

---

① 王蒙在《半生多事》中有一段话：“时过境迁后，人们透露，是在中宣部周扬主持的一次会议上决定了命运的。北京市委杨述副书记坚持不同意帽子，单位负责人 W 坚持一定要划，争了很久，W 提出一系列王自己检查交代出来的错误思想为根据，如被启发后想了想，觉得海德公园的办法也不赖。最后周扬拍板：划。”——《王蒙自传》第一部《半生多事》，第 172 页，花城出版社 2006 年版。

② 王蒙被划为“右派”具体情况，请参阅《王蒙自传》第一部《半生多事》，第 168、172 页，花城出版社 2006 年版。

对知识分子的“改造”自延安时期即已开始，而“反右”更是从肉体到精神的炼狱。帕斯卡说过：人的全部尊严就在于思想。“反右”着眼点也是思想。因此，从本质上说“反右”是一次思想的“去势”运动，是一次思想的规诫即格式化运动。对王蒙这样一个年轻的“老革命”而言，“右派”的经历在其思想、心灵上留下的创伤是复杂的、难以言传的。王蒙的长子王山曾讲过这样一件事：

> 小学毕业后，我进了母亲任职的二中。我在班上的表现很突出，……到初一第二学期，我入团的事提到了议事日程。没有想到的是，入团的事后来又忽然没有了音讯，只是隐隐约约地听人说我的家庭似乎有什么问题，我也不明白究竟是怎么回事，直到第一批入团的同学都举行了宣誓仪式而没有我。在那之后不久的一个晚上，父亲忽然非常郑重地和我谈了一次话。他客观地告诉了我，父母都是受到过处分的人。他还告诉我他们什么时候被划为右派，什么时候摘掉了右派分子的帽子，什么时候入了党，什么时候又被开除了党籍，等等。我至今还记得，父亲说这些事的时候表情凝重，夹着烟头的手抖得很厉害，有几次话说到一半就停了下来，停顿了许久才又接着说下去。①

“右派”之于王蒙既是一次精神的放逐，更是一次心灵的炼狱。它摧毁了王蒙原来的那种生活信念，强迫他变换一种生活方式、思维方式，从另一套完全陌生的价值体系去看待生活，看取生活的多种样态，体味生活的多种滋味。王蒙在《半生多事》中曾记录了自己“右派”时期的一个“酸梦”：

> 我与芳 1957 年结婚，那时她的学业未完，我们分别生活于太原与北京，此后我下去劳动，又分了手。我休假回京，她有时住在她母亲与姐姐家，有时住在我家，两处一在西四，一在

① 王山：《我的父亲王蒙》，见李扬编：《走近王蒙》，第 38～39 页，中国海洋大学出版社 2003 年版。

崇文区光明楼，当时认为相距甚远。我们的休假都采取突然宣布式，为的是怕说早了影响劳动情绪与改造自觉。两端都没有电话，我都是突然回家，但是不知道芳在哪里。有时我先到了西四，见没有芳，赶紧倒公共汽车无轨电车往光明楼走，谁知此时她正坐在从光明楼到西四的公共交通车辆上，来回一找，休假时间能丢掉相当一部分。好久好久了，直到早已时过境迁，也许我们是共同住在某个外国的宾馆里，同一张床上，我仍会在梦中来回坐车，互相寻找，擦肩而过，失之交臂，而且电话不通，呼叫不灵，停电停灯停车，苦不堪说①。

王蒙梦中的这种相互寻找、擦肩而过和失之交臂，其实是他内心的一种酸楚体验。当时与王蒙同为“右派”的从维熙，后来记录了这样一件事：

40年过去以后，王蒙告诉我，在《走向混沌》出版后的一个年节，他的儿子王山曾问及他：“爸爸，当年你是不是像‘混沌’中所写的那样？”王蒙一家当时正吃年夜饭，他一边喝酒，一边回答儿子说：“是，就像维熙写的那样。”儿子还想询及他什么，见他潸然泪下，便不敢再求索下去了。②

王蒙的“酸梦”以及他的“潸然泪下”，蕴含了极为丰富的内容。

就王蒙的思想和精神完成性而言，半个多世纪以来，王蒙从一个理想主义者转变成了“经验主义者”③，从五十年代的“少共”转

---

① 王蒙：《王蒙自传》第一部《半生多事》，第191页，花城出版社2006年版。

② 从维熙：《从维熙回忆录：走向混沌》，第42页，花城出版社2007年版。

③ 王蒙：《沪上思絮录》，《王蒙文存》第23卷，第220页，人民文学出版社2003年版。

变成了一个“不可救药的乐观主义者”①，从一个革命者转变成了“后革命时期的建设者”。王蒙虽有新中国成立前后参加地下学生运动以及共青团工作的经历，对那种天真的乌托邦思想具有某种“免疫力”，但就王蒙的精神个性而言，文人伤感和理想的一面，要明显超过理性和务实的一面。那么，王蒙是如何从带有乌托邦色彩的理想主义中走出来，最终变成了一个理想主义的疏离者、审视者、甚至质疑者？王蒙是如何完成了这种思想转型的呢？

王蒙在回答斯洛伐克汉学家高利克关于其一生之“重要事件”的提问时，强调了“右派”对他的深刻影响，称“右派”对他是一个“很严重的打击”。② 1957年的事件改变了王蒙的人生航向，也成为了对王蒙最大的考验和历练，“右派”是王蒙后革命时期思想的真正来源和逻辑起点。王蒙说：“在我的生活经验中，不但有清明的、真实的、可以理解乃至可以掌握的过程，也有许多含糊的、不可思议的、毫无根据的、乃至骇人听闻的体验。”③ 王蒙的“右派”记忆，无疑主要是后者的“体验”，这段生活成为了王蒙思想转变的某种契机：“十年生聚，十年教训，我已经不那么年轻，我已经不那么相信概念的区分，命题的转换必定能够决定一切。我知道了一个与方针政策理论同样同时强大的力量：这就是生活，这就是常识，这就是现实。”④ 当然，也可能在特定的意义上限制了王蒙：谢泳在一篇文章中曾谈到王蒙的“恐惧性思维”：“作为右派，王蒙的内心世界有一个抹不掉的印迹，这就是内心恐惧。这种恐惧经过漫长的政治变化，已经成为其人格的一部分，这种恐惧已成为支配王蒙思维

---

① 王蒙：《王蒙自述：我的人生哲学》，第9页，人民文学出版社2003年版。

② 《王蒙答斯洛伐克汉学家高利克问》，《中华读书报》2007年11月21日。

③ 王蒙：《〈王蒙荒诞小说自选集〉序》，《王蒙文存》第21卷，第123页，人民文学出版社2003年版。

④ 王蒙：《王蒙自传》第二部《大块文章》，第190页，花城出版社2007年版。

的一个基本出发点。……内心的恐惧使王蒙总把噩梦一般的岁月时时加以警惕，时间长了，这种警惕就不再成为一种有意识的理性思维，而是一种无意识的自觉支配。"① 无论怎样，"右派"在很大程度上"重塑"了王蒙，成为了王蒙的某种心理和思想新的出发点和参照系，使他走向了人生和思想的另一境界。

事实上，在"反右"初期，王蒙是真心相信自己需要改造、必须改造，正如他在自传中所写的：

作为一个城市青年，一个知识分子，一个狗屁作家，一个养尊处优的却又打着无产阶级先锋队的旗号的干部，就不应该受受人民的严厉教训吗？怎么整治也是有理的，……你当然已经具备了原罪心理，一想到自己包括上一代人与工农大众的距离，四体不勤，五谷不分……我就认定自己是一代一代欠着账的，必须通过自我批判改造，通过自虐性的自我否定，救赎自己的灵魂。②

其实，这绝非王蒙一个人的内心所想，也是那代知识分子共同的心声。然而，他们企图通过接受批判、"晒灵魂"，企图"通过自虐性的自我否定，救赎自己的灵魂"的想法，注定是不切实际的，是一厢情愿的幻想。经过了许多事之后，王蒙逐渐变得清醒起来，他开始"认命"，用他自己的话说就是"'点儿'走到了这一步"③。但是，表面的"乐观"无法掩盖内心的煎熬，劳动改造期间，王蒙常常吟咏的是"焦首朝朝还暮暮，煎心日日复年年"。划"右"后，王蒙甚至给上级打报告，要求"自谋生活"，去卖糖葫芦，然而，此时的王蒙连卖糖葫芦的权利都没有，他只能接受改造。与此同时，王蒙开始变得"警觉"起来，与王蒙同为"右派"的从维熙，曾为

---

① 谢泳：《内心恐惧：王蒙的思维特征》，见丁东、孙珉选编：《世纪之交的冲撞：王蒙现象争鸣录》，第 431 ~ 432 页，光明日报出版社 1996 年版。

② 王蒙：《王蒙自传》第一部《半生多事》，第 172 ~ 173 页，花城出版社 2006 年版。

③ 王蒙：《王蒙自传》第一部《半生多事》，第 175 页，花城出版社 2006 年版。

"右派"王蒙描画了一幅"肖像"：

> 他似乎什么都知道，又好像什么都不知道；他貌似在合眼睡觉，其实在睁眼看着四周，与其说是他表现出不近人情的冷酷，不如说他对这个冷酷的世界有着相当的警觉。①

王蒙的这幅"肖像"，蕴含着无尽的内容，使人联想起《杂色》中的那匹灰杂色"老马"。

我们是否可以说，没有1957年的"反右"运动，就没有后来的特别是"后革命时代"的王蒙呢？"右派"对王蒙的影响是相当内在、深远的，它客观上为王蒙后来成为一个思想家奠定了基础，提供了契机。就王蒙整个文艺思想的流变迁延而言，"反右"构成了王蒙的一个思想资源和重要的参照系。甚至，它深刻地影响了王蒙的价值取向和思维方式。

对于一个经过了"反右"、"文革"的中国知识分子来说，理想主义已经成为乌托邦的代名词，起码当人们回过头来再看五十年代的理想主义的时候，虽然在情感上可能仍旧难以忘怀（这一点王蒙同样如此，甚至更强烈），但在理性上已经增加了某种警惕性和反思性的成分。"反右"和"文革"不仅改变了一代人的人生轨迹，更改变了一代人的思想走向。经过了"十年生聚，十年教训"后的王蒙，已经从那种单纯的"少共情结"中走了出来，明白了"单纯的理想易于通向假大空的自欺欺人"② 的道理，明白了"激情常常是和思想的贫乏而不是智慧的丰富联系在一起"③，更洞彻了"对于天堂的理想也可以把人们驱赶到地狱里"④。"右派"经历，使王蒙有

---

① 从维熙：《从维熙回忆录：走向混沌》，第42页，花城出版社2007年版。

② 王蒙：《理想与务实》，《王蒙文存》第15卷，第362页，人民文学出版社2003年版。

③ 王蒙：《王蒙自传》第一部《半生多事》，第272页，花城出版社2006年版。

④ 王蒙：《王蒙自述：我的人生哲学》，第269页，人民文学出版社2003年版。

机会重新对革命、历史、人性等进行深入思考，也使王蒙有机会更多地面对自己，省视自己，总结自己。一个人在坎坷之中，更能够思考自己，思考历史。

王蒙说："经验塑造着不同的人"①。王蒙是一个历史经验和内心经验都很丰富的人。从历史经验层面而言，王蒙可谓"半生多事"，经历丰富，阅世极深，是个深味中国国情、世态、人心的知识分子。王蒙后来的很多思想，特别是例如不要太"形而上"，要认同生活的世俗性、此岸性的一面；不要走向教条主义，不要大言欺世，要认同常识、常情、常理；不要走极端，不要相信简单化，要认同事物的中间状态、过渡状态等，都与他"反右"期间的"生聚"和"教训"有关。作为五十年代北京文坛上的"四只黑天鹅"之一（另三人为刘绍棠、从维熙、邓友梅），王蒙还未来得及真正起飞，就在"反右"运动中折翅落地。

从内心经验而言，"反右"和"文革"当然是一种乖戾的、痛苦的记忆，但这段经历对王蒙个人而言，却成了一种思想"酵母"，发酵、催化出了另一种崭新的思想，这大概就是王蒙所说的生活的"辩证法"。"反右"和"文革"的痛苦经历和建立在这一痛苦经历基础上的对现实和历史的深刻理解和洞悟，是促使王蒙走向一个新的精神世界的思想资源。曾有一位美国人问王蒙："50 年代的王蒙和 70 年代的王蒙，哪些地方相同，哪些地方不同?"王蒙回答说："50 年代我叫王蒙，70 年代我还叫王蒙，这是相同的地方；50 年代我 20 岁，70 年代我 40 岁，这是不同的地方。"② 王蒙的"回答"，似乎在开玩笑，其实，在这种"玩笑"的后面，蕴含了诸多的人生体味。"反右"使王蒙沉于生活最底层，懂得了生活的辩证法，也赋

① 王蒙：《纽约诗草（三首）》之《致 A·W——并答〈纽约时报〉》，《王蒙文存》第 16 卷，第 19 页，人民文学出版社 2003 年版。

② 冯骥才：《话说王蒙》，见李扬编：《走近王蒙》，第 56 ~ 57 页，中国海洋大学出版社 2003 年版。

予王蒙某种真正“王蒙式”的精神“徽记”：“将近20年过去了，王蒙还是王蒙，依旧是布尔什维克，但是一个清醒的、经过各种磨炼的布尔什维克。依旧是一个赤子，但是一个成熟的赤子。依旧心头热血奔流，但他不会再为生活中美丽而晃眼的假象所迷惑，单纯又傻气地冲动起来。依旧充满社会责任心，但他更懂得这种责任的严峻性和怎样去尽自己的职责。”① 王蒙的这种“清醒”，其实是源于现实的经验和教训。

王蒙说，“每一代人都有自己的机遇与局限”②。其实，任何的所谓“机遇”和“局限”都是社会实践的产物，“机遇”可能同时也是“局限”。王蒙坦言“我不是书斋型的知识分子”③，在一定意义上，这就是王蒙的“机遇”，也是王蒙的“局限”。上个世纪中国社会的大变动大激荡和王蒙政治上的早熟以及对革命的兴趣，使他不可能成为“书斋型的知识分子”；同时，王蒙的“亲革命性”的特点，又限制了他对许多重大问题更具深度的思考。王蒙的“右派”生涯和“文革”记忆，一方面为他后来的思想特别是他极富辩证色彩和实践理性的文艺思想的形成提供了契机和可能，但又在另一方向上强化了王蒙的“局限”性一面。所有这些，都是“反右”及“文革”留给王蒙的精神遗产，这其实就是生活的辩证法。

第三节　“换心的手术”

树欲静而风不止。中国知识分子的“华盖运”并未结束，一场

---

① 冯骥才：《话说王蒙》，见李扬编：《走近王蒙》，第57页，中国海洋大学出版社2003年版。

② 王蒙：《王蒙自传》第一部《半生多事》，第75页，花城出版社2006年版。

③ 《王蒙：我只是只文化蚯蚓》，《羊城晚报》2000年7月1日。

更大的风暴行将到来。1964 年 2 月 13 日，这一天是春节。毛泽东发出了“要把唱戏的，写诗的，文学家，戏剧家赶出城，统统都轰下去”① 的指示。而在这之前，王蒙已经把自己“轰”出了城，他远走新疆了。王蒙为何在当时处境并不太坏的情况下自我“放逐”？王蒙后来在自传《半生多事》中将到新疆去解释为“对生活的渴望”：

> 我渴望大千世界，我渴望男女老幼，我渴望日月星辰，我渴望阴晴雨雪，我渴望爱怨情仇，我渴望逆顺通蹇，我渴望喜怒哀乐，我怎么能才二十多岁就把自己囚禁在校园里？我渴望遥远的边陲，相异的民族与文化，即使不写，不让写，不能写，写不出，我也要读读生活、边疆、民族，还有荒凉与奋斗、艰难与快乐共生的大地！②

王蒙的夫人方蕤在谈到这件事的时候，有类似说法：“他充满了对生活、对于一切新鲜经验的兴趣和追求。”③ 这种惧怕平庸、渴望变化、追求新鲜、渴望生活的心态，对那个时候虽经磨难但仍旧充满激情甚至相当自负的王蒙而言，是完全能够理解的。我们丝毫不怀疑王蒙“对生活的渴望”的真诚性，涂光群《五十年文坛亲历记》中，对此有所“补充”：1963 年秋，《人民文学》约请方之、陆文夫、赵燕翼等全国七八个青年作家在北京东总布胡同 22 号举办了一次小型的创作座谈会，会议结束时时任中宣部副部长的周扬到会看望大家：“有个有趣的小插曲，当大家的话题涉及到王蒙时，周扬提议，可否将他从北京师院教学岗位上调出，放到生活中去，与群众接触，继续搞他的文学创作嘛！不久，王蒙果然去了新疆。”④ 由

---

① 1964 年 2 月 13 日毛泽东《春节谈话纪要》。

② 王蒙：《王蒙自传》第一部《半生多事》，第 220 页，花城出版社 2006 年版。

③ 方蕤：《王蒙——“放逐”新疆 16 年》，第 8 页，东方出版社 1995 年版。

④ 涂光群：《五十年文坛亲历记》（下），第 543 页，辽宁教育出版社 2005 年版。

此看来，王蒙之去新疆，可能包含了周扬等人的善意和爱护，可能是一次“组织行为”，并非完全王蒙的自我行为，更不是一种年轻作家的自我“冲动”。但无论怎样，王蒙的新疆16年，连同他的“右派”生涯，构成了后来他思想转变的巨大根源和背景。

1963年12月23日，王蒙挈妇将雏，踏上了北京开往乌鲁木齐的69次列车，举家西迁。从此，王蒙从一个少年得志、前途光明、带有理想主义的青年作家，一个猛子扎到了生活的最底层，直到1979年6月12日离开乌鲁木齐回北京，这一去就是16年。王蒙由此开始一段完全不同的生活。

新疆究竟在何种意义上影响了王蒙，至今仍是个模糊的问题。新疆之于王蒙绝不是一个单纯的地理概念，而是一个情感和心灵的“原点”，更是思想“再出发”的驿站。王蒙的一生，“拐点”多矣：一会“少共”，一会“团干”，一会“青年作家”，一会“反党反社会主义的右派”，一会被“放逐”，一会又身居高位，一会再一次被“抛弃”……而其中最大的“拐点”——无论是在人生观、价值观还是文学思想、文学创作层面——是新疆16年。从这个意义上说，王蒙的“换心的手术”是在新疆完成的。

王蒙在新疆的生活究竟怎样？王蒙曾称新疆伊犁为“第二故乡”，所谓“第二故乡”云云，也许更多的是一种情感性的表达。研究新疆之于王蒙的影响，也许更多应该考虑某种更为内在和真实的境况。对于新疆这16年的生活，王蒙后来更多地是从积极的意义上，从温暖、希望和安慰的视角来看待的。笔者曾于2009年7月随王蒙回到他的第二故乡——新疆伊犁巴彦岱，亲眼看到王蒙与新疆维吾尔老农结下的深厚情感，这种情感感人至深，令人泪下，而这是他第九次回到新疆，也是第六次重回巴彦岱。应该看到，新疆之于王蒙，除了温暖、希望和安慰，还有另一面，甚至更重要更真实的一面，那就是痛苦和迷茫。王蒙新疆16年的生活，特别是1965～1971年，王蒙以一个普通农民的身份在伊犁巴彦岱公社毛拉圩孜大队劳动了整整六年。他从一个带有某种理想主义的革命者、作家，被重重地摔在了最坚实的土地上，这段沉入中国社会最底层的生活，一方面使王蒙“见人之未见，学人之未学，知人之未知”①；另一方面则是忍受人之未忍受，体验人之未体验（痛苦和迷茫）。尽管有记者问及王蒙在新疆的生活时，王蒙强逞词锋，说是在攻读维吾尔语的博士后。一个从小喜欢语言和文字的作家，每天不得不抡坎土曼（当然，并不是说抡坎土曼有什么不好），虽然也承受着来自上面的“照拂”，但其真实内心也是如鱼饮水，冷暖自知。1965 年到 1971 年，王蒙一方面是与维吾尔农民“三同”（同吃、同住、同劳动），另一方面却是“三不管”，成了“断线风筝”②。

王蒙的新疆 16 年，既是某种识时务的自我“放逐”，也是不得已的自我“废黜”，更有被党和“革命文艺”抛弃的因素。既有“逍遥游”的一面，更有看不到希望的痛苦和煎熬的一面。如果说“右派”生涯带有强制性、强迫性，那么王蒙的新疆生活从表面上看似乎带有某种自愿色彩，有人称之为“自我放逐”。

王蒙有一篇小说叫《逍遥游》，也有人把整个王蒙的新疆生活称之为“逍遥游”。实事求是地讲，王蒙的“文革”经历，确实比同时代人的遭遇要好许多，从总体而言，王蒙的新疆生活“充满了欢乐、光明、幸福而又新鲜有趣的体验”③，开阔了眼界，增长了见识，不但领略了新疆的壮阔迷人的自然风光，而且接触到了与汉民

---

① 王蒙：《王蒙自传》第一部《半生多事》，第 258 页，花城出版社 2006 年版。

② 王蒙：《王蒙自传》第一部《半生多事》，第 324 页，花城出版社 2006 年版。

③ 王蒙：《萨拉姆，新疆!》，《王蒙文存》，第 14 卷，第 32 页，人民文学出版社 2003 年版。

族文化不同的兄弟民族的语言、文化、风俗、宗教。“新疆十六年，我变得粗犷和坚强了，也变得更乐观和镇静了”①，从这个意义上，王蒙的新疆 16 年可称之为中年王蒙的一次人生“漫游”，这或许就是王蒙后来回忆这段生活时所说的“不幸中有大幸焉”②。王蒙“文革”中在新疆基本没受冲击，更没有受到非人的肉体折磨，没有受到“任何人身侮辱”，仿佛是一种暂时的“搁置”或“遗忘”。王蒙后来曾不无玩笑地称这段生活为在新疆读“维吾尔语博士后”。王蒙后来以这段生活为题材创作的几十万字的作品中，也大都流露了一种乐观、健康、幽默的心态，似有为新疆 16 年辩护之意。王蒙到新疆的时候，确实是怀有一种豪情的，在去新疆的途中，王蒙曾写了四首诗，其中一首写道：

死死生生血未冷，风风雨雨志弥坚。
春光唱彻方无恨，犹有微躯献塞边。

王蒙是怀着“春光唱彻”的心态到新疆的，但事实上似乎更多的还是“疾首煎肠”的岁月。王蒙是以“文艺界的大右派”（虽然已经“摘帽”）之身来到新疆的，是个“无罪的罪人”③。“右派”在当时就是刺在王蒙脸上的“红字”，更是刺在王蒙心上的“红字”。

王蒙属于与共和国一道成长起来的一代，党是王蒙内心绝对的律令，“党让他改造他改造；党说××不能用，这个××他就不敢用、不想用、没有兴致用了”④，王蒙晚年在谈到这段生活时说：“半是‘锻炼’，半是漫游；半是脱胎换骨，半是避风韬晦；半是莫知就里地打入冷宫挂起来晾起来风干起来，半是‘深入’生活深入人民群众走与工农结合的光明大道，等待辉煌的明天；半是无所事事三不管，

---

① 王蒙：《新疆精灵·自序》，上海文艺出版社 2002 年版。

② 王蒙：《〈在伊犁〉台湾版小序》，《王蒙文存》，第 21 卷，第 117 页，人民文学出版社 2003 年版。

③ 王蒙：《王蒙自传》第一部《半生多事》，第 256 页，花城出版社 2006 年版。

④ 方蕤：《我的先生王蒙》，第 44～45 页，长江文艺出版社 2004 年版。

被社会也被文明遗忘了的角落遗忘了的某人，半是学习思考如饥似渴如进研究院，半是另册放逐专政对象，半是老革命老干部。大好年华，无悲无喜。”① 这大概是王蒙新疆生活较为真实的描述。

从二十九岁到四十五岁，王蒙在新疆度过了人生最宝贵、最艰难、最奇特的16年。王蒙在伊犁和新疆的生活，表面看似乎如鱼得水，又是学维语，又是担任生产大队的副大队长，又是游泳，又是养猫，又是酿酒，又是打牌，但是他内心的苦楚和烦闷却难与人说。与1957年被划成“右派”后在京郊“劳动改造”不同，那时王蒙还是“在组织”的，与诸多的“右派”在一起，可能并没有强烈的“断线的风筝”的感觉，而伊犁时期的王蒙，则是彻底被放逐，被抛弃，被遗忘，而王蒙又是从小参加革命相信组织的人，这是他所难以忍受的。难以忍受而又必须忍受，“王蒙内心深处隐藏着极度的焦虑”②，王蒙的夫人崔瑞芳在《我的先生王蒙》中，记述了这样一件事：1971年古尔邦节，王蒙与同在新疆乌拉泊“五七”干校学习的少数民族“同学”喝酒，酩酊大醉后，一个个都喊着“回伊犁！回伊犁！”，突然，王蒙又补充了一句：“不，我想的并不是回伊犁！”众学友一时愕然。③ 王蒙的这一酒后“失态”，泄漏了他内心深处的某种真实想法。王蒙对伊犁对新疆的深厚情感是绝对不容置疑的，但是，王蒙不属于伊犁和新疆。他是一位“过客”。崔瑞芳还记述了另一件小事：王蒙在新疆期间坐下了个毛病，常常在夜间将睡未睡着之时，下意识地突然喊出一个怪声：“噢”，吓得我浑身发抖。……一连许多年，每每我都这样忍耐着，受到这种奇特的折磨。④ 其

① 王蒙：《王蒙自传》第一部《半生多事》，第265页，花城出版社2006年版。

② 方蕤：《王蒙——“放逐”新疆十六年》，第98页，东方出版社1995年版。

③ 方蕤：《我的先生王蒙》，第95页，长江文艺出版社2004年版。

④ 方蕤：《王蒙——“放逐”新疆十六年》，第67～68页，东方出版社1995年版。

实，王蒙的“失态”和梦中喊叫，都是一种被压抑的结果。特别是“文革”后期，王蒙更是无所事事，心情烦躁，抽烟，喝酒，毫无来由地冲着孩子们发火。表面的快乐，掩盖不住王蒙内心的被“抛弃”、被搁置的痛苦，这更接近于王蒙新疆生活的真实状态。

作家雷达在《“春光唱彻方无憾”——访作家王蒙》中有一段话：

> 王蒙对我说，他的小说《光明》里写崔岩的一段话：“他好像一条正在畅游的鱼儿，突然被抛到了沙滩上……他生命的汁液并没有枯竭，他没有变成一块僵硬的鱼干。因为他的妻子濡之以沫，更因为即使在沙石之中他始终依恋着、追求着大海，雨露和每天清晨从万顷碧波中跃动而出的金红色的太阳……”就是他那时心境的写照。①

有一细节也可佐证。据王蒙的夫人方蕤在《王蒙——“放逐”新疆十六年》中记载，王蒙四十岁生日那天，家中很艰难地买回了几瓶啤酒，妻子与小孩一齐为他举杯祝贺。王蒙百感交集，一下子想了很多——十九岁风华正茂，写出了第一部长篇小说《青春万岁》，二十九岁而立之年，举家西迁新疆，为了多积累生活，写出有分量的能经得住历史考验的作品，如今年满四十，却一事无成！他有了一种不能再耽误下去的紧迫感，特别是安徒生的一篇童话对他触动很大，这个童话描写了一个人的墓碑，墓碑的大意是，死者是一个大学者，但是还没来得及发表过任何作品；死者是位大政治家，但还没有来得及当上议员；死者是个运动员，但还没有来得及破纪录②。王蒙似乎想起了十几年前决定来新疆的“初衷”和决心，重新捡起曾经丢失的钢笔。但是，毕竟戒律重重，他难以有所作为。期间，王蒙除了翻译了维文小说《奔腾在伊犁河上》外，没有别的

---

① 雷达：《“春光唱彻方无憾”——访作家王蒙》，《中国当代文学研究资料·王蒙专集》，第13页，贵州人民出版社1984年版。

② 方蕤：《王蒙——“放逐”新疆十六年》，第117页，东方出版社1995年版。

成绩。他下了大功夫苦心经营的长篇小说《这边风景》也不得不最终流产。《这边风景》是王蒙1975年创作完成的描写新疆维吾尔农村生活的长篇小说，其中某些章节曾在《新疆文艺》上发表。由于这部著作完成于“四人帮”统治时期，其写作受当时条条框框特别是“三突出”的限制，战战兢兢，如履薄冰，不敢越雷池半步，“整个框架是按‘样板戏’的路子来的，可以说在胎里就得了病，先天不足，是个不正常的产物，任怎么改也挽救不过来，最后只好报废”①。

王蒙在其自传中说，1963年之所以提出去新疆是由于“对生活的渴望”：“渴望文学与渴望生活，对于我是一而二，二而一的东西”②。就1963年的情势而言，王蒙并没有到非“自我放逐”到新疆的地步，当时王蒙正在北京师范学院中文系任教，据他在北京师范学院同事王景山介绍，王蒙虽为“右派”，“是另眼相看，受到优待的。……出席文艺界的会，听文艺界的报告，王蒙都是受到照顾的”③。王蒙到新疆的决定，既有自信，也有文人的某种浪漫乃至冲动在里面。因此，王蒙刚到新疆的时候，还从北京带了一本《文心雕龙》④。新疆期间，王蒙也是尽量地接触文学，阅读文学作品，一方面是为了学习维文，另一方面也是作家对文学割舍不了的天性。例如王蒙读了维文版的高尔基的《在人间》、奥斯特洛夫斯基的《暴风雨中诞生的》，维吾尔族小说《骆驼羔的眼睛》，以及塔吉克斯坦作家艾尼的《往事》。后来形势的发展，却远远超越了王蒙的预期，“文革”期间王蒙甚至连钢笔也丢失了。一个作家丢失了“钢笔”，其中滋味是颇耐人寻味的。

---

① 方蕤：《王蒙——“放逐”新疆十六年》，第121页，东方出版社1995年版。

② 王蒙：《王蒙自传》第一部《半生多事》，第220页，花城出版社2006年版。

③ 王景山：《关于王蒙的交代材料（1968）》，《天涯》1996年第3期。

④ 姚承勋：《异域乡情——回忆在新疆和王蒙相处的日子》，见李扬编：《走近王蒙》，第99页，中国海洋大学出版社2003年版。

王蒙是一个深味中国国情、世情、人情的知识分子。古人说中国知识分子“明乎礼义而陋于知人心”，王蒙是个特例，王蒙对“人心”的了解远远超越一般知识分子之上。16 年的新疆生活，特别是在伊犁同底层各族劳动人民长期生活在一起，使王蒙“完全改换了视角”①，有的论者指出：“王蒙思想上的成熟，应当说是从新疆那里开始的。他从底层人的苦难中，意识到了什么，感悟到了什么，他的理想主义，用世的儒家情感，开始饱受着风雨的侵袭。”② 王蒙这种思想的转变，使他达到了人生的更高的境界。在一定意义上说，新疆 16 年重塑了一个新的王蒙，这 16 年对王蒙的思想影响，可能超过了他青少年时代的革命经历，新疆成了王蒙“反观革命的一个新的角度，新的价值参照，新的智慧的援助”③。中年赴疆使王蒙在很大程度上做到了“行万里路，识万种人，做百样事，懂百样道理千样行当万种风物”④。特别是世事变幻、荣辱得失，使王蒙从一种更为开阔的价值坐标和更为实际的意义上重新看取和审视人和社会、历史的关系。新疆把王蒙从一个文学青年变成了真正的男人，正如维吾尔谚语所说：男子汉要经历各式各样的磨难。

同时，王蒙的长期生活在社会底层的经验，使他真切地感受到现实的力量、实践的力量和民间的力量。从那种极左政治的虚妄中解脱出来，从那种凌空蹈虚的意识形态的“亢奋性”⑤ 中解脱出来，

---

① 王蒙：《王蒙自传》第一部《半生多事》，第 231 页，花城出版社 2006 年版。

② 孙郁：《王蒙：从纯粹到杂色》，《当代作家评论》1997 年第 6 期。

③ 郜元宝：《当蝴蝶飞舞时——王蒙创作的几个阶段和方面》，《当代作家评论》2007 年第 2 期。

④ 王蒙：《王蒙自传》第一部《半生多事》，第 224 页，花城出版社 2006 年版。

⑤ 王蒙：《王蒙自传》第一部《半生多事》，第 216 页，花城出版社 2006 年版。

认识到生活和存在的“坚实性”，认识到“活着的力量”才是“天下最顽强最不变的力量”①。王蒙后来回忆这段经历时说：“劳动给我最大的感悟就是要关注生存问题，关注粮食、蔬菜、居室、燃料、工具、医药、交通、照明、取暖、婚姻、生育、丧葬、环境……诸种问题”②。王蒙洞见了“理论”、大话、空话的极端虚妄性，更是对那些脱离实际脱离生活捏着鼻子将一切现实生存问题都蔑称为“形而下”的“不可救药的空谈家”的云端高论极为反感。王蒙曾多次劝告那些喜欢发空论和大话的理论家，要多多注意和联系“中国革命运动的背景”和“特别的中国”，不能闭着眼睛沉迷于与现实毫不搭界的自我循环之中。王蒙这种更具世俗性和实践性思想的形成，是与近二十年的社会底层生活经历密切相关的。生活的辩证法使王蒙远离了脱离实践的教条主义，避免了凌空蹈虚、偏执乖张，而是注重生存、现实和实践，对现实始终保持了务实的理解性的建设姿态。王蒙意识到在一个建设时期，人们更需要的是务实和理性的点滴建设，不再是理论的豪华化、“瞎浪漫”、大言和悲情主义。王蒙后来强调人生之“化境”，人生的艺术化，应该说“反右”和“文革”的“生聚和教训”，才是通向王蒙人生“化境”的“酵母菌”。

新疆生活是王蒙思想新的出发点。在王蒙的思想或“人生哲学”中，有两点特别突出：重生思想（重视生命和生活）和乐观态度。这两点都与他的新疆农村生活经历有关。

世俗化是王蒙人生哲学的显著特点。王蒙的人生哲学本质上是一种重生哲学，通俗地说就是“活命哲学”，当然，这里的“活命”是从最积极最正面的意义上来理解的。从根本上说，一切哲学应该

---

① 王蒙：《王蒙自传》第一部《半生多事》，第256页，花城出版社2006年版。

② 王蒙：《王蒙自述：我的人生哲学》，第3页，人民文学出版社2003年版。

让人活得更好活得更明白，不可否认，我们之前特别是极左时期的哲学基本上是一种不让人活的哲学，似乎与某种教义相比，人生反而不重要了，成了第二性的东西，这其实是一种反人生的哲学。王蒙从现实生活特别是从社会底层人民的生活中感悟到生存问题是第一位的问题，他把那些从来不用关心衣食住行问题而谈论人生终极意义的人称为“准精神疾患者”①。王蒙对“精英”、“书生”之类称呼素无好感，对某些脱离生活脱离现实的“救世高论”、“学问”和口号，也深怀警惕。在他看来，这些“精英”、“书生”，要么是脱离实际脱离现实囿于某种简单化教条的“书呆子”，要么是云端空论，欺世大言，是揪着头发离开地球，伟大则伟大矣，悲壮则悲壮矣，然而往往于事无补，“精英意识如果脱离了生活意识，就会自命不凡地成为形而上意识，……也就变成凌空蹈虚，变成断线的风筝了”②。王蒙的这种带有强烈世俗化的重生思想，注定极易遭到误解，因为当代中国的历史基本上是一个反世俗的过程，革命其实就是反世俗。王蒙在上个世纪九十年代“人文精神问题”讨论中不被理解的根本原因在于“世俗化”的恶名声，当时的知识界尚未真正理解世俗化对当代中国的真实意义。王蒙的这种重生思想的形成，与他的自“反右”落马后不断到农村“改造”特别是与他的十六年新疆生活密切相关。王蒙从新疆底层各族人民特别是维吾尔族人民身上，感受到了最简单的真理：活着的力量是人间最强大最美好的力量。

维吾尔文化与汉民族文化有诸多不同之处。王蒙之于维吾尔文化毕竟还是个“外来者”，他对两种文化的差异感受格外明显。王蒙曾说：新疆生活“使我有可能从内地——边疆、城市——乡村、汉民族——兄弟民族的一系列比较中，学到、悟到一些东西”③，我认

---

① 王蒙：《王蒙自述：我的人生哲学》，第3页，人民文学出版社2003年版。

② 王蒙：《老子的帮助》，第21页，华夏出版社2009年版。

③ 王蒙：《文学与我——答〈花城〉编辑部××同志问》，《王蒙文存》第21卷，第79~80页，人民文学出版社2003年版。

为王蒙从这一系列的对比中，感悟到的最深的一点应该是维吾尔人对生活的热爱及对生命的尊重和敬意。维吾尔文化有着天然的对自然对生命的崇拜情愫，有着顺应自然、顺应天命的态度，这可能与伊斯兰教仁爱万物的思想有关，例如维吾尔人对粮食的崇敬感，他们认为馕是世界上最高贵最神圣的东西；再如维吾尔男人的名字后面常带有“江”字，“江”在维文中是生命的意思。这些都体现了维吾尔族文化的生命意识。王蒙在小说《好汉子伊斯麻尔》中描写夏季收获时节，维吾尔人拒绝给牲口带笼嘴的故事，就体现了维吾尔文化独特的重生观念。因为在维吾尔人看来，牲口和人一样，在收获的季节都有“敞开吃”的权利：“麦子一年熟一次，胡大给的，人也好，牲口也好，麦收期间都应该，一年就一回嘛。”①

与汉民族相比，维吾尔人似乎更重视现世生活，更具有“世俗”性。与“革命”、“主义”相比，他们更关心的是奶茶、曲曲（馄饨）和馕，这既是一种文化性格更是文化智慧。例如“文革”期间，与内地的游街戴高帽斗得你死我活不同，维吾尔人也分帮分派，虽然也敲锣打鼓，贴标语，喊口号，又是抄（取缔）鸽子，又是剃胡子，但只不过是不得已做做样子、走走过场而已。王蒙在《半生多事》中记载了这样一个故事：分属“造反派”和“保皇派”的两个维吾尔族人骑车在路上相遇，见了面，光打招呼不够，两个人依例推车至路边叙谈，互相握手后，一个问另一个：“您的观点是什么?”回答说：“我，保皇!”另一个人点点头，说：“我，造反!”然后二人含笑而去。因为在他们看来保皇和造反并没有本质区别，世界上有远比保皇和造反更重要的事。甚至在喊口号的时候，他们都分不清“打倒”（维语“哟卡松”）和“万岁”（维语“亚夏松”）的发音。在这个世界上似乎没有另一种力量比生活更坚硬，更持久，打

① 王蒙：《好汉子伊斯麻尔》，《新疆精灵》，第 76 页，上海文艺出版社 2002 年版。

馕、酿酒、喝奶茶才是维吾尔人最真实的生活。再如《买买提处长轶事》中，迫于当时的革命形势，不得不举办“新式婚礼”：没有陪嫁和彩礼，只有新郎和新娘交换《毛主席语录》，互送珍贵的主席像、锄头、镰刀，也许再加上一只全新的粪叉。但是“新式婚礼”举行十天后，一场地下婚礼悄悄举行，这一次是一切照旧，该宰羊的宰羊，该吃抓饭的吃抓饭，该送绸子的送绸子，该走过场的走过场，这就是维吾尔人的智慧。在新疆广泛流传的阿凡提的故事，反映的其实就是底层劳动人民的生存智慧。王蒙从底层维吾尔人身上，体悟到了一种与汉族人完全不同的另一种生活信念和生活方式，特别是他们对生活的那种朴素的理解，给了王蒙很大的启发，也给了王蒙新的文化参照，成为王蒙思想形成的重要资源。

王蒙是一个大智慧者。大智慧源于大磨难，在很多时候，人们只看到了王蒙智慧的一面，而忽视了他经受的大磨难。王蒙一生经过的磨难不可谓不多，但磨难并没有使王蒙变得消沉，而是更为乐观、豁达、宽容。王蒙曾自称是一个“不可救药的乐观主义者”，王蒙乐观主义的形成有诸多条件和因素，其中维吾尔人乐观的生活态度深刻地影响了王蒙，“新疆十六年，我变得粗犷和坚强了，也变得更乐观和镇静了”①，新疆生活促成了王蒙思想的转变，他开始认识真实的生活。

维吾尔人的思维方式、生活方式特别是对待困难和挫折的态度，对王蒙产生了极为重要的影响。维吾尔是一个乐观的民族，善于辞令，喜欢说笑话、唱歌、笑谑，特别是维吾尔人的幽默，化解了现实的沉重和苦难。维吾尔人对日常生活采取了一种审美态度，他们十分讲究美和艺术，几乎每一家的小院都有盛开的丁香、玫瑰，小院可以没有菜，但不能没有花，这些细节都体现出这个民族对生活

① 王蒙：《新疆精灵·自序》，上海文艺出版社 2002 年版。

的独特理解。与汉民族的沉重、严肃相比，维吾尔人的生活充满了某种善意、游戏心态以及“塔玛霞尔”精神①。无论是游戏的心态，还是“塔玛霞尔”精神，都是一种民间的智慧。如《淡灰色的眼珠》中，穆敏老爹关于人是“带着傻气的种子”② 以及“生活是伟大的。伟大的恼怒，伟大的忧愁……伟大的 2 月、3 月，伟大的星期五……还有伟大的奶茶、伟大的瓷碗、伟大的桌子和伟大的馕”③的论述，还有维吾尔人不能没有国王、大臣和诗人的观念，都闪烁着智慧的光芒。再如《虚掩的土屋小院》中，那个死了爸爸、妈妈以及六个孩子全都死光的阿依穆罕大娘，她并没有因此而诅咒命运的不公，没有失去生活的信心，而是承认现实，超越苦难，“命是胡大给的，胡大没让他们留下，我们又说什么呢？……我没有爸爸，我没有妈妈，我没有孩子，可是我有茶”④。阿依穆罕的朴素和乐观，其实是维吾尔人普遍的性格特征。其他人如穆罕默德·阿麦德、穆敏老爹、伊斯麻尔、马尔克等，都具有这种性格特征，维吾尔人“……虽然缺乏基本的文化知识，却具有一种洞察一切的精明，和比精明更难能的厚道和含蓄”⑤ 的处世态度，给了王蒙诸多启发，为他思想的形成提供了支撑。王蒙后来强调“无为”，强调力戒虚妄、

① “塔玛霞尔是维语里一个常用的词，它包含着嬉戏、散步、看热闹、艺术欣赏等意思，……有点像英语的 enjoy，但含义更宽，当维吾尔人说塔玛霞尔这个词的时候，从语调到表情都透着那么轻松适应，却又包含着一点狡黠。”——见王蒙：《淡灰色的眼珠》，《王蒙文存》第 8 卷，第 53 页，人民文学出版社 2003 年版。

② 王蒙：《淡灰色的眼珠》，《新疆精灵》，第 35 页，上海文艺出版社 2002 年版。

③ 王蒙：《淡灰色的眼珠》，《新疆精灵》，第 58 页，上海文艺出版社 2002 年版。

④ 王蒙：《虚掩的土屋小院》，《新疆精灵》，第 113 页，上海文艺出版社 2002 年版。

⑤ 王蒙：《虚掩的土屋小院》，《新疆精灵》，第 143 页，上海文艺出版社 2002 年版。

焦虑和急躁，似乎也能看到某些维吾尔人的影子。赵园说："王蒙是北京人却并不熟悉胡同里的北京，也无可称'京味'的作品，但在写及伊犁时，却让人约略感觉到出诸北京人的对世情、人生的理解，即如写新疆人语言中包含的人情内容，维吾尔兄弟那种天真的狡黠，他们自我保存的机智——略近于北京人'找乐'的'塔玛霞尔'（《淡灰色的眼珠》）等等。"① 王蒙的对世情、人情的了解，不是在北京的胡同完成的，是在新疆的农村完成的。

除此之外，新疆生活对王蒙多元开放文化心态的形成也起到了潜移默化的作用。新疆是多民族、多语种、多种文化共存的区域，地处古丝绸之路，是中国、印度、古希腊等东西文明的交汇地。人口除了汉族外，还有维吾尔、回、锡伯、哈萨克、蒙古、满、柯尔克孜、塔吉克等四十多个民族，分属三大语系（阿尔泰语系、印欧语系、汉藏语系），宗教信仰也各不相同。这种多元文化形态，形成了多元的价值观念，王蒙思想中对"宽容"、"多元"的尊重和强调，与王蒙的这段新疆生活的语境也有一定联系。

新疆在历史上就是流放之地。远有林则徐，近有艾青和王蒙，林则徐在伊犁修了有名的大湟渠，王蒙则让巴彦岱名扬全世界。《在伊犁》系列小说是最柔软、最纯粹、最深情的部分。细心的读者会发现，从创作时间上看，王蒙的伊犁系列小说几乎与他的"意识流"小说同时，但完全是两套笔墨，两种风格。《夜的眼》、《春之声》、《蝴蝶》等"意识流"小说，腾挪躲闪，十八般武艺，令人眩目，而《歌神》等伊犁系列小说则"有意避免的是那种职业的文学技巧"②，迹近纪实，属于"非虚构非小说——nonfiction 作品"③，为

---

① 赵园：《北京：城与人》，第 17 页（注释 3），北京大学出版社 2002 年版。

② 王蒙：《〈在伊犁〉后记》，《王蒙文存》第 8 卷，第 237 页，人民文学出版社 2003 年版。

③ 王蒙：《〈在伊犁〉台湾版小序》，《王蒙文存》第 21 卷，第 117 页，人民文学出版社 2003 年版。

何？因为在王蒙内心，描写伊犁是不需要“技巧”的，是不需要“耍花枪”的，伊犁就在作者的心中、梦中。伊犁系列小说是王蒙对中国当代小说的独特贡献。

新疆生活成为了王蒙思想和文学创作新的转折点。王蒙曾说新疆生活是他“独一无二的创作本钱”①，刚“复出”不久，王蒙就宣称：“故国八千里，风云三十年，……我的小说的支点正是在这里。”② 在文学地理学意义上，王蒙伊犁系列小说中的“毛拉圩孜”，就是鲁迅小说中的“鲁镇”，就是沈从文笔下的“湘西”，就是福克纳笔下的“约克纳帕塔法县”，借用俄罗斯汉学家脱罗普采夫的话，伊犁是王蒙心中永恒的“桃源”。王蒙在《故乡行——重访巴彦岱》中曾深情地说，这是一块“在我孤独的时候给我以温暖，迷茫的时候给我以依靠，苦恼的时候给我以希望，急躁的时候给我以安慰，并且给我以新的经验、新的乐趣、新的知识，新的更加朴素的与更加健康的态度与观念的土地。”③ 在情感上，王蒙是伊犁的儿子。王蒙曾自称“巴彦岱人”，王蒙与巴彦岱农民感情之深、之真，超过了我们的想象。维吾尔诗人乌斯满江·达吾提说：“王蒙是真正写出了维吾尔人心灵世界的唯一的人。读他的作品，就像老朋友面对面地谈心交心，自然、亲切，丝毫没有民族的隔阂。”④，王蒙在伊犁农村生活不但做到了与贫下中农“三同”，就连维吾尔族人婚丧嫁娶请客，以及一般不请外人参加的带有宗教仪式色彩的“乃孜尔”也请

---

① 王蒙：《王蒙自传》第二部《大块文章》，第 50 页，花城出版社 2007 年版。

② 王蒙：《我在寻找什么？》，《王蒙文存》第 21 卷，第 25 页，人民文学出版社 2003 年版。

③ 王蒙：《故乡行——重访巴彦岱》，《王蒙文存》第 14 卷，第 139 页，人民文学出版社 2003 年版。

④ 陈柏中：《王蒙与维吾尔语》，见温奉桥编：《多维视野中的王蒙——第一届王蒙文学创作国际学术研讨会论文集》，第 327 页，中国海洋大学出版社 2004 年版。

王蒙参加。更重要的是王蒙进入了这个民族的心灵世界，正如维吾尔诗人热黑木·哈斯木所言：王蒙“懂我们的心”①。这是伊犁系列小说真正超越一般汉族作家写伊犁的地方。

许多评论家都谈到了王蒙的幽默，但王蒙最擅长写的是忧伤，这在他的《组织部来了个年轻人》中即有显现，他后来的小说如《杂色》、《歌声好像明媚的春光》、《春堤六桥》、《秋之雾》，以及最近的《岑寂的花园》等，都回荡着某种忧伤的调子。这其实也正是伊犁系列小说的美学特征。学者查建英称伊犁系列小说具有“契诃夫风格”，“其基调是在悲剧中带着温和的喜感和黑色幽默”②。细读伊犁系列小说，或隐或显回荡着一种悲凉的调子，更多的读者、评论家看到了这类小说的幽默。幽默当然是伊犁系列小说的显著特征，如《哦，穆罕默德·阿麦德》、《淡灰色的眼珠》、《好汉子伊斯麻尔》等，但幽默的背后是忧伤，是无奈。王蒙在谈及这类小说时也曾坦言：“逍遥的背后有悲凉，……悲凉的深处却又是一种对于生活、对于人们入迷的‘不可救药’的兴趣和爱，所以是逍遥，所以能逍遥也只能逍遥、所以又不仅仅是逍遥了。”③ 可以说，王蒙的伊犁小说就是一首交织着忧伤和无奈旋律的抒情长诗，伊犁就是一块充满了欢乐和忧伤的土地。《心的光》、《最后的“陶”》就是伊犁系列小说中最深沉最忧伤的诗。王蒙的爱，表现于忧伤。《心的光》中的凯丽碧奴儿感到了某种失落，开始对她殷勤而温存的丈夫表示了冷淡，因为凯丽碧奴儿开始感到了某种外在的力量，某种遥远的声音，这种力量和声音引发了凯丽碧奴儿内心的波澜，苹果园、葡萄架、奶茶和羊群已经拉不住凯丽碧奴儿的心。这一点在《最后的“陶”》中

---

① 楼友琴：《维吾尔友人谈王蒙》，见温奉桥编：《多维视野中的王蒙——第一届王蒙文学创作国际学术研讨会论文集》，第 338 页，中国海洋大学出版社 2004 年版。

② 查建英：《国家的仆人：中国最著名的作家是一名改革派还是一位护教者?》，http：//matthewhau. blog. 163. comblogstatic/6108720120101029792 8840/。

③ 《王蒙致何士光》，《当代作家评论》1984 年第 4 期《作家书简》。

得到了更为深刻的表现。如果说《心的光》中流露出来的还仅仅是失落和惆怅，那么在《最后的“陶”》中，这种失落和惆怅已经变成了深沉的忧虑。“现代化”的风已经刮到了哈萨克人的草原上，牧民帐篷里开始飘出了邓丽君和“猫王”的歌声，达吾来提开始向往山下的生活，库尔班则筹划着鹿茸加工厂、招待所和疗养院。哈萨克人的生活受到“现代化”的冲击，老哈萨克依斯哈克大叔说：

> 如果一个哈萨克，到一个哈萨克牧人居住的山上去，却还要带钱，还要带粮票，这就不是哈萨克。如果连雪白的牛奶和雪白的牛奶制成的食品还要卖钱，那就是对于雪白的牛奶的最大的污染……
>
> ……
>
> 我们要钱做什么？我们到县城或者伊宁市去做什么？到了山下面，就什么都没有了，没有酸马奶，没有酪干，没有手抓羊肉块加面皮，没有野花和草原，没有野草莓和悬钩子，没有赛马和叼羊……

然而，夏牧场、白桦林、毡房已经对年轻的哈萨克失去了吸引力，他们更喜欢“红灯牌”半导体收音机、三接头牛皮鞋和人造革皮包。王蒙写出了草原牧民面对未来生活时的矛盾心态。这是王蒙的深刻之处，也是王蒙的清醒之处。《最后的“陶”》是王蒙伊犁系列小说中最惶惑的作品。

同时，新疆生活也深刻影响了王蒙的文学风貌和创作风格。王蒙新疆之前的作品无论是《组织部来了个年轻人》还是《小豆儿》、《春节》以及《青春万岁》，在文学风格上偏重于深情、清丽、柔软、纤细，较少豪放、粗犷——这大概与王蒙的个性有关。但是，到新疆后，新疆壮美的自然景物特别是“大漠孤烟直”、“明月出天山”的景象，使他开始见识到粗犷之美、雄阔之美。与王府井、西直门相比，天山、伊犁河完全是另一种景象、另一种美。这直接影响了王蒙的审美心态，从而影响了王蒙的文学风貌和创作风格，“在新疆的生活使我及我的作品于纤细、温和中，多了一种强烈的激情、幽默、粗犷和豁达”①。这种变化是多方位的，“在主题和色彩上由单纯到复杂，在格调上由明朗到深沉，在视野上由相对狭小到开阔，在手法上由比较单一到刻意创新和变化多端”②，这在他的《鹰谷》、《杂色》等伊犁小说中也有呈现，这种变化为王蒙小说最终走向开阔、坚硬奠定了基础。

王蒙新疆十六年，是王蒙思想和创作的“触媒”，在诸多方面对王蒙产生了影响。王蒙之成为王蒙，是与这段生活分不开的，在王蒙诸多的规定性之中，新疆占据着重要的位置。

王蒙有一首诗《拉力器》写道：“多少青春，多少肌肉，忽然展翅，不飞。”王蒙的“右派”生涯和中年赴疆，就是王蒙“不飞”的岁月，然而也是积蓄力量再“飞”的等待期。就王蒙的整个生命和文学历程而言，这是一个重要的转折，特别是经历的世事变幻、荣辱得失，使王蒙开始从更为开阔的价值坐标重新审视和探讨文学与革命的关系、人和历史的关系，从更为实际的意义上重新看取人与历史的复杂关系，这构成了“季节”系列小说的最重要的主题。王蒙曾在与笔者的一次谈话中感叹，中国近现代史上的许多悲剧，包括社会悲剧、个人悲剧，特别是许多杰出人物的悲剧人生，都是与社会、文明发展前进方向不相适应、不相一致、不相匹配的结果，例如严复，他翻译了《天演论》，在当时也是一时俊杰，产生了巨大的影响，但是后来，逐渐背离了时代、历史的发展走向，日益消沉，抽上了鸦片。这样的人物在历史上很多，他们的不得志，不遂意，其实都不是个人才华、品质等原因，本质上是人与历史相互不“匹配”的问题③。王蒙的这种思想，其实源于对“反右”和“文革”

---

① 转引自黎曦：《永远怀念新疆》，见李扬编：《走近王蒙》第 35 页，中国海洋大学出版社 2003 年版。

② 夏冠洲：《用笔思想的作家》，第 67 页，新疆大学出版社 1996 年版。

③ 参见温奉桥：《王蒙印象》，《青岛文学》2005 年第 3 期。

的思考。

有的论者指出王蒙深层意识中有一种“恋疆情结”①，在一般意义上讲，这个说法是正确的，王蒙曾不止一次称新疆为“第二故乡”。2009 年 7 月在“中国著名作家走进新疆采风团”启动仪式上，王蒙在讲话中曾动情地说：“说维吾尔语的王蒙才是真正的王蒙！而真正的王蒙永远属于巴彦岱，属于新疆！”这是王蒙的心声。以新疆生活为题材的作品，也构成了王蒙创作的极为重要的一个方面，甚至一度成为王蒙创作的“根据地”和“支点”——“新疆和北京相互对照，这是我许多作品得以诞生的源泉”②。故国八千里，风云三十年。评论家郜元宝在谈到王蒙的《淡灰色的眼珠——在伊犁》时，说：“‘在伊犁’并不是王蒙的‘寻根’，而是他一段真实的生活往事在被忽略、被压抑之后自然的释放，是对给予他新的精神营养的维吾尔族人民真诚的感谢，也是借此确立并巩固自己新的精神立场乃至言说风格的一种策略。新疆维吾尔族文化对王蒙的影响既巨且深，但这影响毕竟是后天的，外铄的。王蒙的‘根’不在这里。相反，他从新疆维吾尔族人民那里所汲取的达观幽默的智慧，最终还是被运用于他对革命的反省。”③ 郜元宝是从王蒙整个小说创作背景来谈这部小说或王蒙的整个新疆题材创作的，如果把王蒙的新疆创作置于当时文坛的主流“语境”，并从创作“策略”而言，这种说法是有道理的。但“策略”说似乎忽视了新疆生活对王蒙的更为内在和深刻的影响，从某种意义上说，王蒙的“根”恰在新疆。

新疆生活给王蒙的更为深刻的影响，绝不是“策略”性的，而是表现为一定程度上对王蒙人生观、价值观的“重塑”。维吾尔人是

---

① 参阅夏冠洲：《用笔思想的作家》第三章，新疆大学出版社 1996 年版。

② 王蒙：《萨拉姆，新疆!》，《王蒙文存》第 14 卷，第 33 页，人民文学出版社 2003 年版。

③ 郜元宝：《论王蒙小说创作》，《王蒙研究》2006 年 10 月号，中国海洋大学王蒙文学研究所编。或郜元宝、王军君选编：《蝴蝶为什么美丽——王蒙五十年创作精读》，第 11 ~ 12 页，复旦大学出版社 2007 年版。

一个快乐、达观的民族，有一种“塔玛霞儿”精神——对生活的怡乐心情和游戏精神。维吾尔人所特有的乐观、豁达、幽默以及对生活的智慧态度，为王蒙积极、健康、乐观、宽容的“人生哲学”的形成，起到了重要作用。王蒙称自己是一个“不可救药的乐观主义者”，其实他的这种“乐观主义”包含了新疆人的“塔玛霞儿”精神——“乐生”意识。

王蒙曾说“共和国的第一代青年是相信的一代”①，他自己就是“相信的一代”的代表。“相信的一代”当然是美好的、迷人的，就如《青春万岁》中所描写的那样。但在“相信”的名义下，悲剧的事情也是常有的。哈耶克说：“通向地狱的路往往是用理想铺就的。”所谓“相信”，本质上就是一种简单化、绝对化，建立在一种非此即彼、非黑即白的思维和价值判断之上，这本来就是危险的。诗人北岛曾有一首很著名的诗《我不相信》，经过“反右”、“文革”之后，王蒙并没有变为一个怀疑论者，但是王蒙已经大大超越了“相信的一代”的精神拘囿，大大复杂化了。这是“反右”、“文革”留给王蒙的最重要的精神遗产之一。

“反右”和“文革”的痛苦经历和建立在这一痛苦经历基础上的对现实和历史的深刻理解和洞悟，成为了王蒙人生“拐点”的内在动力，也是促使王蒙走向一个新的精神世界的思想资源。《狂欢的季节》中有一大段钱文的“思考”：

> 十年生聚，十年教训，正是在边疆，他变成了个真正的成人。……他经过了当头棒喝，天崩地裂，洋相百出，丑态毕露的突然转折；他经过了拼命盲目疯狂改造只求一线生机的挣扎期，冷水浇头——不肯死心——再砸下来——再徒劳地争取自己命运的转机的无数循环；他经历了破釜沉舟，奋力一击的举家远行；他经历了大时代的恐惧，紧张，闲散，困惑；他经历

---

① 王蒙：《王蒙自传》第一部《半生多事》，第246页，花城出版社2006年版。

了希望，失望，渴望，绝望，盼望，无望，绝望之为虚枉正与希望相同；他经过了各种胡思乱想，胡言乱语，自嘲自贬，佯狂佯喜，疯疯傻傻，哭哭笑笑。他置之死地而后生，置之生地而后死，不知道已经历炼了多少轮回。在1975年坐火车回京的时候，他已经平静多了，他开始体会到了什么叫“挫其锐，解其纷，和其光，同其尘”。那多情的和幼稚的，咋呼的和可怜的青少年时代！他知道了激情的宝贵更知道了激情的不足恃，他知道了自己应该努力做也相信自己能够做一些事，他更知道自己有许多事做不成，做不成了他也尽了力，而且他是这“做不成”的可贵的历史见证。一个作家，一个诗人，未必是最好的实行家，但至少应该做无愧于历史的见证者。他知道了理想通向现实绝非阳关大道，更知道理想一旦实现立即开始走形，他知道事物绝不单纯，判断殊非易事，自以为是与轻信大言同样是白痴遗风。他开始质疑和摒弃滔滔雄辩与煽情火爆，他明白愈是说得太好太精彩太漂亮太伟大的话，愈是与现实拉开了距离。他再不能轻举妄动，枉费心机；不能急躁尥蹦儿，悲观失望；不能不甘寂寞，钻营出丑；不能颓废堕落，自我毁灭；不能饱食终日，无所用心。他要做到不发狂，不傻帽儿，不乞求，不躺倒。愈是在逆境，愈是要耐心，要点点滴滴，长期积累；要努力学习，读书深思，贯通明理，充实自身；要锻炼身心，准备未来；要好好生活，好好体验，享受生命，无忧无惧；要接触实际，亲近人民，力所能及，多做好事，不做坏事，努力阅读和理解社会人生生活这部大书；要诚实友善，广交朋友；要有所不为，洁身自好；要开拓自己的生活与精神空间，野象八窟，悠游自在；要有原则也要懂得妥协，懂得静观其变，不往枪口上撞，也不往人堆里、宅门里钻，尽人事，听“天命”，不虚度光阴也不给自己提出根本达不到的目标。心安理得，持久韧性，管好自身，苦中作乐，难中求存，于不正常中求正常，

> 于扭曲中求人性的复归，于荒漠和疯狂中寻求知识与安身立命的真学问。正如南斯拉夫影片《瓦尔特保卫萨拉热窝》里的主人公所说："谁活着谁就看得见！"①

上述在一定意义上也正是王蒙自己的思考，这从《王蒙自传》中可得到印证。这其实正是王蒙的精神炼狱阶段。

新时期"复出"后的王蒙，曾不止一次表达过类似的观点："四十岁的作者已经比二十一岁的作者复杂多了，……我已经懂得了'凡是存在的都是合理的'的道理。懂得了讲'费厄泼赖'，讲恕道，讲宽容和耐心，讲安定团结。"② 所有这些，实在是源于王蒙"反右"和"文革"二十多年的"生聚和教训"。同时，王蒙的这段生活在社会底层的经验，使他真切地感受到现实的实践力量和民间的生存智慧。王蒙这种更具实践性的思想的形成，是与这二十年的社会底层生活经历相关的。王元化在谈到自己思想时曾说："我没有什么太了不得的学问，读书也很有限，我希望能对我的经历有一点历史性的总结。如果说我的话还有一点真实性，能够使人产生一点共鸣的话，那都是因为经过我的经验，甚至有些痛苦的背景得来的。"③ 对王蒙而言，同样如此。

---

① 王蒙：《狂欢的季节》，《王蒙文存》第7卷，第375~377页，人民文学出版社2003年版。

② 王蒙：《我在寻找什么》，《王蒙文存》第21卷，第25、26页，人民文学出版社2003年版。

③ 李怀宇：《为学不作媚时语，反思多因切腹痛——王元化访谈》，《南方周末》2008年5月15日。

第七章　王蒙文艺思想的嬗变性

自五十年代从事文学创作开始，王蒙的文艺思想在半个多世纪历程中经过了一个从“革命时期”到“后革命时期”的嬗变，大体可以分为三个历史时期：上个世纪七十年代末以前为一个历史时期，可以称为“革命时期”；八十年代初到九十年代中期，可以称为王蒙文艺思想的“转型期”；第三个历史时期，即九十年代中期以后，我们称之为“后革命时期”。以上仅是为了叙述上的方便，就王蒙整个文艺思想而言，并不这么确定和明晰。分期的前提是首先承认王蒙文艺思想的基本统一性、承续性，其次才是流变和嬗递。

第一节　“革命时期”

王蒙登上文坛有种先声夺人的味道。五十年代的王蒙因《组织部来了个年轻人》，一夜成名，成为当时文坛上的“新星”。王蒙在不同的历史时期，总是表现出自己的“不同”，他说：“我总是有了自己的不同的话才去写，我就是我，我绝不追随谁。”① 这也是王蒙的文学追求。这种“绝不追随谁”成就了王蒙，使他始终成为中国当代文坛的“这一个”。德国著名汉学家顾彬认为，新中国成立以后的中国文学“好像只有两部作品我觉得还可称为真正的文学作品，

---

① 王蒙：《关于当代文学的答问》，《文艺研究》2009年第2期。

一部是老舍的《茶馆》，一部是王蒙的《组织部新来的年轻人》。”①顾彬的说法体现了他一贯的偏执性，但把《组织部来了个年轻人》看做是那个时代极少的“真正的文学作品”，并不为过。

王蒙及其《组织部来了个年轻人》在五十年代文坛的迅速“蹿红”，除了一种历史的际会，更根源于这部作品的独特性。《组织部来了个年轻人》一定意义上已经成为了王蒙的代名词，甚至成为某一特定历史时期中国当代文学的代表。《组织部来了个年轻人》自《人民文学》1956 年 9 月号发表，已经五十多年了，这部小说无论是对王蒙个人还是整个中国当代文学而言，都具有不同寻常的意义，它连接着一段历史、一个时代。半个世纪以来，这部小说从“毒草”到“鲜花”②，蕴含了太多的历史沧桑。《组织部来了个年轻人》为王蒙文学创作的走向及其今后的成功和被“抛弃”埋下了“伏笔”，王蒙后来的创作都可以在这部小说中找到最初的影子和因子。

《组织部来了个年轻人》引发的全社会热议盛况，今天已经难以想象了。小说发表不久，“引起了强烈的反应，在某些机关和学校，人们在饭桌上、在寝室里都纷纷交换着各种不同的看法”③，正如毛泽东所言“赞成他的很起劲，反驳他的也很起劲”④。《文艺学习》从 1956 年 12 期起，收到了讨论稿件 1300 余篇，到 1957 年 3 月份，连续四期集中刊载“关于组织部新来的青年人”的讨论，《人民日报》、《光明日报》、《文汇报》等也有专门的讨论。当然，在这次讨

---

① 《顾彬：中国当代作家基本没有思想》，http：//culture. ifeng. com/popular/leisure/200903/0313 – 4092 – 1059619 – 1. shtml。

② 《组织部来了个年轻人》1979 年被收入上海文艺出版社选编的《重放的鲜花》一书。

③ 《文艺学习》1956 年第 12 期关于《组织部新来的青年人》谈论专栏的“编者按”。转引自洪子诚：《1956：百花时代》，第 109 页，山东教育出版社 1998 年版。

④ 转引自崔建飞：《毛泽东五谈王蒙〈组织部新来的青年人〉初探》，《王蒙研究》2005 年 10 月号。

论中，影响最大、最深远的无疑是毛泽东关于这篇小说的几次谈话和评价。据崔建飞考证，毛泽东在1957年2月至1957年4月的短短两个月时间内，先后五次谈论这篇小说，如："我看他的文章写得相当好，不是很好……王蒙很有希望，新生力量，有文才的人难得"，"第一你是好的，你反对官僚主义。第二是你有片面性，你的反面人物写得好，正面人物弱"，"批评王蒙的文章我看了就不服。这个人我也不认识，我跟他也不是儿女亲家，我就不服"① 等，广为人知。毛泽东对这篇小说的评价，整体性地影响了当时对这篇小说的价值体认和评价方向。

早在1957年，王蒙在《关于〈组织部新来的青年人〉》这篇文章中，就对把这部小说解读为"反官僚主义"表示了低调的不苟同和不情愿，例如他一再对林震身上的理想主义颇有微词，和对"多么复杂的生活！多么复杂的各不相同的观点、思想与情绪的波流"② 多有感叹。"思想与情绪的波流"构成了王蒙对这部小说最坚定的阅读。1979年王蒙在《〈组织部来了个年轻人〉琐谈》中，再一次提到了"感情的波流"；真正引起人们关注的是1980年王蒙在《〈冬雨〉后记》中的一段话：

> 即使以政治反响大大超过了预期的《组织部来了个年轻人》为例，在小说中，我对两个年轻人走向生活、走向社会、走向机关工作以后的心灵的变化的描写，对他们的幻想、追求、真诚、失望、苦恼和自责的描写，远远超过了对官僚主义的揭露和解剖。如果说小说的主题仅仅是反官僚主义，我本来应该着力写好工厂里王清泉厂长与以魏鹤鸣为代表的广大职工之间的矛盾和斗争。但是，请看，作品花在这条线上的笔墨，甚至还

---

① 关于毛泽东谈论《组织部来了个年轻人》的详细资料，见崔建飞：《毛泽东五谈王蒙〈组织部新来的青年人〉初探》，《王蒙研究》2005年10月号。

② 王蒙：《关于〈组织部新来的青年人〉》，《王蒙文存》第21卷，第12页，人民文学出版社2003年版。

没有花在林震与赵慧文的“感情波流”上的多。我有意地简化和虚化关于工厂的描写，免得把读者的注意力吸引在某个具体事件上。再说，作为林震的主要对立面的刘世吾的形象，如果冠之以“官僚主义”的称号，显然帽子的号码与脑袋不尽符合。但作品的客观效果是不能不承认的，于是人们说起反官僚主义就要举出它来。这真令人不知是荣幸、烦恼还是惭愧。当然，这也不是说反官僚主义不是小说内容的一个重要方面。①

小说发表事隔半个世纪后，王蒙在自传《半生多事》中，再一次明确地充满感情地谈到这部小说，他说：

我的《组织部来了个年轻人》，它是我的另一套应该叫做心语的符码。它是我的情书，给所有我爱的与爱我的人。它是我的留言。有一天，没有我了，留言还在，这么一想已经使我热泪如注。它是我哼唱的一首歌曲。它是我微醺中的一次告白。它是我点燃灯火时，看到绿草发芽或者山桃开花时许下的愿。它是我献给生活的一朵小花。是我对自己，对青春，对不如意事常常有的人生的一些安慰。它又是对于伟大的时代，伟大的新中国，伟大的机遇与伟大的世界，对于大地和江河山岭，对于日月和星辰，对于万物与生命的一种感恩，当然不无自得，不无飘飘然。它是我的问号，惊叹号和逗点。一个自以为是天之骄子的年轻人，一个被历史所娇宠的天选人才、少年意气的共产党员，才会有这样的倾吐，这样的诗篇，这样的袒露心扉，这样的心灵絮语，或者硬起头皮说出来吧：这样的文学撒娇。②

王蒙的所谓“心语的符码”、“文学撒娇”的说法，无疑比什么反官僚主义之类也许更接近真实，更接近文学。从“反官僚主义”到

---

① 王蒙：《〈冬雨〉后记》，《王蒙文存》第21卷，第19～20页，人民文学出版社2003年版。

② 王蒙：《王蒙自传》第一部《半生多事》，第142页，花城出版社2006年版。

“文学撒娇”，从“大毒草”到“重放的鲜花”，一篇小说的命运竟至于此，令人唏嘘不已。

人们习惯于笼统地把这部小说称之为“干预生活”的作品，其实，这是一种极为简单化的称谓，是一个“误会”。当然，所谓“干预生活”、“反官僚主义”云云，仅仅是一种时代需要，并非这部作品的真正旨意所在。事实上，对这部小说的解读本身就构成了非常有趣的思想史意义①。

《组织部来了个年轻人》是个异数，另类。小说发表后不久，英国伦敦泰晤士出版社出版了一部意识形态色彩浓厚的小说集《苦果》，将《组织部来了个年轻人》收入其中，但他们又认为这篇小说与同类小说相比有一种“Different style”（“不同风格”）②。这部小说的独特意义在于，小说的写法在很大程度上突破了当时文坛流行的图解政策条文的小说创作模式，“使小说艺术摆脱僵硬政治的束缚，继承和发展了文学写人生、情感与命运的‘五四’新文学传统”③。刘再复称王蒙为“突围型”④ 作家。《组织部来了个年轻人》冲破了当时文学创作的流行模式，显示了卓然鲜明的异样的姿态，作者王蒙是一个威权时代的“突围者”。王蒙在谈到林震这一形象时，曾多次强调自己是“按照生活的提示”来塑造这一形象的，“无意把他写成纳斯嘉式的英雄”⑤，“做梦也没有想把他们（林震、赵

---

① 温奉桥：《〈组织部来了个年轻人〉研究50年述评》，《中国海洋大学学报》2006年第5期。

② 参见王蒙：《王蒙自传》第一部《半生多事》，第143页，花城出版社2006年版。

③ 童庆炳：《作为中国当代小说艺术的“探险家”的王蒙》，见温奉桥编：《多维视野中的王蒙——第一届王蒙文学创作国际学术研讨会论文集》，第122页，中国海洋大学出版社2004年版。

④ 刘再复：《与老朋友重逢像在做梦》，《南方周末》2010年5月6日。

⑤ 王蒙：《林震及其他》，《王蒙文存》第21卷，第10页，人民文学出版社2003年版。

慧文——引者注）写成英雄人物”[1]，原因是王蒙感觉“纳斯嘉的性格似乎理想化了”，“生活斗争是比林震从《拖拉机站站长和总农艺师》里读到的更复杂的”[2]，反映了王蒙创作这部小说时的思想和认识水平。我们可以发现，年轻的王蒙已经流露出了思想家的特质。应该说王蒙是极其敏锐的，他具有那种“极其灵敏地感应时代的最新变化，倾听生活最细微的生息的能力”[3]，他所具有的思想深度和所表现出的文学上的才华远远超过了他的年龄；同时，王蒙又是个非常具有“生活感”的作家，他的文学“才华”在很大程度上来自于对现实生活的感悟和发现。在王蒙的小说中，处处流露出生活的鲜活和质感，“我喜欢小说中反映的那种活泼泼的、鲜亮而又流动的生活，我喜欢小说反映生活的时候像是用手捧出了一掬海水，水还从指缝里往外滴答呢”[4]。王蒙的“生活感”，使他的创作远离了教条，始终与现实生活息息相通，这是王蒙小说力量的真正所在。

在特定的时期，反映生活的“真相”，反而更容易冒险。对于这一点，年轻的王蒙也是明白的：“不论在生活里还是作品里，支持纳斯嘉是较少危险的”[5]，“现在，写歌颂新事物的作品的作者顶多犯教条主义，而写人民内部矛盾的作品，写得不好，就会被人看成是诬蔑党、发牢骚”[6]。与当时创作上的公式化、概念化相比，王蒙宁愿选择冒险。甚至多少年后，王蒙仍然坚持认为“娜斯嘉的故事恐

---

① 王蒙：《给〈北京日报〉编辑的复信》，《王蒙文存》第21卷，第8页，人民文学出版社2003年版。

② 王蒙：《关于〈组织部新来的青年人〉》，《王蒙文存》第21卷，第10、11页，人民文学出版社2003年版。

③ 曾镇南：《王蒙论》，第4页，中国社会科学出版社1987年版。

④ 王蒙：《倾听着生活的声息》，《王蒙文存》第21卷，第49页，人民文学出版社2003年版。

⑤ 王蒙：《林震及其他》，《王蒙文存》第21卷，第4页，人民文学出版社2003年版。

⑥ 王蒙：《给〈北京日报〉编辑的复信》，《王蒙文存》第21卷，第9页，人民文学出版社2003年版。

怕是廉价的乌托邦”[1]。王蒙对当时创作上的公式化、概念化的厌烦和艺术上的冒险，显示了王蒙最初的艺术“探险家”的素质。在一定意义上，正是这种艺术上的探险，给王蒙带来了最初的“声誉”和后来的磨难，王蒙后来曾深有感触地说：《组织部来了个年轻人》“‘推出’了王蒙也‘毁灭’了王蒙”[2]，痛哉斯言。

如果说《青春万岁》代表了王蒙的热情和理想的一面，那么《组织部来了个年轻人》则表现了一个完整意义上的王蒙，“应该说，《组织部来了个年轻人》写出了某种复杂性——社会的、情感的、认识的——虽然小说中不时流露出某种忧郁和伤感……”[3] 毛泽东在谈这部小说时，多次使用了“正面人物”、“反面人物”的概念，实际上就这部小说自身而言，所谓的“正面人物”和“反面人物”并不明显。但就这部小说的主导精神氛围和情感基调而言，是与那个时代相吻合的，是与时代的脉搏合拍的。只不过与那些简单化、口号化的作品相比，这部作品更为复杂朦胧。王蒙后来在《关于〈组织部新来的青年人〉》一文谈到这部小说创作的初衷时，确实也谈到了反对官僚主义的问题；而在另一篇文章中又说：“作品最初构思的时候，作者曾经想在林震的身边再写一个偏激片面、目空一切的狂热分子，通过写他，可以更好地表现反对官僚主义中两条路线的斗争。”[4] 其实这是可以理解的，“反官僚主义”是一个时代性主题。毛泽东说“王蒙反官僚主义，我就支持”，其实，当时绝大多数读者和评论家都是从“反官僚主义”的角度来解读这部作品的，这在很大程度上削弱了这部作品的艺术魅力，遮蔽了这部作品的丰富性和

---

① 王蒙：《王蒙自传》第一部《半生多事》，第135～136页，花城出版社2006年版。

② 王蒙：《王蒙文集·第四卷说明》，华艺出版社1993年版。

③ 崔建飞：《毛泽东五谈王蒙〈组织部新来的青年人〉初探（上）》，《王蒙研究》2005年10月号。

④ 王蒙：《林震及其他》，《王蒙文存》第21卷，第5页，人民文学出版社2003年版。

复杂性，因为这部作品的更为深潜和持久的艺术魅力来自王蒙对复杂生活的敏感和艺术上的探索。应该说，这部作品初步展现了王蒙的杰出艺术才华和独特的艺术个性，王蒙后来创作的几乎全部“规定性”都可以在这部作品中找到。

王蒙的创作并非始于《组织部来了个年轻人》。他最早的文学作品是1948年发表在《一九四八年北平平民中学年刊》上的散文《春天的心》，我们能够见到的王蒙最早的严格意义上的“作品”是1952年发表在《中国少年报》上的短篇小说《礼貌的故事》，之后是1954年创作的《友爱的故事》和1955年发表在《人民文学》上的《小豆儿》，以及1956年创作的《春节》等。当然，这一时期王蒙最重要的创作是长篇小说《青春万岁》，这部直到1979年才得以面世的作品，是王蒙“革命时期”整个文学创作的代表性作品。

王蒙曾多次表达了对《青春万岁》这部小说的格外“珍爱”，晚年的王蒙在其自传中仍旧一往情深地说：“《青春万岁》应该成为时代的天使，青春的天使，飞入千家万户，拥抱千千万万个年轻人的身躯，滋润千千万万个年轻人的心灵，漾起千千万万个年轻人的微笑，点燃千千万万个年轻人的热情。”① 在一定意义上，《青春万岁》的价值和意义并非来自作品自身，而是来自其文学史上的意义。

王蒙既是一个思想型的作家，也是一个带有某种伤感气质的作家，后者赋予王蒙某种诗人的气质。《青春万岁》这部小说一定意义上得源于王蒙的这种敏感性和诗人气质，这在王蒙的整个创作中也算是个特例。有的论者称这部小说为“青春写作”②，王蒙自己也说在50年代欢呼新生活的同时，“十分怀念处在解放前后历史的大变

---

① 王蒙：《王蒙自传》第一部《半生多事》，第136页，花城出版社2006年版。

② 董之林：《论青春体小说——50年代小说艺术类型之一》，《文学评论》1998年第2期。

革的风暴中的激越的年轻孩子，于是我决定写《青春万岁》”[1]，而“在一九五三年，我已经感到这样一代青年人是难以再现了，我要表现他们，描写他们”[2]。而在一般读者甚至有些研究者眼中，《青春万岁》似乎是一本“中学生读物”，忽视了这部作品的应有的价值和意义。应该说，《青春万岁》才是王蒙的真正的“处女作”（当然，如果单纯从时间性而言，王蒙的“处女作”应该是发表在1952年2月4日《中国少年报》上的《礼貌的故事》，而不是《青春万岁》），甚至可以夸大一点说，也是共和国文学的“处女作”，它比同时代的任何其他作品，在精神风貌、价值导向、文学风格等诸方面都更代表了那个青春和激情的文学时代。评论家郜元宝干脆将《青春万岁》称之为“激情写作”的产物，这部小说“艺术和思想都很幼稚，但它在中国当代文学史上的地位十分重要。新中国成立的第四个年头，一个以无玷的青春生命欢迎新中国并立即以‘少共’和青年团干部的政治身份投入国家建设的青年（少年）作家的作品所洋溢的思想感情，所建立的抒写风格，是无可替代的。它和一九四九年以前的中国文学并无多少血缘关系，也不同于从‘解放区’、‘国统区’过来的任何一个‘现代作家’，任何一部写于一九四九年以后的作品。我们甚至无法在世界文学史范围替《青春万岁》找到直接的文学师承。它是全新的，是走进新中国的第一代新青年热情讴歌他们对青春、对革命、对新时代和未来社会理想的生命的渴仰，是被开国之初特殊的时代氛围催生出来的。倘若要为新中国文学（当代文学）在创作上确立一个开端，《青春万岁》是最合适的，至少它无可争议地属于这个开端。”[3] 郜元宝的这个评价是公允的。这部小说“没有

---

① 王蒙：《谢谢你，爱读〈青春万岁〉的朋友》，《王蒙文存》第21卷，第71页，人民文学出版社2003年版。

② 王蒙：《倾听着生活的声息》，《王蒙文存》第21卷，第41页，人民文学出版社2003年版。

③ 郜元宝：《当蝴蝶飞舞时——王蒙创作的几个阶段与方面》，《当代作家评论》2007年第2期。

受到专家们的重视”①，当与这部小说的独特“遭遇”有关。《青春万岁》虽然创作于上个世纪那个豪情满怀充满理想主义的50年代（1953年开始，1956年完成），真正与读者见面却是到了新时期的1979年，这已经属于另一个文学时代了。此时的文坛已经开始了对新中国成立初期的特定文学时代的“反思”和重新审视，其兴奋点已经转移到了表现“文革”的“伤痕”上来，《青春万岁》的被“冷落”自然是不可避免的了。

王蒙创作这部小说，是对时代和青春的“记忆”、“拯救”和挽留（王蒙语）。王蒙曾称这部小说为“习作”，与之后不久的《组织部来了个年轻人》相比，这部作品无论其思想性还是艺术性确实显得稚嫩，但正是这种稚嫩成就了这部作品，成了这部作品最大的特色和优势：简单、热情而又清纯、明快，像草丛中一颗晶莹剔透的露珠，又像一串稚嫩明丽的歌声，这其实正是新中国成立初期年轻人的真实精神风貌。《青春万岁》不仅挽留和“拯救”了王蒙那一代人青春的记忆，也保留了共和国青春的面影。尽管王蒙后来曾以过来人的口吻深有感触地说：“激情常常是和思想的贫乏而不是智慧的丰富联系在一起。”② 但是在五十年代初那个短暂而又特殊的激情燃烧的岁月，王蒙对年轻人身上的那种青春的激情，还是由衷地赞美的，正如这部小说的《序诗》所说：

> 所有的日子，所有的日子都来吧，
> 让我编织你们，用青春的金线，
> 和幸福的璎珞，编织你们。

这是一种真实的感情体验。那群年轻的孩子——中学生，每天都跳着、唱着，热烈地“迎接新的亮晶晶的日子”，“生活像春天的雨，

---

① 王蒙：《王蒙自传》第一部《半生多事》，第148页，花城出版社2006年版。

② 王蒙：《王蒙自传》第一部《半生多事》，第272页，花城出版社2006年版。

敲打着少年人的心灵。雨丝织成缭乱的网，当阳光穿过，就显出美丽的彩虹”。虽然也有小小的矛盾、误会，甚至眼泪，也带有某种小小的悲剧感，如呼玛丽的怯懦、苏宁的忧郁、李春的私心等，但是在青春的呼唤声中，她们面对“那个巨大的光明的世界”，又的确感到“生活就像缚在喷气式飞机上，一日万里”，她们“渴望生活，渴望在天上飞”，对于这群充满朝气的中学生而言，“每一天都是青春的无价的节日”。整部作品洋溢着热情、乐观、明快的基调，阅读这部小说，我们能够明显感受到作者王蒙深深地被这种青春的情绪和热情所感染，所控制。事实上，王蒙之所以走向文学，走向创作，恰恰源于这种对生活的爱。作家陈祖芬说过一句别有见地的话，她说：“没有人不知道王蒙聪明。但在这聪明之上的，是宽容，是对他脚下这方土地的深爱。”① 这是知人论世之言。

许多时候，人们更容易更愿意看到的是王蒙的“聪明”，而不愿看到他的“宽容”，特别是他的“爱”。没有爱，就没有《青春万岁》，就没有王蒙。1949 年 8 月，十五岁的王蒙在中央团校学习，“好像忽然睁开了眼睛，第一次感觉到解放了的中国是太美好了，世界是太美好了，生活是太美好了”，王蒙说：“正是这种对于生活的爱，这种被生活所强烈地吸引、强烈地触动着的感觉，使我走向了文学。”②《青春万岁》已经成为那个时代的最好的象征。恩格斯曾说：“歌德在德国文学中的出现是由这个历史结构安排好了的。”③ 那个时代选择王蒙和他的《青春万岁》，似乎也是特定时代“历史结构”安排好了的。

有的学者把《青春万岁》称为“燃烧着革命理想的青春浪漫曲”④，是非常形象的。的确，《青春万岁》是共和国之初最迷人的

---

① 陈祖芬：《我看到的王蒙》，《政协天地》2004 年第 1 期。

② 王蒙：《倾听着生活的声息》，《王蒙文存》第 21 卷，第 40、41 页，人民文学出版社 2003 年版。

③ 《马克思恩格斯论文学与艺术》(一)，第 492 页，人民文学出版社 1982 年版。

④ 曾镇南：《王蒙论》，第 15 页，中国社会科学出版社 1987 年版。

"青春浪漫曲"，带有明显的理想化色彩，如郊外篝火会、新年舞会、"五一"大游行、"五四"青年节、天安门前的彻夜狂欢。这种理想化并非后来所说的"乌托邦"，小说中也有某种"杂音"，如杨蔷云到苏宁家，与苏宁的哥哥苏君的一段对话，苏君批评学校的生活中"口号和号召非常之多"，"任意激发青年人的廉价的热情却是一种罪过"，杨蔷云问苏君："那么，你以为生活应该怎么样呢?"苏君的回答显然"另类"：

> 这样问便错了。生活是怎么样就是怎么样，而不是"应该"怎么样。人，生为万物之灵，生活于天地之间，栖息于日月之下，固然免不了外部与内部的种种困扰。但是天必须有闲暇恬淡，自在逍遥的快乐①。

再如杨蔷云告诉张世群她将到苏联留学，张世群对友谊易逝的一番"感慨"：

> 张世群半闭上眼，看看已经走向西边的太阳，感慨地说："有时候我真怕离别，比如原来两个人是好朋友，顶好的朋友，分开了，最初是一星期来一封信，后来一个月一封，后来一年来一封信，最后，慢慢地失去了联系，就此生疏了，隔阂了，谁也不想谁了。"②

就整体而言，在《青春万岁》中，苏君的疑问和张世群的"感叹"，都是一种微弱的不合谐音，与整体的昂扬向上的氛围不甚协调，当然，这类"杂音"无法影响整部作品的理想主义基调。《踌躇的季节》中有一段关于革命与青春、爱情的论述：

> ……青春、革命、爱情，这三样东西加在一之还能不点燃全部世界与全部生命？这三样是怎样的相得益彰！青春需要革

① 王蒙：《青春万岁》，《王蒙文存》第1卷，第57页，人民文学出版社2003年版。

② 王蒙：《青春万岁》，《王蒙文存》第1卷，第299页，人民文学出版社2003年版。

命，革命是青春的酒和盐，不革命青春就黯然失色，不革命青春就算不上青春。而革命的冲动不正是与爱情的冲动一样，生发自青春的红血球吗？青春是革命的油田、革命的源头，爱情与革命不正是青春的大潮，不正是春潮的胜利泛滥冲刷、冲决一切桎梏和罗网的野性么？谁能不为这美丽的春潮倾心？谁能不为这熊熊的革命烈火燃烧？除非你是彻骨的冷血！让革命的青年男女永远紧紧地拥抱一起！革命就是对于生命和美，青春和力量的狂吻！①

王蒙创作《青春万岁》的时候，正处于激情燃烧的岁月，其思想感情、创作热情是与当时火热的现实生活直接统一的，也就是说在《青春万岁》中，王蒙的情感与现实保持着同步性、统一性。在王蒙的小说中，绝大多数叙事基调都具有反思性甚至反讽性，唯独《青春万岁》等极少数小说例外。这种叙事基调的转变，蕴含着极为丰富的内涵。当然，在“革命时期”的创作中，真正显示了王蒙创作个性和才华的还不是《青春万岁》，而是《组织部来了个年轻人》。应该说，在主流价值取向和主导情感基调上，《组织部来了个年轻人》与《青春万岁》并没有本质的区别。

王蒙创作的“革命时期”，又大体可以分为两个阶段：即从开始创作到“文革”之前的这一历史时期和“文革”结束到七十年代末。在第一阶段的创作，除了《青春万岁》和《组织部来了个年轻人》之外，王蒙还创作了诸如《小豆儿》、《春节》、《冬雨》以及六十年代的《眼睛》、《夜雨》等，特别是《小豆儿》、《眼睛》和《夜雨》都是相当主流相当革命的作品，带有明显的那个时代的印痕。或许是受当时文艺政策和文学氛围的影响，明显感到这些作品在艺术上较为拘谨、局促，除了较为完整的“故事”和思想上的明确、进步外，已经完全不见了《组织部来了个年轻人》中的才华和

① 王蒙：《踌躇的季节》，《王蒙文存》第6卷，第155页，人民文学出版社2003年版。

灵动。在一般意义上，小说就是故事，就如《巴黎圣母院》中吉卜赛人的说法，小说家就是将别人的故事告诉别人。王蒙亦在一篇文章中强调了“故事的价值”，认为“应当把故事当做一个相对独立的文学本体范畴来看”，“故事本身就是审美的对象”，是“第一性的、原生的东西”①。从小说的更高层面上讲，许多真正伟大的小说并没有一个完整曲折的引人入胜的故事，例如《红楼梦》、福克纳的《喧哗与骚动》、乔伊斯的《尤利西斯》以及海明威的《老人与海》等，它们的成功之处在于永久的艺术魅力和超越的思想性，似乎并不在故事自身。就王蒙而言，相对于他杰出的“语言感”，他对生活的锐敏，对人物“情绪波流”以及故事氛围的把握，他“编”故事的能力倒在其次。实际上，王蒙对讲故事不感兴趣，也不擅长，与故事相比，王蒙更感兴趣的是发掘和表现生活的丰富性和复杂性，这是与作家的个性气质、心性结构等相关的。在本质上，《小豆儿》、《眼睛》和《夜雨》这几部作品离王蒙的艺术个性已经十分遥远。

1961 年春，中央确定对国民经济实行“调整、巩固、充实、提高”，在文艺政策上也同样面临着“调整”的问题。1962 年 4 月 30 日，中共中央批转《关于当前文学艺术工作若干问题的意见（草案）》，也就是通常所说的“文艺八条”，并由文化部党组、文联党组下令全国贯彻执行。“文艺八条”提出“进一步贯彻百花齐放、百家争鸣的方针”、“努力提高创作质量”等问题，给当时的文学创作带来了短暂的宽松氛围。这种短暂的宽松氛围给作家带来的喜悦类似于《踌躇的季节》中对钱文的描写：“他只觉得自己是一条鱼，被晒在沙滩上或者烤在铁锅里好久好久了，现在突然发现自己又被扔到水里，真不知道怎么扑腾扑腾才好。”② 王蒙的《眼睛》、《夜雨》

---

① 王蒙：《故事的价值》，《王蒙文存》第 21 卷，第 277、278、279 页，人民文学出版社 2003 年版。

② 王蒙：《踌躇的季节》，《王蒙文存》第 6 卷，第 46 页，人民文学出版社 2003 年版。

等小说，其实是“文艺八条”的产物，只不过这种宽松和自由是极为有限的、短暂的。

王蒙的这类创作一直延伸到上个世纪八十年代初。《向春晖》是王蒙这一时期的“代表作”，故事架构和主题意蕴方面明显带有《眼睛》和《夜雨》的影子，由于时代氛围的变化，已经没有了《眼睛》和《夜雨》中那种单纯明亮的色彩和哪怕是略带虚假的昂扬快乐的调子。《向春晖》这篇小说是在真人真事的基础上完成的，写的是一个在少数民族地区坚持走与农民相结合道路的女农业技术员的故事。就小说的主题而言，正如后来王蒙自己所言，“符合当时的潮流，……合图合谱合辙，绝对不越雷池一步”，甚至“连主人公的姓名都充满小儿科的‘文革’色彩”，但整部小说给人的感觉是小心翼翼、拘拘谨谨，“作品有筋骨脉络，却没有肌肉神情，没有细节，没有丰满的生活情趣，没有气韵生动”①，艺术上已经毫无“王蒙式”的那种细腻、敏锐、复杂和灵动。王蒙后来说这个作品自己都感觉不像自己写的。王蒙曾不无自嘲地说，写出这样的小说，不能不说是“改造”得已经很可以的了。王蒙在创作《向春晖》等小说的时候，剩下的仅仅是小心和拘谨，试探和摸索，已不见丝毫自由的影子。单纯从这部小说看，五十年代特别是创作《组织部来了个年轻人》时候的那个热情敏感的、甚至略带伤感纤弱风格的王蒙，已经被“改造”得“面目全非”了！

《向春晖》之后，王蒙创作了《队长、书记、野猫和半截筷子的故事》（1978）、《最宝贵的》（1978）、《光明》（1978）、《难忘难记》（1978）、《布礼》（1979）、《歌神》（1979）、《悠悠寸草心》（1979）、《友人和烟》（1979）以及《表姐》（1979）等小说。创作这些作品的时候，王蒙还在新疆，在客观上讲，这些作品代表了“文革”结束不久后王蒙小心探索而又不无拘谨不无顾虑的心态，这

---

① 王蒙：《王蒙自传》第二部《大块文章》，第4页，花城出版社2007年版。

一点甚至从这类作品慷慨悲歌的风格中也可感受到。王蒙说：“我的多数作品是被文思所挟持，被灵感所推动，是‘它们’写我。”① 这时期的作品，都存在着按政策编情节的印痕，即使好评如《队长、书记、野猫和半截筷子的故事》和《歌神》，也是由于某种幽默，由于描写了维吾尔人特有的生活，因而富有生活气息和异域色彩，一定程度上弥补了“主题先行”的不足。王蒙此时的作品程度不同地带有“伤痕文学”的影子和味道。正如王蒙多少年后在其自传中谈到《最宝贵的》时所说，此时的创作，在主题上思想上“堪称无懈可击”，“故事情节完全符合口径”，但就整体而言，缺乏趣味，缺乏文学性，也缺乏王蒙自己所推崇的“翻”和“变”。无论是在主题意蕴还是艺术性上，都显得相当主流，小心翼翼，不越雷池半步。

应该看到，革命时期王蒙的创作，虽然显示了某种独特性，与当时的某些严重概念化的作品拉开了一定距离，但主动与主旋律保持一致的姿态还是很明显的。王蒙的“不同”意识尚未自觉，他小心翼翼地与时代保持一致，书写时代，歌颂时代，王蒙以文学的形式“给热烈的、难以把捉的激情赋以固定的形式”②。王蒙后来说：“二十岁的时候，生活和文学对于我像是天真烂漫、美好纯洁的少女，我的作品可说是献给这个少女的初恋的情诗。”③ 王蒙的这种说法是真诚的，王蒙此时的创作的确可以看做是献给共和国的“情诗”。王蒙后来曾谈到创作的“苦恼”，他说：“年轻的时候，我的最大苦恼是自己对生活——文学的热情，不能和一定的鲜明而又完整的、具有相当的社会意义的生活样式结合起来，不能和一定的鲜

---

① 王蒙：《王蒙自传》第二部《大块文章》，第28页，花城出版社2007年版。

② 王蒙：《我在寻找什么?》，《王蒙文存》第21卷，第21页，人民文学出版社2003年版。

③ 王蒙：《我在寻找什么?》，《王蒙文存》第21卷，第25页，人民文学出版社2003年版。

明而又完整的文学形式——故事和人物，冲突和层次，开头、伸展和结尾——结合起来。带着少年人的狂气，我不愿意模仿任何人，不愿意模仿任何已有的和现成的章法，特别是结构故事的方法。我不喜欢编故事，因为编故事就会产生假和俗套子，这简直让人难为情。从分散中求统一，从自由中求规则，从相当自发的似乎是漫无目的的流露中求思想性，这是我一开始就给自己定下的目标。然而这个目标对于五十年代的我来说是太难了，我经常处于自觉感受甚多，要写的东西很多，却又写不出来，写出来不成样子，捏不成'个儿'的苦恼之中。"① 王蒙这里所说的"苦恼"，可能正是他此时创作的一个最大特点，激情压倒了叙述，压倒了故事，压倒了技巧。此时的王蒙，是一个青春的光明的乐观的王蒙。

第二节 "我的一九八〇年代"

王蒙创作的真正"拐点"始于1979年11月21日发表在《光明日报》上的《夜的眼》和稍后的《春之声》，它们的确像是"报春的燕子"，预言了一个新的文学春天的到来。在这两部新异的作品中，王蒙敏锐地发现和捕捉住了那个刚刚苏醒的时代生活的新变化，小说中一系列新的事物，甚至包括小说新的写法，都表现了作者对那个时代新的理解和表达。这一时期的王蒙，不断地探索、思考、创新，以其风格独异的小说开启和引领了一个新的文学时代。套用王蒙《春之声》的一句话：咣的一声，王蒙开启了当代文学的新时代。

七十年代末，思想解放的洪流已经蔚成风气，文学艺术上的革新开放意识逐步形成，当时分管宣传工作的胡耀邦为打破文艺界的僵化局面、开创文学艺术的新时代起到了积极作用。据徐庆全文章，

---

① 王蒙：《倾听着生活的声息》，《王蒙文存》第21卷，第42～43页，人民文学出版社2003年版。

胡耀邦在与文艺界人士座谈时，几次向大家推荐马克思的《马恩全集》的第一篇文章《评普鲁士最近的书报检查令》，胡耀邦甚至兴致勃勃地向大家朗诵了文章中一段诗一样的语言："你们赞美大自然悦人心目的千变万化和无穷无尽的丰富宝藏，你们并不要求玫瑰花和紫罗兰散发出同样的芳香，但你们为什么却要求世界上最丰富的东西——精神只能有一种存在形式呢?"胡耀邦接着感叹道，大家看看马克思讲得多好啊！马克思写的第一篇文章就是反对文化专制主义。我们社会主义的生活是多姿多彩的，为什么要让反映社会生活的文学艺术作品，只能表现一种色彩呢?① 要求打破文艺上的禁忌，走出噤声时代，已经成为时代共识，新时期文学呼唤着新的变革。面对当时的文学境况，王蒙再一次在中国文坛上扮演了说"不"的角色②。

王蒙的探索和创新，顺应了那个时代思想解放的氛围、潮流和要求，当然，更是那个时代思想解放的产物。1978 年 12 月召开的十一届三中全会，拉开了当代中国"第三次思想解放运动"的大幕③，让人们逐渐睁开眼睛，从精神禁锢中走出来。王蒙自己也在"沉冤"20 多年后，于 1979 年 2 月"右派"问题终于得以彻底平反，并于本年 6 月，结束了长达 16 年的新疆生活，回到了阔别多年的北京，重返文坛，迎来了自己的"二度青春"。同时，就当时文学整体情势而言，"文革"时期的极左文艺路线逐渐遭到了清算，"文艺黑线专政论"的精神枷锁也逐渐被打碎，一大批被打倒被否定的作家重见天日，五十年代一批被打成"毒草"的作品如《组织部来了个年轻

---

① 徐庆全：《胡耀邦对两场文艺风波的关注》，《百年潮》2002 年第 4 期。

② 著名作家陈建功在 2003 年 9 月"王蒙文学创作国际学术研讨会"开幕式上发言说："王蒙因为时时扮演着领军角色或扮演着说'不'的角色，所以把中国当代文学界对生活、对时代、对文学的理解时时丰富着推进着更新着。"——《百家岛城话王蒙》，《文学自由谈》2003 年第 6 期。

③ "第三次思想解放运动"语出周扬《三次伟大的思想解放运动——在中国社会科学院召开的纪念"五四"运动六十周年学术讨论会上的报告》，《人民日报》1979 年 5 月 7 日。

人》、《小巷深处》、《在悬崖上》以及《红豆》等，成为当时“重放的鲜花”，重新走进人们的视野。上海文艺出版社于1979年5月出版了《重放的鲜花》一书，正如此书“出版前言”所说：“这些‘干预生活’的和爱情题材的作品，它们不是为暴露而暴露，为爱情而爱情，它们都有一定积极的社会意义，也有一定的艺术质量，即使其中的某些篇，还存在这样那样的缺点或错误，但只要遵循严格区分两类不同性质矛盾的原则，不把艺术问题和政治问题混同起来，不把政治思想方面的一般错误和反党反社会主义的毒草混同起来，就不应该剥夺它们与读者见面的权利，不能否定它们存在的价值。”① 也可以说，这些五十年代“落难”作品的重新出版，标志着对它们的“平反”。

但是，此时的文学创作，一方面显出了新的精神解放的气象，刘心武的《班主任》、卢新华的《伤痕》等“伤痕文学”影响甚大，另一方面真正的探索和创新还不多见，整个文坛表现得战战兢兢，如履薄冰。正如当时《上海文学》评论员文章所指责的：

> 为什么有的电影老一套？连片名都不是风，就是浪，老在风口浪尖上兜圈子？
>
> 为什么“四五”运动之后，诗坛寂寞了？为什么有的诗人不用“丹田”发声，仅仅靠喉咙干叫？
>
> 为什么我们在生活中经历的斗争是那么丰富、深刻、让人吃不下饭、睡不着觉，而在不少小说中展现的斗争却那么简单、容易，缺乏震撼灵魂的力量？②

这种“指责”并非没有道理。文学上的“春天”，同样乍暖还寒，

---

① 《〈重放的鲜花〉出版前言》，见洪子诚主编：《1945～1999中国当代文学史·史料选》（下），第600页，长江文艺出版社2002年版。

② 《上海文学》评论员：《为文艺正名——驳“文艺是阶级斗争的工具”说》，《上海文学》1979年第4期。

人们渴望和期待文学的更大的新变化（实际上早在这之前，王蒙的探索就已开始，这就是他的第一篇带有“意识流”性质的小说《布礼》①）。1979 年 10 月 30 日，第四次全国文代会召开。这是中国当代文学发展中一次极为重要的会议。邓小平在这次会议上代表中央致词，郑重提出：“文艺这种复杂的精神劳动，非常需要文艺家发挥个人的创造精神。写什么和怎样写，只能由文艺家在艺术实践中去探索和逐步求得解决。在这方面，不要横加干涉”，“不是要求文学艺术从属于临时的、具体的、直接的政治任务，而是根据文学艺术的特征和发展规律，帮助文艺工作者获得条件来不断繁荣文学艺术事业”，“文艺工作者还要不断丰富和提高自己的艺术表现能力。所有文艺工作者，都应当认真钻研、吸收、融化和发展古今中外艺术技巧中一切好的东西，创造出具有民族风格和时代特色的完美的艺术形式”。在这次会议上，“‘文艺民主’的要求和想象，得到热烈的表达”②。其实，早在第四次文代会之前，周扬就在中国社会科学院召开的纪念“五四”运动六十周年学术讨论会上，把七十年代后期的拨乱反正称之为“第三次思想解放运动”，并提出要扫除“现代迷信的流毒”，“解放思想，开动机器，勤奋学习，勇敢创新”③；此前，周扬在一次座谈会上指出：“‘百花齐放，百家争鸣’是发展社会主义艺术和科学的长远方针又是正确方法。科学和艺术是一种高度创造性的劳动，一种需要有广泛自由来发挥每个人的天赋、个性和才能的劳动，也只有用‘双百’方针这种民主的方法才能鼓励他们的积极性和独创精神，激发他们互相比赛、互相讨论的热烈情绪，同时也只有这样，才能提高群众的识别能力和鉴赏水平。如果用简

---

① 《布礼》发表于 1979 年 12 月《当代》第 4 期，创作则开始于 1979 年 2 月。参见王蒙《在探索的道路上》，《王蒙文存》19 卷，第 30 页，人民文学出版社 2003 年版。

② 洪子诚：《中国当代文学史》，第 226 页，北京大学出版社 1999 年版。

③ 周扬：《三次伟大的思想解放运动——在中国社会科学院召开的纪念‘五四’运动六十周年学术讨论会上的报告》，《人民日报》1979 年 5 月 7 日。

单的行政的方法，只推行一种学派，压制其他学派，只推行一种形式和风格的艺术，压制其他形式和风格的艺术，那只能导致科学和艺术的停滞和灭亡。”① 更早的1977年，在批判“部队文艺工作座谈会纪要”时，巴金就著文呼吁“要有个艺术民主的局面”②。这为“新时期”文学的大发展大繁荣提供了可能，正如王蒙后来所言：“第四次文代会是一个标志，中国的文艺进入了新时期。”③ 王蒙参加了第四次文代会并当选为大会主席团成员，曾“近距离地感染了也领会到了小平同志的庄严、正规、权威，他的决定一切指挥一切的神态、举止和语气。”④ 之后不久，中国文联通过了《文艺工作者公约》，其中就提出“解放思想，实事求是，勇于探索，勇于创新，精心地从事艺术创造”⑤。1984年底第四次作代会上，胡启立的祝词再一次更为明确更为坚定地重申了“创作自由”这一思想，他说：“文学创作是一种精神劳动，这种劳动的成果，具有显著的作家个人的特色，必须极大地发挥个人的创造力、洞察力和想象力，必须有对生活的深刻理解和独到见解，必须有独特的艺术技巧。因此创作必须是自由的。这就是说，作家必须用自己的头脑来思维，有选择题材、主题和表现方法的充分自由，有抒发自己的感情、激情和表达自己的思想的充分自由，这样才能写出真正有感染力的作品”，“要坚持百花齐放、百家争鸣的方针，在文学创作中出现的失误与问题，只要不违反法律，都只能通过文艺评论即批评、讨论和争论来解决，必须保证被批评的作家在政治上不受歧视，不因此受到处分

① 周扬：《关于社会主义新时期的文学艺术问题——一九七八年十二月在广东省文学创作座谈会上的讲话》，《人民日报》1979年2月23～24日。

② 巴金：《要有个艺术民主的局面》，《文艺报》1978年第1期。

③ 王蒙：《王蒙自传》第二部《大块文章》，第74页，花城出版社2007年版。

④ 王蒙：《王蒙自传》第二部《大块文章》，第68页，花城出版社2007年版。

⑤ 《文艺工作者公约》，《文艺报》1982年第8期。

或其他组织处理”①。正是在这次会议上，王蒙致闭幕词宣称：“中国社会主义文学的黄金时代真的到来了。”他充满激情地呼吁作家们“要出新”，要“用我们的作品来传达时代的新意，生活的新信息，人们心灵的新的萌动”②。作为一个作家，王蒙无疑更为敏感也更为直接地感受到新的社会思潮、文学思潮的涌动，这为王蒙的文学探索和创新提供了思想背景和空间。结束了20年“另册”生活的王蒙，此时正站在一个新时代的门槛上。王蒙终于迎来了一个属于自己的文学时代。王蒙没有辜负这个特定历史时代的期待。从上个世纪七十年代末到八十年代末，即1979～1989这10年是属于王蒙的，虽然他的许多更为厚重的作品如“季节”系列等并非创作于此时，但王蒙八十年代的创作具有独特的意义，那种锐气，那种酣畅淋漓，那种兴奋感，都仅仅属于八十年代，都是那个时代所赋予的。王蒙曾说文学是一种记忆和挽留，那么，《夜的眼》、《春之声》等小说正是对那个时代最好的记忆和挽留。在内心深处，王蒙对八十年代极为珍重，甚至王蒙自己几十年后在自传中禁不住感叹：我的一九八〇年代！

八十年代是王蒙的黄金时代。此时的王蒙几乎得到了各方面的认同，特别是八十年代初，一方面，他创作的一批思想光明的小说如《最宝贵的》、《悠悠寸草心》、《布礼》等所表现出来的忠诚和信仰为他赢得了意识形态权威的认同和肯定，胡乔木就曾多次表达他对《布礼》、《歌神》的欣赏；另一方面，王蒙更具艺术探索性的作品如《夜的眼》、《春之声》、《蝴蝶》等，则由于其新奇的艺术形式探索得到了文学界的欢迎，被认为是新时期文学创新的代言人。此时的王蒙信心十足，豪气十足，有种舍我其谁的气势。然而，还有

---

① 胡启立：《在中国作家协会第四次会员代表大会上的祝辞》，《人民日报》1984年12月30日。

② 王蒙：《社会主义文学的黄金时代到来了》，《王蒙文存》第23卷，第315、316页，人民文学出版社2003年版。

另一方面。王蒙的艺术探索为何到了“意识流”就止步了呢？他没有走得更远更“现代”，为何？这也是王蒙之为王蒙的一个方面。王蒙深知中国现实对现代主义及其一切艺术探索可能容忍和接受的程度，王蒙曾在八十年代初试探性地询问胡乔木关于毕加索的评价，胡乔木“在我们这样的国家，还难以接受毕加索”的回答使王蒙明白了“艺术空间的开拓还要遇到多少阻力和周折”①；加之1982年底开始的对“现代派”的批判，和紧随而来的“清除精神污染”运动，都给王蒙以强烈暗示，因此，王蒙没有迈过“意识流”的门槛，这个任务是由更年轻的一代来完成的。王蒙深知，对文学更进一步的探索已经不属于他们这代作家了。还有，王蒙担任《人民文学》主编期间，他一方面高调宣示“对于世道人心，对于社会进步的关注”；另一方面，又从编辑的字纸篓里拣出了后来颇受争议的刘索拉的《你别无选择》，“下令”发表，继而又发表了同样引发争议的徐星的《无主题变奏》和何立伟的《一夕三叹》。这就是王蒙。

王蒙作为中国当代中国小说“探险家”的本色②，借助这个特定的思想解放的时代，在这一时期得以充分展现。王蒙的“探险”是多方面的，但最主要的还是其小说艺术形式方面的创新，王蒙八十年代小说是中国当代文学变革的显著标志。王蒙曾认为所谓“先锋”，本质是指某种前卫性、挑战性、试验性，即“作家艺术家文化心灵和艺术精神的大解放，并以此为驱动而冲破习见的艺术规范创作出与众不同的作品”③。从这个意义上说，王蒙八十年风格新异

---

① 王蒙：《不成样子的怀念》，《王蒙文存》第17卷，第209页，人民文学出版社2003年版。

② 童庆炳向“王蒙文学创作国际学术研讨会”提交的论文即为《作为中国当代小说艺术的“探险家”的王蒙》，见温奉桥编：《多维视野中的王蒙——第一届王蒙文学创作国际学术研讨会论文集》，中国海洋大学出版社2004年版。

③ 王蒙：《先锋考》，《王蒙文存》第20卷，第47页，人民文学出版社2003年版。

的小说代表了那个时代文学的先锋姿态。“先锋”之于王蒙，似乎并不是一个凝定的概念，而是一种不息的文学精神和永远的价值追求。王蒙的“探险”可以追溯得更远，那就是上个世纪五十年代的《组织部来了个年轻人》，这部小说体现了王蒙大胆的艺术探索精神，也因为这种艺术上的探索，年轻的王蒙曾遭到了当时一部分评论家们的“围剿”。任何的探索即使是纯文学艺术层面上的探索也是要冒一定风险的，对此王蒙曾不止一次领受过。但王蒙并没有因此停止不前，他深信这是一个作家必须付出和承担的代价。没有了探索和创新，文学也就死亡了，正如王蒙自己所说：“作家的任务是创造。……是创造就是探求，就是试验，就是披荆斩棘，就有成功和失败两种可能，因而，创造带有冒险的性质。不敢冒险，不敢突破，不敢做试验的人也就没有创造。”① 在特定的意义上，作家应该是创新的代名词。墨西哥学者 Flora Botton 称王蒙为一个“坚硬的作家”②，其所说的“坚硬”也应该包含了王蒙对小说艺术探索创新的坚执之意。王蒙的创新冲动使他不满足于长期以来所形成的关于文学理论与创作的教条，使他勇于突破生活和艺术的禁区，因此，王蒙的创作事实上成为了对当时文学和文坛的某种挑战性的力量。对既成理论、观念、方法的挑战，在某种意义上，也是对某种习惯性的审美心态、阅读习惯乃至心理承受能力的挑战。任何的挑战都要付出代价，王蒙同样如此。当《夜的眼》、《春之声》等一批新异作品出现的时候，争论也随之而起。人们对王蒙的创新尚缺乏必要的心理准备、知识准备，此时的文坛似乎还适应不了王蒙的“眼花缭乱”。最大的指责还不是来自作品的主题即政治方

---

① 王蒙：《论风格》，《王蒙文存》第 21 卷，第 195 ~ 196 页，人民文学出版社 2003 年版。

② FloraBotton：A Stubborn Writer，见温奉桥编：《多维视野中的王蒙——第一届王蒙文学创作国际学术研讨会论文集》，第 353 页，中国海洋大学出版社 2004 年版。

面，而是来自表现形式方面的“捉摸不定”、“晦涩难懂”①。文学评论家有时比政治家更保守，这也是一个有趣的现象。王蒙的这些风格独异的作品给当时的文坛出了一个难题，当时的评论家们不知该如何给王蒙的这些作品“命名”：有人主张叫“生活流小说”，有人主张叫“心理描写小说”，有人主张叫“心理剖析派小说”，还有人主张叫“现实主义的思想加浪漫主义的手法”或“现实主义与浪漫主义相结合”，或叫“现实主义加深刻的心理描写”②，可谓热闹一时。人们按照传统的文学理论已经无法对王蒙的创作给出合理的解释，所有的既有“帽子”都不符合王蒙这颗“脑袋”。

王蒙八十年代的小说探索“推进了中国当代小说的现代性进程”③，为中国当代小说的发展特别是当代小说艺术的探索和实验，提供了借鉴和启发。可以说，上个世纪八十年代中国小说的发展和繁荣，有王蒙的一份功劳，王蒙作出了自己独特的贡献。探索和创新是王蒙八十年代的代名词。王蒙以他新异的小说记录了当时正在苏醒的中国，在这一点上没有人比王蒙更敏感。一时间，《夜的眼》、《布礼》、《春之声》、《风筝飘带》、《海的梦》、《蝴蝶》、《杂色》等各色作品令人眼花缭乱、目不暇给，“在中国文坛上，刮起了一股四五级间六七级的王旋风。评论家纷纷著文揄扬，不少青年作者王门立雪，八〇年在创作和评论上都出现了一个王蒙热”④。“王旋风”的说法可能带有一些文学化色彩，但是“王蒙热”确实是八十年代的一大文学现象，也是一大文学景观，以致王蒙后来在《大块文章》中用“文思泉涌”来形容这时候的创作。王蒙的这一系列新异小说，引发了文坛和读者的极大兴奋，人们用“集束手榴弹”来形容这些

①② 《引人注目的探索——围绕王蒙同志小说创作开展的讨论》，《文汇报》1980 年 8 月 27 日。

③ 童庆炳：《作为中国当代小说艺术的“探险家”的王蒙》，见温奉桥编：《多维视野中的王蒙——第一届王蒙文学创作国际学术研讨会论文集》，第 122 页，中国海洋大学出版社 2004 年版。

④ 刘绍棠：《我看王蒙的小说》，《文学评论》1982 年第 3 期。

作品在读者情感和心灵上引起的震动。这些风格独异的小说确是“建国以来小说创作中所无的艺术新探索”①，它们就像天外来客一样，一方面引发了人们极大的好奇和兴奋，另一方面又在这种兴奋之中隐含着某种不安，这种不安当然来自它们对当时封闭的、狭窄的、模式化的创作方法和创作格局形成的强有力的冲击和挑战。人们随手拿来一个现成的词语“意识流”安在了王蒙的头上。其实，王蒙从未认下“意识流”这顶帽子。某些文学评论家已经习惯了从概念、类属出发来命名复杂的文学现象，与具体的文本分析相比，他们对命名似乎更感兴趣，这似乎与“概念崇拜”有关。此时王蒙的小说，不但开启了王蒙文学创作的一个新时期，也为后来中国当代文学的发展产生了重要的启迪、暗示和引领作用。当诸如“接受着那各自彬彬有礼地俯身吻向她们的忠顺的灯光，露出了光泽的、物质的微笑”、“城市的上空是夜晚的太阳”（《风筝飘带》），“咣的一声，黑夜就到了”（《春之声》）这类我们之前未曾熟悉的语言出现在王蒙八十年代初小说的时候，一股新的文学之光已经出现在当时沉闷的文学的天空，预示着要引发一场文学风暴。

“现代派”在中国并非是一个正面的词，有人把王蒙的意识流小说称为“现代派”，可能并非出于恶意，但也暗含了某种价值判断。就王蒙小说创作而言，的确体现了某种“现代”意识，运用了某些“现代”技巧，含有某些“现代”艺术的质素，如果一定要称之为“现代派”，可以借用徐迟的话，称之为“马克思主义的现代主义”②。很快，“现代派”的“风筝”就飞翔在了中国当代文坛“空旷寂寞的天空”上，冯骥才明确“宣言”：

> 中国文学需要“现代派”：当前流行世界的现代文学思潮不是一群怪物们的兴风作浪，不是低能儿黔驴技穷寻奇作怪，不

① 克非：《引人注目的探索——评王蒙的近作兼论创作方法的多样性》，《学习与探索》1980 年第 6 期。

② 徐迟：《现代化与现代派》，《外国文学研究》1982 年第 1 期。

是赶时髦，不是百慕大三角，而是当代世界文坛必然会出现的文学现象。尤其当这种思潮也出现在我们的文坛时，不必吃惊，不必恐慌，不必动气，也不必争相模仿。它不过像自然科学中的仿生学那样，属于独自一个门类，对于它，可以兴趣十足地去研究，也可以置若罔闻，决不会影响吃饭、睡觉、开会和看戏。而最近两三年我们文坛涌起的这般现代文学思潮，已经成了各种目光汇集的焦点。在它受到赞成或反对的同时，也受到注意。①

从冯骥才的“宣言”中，可以发现中国的文学气候正在发生变化。与徐迟的谨慎和欲言又止不同，冯骥才把“现代派”解释为“具有革新精神的中国现代文学”②。从这个意义上讲，王蒙的八十年代的小说是中国的“现代派”！

在王蒙诸多的与文学相关或不相关的“天赋”中，敏感是其最杰出的“天赋”，敏感使王蒙更早地感受到了生活即将展开的新变化。新的思想、新的生活尚处于萌芽状态的时候，王蒙已经谛听到了春潮的涌动声。王蒙的老朋友、同为“四只小天鹅”之一的刘绍棠说自己“更属于农村”，而“王蒙更属于城市，注意引进、借鉴、吸收外国文学的表现手法”③。刘绍棠所说的“属于城市”云云，主要指的是王蒙对生活和艺术的敏感。冯骥才曾说“他（王蒙——引者注）是个阅历很深、生活感受丰富、头脑十分勤快又机敏的人”④，并认为王蒙是一个“能站在时代前面，抓住时代精神、时代感和时代的审美特征来写作的作家”⑤。王蒙有一篇文章叫《倾听着

①② 冯骥才：《中国文学需要“现代派”——冯骥才给李陀的信》，《上海文学》1982 年第 8 期。

③ 刘绍棠：《我看王蒙的小说》，《文学评论》1982 年第 3 期。

④ 冯骥才：《王蒙找到了自己——记与英国人的一次对话》，《文学评论》1982 年第 3 期。

⑤ 徐怀中：《追随着时代前进的步伐——致王蒙同志信》，《文学评论》1982 年第 3 期。

生活的声息》，王蒙与同时代作家相比，的确对“生活的声息”更为敏感。仔细阅读王蒙八十年代的作品，或严肃或幽默或轻松或讽刺，实际上“总是有一条无形的脐带同时代的脉搏息息相通”。查建英在《八十年代访谈录》中用激情、贫乏、热诚、反叛、浪漫、理想主义、知识、断层、土、傻、牛、肤浅、疯狂、历史、文化、天真、简单、沙漠、启蒙、真理、膨胀、思想、权力、常识、使命感、集体、社会主义、精英、人文、饥渴、火辣辣、友情、争论、知青、迟到的青春等描述八十年代①，这是从抽象的思想和意义层面而言；而王蒙则在他的《春之声》中用的是诸如“自由市场。百货公司。香港电子石英表。豫剧片《卷席筒》。羊肉泡馍。醪糟蛋花。三接头皮鞋。三片瓦帽子。包产到组。收购大葱。中医治癌。差额选举。结婚筵席……”等“闲言碎语”，在感性的实际上也更为丰富的意义上建构了那个时代。王蒙可谓是一个高明的写意派画家，寥寥几笔，尽传精神。

王蒙被认为是“新时期以来一位真正的具有现代主义意味的作家”②。王蒙的探索、创新和实验，源于对生活和文学的敏感，以及对文学的热情和重新建构的努力。归根结底，文学的变化源于生活的变化，生活在深层上决定了文学的内容和形式。“复出”后的王蒙，最早呈现给文坛的并不是这类陌生的新异的小说，许多读者甚至评论家更希望王蒙沿着《组织部来了个年轻人》的路子走下去——虽然一些作品得到了读者和评论界的认同，如《最宝贵的》获得 1978 年全国优秀短篇小说奖，《悠悠寸草心》获得 1979 年全国优秀短篇小说奖。但王蒙自己对这类作品“似乎不大满意”③ 他转而另辟蹊径，别出新章——这体现了王蒙的艺术勇气和胆识，更体现了王蒙的对文学真挚的爱。因为王蒙明白，变化了的生活需要变化

---

① 查建英：《八十年代访谈录》封底，生活·读书·新知三联书店 2006 年版。

② 童庆炳：《隐喻与王蒙的〈杂色〉》，《文学自由谈》1997 年第 5 期。

③ 刘绍棠：《我看王蒙的小说》，《文学评论》1982 年第 3 期。

了的艺术形式，旧的写作方法已经不能适应表现新生活的需要了。对于王蒙的这种艺术上的变化，作家刘绍棠“颇有所悟”：“王蒙经历了二十多年的坎坷和磨炼，思想成熟起来，对于生活的认识广阔而深刻了；他不可能再像二十多年前那样单纯地看待生活，也不可能再像二十多年前那样简单地描述生活。”① 冯骥才在一篇文章中更是非常形象地说：“前几年我就感到，如果王蒙再用他的老办法写作，这老办法就像个漏斗。长江大河灌进去，出来的只是一注细流。我那时就感到他潜力很大，酝酿着变化。他好像脚长大了，仍穿一双小鞋。不是脚硬把鞋撑破，露出一个硬邦邦的大拇指，就是脚萎缩了，畸形了，永远委委屈屈地裹在里边。后来王蒙写信给我，叫我读他的六篇作品。包括《夜的眼》、《布礼》、《春之声》、《海的梦》、《风筝飘带》和《蝴蝶》。我首先看了《夜的眼》，欣喜若狂。我觉得他终于咬破紧紧包裹着他的结实的茧儿，进入到一个属于他自己、来去纵横、挥洒自如的天地。”② 王蒙终于“化蛹为蝶”，飞起来了，翩翩起舞，五彩斑斓，一飞就是 10 年，王蒙这只蝴蝶“飞”过了整个八十年代。新时期文坛上的第一只蝴蝶应该是王蒙的《夜的眼》。

王蒙在八十年代的“崛起”是中国文学发展的必然，是一个文学史现象。正如李陀在给刘心武的信中所言：

> 我们生活在一个伟大的转折时代里，这决定我们的文学必定要有一个很大的发展，要有一个新的文学时期。这个文学时期的光辉，也许将能与唐诗、宋词这样中国文学史上最灿烂的阶段相互映照。那怎么能设想出这样一个新的文学时期会不探索、形成自己所特有的文学形式呢？怎么能设想文学形式在这一时期会不发生重大变革呢，能想象吗？反正我不能。因此，我至

---

① 刘绍棠：《我看王蒙的小说》，《文学评论》1982 年第 3 期。

② 冯骥才：《王蒙找到了自己——记与英国人的一次对话》，《文学评论》1982 年第 3 期。

今坚持，就艺术探索来说，寻找、发现、创造适合表现我们这个独特而伟大时代的特写内容的文学形式，是我们作家注意力的一个“焦点”，不解决这个任务，我们必定会辜负我们的时代。①

李陀所“设想”的文学形式的“重大变革”，首先是从王蒙的小说开始的。

在王蒙的所有的小说创作中，此时的作品特别是《夜的眼》最为灵动，最具神采，它是“小说的精灵”，是一篇当代小说中少有的真正富有文学性和表现力的作品，我甚至要说这是中国当代文学的第一篇真正意义上的“感觉主义”的作品。在这篇篇幅短小的作品中，王蒙完整地、淋漓尽致地实现了“自己”，他把生活方式、思维方式、感受方式近乎完美地结合在了一起。这是一次大胆的、不可重复的艺术的“冒险”，也是一次不可重复的艺术的极致状态。令人遗憾的是，这篇小说至今不知被多少高明的读者和评论家错过了。正如王蒙在一次演讲中所言，真正的创造是令人“不安”的：“创造性本身对于随大流、对于安全系数、对于跟着走，就造成了挑战。”② 艺术上评论家阎纲用“酣畅淋漓、神驰魄动”③ 来形容它，恰如其分。它的新颖独特，它的“超凡脱俗”，它的对既有一切关于小说的成规和成见的否定和打破——正如王蒙自己所言，《夜的眼》最大的“突破”和“变化”在于这篇小说“摆脱了戏剧性的小说的写法”④。当时独具慧眼的评论家何新说：“《夜的眼》的成功，标志着我国现代短篇小说艺术上一个可贵而可喜的创新”，并称《夜的

---

① 李陀：《“现代小说”不等于“现代派”——李陀给刘心武的信》，《上海文学》1982 年第 2 期。

② 王蒙：《文学的挑战与和解》，《王蒙研究》2006 年 5 月号，中国海洋大学王蒙文学研究所编。

③ 阎纲：《小说出现新写法——谈王蒙近作》，《首都师范大学学报》（社会科学版）1980 年第 4 期。

④ 王蒙：《在探索的道路上》，《王蒙文存》19 卷，第 36 页，人民文学出版社 2003 年版。

眼》是一部“独具匠心的佳作”①。小说名“夜的眼”是神来之笔，似乎没有另一个字眼能够如此传神如此写意地传达那个特定时代交织着激动、兴奋、新鲜而又有某种初醒的期待和躁动的精神和心灵的氛围。就这篇小说而言，与写“人民内部矛盾”、“走后门”相比，王蒙更擅长的还是一种感受，一种情致，一种意绪，“它来自一种说不清道不明的感觉”，“它传达的是一种作者本人也不甚了了的心灵的涟漪”②。早在1980年，王蒙就明确指出，这篇小说是“感觉先行，感受先行”，“走后门”与这篇小说“对不上号”③。当然，就文学阅读的主观性和小说自身的内容而言，“走后门”的读法也并非完全不能够理解。其实，所谓对《夜的眼》的“走后门”的解读，带有明显习惯于从政治或社会学视角解读作品的阅读“无意识”，而如果变换一下阅读的视角，这篇小说将完全变成另一种样子。王蒙说我们的审美惯性“太停留在农牧时代了”④，从《夜的眼》可见一斑。王蒙对这篇小说应该说是钟爱有加，事隔近30年后，王蒙深有感触地在他的自传《大块文章》之《陌生的夜的眼》一章中写道：

我追求的是一种突然的感触，是内心的一种颤抖，是一个不知来自何方的神启，一个小说与世界，小说与灵魂终获相通的狂喜，一种远久的回味，一种不是你在写而是“天假尔手”

---

① 何新：《独具匠心的佳作——评王蒙〈夜的眼〉》，《读书》1980年第10期。何新可能是第一位从正面的积极的意义上评价《夜的眼》的评论家，《夜的眼》发表于1979年10月21日《光明日报》，而何新的这篇文章则是写于1979年10月24日，即《夜的眼》发表3天之后。这显示了何新极其敏锐的眼光。

② 王蒙：《王蒙自传》第二部《大块文章》，第48页，花城出版社2007年版。

③ 王蒙：《在探索的道路上》，《王蒙文存》19卷，第34、35页，人民文学出版社2003年版。

④ 王蒙：《王蒙自传》第二部《大块文章》，第109页，花城出版社2007年版。

的感觉——更正确地说是一种状态，有点像运动员“打疯了”的那种状态。似乎好的作品，至少是差强人意的作品都不是你想好了怎样精辟才写出来的，而是另一个冥冥中的力量，激情与运气突然主宰了你，你的手指自己动作起来了，一篇令你自己大吃一惊的作品出现了。在它出现以前，你永远想不到它。言者不辩，辩者不言，真正的主题当然是有的，然而是言说不清楚的。①

2007 年 9 月 13 日，王蒙在斯洛伐克接受资深汉学家高利克的访谈时说：“1979 年我的小说《夜的眼》的发表是重要的。”② 王蒙所说的“重要”，似乎并不仅仅就这篇小说自身而言。应该说，《夜的眼》可以认为是中国当代文学变革的某种标志，在一定意义上为“我国文苑展示了一个新的文学现象”③。王蒙曾在几乎与《夜的眼》同时的一篇文章中说过：“复活了的我面临着一个艰巨的任务：寻找我自己。在茫茫的生活海洋、时间和空间的海洋、文学与艺术的海洋之中，寻找我的位置、我的支持点、我的主题、我的题材、我的形式和风格。”④ 应该说，《夜的眼》标志着此时的王蒙已经找到了“自己”：自己的位置以及自己的形式和风格，那就是王蒙自己所说的“标新立异，另辟蹊径，花样翻新”⑤。当然，从另一个意义上而言，一个真正富有探索精神的作家，不会固定自己的“位置”，也不会固定自己的风格和形式，他始终处于变化之中，就像一个永远游

---

① 王蒙：《王蒙自传》第二部《大块文章》，第 56 页，花城出版社 2007 年版。

② 《王蒙答斯洛伐克汉学家高利克问》，《中华读书报》2007 年 11 月 21 日。

③ 《光明日报》1980 年 9 月 28 日。转引自 C. A. 托罗普采夫：《王蒙：创作探索和收获》，《当代文艺思潮》1985 年第 1 期。

④ 王蒙：《我在寻找什么?》，《王蒙文存》第 21 卷，第 24 ~ 25 页，人民文学出版社 2003 年版。

⑤ 王蒙：《短篇小说创作三题》，《王蒙文存》第 21 卷，第 156 页，人民文学出版社 2003 年版。

走的旅人，没有终点，他的生命就在旅途之中。王蒙的艺术感觉和创作状态在八十年代达到了巅峰，可谓“四面开花，八面来风”①，这种状态持续了10年。在《大块文章》中王蒙曾深有体会地说：“写小说最大的乐趣之一是，尽情书写，抡圆了写，立体地而不是平面地写。小说从东向西射击完了再从西向东扫射。丢完了原子弹再丢大刀片。大鲍翅与红烧肉与哨子面与老虎霉素全部上席。掰开了再粘起来。辗成片再揉成球涂上不干胶。横看成岭侧成峰。F调C调降D大调与G小调，加上非调性，然后提琴与三弦，破锣与管风琴一起奏。预备，起!”② “我像一个足球队的守门员，左一球，右一球，高一球，低一球，边一球，角一球，我在捕捉生活灵感的袭击，我左扑右抓，头顶脚踹，东蹿西蹦，我前后左右上下四肢五官六腑七窍望闻问切都是小说。”③这就是八十年代的王蒙。

上个世纪八十年代初，是思想解放的时期，无论是在文学创作还是理论研究上，都表现出了探索、求新、实验的时代氛围。就当时的文学创作实际状况而言，王蒙走在了这股时代思潮的前头，再一次成为“弄潮儿”。如果把王蒙的《夜的眼》与刘心武的《班主任》、卢新华的《伤痕》相比，你就会发现，它们前后相距不到两年的时间，但是分别属于两个不同的文学时代。《班主任》、《伤痕》巨大的“轰动效应”在一定意义上并非来自小说自身，而是来自那个独特的时代，以及人民对历史对“文革”进行审判的心理诉求。它们仍然属于一种政治性文本，带有明显的意识形态色彩，其强烈的政治诉求压倒了审美诉求，政治思维压倒了文学想象；写法上，这两部小说也并没有多少新质出现，仍旧是现实主义的套路，这实际上是十七年文学在新时期的延伸。《夜的眼》则不同，它开始向文

①③ 王蒙：《王蒙自传》第二部《大块文章》，第94页，花城出版社2007年版。

② 王蒙：《王蒙自传》第二部《大块文章》，第332页，花城出版社2007年版。

学的自身挺进，开始探讨文学的本体性，开始探讨文学自身的规律性，与“写什么”相比，它似乎对“怎么写”更感兴趣。从文学观念到话语方式，《夜的眼》与《班主任》、《伤痕》相比，都表现出了明显的变化。《夜的眼》这篇不足万字的小说，将在中国当代文学史特别是新时期文学史上留下深远的影响。文艺理论家刘再复曾提出“小说艺术意识”的概念，他认为“只有具备小说艺术意识，才能努力去找寻适合的技巧和形式”。《夜的眼》标志着王蒙“小说艺术意识”的自觉，他开始自觉考虑小说作为一种艺术的问题。从更为宏阔的角度讲，《夜的眼》也标志着新时期“小说艺术意识”的自觉。

王蒙此时创作的通常所说的“意识流”小说中，《杂色》无疑在艺术上更为圆熟。《杂色》的独特之处在于它艺术上的酣畅淋漓、汪洋恣肆，这部小说写得神采飞扬、气韵饱满：

> ……看啊，灰杂色的老马踏着绿草正在一步一步向他走来，这简直是一个有价值的镜头，这简直是一幅画。在空荡的、起伏不平的草原上，一匹神骏，一匹龙种，一匹真正的千里马正在向你走来。它原来是那样美俊、强健、威风！它的腿是长长的，踝骨是粗大的，它的后蹄总是踩在前蹄留下的蹄印的前面，它高扬着那骄傲的头颅，抖动着那优美的鬃毛，它迈步又从容，又威武，又大方，它终于来了，来了，身上分明发着光……
>
> ……歌声振奋了老马，老马奔跑起来了。它四蹄腾空，如风，如电，好像一头鲸鱼在发光的海浪里游泳，被征服的海洋被从中间划开，恭恭敬敬地从两端向后退去。好像一枚火箭在发光的天空运行，群星在列队欢呼，舞蹈。眼前是一道又一道的光柱，白光、红光、蓝光、绿光、青光、黄光，彩色的光柱照耀着绚丽的、千变万化的世界，耳边是一阵阵的风的呼啸，山风，海风，高原的风和高空的风，还有万千生物的呼啸，虎与狮，豹与猿……而且，正是在跑起来以后，马变得平稳了，

马背平稳得像是安乐椅，它所有的那些毛病也都没有了，前进，向前，只知道飞快地向前……①

我们以前何曾读到过这样的文字，这样的小说！在《杂色》这里，一切关于小说的金科玉律如文学概论教科书上所说的都显得多余，无味，无趣。在这部小说中，王蒙简直就像一个交响乐队杰出的天才指挥家，他调动所有的激情、想象和灵感，演奏出了《杂色》这部中国当代小说的“绝唱”。这其实也是王蒙八十年代的“绝唱”，王蒙之后的小说创作，似乎再也找不到这样的艺术饱满状态。我甚至认为，与长篇小说相比，王蒙更擅长的还是中短篇小说。他的《组织部来了个年轻人》、《夜的眼》、《杂色》、《歌声好像明媚的春光》等，虽创作年代相隔甚远，创作“路数”也不同，但皆为当代文学中的精品。

在当代文坛上，似乎还没有另一个作家像王蒙这样对探索、创新、实验如此感兴趣，如此执著一念，孜孜不倦。王蒙像躲避瘟疫一样，躲避着文学上的平庸、单调和重复。在内心深处，王蒙深怀畏惧，他害怕失去“自己”，害怕被平庸所淹没，这一点其实从《组织部来了个年轻人》即已开始。王蒙此时的探索，是继《组织部来了个年轻人》之后事隔二十多年的一个更为自觉的文学行动，他对当时文坛的震撼和对中国文学的“改写”的努力显而易见，正如英国的评论家菲里克思·格林所言：“王蒙以他的作品取得了并且正在取得一个非同寻常的突破。在他那里中国文学似乎摆脱了像枷锁一样束缚着它的种种形式和陈规陋习，他现在可以在灿烂的阳光下自由地选择自己的道路了。”② 早在1980年8月在中国社会科学院文学研究所与当代文学研究会等单位联合召开

---

① 王蒙：《杂色》，《王蒙文存》第9卷，第172页，人民文学出版社2003年版。

② ［英］菲里克思·格林：《格林给戴乃迭的信——关于〈蝴蝶及其他〉(摘录)》，《钟山》1984年第5期。

的王蒙作品讨论会上，王蒙就对“艺术形式”问题表现出了浓厚的兴趣，强调了人的“心灵活动的逻辑”和小说的“心灵活动的结构”①。

王蒙的八十年代创作已经成为了“绝响”，那是独特的历史文学语境与作家精神结构、艺术个性的完美融合，而这种融合在一定程度上是可遇不可求的。从中国当代文学史的角度而言，王蒙的八十年代创作具有重要的文学史意义，标志着中国当代文学在新的历史文化条件下的新选择、新追求、新风貌。王蒙此时的小说创作正标志着中国当代文学真正意义上的“转型”，正如一位研究者所言，是“从政治向文学自身、从外部规律向内部规律、从历史要求向美学要求的转移”②。法国当代著名作家亨利·特洛亚说：“一个真正的创作者之所以不得不写作，并非为了要尝试某种未曾有的表现方式，而是出于内心的冲动。”③ 王蒙在 80 年代初进行的小说探索和实验，其意义是多方面的，“不仅在思想的意义上，把‘反文革’的历史叙事推到新的深度，同时更重要的在于，它率先表达了在纯粹文学的层面上所需要的艺术创新”④。艾特玛托夫说：“作家应当善于感受时代，不是片面地感受，而是善于感受其所有难以捕捉的细微差别的变化，并把所有这一切看做是时代的真实，人的命运的真实。”⑤ 王蒙的《夜的眼》、《春之声》、《杂色》表现

---

① 王蒙：《在探索的道路上》，《王蒙文存》19 卷，第 32 页，人民文学出版社 2003 年版。

② 尹昌龙：《1985：延伸与转折》，第 137 页，山东教育出版社 1998 年版。

③ 崔道怡、朱伟、王清风、王勇军编：《“冰山”理论：对话与潜对话》（下册），第 467 页，工人出版社 1987 年版。

④ 陈晓明：《表意的焦虑》，第 306 页，中国编译出版社 2002 年版。

⑤ ［俄］钦吉斯·艾特玛托夫：《生活与回忆》，崔道怡、朱伟、王清风、王勇军编：《“冰山”理论：对话与潜对话》（上册），第 323 页，工人出版社 1987 年版。

出了王蒙作为一个小说家感受生活“所有难以捕捉的细微差别的变化”的能力，并表现了生活“细微差别的变化”。在这个意义上，王蒙开启了一个新的文学时代。王蒙八十年代的创作，标志着中国社会精神追求特别是文学追求的多指向性进入了一个自觉的时代，中国当代文学从热衷于对事物的外在摹写重新回归内倾化、心灵化的轨道。

第三节 后革命时代

整体而言，五十年代和八十年代的王蒙是一个理想主义者，无论是《组织部来了个年轻人》、《青春万岁》还是《夜的眼》、《春之声》、《杂色》等，都闪耀着“亮色”，体现了一种主人翁舍我其谁的心态，都是一种激情叙述。虽然《活动变人形》在叙述调子上十分冷峻乃至残酷，但那种激情仍难以压抑，仍属于理想主义的范畴，只不过是一种理想主义的“变奏”而已。这种亮色、理想主义和主人翁的心态，源于王蒙的认知与社会发展的高度一致，此时王蒙的思想和创作都与社会的发展趋向保持了高度的一致和默契，虽然文坛上对王蒙的创作不时传来质疑声、责难声，但由于这种一致和默契，均未对王蒙构成大的影响，王蒙仍能够保持着高度的自信和力量。然而，机遇并不总属于王蒙。随着中国社会、政治、文化情势的变化，王蒙作为一个文学上理想主义的“角色”，到了八十年代末九十年代初又面临着新的挑战，又一个人生和思想的“拐点”出现在他的面前，王蒙面临着又一次自我“转型”。

王蒙在自传中对自己有一个独特的定位：“桥梁”和“橡皮垫”。王蒙要“充当中央与作家同行之间的桥梁”①，“充当减震减压

① 王蒙：《王蒙自传》第二部《大块文章》，第335页，花城出版社2007年版。

的橡皮垫”①。然而，这仅仅是王蒙的一个方面。王蒙的复杂性恰恰在于除了这种“桥梁”的角色外，同时还拥有另一个“身份”——“界碑”。也即是说，王蒙除了“左右逢源，前后通透”的一面，也面临着“不完全入榫”、“不完全合铆合扣合辙”② 的一面：“我好像一个界碑，……站在左边的觉得我太右，站在右边的觉得我太左，站在后边的觉得我太超前，站在前沿的觉得我太滞后。”③20 世纪中国社会始终激荡着两种声音，那就是激进主义和保守主义，在这两种思潮激荡中，王蒙确实有“左右逢源”的时候，但同样也有“左右夹击”的窘迫，“左派把他当右派，右派把他当左派”④，这是王蒙必须面对的处境。王蒙说：“我不是索尔仁尼琴，我不是米兰·昆德拉，我不是法捷耶夫也不是西蒙诺夫，我不是（告密的）巴甫连柯，不是（怀念斯大林的）柯切托夫，不是（参与匈牙利事件的）卢卡契，也不是胡乔木、周扬、张光年、冯牧、贺敬之，我同样不是巴金或者冰心、沈从文或者施蛰存的真传弟子，我不是也不可能是莫言或宗璞、汪曾祺或者贾平凹、老李锐或者小李锐……我只是，只能是，只配是，只够得上是王蒙。”⑤ 王蒙之所以不是这些人中的任何一个，在于他的思想和精神的独特性。

同时，王蒙的这种“界碑”感，也反映了八十年代以来中国知识界的某种思想现实。新时期后的王蒙与“青春万岁”时代的王蒙

---

① 王蒙：《王蒙自传》第二部《大块文章》，第 165 页，花城出版社 2007 年版。

②③ 王蒙：《王蒙自传》第二部《大块文章》，第 175 页，花城出版社 2007 年版。

④ 董健：《简论王蒙的人生哲学》，见温奉桥编：《多维视野中的王蒙——第一届王蒙文学创作国际学术研讨会论文集》，第 2 页，中国海洋大学出版社 2004 年版。

⑤ 王蒙：《王蒙自传》第二部《大块文章》，第 230 页，花城出版社 2007 年版。

相比，似乎变得复杂了、游移了，甚至欲言又止了，不再那么“纯粹”（虽然“组织部”时代的王蒙已不那么“纯粹”），不再那么理想主义了。王蒙开始了思想转型。王蒙的某种政治上的主流感和“本质是文人”① 的特性，使他容易陷于某种思潮的漩涡之中。对于生活和文学的敏锐，让他不满足于当时文学的主流说教，率先进行了文学上的一些探索和实验。事实上，王蒙一度成为八十年代中国文坛的“风向标”和“现代派”在中国的代言人，这引起了文坛的某种忧虑，甚至连文学上十分内行的“贵族马克思主义者”② 胡乔木也“教育”王蒙“不要在意识流上走得太远太偏太各色”③，“少来点现代派”④。对当时文坛的主流意识形态而言，那个“党性特强”⑤ 的王蒙，无疑已经成为了一个文坛和思想界的“远行的叛徒”⑥；而对于某些“简单而又片面的人”⑦ 来说，王蒙反复强调的是“我已经懂得了‘凡是存在的都是合理的’的道理。懂得了讲‘费厄泼赖’，讲恕道，讲宽容和耐心，讲安定团结”⑧，确实成为了他们“前进脚步的羁绊”⑨——王蒙正好站在这“两个不能对话的世

---

① 王蒙回答陈德宏先生访谈时的回答。此资料复印件保存于中国海洋大学王蒙文学研究所。

② 王蒙：《不成样子的怀念》，《王蒙文存》第 17 卷，第 211 页，人民文学出版社 2003 年版。

③ 王蒙：《王蒙自传》第二部《大块文章》，第 152 页，花城出版社 2007 年版。

④ 王蒙：《王蒙自传》第二部《大块文章》，第 162 页，花城出版社 2007 年版。

⑤ 香港报刊对王蒙的评价。见《王蒙自传》第二部《大块文章》，第 156 页，花城出版社 2007 年版。

⑥ 孙郁：《王蒙：从纯粹到杂色》，《当代作家评论》1997 年第 6 期。

⑦⑨ 王蒙：《王蒙自传》第二部《大块文章》，第 70 页，花城出版社 2007 年版。

⑧ 王蒙：《我在寻找什么》，《王蒙文存》第 21 卷，第 26 页，人民文学出版社 2003 年版。

界”① 的中间。王蒙反复告诫自己，“做一个健康、理性、平衡与和谐的因子”②，但就王蒙思想的特点和八十年代以来中国知识界、思想界现状而言，他成为“界碑”不可避免。王蒙八十年代的“界碑”感，实际上是一种身份认同的危机感，其实正预言了他的可能的另一种境遇。

中国当代社会特别是新时期以来的价值动荡所引发的大的思想激荡，其激烈程度难以想象。八十年代末九十年代初，王蒙又一次站在了十字路口上。此时的王蒙以一种较为复杂的心态完成了又一次“转身”，从部长的位置重新回归作家的本行（虽然部长期间他仍坚持创作，且数量不菲），较为平安地实现了“软着陆”，但境遇、心态已经与此前大不相同。王蒙曾多次说：这边“下台”（指从部长位子上退下来），那边“上台”（指文学创作），这边隐退，那边复出。话虽说得轻松，但这次“转身”对王蒙内心深处的影响，无人知晓。王蒙已经预感到一个属于他的文学时代即将结束，正如他后来在自传中说的那样：“这一年我意识到，改革开放的初期，浪漫期、蜜月期、呼唤期、理想期、幻想期，一厢情愿、一步登天与想入非非美美期正在结束。王蒙的活跃从容、通达周到的风头岁月正在结束。一个标榜健康的温和态度，举起善意和宽容大度的旗帜，以潇洒和游刃有余的聪敏，依仗着对于同行同样对于各级领导干部的理解与亲近作基础，自诩的构建党的领导与知识分子、特别是与作家之间的桥梁的使命已经破绽百出，已经摇摇欲坠，已经难以有声有色地继续。”③ 王蒙对情势的敏锐和清醒，并不能完全冲淡、消磨掉他内心激荡的声音。我们仍可揣测王蒙的内心世界。此时的王

---

① 孙郁：《王蒙：从纯粹到杂色》，《当代作家评论》1997 年第 6 期。

② 王蒙：《王蒙自传》第二部《大块文章》，第 215 页，花城出版 2007 年版。

③ 王蒙：《王蒙自传》第三部《九命七羊》，第 25 页，花城出版社 2008 年版。

蒙，曾一度心情苦闷，有一“细节”即可表明：王蒙一生不喜欢打牌，但有两次打麻将的“高峰”：一次是“文革”期间，1969 年在新疆伊犁农村，由于“无事可做，只能在家逍遥度日”①，于是热衷上了与邻居打麻将；第二次即是 1989 年下半年和 1990 年年初。关于此点，王蒙在《九命七羊》之《震荡与从容》中也谈到了“一些不可避免的与应属正常的清查清理”以及“整个氛围的在所必然”②，王蒙说：“历史总是这样的：不论有了什么样的进展，不论是胜利，是解放，是革命，是建设，是拨乱反正，是你本人当了作家当了领导成了人五人六——somebody……一切轻信、天真烂漫、诗情与伤感、书生意气、自以为是，与现实三撞两碰，忽然会变得那样的令人沮丧、令人失望、令人产生消极的思想情绪。”③王蒙开始从极为良好甚至有点飘飘然的感觉中逐渐清醒过来，那种舍我其谁的责任感及毫不掩盖的主人翁意识，开始受到强烈震荡。王蒙似乎并未完全摆脱这种“令人沮丧、令人失望”的情绪的控制，他需要转移这种情绪，他需要新的出发，王蒙的“新考验、新试炼、新课题开始了”④。不久后，发生了震惊文坛的“稀粥事件”，最后是中央最高领导人发话，“稀粥事件”才得以偃旗息鼓。

王蒙的变化逐渐表现出来了。他开始“评红谈李译契弗”⑤，此时的王蒙似乎已经不仅仅是“界碑”了，他已经找不到“同谓”

---

① 方蕤：《我的先生王蒙》，第 225 页，长江文艺出版社 2004 年版。

② 王蒙：《王蒙自传》第三部《九命七羊》，第 32 页，花城出版社 2008 年版。

③ 王蒙：《王蒙自传》第三部《九命七羊》，第 25 页，花城出版社 2008 年版。

④ 王蒙：《王蒙自传》第三部《九命七羊》，第 26 页，花城出版社 2008 年版。

⑤ 这是《王蒙自传》第三部《九命七羊》中的一个小标题。“红”是《红楼梦》，“李”是李商隐，契弗即美国作家约翰·契弗。

了，已经无人能够听得懂他的内心的隐曲了。细心的读者可以发现，王蒙对《红楼梦》的兴趣自少年时代即已形成，要写一部关于《红楼梦》著作的想法也由来已久，但真正意义上的《红楼梦》研究始于 1989 年秋天，何故？我想这并非全是巧合、偶然。除了之前行政事务缠身时间不允许以及人生积累和生命体验还不足以与《红楼梦》真正地深层相通、不能够与《红楼梦》真正进行心灵对话的原因外，王蒙还缺乏一个真正进入《红楼梦》的契机。1989 年后，已近花甲之年并经过了又一次人生沉浮的王蒙，似乎一下子找到了一条通向《红楼梦》深层世界的精神隧道和一套解读《红楼梦》的新的语码，王蒙曾说过一句意味深长的话，他说："你的一切经历经验喜怒哀乐都能从《红楼梦》里找到参照，找到解释，找到依托，也找到心心相印的共振。"① 找到"依托"和"心心相印的共振"，这其实正是王蒙研究《红楼梦》真正的夫子自道。他的谈论李商隐也是甚至更是如此，他对李商隐的诗的激赏和真正"心心相印"的解读，令人落泪。王蒙在《红楼梦》和李商隐那里重新找到了自己。《红楼梦》和李商隐，寄托了寂寞的王蒙的心声。

九十年代的市场经济时代，中国进入了"后革命时期"，这是在价值观念、文化心态等诸方面与此前时代都迥异的一个新的历史时期，革命早已过去，改革开放的发动期的新鲜、兴奋、激动也都已过去，时代的"主题"早已不再是斗争、革命、启蒙之类，也似乎不再是改革、振兴、激情，而是进入了一个相对世俗化甚至平庸化的时代，由"现实、利益、金钱、市场、信息、新空间、明白、世故、时尚、个人、权力、体制、整容、调整、精明、焦虑、商业、喧嚣、大众、愤青、资本主义、身体、书斋、学术、经济、边缘、失落、接轨、国际、多元、可能性"② 等"常用词"所建构的九十

---

① 《〈红楼梦〉王蒙评点·序（增补版）》，上海文艺出版社 2005 年版。

② 参见查建英《八十年代访谈录》封底，生活·读书·新知三联书店 2006 年版。

年代直至今天我们仍置身其中。

到了九十年代，王蒙开始讲“理性”，讲“理解”，讲“躲避崇高”，“一个国家生活愈正常气氛愈祥和作家就会愈多写一点日常生活，多写一点和平温馨，多写一点闲暇趣味。到了人人蔑视日常生活，文学拒绝日常生活，作品都在呼风唤雨，作家都在声色俱厉，人人都在气冲霄汉歌冲云天肝胆俱裂刺刀见红的时候，这个国家只怕是又大大的不太平了”①。此时的王蒙成了中国文学的一个“桩子”：“简单而又偏面的人都觉得我脱离了他们，妨碍了他们，变成了他们的前进脚步的羁绊，而且是维护了效劳了投奔了对方。有时候我会左右逢源，这是真的。更多时候我会遭到左右夹击，这尤其是真的。”②

从上个世纪五十年代的革命时期中经八十年代到后革命时期，王蒙文艺思想的嬗变是明显的。他跨越了三个不同的历史时期，最终完成了自我的超越，正如评论家所指出的那样，王蒙“是正统意识形态的最后一个作家，同时是新兴意识形态的最初一个作家；他以他的存在，显示了过渡时代中国文学的特色”③。这正是王蒙的价值和意义所在，也是王蒙对中国当代文学的独特贡献。

1994 年，年轻批评家王彬彬在《文艺争鸣》第 6 期发表了一篇题为《过于聪明的中国作家》的文章。在这篇文章中，王彬彬认为，很多中国作家拥有娴熟的生存技巧，太讲求生存策略、活命智慧和处世技术，但缺乏献身精神和说真话的勇气。针对王彬彬的文章，王蒙发表了《黑马与黑驹》等系列文章，对王彬彬展开了强势反击。

---

① 王蒙：《王蒙自传》第二部《大块文章》，第 70 页，花城出版社 2007 年版。

② 王蒙：《沪上思絮录》，《王蒙文存》第 23 卷，第 227 页，人民文学出版社 2003 年版。

③ 林贤治：《五十年：散文与自由的一种观察》，《书屋》2000 年第 3 期。

在《名士风流以后》这篇文章中，王蒙批判“是好人就得做烈士，活了就有碎儿”的“不近人情”的理论，他认为这是一种“要人死不要人活”的价值观念，同时，王蒙又指出：“许多的清高带有被迫性”①，王蒙的深刻之处恰在于此，他看到了年轻的王彬彬所看不到的更深刻的内容。其实，王蒙与王彬彬的论战在一定意义上是不可避免的，更多这场著名的“二王”论战本质上是两代人不同价值观念的碰撞和冲突，为什么一向主张“宽容”的王蒙，对王彬彬表现出了如此凌厉的姿态？王蒙的“火气”，在一定意义上可以看做是一个经验主义者对理想主义之道德乌托邦价值理念的无法容忍。至此，王蒙与年轻一代的价值冲突已经全面表面化了。

---

① 王蒙：《名士风流以后》，《王蒙文存》第 17 卷，第 220、218 页，人民文学出版社 2003 年版。

第八章　王蒙文艺思想的开放性

王蒙文艺思想既体现了当代文学永不停息的探索精神，又体现了对中国传统文学的绝对信念，究其原因，在于王蒙文艺思想的形成，植根于诸多的思想资源，王蒙以其开阔的视野、开放的心胸，以“拿来主义”的态度，博采众家，吸纳、融会了人类历史上各国文学特别是苏俄、欧美文学的精华，为我所用，又深深植根于几千年来形成的中国传统文学的深厚土壤里，最终形成了开放、包容的文艺思想体系。

第一节　王蒙与道家文化

如果说王蒙深受儒家思想的影响，似乎不难理解，作家金庸称王蒙为“快乐的君子”，所谓“君子”，其实就是儒家文化的理想人格。事实上，王蒙的“拼命为”、“无奈为”①，就是中国传统文人积极“入世”的一种表现。从表面看，王蒙在一般人看来成功甚至辉煌的一生，都是“为”的结果，都是“入世”的结果；一个自少年时代就怀着“职业革命家”的梦想为了新中国的建立积极投身地下革命的人，一个中年曾身居高位的人，其“入世”的一面是不用多说的。其实，王蒙的另一层面，却常常被人忽视，那就是他的超脱，他的“逍遥”，他的“不为”。

---

① 王蒙：《老子的帮助》，第 4 页，华夏出版社 2009 年版。

中国文化是一个多元互补的文化，是一个多元互动的张力结构，这其中儒、道是最重要的两元、两极，它们共同造就了中国文化的性格。单就历史文化发展的脉络而言，似乎儒家文化更占强势地位，更“主流”。道家文化在影响中国人的生活观念、思维方式、审美取向等方面，无疑更潜隐、更内在，道家文化对中国文人、文学影响之深之巨，恐非儒家所能比。如果说儒家文化塑就了中国文化的形骸、骨架，那么道家文化就赋予了中国文化以灵性，以精神，以魅力。长期以来，对道家文化的贬抑，是中国历史上最大的文化“冤案”，其恶果也是显而易见的。这其中有实用主义的思想，也有统治阶级的愚民权术。我甚至觉得，中国文人在其内心深处对儒家学说怀有某种厌恶之情，而对道家却怀有更多的好感，即“虽不能至，心向往之”。道家文化作为先秦“显学”之一种，其对中华文化的影响是本原性的，林语堂曾说“道家及儒家是中国人灵魂的两面”①，道家文化不但铸就了中国人独特的思维方式、生命方式，而且塑造了独特的民族性格、文化心理。中国文人在情感层面对老庄的喜爱，胜过孔子，鲁迅曾说：“我们虽挂孔子的门徒招牌，却是庄生的私淑弟子。”② 这可能与道家文化对现实所采取的超越性审美态度有关。

在一般读者印象中，作为共和国第一代作家的王蒙是非常革命的，似乎与传统文化特别是道家文化相距甚远，相对忽视了王蒙与道家文化的深层关联，其实道家文化对王蒙影响至深。王蒙从十几岁开始“迷上了《老子》”，到晚年集中地谈老说庄（相继出版了《老子的帮助》、《老子十八讲》、《庄子的享受》、《庄子的快活》、《庄子的奔腾》等），王蒙与老庄，相伴一生。在当代作家中，对道家文化体味之深，似乎还没有超过王蒙的。值得注意的是，同为道家文化代表性人物的老子和庄子对王蒙的影响又具有

---

① 林语堂：《信仰之旅》，第 114 页，四川人民出版社 2000 年版。

② 鲁迅：《“论语一年”——借此又谈萧伯纳》，《鲁迅全集》第 4 卷，第 570 页，人民文学出版社 1981 年版。

某种差异性，老子对王蒙的影响主要表现在价值观念、思维方式的层面，而庄子则主要表现为精神——心灵即艺术层面。本节拟从人生态度、文艺思想、文学创作三个不同的层面，来探讨王蒙与老庄的关系。

王蒙十四岁不到即参加地下革命，并立志成为“职业革命家”，后来更是与革命和政治产生了千丝万缕的深刻联系，并一度列身权力中心，其积极入世的一面是人所共知的，王蒙也认为自己“入世极深”。然而，人们对王蒙的另一面即道家文化制导下的超越性，却面影模糊，研究较少。

道家文化深刻地影响了王蒙的人生态度。道家文化本质上是一种具有东方智慧的生命哲学，其核心价值是对人生意义的独特体认。中国文人对老庄的喜爱，根源于此。王蒙曾说自己真正读过的书有两本：一本是《红楼梦》，一本是《道德经》。上个世纪九十年代初，经过了诸多人生顿挫的王蒙，对老庄由单纯的兴趣喜爱开始上升到较为自觉的实践层面，“无为”、“逍遥”等开始成为其“人生哲学”的重要内涵，这大概与王蒙此时的经历、心境等有关，没有一定的人生阅历作底子，是无法真正理解老庄的。王蒙的“人生哲学”，在实践层面涉及很多处世方法和原则，但在更高的层面，则是对“道”——“生存常道”即规律的体认和遵从。王蒙曾提出“人生之化境”的概念，所谓“化境”，即“随心所欲不逾矩，庖丁解牛，如入无人之境，治大国如烹小鲜，信手拈来，俯拾即是，百战百胜，左右逢源”①，也就是我们通常所说的“自由王国”。王蒙的所谓“化境”，是建立在“道”之基础上的。王蒙曾自撰箴言：大道无术（王蒙同时还有大智无谋、大德无名、大勇无功的提法），并曾指出中国人“太讲心术”，而“大道无术”则是要超越“术”的层面，达到与“大道”的完全合一。在王蒙看来，理解、认同、尊

---

① 王蒙：《王蒙自述：我的人生哲学》，第 50 页，人民文学出版社 2003 年版。

重大道，才能“无往而不适”①，才能从容淡定，明朗澄澈，达到“人生之化境”。

道家的“无为”思想，在某种程度上影响了王蒙的处世态度。王蒙充分领悟了老子“无为”思想产生的“社稷无常，君臣无常”的时代背景及其某种无法言明的无奈。王蒙说，人最重要的是知道自己“不做什么”②，又特别指出“无为，就是有所不为”，就是“大量地不为，大量地放弃，少量地为，为则有成”③，即不要陷入抠抠索索、嘀嘀咕咕的无聊人事纷争之中。王蒙总结自己七十多年的人生经验时说：“幸亏有那么根弦：无为的弦，无事的弦，拒绝人际纠纷、拒绝拉帮结派、拒绝青云直上、拒绝大言欺世、拒绝装腔作势、拒绝跟风起哄的弦。”④ 王蒙的“拒绝”，就是“无为”，就是道家提倡的“勇于不敢”。王蒙曾提出，好人和坏人的区别在于“好人就是有所不为的人。坏人就是无所不为的人”⑤。老子喜欢从反面立论，如无为、不言、不始、不有等，而王蒙的处世哲学特别是他的“二十一条人际准则”，基本也都是“否定式”立论，属于“无为”的范畴。王蒙还反对从被动和消极意义上来理解“无为”，他指出：“无为，不是什么事情也不做，而是不做那些愚蠢的、无效的、无益的、无意义的、乃至无趣无味无聊，而且有还有伤有损有愧的事。”⑥ 王蒙的“无为”，是一种主动的不为，是一种积极的不为，即力戒虚妄、焦虑和急躁、盲目。与“无为”相似，老子的“不

---

① 王蒙：《王蒙自述：我的人生哲学》，第 174 页，人民文学出版社 2003 年版。

② 王蒙：《王蒙自述：我的人生哲学》，第 93 页，人民文学出版社 2003 年版。

③ 王蒙：《老子的帮助》，第 342 页，华夏出版社 2009 年版。

④ 王蒙：《老子的帮助》，第 256 页，华夏出版社 2009 年版。

⑤ 王蒙：《老子的帮助》，第 50 页，华夏出版社 2009 年版。

⑥ 王蒙：《无为》，《王蒙文存》第 15 卷，第 331 页，人民文学出版社 2003 年版。

争”对王蒙的处世态度同样产生了影响。王蒙是当代文坛上较早提倡“宽容”、“多元”的人，“宽容”的前提和实质就是“不争”，王蒙曾告诫世人，凡事不要一味地“为”和“争”，要“善于等待”，要学会放弃，要学会“随他去吧”①。

庄子的“安时而处顺”的思想，内化成了王蒙对现实的某种超越性心态。《庄子·大宗师》说：“得者，时也；失者，顺也。安时而处顺，哀乐不能入也。”所谓“安时而处顺”，就是顺应自然，顺应时世，特别是在逆境中，不计一时荣辱得失，要有一种达观态度。晋代郭象提出了“适性即逍遥”的命题，“安时而处顺”本质是“适性”。王蒙曾自称是一个“不可救药的乐观主义者”，所谓“乐观主义”其实质即是安时处顺的人生态度。王蒙特别喜欢“逍遥”二字，他认为“逍遥”既是一种处世原则，更是一种“审美的生活态度”，是对现实的超越。庄子的“安时而处顺”以及“逍遥”，使王蒙对人生采取了一种审美态度和超越精神，这在根本上塑造了王蒙乐观、宽容、洒脱的人生态度。王蒙曾多次遭遇人生的重大变故，饱尝人生的艰险困厄，但仍能保持积极乐观、超然豁达的心态。“安时而处顺”帮助王蒙度过了人生的困厄期特别是新疆 16 年生活。新疆 16 年之于王蒙是人生的一大考验和历练，是一次严酷的心灵炼狱。就是在如此困厄的环境中，王蒙也没有沉沦，而是积极融入当地维吾尔族生活，与少数民族同胞同吃同住同劳动，并从平凡中寻找生活的乐趣：游泳、养鸡、烹饪、酿酒、学维语，可以说，在某种意义上，“安时而处顺”拯救了王蒙，拯救了他的肉身，更拯救了他的灵魂。王蒙曾把“为什么没有疯狂和自杀”的原因归结为对生活的爱以及对革命的信念等，除此之外，我以为还有更深层的原因，就是这种“安时而处顺”的人生态度带给王蒙的随遇而安的超然心态。王蒙认为：“择其相同者而相同之，择其平等者而平等之，择其

① 王蒙：《王蒙自述：我的人生哲学》第 91 页，人民文学出版社 2003 年版。

不同者而不同之，择其高妙者而高妙之，择其物质者而物质之，择其哲理者而哲理之，是为道。”王蒙还把什么事都要耍心眼玩花招，什么事都瞪眼都找别扭，视之为“妖”、“拗”①。在日常生活中，王蒙重视本色和“常态”，反对“假招子的心术，花架子的取巧，沽名钓誉的闹腾，急于求成的浅薄”②，因为在他看来，所有这些都是不能“安时而处顺”的表现，也即违背了“道”。那么，王蒙如何调适自己，保持自我与社会、时代的平衡，进而保持自我内在的平衡？是道家文化帮助王蒙完成了这种平衡，老庄在一定意义上成了王蒙心灵、心理的平衡调适器，使他在逆境中看到希望，在顺境中保持清醒，不颓丧，不放纵，无论是出世入世，顺逆通蹇，都能够认清并保持自己的“常态”。王蒙积极汲取了老庄“顺其自然”的思想，老子的“无为”，庄子的“自然”，都给王蒙以极大的暗示和启迪。王蒙后来曾深有感触地说：“出世，实在是一种精神享受，如果没有这种精神的享受，如果不能摆脱俗务，不能摆脱世俗，如果不能想一些神秘莫测的、遥远的、不可捉摸的东西，就受不了。”③ 在现世中享受出世的快乐，是老庄给予王蒙的馈赠。

从王蒙的思维方式上看，也可以看到老庄的影子。老庄特别是老子的思维方式有两大特点：一是辩证性，二是逆向性，这两点形成了其独特的辩证性逆向思维模式。王蒙说老子是“中华民族智慧的一个高峰”④，应该看到，在辩证思维方面，老子同样是一个“高峰”。《道德经》中有无相生、难易相成，生也柔弱、死也坚强，强大处下、柔弱处上等的思想，无不体现了朴素而精妙的辩证法思想。

---

①② 王蒙：《王蒙自述：我的人生哲学》，第 180 页，人民文学出版社 2003 年版。

③ 王蒙、王干：《王蒙、王干对话录》，《王蒙文存》第 20 卷，第 348 ~ 349 页，人民文学出版社 2003 年版。

④ 王蒙：《老子十八讲》封底，生活·读书·新知三联书店 2009 年版。

道家的辩证思维，构成了中华民族的某种原发性思维方式，赋予中国传统文化灵变之气与灵动之美。王蒙认为，《道德经》中隐含了“机变”的思想，其“整个的思想都是辩证的”①，早在近20年前王蒙就注意到“老庄思想中有考虑到这一面、也考虑到另一面的辩证因素，使你不至于过分的偏执而走向极端”②，老庄的这种绝不走极端的思维方式，给予王蒙深刻的启发，使他深谙辩证法的奥妙。王蒙曾自比一只得意的“蝴蝶”：“我很得意，因为我作为小说家就像蝴蝶。你扣住我的头，却扣不住腰。你扣住腿，却抓不着翅膀。你永远不会像我一样知道王蒙是谁。”③ 之所以“扣不住”，与王蒙的辩证思维不无关系，老庄教会了王蒙从反面、多面来考虑问题的思维自觉。王蒙一向反对“只知其一不知其二其三的死脑筋”④，在他看来，所有这些“死脑筋”在其思维方式上都是单向度的，在其价值观念上都是绝对论的，都过于“执”。王蒙说：“看事物至少看两面，正面与负面，前面与背面，效果收益与损失危险。任何事物都不是只有一种解释、一个后果、一个方向的。”⑤ 辩证思维使王蒙免于走向极端、走向偏执，这大概是王蒙立于不败之地的思维方式之起点。“正言若反”的逆向思维是道家的另一显著特点。老子的致思方式是逆向的，即从反面思考问题，展开论述，这是一种很独特的思维方式，与“无”的命题相一致。王蒙领悟了这种逆向思维的魅力和威力。从王蒙的话语方式中，能够感受到这种“正言若反”致

---

① 王蒙：《老子十八讲》，第37页，生活·读书·新知三联书店2009年版。

② 王蒙：《“空中百花园”直播记录》，《王蒙文存》第20卷，第41页，人民文学出版社2003年版。

③ 王蒙：《蝴蝶为什么得意》，《王蒙文存》第21卷，第96~97页，人民文学出版社2003年版。

④ 王蒙：《王蒙自述：我的人生哲学》，第236页，人民文学出版社2003年版。

⑤ 王蒙：《老子的帮助》，第237页，华夏出版社2009年版。

思方式的痕迹，如“无是最高境界的有”①。针对“人文精神失落”说，王蒙提出，从来没有的东西，怎么会失落？再如王蒙谈到《红楼梦》的“虚无”时说，《红楼梦》中的“虚无”“是什么都有过了以后的无”②，其致思方式，都体现了王蒙“从反面琢磨道与理”③的逆向思维特点。但是也应看到，这种逆向式思维既容易收到奇效，也容易招致误解，王蒙的一些说法如“不奴隶，毋宁死”等之所以容易引发争议，与这种逆向式思维不无关系。

然而，王蒙说自己曾经“是一个性格急躁敏感易怒的人”④，并为此从年轻时代就反复研习《老子》、《孟子》关于抱冲、养气的理论。从一个“急躁敏感易怒的人”到“快乐的君子”⑤，王蒙的转变，得益于道家文化的滋养和调适。王蒙“亦官亦文、亦进亦退、亦庄亦谐、亦仕亦隐”⑥ 的文化人格，在其晚年实现了稳定和平衡，革命者的理想主义、积极进取精神，与道家的超越、实现了融和，革命知识分子心态与道家文化心态达到了某种奇妙的平衡，这是王蒙之为王蒙的一个方面。

梁实秋曾提出，道家思想是中国文学“不健康的症结”⑦。我们必须看到，道家文化构成了中国文学精神的一个源头，它孕育了中国文学的自由精神和超越意识。在中国知识分子的精神构成中，或隐或显地会看到老庄的影子。具体到王蒙，老庄对其文艺思想的影

---

① 王蒙：《老子的帮助》，第 48 页，华夏出版社 2009 年版。

② 王蒙：《可能性与小说的追求》，《青岛海洋大学学报》2002 年第 3 期。

③ 王蒙：《老子的帮助》，第 29 页，华夏出版社 2009 年版。

④ 王蒙：《王蒙自述：我的人生哲学》，第 138 页，人民文学出版社 2003 年版。

⑤ 《做“快乐的君子”——王蒙、金庸漫话人生》，《小说界》2004 年第 1 期。

⑥ 郭宝亮：《艰难的建构——整合与超越》，见温奉桥编：《多维视野中的王蒙——第一届王蒙文学创作国际学术研讨会论文集》，第 110 页，中国海洋大学出版社 2004 年版。

⑦ 梁实秋：《梁实秋论文学》，第 19 页，台北时报出版公司 1978 年版。

响，是内在而深潜的。主要表现在几个方面：自由精神、游戏意识和自然的文学观。

道家文化对王蒙文艺思想的影响首先表现在主体意识方面。老子的“道”，由庄子予以艺术地呈现，庄子则把“道”某种程度地具象化、文学化了，“道”到了庄子，演变为主体精神。因此，道家哲学可以看做是一种主体性哲学。《庄子》开篇即呈现出了一个巨大的充满了力量和主体感的形象：“北溟有鱼，其名为鲲。鲲之大，不知其几千里也。化而为鸟，其名为鹏。鹏之背，不知其几千里也。怒而飞，其翼若垂天之云。”王富仁指出：“《逍遥游》既是庄子哲学的自由论，又是庄子哲学的主体论，讲的是主体的精神自由的问题。”①《庄子·齐物论》中的“至人”、“圣人”、“真人”、“神人”等，都是充满了主体感的形象，《庄子》中大量出现的诸如“逍遥”、“游心”、“天游”等，也是充满了主体感的概念。道家文化有“独与天地精神往来”的精神，这既是一种主体精神，也是一种自由精神。《庄子》中有很多关于自由创造的故事，如《庄子·田子方》：“宋元君将画图，众史皆至，受揖而立，舐笔和墨，在外者半。有一史后至者，儃儃然不趋，受揖不立，因之舍，公使人视之，则解衣槃礴裸。君曰：‘可矣，是真画者也。’”在庄子看来，只有实现心灵的自由，才能进入创造的境界。《庄子》中奇特而蓬勃的想象，其实是自由和创造精神的表现，深刻地影响了中国文学艺术精神，构建了中国作家深层审美文化心理，滋养了中国文学自由和想象的品格，也潜移默化为王蒙文艺思想中的主体性品格。

自由和创造的自觉精神，构成了王蒙文艺思想的灵魂，其精神资源之一是道家文化特别是庄子。王蒙文艺思想的主体性在前面已有详述，不再赘述。

---

① 王富仁：《庄子的平等观（上）——庄子〈齐物论〉的哲学阐释》，《社会科学战线》2009年第6期。

与重视作家的主体性相联系，王蒙对文学的自由品格始终高度珍视，他认为“文学艺术是人类心灵追求自由的表现”①，自由和游戏是紧密相连的。道家文化的自由精神，产生了某种灵变气质和游戏精神。庄子的自由的思想，影响了王蒙的文学功能观即对文学之游戏与趣味的重视。庄子喜欢用“游心”、“游心于淡”、“游心于无穷”、“游心于物之初”等概念，其实所指均是自由的状态。与儒家相比，道家体现了更多的游戏心态。《庄子》中大量匪夷所思的寓言，本身即充满了某种游戏性。庄子的“无用之用”为中国文学的游戏精神的产生提供了启发。“无用”着眼于文学的本质和特性的非实用性而言，“用”则是强调了文学的作用于人心、情感的一面，“用”以“无用”为前提和条件。王蒙曾指出“文学是有为的无为，无为的有为”②，他说：“文学本来就是心灵的游戏，……我希望我们和文学多一点游戏性，少一点情绪性或者表态性。”③

王蒙甚至在一篇文章中为“玩文学”辩护，之所以如此，在于他看到了文学的另一面——“玩”的因素，也即庄子所说的“无用之用”。

第三，道家文化影响了王蒙自然文学观的形成。道家文化强调的“无为”、“无智”、“无欲”、“无私”等，从根本而言即是“道法自然”思想，在老庄看来，自然是美的最高境界。《庄子·应帝王》中有这样的故事：“南海之帝为倏，北海之帝为忽，中央之帝为混沌。倏与忽时相与遇于混沌之地，混沌待之甚善。倏与忽谋报混沌之德，曰：‘人皆有七窍，以视听食息，此独无有，尝试凿之。’日凿一窍，七日而混沌死。”徐复观说：“庄子所把握的心，正是艺

---

① 王蒙：《我的几点感想》，《王蒙文存》第19卷，第226页，人民文学出版社2003年版。

② 王蒙：《我的写作》，《王蒙文存》第21卷，第105页，人民文学出版社2003年版。

③ 王蒙：《清风·净土·喜悦》，《王蒙文存》，第19卷，第301~303页，人民文学出版社2003年版。

术的主体。庄子本无意于今日之所谓艺术，但顺庄子之心所流露而出者，自然是艺术精神，自然成就其艺术的人生，也由此可以成就最高的艺术。”① 在道家看来，美的本质即是“法天贵真”，即自然，反之则是对美的破坏和毁灭。因此，道家文化反对一切雕琢、伪饰。

王蒙在文学观念上接受了道家“道法自然”的理论。王蒙在《文学三元》中坦称：文学是一种生命现象。所谓“生命现象”，也即指文学是一种“自然”现象。王蒙反对创作中过分炫耀技巧的做法，对“吟安一个字，捻断数茎须”的“苦吟派”，王蒙并不欣赏，因为在他看来，这违背了文学的自然原则，他主张的是“文无定法”、“无法之法”②。王蒙曾多次说过：“最好的技巧和手法，应该是让读者和作者本人完全忘掉了世界上还有技巧和手法一说。”

所谓“无技巧”就是自然，在王蒙看来，自然是文学的最高品格。他在许多文章中，喜欢用游刃有余、行云流水、妙手偶得、神来之笔等来描述创作的过程，这实际上也是文学的自然观。

再者，庄子之“齐物论”思想，也对王蒙文艺思想产生了影响。何谓“齐物”？“齐物”即是“天下莫大于秋毫之末，而太山为下；莫寿于殇子，而彭祖为夭。天地与我并生，而万物与我为一”。有的学者指出其带有“双重性”：“它可以在泯灭是非中蜕化为庸人哲学，也可以在消解顽梗独断中赋予价值体系以开放性。”③ 在现代意义上，“齐物”是一种价值观，即“万物本无差别”④，“‘齐物论’者，平等也”⑤。庄子的“齐物”主要指悟道的方法和途径，同时也

---

① 徐复观：《中国艺术精神》，第 42 页，华东师范大学出版社 2001 年版。

② 王蒙：《倾听着生活的声息》，《王蒙文存》第 21 卷，第 49 页，人民文学出版社 2003 年版。

③ 杨义：《道家文化与中国现代文学》，《中国社会科学》1997 年第 2 期。

④ 王蒙：《庄子的享受》，第 10 页，安徽教育出版社 2010 年版。

⑤ 章太炎：《国学概论》，第 34 页，曹聚仁整理，上海古籍出版社 1997 年版。

包含了价值平等的观念和思想。王蒙正是从后者接受了庄子“齐物”思想的影响。“齐物”即王蒙所说的“价值民主”：“不轻言绝对的价值，更不能以一己的价值为天下法，并以之剪裁世界。”① 庄子的“齐物论”促使王蒙形成了某种价值平等的自觉，他明确提出“承认价值标准的多元性与选择取向的相对性”②，反对“定于一”，在艺术口味、艺术手法上，更是提倡“党同好异、党同喜异、党同求异”③。对“异”的尊重和认同，是王蒙思想的一大特点。王蒙把文学从一种平面式单维度的理解中解放出来，在文学价值和功能上，实现了庄子的“齐物”。

作为小说家的王蒙和“作为小说家的庄周”有许多相似、相通之处，王蒙曾感叹道：“陌生化即高度的创造性、奇异的想象力、与众不同的独特思路、取譬的广泛与不拘一格，创意的颠覆性乃至刺激性，这是作为小说家的庄周的不二特色。”④

庄子对王蒙文学创作的情感方式和审美品貌产生了潜移默化的影响。王蒙的小说创作，体现的是一种“内倾型的思维图式”⑤，无论是情感基调还是思维模式、叙述语调，都呈现为内倾型特点，这在他的中短篇小说创作中表现尤为明显。无论是八十年代的中短篇小说创作还是后来的《歌声好像明媚的春光》、《春堤六桥》，以及近几年的《秋之雾》、《岑寂的花园》、《太原》等，无不如此。王蒙小说的语言（特别是季节系列小说）是宣泄式、扩张性

---

① 王蒙：《王蒙自述：我的人生哲学》，第106页，人民文学出版社2003年版。

② 王蒙：《名士风流以后》，《王蒙文存》第17卷，第218页，人民文学出版社2003年版。

③ 王蒙：《倾听生活的声息》，《王蒙文存》第21卷，第46页，人民文学出版社2003年版。

④ 王蒙：《庄子的享受》，第363页，安徽教育出版社2010年版。

⑤ 吴士余：《中国文化与小说思维》，第77页，上海生活·读书·新知三联书店2000年版。

的，但其主导的情感基调和叙事风格却是内敛式、内倾性的。

我们习惯于把王蒙的某些小说命名为“意识流”小说。所谓“意识流”应主要指王蒙小说风格的内化倾向。细究王蒙小说的这种情感方式和创作方法，绝非西方文学的舶来品，而是源于传统文学的暗示。与故事相比，王蒙更喜欢更擅长的是感受、情致、氛围和意绪的营造，这与王蒙的性格有关，也与王蒙从庄子那里得到的某种启悟有关。王蒙曾明确地拒绝过“意识流”的帽子，并对评论界把他的八十年代的某些小说归结为意识流而感到“悲哀”①，王蒙多次表示对心理学和当代外国文学是“外行”，对于意识流为何物更是“不甚了了”②。而在《小说的世界》中，王蒙说：“现代主义的经典之作我一个也没有完整地看过，看不下去。”③ 相反，王蒙曾多次提到李商隐的诗和《红楼梦》的“意识流的因素”④：“李贺、李商隐的诗就很有点意识流的味道，李白的《梦游天姥吟留别》也有意识流的味儿。”⑤ 如果往前追溯，道家特别是庄子，也影响到了王蒙小说的创作。此其一。

其次，王蒙从道家的“有”、“无”、“虚”、“实”概念的辩证统一中，领悟了文章之道。《老子》第五章：“天地之间，其犹橐籥乎。虚而不屈，动而愈出。”第十一章：“三十辐共一毂，当其无，有车之用。埏埴以为器，当其无，有器之用。凿户牖以

---

① 王蒙：《倾听着生活的声息》，《王蒙文存》第21卷，第45页，人民文学出版社2003年版。

② 王蒙：《漫谈小说创作》，《王蒙文存》第19卷，第89页，人民文学出版社2003年版。

③ 王蒙：《小说的世界》，《王蒙文存》第19卷，第378~379页，人民文学出版社2003年版。

④ 王蒙：《倾听着生活的声息》，《王蒙文存》第21卷，第47页，人民文学出版社2003年版。

⑤ 王蒙：《对一些文学观念的探讨》，《王蒙文存》第23卷，第65页，人民文学出版社2003年版。

为室，当其无，有室之用。”再如《庄子·天地》关于“象罔”的寓言：“黄帝游乎赤水之北，登乎昆仑之丘而南望，还归遗其玄珠。使知索之而不得，使离朱索之而不得，使吃诟索之而不得，使离朱索之而不得，使吃诟索之而不得也。乃使象罔，象罔得之。黄帝曰：‘异哉，象罔乃可以得之乎！’”都给了王蒙小说创作方面的启发，因为无论是老子还是庄子，这里所讲的其实就是“有”、“无”、“虚”、“实”的关系问题，而这也是小说创作乃至结构的问题。

王蒙在一篇文章中曾批评当代文艺的“影结石”、“文结石”①问题，在一定意义上也是强调文学创作之“有”、“无”、“虚”、“实”的关系问题。王蒙特别重视并强调小说的想象、感觉、情绪等因素，王蒙认为“文学的方式”主要的是想象的方式，这些其实与现实性、故事性等拉开了距离，强调的就是文学的“无”和“虚”。王蒙对庄子之“无”、“虚”的领悟，赋予其创作以开阔感、自由感和超越感。

第三，庄子影响了王蒙小说的语言和文体。王蒙对庄子怀有独特的喜爱之情，认为庄子是中国历史上的“不二奇才”，特别是对作为“文章家”的庄子，更是推崇之至。王蒙称庄子的内心世界“堪称奇绝，纵横驰骋，流星满空，鲜花遍地，电光石火，波纹巨浪，高大卑微，智智愚愚、疯疯傻傻，大块噫气、野马尘埃、像风一样自由，像雾一样弥漫，像湖海一样茫茫，像高山一样耸立，像罔两一样模糊，像朝三暮四与朝四暮三一样狡猾，像混沌一样难得糊涂，翩若游龙，疾如闪电，奔如脱兔，巧若织锦，坠若天花，彩如云霞……”②，庄子是“想象力的巨匠”③，是“幻想家”④，对《庄子》

---

① 王蒙：《伊朗印象》，第162~163页，山东友谊出版社2007年版。

② 王蒙：《庄子的享受》，第157页，安徽教育出版社2010年版。

③ 王蒙：《庄子的享受》，第6页，安徽教育出版社2010年版。

④ 王蒙：《庄子的享受》，第13页，安徽教育出版社2010年版。

更是“爱不释手”①。《庄子》汪洋恣肆的文风和奇诡超拔的想象力，整体上影响了王蒙重激情、重感觉、重文气的创作风格。王蒙深深佩服庄子的“思想、辞藻、幻想和感触”，说庄子“妙喻如星，念头如奇花异草”②。王蒙曾感叹庄子“有着太多的文采感情”：“他写起来如山洪奔放，如油井喷涌，如电光石火，如机枪扫射，如大风起兮云飞扬，四方猛士兮全扫光，它抡得浑圆，夸张极致，溅射四面八方。他的文字如钱塘江涨潮，后浪前浪，你推我涌，浩浩荡荡，势不可挡，它有一种将现有一切的期待淹没冲刷的辉煌与恐怖。”③并把喜欢庄子的最直接原因归结为其语言的吸引：“我喜欢庄子的原因是他的洒脱和语言上的造诣，包括他的那些比喻特别吸引人。”④鲁迅曾用“汪洋辟阖，仪态万方”⑤来概括庄子的文风，王蒙则用“奇谲恣肆”⑥来形容庄子的文体。王蒙的小说特别是其长篇小说，那种汪洋恣肆的文风、排山倒海的气势、遣词造句的神异，都有庄子之风。王蒙的幽默也带有庄子的某些遗风。早在上世纪八十年代，王蒙就表达过他对幽默的理解，他认为幽默“所表达的是一种人生的智慧，是对许多事情的一种彻悟”⑦。许多人认为庄子太过狡猾、油滑，这与庄子的机智和幽默不无关系。林语堂在《论幽默》中说：“庄生可谓中国之幽默始祖。”《德充符》中的“丑人”如支离疏、申屠嘉、哀骀它等，也都极具幽默感。

---

① 王培元：《“一个人远游”：王蒙小说的一个模式》，《当代作家评论》1995 年第 6 期。

② 王蒙：《庄子的享受》，第 246 页，安徽教育出版社 2010 年版。

③ 王蒙：《庄子的享受》，第 247 页，安徽教育出版社 2010 年版。

④ 王蒙：《“空中百花园”直播记录》，《王蒙文存》第 20 卷，第 41 页，人民文学出版社 2003 年版。

⑤ 鲁迅：《汉文学史纲要》，《鲁迅全集》第 9 卷，第 364 页，人民文学出版社 1981 年版。

⑥ 王蒙：《庄子的享受》，第 267 页，安徽教育出版社 2010 年版。

⑦ 王蒙：《创作是一种燃烧》，《王蒙文存》第 21 卷，第 258 页，人民文学出版社 2003 年版。

王蒙的小说如《蝴蝶》、《杂色》、《逍遥游》、《鹰谷》等与庄子的联系是显而易见的①。《蝴蝶》、《相见时难》、《庭院深深》中引用《庄子》里的典故，王蒙的“玄思小说”更是处处透出庄子的意趣和神韵。《蝴蝶》描写主人公张思远在“文革”的经历时，直接化用了“庄生梦蝶”的故事并加以改造：

> 庄子梦见自己变成了蝴蝶，轻盈地飞来飞去。醒了以后，倒弄不清自身为何物。庄生是醒，蝴蝶是梦吗？抑或蝴蝶是醒，庄生是梦？他是庄生，梦中化作一只蝴蝶吗？还是他干脆就是一只蝴蝶，只是由于做梦才把自己认作一个人，一个庄生呢？

有的学者指出：“《蝴蝶》的成功、深刻之处，就在于它充满了庄子式的对比、反思及悖论。”② 但《蝴蝶》中张思远的感受与“庄生梦蝶”并不相同。“庄生梦蝶”其意旨在于突出“栩栩然”、“蘧蘧然”的“自喻适志”的超然和自由的状态，而王蒙的《蝴蝶》则借其主人公张思远一会儿张书记，一会儿老张头，一会儿张副部长的形象转换，既表达了“生命的飘忽与短暂”③ 之人生普遍性命题，更表达了许多当代中国特有的无奈和难以言传的况味。中篇小说《鹰谷》中对天山深处山峰和怪石的描写以及其中的某些比喻句式，与《庄子·齐物论》也极为相似④，从这些山水林木石花草的描写“能发现庄子的影响”⑤。就大的方面而言，王蒙的《杂色》特别是主人公

---

① 如张啸虎：《王蒙与庄子》，《当代作家评论》1985 年第 3 期；时曙晖：《从〈杂色〉看庄子思想对王蒙的影响》，《伊犁师范学院学报》2006 年第 3 期；王培元：《“一个人远游”：王蒙小说的一个模式》，《当代作家评论》1995 年第 6 期。

② 陈德宏：《庄子注王蒙——读〈庄子的享受〉断想》，见温奉桥主编：《道家的流韵——王蒙与道家文化》，第 201 页，安徽教育出版社 2011 年版。

③ 王蒙：《庄子的享受》，第 362 页，安徽教育出版社 2010 年版。

④ 参阅张啸虎：《王蒙与庄子》，《当代作家评论》1985 年第 3 期。

⑤ 王蒙：《庄子的享受》，第 61 页，安徽教育出版社 2010 年版。

曹千里和他所乘的那匹外形丑陋、渺小如老鼠而内心充满了警觉和力量的杂色老马，似乎更体现了庄子的神韵，既体现了庄子“安时而处顺，哀乐不能入”的意境，又特别符合《庄子》尊崇外貌丑陋而道德高尚的审美取向①。《杂色》中的老马、王蒙与庄子达到了合一。

王蒙在谈到中国诗词与中国文化关系时说：“中国的诗词是我们整个民族的精神大树，你的一首诗一首词只是这棵树上的一个叶子或者是一朵花或者是一个小枝，所以如果你不熟悉这棵大树，你写出来的东西和这棵大树就不匹配。”② 王蒙与道家文化的关系，与之相似。“每一个民族都有自己的一些大师级的思想家、文学家，他们的思想与文学具有一种原创性，后人可以不断地向其反归、回省，不断地得到新的启示，激发出新的思考与创造”③，王蒙及其文学创作，体现了道家文化这棵“大树”在新的历史境遇下的新生机。

第二节　王蒙与中国古典文学

二十世纪八十年代初王蒙刚刚进行所谓“意识流”小说创作的时候，评论家何西来就明确提出，不赞成把王蒙的《夜的眼》等作品称为“意识流”小说，“更多地恐怕还是深受本民族文学的影响”，并特别指出，鲁迅的《野草》“就给过他不少陶冶”；此外，“还应看到李商隐的那种迷离、晦涩，然而很凄婉、很美丽的意境对王蒙的影响”④。这些发现，是很有见地的。认真梳理王蒙与中国传统

---

① 参阅王培元：《“一个人远游”：王蒙小说的一个模式》，《当代作家评论》1995 年第 6 期。

② 王蒙、叶嘉莹：《中国传统诗词的感悟》，《王蒙研究》2005 年 10 月号（总第 3 期），中国海洋大学王蒙文学研究所编。

③ 钱理群：《鲁迅作品十五讲》前言，第 1 页，北京大学出版社 2004 年版。

④ 何西来：《心灵的搏动与倾吐——论王蒙的创作》，见徐纪明、毅华编：《当代文学研究资料 · 王蒙专集》，第 165 ~ 166 页，贵州人民出版社 1984 年版。

文学的关系，对于更真切地认识王蒙文艺思想的形成具有重要意义。

在一般人看来，王蒙无疑是先锋的，“现代派”的，这有他一系列充满探索精神的新颖别致的小说和许多富有挑战性的思想言论为证——这其实是王蒙的“外表”。在真正理解王蒙的人看来，王蒙又是古典的，深情的——这构成了王蒙更为本质、更为内在的一面，也就是就王蒙的“内里”而言，他是古典的。

王蒙的“身份”很多：革命者、作家、学者、官员等，但是就王蒙的个性而言，其“身份”只有一个——文人、知识分子，这其实也是王蒙所说的“本质是文人”的意思。王蒙的“本质是文人”的一面，在很大程度上体现为他的“古典性”。所谓“古典性”，一方面是指王蒙对人生境界的追求，例如金庸认为《王蒙自述：我的人生哲学》“讲的就是中国传统理想而完美的人格”①；另一方面，表现为王蒙个性中雅致、深情的一面。后者，其实在王蒙身上埋藏很深，且往往为王蒙身上先锋性的一面所遮蔽。

一般而言，用“光明”、“明朗”来形容王蒙的文化心态和创作的主调是大体准确的，但是并不全面，还有一点就是“沧桑”。“沧桑”主要是就王蒙的审美心态或审美取向而言。王蒙曾戏称自己是“高龄少男”，其实，这种“少男”式的阳光构成了王蒙的外表，而沧桑在一定意义上则构成了王蒙的里子。对“沧桑”的敏感和喜好，构成了王蒙心态及作品的另一“杂色”。

沧桑源于敏感，特别是对时间的敏感。沧桑是一种美，是一种具有历史感的审美性，沧桑是一种感喟，更是一种超越，而不仅仅是无奈，沧桑美比单纯的明朗美更具有历史感和厚重感。我们可以通过几个案例来看王蒙对沧桑美的钟爱。

案例一：

王蒙在杂感《美丽围巾的启示》中，写了他对一则香港电视广

---

① 《做“快乐的君子”——王蒙、金庸漫话人生》，《小说界》2004年第1期。

告的激赏，在这篇文章中王蒙详细记录了这则关于“美丽围巾”的广告：

> 陈旧的城市风景，字幕：一九四八年，上海。一个中国小女孩，手执用糖稀吹成的凤凰图案（这是吹糖人的匠人的杰作，现在已经差不多失传了）向一个白人小男孩挥手。
>
> 两个孩子一起游玩，一起吃糖稀（麦芽糖）玩具甜品。
>
> 两个人撑着木船，两岸风光宜人。两个人走在铁路上，长长的铁轨上的小孩子使你感觉孤苦无依。小女孩捂着嘴做咳嗽状。男孩连忙把自己的一个漂亮的围巾解下来，围在了女孩脖颈上。
>
> 一个新的城市风景画面。字幕是：今天（现时），上海。一个白人老头子的饱经风霜的面孔和深情地寻找着什么的目光。
>
> 一个上了年纪的中国女人，优雅、善良、纯朴，同样地饱经沧桑。她带着一个年龄仿佛是一九四八年的她自己的女孩子。她的目光与白人老者的目光相遇了。
>
> 是微笑还是伤悲？是矜持还是超然？老女人的表情深若幽潭。她从口袋里拿出了完好如新的绒毛围巾给自己的孩子（女儿还是孙女?）围上了。
>
> 英国——该是英国吧——老人看到了这个围巾，潸然泪下，同时也显出了欣慰的笑容。
>
> 小女孩说了一声“拜拜”。这是全片唯一的一句“台词”，此外，只有抒情的钢琴小品乐曲伴奏。
>
> 这时，荧光屏上出现了字幕：“The beautiful things in life never change”。（生活中的美好事物是永存的。）

崔建飞说，这是王蒙最喜欢的一则广告。王蒙更是说：“我一次又一次地看它，一次又一次地感动。”那么，王蒙的喜欢和感动又源自何处呢？我认为实际上是源于这则广告的沧桑感，更准确地说是源于“The beautiful things in life never change”（生活中的美好事物是永存的）所体现出来的沧桑感，也即王蒙所说的这则广告“充满了对于人生的咏叹、抚摸、回味、珍重”，“我尤其赞美那种既怀旧又达观，既温柔又节制，既天真又深沉的人生沧桑感”。在“记录”完这则广告后，王蒙进一步发挥道：

> 我的第一个感受：这个短片的精炼、完美、动人、内涵丰富简直无与伦比。一九四八年到现在，一句话没说却饱含着多少惊心动魄的历史！童年，战火，革命，巨变坎坷，胜利，隔绝，交通，一直到三中全会以来的改革开放，尽在不言中！
>
> 江山依旧，风物常新，人生苦短，管他中国人外国人资产阶级无产阶级……都老了。天若有情天亦老！
>
> 故人别来无恙。优质的绒毛围巾别来无恙。经过历史的冲淘，经过人间的试炼，经过烈火和寒冬，几度春秋，恩怨情仇，以这个围巾为代表的美好事物永存不移！①

对这则广告的喜爱和感动，寄寓了王蒙的某种美学倾向。

案例二：

王蒙在文章和演讲中，曾无数次引用或谈论《史记》之《范雎蔡泽列传》中“赠绨袍”的故事，特别是须贾对范雎说的一句“范叔固无恙乎？”更是得到王蒙的激赏，令其感动不已，王蒙说：“我也不知道为什么这么喜欢‘无恙’这个词，一说到‘无恙’我就特别感动。……这个话听来特别有感情。与你说‘一向可好？’或者说‘Are you still OK？’那感觉完全不一样。”② 王蒙还说，《三国演义》中，华容道上，曹操对关公说的一句“将军别来无恙”也特别感动。其实，王蒙对“无恙”的感动，在于它所传递出来的某种复杂的人生感喟即沧桑感。

案例三：

王蒙对古典诗词极为熟悉，对有些诗词尤其喜爱，如对苏轼的

---

① 王蒙：《美丽围巾的启示》，《王蒙文存》第21卷，第485～486页，人民文学出版社2003年版。

② 王蒙：《王蒙文学十讲》，第3页，上海文艺出版社2009年版。

"休对故人思故国，且将新火试新茶，诗酒趁年华"，李商隐的"锦瑟无端五十弦，一弦一柱思华年"、"君问归期未有期，巴山夜雨涨秋池"，杜牧的"二十四桥明月夜，玉人何处教吹箫"，李璟的"细雨梦回鸡塞远，小楼吹彻玉笙寒"，元稹的"唯将终夜长开眼，报答平生未展眉"，《三国演义》开篇词"滚滚长江东逝水，浪花淘尽英雄……"，还有"一声何满子，双泪落君前"等等。这些诗词有一个共同的特点，都传递了某种人生的沧桑情怀，王蒙喜爱的某些歌曲，也同样如此。王蒙还尤其喜欢鲁迅《好的故事》里面的一句话："石油又不是老牌"，并多次谈及，还有《雷雨》中侍萍回忆三十年前旧事说的一句话："那时候还没有用洋火"。王蒙还特别喜欢一个英语的一个词：sentimental，王蒙有时把它翻译成"酸的馒头"，有时把它翻译成"生的门脱"。

沧桑是一种美的存在，美的风格和表现形式，是一种富有内涵的美，是一种超越的美，沧桑不是苍老，与皱纹无关，它是一种心态，也是一种处世和审美态度，正如王蒙所言："沧桑是一种很高级的感觉，它是一种超脱，也是一种智慧。站在更高的地方，以一个更远的东西，一个更长久的、更永恒的和更开阔的视野来做背景，从更长的时间与更开阔的空间的坐标上来看历史，就有了沧桑感。"① 王蒙在《风格散记》中列举了诸如"潇洒"、"幽默"、"含蓄"等二十种风格类型，但没有"沧桑"，这不能不说是遗憾。作为一种审美风格，或者更准确地说作为一种审美心态，沧桑构成了王蒙创作的某种底色，也构成了他作品的某种味道。

王蒙的沧桑的审美心态由何而来呢？与其童年有关。王蒙性格及审美情趣上的这种"古典性"，在很大程度上源于他童年、少年时代的文学经验和文学记忆。童年时代的文学记忆影响一个人一生的文学趣味和文学取向。王蒙在十岁的时候就背诵《唐诗三百首》、

---

① 王蒙：《王蒙文学十讲》，第 6 页，上海文艺出版社 2009 年版。

《千家诗》以及《论语》、《孟子》、《大学》、《中庸》等典籍，王蒙后来回忆说，当时基本不懂其意思，“完全不明白是怎么回事”，但是，这种背诵对王蒙性格及审美趣味的形成起到了潜移默化的作用。多年后王蒙仍旧对李白的诗“蜀僧抱绿绮，西下峨眉峰。为我一挥手，如听万壑松。”印象深刻，为其中的情绪所感染。① 王蒙在《诗情词意》中坦言：

> 小时候我就爱读古典诗词。“锦瑟无端五十弦，一弦一柱思华年。……沧海月明珠有泪，蓝田日暖玉生烟”，这对于当年的我几乎是不可解的诗句，却使我如醉如痴。……
>
> 李白的诗“弃我去者，昨日之日不可留；乱我心者，今日之日多烦忧。……俱怀逸兴壮思飞，欲上青天揽明月……”曾经一下子征服了我，它甚至使我产生了一种神圣感和神秘感。当我吟诵这首诗的时候，一种说不出的悲凉感、洒脱感与豪迈感传遍我的全身，好像是接受一次清泉的沐浴。“明月几时有？把酒问青天……”、“休对故人思故国，却将新火试新茶，诗酒趁年华”，苏轼的前一首脍炙人口的词章与后一首不那么有名的词，给我的是差不多同样的洒脱感。
>
> 风格完全不同的元稹的悼亡诗：“谢公最小偏怜女……”直到“唯将终夜长开眼，报答平生未展眉”，也曾经那样深刻地咬啮我的心。在五十年代末期和六十年代初期，每逢我背诵这两首悼亡诗时都会不由自主地泪水盈眶。
>
> 白居易的《忆江南》又使我充满喜悦。那不仅是词，更主要的是音乐，是一支神采飞扬、华美而又干净的、天籁一般的乐曲。每次念到“能不忆江南”的时候，我都觉得“帅”得不行，那真是一种美的满足。类似的还有“细雨梦回鸡塞远，小楼吹彻玉笙寒”，“海棠花谢也，雨菲菲”，“花非花，雾非雾

① 王蒙：《我的读书生活》，《王蒙研究》2005 年 10 月号，中国海洋大学王蒙文学研究所编。

……来如春梦不多时，去似朝云无觅处”，“青山遮不住，毕竟东流去”，“海上生明月，天涯共此时”，“二十四桥明月夜，玉人何处教吹箫”，“君问归期未有期，巴山夜雨涨秋池”……包括毛主席的“泪飞顿作倾盆雨”、“分田分地真忙”，都是最能触动我的心弦的。①

从王蒙所欣赏的这类诗词，大体可以看出王蒙的情趣和文学趣味。再如，王蒙多次提到白居易的“花非花”的故事，他之所以反对给出这首诗一个明确的“谜底”，在于他认为“花非花，雾非雾，夜半来，天明去。来如春梦不多时，去似朝云无觅处”本身很美，很朦胧，如果非要给出一个明确的解释，反而把诗歌杀掉了。还有，李商隐的《锦瑟》“缘起”有诸多说法，王蒙比较喜欢的是“感遇”说，因为他认为“感遇”有点小说化，令狐那儿有个婢女，叫锦瑟，他想念这个婢女了，beautiful，多美好的故事，“多美好的故事”是王蒙喜欢“感遇”说的根据；而对钱钟书的诗“弈棋转烛事多端，饮水差知等暖寒。如膜妄心应褪净，夜来无梦过邯郸……”，王蒙却认为“太清醒了”、“太凉了”，他说：“我个人来说宁愿有梦，宁愿品尝梦。如果一个人做到像钱钟书这么好的诗是值得羡慕的，但是要做到像钱钟书一点梦都没有这是不值得羡慕的。”② “心中有梦”是王蒙的文学追求。王蒙的智慧是人所共知的，智慧的人往往显得“冰冷”，智慧有时给人以距离感和压抑感，因为智者容易看透凡俗的人生，所谓“高处不胜寒”也适用于智者。然而，王蒙还具有温情的一面，这温情源于王蒙心中的“梦”。袁行霈认为，古典诗词不仅能够培养一个人的高雅情趣，而且能够使我们感觉更细腻③。王蒙

---

① 王蒙：《诗情词意》，《王蒙文存》第21卷，第73、74页，人民文学出版社2003年版。

② 王蒙、叶嘉莹：《中国传统诗词的感悟》，《王蒙研究》2005年10月号，中国海洋大学王蒙文学研究所编。

③ 袁行霈：《古典诗词与情趣的陶冶》，2005年4月13日在中国海洋大学的演讲。

极为欣赏柴可夫斯基，特别是他的《如歌的行板》，并以此写过一部中篇小说。王蒙把柴可夫斯基与苏东坡并列，认为他们在各自作品中都体现了一种“极深沉的美”——悲怆美。柴可夫斯基的“无奈的忧郁，美丽的痛苦，深邃的感叹”①，苏东坡前后《赤壁赋》中所表现的那种“豁达中的悲凉，潇洒中的妩媚，自由中的平安以及对万物——山、石、水、月、风、舟、鱼、箫、声、息……的兴味与细心体察，堪称千古绝唱”，王蒙甚至感叹：“做一个中国人，不懂苏东坡，不体会苏东坡的精神世界，那是太遗憾了。”② 王蒙对柴可夫斯基与苏东坡的欣赏和对钱钟书“弈棋转烛事多端”的不接受一样，其实表达了同样的内涵，那就是他文人的深情——沧桑的一面。

王蒙曾多次谈到少年时代的“感伤”，“少年的时候，我似乎颇有几分感伤”。少年时代，看到蚕吃桑叶，“觉得它们生活得太紧张，争分夺秒，未有稍懈”，蚕变成了蛹，又觉得“难过”，因为“觉得是把生命收缩起来了”，变成蛾子，更令人“痛惜”；看到春天繁花盛开，马上联想到是这是“凋零的预兆”，顿觉生命匆迫；看到把一个木片、一个纸片扔进流水里，也有一种“依依念念”，颇有点旧式文人的多愁善感。

> 还有中天的月亮，是那样地遥远。还有婴儿的哭声，是那样地无助。还有算命的盲人吹笛子的声音，他们的步履是何等艰难。还有各式各样的民乐小曲，那里面总是包含着悲凉。还有初秋第一次发现躺在床上没有那么暑热的时候，又是一个季节，又是一个年头，甚至还有春天时燃放的鞭炮，轰轰叭叭，然后，烟消云散，遍地纸屑……③

---

① 王蒙：《行板如歌》，《苏联祭》，第169页，作家出版社2006年版。

② 王蒙：《影响了我的五十六篇美文·序》，见谢有顺主编、王蒙选编：《影响了我的五十六篇美文》，百花文艺出版社2005年版。

③ 王蒙：《感伤》，《王蒙文存》第14卷，第477页，人民文学出版社2003年版。

王蒙的这种少年时代的“感伤”，是其个性觉醒和形成的某种表征。虽然这种“感伤”后来被革命的洪流淹没，被表面的乐观、豁达、潇洒所遮蔽，但是它并没有消失，也不会消失，它隐藏在王蒙内心的某一角落，一个人的个性一旦形成，实在是难以改变，这也许就是“江山易改，本性难移”的意思。其实，细心的读者仔细品味王蒙的作品，有一种或浓或淡的感伤和沧桑情绪，这其中也包括他早期的创作，如五十年代的《青春万岁》和《组织部来了个年轻人》；八十年代的一些创作，在表面的激情下，也同样掩盖着某种寂寞和沧桑，如《木箱深处的紫绸花服》、《庭院深深》、《无言的树》、《如歌的行板》等。甚至，越到晚年，这种感伤和沧桑表现得越强烈，越醇厚，如《春堤六桥》、《歌声好像明媚的春光》及近年的《秋之雾》、《太原》、《岑寂的花园》，则几乎完全是一种回忆性文本，情感特别细腻，情调特别感伤，甚至有点哀伤的味道。少年时代的“感伤”到了晚年得到了淋漓尽致的书写和表现，可见王蒙内心深处敏感的神经并没有钝化。

王蒙的伤感和沧桑，更深层的原因可能是与他年幼时代的经历有关，特别是某种伤害性内心体验有关。根据心理学研究成果，童年的经历对一个人个性心理、性格气质的形成，起着决定性影响。根据美国著名精神分析医生埃里克森的观点，儿童的个性形成在一定程度上取决于与父母的关系，如果儿童与父母建立了安全依恋关系，则易形成信任、自信、安全、责任、雄心等个性品质，否则易形成羞愧、自卑、内疚、怀疑的个性品质。王蒙多次说过“我没有童年”，父母关系极为紧张，家庭氛围极不融洽，“经常发生可怕的争吵”，童年留给王蒙的都是一些创伤性记忆。研究表明，这种童年的创伤经验作为一种持久的艺术创作动因，会以不同的形式进入作家的创作：一种是以“直接的形式”进人创作，成为创作的对象性存在，另一种则是化做情感或情绪，以变形的方式进入创作。无论哪一种形式，这种记忆对作家的影响是持久、深潜的，当然由于每个作家的个体性，这种影响的方式会有差异性。弗洛伊德说：“一种经验如果在一个很短暂的时期内，使心灵受一种最高度的刺激，以致不能用正常的方法谋求适应，从而使心灵的有效能力的分配受到永久的扰乱，我们便称这种经验为创伤的。"①《王蒙自传》曾记录了一次令他“毛骨悚然”的家庭“战斗”：

> 父亲下午醉醺醺地回来。父亲几天没有回家，母亲锁住了他住的北屋，父亲回来后进不了房间，大怒，发力，将一扇门拉倒，进了房间。父亲去厕所，母亲闪电般地进入北屋，对父亲的衣服搜查，拿出全部——似乎也很有限——钱财。父亲与母亲吵闹，大打出手，姨妈（我们通常称之为二姨）顺手拿起了煤球炉上坐着的一锅沸腾着的绿豆汤，向父亲泼去……②

王蒙就是在这样的家庭纷争中长大的，这对一个敏感的少年心灵的伤害可想而知。从表面上看，幼小的王蒙“从小生活在宠爱之中”——来自父、母、姨和姥姥的爱，但就更深层次而言，王蒙相当孤寂，极度敏感。幼年王蒙不缺亲情，不缺爱，他缺的是一个融洽的能够为他幼小心灵提供温暖和安全感的家庭氛围。随之而来的革命，特别是革命的热烈、冒险、雄壮及理想主义暂时疗救了王蒙的心灵创伤，然而，这只是一种暂时性的覆盖，并不是治愈或删除。王蒙的创作特别是“写一些好的故事”的愿望，是否可以理解为在一定意义上是对童年创伤记忆的弥补和“修复”？还有一点，由于长期的营养不良，造成了年幼王蒙“许多方面的低能与发育不良”③：“瘦弱”，“胆小”，时常感到“也许离死亡并不是多么遥远”④，并时常失眠。这些，都在极大

---

① ［奥］弗洛伊德：《精神分析引论》，第217页，商务印书馆1984年版。

② 王蒙：《王蒙自传》第一部《半生多事》，第14页，花城出版社2006年版。

③ 王蒙：《王蒙自传》第一部《半生多事》，第29页，花城出版社2006年版。

④ 王蒙：《王蒙自传》第一部《半生多事》，第35页，花城出版社2006年版。

程度上决定了王蒙日后的“感伤”气质和敏感个性的形成。著名学者童庆炳将作家的童年经验分为“缺失性经验”与“丰富性经验”，所谓“缺失性经验”，即“童年生活很不幸或物质匮乏，或是精神遭受摧残、压抑，生活极端抑郁沉重”；“丰富性经验”则与之相反，即“童年生活很幸福，物质、精神两方面都得到了最大限度的满足，生活充实而绚丽多彩”①。按照童先生的理论，王蒙无疑属于“缺失性经验”之列，王蒙年龄稍大即再走向革命，不能说与这种家庭氛围没有关系。林语堂曾说：“在造成今日的我之各种感力中，要以我在童年和家庭所身受者为最大。”王蒙或亦如是。

第三节　王蒙与苏俄文学

一般作家不太愿意承认受到某某作家的影响，因为这在一定意义上是对其独创性的质疑。应该说，影响是难免的，只不过这种影响有时表现为模仿，有时是在极深的层面上的潜移默化。具体到王蒙而言，这种影响也是存在的。

苏俄文学对王蒙的影响是内在而深刻的。苏俄文学构成了王蒙文艺思想的重要精神资源，也成为王蒙文学创作的一种重要特质，并在相当本质的意义上影响了王蒙文学创作的价值取向和精神风貌。应该说，对王蒙那代人而言，或轻或重地存在着某种“苏俄情结”，这是与他们所生活的时代密切相关的。在一般读者眼里，王蒙无疑是“现代派”的。在内心深处，王蒙更喜欢苏俄文学，在情感上，王蒙与苏联文学更为亲近。苏俄文学之于王蒙，绝不仅仅是文学，甚至是王蒙的青春，是王蒙的第一个生活和文学老师。

---

① 童庆炳：《作家的童年经验及其对创作的影响》，《文学评论》1993 年第 4 期。

二十世纪中国文学与苏俄文学的关系是极为复杂的。似乎还没有另一个国家的文学像苏俄文学那样对中国文学产生如此持久、深远、复杂的影响。苏俄文学影响了中国好几代作家。郁达夫曾说过："世界各国的小说，影响在中国最大的，是俄国的小说。"① 产生这种现象的深层原因何在？由于某种地缘因素特别是文化心理上的接近感，中国作家对苏俄文学与欧美文学相比，在情感上、文化心态上更为接近，没有太多的阻隔。尼·别尔嘉耶夫在《俄罗斯思想》中称俄罗斯为"最具两极化的民族"：既不是纯粹的欧洲民族，也不是纯粹的亚洲民族，"在俄罗斯精神中，东方与西方两种因素永远在相互角力"②。中国现代作家对苏俄文学的接受有其复杂的社会政治原因。瞿秋白在分析中国现代作家认同俄罗斯文学时曾说："俄国布尔什维克的赤色革命在政治上、经济上、社会上生出极大的变动，掀天动地，使全世界的思想都受他的影响，大家要追溯他的远因，考察他的文化，所以不知不觉全世界的视线都集中于俄国，并集于俄国的文学，而在中国这样黑暗悲惨的社会里，人都想在生活的现状里开辟一条新道路，听着俄国旧社会崩裂的声浪，真是空谷足音，不由得不动心。因此大家都要来讨论研究俄国。于是俄国文学就成了中国文学家的目标。"③ 中国作家对俄罗斯文学、文化的认同感，除了某种社会现实的需要外，还可能与俄罗斯文化的"两极化"有关。实际上，自上个世纪"十月革命"后，苏俄文学即对中国现代作家特别是左翼作家产生了较为深刻的影响。鲁迅、瞿秋白等都自觉翻译、介绍过苏俄文学。鲁迅一代人是怀了某种寻找革命真理的心态接受苏俄文学的。早在上个世纪二三十年代，法捷耶夫的《毁

---

① 郁达夫：《小说论》，《郁达夫文集》第 5 卷，第 14 页，花城出版社，三联书店香港分店 1982 年版。

② ［俄］尼·别尔嘉耶夫：《俄罗斯思想》，第 2 ~ 3 页，生活·读书·新知三联书店 1995 年版。

③ 瞿秋白：《瞿秋白文集》第 2 卷，第 543 ~ 544 页，人民文学出版社 1954 年版。

灭》、绥拉菲莫维奇的《铁流》，就对当时的革命青年产生了重要的思想上的影响。如果说鲁迅一代作家尚出于某种个体自觉来接受苏俄文学的话，那么新中国成立后的五十年代，在“走俄国人的路”、“苏联的今天就是我们的明天”、“学习苏联老大哥”的浓烈政治氛围中，对苏俄文学的“热情”达到了前所未有的高潮，苏俄文学在中国的影响也达到了高潮。此时，对苏俄文学的介绍、翻译等，已经不再是单纯的文学行为了，而是一种强烈的意识形态行为，是把苏俄文学看做“20 世纪世界社会主义文学的主流与榜样”① 来学习、接受的，“当时苏联的任何文艺理论的小册子都被看做是马克思主义的经典，得到广泛传播”②。以至于新中国成立后的《文学理论》基本就是苏联文学理论的移植，我国文学理论的这种苏联化模式或苏联印痕至今没有根本改变。王蒙就是在这种苏俄文学“运动”中成长起来的作家。

王蒙与鲁迅、瞿秋白那代作家对苏俄文学的接受是不同的。他们各自接受了苏俄文学的某一部分、某一方面。鲁迅、瞿秋白等接受的是苏俄文学的批判主义精神，更为看重的是苏俄文学的“为人生”的人道主义一面，鲁迅说：“俄国文学是我们的导师和朋友。因为从那里面，看见了被压迫者的善良的灵魂，的酸辛，的挣扎。”③而王蒙等新中国一代作家，他们所生活的时代氛围、语境已与鲁迅的二三十年代截然不同，与鲁迅等人接受的十九世纪俄国批判现实主义文学相比，他们更容易接触到和接受的是二十世纪苏联社会主义现实主义文学，换句话说王蒙等在接受苏联文学的人道主义的同时，接受更多的却是苏俄文学的理想主义、浪漫主义精神的一面，

---

① 吴元迈：《在中国苏联文学研讨会开幕式上的讲话》，《外国文学研究》1994 年第 3 期。

② 童庆炳、许明、顾祖钊：《新中国文学理论 50 年》，第 4 页，安徽大学出版社 2000 年版。

③ 鲁迅：《南腔北调集·祝中俄文字之交》，《鲁迅全集》第 4 卷，第 460 页，人民文学出版社 1982 年版。

他们对苏联文学的那种感伤的抒情的风格似乎更为痴迷。长篇小说《恋爱的季节》中钱文曾有这样一段话：

> 他读了巴甫连柯的《幸福》关于斯大林，关于高加索的葡萄酒，特别是关于苏维埃人的爱情的描写，使钱文实实在在地感到了灵魂的重新塑造。
>
> 钱文读爱伦堡，钱文才知道，人生、革命、战争、奋斗里原来可以有这么多浪漫，这么多感情，《巴黎的陷落》、《暴风雨》、《巨浪》……法国、德国、俄罗斯、乌克兰，而超乎一切的是苏联。
>
> 钱文读法捷耶夫的《青年近卫军》，他才知道，一个革命青年的内心世界可以有多么的美丽。钱文读安东诺夫，纳吉宾，潘诺娃。书籍扉页上潘诺娃的照片美极了，钱文真想有机会见一见潘诺娃，吻她一下。“荣誉，荣誉就是这样到来的啊”，这是潘诺娃《光明的河岸》中，描写集体农庄一个女庄员创造挤奶全国新纪录的一句话。这话使钱文热血沸腾。就是，荣誉正召唤着每一个人，也召唤着我钱文。钱文读费定、卡达耶夫、考涅楚克、瓦西列夫斯卡娅……然后发展到读托尔斯泰、屠格涅夫、普希金、契诃夫、果戈理和令他昏头昏脑的陀思妥耶夫斯基。越读，他就越爱苏联，他完全倾倒。他爱上了俄罗斯，她的土地、白桦树、男人和女人、他们的心。他甚至不无忐忑地感到，他热爱苏联、俄罗斯文学艺术，似乎都超过了本国。他当然热爱中国的革命作家，读他们的书，崇拜他们。但是不论是赵树理还是周立波、康濯，他们总是不像苏联作家、俄国作家那样抒发丰富多彩乃至神奇美妙的内心。中国作家可能写得很幽默、智慧、通俗、激烈、尤其是真实、生动、纯朴，但他们从来不像苏联作家乃至旧俄作家写得那样美，那样丰满。这也许正是苏联文学里充满了幸福、生活、光荣、爱情，而中国的文学作品里净是被骗后的觉醒、翻身后的感恩、识破奸诈

与显露忠诚……的缘故吧①。

这段话在一定意义上可以看做是王蒙的“夫子自道”。王蒙的这种对中国当代文学的不满足感，以及对苏联文学“美”与“丰满”的向往，正是促使王蒙接受苏联文学的内在因素。英国作家伍尔芙也认为，苏俄文学在“对灵魂和内心的理解”方面②，达到了极为深刻的程度。王蒙说：“我身上有两种倾向或两种走向都非常鲜明，比如一种是幽默，一种是伤感，本来幽默与伤感是不能相容的。……我非常真实地感受到了这两种力量，既有幽默的，讽刺的，解脱的，尖刻的甚至恶毒的情绪，另一方面又有伤感的，温情的，纠缠的，原谅的，永远不能忘却的情怀甚至于自恋，我觉得这两种东西在我身上都有。”③ 王蒙身上的这种伤感的、温情的、纠缠的一面，与苏联文学相通。王蒙身上的人文气质和政治性同样明显，这是一种与生俱有的气质。例如，王蒙在一心革命的少年时代，从北大工学院自治会的“六二”图书馆借来了康濯的《我的两家房东》，读后，被小说的那种“朴素也清新的力量”深深打动，以致“欢喜得流出了眼泪”④。按照常理，在那个独特的时期，王蒙应该对革命的热情、粗粝等更敏感，而不应该是什么朴素、清新之类。对此，在《王蒙自传》中有更为明确的表示。如果说鲁迅接受的是安特莱夫式孤寂和冷峻、阿尔志跋绥夫式消沉和悲观，那么，王蒙接受的却是苏联文学的光明、忧伤和浪漫。

---

① 王蒙：《恋爱的季节》，第198~199页，人民文学出版社2003年版。

② 《英国作家论文学》，第8页，生活·读书·新知三联书店1985年版。转引自樊星：《俄苏文学与20世纪中国文学》，《华中师范大学学报》（人文社会科学版）2001年第1期。

③ 王蒙、王干：《王蒙、王干对话录》，《王蒙文存》第20卷，第356~357页，人民文学出版社2003年版。

④ 王蒙：《伟大的起点》，《王蒙文存》第23卷，第3页，人民文学出版社2003年版。

在当代作家中，接受苏俄文学影响之深，或许没有超过王蒙的了。用“苏联情结”来形容这种影响是毫不为过的。俄罗斯汉学家谢尔盖·托罗普采夫称苏联为王蒙心里“永存的桃源”①，这是一种含义丰富且非常富有诗意的说法。中苏的接近、友好和后来的论战甚至反目，是20世纪中苏两国的“宿命”。无论怎样，苏俄对中国的影响是巨大的、深远的、在文学上也同样甚至更是如此。应该说，《钢铁是怎样炼成的》、《卓娅和舒拉的故事》、《青年近卫军》等苏维埃“红色经典”，对新中国成立后一代中国青年世界观、人生观的形成产生了重要影响。中国读者大规模地阅读和接受苏俄文学的影响，是在50年代中苏关系“蜜月期”。据统计：“从1949年10月至1958年12月，中国共译出俄苏文学作品达3526种（不记报刊上所载的作品），印数达8200万册以上，它们分别约占同时期全部外国文学作品译介种数的三分之二和印数的四分之三。”② 这个数字是相当惊人的。在中国文学创作还不是十分繁荣的时期，俄苏文学极大地刺激和满足了中国读者的阅读激情，俄苏文学对新中国一代人世界观、人生观的形成，以及个性塑造和精神成长都发挥了极为重要的作用。王蒙说：“我们的基本背景是新中国的诞生，这一代人信仰革命信仰苏联，无限光明无限幸福无限胜利无限热情十分骄傲自豪。”③ 王蒙甚至认为《钢铁是怎样炼成的》“培养了一国又一国、一代又一代革命者”④。事实上，把自己锻炼成“钢铁一样、水晶一样的布尔什维克”⑤，曾是年轻王蒙的理想和追求。早在王蒙的少年时代，苏联就

---

① ［俄］谢尔盖·托罗普采夫：《王蒙心里永存的桃源》，《苏联祭》附录，作家出版社2006年版。

② 陈建华：《20世纪中俄文学关系》，第184页，学林出版社1998年版。

③ 王蒙：《你是哪一年人》，《文学自由谈》1997年第6期。

④ 王蒙：《从实招来》，《王蒙文存》第14卷，第346页，人民文学出版社2003年版。

⑤ 王蒙：《恋爱的季节》，《王蒙文存》第4卷，人民文学出版社2003年版。

已经作为一个“美丽的梦”存在于王蒙的心中了，“而且是我为之不惜牺牲生命去追求的一个理想”①，“苏联是我少年、青年时代向往的天堂”②。苏联与王蒙的生命、理想、青春和爱情互为同义语。正如王蒙在《苏联祭》中所说：“对于我——青春就是革命，就是爱情，就是文学，也就是苏联。”③ 王蒙说：“苏联就是我的十九岁，就是我的初恋，我的文学生涯的开端。”④ 甚至在上个世纪60年代，年轻的王蒙得知苏联已经“变修”成为我们的“敌人”的时候，感到“撕裂灵魂的痛苦”，“这种痛苦甚至超过了处决我本人”⑤。“苏联，俄罗斯，莫斯科是我青年时代的梦”⑥，王蒙在《访苏心潮》中曾说：

> 五十年代，我不知道有多少次梦想着苏联。听到谁到苏联留学或者访问了，我心跳，我眼亮，我羡慕得流泪。
>
> 那时候我想，人活一辈子，能去一趟苏联就是最大的幸福。去一趟苏联，死了也值。⑦

唯其如此，当苏联“解体”后，王蒙怀着独特的复杂心态写下了诸如《苏联文学的光明梦》、《想起了日丹诺夫》、《全知全能的神话》以及小说《歌声好像明媚的春光》，特别是后者，是王蒙创作中极为深情的文字。王蒙曾分别于1984年和2004年两次访问苏联/俄罗斯，在第一次访问后，王蒙写下了《访苏心潮》、《访苏日记》、《塔什干晨雨》、《塔什干——撒马尔罕掠影》、《大馅饼与喀秋莎》、

---

① 王蒙：《访苏心潮》，《王蒙文存》第14卷，第254页，人民文学出版社2003年版。

② 王蒙：《关于苏联》，《苏联祭》，第175页，作家出版社2006年版。

③ 王蒙：《苏联祭》封底文字，作家出版社2006年版。

④⑤ 王蒙：《2004·俄罗斯八日》，《苏联祭》，第21页，作家出版社2006年版。

⑥ 王蒙：《2004·俄罗斯八日》，《苏联祭》，第36页，作家出版社2006年版。

⑦ 王蒙：《访苏心潮》，《王蒙文存》第14卷，第275页，人民文学出版社2003年版。

《素丽珂》、《我们明朝就要远航》；2004 年访问后，王蒙写下了《2004·俄罗斯八日》和《俄罗斯意犹未尽》，连同九十年代的《关于苏联》、《行板如歌》、《浪漫情怀》、《雪球树》等，王蒙创作了几十万关于苏联与俄罗斯的文字。王蒙在《歌声好像明媚的春光》中借主人公之口说："我的情人就是苏联，就是俄罗斯，就是喀秋莎，就是贝加尔湖，就是顿河，就是白桦树和草原，就是屠格涅夫的丽莎和叶莲娜，更是《钢铁是怎样炼成的》中的冬妮娅和安东诺夫《第一个职务》中的妮娜。"① 苏联的一切都已经溶化进了王蒙的血液之中。正如王蒙所说："你永远不可能非常理智非常冷静非常旁观地谈论这个'外国'，看这个国家。你为她付出了太多的爱与不爱，希望与失望，梦迷与梦醒，欢乐、悲哀与恐惧……这占据了我们这一代人还有上一代人特别是革命的老知识分子的一生。"② 在这个世界上，除了王蒙，大概不会有第二个作家对苏联的"解体"如此动情，对世界上第一个社会主义大国的立、破、兴、衰怀有如此深切的感情。大概没有第二个作家，在苏联的"社会主义试验"失败之后，以《苏联祭》"迎接与纪念苏联十月社会主义革命九十周年"③。其实，在王蒙的内心，他所要"祭"的，除了苏联，大概还有自己的青年时代。从这个意义上讲，王蒙将《苏联祭》称为自己的"心史"，也就绝非偶然了。

王蒙的青春是与苏联文学、苏联歌曲互为一体的，这从他后来的传记以及小说《歌声好像明媚的春光》可以得到印证。王蒙对苏联的认识是从歌曲开始的，甚至可以夸张一点说，王蒙是唱着苏联歌曲走向革命和文学、走向自己的青春的。王蒙十一岁的时候，"从

---

① 王蒙：《歌声好像明媚的春光》，《苏联祭》，第 223 页，作家出版社 2006 年版。

② 王蒙：《2004·俄罗斯八日》，《苏联祭》，第 31 页，作家出版社 2006 年版。

③ 王蒙：《苏联祭》封底，作家出版社 2006 年版。

我党地下工作人员那里学会的第一首进步歌曲便是苏联的《喀秋莎》”①。王蒙把《喀秋莎》比喻为自己的“少年”和“早恋”；《华沙工人》是自己的“少共青春”和十四岁；《太阳落山》是王蒙的十六岁；“在高高的山上有雄鹰在飞翔”构成了王蒙的十八岁；《蓝色的星》是十九岁的王蒙；《小路》、《快乐的风》是二十一岁王蒙的主旋律；《纺织姑娘》则是王蒙的二十二岁；此外还有《雪球树》、《我们明朝就要远航》、《莫斯科郊外的晚上》、《田野静悄悄》、《山楂树》、《祖国进行曲》、《红莓花儿开》、《三套车》等，正如王蒙自己所说，他会唱的苏联歌曲“比王府井大街上的灯火还多”②。在一定意义上，这些苏联歌曲伴随着中国几代人走过了他们的青年时代。特别是上个世纪五十年代的青年人，他们的理想、浪漫激情是与苏联歌曲分不开的。王蒙更是如此。

苏联歌曲特有的健康、明朗、阔大、深情、忧伤、委婉，对年轻人的吸引力是很大的。苏联歌曲的魅力来自于它浓厚的人情味和抒情性，“苏联歌曲不会‘以崇高表现崇高’，而是将伟大崇高的理想和意境与普通的人性和纯真的感情完美地结合在一起”③，而这种人情味和抒情性是我们同类歌曲中所缺少的。苏联歌曲中的柔情，温暖、感化了中国人的心，同样也深深地感染了中国作家的心。

王蒙的长篇小说《青春万岁》、《恋爱的季节》中对五十年青年人唱苏联歌曲的情景都有生动的描写。苏联歌曲的柔情、缠绵、激越和光明，温暖并照亮了王蒙年轻的心。

对王蒙的文艺思想和文学创作产生更直接更深刻影响的是苏联文学。“苏联文学给我的影响说也说不尽。我不仅是从政治上而且是

① 王蒙：《大馅饼与喀秋莎》，《苏联祭》，第143页，作家出版社2006年版。

② 王蒙：《我们明朝就要远航》，《苏联祭》，第157页，作家出版社2006年版。

③ 张家哲：《崇高主题下的人性流露——苏联歌曲为何经久不衰?》，《社会观察》2005年第1期。

从艺术上曾经被苏联文学所彻底征服"①，这种"彻底征服"，不仅使王蒙走向了文学，也使王蒙走向了革命："我之走向革命走向进步，与苏联文艺的影响是分不开的，我崇拜革命崇拜苏联崇拜共产主义都包含着崇拜苏联文艺。"②"在我年轻的时候，一面热情地陶醉在苏联文学的崇高与自信的激情里，一面常常认真地思索。我认为，任何不带偏见的人，读了苏联的文学作品都会立即爱上这个国家，这种社会制度，这种意识形态。他们宣扬的是大写的人，崇高的人，健康的人；宣扬的是社会主义与历史进取的乐观精神；宣扬的是对人生的价值，此岸的价值，社会组织与运动的价值即群体的价值的坚持与肯定，一句话——而且是一句极为'苏式'的话：苏联文学的魅力在于它自始至终地热爱着拥抱着生活。"③王蒙早在十二岁刚刚成为党的地下组织的"进步关系"时，即读了奥斯特洛夫斯基的《钢铁是怎样炼成的》，并且"奉为圭臬"④。事实上，《钢铁是怎样炼成的》、《铁流》等苏联革命书籍，成为了王蒙的生活的"教科书"，也对他后来的"文学和革命是不可分割"⑤文学观念的形成，起到了强有力的榜样作用。王蒙认为，法捷耶夫的《青年近卫军》，爱伦堡的《暴风雨》、《谈谈作家的工作》等，是他走上文学之路的一个重要启迪。正是爱伦堡的《谈谈作家的工作》在五十年代"诱引"王蒙走上写作之途⑥。"我还爱读巴甫连柯的《幸福》，

---

① 王蒙：《关于苏联》，《苏联祭》，第175页，作家出版社2006年版。

② 王蒙：《全知全能的神话》，《苏联祭》，第202页，作家出版社2006年版。

③ 王蒙：《苏联文学的光明梦》，《王蒙文存》第21卷，第437页，人民文学出版社2003年版。

④ 王蒙：《从实招来》，《王蒙文存》第14卷，第346页，人民文学出版社2003年版。

⑤ 王蒙：《〈冬雨〉后记》，《王蒙文存》第21卷，第19页，人民文学出版社2003年版。

⑥ 王蒙：《苏联文学的光明梦》，《王蒙文存》第21卷，第432页，人民文学出版社2003年版。

费定的《城与年》、《不平凡的夏天》。与此同时，屠格涅夫的几部长篇，契诃夫的短篇与剧作，托尔斯泰的《安娜·卡列尼娜》与《复活》，都使我如醉如痴。印象最深刻的是他们作品中的温柔和优美，他们的伤感和叹息，他们对于庸俗与野蛮的谴责”①。甚至长篇小说《青春万岁》也是缘于对苏联的某种“隐秘的幻想”：

> 一九五三年初冬，我开始我的处女作《青春万岁》的写作，我当时有一种隐秘的幻想。我幻想我的作品会获得巨大的成功，从而我有可能随中国青年代表团去莫斯科参加世界青年联欢节。②

王蒙从不讳言苏联文学对自己的影响，但所谓“影响的焦虑”在他身上并不存在：

> 我们这一代中国作家中的许多人，特别是我自己，从不讳言苏联文学的影响。是爱伦堡的《谈谈作家的工作》在50年代初期诱引我走上写作之途。是安东诺夫的《第一个职务》与纳吉宾的《冬天的橡树》照耀着我的短篇小说创作。是法捷耶夫的《青年近卫军》帮助我去挖掘新生活带来的新的精神世界之美。在张洁、蒋子龙、李国文、从维熙、茹志鹃、张贤亮、杜鹏程、王汶石直到铁凝和张承志的作品中，都不难看到苏联文学的影响……这里，与其说是作者一定受到了某部作品的启发，不如说是整个苏联文学的思路与情调、氛围的强大影响力在我们身上屡屡开花结果。③

苏俄文学对王蒙的影响，首先表现在文学精神层面。苏俄文学对王蒙创作层面的影响，包括题材、革命性、现实性。苏俄文学特别是苏联时代的革命现实主义文学，具有一种浪漫主义、理想主义

---

① 王蒙：《从实招来》，《王蒙文存》第14卷，第346页，人民文学出版社2003年版。

② 王蒙：《访苏心潮》，《王蒙文存》第14卷，第275页，人民文学出版社2003年版。

③ 王蒙：《苏联文学的光明梦》，《王蒙文存》第21卷，第432～433页，人民文学出版社2003年版。

的精神，具有一种坚定、宏阔、明亮的内质，正如王蒙所说，苏联文学的确有个“光明梦”：“苏联文学的核心在于正面人物，理想人物，正面典型，‘大写的人’等等范畴。他们肯定人、人生、人性、历史、社会的运动与前进。他们写了那么多英勇献身的浪漫主义的革命者，单纯善良无比美妙的新人特别是青年人，疾恶如仇百折不挠的钢铁铸就的英雄。他们歌颂劳动、祖国、青春、爱情、生活、友谊、忠贞、原则性、奋斗精神，歌颂祖国、革命、红旗、领袖、苏维埃、国际主义……”① 《钢铁是怎样炼成的》、《铁流》、《士敏土》与《青年近卫军》等革命文艺的理想主义和浪漫情调，不但滋润了王蒙的文学心灵，而且深刻影响了王蒙的文学精神、艺术个性。

苏联文学特有的革命理想主义、乐观主义在精神气质上深刻地影响了王蒙，使王蒙的心态和创作充满了特有的“光明”和乐观。评论家许觉民在《谈王蒙近作》中说：“王蒙的小说一点也不回避生活中的消极面以至丑恶的事物，但是在揭示它们的同时，却透露着一种更重要的素质，就是有着光亮的和充满着希望、思想力量的东西。”② 王蒙创作中的这种“光亮”和“希望”，是与俄苏文学的精神相通的。卜键用“明朗高亮，执心弘毅”来形容王蒙的精神境界，并把王蒙创作的“基调”定位为“明朗”③，这是非常深刻而准确的。纵观王蒙跨越半个世纪的创作，从五十年代的《组织部来了个年轻人》、《青春万岁》，八十年代的《蝴蝶》、《杂色》、《活动变人形》，一直到后来的“季节”系列小说，其间虽有风格、技巧上的演变，但有一种贯穿始终的东西，一种从未改变的力量，那就是坚定、

---

① 王蒙：《苏联文学的光明梦》，《王蒙文存》第 21 卷，第 433 页，人民文学出版社 2003 年版。

② 许觉民：《谈王蒙近作》，见崔建飞编：《王蒙作品评论集萃》，第 1 页，中国海洋大学出版社 2003 年版。

③ 卜键：《明朗高亮，执心弘毅——王蒙的人生境界和文学精神寻绎》，见温奉桥编：《多维视野中的王蒙——第一届王蒙文学创作国际学术研讨会论文集》，第 38、39 页，中国海洋大学出版社 2004 年版。

从容、乐观、硬气。特别是他的八十年代所谓“意识流”小说，虽然也大胆借鉴了西方的某些现代手法，但是他并没有走向晦暗幽深，局促恍惚，而是刚健硬朗，大气从容。王蒙的这种精神气质和文学个性，赋予其创作以独特的风貌，那就是始终洋溢在王蒙创作中的乐观主义、理想主义，以及那种明亮之色。王蒙作品中的这种稳定的一以贯之的品格，实与王蒙早年所受的苏俄文学中的乐观主义、理想主义影响相联系。在精神气质上，王蒙无疑更接近苏俄文学。

苏俄文学对王蒙文学精神的影响，还表现在独特的生活感、人情味。王蒙在《苏联文学的光明梦》中，认为苏联文学与同时期我们自己的革命文学、歌颂文学相比较，主要具有六个方面的“显著的优点”：

> 一、他们承认人道主义，承认人性、人情，乃至强调人的重要、人的价值；而中国的文学理论长久以来是闻“人”而疑，闻“人”而惊而怒。二、他们承认爱情的美丽，乃至一定程度上承认婚外恋的可能（虽然他们也主张理性的自制），并在一定程度上承认性的地位。三、他们喜欢表现人的内心，他们努力塑造苏维埃人的美丽丰富的精神世界。而在中国，长期以来文艺界相信“上升的阶级面向世界，没落的阶级面向内心”的断言（我未知其确切出处，但一位可敬的领导常常引用此话，并说是出自歌德）我们这里常常对大段的心理描写采取嘲笑的态度。四、他们喜欢大自然和风景描写以及静态的细节描写，这可能与列宾等的绘画传统有关。而我们中国，常常把这种风景描写、环境描写、静物描写、肖像描写视为可厌可笑，视为“博士卖驴，下笔千言，未见驴字”的笑话。五、那些在中国肯定被批评为“不健康”、“小资产阶级情调”、“无病呻吟”的东西，诸如怀旧、失恋、温情、迷茫、祝福、期待、忧伤、孤独等等，都可以尽情抒发；苏联文学有一种强大的抒情性。……六、与当时的中国文学界的情况相比较，五十年代的苏联文学

界似乎已有一定的自由度，虽然他们从未提过百家争鸣、百花齐放的口号。

王蒙认为，苏联文学具有独特的“魅力”，这种魅力在于“它自始至终地热爱着拥抱着生活”①。这其实是吸引王蒙的更为深层的原因。王蒙曾多次感叹：生活多么美好！这实际上构成了王蒙的人生观和创作的主旋律，这与苏联文学所表现出来的热爱生活、拥抱生活不无联系。王蒙曾选编过一本“青少年课外语文读本”——《影响了我的五十六篇美文》。这本书的最后一篇，王蒙选了法捷耶夫的《回忆青年时代的书简——法捷耶夫给柯列斯尼科娃的信》，在这本书的序言中，王蒙说这是“天意”。法捷耶夫的这封信曾深深地打动过王蒙的心，特别是法捷耶夫表现出来的对“青年时代”的那种柔情、伤感以及对“紫丁香花的味儿”的低徊和怀恋，表现了一个曾经写出《毁灭》和《青年近卫军》的革命作家的丰富与“柔情”的一面，这大概是最感动王蒙的地方。王蒙小说如《海的梦》、《听海》、《木箱深处的紫绸花服》、《初春回想曲》等，其表现出来的柔情、温暖似乎更接近于苏联小说。从王蒙的这个“选编”，我们是能够感受到王蒙的某种文学气质和个性特点的。

王蒙是个深具“生活感”的作家，在这方面苏联文学给了王蒙别样的启发。可以说，苏联文学与王蒙心心相印，息息相通。王蒙曾多次强调苏联文学的“生活气息”、“人情味”，实际上就是说苏联文学的生活感。苏联文学真正吸引王蒙的是在这种革命的理想主义、浪漫主义、乐观主义基调下所表现出来的真正的“生活感”：对生活对生命对爱情和美的肯定和赞美，以及对人的精神和心灵世界的大胆描写。苏联文学并没有把理想主义和生活对立起来，并没有把生活和人的心灵世界对立起来，这二者的完美融合，塑就了苏联文学特有的精神风貌和气质。王蒙在其自传中曾表达了一个长久的

① 王蒙：《苏联文学的光明梦》，《王蒙文存》第21卷，第432、433～434、437页，人民文学出版社2003年版。

"疑问"："为什么例如苏联小说中极力描写渲染人的美感、多情、精神生活的丰富性在我们这里动辄被说成是'不健康''小资产阶级'？赏雨赏花，看云看鸟，追忆梦想，拭泪微笑，这些苏联人做起来就是美好，我们做起来就是不健康?"① "为什么我们的某些作品，写合作化人物心里就只有一个合作化，写扫盲人物心里就只有一个扫盲，写养猪人物心里就只有养猪，把人奶给猪喝。我们的人物为什么这样单打一，干巴巴呢?"② 王蒙的反问是切中我们文学要害的。我们这种"干巴巴"文学样态的形成，与诸多复杂的因素相关，特别是与长期以来的教条式的"左"的文艺思想、文艺政策有关。苏联文学的这种丰富性、人情味、生活感在相当的程度上影响了王蒙的文学理想、文学追求和文学风格。王蒙从开始创作，就对这种"干巴巴"的黑白分明的文学样态、文学模式表达了不满，这在他的《组织部来了个年轻人》中有相当明显的表现。在一定程度上，《组织部来了个年轻人》后来之所以遭到批判，也与这部小说突破了当时这种教条式、简单化的政策图解创作模式有关③。与当时流行的创作模式相比，在这部小说中，王蒙写出了生活的丰富性。

写出生活和人的丰富性，一直是王蒙文学创作的一个重要特征。说到王蒙的"生活感"，我想到王蒙在与王干的"对话"中，曾专门有一段谈论《组织部来了个年轻人》中的"炸丸子开锅"：林震与赵慧文的感情很朦胧很伤感，送她出门时，有一个老头子推着车喊道："炸丸子开锅!"后来刘厚明跟我说，只有写"炸丸子开锅"，才是王蒙写的，任何人在这个时候不会加一个"炸丸子开锅"。也有

---

① 王蒙:《王蒙自传》第一部《半生多事》，第 89 页，花城出版社 2006 年版。

② 王蒙:《王蒙自传》第一部《半生多事》，第 118 页，花城出版社 2006 年版。

③ 详见童庆炳:《作为中国当代小说艺术的"探险家"的王蒙》，见温奉桥编:《多维视野中的王蒙——第一节王蒙文学创作国际学术研讨会论文集》，第 120 ~ 122 页，中国海洋大学出版社 2004 年版。

人问我：为什么要加“炸丸子开锅”，我回答不上。《组织部来了个年轻人》里面还有一段，就是他们听《意大利随想曲》，写得很有感情，收音机放完，下面就放剧场实况。他们就把收音机关了。也有人跟我提，你用不着交代“剧场实况”，破坏情绪，我也说不上什么原因，觉得必然是剧场实况，而且再也不能是《意大利随想曲》了。完了如果没有一个剧场实况，就像林震和赵慧文感情缠绵以后没有“炸丸子开锅”一样，如果感情一味缠绵下去，小说就变成琼瑶的小说了①。还有一个“故事”，也是出于王蒙和王干的“对话”：遇罗锦有一篇小说，说是她去欣赏红叶，但她的爱人买鱼去了，以此证明爱人的庸俗。对遇罗锦的私生活我不想讨论，我想讨论的是，又想看红叶又想吃鱼怎么办？最理想的不是赏红叶而不吃鱼，也不是吃鱼不赏红叶，而是吃完鱼后又赏红叶②。其实，这两个“故事”都是典型的“王蒙式”的，“吃完鱼后又赏红叶”的处理方式则尤其是“王蒙式”的。第一个“故事”，为何在林震和赵慧文感情正伤感朦胧的时候忽然来一句“炸丸子开锅”？为何在《意大利随想曲》之后，来一个“剧场实况”？这从文学理论上是解释不清楚的，然很好地体现了王蒙的敏感和“生活感”，这种“生活感”是王蒙的一种独特的素质。对此，俄罗斯汉学家谢尔盖·托罗普采夫也有正确的评价，他说“王蒙将生活带入了文学，将文学回归了生活”③，以致王蒙在苏联“解体”后，把《铁流》、《士敏土》、《初欢》、《不平凡的夏天》、《毁灭》与《青年近卫军》、《收获》、《金星英雄》等作品看做是苏联文学的“一个又一个的光明的梦”：“那是一个关于人成为历史的主人、宇宙的主人的梦。那是一个关于计划性与

---

① 王蒙、王干：《王蒙、王干对话录》，《王蒙文存》第20卷，第354页，人民文学出版社2003年版。

② 王蒙、王干：《王蒙、王干对话录》，《王蒙文存》第20卷，第348页，人民文学出版社2003年版。

③ ［俄］谢尔盖·托罗普采夫：《王蒙心里永存的桃源》，《苏联祭》附录，作家出版社2006年版。

目的性终于全部取代了盲目性与混乱性的梦。那是一个人类的荣誉、智慧和良心具体化为、凸现为列宁、斯大林、联共党苏共党苏维埃与契卡（后来成为臭名昭著的克格勃）的梦。那是一个关于朗朗乾坤、清明世界、整个世界都变得那样明晰而且主动的梦。”①

在创作实践层面，俄苏文学对王蒙的影响也是显而易见的。对王蒙创造产生影响的除了诸如《青年近卫军》、《钢铁是怎样炼成的》等“革命文学”经典外，奥维奇金的《区里的日常生活》、尼古拉耶娃的《拖拉机站站长和总农艺师》、爱伦堡的《解冻》为代表的“干预生活”作品，对王蒙五十年代的创作产生了重要影响，这是毋庸讳言的。这一点早在《组织部来了个年轻人》中就有明显的表现。1956 年 1 月 21 日，中国作协创作委员会曾开会专门讨论苏联作家尼古拉耶娃的《拖拉机站站长和总农艺师》、奥维奇金的《区里的日常生活》以及肖洛霍夫的《被开垦的处女地》第二部等小说。众所周知，《组织部来了个年轻人》某种程度上带有《拖拉机站站长和总农艺师》的影子，王蒙受到了这部小说“干预生活”的感动，同时又感到“娜斯嘉的生活方式”的理想化、简单化，触发了王蒙创作《组织部来了个年轻人》的热情，就这两部小说的主人公而言，林震与娜斯嘉的形象有明显差别，但也有许多相似之处。

王蒙多次谈到，在他创作《青春万岁》的时候，曾一遍一遍地阅读法捷耶夫的《青年近卫军》，深深为之陶醉、感染，并称法捷耶夫是第一个“老师”②。无论是在文学氛围、精神格调还是某些细节、描写手法等方面，《青春万岁》这部小说都可以看到法捷耶夫《青年近卫军》的影响③。王蒙称法捷耶夫为“浪漫的深情的一代革

---

① 王蒙：《苏联文学的光明梦》，《王蒙文存》第 21 卷，第 441 页，人民文学出版社 2003 年版。

② 王蒙、王干：《王蒙、王干对话录》，《王蒙文存》第 20 卷，第 337 页，人民文学出版社 2003 年版。

③ 徐其超：《引进·选择·创造·输出——王蒙与苏俄文学》，《西南民族学院学报》（哲学社会科学版）1989 年第 4 期。

命作家的代表”[①]，“一个真诚地为社会主义革命和共产主义而殉道的作家”[②]，并认为“他的革命理想的魅力永存，浪漫主义的风姿永存，痛苦与情怀永存”[③]。王蒙与法捷耶夫有某种内心相通之处。王蒙曾多次谈到《青年近卫军》的一个细节：最使我感动的是小说快要结束的时候，就是写到这些人一个一个被德国人处死，忽然来了一段“我亲爱的朋友，在我写到这段的时候，我想起你”。到现在我还记得，就是写他在战斗中，他的朋友受了重伤，要喝水，于是在枪林弹雨之中他爬到河边用自己的靴子灌了一靴子水，回来以后战友已经死了，他就把充满士兵友谊和苦味的水一饮而尽。我到现在说起来都非常激动，我觉得太伟大[④]。——王蒙之所以对《青年近卫军》的这一场景念念不忘，在于《青年近卫军》所表现出来的那种乐观主义、英雄主义的文学精神，深深打动了王蒙的心。除此之外，《青年近卫军》在纯粹的小说技法层面，也影响了王蒙：“从此以后，形成了我在写任何作品的时候只要有了真的感情，我就想把我叙述的事全部议论一番，然后用绝对纪实就像给读者写信一样或就像给我的爱人或就像给我的好友写信一样把这些写出来。”[⑤]

王蒙说过，他对苏俄作家如托尔斯泰、屠格涅夫、果戈理、契诃夫、爱伦堡以及费定等“都有很深的印象”[⑥]，艾特玛托夫与马尔克斯、卡夫卡、海明威一起被王蒙视做“对新时期中国文学影响最

---

① 王蒙：《影响了我的五十六篇美文·序》，见谢有顺主编、王蒙选编：《影响了我的五十六篇美文》，百花文艺出版社 2005 年版。

②⑤ 王蒙、王干：《王蒙、王干对话录》，《王蒙文存》第 20 卷，第 338 页，人民文学出版社 2003 年版。

③ 王蒙：《影响了我的五十六篇美文·序》，见谢有顺主编、王蒙选编：《影响了我的五十六篇美文》，百花文艺出版社 2005 年版。

④ 王蒙、王干：《王蒙、王干对话录》，《王蒙文存》第 20 卷，第 337 ~ 338 页，人民文学出版社 2003 年版。

⑥ 王蒙、王干：《王蒙、王干对话录》，《王蒙文存》第 20 卷，第 361 页，人民文学出版社 2003 年版。

大的四位外国作家"。王蒙说："苏联作家里我最佩服的是钦吉斯·艾特玛托夫。"[①] 艾特玛托夫浓烈的人道主义以及浪漫的风格，特别是"描写的细腻与情感的正面性质"，给王蒙留下了极深的印象，对王蒙的创作产生了影响，以至于"有意对之效仿"[②]，决心要写一篇"风格直追钦吉斯·艾特玛托夫的作品"——《歌神》。当然，这种影响并非简单地表现为文学技巧层面的借鉴，更重要的是表现为一种潜移默化的感染，一种思想、艺术层面的熏陶。

艾特玛托夫作品的人道主义色彩和浓郁的抒情风格，对王蒙以新疆为题材的创作产生了极为内在的影响。艾特玛托夫已经成为弥漫在王蒙作品中的一种元素和存在。艾特玛托夫是一个伟大的人道主义小说家，他说："人实质上生下来就是一个潜在的人道主义者，在他还不知道'人道主义'这个术语时，从小就学仁爱……从爱母亲，爱自己的亲人，爱女人，爱大自然，爱大地开始。最后升华到爱祖国，爱自觉的人道主义，学人类共有的感情……同情，团结和互助，向人学习善，人的这些品质应当永远富有成果地哺育艺术作品。"[③] 艾特玛托夫总是与人民联系在一起，与大地、祖国联系在一起，主要作品如《我的包着红头巾的小白杨》、《骆驼眼》、《永别了，古利萨雷》、《白轮船》、《花狗崖》等，无不以作者故乡的风俗人情和劳动人民的精神风貌作为描写对象，立足于社会底层的普通劳动者，揭示了光明与黑暗、善良与野蛮的斗争，发掘他们身上的

① 王蒙、王干：《王蒙、王干对话录》，《王蒙文存》第20卷，第237页，人民文学出版社2003年版。另在《从实招来》中，王蒙说："新时期令我倾心的苏联作家是钦吉斯·艾特玛托夫。"见《王蒙文存》第14卷，第347页，人民文学出版社2003年版。

② 王蒙：《王蒙自传》第二部《大块文章》，第22页，花城出版社2007年版。

③ 转引自唐芮硕士学位论文《艾特玛托夫在中国》，第26页，见"中国优秀硕士学位论文全文数据库"，http://dlib.cnki.net/kns50/detail.aspx?filename=2005150270.nh&dbname=CMFD2006。

美好品质，着力表现了吉尔吉斯劳动人民的“人性美”。艾特玛托夫对王蒙的影响最集中地体现在《在伊犁》以及其他以新疆为题材的西部小说中。

以新疆为题材的小说是王蒙整个创作中最为深情、浪漫的部分。《心的光》、《最后的陶》、《哦，穆罕默德·阿麦德》、《淡灰色的眼珠》、《虚掩的土屋小院》、《逍遥游》、《好汉子伊斯麻尔》、《歌神》等，不仅构成了王蒙创作而且已经成为了中国当代文学中别样的经验。王蒙的西部小说，相对于王蒙的其他作品而言，更像是一部“传奇”。在这些小说中，对边疆城镇、农村、雪山、草原等自然景物的描写，如《杂色》中对天山大草原自然风光的描写，《鹰谷》中对天山深处原始森林的景色的描写，《逍遥游》中关于伊犁地区冬天雪景的描绘，以及对边疆少数民族日常生活、民风民俗的描写，都充满了浓郁的边疆风情与浪漫色彩。的确如一些学者所指出的，这与艾特玛托夫的“中亚故事”颇为相似①。特别是王蒙在这类小说中所表现出来的浓烈的人道主义情怀，对社会底层劳动人民的深切的理解和同情，所体现出来的那种深沉的爱，的确带有艾特玛托夫小说的意味。甚至《杂色》这部小说，细细读来也带有正如王蒙自己所说的“普通人屡遭困顿却又终于被生活所启悟”② 的苏联小说模式的影子。

再如，王蒙的“季节”系列小说，特别是《失态的季节》和《踌躇的季节》，对主人公钱文所代表的一代知识分子痛苦的精神历程和心灵世界的描写，也使人想起阿·托尔斯泰《苦难的历程》之“在血水里浸三遍，在碱水里煮三遍，在清水里洗三遍”的名言。

---

① 樊星：《王蒙与外国文学》，见温奉桥编：《多维视野中的王蒙——第一届王蒙文学创作国际学术研讨会论文集》，第 289 页，中国海洋大学出版社 2004 年版。

② 王蒙：《学文偶拾》，《王蒙文存》第 23 卷，第 143 页，人民文学出版社 2003 年版。

《活动变人形》作为一部“审父”小说，其对倪吾诚、姜静珍等那些“精神囚犯”的“热到发冷的拷问”，似乎也带有陀思妥耶夫斯基《罪与罚》的影子。俄国文学对王蒙的影响，已经超越了单纯的文学层面，深入到王蒙的血液，影响到王蒙的眼光识力、精神气质、整个心灵。对王蒙文学创作产生影响的俄苏作家很多，法捷耶夫、契诃夫以及艾特玛托夫尤甚，他们在不同的层面影响了王蒙及其创作。俄苏文学的深厚的生活感及对人的精神世界的关注和描写，影响了王蒙八十年代的文学创新，成为王蒙文学探索的思想和文学资源。王蒙特别称道肖洛霍夫《静静的顿河》中对人物内心和情感的描写，并特别欣赏葛利高里抱着阿克西尼亚的尸体看到太阳变成了黑色的细节——这一细节给了王蒙很多的启发。在探索用文学的形式表现人的内心世界、干预人的灵魂方面，尼古拉耶娃的小说也给了王蒙许多的暗示。

第四节　王蒙与欧美文学

与苏俄文学相比，欧美文学对王蒙的影响是外在的，主要表现在艺术层面，但是这种影响同样构成了王蒙艺术个性的一部分。如果说苏俄文学赋予王蒙以光明和深情，那么，欧美文学则使王蒙变得灵动和潇洒。

也许是对于新中国成立以后中国文学过于封闭的一种反拨，新时期以来，中国当代理论界、思想界、文学界对“西方”表现出了异乎寻常的兴趣和热情，尼采、叔本华、海德格尔、弗洛伊德、萨特等西方现代思想家的学说、理论在中国走红，受到追捧，“崇尚西学”成为开放中国的一个独特现象，似乎也是“开放”的标志。文学上也同样如此。欧美文学的丰富想象力和创造力极大地刺激了刚刚从精神禁忌中走出来的中国作家，他们发现了文学上的“新大陆”。一时间，各种外国文学思潮、作家作品纷纷涌入，卡夫卡、罗伯—格里耶、博尔赫斯、马尔克斯、乔伊斯、福克纳、塞林格、米兰·昆德拉等，成为中国当代作家争相模仿的对象，甚至出现了所谓“卡夫卡热”、“福克纳热”、“马尔克斯热”、“普鲁斯特热”、“昆德拉热”。“‘文革’后相当长一段时期，当代文学一直是奉西方文学为圭臬”①，在文坛上甚至有“言必称希腊”的现象。王小波曾说当代中国作家是被18、19世纪欧美文化与文学、准确地说是其中文译作所“喂养”而成的，这种说法虽然近乎粗俗，但是西方文学为新时期文学的发展提供了某种域外资源，拓展了中国当代作家的文学视野和精神空间，对新时期文学的繁荣起到了一定推动作用，这也是事实。在一定程度上，欧美文学对中国当代作家起到了某种文学“启蒙”作用，赋予中国当代文学某种真正的精神性和“文学”性。在这一过程中，王蒙是大胆借鉴外国文学经验的“排头兵”。

在当代作家中，王蒙是较早接触、借鉴欧美文学的作家。童庆炳说王蒙是“新时期以来一位真正的具有现代主义意味的作家”②，这种说法是有道理的。甚至有的学者认为《组织部来了个年轻人》表达的是“现实世界不完满乃至丑陋的意识”③，因而具有某种现代主义的味道。

欧美文学对王蒙的影响表现在两个层面：艺术观念和艺术形式。

在艺术观念上，长期以来我们偏重于严肃、庄重，偏重于其“工具性”和意识形态性。无论是“文以载道”说，还是“兴观群怨”说，莫不如此，这构成了中国文学的一大传统。至于曹丕所云“经国之大业，不朽之盛事”，则有点过于夸大文学的社会功能；近代梁启超更是要把“小说”变成“大说”，提出了“以小说治国”，

---

① 陈晓明：《遗忘与召回：现代传统与当代作家》，《当代作家评论》2007年第6期。

② 童庆炳：《隐喻与王蒙的〈杂色〉》，《文学自由谈》1997年第5期。

③ 王富仁：《中国现代主义文学论》（下），《天津社会科学》1996年第5期。

并说："欲新一国之民，不可不先新一国之小说。故欲新道德，必先新小说；欲新宗教，必新小说；欲新政治，必新小说；欲新风俗，必新小说；欲新学艺，必新小说；乃至欲新人心，欲新人格，必新小说。何以故？小说有不可思议之力支配人道故。"① 后来的左翼文学更多地继承了这种文学观念，以致提出了文学是"旗帜"、"炸弹"，是革命机器上的"螺丝钉"之类的口号，文学的"启蒙工具论"、"救亡工具论"、"革命工具论"由此形成。这种文学的"工具性之思"在特定的历史条件下是可以理解的，甚至也是正确的。但过于强调文学的"工具性"的传统，事实上形成了对文学之"文学性"的普遍忽视、遮蔽和压抑，这也是百年以来我国文学发展过程中的一个不容忽视的现象。

相比而言，欧美文学虽然也强调文学的"工具性"，甚至有的作家更为激进和偏执，但是，就整体而言，现代西方文学在文学观念上更多元，更开放，更"文学"。这对新时期以来我国作家文学观念的解放以及创作个性的形成都起到了某种暗示、导引的作用。这在王蒙身上表现更为明显。王蒙在《你为什么写作》中讲了这样一件事情：1985 年法国巴黎图书沙龙对世界上 100 位作家进行问卷调查：题目是"你为什么写作"，大多数第三世界国家的作家包括中国的巴金、丁玲等，都回答得十分庄重、严肃、正规，充满了使命感和责任感，甚至是政治感，如丁玲的回答是："为人生，为民族的解放，为国家的独立，为人民的民主，为社会的进步……"许多西方作家的回答则近乎开玩笑，相当随意，相当"个人主义"，充满个性，例如德国作家君特·格拉斯是因为"别的事都做不成"，法国的帕特里克·莫迪亚诺的回答与君特·格拉斯有异曲同工之妙："我之所以搞写作，是因为我不会做其他的事。"还有的回答是由于自己一事无成所以写作。王蒙对西方作家的这种看似玩笑般的回答表示了理解，

① 梁启超：《论小说与群治之关系》，《梁启超诗文选》，第 471 页，广东人民出版社 1983 年版。

甚至表现出一定程度的欣赏，认为这样的回答起码可以“开阔开阔心胸”①。在王蒙看来，西方作家们“玩世不恭”的后面，隐含着对文学理解和认识即文学观念的多样化，是对我们较为狭仄的文学观念的参照、补充和丰富。应该说，在当代作家中，王蒙的文学口味——无论是欣赏口味还是创作路子都更宽泛一些，更丰富一些，这既与王蒙的个性有关，也与他更为开阔的文学视野有关。在这方面，王蒙主要得益于对西方文学的了解和借鉴。

王蒙赞同文学是“魔方”的说法，在王蒙眼里，文学是多维的、变化的，就像一块在飞速旋转着的“魔方”，你永远无法看清它的全貌，你所看到的都是它从某一角度呈现的色调和图景，且仅仅是构成文学这一“魔方”的某一特定的色调和图景，远非它的全貌。在王蒙的视界中，文学既是阶级的触角、阶级的感官，也是作家的白日梦和一种智力的游戏。他既承认“文学是生活的教科书”合理性的一面，也承认“文学是一种纯粹的形式”；王蒙甚至“非常赞成”文学是作家的白日梦的说法，认为在记忆的排列组合方面，文学和梦有其相通性②。对“文学是大便”这样极端性的提法，王蒙也努力从其积极的意义上来理解其合理性成分。

王蒙说：“文学是一种开放的东西，而不是封闭的。”③ 文学的这种开放性质，不仅表现在文学的观念、形式等方面，也表现在文学的价值和意义层面。在传统的文学理论中，与重视文学的“文学性”相比，我们更倾向于强调文学的社会功利性，这也是特殊历史条件和文学语境下的产物。就文学本体而言，其价值是多维的，多层面的。因此，针对人们观念中对文学的功利性过于膨胀而艺术性

① 王蒙：《你为什么写作》，《王蒙文存》第21卷，第399页，人民文学出版社2003年版。

② 王蒙、王干：《王蒙、王干对话录》，《王蒙文存》第20卷，第174页，人民文学出版社2003年版。

③ 王蒙、王干：《王蒙、王干对话录》，《王蒙文存》第20卷，第170页，人民文学出版社2003年版。

相对漠视的情况，王蒙提出“不能用社会价值取代审美价值、艺术价值”①，与重视文学的社会性、功利性相比，王蒙更重视和强调了文学的“非具体实用性”②。他在承认文学的一般特性如优美、崇高、理想化的同时，也不否定文学的“逆向性”（反文化、反崇高、反文明）和“超常性”（“经验的超常性、智商的超常性、美感的超常性和语言能力的超常性”③）。王蒙把“非具体实用性”看做是文学的“特征”。王蒙这种对文学极为宽泛、灵活、宽松的理解，是对一味将文学看做是“炸弹和旗帜”的反拨、补充和缓冲，意在使人们头脑中那根绷得很紧关于文学的弦稍稍放松一下；同时，也将人们对文学的理解引向一个宽阔的地带，导入一个开放的视野。

在文学的起源上，王蒙同样持理解性、开放性的态度。王蒙认为，在文学产生的初始阶段，文学的核心可能是它的功利性和实用性；但他并不认为这种功利性和实用性就是文学产生的原动力，而是认为文学起源于人的生命需求，文学是一种“生命现象”，源于与生俱有的“生命的内在的及与外界对象的矛盾冲突”的“积极的痛苦”，文学是这种“积极的痛苦”的呈现、升华和挥发，同时文学也是对这种“积极的痛苦”的虚拟的实现、调节、补偿和慰安④。王蒙在《小说的世界》中提出，小说产生于民间故事，人们对小说的实践来源于人类早期的讲故事。人之所以希望讲—听故事，是因为人与生俱有一种好奇心，一种寂寞感和局促性。人自从有了心智以后就感觉到现实生命处于非常局促的状态，故事则能使之得到趣味

---

① 王蒙、王干：《王蒙、王干对话录》，《王蒙文存》第20卷，第197页，人民文学出版社2003年版。

② 王蒙、王干：《王蒙、王干对话录》，《王蒙文存》第20卷，第171页，人民文学出版社2003年版。

③ 王蒙、王干：《王蒙、王干对话录》，《王蒙文存》第20卷，第176页，人民文学出版社2003年版。

④ 王蒙：《文学三元》，《王蒙文存》第23卷，第174页，人民文学出版社2003年版。

和新鲜的体验。王蒙既承认文学是社会现象，同时也承认文学是文化现象和生命现象。他怀着通达宽容的态度来看待文学的本质，并不强调其一而排斥其二、其三。特别是将文学是作为“生命现象”的观点，很明显受到西方文学的影响。西方作家在文学上的开放观念，影响了王蒙对文学的体认，这对王蒙开放多元的文学观起到了潜移默化的作用。

西方文学对王蒙创作的另一影响表现在艺术形式层面。王蒙之所以被视为现代派在中国的“代言人”，一个重要的原因在于王蒙对“意识流”手法的借鉴。“意识流”最初是个心理学概念，与小说“联姻”后，称为“意识流”小说。这一名称来源于美国学者梅·弗里德曼，他在《意识流，文学手法研究》中说道：“意识流小说应该被认为是一种主要挖掘广泛的意识领域、一般是一个或几个人物的全部意识领域的小说。换句话说，在这部小说里，无论是结构、主题，或者是一般效果，都要依赖人物的意识作为描写的‘银幕’或者‘电影胶片’而表现出来。我们之所谓意识，实际上就指的是注意力的整个范围，包括逐渐趋向无意识的演变和完全的清醒状态。”① 意识流小说自介绍到中国那天起，就伴随着争议，甚至责难，被认为是西方现代派的东西。

一般认为，王蒙是中国新时期“意识流”小说的第一人，他的《夜的眼》、《布礼》、《春之声》、《风筝飘带》、《海的梦》、《蝴蝶》等“集束手榴弹”被认为是“意识流”小说的代表作。然而，王蒙对此曾多次辩驳，对意识流的态度也有前后并不完全一致的地方。1979 年 10 月，王蒙发表了他的第一篇“意识流”小说《夜的眼》后，厦门大学的田力维和叶之桦两个同学写信给王蒙讨论意识流的问题，王蒙指出：“‘意识流’的作品对于阅读者

---

① 转引自袁红梅：《意识流在新时期的传播》，《天府新论》2007 年第 2 期。

来说，毛病是易使不习惯者感到不知所云、莫名其妙，妙处在于它留下了很大的咀嚼、回味、想象以至推理、分析的余地。”① 王蒙同时强调：“我们搞一点‘意识流’，不是为了发神经，不是为了发泄世纪末的悲哀，而是为了塑造一种更深沉、更美丽、更丰实也更文明的灵魂。……只不过我们希望能写得‘独具慧眼’，更有深度，更有特色，更有‘味儿’。因此，我们的‘意识流’不是一种叫人们逃避现实走向内心的意识流，而是一种叫人们既面向客观世界也面向主观世界，既爱生活也爱人的心灵的健康而又充实的自我感觉。”②同时，王蒙主张对意识流要“一分为二”地看，既不能“把洋人的裹脚布当领带”，也要积极吸收其合理的东西，“使我们的文学创作更丰富、更多样，使我们的文学创作更隽永一点，也更惟妙惟肖、细腻深刻地去塑造人的灵魂”③，“对于意识流这个东西，既不必视为洪水猛兽，被它吓住；也不必对它顶礼膜拜，以为它有多么新鲜、多么玄妙，似乎不写意识流就是落伍，这实在是浅薄无知。反过来一见沾意识流的边就生气，就骂街，也用不着，应该放在适当的地位”④，这是王蒙对意识流也是对西方文学的基本态度。然而，在《倾听着生活的声息》、《漫谈小说创作》中，王蒙则有意拉开与“意识流”的距离；而在《小说的世界》中，王蒙更是否定与“现代派”的联系，他说：“有人认为我是现代派，其实我离现代派远得很。现代主义的经典之作我一个也没有完整地看过，看不下去。”⑤ 不过，王蒙并没有完全否认与西方意识流小说的联系，那就

---

①② 王蒙：《关于“意识流”的通信》，《王蒙文存》第 21 卷，第 186 页，人民文学出版社 2003 年版。

③ 王蒙：《关于“意识流”的通信》，《王蒙文存》第 21 卷，第 185 页，人民文学出版社 2003 年版。

④ 王蒙：《漫话小说创作》，《王蒙文存》第 19 卷，第 48 页，人民文学出版社 2003 年版。

⑤ 王蒙：《小说的世界》，《王蒙文存》第 19 卷，第 378 ~ 379 页，人民文学出版社 2003 年版。

是“写人的感觉”①。

与之相比，王蒙更喜欢也更强调自己的创作与中国传统文学和现代文学的关系。王蒙曾多次提到李商隐的诗和《红楼梦》的“意识流的因素”②：“李贺、李商隐的诗就很有点意识流的味道，李白的《梦游天姥吟留别》也有意识流的味儿。还有《红楼梦》，《红楼梦》对于传统小说是大突破，里边有大量的关于心理以至关于潜意识的描写。”③“请别以为写心理活动是属于外国人的专利，中国的诗歌就特别善于写心理活动，《红楼梦》有别于传统小说也恰恰在于它的心理描写。”④ 同时，王蒙也强调了鲁迅《野草》中某些篇什的意识流成分。可以看出，王蒙不希望别人把自己的小说仅仅看做是西方意识流小说在中国的翻版，他希望自己的创作能够从中国文学自身得到说明。那么，王蒙在“意识流”问题上，从“我不必否认我从某些现代派小说包括意识流小说中得到的启发”⑤、“以我个人的人近作来说，又吸收了某些‘意识流’手法的”⑥、“这种（指《春之声》——引者注）靠联想来组织素材和放射线结构的手法，当然有借鉴外国文学包括借鉴现代派手法之处”⑦，到“重视艺术联想，这是我一贯的思想，早在没有看到过任何意识流小说，甚至不知道意识流这个名词的时候，我就有这个主张了”⑧。王蒙在意

① 王蒙：《关于“意识流”的通信》，《王蒙文存》第21卷，第183页，人民文学出版社2003年版。

② 王蒙：《倾听着生活的声息》，《王蒙文存》第21卷，第47页，人民文学出版社2003年版。

③ 王蒙：《对一些文学观念的探讨》，《王蒙文存》第23卷，第65页，人民文学出版社2003年版。

④⑤⑥ 王蒙：《关于〈春之声〉的通信》，《王蒙文存》第21卷，第32页，人民文学出版社2003年版。

⑦ 王蒙：《对一些文学观念的探讨》，《王蒙文存》第23卷，第67页，人民文学出版社2003年版。

⑧ 王蒙：《关于〈春之声〉的通信》，《王蒙文存》第21卷，第32～33页，人民文学出版社2003年版。

识流问题上的“退缩”，其实是应对当时文坛上某些“食洋不化”指责的策略，因为在八十年代初那个“左”、“右”文艺思潮相互激荡的年代，所谓意识流、现代派等往往是容易招致批评的字眼。①

在王蒙意识流小说的问题上，曾镇南的观点是中肯的，他说王蒙的《春之声》之类的小说“确实揉进了外国‘意识流’的某些技法，但它是有时代特色，有中国气派的。作家笔下流泻的，是当代中国的社会生活、人生世相之流，是在经历十年浩劫之后处于转机之中的中国人民的激情之流”②。作家李陀在比较了海明威的《乞力马扎罗的雪》和王蒙的《布礼》后，认为王蒙的意识流小说体现了某种“中国作风”、“中国气派”③。在八十年代独特的政治氛围和文学氛围中，把“意识流”往现实主义大旗下拉，也是一种中国特色，正如王蒙所说：“在中国长期以来是十分推崇现实主义的。”④ 因此，把王蒙的意识流小说看做是现实主义之一种其中充满了对王蒙的保护之意。如阎纲就既认为王蒙的意识流小说是“文坛新派”，又承认它们“是现实主义的新品种，并没有告别现实主义的几个真实性的要求”⑤。因此，对王蒙关于意识流的“自述”的理解也不必过于拘泥。

---

① 这一点在《大块文章》中有所披露。1981 年夏王蒙收到胡乔木的信，信中有“走笔生奇气，溯流得古源”的诗句，王蒙在解释这两句诗时说：溯流得古源云云，则是由于我抵挡那时关于我的“意识流”、“食洋不化”的攻击，以屈原、三李等为据说明这种自由开放的文体古已有之——见《王蒙文存》第二部《大块文章》，第 151 页，花城出版社 2007 年版。

② 曾镇南：《王蒙论》，第 297 ~ 298 页，中国社会科学出版社 1987 年版。

③ 李陀：《现实主义和“意识流”——从两篇小说运用的艺术手法谈起》，《王蒙小说创新资料》，第 143 页，北京市社会科学联合会文艺学会筹备委员会编，中国人民大学书报资料社 1980 年版。

④ 王蒙：《中国的先锋小说与新写实主义》，《王蒙文存》第 21 卷，第 426 页，人民文学出版社 2003 年版。

⑤ 阎纲：《小说出现新写法——读王蒙近作》，见徐纪明、吴毅华：《中国当代文学研究资料・王蒙专集》，第 196 页，贵州人民出版社 1984 年版。

就具体的西方作家而言，约翰·契弗、约翰·厄普代克、杜鲁门·卡波特对王蒙的创作影响较大。王蒙曾翻译过美国作家约翰·契弗、爱德维琪·丹妮凯特、诗人斯坦利·摩斯、薇拉·施瓦茨，新西兰作家詹·傅瑞姆、帕·格里斯、伊恩·夏普、弗朗西斯·庞德、詹尼弗·康普顿，德国诗人萨碧妮·梭模凯朴，挪威诗人凯瑟琳·格莱丹尔，印度诗人尼鲁帕玛·梅农·拉奥的作品。约翰·契弗是王蒙“最喜欢的美国小说家”①，被称为“美国当代的契诃夫”，其作品“怨而不怒，哀而不伤，乐而不淫，讽而不刺”② 特别是追求的直观印象与内心体验相结合的创作风格，王蒙称之为“体验派”小说家，那种抛开事物外在逻辑，着重描写感觉和印象的写作手法，特别是其“迷人的叙述方式与叙述语言”③，都给王蒙极大的启发。在王蒙的许多短篇小说如《夜的眼》、《春之声》、《海的梦》、《风筝飘带》中，可以发现某些约翰·契弗的影子。在《从实招来》中，王蒙坦言：“‘复出’以后我读了一批美国作家的中、短篇小说。我喜欢约翰·契弗的文体，他描写的一切都好像水洗过似的。他的结构、叙述及构词方式完全打破了我已习惯的模式，使我倍感欢欣。我也喜欢杜鲁门·卡波特的《灾星》，他描写那个女孩子走路的声音使人想起铜勺在冰激凌杯中的搅拌，这一点也不合逻辑、不合乎修辞学，然而妙极了。甚至我可以承认，《灾星》启发了我去写《风筝飘带》④。”有的学者曾就内容呈现、人物设计、情节结构安排以及语言等方面，详细比较了《风筝飘带》与美国作家杜鲁门·卡波特

---

① 王蒙、王干：《王蒙、王干对话录》，《王蒙文存》第20卷，第235页，人民文学出版社2003年版。

② 转引自林贤治：《五十年：散文与自由的一种观察》，《书屋》2000年第3期。

③ 王蒙：《我为什么喜爱契弗》，《王蒙文存》第22卷，第139页，人民文学出版社2003年版。

④ 王蒙：《从实招来》，《王蒙文存》第14卷，第347页，人民文学出版社2003年版。

的《灾星》的联系，并由此认为“《风筝飘带》是王蒙接受西方意识流技巧与美国文学影响的典型之作”①。二者虽然写的都是“梦的故事”——丢失的梦的故事，但《灾星》写的是一个灰色的忧郁的故事，而《风筝飘带》则是一个温暖的明亮的故事。正如王蒙自己所说：“我没有忘记在小说的结尾处保持一定的亮色。”②

刘心武称《风筝飘带》是“一根鲜靓的水葱”，之所以“鲜靓”，刘心武认为最主要的在于小说的语言。他说在《风筝飘带》中，王蒙“把小说的叙述方式，也就是小说艺术语言的美感问题，化作了自觉的追求”，刘心武认为，《风筝飘带》的语言是“彻底松了绑的文学语言”③，刘心武抓住了这篇小说成功的关键。刘心武并且说，自己小说创作语言上的自觉，在很大程度上源于王蒙《风筝飘带》的良性刺激。

借鉴西方文学，曾被认为是件冒险的事，甚至是件带有政治色彩的事。特别是八十年代初，王蒙的“拿来主义”也曾遭到过质疑。面对这种质疑，王蒙曾强调了创新的个体性的“内在依据”，在一篇文章中，王蒙写道：“借鉴也罢，求新赶浪也罢，心血来潮也罢，却离不开这种依据。”他接着反问道：“有一个起码成熟的作家能够通过接受影响（或者如一个评论家更露骨地说的‘模仿外来作品的痕迹’）来发现或运用一种崭新的形式吗？如果不是内在的要求逐渐成熟，如果不用自己的耳朵倾听世界的声音、时代的声音、生活的声音与内在的声音，难道任何新的形式的探索是可能的吗？外来影响的启发也只有通过深刻的内省和感悟才能起作用。”④ 王蒙的这种

① 朱静宇：《“意识流”的来路及改造——〈风筝飘带〉与〈灾星〉的对读》，《文艺争鸣》2010 年第 19 期。

② 王蒙：《大块文章》，第 77 页，花城出版社 2007 年版。

③ 刘心武：《一个多面多棱旋转体——重读〈风筝飘带〉》，见何西来主编：《名家评点王蒙名作》，第 421 页，中国海洋大学出版社 2003 年版。

④ 王蒙：《读评论文章偶记》，《王蒙文存》第 23 卷，第 128 ~ 129 页，人民文学出版社 2003 年版。

“辨证”是有道理的。王蒙相当欣赏毕加索的说法：“每逢我有一种意思要表达时，我总是用那种我认为应当用的方式把它表达出来。不同的主题毫无例外地要求不同的方法。”对文学创作上的似曾相识的“孪生兄弟”现象，王蒙极为警惕，他甚至提出，文学上存在着“熟能生厌”的现象。搞创作要突破条条框框的限制，要创新，同时也要寻求最适合的方法，要“无为无不为”，不为实验而实验①。捷克汉学家高利克说：“王蒙是一名伟大的中国作家，是多种文学相互影响的一个复杂进程的产物。正是在这段进程中，俄苏文学与漫长而卓绝的中国文学传统相遇，而稍后的欧美现代派文学作品，特别是其中表现生活中的荒诞境遇的部分又使它得到丰富。”② 这符合王蒙文艺思想形成的实际。

---

① 王蒙：《谁了解毕加索》，《王蒙文存》第 17 卷，第 15 页，人民文学出版社 2003 年版。

② ［捷克］高利克：《第二十四个纳斯列丁？——王蒙新疆小说中的两个女人》，张璐、陈云译，《王蒙研究》2009 年 6 月号。

下　编

第九章　20世纪思想史视野中的王蒙

王蒙在中国当代文坛的崇高地位和巨大影响，在很大程度上是因为他首先是一个思想家，是一个过渡时代的思想家。作为一个作家、一个学者，王蒙更多地不是用笔在写作，而是用心在写作、用思想在写作，他的思想的广博性、深邃性、穿透性、超越性，在当代作家中都具有代表性。大到世界、历史、国家、民族，小到个人的处世哲学、交往原则、价值观念、文化心态等，王蒙都有独到而深刻的领悟和认识。王蒙之所以新见不断，新作迭出，之所以长期以来一直导引着中国当代文学发展的潮头并处于社会、文坛关注的中心、焦点，一个重要的原因就在于他是一个勤奋的思想家，是一个思想的生产者。他不断地向人们呈现着思想的果实，向社会和读者源源不断地提供着智者的思想与启迪，他的许多深刻的超越性的见解正越来越得到广泛的认同和理解，在对历史和现实的理解上，王蒙无疑达到了时代所可能达到的高度。

第一节　用笔思想的作家

王蒙在一篇文章中曾提出，他非常认同“作家是用笔思想的”这一观点，对王蒙而言，他真正做到了“用笔思想”。王蒙思想家的风采，首先表现在他的具有巨大历史深度和思想内涵的文学作品中。王蒙的小说创作，之所以具有历久弥新的艺术魅力和持久的历史影响力，一个最重要的原因在于其中所蕴含的深邃的思想魅力。王蒙的许多作品都可以看做“思想型”小说。王蒙的这种思想家特点，早在《组织部来了个年轻人》中就得到了最初的展现。他思想的敏锐性、把捉反映现实的敏感性令当时的许多人惊讶。人们甚至认为，王蒙当时表现出来的敏锐和思想深度，超越了他那个年龄。八十年代的《活动变人形》之所以被誉为“我国当代文学杰出的长篇之一”，一个重要而深层的原因恰在于这部小说所达到的思想深度，他对人性的挖掘、对传统文化的审视都达到了令人震惊的程度。在九十年代以后的“季节”系列、“后季节”小说中，他对历史、革命、政治、青春、爱情等“宏大”主题所作的持续的深入的思考，更是集中地体现了王蒙思想家的内涵和风度。这方面的研究成果已很多，不多赘言。

其次，王蒙思想家的风采表现在他面对上个世纪九十年代中国社会重要历史转型所表现出来的远见和现实感。王蒙的许多既充满了历史前瞻性同时又具有鲜明的现实针对性的文化随笔、思想杂感等，显示了其思想的当代性和建设性。面对从计划经济到市场经济的社会转型，王蒙提出了文化形态的多样性、价值观念的多元化等重要观点，表现了对未来和现实相当清醒的认识。在《中国社会转型期的文化走向选择》、《文化选择和中国的未来》、《共建我们的精神家园》、《关于转型期文化》等文章中，他的关于文化性格、文化环境、文化大国的思想，都表现了作为一个具有社会责任感和文化良知的思想家在重要历史转折期的敏锐。特别是在上个世纪九十年代市场经济与人文精神的讨论中，王蒙反对那些脱离具体历史实践进程的片面性或由于价值观念的单一性所带来的偏激批评，他的《沪上思絮录》、《躲避崇高》等都具有鲜明的时代性、建设性。他对人文精神与市场经济关系的论述，以及从世俗文化的角度对王朔为代表的某种创作倾向的肯定，都显示了王蒙对社会、历史的深刻理解和洞见及思想家的远见。在那个时代，王蒙说出了许多人想说而不敢说也说不清的许多重要思想领域的问题。王蒙在这些问题上的卓见，不但带有重要的思想解放意义，而且显示了王蒙一个思想家的勇气和胆识。王蒙的见解，后来被证明是顺应并推动历史发展潮流的，是体现了时代发展方向的。王蒙走在了那个时代思想的前头。

第三，王蒙思想者的风采还表现在他数量众多的闪烁着思想解放光辉的文艺论文中。如果说王蒙文学创作的深邃性、超越性内涵表现了一个思想家的深度感和历史责任感的话，那么他具有巨大开创意义和思想解放意义的文艺论文，则开创了新时期中国文学发展的新局面。在新时期文坛上，王蒙实际上扮演了一个思想者、守护者甚至战士的角色。我们知道，新时期中国文学是在激烈的思想论争、交锋、较量中发展前进的，在这个过程中，王蒙独具慧眼的杰出的理论批评，以一种真正与时俱进的敏感性把握时代思想潮流，针对种种社会现象、文化现象和文学现象提出了许多在当时振聋发聩的超越性、独创性见解。上个世纪七十年代末八十年代初，他就提出了“论‘费厄泼赖’应该实行”的呼吁；1982 年，他提出了“作家学者化”的主张；1988 年，针对当时的文坛、文学现状，他发表了《文学：失却轰动效应以后》、《自由与失重》等文章，提出了关于文学功能等问题的独特思考；到了九十年代，王蒙在《文学与市场》、《世纪之交的文学选择》等文章中，更是表现出了一种面对现实的理性精神和务实态度。王蒙的这类文章，既切中时弊，具有很强的现实针对性，又高瞻远瞩，具有深远的历史意义。特别是在有关王朔作品的争鸣中，王蒙创见性地提出了“躲避崇高”和“世俗化”审美趋向问题，在当时的历史条件下，这无疑有点“惹火烧身”的味道，王蒙再一次表现了他大智者的勇气和捍卫真理的文坛战士的特点。

《王蒙自述：我的人生哲学》更是将王蒙在中国文坛的思想家的地位推向了一个新的高度。在这本书中，集中展示了王蒙几十年来对人生的观察、体验、思考、感悟。《王蒙自述：我的人生哲学》在上海媒体上连载后，受欢迎的程度出乎许多人的意料，出现了沪上争说王蒙人生哲学的热烈场面。之所以如此，是因为在这部书中，他对“生存与学习”、“人生之化境”、“价值”、“大道无术”、“人生之有为”等许多重要人生范畴的理解和解释，已经超越了个体的“人生哲学”的层面，进入了一种对人类社会普遍性价值规范、处世原则、生命形式的“洞悟”阶段。他所倡导的“折衷”、“中和”、“中道”、“多元”等处世原则，深刻地体现了改革开放以来中国社会新的变化和新的价值规范的生成，并正越来越成为现代社会的普遍性处世原则。这部著作所反映出来的其实是许多重要的社会文化思想的深层次问题。此时的王蒙已经成为了一个真正的智者，一个在历史中滚打摸爬了几十年的智者，一个脱尽了爱怨恩仇的智者，一个洞悉了生命意义的智者。

在2003年王蒙文学创作国际学术研讨会上，王蒙曾谦虚地说自己仅仅是一个“话题”，但凡是读过王蒙作品的人都会有这样的感受，在中国当代文学史、中国当代文化史上，王蒙已经成为一个难以超越的存在，已经成为了一种重要的文学现象、文化现象，更是一种精神现象。王蒙让世界了解了当代中国和当代中国文学，“王蒙先生富有对人民的深情和对社会的强烈责任感，富有艺术创新的勇气和胆识，富有深刻敏锐的思想和广阔的视野，富有高度的运用语言文字的能力，富有深厚的中国传统文化的积淀和吸纳世界各民族文化营养的胸怀。王蒙的成就是中国先进文化前进的果实，是中国人民的骄傲”①。

王蒙长期以来成为文坛关注的中心和焦点，并不是偶然的。王蒙是一个文学时代的代表，也是毋庸置疑的；但王蒙并不单纯是个文学的存在，“文学”仅仅构成王蒙的一个维面。王蒙的影响早已超

---

① 孙家正：《给“王蒙文学创作国际学士研讨会”的贺辞》，见温奉桥编：《多维视野中的王蒙——第一节王蒙文学创作国际学术研讨会论文集》，中国海洋大学出版社2004年版。

出了文学界。人们对王蒙关注的热情，也并不仅仅来自他的文学创作，在一定意义上，王蒙已经成为某种思想的代表。在20世纪中国文学的发展历程中，真正具有思想家特质的作家并不很多，王蒙是一个。甚至可以认为，王蒙的真正魅力在于他比任何同时代的其他作家都更为集中地体现了某种新思想的矛盾性和时代性特征，具有某种思想史的意义。在20世纪中国文化思想史上，王蒙是个无法绕过的话题，就如同无法绕过鲁迅一样。有的论者说王蒙是“新中国的一面镜子”①，这种评价是恰切的。王蒙作为共和国文学的一面“镜子”，已经多有定论，但在更深的层面，王蒙同时还是共和国特别是后革命时代历史和思想的一面“镜子”，对此，似乎还没有引起当下足够的关注。王蒙是个极具历史感的作家，凡是了解王蒙阅历的人，大概都认同这一点。他的升谪沉浮，他的“得意”与失意，他的“少共”情结和文人情怀，其实在一定意义上都已经不是他自己的“经历”了，在当代作家之中，还没有另一个人比王蒙更集中地体现了半个多世纪以来中国革命、思想的演变。王蒙就是一部中国当代文学史，在一定意义上也是一部当代社会史特别是思想史。也许正是在这个意义上，《王蒙自传》被解读为共和国的“私人日记”。因此，从思想史的角度探讨王蒙的意义，便构成了本章的运思起点。

第二节　王蒙与20世纪中国激进主义

在中国几千年的历史上，似乎还没有哪一个时期像刚刚过去的20世纪那样，充满了动荡和激情，这是一个历史的大变动、大转折期。20世纪之于中国是一个变革的世纪，“革命”成为一种主导性价值理念，甚至如某些论者所指出的，中国思想界出现了某种“革

---

① 王干：《关于王蒙的八个问题》，见崔建飞编：《王蒙作品评论集萃》，第100页，中国海洋大学出版社2003年版。

命崇拜”[1] 的现象。革命成为20世纪中国最重要的“关键词”和“语义场（semanticfield）”，并已内化为现代中国最重要的价值坐标和思维方式，甚至成为一种生存方式、生活方式和生命方式，成为一种超越一切思想、价值范畴的决定性力量。现代中国的一切文化现象、文学现象，在一定意义上都是革命的必然产物和表征。无视这一点，我们将无法对许多历史现象作出合理的解释。

基于20世纪中国社会和革命的特殊语境，激进主义成为20世纪中国最重要的社会文化思潮并长期主导着中国社会的历史进程，这种思想的影响至今存在。激进主义思潮产生的社会思想背景极为复杂，它是20世纪中国社会浓重的政治危机和文化危机的必然产物，又与20世纪中国浓烈的“革命”氛围互为依存。余英时指出，从思想史的各阶段说，由戊戌政变、辛亥革命、五四运动到共产主义运动，激进主义一浪高于一浪，这是有目共睹的事实[2]。从康有为、谭嗣同到陈独秀再到毛泽东，完整地构成了20世纪中国激进主义文化思潮的主脉，从五四时代的“全盘西化”论，到“毛泽东时代”的中国作风、中国气派，以及“破字当头”、不破不立，直至“文化大革命”的“与传统观念实行最彻底的决裂”等，都是这种激进主义文化思潮的不同表现形式。在这种激进主义文化思潮的统辖整控下，改良主义、保守主义在20世纪中国文化思潮中一直处于边缘化位置。

从文化思潮的角度而言，20世纪的中国经历了两个大的历史文化时期：激进主义时期及对激进主义的质疑和瓦解时期。20世纪是在激进主义文化语境中展开的，期间虽有诸如民族主义、自由主义文化思潮的激荡，但就整体而言，激进主义无疑是20世纪中国的一

---

① 张灏：《中国近百年来的革命思想道路》，见许纪霖：《二十世纪中国思想史论》（下册），第385页，东方出版中心2000年版。

② 余英时：《再论中国现代思想中的激进与保守——答姜义华先生》，《二十一世纪》1992年4月号。

种主导性、整控性力量。激进主义本质上是一种集体性的精神亢奋，是一切变革时代的思想温床。激进主义在中国也经过了一个从主流到不断质疑和逐渐瓦解的过程，后来成为极左思想的哲学基础。五四时期激烈的反传统主义，当然是一种激进主义，而“毛泽东时代”的“中国作风”，其实是另一形式的激进主义；上个世纪九十年代后兴起的所谓文化民族主义，也是另一形式的文化激进主义，在其本质上“反映了一种认为本民族文化和历史传统精神高于、优于别人的居高临下的态度”①。激进主义是20世纪中国一切文化思潮的逻辑起点，在特定历史情势下的中国有其历史合理性，这是毋庸置疑的。激进主义思潮在中国的产生和长期占据主流位置，有其独特的社会背景和文化语境，是由近代以来中国的总体“国情”所决定的。离开了20世纪中国的具体实践谈论激进主义是没有意义的。五四时期，人们对传统文化多持“整体式反传统主义”、“一元式西化论”②的决绝态度、文化价值立场，在其深层反映了中国现代知识分子面对西方文明“入侵”的一种文化“焦虑”心态，这种文化激进主义更多的是一种文化姿态，并未真正在文化实践层面得以充分展开。

新时期以来，随着改革开放所带来的中国社会的巨大转向，特别是市场经济的务实性和世俗化，以及共产党由“革命党”到“执政党”的转变，党的工作重心逐渐转移，所有这些，在社会文化思潮的各个领域都对激进主义形成了根本性瓦解力量。人们逐渐从激进主义和理想主义的思想辖域中走了出来。理想主义的合法性不断遭到质疑，其自身的缺陷也越来越被人们所认识、所正视。这其中，王蒙是一个先行者。这是王蒙作为一个思想家的逻辑起点。准确了解王蒙在20世纪中国思想发展史上的意义，必须对激进主义思想长期占据我国社会文化主导地位的过程有所认识。

王蒙的魅力，在一定意义上来自于其思想的矛盾性。形成王蒙

---

① 王联：《世界民族主义论》，第239页，北京大学出版社2002年版。

② ［美］林毓生：《热烈与冷静》，第211页，上海文艺出版社1998年版。

思想矛盾性的因素很多，但极为丰富、曲折而又独特的人生阅历，是其中最重要的个体性因素。离开了 20 世纪中国革命的独特历史，离开了王蒙的“少年革命生涯”这一独特经历，就无法真正理解王蒙，也无法正确说明王蒙思想形成的实践根据。

如果说王蒙的创作特别是小说创作是“后革命”时代的记忆的话，那么其思想的最主要的价值理念就是“后革命”时代实践的总结和升华。当然，所谓“后革命”之“后”并非是“反”或解构之意。王蒙是一个经验型思想家，他跨越两个思想时代，新中国成立之初的五十年代——一个短暂的理想主义的时代，再一个就是所谓“新时期”——“后革命”时代，就王蒙的思想特质而言，他无疑是后一时代的代表性人物。在他的思想体系中，一些最重要的概念如“宽容”、“多元”、“理性”、“常态”、“中和”等，无不是后一时代的价值体现。王蒙是 20 世纪中国“后革命”时代的思想家，他向人们展示了一种新的价值理念和思想方法，一种更具实践理性和世俗理性的思想存在。当然，王蒙这位“后革命”时代的思想家是革命时代和革命实践的产物，离开了“革命”，就无法理解“后革命”时代的王蒙。

从思维方式层面而言，王蒙没有走那种峻急决绝的激进主义老路，而是采取了一种渐进式的温和辩证态度，这与多种因素影响有关。有的学者称王蒙是“体制内运作”：“通过在体制内的渐进，试图扩大体制本身的活动空间。他不是像血气方刚的年轻人那样奋不顾身地冲刺，而是像一个太极高手那样顺势发力，游刃有余。他绝不莽撞行事，不提可望而不可及的纲领。他不激昂，但许多真话从笔下从容流出，一些禁区似乎在无意间被打破。不知这是否可算费边主义的风格？其意义是不应低估的。”① 应该看到，王蒙的这种思

① 高增德、谢泳、丁东：《话说王蒙——谈当代知识分子的精神纯洁性》，见丁东、孙珉选编：《世纪之交的冲撞——王蒙现象争鸣录》，第 127 页，光明日报出版社 1996 年版。

维方式，既是一种风格和智慧，更带有鲜明的后革命时代的特点，体现了后革命时代的基本价值取向。

作为一个“经验主义者”[①]，“一个比较理性的而且是历史主义的角色”[②]，王蒙对历史充满了自觉的反思意识。王蒙曾多次强调，“我的经历未免是太历史了”，“我的命运完全变成了历史的回音”[③]，王蒙一方面从“少年革命生涯”的经历中汲取营养，另一方面更从自身的痛苦经验特别是新中国成立后的历次政治运动中不断吸取历史的教训，从而完成了精神突围，超越了革命时代的理想主义思想视阈，达到了一种“清明的理性”。因此，王蒙的“人生哲学”，本质上是一种经验主义哲学，所谓失之于书求诸己是也[④]。王蒙对于20世纪中国激进主义文化思潮有着深刻的体悟和认识，事实上，作为一个富有历史感和洞察力的敏锐的思想家，早在上个世纪八十年代初，王蒙对乌托邦主义的反思和警惕就已经初露端倪。王蒙说：“中国近百年以来，都常常在万众一心的兴奋灶下面使人们精神亢奋。”[⑤] 所谓“精神亢奋”，其实质就是一种激进主义。王蒙对中国传统文化、现实社会中的“戾气”[⑥]、“乖戾亡命的邪气”[⑦] 的批判，

---

① 王蒙：《沪上思絮录》，《王蒙文存》第23卷，第220页，人民文学出版社2003年版。

② 王蒙：《共建我们的精神家园——与陈建功、李辉的对话》，《王蒙文存》第17卷，第275页，人民文学出版社2003年版。

③ 王蒙：《我们是世界的希望和果实》，《王蒙文存》第19卷，第385页，人民文学出版社2003年版。

④ 王蒙：《王蒙自述：我的人生哲学》，第274页，人民文学出版社2003年版。

⑤ 王蒙、王干：《王蒙、王干对话录》，《王蒙文存》第20卷，第266页，人民文学出版社2003年版。

⑥ 王蒙：《论和谐》，《王蒙研究》，2006年5月号，中国海洋大学王蒙文学研究所编。

⑦ 王蒙：《王蒙自述：我的人生哲学》，第305页，人民文学出版社2003年版。

是非常具有针对性的，凝含了历史经验主义者的独特思考。王蒙甚至认为，作为中国革命指导思想的马克思主义也带有西方激进主义思想的影响，而毛泽东思想更带有激进主义色彩，是“欧洲式的激进主义与中华的传统文化相结合的产物”①,“毛泽东是反世俗化大师”②，其实这里所说的都是毛泽东思想中的激进主义。

王蒙对激进主义更为深入和全面的反思，则始于上个世纪九十年代中期以后。此时，中国社会的发展特别是市场经济所带来的中国社会的深层变化为这种反思提供了可能。激进主义和理想主义是一对孪生姐妹，只不过理想主义似乎带有更明显的正义性和合法性，其实，在这种表面的正义性、合法性下面，掩藏的是激进主义的话语霸权和乌托邦。哈耶克说“通向地狱的路往往是用理想铺就的”，这对于20世纪的中国人而言并不陌生。对此，王蒙更是有着清醒的认识。对于理想主义，王蒙曾有一个惊人的论断：“二十一世纪的一大遗产正是理想主义的碰壁”③，这是一个典型的“经验主义者”的论断。王蒙看到了理想主义乌托邦与偏执的一面，“人们需要理想主义的光辉却不要理想主义的偏执与狂妄自大。……单纯的理想易于通向假大空的自欺欺人”④，“对于天堂的理想也可以把人们驱赶到地狱里”⑤。用乌托邦代替现实、用乌托邦枪毙现实的事情，在20世纪的中国不知发生过多少次，对此，王蒙是深有感触同时也是高

---

① 王蒙：《我的读书生活》，《王蒙研究》，2005年10月号。中国海洋大学王蒙文学研究所编。

② 王蒙：《革命、世俗与精英诉求》，《王蒙文存》第17卷，第357页，人民文学出版社2003年版。

③ 王蒙：《沪上思絮录》，《王蒙文存》第23卷，第221页，人民文学出版社2003年版。

④ 王蒙：《理想与务实》，《王蒙文存》第15卷，第362页，人民文学出版社2003年版。

⑤ 王蒙：《王蒙自述：我的人生哲学》，第269页，人民文学出版社2003年版。

度警惕的。只有真正深刻地理解了中国社会近一个世纪的独特历史，真正理解了革命的独特性，才能理解和把握王蒙思想的关键点。王蒙的思想，正是这种独特国情和历史的产物。

然而，王蒙对激进主义的反思和审视，以及王蒙的这种来源于历史经验和教训从而带有更多建设性的思想，并没有得到年轻一代激进主义者的理解，有人认为他“世故”、“圆滑”，不够“激烈”和“决绝”，不肯“背十字架”……不少论者更多地从消极的意义上来理解过于“历史化”的经历给王蒙带来的影响，而忽视了其对于王蒙实践理性思想的形成所具有的建构性意义和价值。曾有不少人期待王蒙成为新的激进主义者，成为当代“鲁迅”，成为新时代的悲情主义者，甚至成为某种新的“对立面”，然而，王蒙总是“搂着”，并不向“枪口”上撞，这似乎是王蒙招致许多人不满的一个原因。这种隔膜和误解，反映了新的历史时期两种思想价值体系的隔膜和对抗。许多自称了解王蒙的人，在他的言论中所表现出来的是对王蒙的真正的不了解。他们既不了解王蒙的历史，也不了解中国的现状。

造成这种隔膜和误解的原因是多方面的。就 20 世纪中国思想史而言，激进主义思潮一直占据主导地位，无论“左”还是“右”，都是一种激进主义，只是表现形式不同而已，这是与 20 世纪中国革命情势密切相关的。20 世纪九十年代，中国社会由计划经济到市场经济的转型所带来的思想、文化、价值观念的转型，是最深刻最根本的一次转变，王蒙敏锐地注意并顺应了这次社会“转型”，并完成了自我思想观念的“转型”——由理想主义者转变为一个经验主义者。王蒙的这种转变，使他在思想上与那些“人文精神”讨论中新的激进主义者拉开了距离。王蒙曾劝告那些喜欢发空论和大话的理论家，要多多注意和联系“中国革命运动的背景”和“特别的中国”，不能闭着眼睛沉迷于与现实毫不搭界的自说自话之中。王蒙一直对精英、精英文化之类深怀提防，并时有微言，这是事实，“知识精英们从西方发达国家趸进了那么多知识观念，……却因中国与西方的多元制衡社会大异其趣，精英们便只能吞吞吐吐，磨磨唧唧，不能不令人觉得他们是没有找到感觉（如新自由主义）或找错了感觉（如新左派）。他们生活在情况全然不同的中国，却找不到自己，不知道自己到底要干什么”①。虽然王蒙与他的“反对者”生活在同一个时代，面对着同样的境况，但是他们的思想并不属于同一个时代——一个属于革命时代的激进主义思想体系，一个属于“后革命”时代的价值多元的思想体系。因此，隔膜和误解也就难免，从根本上，他们处于“两个不能对话的世界”②。这种由于王蒙思想的超前性而带来的与同时代的无法“对话”，使王蒙成为九十年代中国思想界的一个寂寞的孤独者，一个“远行的叛徒”③。一个提倡宽容的人，并没有得到应有的宽容，这似乎也是王蒙的宿命。

“文革”的痛苦经验和对现实的洞悟是促使王蒙由一个理想主义者转变为经验主义者最根本的原因。基于这种历史经验，王蒙较早地摆脱了激进主义偏执理论的束缚，完成了从某种偏执型思维到理解型、对话型思维的转变。他的“‘费厄泼赖’应该实行”论，他的“躲避崇高”论，他的新的“人文精神”论，特别是他的“人生哲学”等，都已经表明王蒙较早地超越了某种精神和思想的藩篱，走向了一个新的精神世界。

第三节　王蒙与20世纪中国理想主义

无论在何种程度上估计革命对20世纪中国文学的影响都不为过。革命不仅成为20世纪中国文学最重要的叙事对象，而且在很大程度上甚至深刻地影响了中国文学的情感方式、思维方式和话语方

① 王蒙：《赵本山的“文化革命”》，《读书》2009年第4期。

②③ 孙郁：《王蒙：从纯粹到杂色》，《当代作家评论》1997年第6期。

式，可以说，革命重塑了20世纪中国文学的审美意识和审美形态。革命的强势话语，成为20世纪中国文学的主导话语模式。20世纪中国文学对意识形态性、功利性、时代精神等范畴的极端强调，浓烈的革命情结，烈士意识，悲情主义，以及理论的偏执化、“豪华化”（王蒙语），思维的一元化、简单化，价值的绝对化、狭仄化，甚至话语方式的决绝化等，都无不是革命时代激进主义思潮的产物和表征。激进主义对20世纪中国文学的文体类型、价值理念、美学形态等都产生了决定性影响。20世纪中国文学无法摆脱激进主义思想的影响，甚至在一定意义上就是这种思潮的产物。从文学革命到革命文学，从左翼文学到大众文学、工农兵文学甚而发展到“文革”时期的“样板戏”文学，激进主义的文学思潮贯穿其中。

与文化、政治上的激进主义相一致，激进主义在文学上则演化为理想主义，并一度成为中国文学最主要的价值取向和精神追求，这是自左翼文学到革命文学、社会主义文学一脉相承的最重要的精神“徽记”，也是最显著的美学品格。“十七年”文学中的革命英雄主义，实际上也是一种理想主义，直到上个世纪八十年代初的伤痕文学、改革文学等，仍旧回荡着理想主义的余响。可以说，自上个世纪20年代左翼文学以来，理想主义长期成为20世纪中国文学的主流价值观，并在新中国成立后一度成为唯一合法的价值观。同时，由于20世纪中国文学产生、发展的独特境遇，使理想主义带有强烈的党派意识形态色彩，从而成为某种精神的乌托邦，甚至成为伪理想主义。王蒙说过，中国现代以来的文化和文学具有“亲革命性”①的特点，其实，20世纪中国文化和文学的这种“亲革命性”，在一定程度上决定了它的理想主义的精神品貌。

王蒙与20世纪中国激进主义思潮以及文学上的理想主义的关系极为复杂，这种复杂性正是构成王蒙思想复杂性的重要原因。从单纯文

---

① 王蒙：《王蒙自传》第二部《大块文章》，第144页，花城出版社2007年版。

学创作的层面，王蒙是一个真正的“革命作家”，其浓烈的“政治意识”是其最明显的标志。从《青春万岁》始，王蒙的文学创作已逾半个世纪，在这半个多世纪的文学创作中，他的文学“主题”并没有什么大的变化，从上个世纪五十年代的《青春万岁》、《组织部来了个年轻人》，到八十年代的《春之声》、《蝴蝶》、《布礼》、《杂色》、《活动变人形》，九十年代的“季节”系列小说，以至《青狐》等，其文学表现手法等发生了明显变化，但是一以贯之的东西仍然存在，那就是“革命情结”。这种“革命情结”成为王蒙文学创作的最重要的精神品质。

20世纪是中国文学史上一个空前的理想主义的时代，道德理想主义、革命理想主义等绵延不断，成为20世纪中国文学最主要的价值坐标，这或许与激进主义思潮和“革命崇拜”的价值取向所塑就的“乌托邦性格”（林毓生语）有关，理想主义成为一种强势意识形态在20世纪不可避免。王蒙曾深受这种理想主义的影响，并成为20世纪中国文学最执著的理想主义者，这仍然与他的“少年革命生涯”有关。从本质上讲，理想主义与革命和文学属于天然的“盟友”，因为它们具有某种内在的一致性，没有理想主义就没有革命，就没有文学。“革命需要文学，需要文学的理想、批判、煽情、鼓动。文学心仪革命，心仪革命的理想主义与批判锋芒”①，晚年的王蒙仍旧这样认为。“少共”经历及其所带来的新中国成立初期的准“革命家”的心态，使王蒙必然地带有相当明显的理想主义的精神特征，此其一；其二，苏联文学在深刻的意义上影响了王蒙，“我是在天真的童年、少年时代毫无保留地，以全部心灵接受了苏联的影响尤其是苏联文艺的影响……苏联的小说，苏联的诗，苏联的音乐，苏联的歌曲都令我醉迷”②。其中最重要的一点就是苏俄文学中的理

---

① 王蒙：《王蒙自传》第一部《半生多事》，第144页，花城出版社2006年版。

② 王蒙：《王蒙自传》第一部《半生多事》，第209~210页，花城出版社2006年版。

想主义，“苏联”是王蒙青年时代的“关键词”。理想主义一方面使王蒙认同苏联文学，另一方面苏联文学又进一步强化了王蒙的理想主义。尼·奥斯特洛夫斯基、法捷耶夫、爱伦堡、屠格涅夫、契诃夫、艾特玛托夫等苏联作家都对王蒙产生了重要的影响。苏联文学的理想主义精神对王蒙的影响是相当内在和深远的，远远超过西方现代派文学对王蒙的影响。

王蒙又是20世纪中国文学理想主义最大的质疑者、审视者和反省者。王蒙是一个清醒的痛苦的理想主义者。一方面，作为一个敏感的作家，他天然地倾向于理想主义并曾身沐理想主义的光辉；另一方面，作为一个经验主义的思想家，一个智者，王蒙又相当敏锐地洞悉了理想主义的狭隘性和偏执性。“少共”经历在王蒙身上留下的精神“遗产”是多方面的，除了理想主义之外，还有清醒与冷静，理性与务实。而在一定意义上，这种清醒与冷静恰恰是对理想主义的质疑和疏离。作为文学家的王蒙，无疑是个理想主义者，作为一个思想家和革命者，王蒙无疑又对理想主义充满了警惕性。对此，王蒙自己也有清醒的认识。“复出”后的王蒙变得复杂了、游移了，甚至欲言又止了，不再那么“纯粹”了，不再那么理想主义了。在他此时的作品中，虽然仍旧洋溢着某种热情和执著、信念和理想，但同时也多了一层感喟甚至嘲讽，更多地强调和表现了生活的复杂性、模糊性，有意规避那种非此即彼的直线性价值拘框——这在《春之声》等作品中已表现得相当明显，破旧的闷罐子车和崭新的内燃机车头已经隐约透露出了这种复杂性。王蒙与同时代“伤痕文学”、“反思文学”作家相比，其最大的区别即在于此。此时王蒙已经对带有明显缺陷的所谓理想主义表现出了怀疑，这直接导致了王蒙对评论家李子云对他小说“少共情结”评价的“委婉拒绝”：“四十岁的作者已经比二十一岁的作者复杂多了，……我已经懂得了‘凡是存在的都是合理的’的道理。懂得了讲‘费厄泼赖’，讲恕道，讲宽容和耐心，讲安定团结。”① “少共情结” 其实质是一种理想主义，此时的王蒙已经在历史的经验和教训中走出了这种单值性思想的束缚，走向了更为理性也更具建设性和实践性的思想开阔地。这两种相互矛盾又相互渗透和纠缠的文化心态贯穿了王蒙所有的创作。

评论家孙郁说：“倘若了解共产主义文学精神在中国被解构的历史，王蒙提供给人的信息，比他同代的任何一个作家，都要丰富，都要多姿多彩。”② 此言甚是。理想主义本质上是一种简单化、绝对化的极端主义，而理性主义则是一种平衡和自省，是一种反激进、反极端。理想主义赋予了王蒙文艺思想某种主流的价值地位，而理性主义又使王蒙的文艺思想带有明显的“后革命性”特点。但是，对理想主义的审视是痛苦的，需要一种理性的力量。王蒙的这种“审判者”角色，表现为“季节”系列小说对“革命”的重新书写。“革命”在“季节”中之于王蒙，已经不是直接面对的宏大的历史主体，而是前提和参照，“革命”并不是被消解了，而是成为了思想资源和话语背景。“季节”系列既是王蒙那一代知识分子的“心灵自传”，更是后革命时代对“革命”的“别样的诉说”③。

王蒙是一个历史的审判者。王蒙之于20世纪中国思想史、文学史的意义，不在于他是一个理想主义者，而恰恰在于他是一个理想主义的疏离者、审视者，甚至批判者。从精神的完成性而言，王蒙从一个理想主义者到经验主义者的转变，构成了20世纪中国思想史上某种具有历史感的“事件”，具有某种独特的意味。王蒙是20世纪中国思想史的一个“标本”。

---

① 王蒙：《我在寻找什么》，《王蒙文存》第21卷，第26页，人民文学出版社2003年版。

② 孙郁：《王蒙：从纯粹到杂色》，《当代作家评论》1997年第6期。

③ 林云、胡辛：《沉重的历史　别样的诉说——王蒙“季节”系列长篇小说浅析》，见温奉桥编：《多维视野中的王蒙——第一届王蒙文学创作国际学术研讨会论文集》，第205页，中国海洋大学出版社2004年版。

第十章　20世纪中国文化视野中的王蒙

王蒙在20世纪中国文化史上的地位和贡献，并没有引起研究者足够关注。研究20世纪中国文化史视野中的王蒙，并非因为他曾做过文化部长，而是着眼于他对当代文化建设提出的许多建设性思想。当然，这里所说的当代文化建设也并非是指王蒙主政文化部时开放了商业性舞厅、设立了中国艺术节等具体文化举措，而是将王蒙置于20世纪中国文化流变特别是左翼文化发展流变过程中，从中看取王蒙的意义。

从一个大的文化视野来看，对中国文化问题的思考，是贯穿近现代史的一个焦点问题。近代以来，中国传统文化的完整性开始遭受侵袭，对中国文化出路问题的思考成为几代知识分子心中摆脱不掉的“情结”，从张之洞、胡适到毛泽东、李泽厚等，一代代学人无论是出于权宜之计还是长远考量，他们为中国文化所设计的一个个现代性“方案”，构成了一个世纪以来中国文化史的斑驳图景。其中，无论是对中国传统文化的自虐、自戕，还是自赏、自恋，对西方文化的顶礼膜拜还是怒目而视，从根本上说，都充满了某种可以体察的焦虑、游移和彷徨心态。在这种心态的统摄下，他们所设计的“方案”就难免走极端，难免拒纳失据，但他们的智慧构成了后人对这一问题继续思考、言说的语境与资源。从文化发展的延续性而言，新时期以来，王蒙对中国文化特别是当代文化的关注、思考，就是在前人所提供的这一历史资源的背景下，对新的历史条件下中国文化发展战略、文化生态、文化价值等重大问题所作的富有时代性的思考和回答，这构成了王蒙文化思想现代性的重要内容。

第一节　革命文化的“变奏”

阿伦特说，战争和革命决定了20世纪的面貌。对于中国社会而言尤其如此，“革命”构成了20世纪中国的最核心命题，也是解读20世纪中国社会、文化的关键词。革命决定了20世纪中国文化的基本面貌，“‘革命’既是20世纪文化内涵的‘主旨’，还是20世纪文化肌体的‘筋骨’，也是20世纪文化脉络的‘精髓’，更是20世纪文化变异的‘绝唱’”①。革命文化在一定意义上深刻改变了20世纪中国文化乃至近代以来中国文化的构成，成为一种最强势的文化形态，革命崇拜也于此时达到登峰造极的程度。

革命文化形成于上个世纪三十年代，1942年延安“整风”后，逐渐借助威权的力量，得以壮大，新中国成立后更是一统天下。40年代的“整风”和1957年的“反右”，实际上就是确立和巩固革命文化的实践，以革命文化对其他文化特别是知识分子文化进行整肃，使之成为绝对主流的文化意识形态。从现代以来所形成的文化脉系而言，王蒙应该属于革命—政治文化的范畴，与20年代的左翼文化有血脉联系，但他又显然与一般意义上的左翼文化人迥然有异，甚至稍不留神可能会把王蒙归到“左翼”的对立面，这也许就是称王蒙为“现代派”的一个原因。细究根本，王蒙无疑是左翼—革命文化这个大阵营里的一员，只不过王蒙是左翼—革命文化发展到新的历史时期（后革命时期）的一个“变奏”。

亨廷顿说：“革命就是对一个社会据主导地位的价值观念和神话，及其政治制度、社会结构、领导体系、政治活动和政策，进行

① 唐少杰：《从文化革命到革命文化——20世纪革命一瞥》，《求是学刊》2007年第6期。

一场急速的、根本性的、暴烈的变革。”① 因此，通俗地讲，革命文化本质上是一种“造反”文化，这是由革命的性质和任务所决定的。在中国，革命文化则主要源于农民文化，因为中国革命的主体力量是农民。毛泽东在1939年给周扬的一封信中，阐述了他关于革命政治文化的最初构想，他说：

> 现在不宜于一般地说都市是新的而农村是旧的，同样农民亦不宜说只有某一方面。就经济因素说，农村比都市为旧，就政治因素说，就反过来了，就文化说亦然。……所谓民主主义的内容，在中国，基本上即是农民斗争，即过去亦如此，一切殖民地半殖民地亦如此。现在的反日斗争实质上即是农民斗争。农民，基本上是民主主义的，即是说革命的，他们的经济形式、生活形式、某些观念形态、风俗习惯之带着浓厚的封建残余，只是农民的一面。②

由此可见革命文化的基本构成和性质。革命文化发展到“文革”，可谓登峰造极，其不可克服的弊端也展现无遗。新时期以来，为适应新的情势，革命文化面临着新的转型，王蒙出现在了革命文化从革命时代到后革命时代转型的交叉点上。因此，王蒙的文化观念带有明显的过渡性。

一般而言，革命文化带有鲜明的一体化、封闭性、理想性甚至乌托邦性质，是一种“高调”文化，最主要的特征则是理想主义。革命文化最主要的功能是政治动员，只有理想主义的“许诺”才具有这种政治动员的功能。因此，这种带有浓厚理想主义色彩的革命文化基本漠视或否定民间文化形态的存在，否认其价值的合理性——民间文化的世俗性、娱乐性、物质主义基本是对理想主义的

---

① ［美］塞缪尔·亨廷顿：《变化社会中的政治秩序》，第241页，王冠华、刘为等译，生活·读书·新知三联书店1996年版。

② 毛泽东：《致周扬》，《毛泽东文艺论集》，第259～260页，中央文献出版社2002年版。

解构。新中国成立以后，文化形态高度单一化、意识形态化，把一切非革命性、非意识形态性文化称之为资产阶级思想加以批判，这在客观上形成了文化形态和价值观念的高度单一化。革命文化对世俗生活是不屑一顾的，毛泽东把世俗生活称为“坛坛罐罐”即是明证。然而到了后革命时代，“坛坛罐罐”成了生活的主导面。上个世纪八十年代，伴随着新的经济成分的出现，以及对“人”的多样化需求的正视，世俗文化得到某种认同和初步发展；九十年代，市场经济日益深入社会生活的各个层面，随着社会阶层的分化，文化的多元化已不可阻挡，“发展高尚的丰富多彩的文化生活”① 已成为社会共识。王蒙非常敏锐地意识到了这种变化，并适应了后革命时代大众对文化多元需求的现实，自觉倡导后革命时代的世俗和多元文化的理念。

多元化是王蒙文化观的一个重要内容。在文化价值层面上，相对于精英、高端、意识形态文化观念，王蒙的文化“多元化”的思想主要表现为对世俗、低端、非意识形态化文化的认同和肯定，这实际上是对革命（政治）文化一统天下的反拨。

首先，王蒙已经意识到20世纪革命文化的某些弊端，多元化的文化形态和价值观念正在生成，特别是与革命文化相对立的世俗性平民化文化，日益成为民间社会的主导性文化价值取向。这构成了王蒙上个世纪九十年代文化思想的最主要的价值立场。因而，王蒙高度警惕革命文化的“乌托邦”性、高蹈性、极端性，并特别警惕其反世俗性和所谓“纯洁性”②，提出要“认同人类的世俗性”，“认同文化的此岸性、人间性”③。王蒙所强调的文化的“此岸性”、“人间性”，也就是文化的世俗性和低端价值原则。例如，围绕王朔和

---

① 邓小平：《邓小平文选》第3卷，第43页，人民出版社1993年版。

② 王蒙：《王蒙自述：我的人生哲学》，第157页，人民文学出版社2003年版。

③ 王蒙：《王蒙自述：我的人生哲学》，第238页，人民文学出版社2003年版。

“人文精神”问题所展开的讨论，是九十年代中国社会转型期文化界最重要的“文化事件”。王蒙为王朔“痞子文学”的文化意义作了“辩护”。在王蒙看来，王朔的“亵渎神圣”，撕破了一些人伪神圣、伪崇高、伪道德的假面，是对“伪理想主义”文化和精神膨胀的乌托邦文化的“躲避”、消解和嘲弄；王朔既是这种“伪理想主义”、“乌托邦”文化的产物，更是有力的反击者、无情的嘲弄者和批判者，代表了一种平民化文化立场和价值观念，是对更符合人性特征更能满足人性多样化需求和发展的平民文化、世俗文化的关注与认同。在关于“人文精神”的讨论中，王蒙这种平民化的文化立场进一步凸显。王蒙认为，所谓“人文精神”，主要是一种“精英诉求”，是“精英们面对世俗化的抗拒与因应措施”①。人文精神“似乎并不具备单一的与排他的价值标准”②，在其内涵上除了某种纯精神性的“终极关怀”外，还应该包含着某种“常识性世俗性的精神”，某种“坛坛罐罐”之类的“具体的物质的内容”③。在价值层面上，“应该承认人文精神的多元性与多层、多面性”④，“人文精神应该承认人的差别而又承认人的平等，承认人的力量也承认人的弱点，尊重少数的‘巨人’，也尊重大多数的合理的与哪怕是平庸的要求”⑤。从他的这些论述中，我们可以发现，王蒙所特别关注、强调和认同的是“人文精神”世俗性、现实性和实践性的一面。针对这一文化思潮对当时刚刚实行的市场经济潜在的“用乌托邦枪毙现实”的危险性、破坏性，王蒙警告道：“计划经济的悲剧恰恰在于它的伪人文精神，它的实质是用假想的‘大写的人’的乌托邦来无视、抹杀人的欲望与需求。它无视真实的活人”，“是市场而不是计划更承

---

①③　王蒙：《革命、世俗与精英诉求》，《王蒙文存》第 17 卷，第 360 页，人民文学出版社 2003 年版。

②④　王蒙：《人文精神问题偶感》，《王蒙文存》第 23 卷，第 213 页，人民文学出版社 2003 年版。

⑤　王蒙：《人文精神问题偶感》，《王蒙文存》第 23 卷，第 216 页，人民文学出版社 2003 年版。

认人的作用，人的主动性”①。这场讨论早已尘埃落定，孰对孰错，中国社会实践已经对此作出了最具说服力的评判。在这场讨论中，王蒙所坚守的世俗的平民文化立场以及他的敏锐、洞见和巨大的理论勇气，留给后人许多启悟。

其次，王蒙较早提出并辨析了文化的“非意识形态性”，这一点很重要，这是王蒙为中国当代文化发展作出的一大贡献，这为容忍、培育和建立真正世俗性的文化提供了理论支持。浓烈的意识形态色彩是革命（政治）文化的最显著特征，然而，意识形态并非所有文化所必需的内涵。早在上个世纪八十年代末，王蒙就特别强调了文化中“超出主义、超出社会制度的制约的内涵”②，如文字、科学技术、民俗风习等。后来，他又明确提出中国文化“不应仅以意识形态划分”，“过分强调意识形态的特点，是不适宜的”③。这里所体现的同样是一种对于世俗文化的尊重。王蒙竭力维护民间文化的合法性，为其争取存在的权利和空间，因为在他看来，多样性才是一个社会健康的文化生态。著名艺人赵本山在2009年“春晚”上演《不差钱》后，王蒙在《读书》杂志上发表了一篇出人意料又备受关注的文章：《赵本山的文化革命》，在这篇文章中，王蒙从农民文化的角度为赵本山“喝彩”，他认为，赵本山与“毕姥爷”，分别代表着民间文化和主流文化，这二者不无龃龉，“赵本山在主流媒体上争到了农民文化的地位和尊严。夸大一点说，他悄悄地进行了一点点农民文化革命，使得我们的主流文艺更加宽敞自然开放亲民”④。在这里，王蒙强调了赵本上的“文化革命”意义，也同时承认了主流文

---

① 王蒙：《人文精神问题偶感》，《王蒙文存》第23卷，第211页，人民文学出版社2003年版。

② 王蒙：《文化传统与无文化的传统》，《王蒙文存》第17卷，第30页，人民文学出版社2003年版。

③ 王蒙：《中国社会转型期的文化走向选择》，《王蒙文存》第19卷，第437页，人民文学出版社2003年版。

④ 王蒙：《赵本山的文化革命》，《读书》2009年第4期。

化与民间文化、世俗文化与革命文化的某种妥协和共存。所有这些，都显示了革命文化在新的历史条件下的新变异。

谈到此，笔者有一问题一直纳闷，王蒙对赵本山代表的农民文化尚能给予高度赞赏和肯定，但对知识分子代表的精英文化似乎并不宽容。“精英”在王蒙笔下，多带贬义，基本把知识分子看做是一群“拔发登天者”①、大言欺世者，是一群“哩哩啰啰，抱残守缺，耍丑售陋，自足循环，只知其一而不知其二其三的死脑筋”②。笔者一直无法弄明白，王蒙对“精英”的这种看法，究竟源自何处？

第二节 “建设性”的“文化大国”战略

20 世纪中国的革命崇拜同样表现在文化上。“革命”成为社会和文化发展的发动机，“文化革命”发生过何止一次。所谓“文化革命”，其实就是“不破不立”的思维，实际上是有违于文化发展规律的。尤其是“后革命”时代，用暴烈的运动的方式进行文化建设已经不可能。鉴于此，王蒙适时地提出了“建设性”的“文化大国”战略。

“文化大国”一词是王蒙较早提出来的，后来得到文化界的认同。早在上个世纪八十年代末，王蒙就相当前瞻性地提出：“要从世界的观点、二十一世纪的观点、全球的观点考虑中国文化的地位和前途。并安排好中国文化的发展、建设、改革、开放，从而塑造中国的应有的形象，发出中国的应有的声音。”③ 在《我国社会主义初级阶段的文化刍议——一个笔记式的提纲》这篇文章中，王蒙第

---

① 王蒙：《王蒙自传》第三部《九命七羊》，第 263 页，花城出版社 2008 年版。

② 王蒙：《王蒙自述：我的人生哲学》，第 236 页，人民文学出版社 2003 年版。

③ 王蒙：《我国社会主义初级阶段的文化刍议——一个笔记式的提纲》，《王蒙文存》第 23 卷，第 504 页，人民文学出版社 2003 年版。

一次提出了文化的“不平衡”理论和建设“文化大国”的构想，并认为“中国的魅力很大程度上在于她的文化”。文化的“不平衡”理论成为了后来建设“文化大国”战略思想的最重要的理论基础。

文化“不平衡的魅力”是王蒙的一大发现。王蒙认为，“不平衡”是社会生活的常态和重要特征，文化上的不平衡则尤为突出。“不平衡”就是多样性、丰富性，同时也意味着选择的可能性。王蒙提出，要重视文化不平衡的魅力。恰恰基于这种对文化“不平衡的魅力”的认识，王蒙断言，从全球而言，中国文化“是当今世界以欧洲为源头的文化潮流的最重要的参照系”①，“是当今世界上的强势文化的最重要的比照与补充系统之一”②。王蒙对中国文化的信心，与五四时代将中国传统文化斥之为“四千年之久的垃圾堆”、“弃之如土苴”的态度已经有了根本性转变。王蒙与“五四”一代学人相比，从决绝走向了理性，从单一走向了多元，从破坏走向了建设。

九十年代以来，“全球化”已经成为社会生活的主导性理论坐标和无法逃遁的文化语境，全球化要求我们重新给出生活于其中的社会、世界的概念③，面对发展变化了的新形势，特别是面对经济全球化的潮流，王蒙“给出”了全球化语境中的中国文化的新“概念”。

王蒙“给出”的新“概念”，就是全球化语境中的“文化大国”战略。从一定意义上说，王蒙的“文化大国”战略是因应了全球化的挑战，倡导如何在全球化浪潮中“保持自己的独立性”，保持中华

---

① 王蒙：《我国社会主义初级阶段的文化刍议——一个笔记式的提纲》，《王蒙文存》第 23 卷，第 503 页，人民文学出版社 2003 年版。

② 王蒙：《为了汉字文化的伟大复兴》，《王蒙研究》第 1 期，2004 年 10 月，中国海洋大学王蒙文学研究所编。

③ 见王宁、薛晓源主编：《全球化与后殖民批评》，中央编译出版社 1998 年版。

民族的独立地位、独立性格和独立形象，也就是如何重新确定开放中国的“文化身份”（cultural identity），进而重塑开放中国的新“形象”。王蒙认为，“建设文化大国，就是说我们国家到底应该以一个什么样的形象出现在世界上”①。在全球化过程中，除了经济的眼光，还应该具有文化的眼光，特别是对我们经济不甚发达的国家而言，文化战略就更具有意义，“在全球化的浪潮中，文化是各个民族守护自己的最后一个领地”②。王蒙提出，在因应全球化的浪潮中，与建设政治、经济、军事大国相比，“文化是我们的强项，文化是我们的优势，文化是我们的形象”③。面对全球一体化，王蒙强调了我国文化的“独特性”，这种“独特性”就是全球化下我国未来文化的“个性”和“身份”。

与“文化大国”战略相一致，“建设性”构成了王蒙文化观最富时代特色的内容。“建设性”是王蒙整个文化思想的一个统摄性概念，这与五四时期对传统文化的“根本扫荡”④和“毛泽东时代”的“不破不立”思想迥然不同。王蒙的“建设性”思想无疑更具理性。王蒙提出，在“文化大国”的实践中，“不能用爆破式的态度”，不能“破字当头”，动辄“砸烂”，更不能搞“扫荡一切”，应该提倡“建设性的精神”⑤和态度。“建设性”赋予王蒙“文化大国”战略以实践性、现实性和可行性，也就是建设全球化语境下的“文化大国”，不但是可能的，也是可行的。其最重要的可能性在于中国文化的“独特性”：首先，这种“独特性”表现为顽强的生命力和凝聚力，“中国文化是全世界唯一绵延下来、存活下来的活的历

①③ 王蒙：《全球化浪潮与文化大国建设》，《王蒙文存》第23卷，第255页，人民文学出版社2003年版。

② 王蒙：《全球化背景下的“文化大国”建设构想》，《接纳大千世界》，第272页，春风文艺出版社2003年版。

④ 李大钊：《东西文明根本之异点》，《言治季刊》1918年第3期。

⑤ 王蒙：《共建我们的精神家园——与陈建功、李辉的对话》，《王蒙文存》第17卷，第271页，人民文学出版社2003年版。

史悠久的文化”，是“最广泛地团结中国人民乃至全球华人的一面旗帜”①，“不但有自强的力量，而且有兼容的气度、灵变的智慧”②，王蒙甚至认为“所谓毛泽东思想是马克思主义与中国文化的结合”③，可见他对中国文化的思考和认识。其次，王蒙认为中国文化的“独特性”还表现在汉字上，认为汉字是“人类文化的奇葩”④，更是我们中华民族的命脉、灵魂和根基所系。王蒙从文化的高度来看待汉字，其思维方式与着眼点应该说也与五四时期主张废除汉字的钱玄同等人没有大的区别，结论却完全不同。他把汉字所代表的文化称之为“汉字文化”，“汉字文化便是中华儿女的永远的精神家园”⑤，这与五四时期将中国传统文化斥之为一切罪恶的“渊薮”、“陈腐而邪恶”具有天壤之别。王蒙在《为了汉字文化的伟大复兴》中，再一次强调了“汉字本位”的观点。第三，这种“独特性”还表现在它的辐射性，具有广泛的世界影响，特别是在东亚与东南亚，形成了汉文化圈。

“建设性”的另一方面表现为建设“文化大国”实践的可行性。王蒙认为，建设“文化大国”是个系统工程，也是个长远工程，不可能一蹴而就，更不能急功近利。首先，强化和维护汉字的凝聚力、辐射力，“应该调整关于中文的出路在于汉字拉丁化的国策”⑥，重视汉语、汉字的规范化，并且花大力气扩大汉文化在世界范围内的

---

① 王蒙：《全球化浪潮与文化大国建设》，《王蒙文存》第 23 卷，第 255 页，人民文学出版社 2003 年版。

② 《甲申文化宣言》，2004 年 9 月 5 日北京“2004 文化高峰论坛”。

③ 王蒙：《中国社会转型期的文化走向选择》，《王蒙文存》第 19 卷，第 436 页，人民文学出版社 2003 年版。

④ 王蒙：《全球化浪潮与文化大国建设》，《王蒙文存》第 23 卷，第 256 页，人民文学出版社 2003 年版。

⑤ 王蒙：《为了汉字文化的伟大复兴》，《王蒙研究》第 1 期，2004 年 10 月，中国海洋大学王蒙文学研究所编。

⑥ 王蒙：《文化大国建设刍议》，《王蒙文存》第 19 卷，第 408 页，人民文学出版社 2003 年版。

影响力；其次，重视对中国的历史和哲学遗产的保护，保护文物典籍，大力弘扬民族文化；第三，发掘、普及各民族传统文化和民间文化。

如果说，上个世纪九十年代王蒙力倡建设“文化大国”还是出于某种“怎样在人均国民收入还没有赶上或尚大大低于西方发达国家的时候维护我们民族自尊心、自信心”①，以及因应全球化潮流的某种无奈与权宜之计的话，那么后来王蒙从建构和谐社会的角度提出发展文化事业的观点，则更加具有自觉的“战略”眼光。王蒙指出，“发展文化事业，完全可能并且应该围绕构建和谐社会努力奋斗”。在论述发展文化事业与构建和谐社会的关系时，王蒙说：“和谐社会必然是文化事业健康发展的社会，和谐社会是建筑在健康发展的先进文化基础上，建筑在科学和人文文化的昌明上，而当然不是建筑在愚昧落后、无知迷信上。”② 从《文化大国建设刍议》到《构建和谐社会　发展文化事业》中所提出的具体措施表明，王蒙的建设“文化大国”战略具有实践性意义，特别是把建设“文化大国”纳入到构建和谐社会这一大的框架之中，从消极被动的对全球化的因应“策略”，转变为积极的战略性实践目标。

第三节　多元、和谐的文化生态观

多元、和谐的文化生态观是王蒙文化思想的重要组成部分，也是建设“文化大国”战略在具体实践层面的展开。建设“文化大国”，并不是被动的、封闭的简单性“刺激—反应”，而更应该是长远的、理性的、开放性视野，即在文化生态建设的观念和实践上要

---

①　王蒙：《文化大国建设刍议》，《王蒙文存》第 19 卷，第 407 页，人民文学出版社 2003 年版。

②　王蒙：《发展文化事业　构建和谐社会》，2005 年 3 月 9 日在全国政协十届三次会议第二次大会上的发言。

有“战略性”，避免并反对“权宜性”。

从长期的文化历史实践和文化发展自身动力与自我调控能力而言，文化生态应该具有自然的“趋善”性，具有自我调节、自我修补、自我发展的能力。一个多世纪以来，中国非常特殊的社会进程造成的过于急迫的现代性焦虑心态，几次大的文化选择和文化调整，都没有摆脱恐慌急躁、左右失据的文化心态，因而，不但这种文化生态自身的“趋善”性没有体现出来，反而屡屡遭到人为的破坏。无论是张之洞的“中体西用”，五四时期胡适等人的“全盘西化”、“充分世界化”，还是毛泽东的“中国作风”、“中国气派”，更不用说“文革”时期的“破四旧”的文化自虐、自戕，在一定意义上都可以认为是对中国固有文化生态的否定。20 世纪以来，“五四”和“毛泽东时代”构成了两次最重要的文化调整期，每一次大的文化调整，几乎都矫枉过正，走向反面，文化生态从一种失衡走向另一种失衡。这既是王蒙改革开放时代对文化生态思考的结果，也是背景和思想资源。王蒙的文化战略思想就是从这里出发的。

王蒙明晰地洞察了“五四”和“毛泽东时代”这两大文化调整期文化生态的根本性缺陷和内在弊端，并进行理性规避。20 世纪世纪八十年代以来，文化多元主义成为一种共识，人们用一种更加理性、更加开放和灵活的态度审视全球化时代的文化生态，正如巴尔加斯·略萨所言：“文化必须自由地生长，不断地与不同的文化进行竞争，只有这样，才能使我们革新、复兴、使其演进，并适应滚滚而来的生活潮流。”① 敏感的王蒙适应了“滚滚而来的生活潮流”，较早地提出了构建多元、和谐的文化生态的理论。

在全球化语境中，我们当然坚决反对文化霸权主义、文化殖民主义，但就中国的具体历史实践而言，我们更应该警惕文化上的关门主义、保守主义，从狭隘、自闭的文化心态中解放出来，尊

① ［秘］巴尔加斯·略萨：《全球化：文化的解放》，《天涯》2003 年第 2 期。

重和倡导文化上的理性精神、民主精神，既尊重和倡导本国文化传统，也尊重和倡导“人类共同的价值标准”。无论是“全盘西化”还是文化上的自恋主义，都是一种极端主义。王蒙认为，一个健康的文化生态必然是开放的、动态的、多元的、和谐的。就全球文化而言，文化多元化的生态学意义，“犹如生物多样性对于维持物种平衡那样必不可少”①；对于我们的民族文化而言，多样性的文化生态平衡，更具有现实意义，“中国文化只有在开放的过程中，才能获得新的生机，焕发出自己的光彩”②。王蒙认为，未来的理想文化生态必然是一种“更加开放和富有活力的文化多元共存、多元互补与多元整合的新局面”③，必然是“多元之间的对话交流，求同存异，相互学习，相互理解，各自发展与共同发展”④。无论人类文化还是中华民族文化，保持其丰富性、多样性，都是保持这种文化自身活力和生机的最基本的因素，也是“保护和发展自身所珍视的文化性格的基础”⑤。开放性、多元性构成了王蒙文化生态观念的核心内容，这同样是一种理性的、建设性的文化精神。王蒙的这一文化生态观念，由于深刻地反映了现代社会全球化时代的多元性的文化价值理念和发展走向，已经成为一种社会共识。

基于这种文化生态价值观，王蒙认为，在建设多元、和谐的文化生态上，要切实吸取历史教训，避免历史悲剧的重演，“提倡一种兼容并包、既继承传统、又充分吸收世界上新事物的态度”，“提倡一种喜新而不厌旧的态度”，提倡“一种更理性、兼收并蓄的态度”，

---

① 《甲申文化宣言》，2004 年 9 月 5 日北京“2004 文化高峰论坛”。

② 王蒙：《把中国建设成文化大国》，《王蒙文存》第 20 卷，第 110 页，人民文学出版社 2003 年版。

③ 王蒙：《文化选择与中国的未来》，《王蒙文存》第 19 卷，第 406 页，人民文学出版社 2003 年版。

④⑤ 王蒙：《不同文化间的对话》，《王蒙文存》第 19 卷，第 553 页，人民文学出版社 2003 年版。

“让各种不同的文化形式和形态，能在中国互补整合”[①]；强调有容乃大，和而不同；强调“党同喜异，党同学异”；反对王婆卖瓜思想，“不要动不动搞你死我活”[②]。对于“异”的认同、尊重，既是一种宽容的文化心态，更是一种价值民主思想，“与其搞二元的对立极端，不如努力去做多元的互补”[③]。“建设性”同样是王蒙文化生态观念的重要内容。

在其更深的思想背景上，王蒙的多元、和谐的文化生态观念，来源于他的多元、中道的哲学思想。多元性是王蒙对人类世界一切现象包括文化、精神现象的基本体认，王蒙较早地认识到了二元对立思维模式的简单化和危害性，“凡是把复杂的问题说得小葱拌豆腐一清二白者，皆不可信”。他主张“认同世界的复杂性和多元化”[④]。王蒙认为，伴随着20世纪末苏联解体、二极对立世界格局的终结而带来的二元对立思维模式的崩毁是20世纪人类最重要的精神文化遗产之一，因为“二极对立思维模式是极端主义、文化专制主义的一个方法论根源”[⑤]。“多元化”的文化生态理念，是王蒙哲学思想在文化上的反映。

任何一个时代，对文化问题的思考和回答，都将是“当代性”的，无可避免地受到时代的启发和制约。王蒙同样如此。世俗性、建设性、多元性构成王蒙新时期文化思想的最重要的内涵。如果将王蒙置于20世纪中国文化史上，他的这些思想足够给人提供新的启迪。

---

① 王蒙：《中国社会转型期的文化走向选择》，《王蒙文存》第19卷，第438页，人民文学出版社2003年版。

② 王蒙：《王蒙自述：我的人生哲学》，第233页，人民文学出版社2003年版。

③ 王蒙：《文化性格漫谈》，《王蒙文存》第19卷，第359页，人民文学出版社2003年版。

④ 王蒙：《王蒙自述：我的人生哲学》，第231页，人民文学出版社2003年版。

⑤ 王蒙：《沪上思絮录》，《王蒙文存》第23卷，第221页，人民文学出版社2003年版。

第十一章　20 世纪中国文学视野中的王蒙

在新中国文坛上，王蒙无疑是个影响巨大的重要作家，他既是中国当代文学思潮的引领人物，也是中国当代文坛的一面旗帜。有的学者甚至认为中国当代文学真正的开始是由王蒙来完成的："倘若要为新中国文学（当代文学）在创作上确立一个开端，《青春万岁》是合适的，至少它无可争议地属于这个开端。"① 1953 年，年仅十九岁的王蒙怀着对朝气蓬勃的新中国的满腔挚爱，开始处女作长篇小说《青春万岁》的写作，由此开始了他跨越半个多世纪的创作生涯。半个多世纪以来，王蒙始终怀着对人民的深情和对社会的强烈责任感而创作，始终敏锐地把捉着时代的脉搏，关注现实，反映时代。他的作品相当生动、深刻地描绘、反映了新中国半个多世纪的社会生活变迁。王蒙的生活道路与新中国的成长道路息息相关，王蒙的文学创作与新中国的进步发展紧紧相连，因而，王蒙既是中国当代历史的参与者、见证者，同时也是叙述者、表现者。

王蒙的创作，为新中国文坛增添了绚丽色彩和思想深度，在新中国文坛上产生了广泛的影响。他的《青春万岁》，以诚挚的诗情书写出了新中国的朝晖，因而曾被评为"全国中学生最喜爱的十本书"之一；他的《组织部来了个年轻人》，以其特有的敏锐的观察和冷静的思考，成为我国五十年代短篇小说的代表作之一；20 世纪七十年

① 郜元宝、王军君选编：《蝴蝶为什么美丽——王蒙五十年创作精读》，第 3 页，复旦大学出版社 2007 年版。

代后期，历经坎坷磨难后“复出”文坛的王蒙，更是以其勤奋的笔耕和奔涌的激情，成为新时期文学创作中成就最卓著者之一。他的短篇小说《最宝贵的》、《悠悠寸草心》、《春之声》分别获得1978年、1979年、1980年全国优秀短篇小说奖；中篇小说《蝴蝶》、《相见时难》分别于1980年、1982年获得第一、二届全国优秀中篇小说奖；报告文学《访苏心潮》于1984年获得全国第三届报告文学奖；从20世纪八十年代后期的《活动变人形》开始，王蒙的长篇小说创作，特别是他的“季节”系列长篇小说以及“后季节”长篇小说《青狐》，引起了文坛的广泛关注。在这些长篇小说中，王蒙相当成功地描写了父辈一代和他这一代知识分子的心路历程。

王蒙是新中国文坛上一位勇于为文学献身的杰出的文学革命家，一个富有艺术创新勇气和胆识的“探险家”。王蒙是20世纪中国文坛上争议最多最大的作家之一，他巨大的文学成就，他始终真正与时俱进的创新意识和创作上的“标新立异”，使他始终是中国当代文坛的中心人物、热点人物，也是文学漩涡中的人物。随着时间的推移，这种争议将会逐渐平息，人们已经并将更加清晰地认识到王蒙的价值和意义。

王蒙又是一个活跃在当代文学风口浪尖上的“弄潮儿”。王蒙深刻地了解人民和时代的需求，以其敏锐的思想把捉时代的脉搏，几十年来，他始终导引了文学变革的潮流。特别是他的富有探索和创新精神的小说创作，因其内容上的大胆和形式上的新异感，引起文坛的广泛关注和读者的巨大兴趣。王蒙的小说创作，在新中国文坛的每一历史阶段，都是最具有探索意识、创新精神的代表性作品之一。20世纪五十年代震动文坛的《组织部来了个年轻人》，突破了当时文坛流行的图解政策条文的小说创作模式，使小说艺术摆脱僵硬政治的束缚，继承和发展了文学写人的情感世界的“五四”新文学传统，他也因此而“获罪”并开始了几十年的磨难。但王蒙并没有因此而停止他探索的脚步，更没有因此而退缩，而是一如既往地孜孜探求文学发展创新之路。20世纪七十年代末八十年代初，王蒙奉献出了一批令人耳目一新的作品，诸如《春之声》、《夜的眼》、《海的梦》、《风筝飘带》、《蝴蝶》、《布礼》等，向读者展示了另一种完全不同于当时小说的陌生的小说新形式，这种探索在当时冒着巨大的风险。王蒙的这种探索事实证明是大胆并富有远见的，这类具有探索性的作品的问世和得到认可，奠定了王蒙在中国新时期文坛上的独树一帜的崇高地位。王蒙这类小说的革新意义在于，它们标志着中国小说走向了现代、走向了开放、走向了自由、走向了多元，极大地推进了中国当代小说的艺术变革进程，极大地推进了中国当代小说的现代性进程，并为中国当代小说的发展开辟了成功的变革之路。从上个世纪九十年代起，王蒙以极大的热情和深沉的历史情怀，创作完成了气势磅礴、规模宏大的全景式反映当代中国知识分子心路历程的"季节"系列小说，2003年9月他又发表了"后季节"小说《青狐》。王蒙的"季节"系列以及"后季节"小说，既是王蒙的"精神自传"，更相当深刻地构筑了中国当代知识分子精神演变的心灵史，在这一系列长篇巨制中，表现了王蒙作为一个充满了历史责任感的作家面对百年中国历史命运的寻根溯源的思考。王蒙的"季节"系列小说，完成了一次新的探索和超越，为中国当代文学增添了浓墨重彩的一笔。

王蒙同时又是一个杰出的文体革命家。在新时期文坛上，没有人能够像王蒙那样对小说文体产生如此强烈而持久的兴趣，并进行了大胆的试验。从意识流心理小说、诗情小说、幽默小说到荒诞小说、寓言小说、玄思小说，直到"季节"系列的"狂欢体"小说，在小说写什么和怎么写上，他实际上在进行一次次的文体试验，且每一次试验都具有重要的文体革新意义。王蒙在小说文体上的探索、创新，不但使当代小说获得了新的解放，极大地丰富了中国当代小说的文体形态，而且向人们成功地展示了现代汉语写作的丰富可能性。

作为一个作家，王蒙除了小说之外，还创作了大量的散文、诗歌、游记、随笔、杂感、传记，皆取得了重要成就。

无论从什么视角谈论20世纪中国文学史，王蒙都是一个极为重要的具有标志意义的作家，王蒙的文学史意义会随着时间的推移越来越清晰地呈现。如果从一个我们已经习惯了的粗疏性的政治性视角出发，相对于鲁迅所代表的革命文学时代，王蒙代表了一种有别于革命文学时代的新的文学时期——“后革命”文学时代。从20世纪中国文学自身发展、流变的内在性而言，可以大体分为三个历史时期，即鲁迅为代表的“五四”文学、赵树理为代表的“毛泽东时代”文学、王蒙为代表的“新时期”文学。王蒙在其自传中，曾称自己为“界碑”①（当然，在自传中，王蒙将自己界定为“界碑”，更多带有自嘲的性质，更多强调的是作为“界碑”的不被理解的“窘态”），在纯粹的文学史意义上，王蒙也同样具有这种“界碑”的功能和意义。

如果对20世纪中国文学自身发展、流变的脉络没有一个清晰的认定，那么想看清王蒙在其中的价值和意义，几乎是不可能的。对一个作家的定位，离开了文学史的视野，就如同对一个思想家的定位离开了思想史，是匪夷所思的。列宁指出：“判断历史的功绩，不是根据历史活动家没有提供现代所要求的东西，而是根据他们比他们的前辈提供了新的东西。”② 对于王蒙，我们应同样如此。

20世纪中国文学在其发展过程中，主要经历了三个大的历史时期，表现为三种文学的现代性规范，并集中体现为三次现代性选择：一种是以鲁迅为代表的“五四”文学现代性规范，另一种是以瞿秋白、毛泽东等共产党人倡导，以赵树理为代表的“本土性”现代性规范，第三种是以王蒙为急先锋开启的“新时期文学”现代性规范。

---

① 王蒙：《王蒙自传》第二部《大块文章》，第175页，花城出版社2007年版。

② 列宁：《列宁全集》第2卷，第150页，人民出版社1959年版。

事实上，每一种现代性规范的选择和调整，从大的方面讲，都可以认为是建立民族国家、实现传统中国走向现代中国的某种“现代性冲动”；从文学自身的发展而言，这三种现代性规范的选择，体现了20世纪中国文学发展流变过程中不断自我质疑、自我调整的过程，体现了对中国文学发展不同的现代性价值诉求和现代性理路，可以说，都是20世纪中国文学的现代性“方案”。

第一节　鲁迅：新文学的原点

“五四文学革命”既然是新文化运动的一个组成部分，那么，也就不可避免地带有新文化运动的简单性、单值性、偏激性。在“五四文学革命”中，文学先驱们的态度与对传统文化相比并没有什么区别，胡适明确主张“全盘西化”，坚持“新”优于“旧”、扬“新”废“旧”的单一直线型现代性理路；陈独秀在著名的《文学革命论》中，对中国传统文学有着明晰的价值定位：“雕琢的阿谀的贵族文学”、“陈腐的铺张的古典文学”、“迂回的艰涩的山林文学”，并主张，“际此文学革新之时代，凡属贵族文学，古典文学，山林文学，均在排斥之列”①；钱玄同在《尝试集序》中更是号召“对于那陈腐的旧文学，应该极端驱除，淘汰净尽”②，最后发展到废除汉字；周作人则几乎把中国所有的文学形式都列为“非人的文学”；鲁迅极为严肃地告诫青年人，尽量少读或者不读中国书。由此可见，五四文学家们是怀着同样激烈的态度投身于“文学革命”的。陈独秀在他的《文学革命论》中，劈头就说：“今日庄严灿烂之欧洲，何自而来乎？曰，革命之赐也。”又说：“自文艺复兴以来，政治界有

---

① 陈独秀：《文学革命论》，《中国新文学大系·建设理论集》，第44、46页，上海文艺出版社1980年。

② 钱玄同：《尝试集序》，《中国新文学大系·建设理论集》，第109页，上海文艺出版社1980年版。

革命，宗教界亦有革命，伦理道德亦有革命，文学艺术亦莫不有革命，莫不因革命而新兴与进化。”① 胡适更是一再强调“历史进化的文学观念”，他甚至不无得意地称“历史进化的文学观念”是文学观念变革历程中的“哥白尼式革命”②。

“五四文学革命”的实绩，及其所追求的现代性规范，在鲁迅的小说创作中得到了最充分的体现。当鲁迅创作出《狂人日记》、《药》等小说时，已经相当明显地体现了五四一代作家对未来文学现代性明晰的价值诉求和规范要求。鲁迅曾说，“新文学是在外国文学潮流的推动下发生的”③，在谈到他自己的小说创作时又说，“大约所仰仗的全在先前看过的百来篇外国作品和一点医学上的知识”④，“所取法的，大抵是外国的作家”⑤。鲁迅自己曾认为，他的创作之所以在当时“颇激动了一部分青年读者的心”，其原因在于“表现的深切和格式的特别”⑥。应该说，鲁迅的小说真正做到了“内外两面，都和世界的时代思潮合流”⑦。鲁迅的创作，最充分地体现了五四文学的“创新”现代性价值诉求和规范要求。

然而，五四一代学者由于陷入了巨大的现代性“新”与“旧”、

① 陈独秀：《文学革命论》，《中国新文学大系·建设理论集》，第44页，上海文艺出版社1980年版。

② 胡适：《中国新文学大系·建设理论集·导言》，上海文艺出版社1980年版。

③ 鲁迅：《“中国杰作小说”小引》，《鲁迅全集》第8卷，第399页，人民文学出版社1981年版。

④ 鲁迅：《我怎么做起小说来》，《鲁迅全集》第4卷，第512页，人民文学出版社1981年版。

⑤ 鲁迅：《致董永舒》，《鲁迅全集》第12卷，第212页，人民文学出版社1981年版。

⑥ 鲁迅：《〈中国新文学大系·小说二集〉序》，《鲁迅全集》第6卷，第238页，人民文学出版社1981年版。

⑦ 鲁迅：《当陶元庆君的绘画展览时》，《鲁迅全集》第3卷，第550页，人民文学出版社1981年版。

“中”与“西”、“传统”与“现代”的直线型两极对峙的误区之中，把文学现代性选择基本上等同于社会变迁的线性方案，带有明显的“西方中心主义色彩”。所以五四现代性“方案”自身存在着某种先天的单值性“反传统”缺陷，反映在文学上，就是普遍的“欧化”倾向。应该说，五四作家大都有意无意地把西方文学作为中国文学的未来方向，在文体格式、语言风格上都带有明显的“欧化”色彩。不仅如此，五四现代性的弊端更表现在，五四文学的反传统主义，“使中国作家不但与被抛弃的古典传统割断了联系，而且更重要的是，与中国大众和民间传统也割断了联系——失去了后者就不可能和群众产生有意义的联系”①。

鲁迅在谈到文学发展的基本途径时曾指出：“采用外国的良规，加以发挥，使我们的作品更加丰富是一条路；采取中国的遗产，融合新机，使将来的作品别开生面也是一条路。”② 如果说以鲁迅为代表的五四作家主要走的是第一条路，那么，瞿秋白、毛泽东为代表的共产党人则更侧重后者。瞿秋白比较早地意识到五四文学现代性弊端，并激烈地表达了不满的声音。瞿秋白对“五四式的‘白话文’”进行了猛烈的批判和指责，他认为五四白话已经被外国词汇、欧化句式、日本词汇和文言残余所占领，必须进行一场新的“文学革命”来反对“五四白话”。他不无尖刻地指出：“五四式的所谓白话文，其实是一种新文言，读出来并不像活人嘴里说的话，而是一种死的言语。所以问题还不仅在于难不难，而且还在于所用的文字是不是中国话——中国活人的话，中国大众的话?”③ 瞿秋白对五四文学的质疑和批评，表明“人们回顾‘五四’充分扩大的借鉴外国

---

① ［美］P. G. 匹柯维茨：《瞿秋白对五四一代的批评——中国早期的马克思主义文学批评》，见贾植芳主编：《中国现代文学的主潮》，复旦大学出版社1990年版。

② 鲁迅：《鲁迅全集》第6卷，第19页，人民文学出版社1981年版。

③ 瞿秋白：《“我们”是谁?》，见文振庭编：《文艺大众化问题讨论资料》，第101页，上海文艺出版社1987年版。

的岁月，不满足于泛泛的‘欧化’，而要求规范的吸收和归位”①。这种对五四文学“欧化”的不满和“要求规范的吸收和归位”，预示着中国文学最初的现代性选择的调整和对新的现代性文学规范的期待。中国文学面临着某种具有重要意义的现代性转折。

第二节　赵树理：新的选择

20 世纪中国文学现代性规范的转移，即从五四时期过于“欧化”的文学现代性思路到对“本土化”现代性思路的调整，是通过一系列文艺论争来完成的。五四时期现代性自身的缺陷到了三十年代已经生长为某种反对性力量和“纠正”的欲望，集中表现在三十年代以后持续展开的文艺“大众化”、“民族化”问题的讨论，这种讨论前后共进行了 4 次，持续 10 年之久。“大众化”、“民族化”问题的论争从表面看仿佛是个纯粹的语言问题，实际上却是多重现代性价值视野下的 20 世纪中国文学的价值趋向选择的问题，其核心是两种文学现代性理路的冲突、纠缠、较量和中国文学现代性思路的重新调整，其深层含义是对五四确立的现代性追求的历史合理性的质疑。从“文学革命”到革命文学，再到左翼文学、无产阶级大众文学、工农兵文学，可以说，五四确立的以“欧化”为主的新文学的现代性在一点点流失，而以“民族性”、“本土化”为主要价值诉求的现代性一步步得到承认、接纳。这两种现代性思路的论争为毛泽东文艺政策的出台和对未来中国文学现代性发展之路的勾画作了思想上的准备。

毛泽东文学现代性理论的核心内容是“民族性”、“本土化”，表现为对“民族风格”的特别重视和强调。1938 年 10 月，毛泽东在中共中央六中全会上所作的《中国共产党在民族战争中的地位》

---

① 吴福辉：《二十世纪中国小说理论资料（第三卷）·前言》，北京大学出版社 1997 年版。

报告中提出："洋八股必须废除，空洞抽象的调头必须少唱，教条主义必须休息，而代之以新鲜活泼的、为中国老百姓所喜闻乐见的中国作风和中国气派。"① 在这次报告中，毛泽东并没有专门论及文学问题，但"为中国老百姓所喜闻乐见的中国作风和中国气派"，对他的文学现代性预想作了初步的框架勾画，体现了共产党人对文学现代性的新的构想和欲求。在后来的《在延安文艺座谈会上的讲话》中，毛泽东的"民族性"、"本土化"文学现代性构想进一步得以完善和凸显。《讲话》实际上是毛泽东为代表的共产党人对五四以来中国文学发展情况所作的一个基本价值判断以及对未来文学发展的基本构想。在《讲话》中，毛泽东紧紧抓住文艺"为群众的问题和如何为群众的问题"这两个最根本性问题展开论述，相当全面地、明确地、本质地对未来文学发展的基本走向和基本风貌作了勾画，这两个问题体现了毛泽东对五四文学现代性的某种疑虑和实际上的不满："有些天天喊大众化的人，连三句老百姓的话都讲不来，……实在他的意思仍是小众化。"② 毛泽东指责许多作品不但"语言无味"，"而且常常夹着一些生造出来的和人民的语言相对立的不三不四的词句"③。在这一点上，毛泽东与瞿秋白在对五四文学的判断上基本一致，这种疑虑和不满，在毛泽东的现代性框架中最中心的一点便是对"中国作风、中国气派"的强调，他以不容置疑的口气在实际意义上否定并扭转了过于"洋化"的中国文学的现代性发展理路和走向。毛泽东的《在延安文艺座谈会上的讲话》的论述，看似仅是文学的语言、形式问题，"实际上隐含和'深层暴露'出来的，是……更为丰富的有关传统/现代、欧化/民族化、本土性（地方性）/全国

---

① 毛泽东：《中国共产党在民族战争中的地位》，《毛泽东论文艺》，第 5 页，人民文学出版社 1983 年版。

② 毛泽东：《在延安文艺座谈会上的讲话》，《毛泽东选集》第 3 卷，第 841 页，人民出版社 1991 年版。

③ 毛泽东：《在延安文艺座谈会上的讲话》，见陆贵山、周忠厚编著：《马克思主义文艺论著选讲》，第 581 页，中国人民大学出版社 1999 年版。

性、民族性（中国性）/世界性等现代性问题”①。由此，毛泽东彻底扭转了中国文学最初的现代性选择，并以主要体现民族特色的文学现代性目标代替过于“欧化”的五四现代性价值，从而在根本上扭转了现代文学的发展方向。一时间，与“五四文学”迥异的文学形式，如赵树理的《小二黑结婚》、《李有才板话》，李季的《王贵与李香香》等作品，成了当时解放区的主流文学形式，赵树理成为中国文学的未来发展方向。

新中国成立后，毛泽东“本土性”文学发展的现代性理路更是通过体制性保障整控了当代文学发展的基本走向和形态风貌。在纯粹理性层面上，毛泽东承认“像西太后反对‘洋鬼子’是错误的”，他甚至主张，中国的传统，外国的东西，“应该交配起来，有机地结合”，“应该学习外国的长处，来整理中国的，创造出中国自己的、有独特民族风格的东西”②。但在实践层面上，毛泽东更重视的是“民族风格”，并没有真正做到“非驴非马也可以”。应该说，中国当代文学发展史特别是“文革”期间的“样板戏”这样极端化的文学形态表明，毛泽东的“本土性”现代性思路，在一味强调“民族性”的同时，并没有充分警惕这种现代性自身的局限和不足。事实上，在这种“本土化”的现代性理路的框拘、导引下，中国当代文学一步步走向了封闭的“死胡同”。

任何时代都有其特定的优势，也有其局限。一个时代具有一个时代的声音，文学上同样如此，甚至更是如此。杨义在《现代中国学术话语建构通论》这篇长文中，在研究 20 世纪中国学术话语的转变时提出了一个概念：“中国经验”③，这是一个具有重要意义的概

---

① 逄增玉：《中国现代文艺思潮中的现代性问题》，《作家》1999 年第 3 期。

② 毛泽东：《同音乐工作者的谈话》，见陆贵山、周忠厚编著：《马克思主义文艺论著选讲》，第 639、640 页，中国人民大学出版社 1999 年版。

③ 杨义：《现代中国学术话语建构通论》，《海南师范学院学报》2005 年第 3 期。

念。“中国经验”是一个具有巨大阐释能力的概念，能够阐释许多深层问题。每一时代的文学在特定意义上，都是“中国经验”的当代表述。就20世纪中国文学而言，对于新时期“中国经验”的当代表述，没有比王蒙更准确的了。当然，并不是说王蒙的表述就是唯一的。就深层而言，这种对新时期“中国经验”的文学表述，蕴含的是对当代“中国经验”的认知和理解，或者是一种想象和期待。

第三节　王蒙：文学“界碑”

实际上，无论是五四文学现代性思路还是毛泽东的“中国作风、中国气派”的“本土化”现代性思路，都有自身无法克服的片面性、单一性，都有其内在缺陷：前者过于“欧化”，脱离民众；后者又过于封闭，以至于一步步发展成为后来的“样板戏”文学。两者的共同缺陷，在于这两种现代性思路都过于狭窄。历史提供了另一种中国文学发展的现代性途径，那就是改革开放之后八十年代兴起的“新时期文学”，这是一种在更高层次上的多元的现代性思路，既立足本土又放眼世界，既具有现代性又具有民族性。20世纪中国文学的发展历史为新一轮的文学现代性选择提供了丰富的借鉴，王蒙所直接面对的“历史资源”和所处的文化语境，已经与鲁迅、毛泽东等人有了根本的不同。从这个意义上说，王蒙站在了一个变化了的新的历史起点上。他摆脱了“五四”、“毛泽东时代”文学现代性与社会现代性的“捆绑式”思路和焦虑心态，基本上走出了对文学的“工具性之思”，并尝试着进行“独立”的本体性、现代性思考。王蒙力图在新的文化语境和时代契机中，“重塑”中国文学现代性新景观，探索“新时期”中国文学发展的新思路。

王蒙深刻地洞察了“五四”文学和“毛泽东时代”文学的内在缺陷，特别是后者的封闭性、狭隘性，严重地桎梏了作家的创造力、想象力，并且导致了中国文学审美口味、文学形态的越来越“窄化”倾向。王蒙力求在一种更加多元、宽容因而也更加“文学”的意义上，探索一种新的文学现代性理路。毛泽东在“毛泽东时代”文学发展过程中，已经察觉了“中国作风、中国气派”的文学现代性理路的某种弊端，并提出了“古为今用、洋为中用”的较为合理的现代性思路的调整，但当时的时代氛围决定了这一文学现代性思路只能是昙花一现，并没有产生持久的历史影响力。应该说，只有到了“新时期”，文学的发展才真正体现了毛泽东提出但没有来得及展开的“古为今用、洋为中用”的现代性理路。

王蒙的文学现代性思路之所以是多元整合型，在于他洞察了“五四”现代性和毛泽东“本土化”现代性的各自优势和缺陷，力求于更加宏阔的背景上，规避其缺陷，整合其优势。王蒙的多元整合型文学现代性选择和价值欲求，集中体现在他的“小说学”中。与鲁迅的“揭出病苦，引起疗救的注意”的文学功用观不同，也与毛泽东的文学是革命机器上的“齿轮和螺丝钉”理论不同，王蒙强调了文学价值的独立性、多元性、多层面性，走出了“五四”现代性和“本土性”现代性的“新”与“旧”、“现代”与“传统”、“先进”与“落后”、“文学”与“非文学”、“革命”与“反革命”等二元对立的文学价值思维模式的拘框，从一种更为宽广的视角，以一种更为宽容的态度，对“文学”进行多元的包容性的价值体认。王蒙力求在摆脱了“工具之思”的文学现代性视野中确立新时期文学发展的新构想。我们知道，五四作家曾一反传统小说的“谈狐说鬼”、“言情道俗”的“休闲”、“娱悦”、“游戏”品性，宣称“文学是一种工作，而且是对人生很切要的一种工作”，这种对文学本质的否定和背离，在当时被视为文学“现代性”的重要表征。在这种文学现代性理论的导引下，形成了对包括清末民初“鸳鸯蝴蝶派”在内的各类“非主流”文学形态的打压、围剿，使现代中国文学在文类形态和审美口味上严重“狭仄化”、意识形态化。这种现代性弊端，到了“毛泽东时代”的“本土性”现代性理论结构中越来越凸显，文学越来越紧地捆绑在社会的战车上，越来越“单调”和“专势”。一个重要的原因，在于它们都把自己的文学现代性想象成是唯一“合法”的，并使之“主流化”、“霸权化”，致使中国文学现代性之路越走越封闭，越走越狭窄，最后走进死胡同。王蒙对这种具有本质性内在缺陷的文学现代性诉求的合理性早有质疑，并且深受其害。五十年代《组织部来了个年轻人》之所以受到批判，就是因为这部小说自身的丰富性无法见容于当时狭隘的单值性的文学现代性规范之中。王蒙摆脱了这种文学现代性上的“专势”和“霸权化”思想，承认“文学的路数很多”，“各路有时会像网络般交叉纠结”，“各路文学都可竞争、竞赛或不争不赛地自得其乐或各发其痴”①。王蒙在文学风格上倡导“杂色”，在文学流派甚至学派上，坚决反对“王麻子剪刀，别无分号”的想法和做法，努力倡导多元共存、借鉴互补的文学的多元价值形式，“承认价值标准的多元性与选择取向的多样性。人各有志，人各有境，应该允许百花齐放与多元互补”②。在文学的“功能”上，王蒙在承认文学的战斗性、教谕性外，更多强调的还是文学审美性、愉悦性，他说：“小说不是什么有力量的存在。……小说仅有的力量在于打动人心，供读者一恸、一哂、一惊、一皱眉或者一笑。小说的可能性是通过打动人，多多少少地，常常是少少地，快快慢慢地，常常是慢慢地，影响一下现实。”③ 王蒙反对用实用性、现实意义等作为衡量小说的唯一或首要“标尺”，他认为小说家言，更多是“想象与趣味，梦幻与激情的产物”④，因而，

---

① 王蒙：《王朔的挑战》，《王蒙文存》第 21 卷，第 408 ~ 409 页，人民文学出版社 2003 年版。

② 王蒙：《名士风流以后》，《王蒙文存》第 17 卷，第 218 页，人民文学出版社 2003 年版。

③ 王蒙：《王蒙自传》第一部《半生多事》，第 143 页，花城出版社 2006 年版。

④ 王蒙：《王蒙自传》第一部《半生多事》，第 142 页，花城出版社 2006 年版。

主张从“沉吟与遐想的角度，参考、自慰与益智、怡情的角度，从心灵的共鸣与安放的角度，从审美和形象思维的角度”① 来看待文学作品。1993 年王蒙在台湾“中国文学四十年研讨会”上，王蒙发表了《清风·净土·喜悦》的演讲，在这次演讲中，王蒙提出“艺术的品格在于心灵的自由”、“文学本来就是心灵的游戏”的命题，提出了“文学承担了过重的使命感和任务感，反而使文学不能成为文学”的观点，王蒙大声呼吁：“给我们一点游戏性吧，我们实在是够紧张了。……请各方面不要动不动要作家去做烈士，作家有生活的权利。文学本来就是心灵的游戏，当然不仅仅是心灵的游戏，但是，有一部分是心灵的游戏、文字的游戏。我希望我们和文学多一点游戏性，少一点情绪性或者表态性。”② 在这种文学价值多元性、文学形态多样性的理论视野中，蕴含了王蒙“重塑”文学现代性、丰富性的诉求和愿望。

王蒙多元整合型现代性的另一重要表现，集中体现在他于七十年代末八十年代初开创的“东方意识流”小说。“意识流”小说在中国作为一种文学潮流，可以说早已“过时”，但最早透出了中国文学新的现代性追求的讯息，表明了新的文学现代性价值观念的萌发、生成，预示了即将展开的新的文学现代性规范。从这一点而言，它的“象征”意义远大于它作为一个小说“流派”的实际意义。王蒙的“意识流”小说试验，预言了一个新的文学时代的到来。王蒙对当时许多人的“搞形式主义”等的指责，曾公开表明，我们搞一点“意识流”是为了“写得‘独具慧眼’，更有深度，更有特色，更有‘味儿’”③，王蒙既批判了“把洋人的裹脚布当领带”的一味崇洋、媚洋的做法，同时又以一种开放的胸襟，发扬真正的“拿来主义”、

---

① 王蒙：《王蒙自传》第一部《半生多事》，第 143 页，花城出版社 2006 年版。

② 王蒙：《清风·净土·喜悦》，《王蒙文存》第 19 卷，第 301 ~ 303 页，人民文学出版社 2003 年版。

③ 王蒙：《关于“意识流”的通信》，《王蒙文存》第 21 卷，第 187 页，人民文学出版社 2003 年版。

“洋为中用”，主张立足本民族的文化传统、审美趣味，外来的东西一定要和中国的东西相结合。在创新和继承、借鉴的关系上，王蒙既反对“自我作古，搞‘新纪元’”，同时也反对“划地为牢”①。就王蒙的“意识流”小说而言，无论是早期的《春之声》、《海的梦》、《夜的眼》，还是稍后的《蝴蝶》、《布礼》、《杂色》，根本意义并不在于这类小说自身具有多么高的艺术性，关键在于它们的“标新立异”向人们展示了小说的另一种写法、另一种形态和新时期中国文学新的现代性选择。对王蒙的“意识流”小说，即使那些表面上不以为然甚至反对的人，也无不为这种新的小说形态所吸引并为之惊异。王蒙开创的“意识流”小说，单纯作为新时期文学的一个“流派”，其意义有限，但它对之后文学发展的流向具有某种强烈的暗示、导引作用，它对中国文学发展的潜在的影响力，超越了在当时引发的冲击力、震撼力。王蒙开启了迥异于“毛泽东时代”文学的一种新的文学现代性规范。

王蒙“小说学”现代性的另一重要维面，在于它的主体性内涵。五四现代性具有主体性的一面，但“毛泽东时代”文学基本上忽视、漠视文学的主体性，这也是“毛泽东时代”文学高度类型化、模式化的根本原因。实际上，文学现代性的一个重要的表现即是对创作主体性的尊重。在新时期作家中，还没有人像王蒙这样早、这样急切地呼唤文学创作主体性，作家的主体创造性只有在一种开放的、丰富的现代性框架中才能真正体现。新中国成立后诸多的条条框框，实际上是对作家创造力及主体性的漠视、限制和扼杀。王蒙意识到这一点，并率先对许多错误的、教条的、似是而非实际上严重束缚了作家创造力的重大问题，如现实主义、真实性、典型、形象思维等进行“拨乱反正”和理论廓清，力求将文学从单一的封闭的狭窄的“单行道”中解放出来，使之成为真正意义上的“人学”。王蒙

---

① 王蒙：《致高行健》，《王蒙文存》第22卷，第33页，人民文学出版社2003年版。

“小说学”现代性的一个最根本所在，就是对创作主体性的重视。与之前的“教科书”式的“文学理论”不同，王蒙更加突出地强调了创作中作家“自己的内在根据”。他认为，忽视创作主体的作用，就是忽视创作规律，“没有创作主体的作用，就没有创作灵魂”。王蒙特别强调了激情、想象、直觉在整个创作中的作用。

王蒙是20世纪中国文学发展中的具有转折意义的代表性作家，他的创作“是对中国文学整个形式和内容的改造”①。所谓“改造”，主要表现为王蒙以一种更富有时代感和现代性的文学规范，取代了原有的文学规范，开创了新时期文学多元整合的文学规范的新时代。王蒙许多独具新意的文学作品在一定意义上标志着中国当代文学尚未完全被湮没的某种自由精神、创造精神。王蒙见证了共和国文学的完整过程，王蒙之于当代社会和文学具有强烈的“镜像”和“微缩”功能。作为当代的一种文学和精神方式，王蒙的代表性和复杂性是不言而喻的。故王蒙的文学史意义只有置于20世纪中国文学的发展流变这一大的背景上才能被更清晰地认识，王蒙既是某中心的文学规范的代表，同时也是某个文学时代的代表。所谓“新时期”文学，主要的不是一种历史表述，而是一种性质判断、价值期待。王蒙所开创的这种“新时期”文学的现代性规范，也许仅仅是中国文学发展过程中的一种现代性“方案”，也许这种文学规范同样具有某种无法克服的历史局限性，但是，面对21世纪中国文学特别是即将展开的“全球化”战略，如何既保持中国文学的“个性”，又具有“现代性”，王蒙为我们提供了某种富有历史远见的有益启示。

---

① ［俄］C. A. 托罗普采夫：《王蒙创作探索和收获》，《当代文艺思潮》1985年第1期。

第十二章　20 世纪中国学术视野中的王蒙

早在上个世纪八十年代初，王蒙就指出了新中国成立后“我们的作家愈来愈非学者化”的“事实”[①]，提出了“作家学者化”问题。王蒙是自觉实践“作家学者化”的第一人。王蒙既是个“学者型作家”，也是个“作家型学者”。“作家”和“学者”的双重身份，不但决定了王蒙成为中国当代文坛的一个大作家，同时也决定了王蒙成为中国当代作家中一个独具特色的大学者。作为“学者”，他的许多卓越的独创性见解，一方面固然来自于他丰富渊博的学识，更重要的一方面，却是来自于他与一般“学院派”学者不同的“作家”身份的独特眼光、独特视点所带来的独特发现。他的学术研究，脱尽了一般学术研究文章的“学院气”、“学究气”，既有鞭辟入里的精透见解，更处处渗透着知情论世的作家情怀。作为作家的王蒙是不可重复、不可复制的，作为学者的王蒙更是独特的“这一个”。

王蒙作为学者的一面，在一定意义上被他的“作家”身份不同程度地遮蔽，这是事实。作为一个杰出的学者，王蒙在许多研究领域都作出过巨大的开创性贡献。王蒙作为学者，其主要研究领域表现在这样几个方面：一是《红楼梦》，一是李商隐的诗，一是老庄，其学术研究成果已逾几百万字。王蒙是大家公认的“学者型”作家，这与五四时代的许多作家如鲁迅等是有相通之处的。王蒙的这种

① 王蒙：《一个值得探讨的问题——谈我国作家的非学者化》，《王蒙文存》第 23 卷，第 91 页，人民文学出版社 2003 年版。

“学者型”作家的“身份”，一方面赋予他的文学创作以思想性特质；另一方面，使他成为卓有成就的学者——“作家型”学者。也就是说，作为学者的王蒙，仍旧区别于一般“纯粹”意义的经院式学者，带有其独特的作家眼光、作家视角，甚至作家感觉。王蒙以之来研究《红楼梦》、李商隐和老庄，卓然成家，独树一帜。从学术史的意义上讲，王蒙的《红楼梦》研究、李商隐研究以及对老庄的研究，皆呈现出了一种新的学术视野，一种新的话语建构。

王蒙的学者生涯起步很早，早在1963年他执教于北京师范学院中文系时，就对鲁迅先生的《雪》进行了富有特色的研究，写成了《〈雪〉的联想》一文，初步显示了王蒙的学者本色。到了新时期，特别是20世纪九十年代后，王蒙的研究兴趣和研究领域已经超越了对当代文坛、当代作家的关注，进一步扩展到中国古典诗词、戏曲、小说以及古代典籍。他的《红楼启示录》、《王蒙评点〈红楼梦〉》（两个版本）、《王蒙活说〈红楼梦〉》、《双飞翼》、《老子的帮助》、《庄子的享受》等著作，显示了一个作家型学者的学术功力。

此外，王蒙在中国当代文学批评研究方面表现出来的热情、敏锐和取得的成就也是有目共睹的。王蒙对中国当代文学的发展走向具有相当深刻的认识和把握，许多重要的文学思潮、文学现象是在王蒙的首倡下得以顺利发展的。在中国当代文坛上，王蒙就是一个辛勤的“园丁”，许多颇具实力的年轻作家都是在王蒙的扶持、帮助下成长起来的。他为上百个作家、学者写过评论，热情为他们“鼓”与“呼”，为他们支撑、开辟了广阔的成长、发展空间。许多重要作家、作品是在王蒙的评论后，被人们发现、认识的。王蒙对王安忆、铁凝、张承志、梁晓声、张弦、阿城等作家的热情评价，显示了王蒙的独特眼光。

第一节　魂系红楼

《红楼梦》是中国人特别是中国文人的一个“结”，尤其是一些大作家、大学者，更喜欢在《红楼梦》研究上有自己的一席之地或一家之言，他们甚至在无意识之中把研究《红楼梦》作为检验自己学问的一个标杆。王蒙在《红楼梦》研究方面所取得的巨大成就是学界公认的。他对《红楼梦》的研究，开辟了《红楼梦》研究的新领域，提供了《红楼梦》研究的新视野，书写了当代中国《红楼梦》研究的新篇章。王蒙被著名红学家冯其庸称为《红楼梦》的“大评家”，是评点派的“当代第一人”①，是恰如其分的。他的《〈红楼梦〉王蒙评点》、《红楼启示录》被认为“是当代红学研究最卓著的成果之一”，王蒙也被读者和红学界誉为“当代最著名的红学家”。在《〈红楼梦〉王蒙评点》中，我们可以发现，王蒙用完全不同的“另一副”眼光来看取、研究《红楼梦》，因而，见人所未见，发人所未发。在王蒙对《红楼梦》的点评中，我们甚至可以相当明显地感觉到王蒙自身的存在，相当明显地发现其中带有王蒙自己对人生的某种超越的独特的理解，凝结了王蒙超人的智慧的和超人的领悟。因而，王蒙得出了《红楼梦》是一部“经验的结晶”、“一部令人解脱的书”、“一部执著的书”，甚至是“一部刚刚出版的新书”的见解，他的“评”，“是一个大才子的评，是一个大作家的评，是一个有大智慧大文化人的评”②。王蒙点评本《红楼梦》的出版，被公认为是红坛的一件“大事”和“盛事”③。除了点评《红楼梦》外，王蒙更是在他的《红楼启示录》中，向人们展示了他研究《红楼梦》的深厚功力和杰出成就。在这部书中，显示了王蒙作为一个当代杰出的“红学家”的严谨以及孜孜不倦的探索求真精神。《〈红楼梦〉的语言与结构》、《〈红楼梦〉的结构与贾府的末日》、《话说〈红楼梦〉后四十回》等，好像都是老题目，但就在这些“老题目”中，王蒙发现了许多不被人注意但确实又是相当重要的

---

①②③ 冯其庸：《快读〈红楼梦〉王蒙评》，见温奉桥编：《多维视野中的王蒙——第一届王蒙国际研讨会论文集》，第 266 页，中国海洋大学出版社 2004 年版。

问题，给人一种耳目一新、茅塞顿开的感觉；再如《时间是多重的吗》、《蘑菇、甄宝玉与“我”的探求》、《伟大的混沌》、《天情的体验——宝黛爱情散论》等文章，更是向人们展现了一种新的阅读、研究《红楼梦》的可能性。王蒙用“混沌”、“天情”等字眼来概括、描述《红楼梦》，是对《红楼梦》自身的丰富性、复杂性以及宝黛爱情的一种新概括、新理解，这些概括和理解，无疑具有“作家”王蒙的影子，是“王蒙式”的。著名红学家冯其庸认为，《红楼启示录》“不仅对读者是启示录，对整个中国的红学研究也是个启示录”。王蒙曾谦称自己是《红楼》“门外汉”，事实上，王蒙是当代《红楼梦》研究的真正的“行家”，是真正的大眼光，大手笔，大气派。

自《红楼梦》问世以来的250多年间，“红学”研究成果可谓汗牛充栋，特别是自现代以来，研究队伍阵容强大，门派林立。但王蒙是独特的，他似乎不属于任何“门”，也不属于任何“派”，他具有自己的特点和特色。如果非要归于什么“派”的话，是否可以将王蒙的《红楼梦》研究称为“王氏红学”？大体而言，王蒙的《红楼梦》研究，主要表现为两个方向：一是系统研究，即1991年三联书店出版的《红楼启示录》和2005年作家出版社出版的《王蒙活说〈红楼梦〉》等；二是评点——其实评点也是另一种形式的研究，1994年漓江出版社出版的《〈红楼梦〉王蒙评点》和2005年上海文艺出版社出版的《〈红楼梦〉王蒙评点》（增补版）。这两个方向集中展示了王蒙几十年来阅读、研究《红楼梦》的独特发现和心得。无论是在研究眼光、研究思路还是研究方法甚至研究术语等方面，都体现了鲜明的个人特色和独到的学术建树。细究之，其独特之处主要表现为三个方面：当代性、人生性、经验性。

德国著名美学家姚斯曾说：“一部文学作品并不是一个独立存在的并为每一时代的读者都提供同一视阈的客体。它不是一座自言自语地揭示它的永恒本质的纪念碑，它倒像一部管弦乐，总是在它的读者中引起反响，并且把文本从文字材料中解放出来，使之成为当代的存在。”①《红楼梦》更是如此。所谓“当代性”，并不是简单的时间意义上的当代阅读，而是体现了一种当代意识、当代价值取向和时代精神。在诸多的《红楼梦》研究中，王蒙的研究无疑是最具有当代感的，它植根于当代文化语境和价值体系之中，体现了对《红楼梦》的当代阅读可能达到的思想高度。

王蒙《红楼梦》研究的当代性首先表现为研究视野和研究格局的开放性，破除了简单化思维定势拘囿的通变性，将《红楼梦》研究从相对狭隘、凝固的理论视野中解放出来，置于当代语境中进行新的观照、新的解读。王蒙在《王蒙活说〈红楼梦〉》的“前言”中，特别强调了“把《红楼梦》当做活书来读，当做活人来评”，“把《红楼梦》往活里说，把读者往活里而不是往呆木里说”②。“把《红楼梦》往活里说”，当做“活书”、“活人”，这正体现了王蒙的当代视野和当代价值理念。《红楼梦》研究史上，不乏煌煌大论，不乏高明之见，但是缺乏“活”气，缺乏“灵”气，把《红楼梦》当“学问”做得多，“往活里说”得少。“王氏红学”的魅力和根本之处正在于这个“活”字！一个“活”字，盘活了“王氏红学”这一盘棋，大手笔，大眼界。你可能觉得“王氏红学”有点剑走偏锋，甚至有点“野狐禅”的味道，但是你不能不承认“王氏红学”是“活”的，是独特的，是当代的，是自成一体的。王蒙的《红楼梦》研究，与那种患有“考据癖”的索引派的强拉硬扯、胶柱鼓瑟式的“研究”相比，多了一种灵气，多了一种潇洒；与“自叙传”的“新红学”相比，多了一种自由感，更多了一种开阔感。王蒙《红楼梦》研究的“活”字，实际上来自于一个“通”

---

① ［德］汉斯·罗伯特·姚斯：《文学史作为向文论的挑战》，见胡经之、张首映主编：《西方二十世纪文论选》（第三卷），第154页，中国社会科学出版社1989年版。

② 王蒙：《王蒙活说〈红楼梦〉》，第2页，作家出版社2005年版。

字：通情，通理，通达。作家贾平凹曾说王蒙“不但得了‘道’，而且得了‘通’”①。早在《红楼启示录》和《〈红楼梦〉王蒙评点》中，这种“活”与“通”就得到了充分显现。正是着眼于王蒙《红楼梦》研究上的这种当代意义，著名红学家冯其庸在《快读〈红楼梦〉王蒙评》中，称《〈红楼梦〉王蒙评点》的出版是当代红坛的一件“大事”和“盛事”，给予了极高评价。

当代性构成了王蒙《红楼梦》研究的整体性视野和弥漫性价值渗透，既带有王蒙的独特眼光、独特心得，更带有某种明显的当代意识和当代价值观。王蒙曾说，《红楼梦》是“一个永远不尽的话题”，是一本“永远读不完的书”。在王蒙的《红楼梦》研究中，我们感受到更多的不是那种学院气、八股气、陈腐气，而是一种超越于具体文本之上的当代性价值观照。王蒙对《红楼梦》的许多提法，既是“王蒙式”的，又是“当代性”的，如将宝黛的爱情称之为“天情”（“此情只应天上有”之意），将贾宝玉的“泛爱”称为“为艺术而艺术”，而将贾宝玉对林黛玉的“专爱”称为“为人生而艺术”、“病就是爱，爱就是病”的提法，将《红楼梦》的丰富性称为“伟大的混沌”，还有对《红楼梦》“人生性”的概括以及“不奴隶毋宁死”的提法等，似乎匪夷所思，仔细想来又是那么妥帖，非常新鲜而又令人会悟。再如《红楼梦》中的政治主题，这是一个老题目，从“反清复明”到鲁迅先生的“革命家看见排满”，再到毛泽东的阶级斗争史、四大家族兴衰史等，都是对《红楼梦》政治主题的阐释。王蒙的独特之处在于他从“政治主题”、“权力格局”、“政治人物与政治事件”等层面来阐释《红楼梦》中的“政治”，提出了政治资源“耗散”说，主流派、在野派、疏离派等命题，确实令人耳目一新。在无数的《红楼梦》研究中，还没有一个人对《红楼梦》中的“政治”有过如此深切、透彻的体悟和发现，更没有这

---

① 王蒙：《作家的书简与友谊》，《王蒙文存》第 14 卷，第 383 页，人民文学出版社 2003 年版。

么清晰、深刻的解读和阐释；再如，王蒙提出“贾宝玉不是一个思想的形象概念，而是一个感情的形象心灵的概念”，他这样对贾宝玉的性格进行概括：多爱多情多忧思，无用无事无信念，等等。这都是具有当代意识的新的理解、新的发现和新的概括，比那些僵硬的“典型论”等无疑更具有当代价值。

王蒙在评点“刘姥姥醉卧怡红院”一节时，曾深有感触地说：“用某种贫困的生活经验与反映这种生活经验的语言符号系统去套完全不同的生活内容——但愿我们能从刘姥姥这里汲取教训。”① 在以往的《红楼梦》研究中，这类现象是经常见到的。唯其如此，王蒙才在《红楼梦》研究中有意趋避和超越这种单一性、教条化语言和理论的宰制，从而拓展了《红楼梦》的意义空间。我们知道，王蒙对李商隐诗歌的研究取得了开创性成就，他提出的“多层次说”和“混沌的心灵场”的概念，极大地拓展了人们的研究视野，他的《红楼梦》研究同样体现了这一趋向。例如在《伟大的混沌》中，王蒙认为《红楼梦》在题材、思想、结构方面，都存在着一种“混沌性”，这种混沌也正是《红楼梦》这部小说的伟大所在，体现了《红楼梦》的整体性、生活性和“百科全书”式。王蒙的这种对《红楼梦》的“混沌性”的概括，比那些反封建主义、反清复明、真假、虚实之类的简单明了同时也是隔靴搔痒式的“主题论”，不知要丰富和高明多少倍。当代性甚至也表现在王蒙的评点语言和风格中，这些评点语言并不“纯粹”，甚至还掺杂有毛主席语录、苏联歌曲、汪明荃的电视广告和绥德民歌等内容；评点风格也是或严肃、或轻松，或幽默、或反讽，亦庄亦谐，不拘一格而又潇洒自如。

其次，当代性还表现在王蒙为他的《红楼梦》研究建构了一套新的语码释义系统。这套新的语码释义系统可能对传统的《红楼梦》研究者而言相当陌生，甚至不好接受，但这套新的语码确

---

① 《〈红楼梦〉（中）王蒙评点（增补版）》，第405页，上海文艺出版社2005年版。

实建构了一套解释《红楼梦》的完整的语符系统和意义系统，也构成了王蒙《红楼梦》研究的“关键词”。这套新的语码释义分三个层级，一级语码如“人生性”、“文学性”、“生活性”、“人间感”、“本体性”、“原生性”、“混沌性”、“荒谬性”等；二级语码如“政治资源”、“权力格局”、“管理功能”、“管理危机”、“人才危机”、“财政危机”、“姨娘文化”、“二王体制”、“忘年妒”、“天情”、“零作为”等；三级语码如“主流派”、“在野党”、“青春派”、“疏离派”、“垄断性服务”、“青春诗会”、“青春乌托邦”等；还有一些更具现代意义的语码如“奴隶贵族”、“拉赞助”、“拍板”、“董事长”、“总经理”等等。这些语码的运用可能给人某种“后现代”之感，但这套新的语码释义系统的建立标志着《红楼梦》研究已经从传统的现实主义、反封建、政治主体、阶级斗争、四大家族等一套机械性政治熟语和意识形态的框限性语符中解放出来，建构了一套新的语码系统和释义秩序，而这套新的语码系统和释义秩序，无疑更具有开放性、动态性和“混沌性”，因而也更具有当代性。

正如王蒙所言，任何语言其实都是“陷阱”，“它会简单化，它会教条化，它会呆板化”①。语言不仅具有巨大阐释能力，也有巨大的框限性功能，对思想进行削删、辖制、条理化的同时，也使之简单化。《红楼梦》既然是一部生活的“百科全书”，那么用一套或几套凝固的语码系统是无法解释明白的，对《红楼梦》的研究也应该具有“百科全书”的性质，否则难免削足适履，脑袋和帽子对不上号。语言的体制其实质就是政治体制、权力体制的表现形态，王蒙对《红楼梦》释义语码系统的重构，无疑是对旧有意义秩序的解构和颠覆，表明了王蒙《红楼梦》研究的一种新的意义生成和价值投向，一种更为开放的动态释义空间。王蒙的《〈红楼梦〉王蒙评点》

---

① 王蒙：《语言的功能与陷阱》，《中国海洋大学学报》（社会哲学版）2004 年第 6 期。

及其增补版，显示了冲破这种既有语码系统框限性的努力。建构这样一种开放的整体性的具有新的阐释能力和阐释可能的语码释义系统，是王蒙对《红楼梦》研究作出的一个重要贡献。

王蒙对《红楼梦》的研究，沿着两个维度展开：人生性和文学性。特别是前者，更成为王蒙《红楼梦》研究的最核心概念，也是最能显示王蒙的思想家特色和精神深度之所在。“人生性”是王蒙对《红楼梦》的一种新的概括，“《红楼梦》就是人生”，“《红楼梦》里有真人生，充满着人生”①。其实，王蒙的《红楼梦》研究，同样充满着一种人生性，一种生命感（或生命意识），一种建立在这种人生性和生命感之上的理解和相通，这也正是王蒙“活”说《红楼梦》“活”之含义。离开了这种生命意义上的理解和相通，任何的“考据”、“索隐”、研究与发现都未免显得隔膜和呆气。《红楼梦》的艺术魅力和生命力恰就来自于这种人生性和生命感。长期以来，我们更多的是把《红楼梦》研究变成了一门学问，结果越做越呆，越做越缺乏灵气，从而忽略了《红楼梦》与生命相通的一面。王蒙曾在文章中批评胡适：“老是背着中西的学问大山来看小说了，沉哉重也!”② 其实，“背着中西的学问大山来看小说”特别是来看《红楼梦》的又何止胡适一人，将《红楼梦》从“学问”中解脱出来，恢复它的生机和活力，重新赋予它以新的人生性和生命感，应该成为当代《红楼梦》研究的一个方向。对此，王蒙给了我们许多启示。

与大多数红学家相比，王蒙的《红楼梦》研究更接近于韦勒克在《文学理论》中所说的“文学的外部研究”，一定意义上，王蒙不单纯是用自己的知识和心智来研究《红楼梦》，更是用自己丰富的人生阅历和生命体验为基础为依托来观照《红楼梦》。王蒙多

---

① 王蒙：《王蒙活说〈红楼梦〉》，第 171 页，作家出版社 2005 年版。

② 王蒙：《谈学问之累》，《王蒙文存》第 17 卷，第 52 页，人民文学出版社 2003 年版。

次强调“我运用我的生活经验来看《红楼梦》”①，实际上是把他自己对生活的理解、领悟和发现与对《红楼梦》的阅读、理解和阐释，融合在了一起。王蒙是以自己的人生来解读《红楼梦》，同时也以《红楼梦》来解读自己的人生。王蒙解读《红楼梦》，解读曹雪芹，也是在解读自己，解读当代中国社会和生活。王蒙在现实生活和《红楼梦》中，洞察了“事体情理”的普遍性，这种“事体情理”的普遍性正是《红楼梦》的人生性内涵。如第五十回“芦雪亭争联即景诗”，王蒙评道：“我们读‘红’，便一次又一次地经验着欢乐的瞬间与悲哀的永远，一次又一次地怀恋着欢乐的瞬间，嗟叹那悲哀和荒芜的终结。”第五十六回贾宝玉梦中相遇甄宝玉一节，王蒙评道：“甄宝玉是贾宝玉的意识的产物，是贾宝玉的假设，是贾宝玉的一次令人毛骨悚然的自我想象、自我欣赏、自我嗟叹、自我分离、自我批评、自我邂逅。”在《红楼梦》研究中，王蒙没有把自己变成一个“学者”，更没有把《红楼梦》变成一个冰冷的“客体”、一个毫无体温的“他者”，而是不由自主置身其中，融于其中，为之歌哭，为之叹息，与《红楼梦》作心灵的对话，“以自己的经验去理解《红楼梦》的经验，以《红楼梦》的经验去验证、补充启迪自己的经验”②。王蒙是《红楼梦》的精神知己。

冯其庸先生说，王蒙对《红楼梦》的评点“随处散发着理解的智慧和意趣”，同时认为，在诸多的《红楼梦》评点家中，王蒙是“解味较深和较多的一人”③。诚哉斯言！有些学者把《红楼梦》作为学问的竞技场，王蒙则把《红楼梦》看做是人生经验、生命体悟

---

① 王蒙：《与〈小说界〉记者的谈话》，《王蒙文存》第20卷，第26页，人民文学出版社2003年版。

② 王蒙：《王蒙活说〈红楼梦〉》，第240页，作家出版社2005年版。

③ 冯其庸：《快读〈红楼梦〉王蒙评》，见温奉桥编：《多维视野中的王蒙——第一届王蒙文学创作国际学术研讨会论文集》，第266页，中国海洋大学出版社2004年版。

的心灵投映场，这实在是比学问更重要的东西。王蒙在《红楼梦》评点中寄寓了太多的东西，除了政治智慧、文学经验、人生经验外，更寄托了一种深沉的生命感悟。如第二回贾雨村丢官一事，王蒙评道：

> 性情狡猾（不老实），擅改礼仪（弄权），外沽清正之名（有非分之思），暗结虎狼之势（这一条最重，拉帮结派，搞小舰队，朝廷绝不能容），这几句话也是一面镜子。
>
> 故事发展并未可得出以上结论，可见这四条是曹公早有的对一些狗官的看法。这种概括与其说是来自贾雨村，不如说来自对更多的官员的观察体会，来自官场生活。①

这种发现是“王蒙式”的，因为其中融入了王蒙先生独特的政治阅历、政治经验和政治体悟，并不是靠研究和学问得来，而是人生阅历和智慧的结晶。例如第十七回，宝玉与黛玉斗嘴一节，王蒙评道：

> 真是两小无猜。人生能有几次这样的逗嘴？余年近古稀，读之泪下矣。人生能有几回痴？这毕竟是宝黛爱情最清新最快乐的时期。

再如第十九回“意绵绵静日玉生香”一节，王蒙评道：

> 在宝黛相爱相处中，静日玉生香一节十分愉快、放松，简直两个孩子进入了自由王国，无差别境界，获得的是天真烂漫而又相亲相爱的高峰体验。嗟乎，宝黛相处中，这种局面何其短暂，何其稀少！而猜疑、隔膜、嫉妒、阴影又何其多也。人生能有几许天真？人生能有几次笑？能有几次与异性伴侣的孩子式的混闹？

第二十回“林黛玉俏语谑娇音”，王蒙评道：

> 多么美好的青春年华！多么美好的青春友谊！多么难忘的毕竟是单纯透亮的岁月！

王蒙的这类评点，实在带有相当明显的个体人生体味、人生感喟，

---

① 《〈红楼梦〉（上）王蒙评点》（增补版），第12页，上海文艺出版社2005年版。

使人想起他的著名小说《青春万岁》、《春堤六桥》以及《歌声好像明媚的春光》。这种深含情感的评点语言是一般的学者笔下所没有的，其实质就是一种生命感。王蒙的这类深含人生况味的评点，颇具开阔感、通脱感和超越感。在王蒙对《红楼梦》的整体研究中，充溢着一种“人生性”。针对第二十二回宝玉“什么大家彼此，他们有大家彼此，我只是赤条条无牵挂的”一句，王蒙感叹道：

> 赤条条无牵挂的问题反映了人类生存的又一两难选择，又一困境。个体生命是孤独的，自由是孤独的也是痛苦的。所以人需要社会，需要家庭，需要友情、爱情、人际关系、公共关系。而人际相处又带来许多不快、烦恼、纷争、误解。处于这种“他人即是地狱”的不幸中的人倾向于假想的自我的孤独化，赤条条来去无牵挂化，这也是自然的。①

小说第一百二十回，王蒙有两段精彩的点评和发挥：

> 大悲哀，大潇洒，大解脱。故有“尘梦……山灵……”一联。
>
> 越说是空的、假的、命中注定了的，你越为之伤肝痛肺，难分难解。
>
> 越感动就越为这部小说的开头与结尾而感到肃穆，开阔，无言。
>
> 面对着《红褛梦》就是面对着生，面对着情，面对着人间万景。
>
> 面对着《红楼梦》就是面对着死，面对着命运，面对着宇宙洪荒。
>
> 面对着时间，百年千年万年只是它的一瞬的永恒。
>
> 面对着空间，大观园、荣国府，金陵与海疆，只是它的一粟的沧海。

---

①《〈红楼梦〉（上）王蒙评点》（增补版），第205页，上海文艺出版社2005年版。

你面对着的是终极的——上帝。①

对小说最后四句诗“说到辛酸处，荒唐愈可悲。由来同一梦，休笑世人痴！”的评点是：

不痴无梦。无梦无醒。辛酸而由荒唐，这就是小说了。

辛酸、荒唐、梦幻、痴迷，折旧使人生的终极体验了。

感谢《红楼梦》，给了我们迄今为止最深刻、最丰富、最辛酸、最荒唐的人生体验。

活下去就会体验下去，就会读下去，就会获得新的体验。②

《红楼梦》评点家很多，但是王蒙对《红楼梦》的评点，与历史上的那种纯学者型评点，有着明显的区别。历史上的许多《红楼梦》评点，有时感到视野不够开阔，就事论事，大多侧重于《红楼梦》的文学性，更多局限于文本自身，如作者生平、形象、语言、结构、主题等，只论题中之义，相对忽视了《红楼梦》更为内在和深潜的“味”——人生性、精神性内涵，缺乏更为开阔和深邃的超越性发掘。而这正是王蒙《红楼梦》研究的长处和特色。感谢王蒙，让我们分享《红楼梦》中无尽的人生况味。

王蒙的《红楼梦》研究，另一重要的特点是经验性，即体现出来的作家意识。所谓作家意识也即作家眼光、作家情怀，这主要表现在《红楼梦》的“文学性”研究方面。王蒙在谈到自己的创作体会时，第一条即是“从自己的经验和感受出发”③。其实，不单是王蒙的文学创作如此，王蒙的《红楼梦》研究也同样是从“经验和感受”出发的。王蒙在《王蒙活说〈红楼梦〉》中强调的“通”，除了表现为这种“人情世故”、“事体情理”的相通性以外，还表现为作

---

① 《〈红楼梦〉（下）王蒙评点》（增补版），第1238页，上海文艺出版社2005年版。

② 《〈红楼梦〉（下）王蒙评点》（增补版），第1240页，上海文艺出版社2005年版。

③ 王蒙：《小说的世界》，《王蒙文存》第19卷，第379页，人民文学出版社2003年版

为一个小说家的王蒙对作为小说的《红楼梦》与小说家曹雪芹的心灵相通。以小说家理解小说，以小说家理解小说家，是王蒙的优势和特长，也是王蒙与一般“红学家”不一样的地方。

在当代作家中，除了创作以外还以研究《红楼梦》闻名的有两人：王蒙与刘心武。同为作家，同样研究《红楼梦》，应该说，他们所表现出来的“作家意识”和研究理路却不尽相同。刘心武的“作家意识”表现为一种“揭秘”式研究，从“揭秘”秦可卿入手，既带有“考据”和“索隐”的影子，更多的却是某种发挥和想象——一种文学性因素的渗透。王蒙的“作家意识”，则更多地体现为一种“作家”的眼光、“作家”的情怀和“作家”的感同身受。

王蒙曾说，自己首先是把《红楼梦》当做“小说”来读的。这一点很重要，只有当做“小说”来读，才能超越拘泥，关注其“文学性”。无论是读《红楼启示录》、《王蒙活说红楼梦》，还是他的“评点”，你会时常感受到小说家王蒙与小说家曹雪芹在讨论“小说学”、“创作论”。面对《红楼梦》，王蒙不仅是个读者，还是一个正如他自己所说的“写小说者”，这事实上成为了王蒙《红楼梦》研究的“身份”和视野。从这种“身份”和视野出发，王蒙发现了许多学者所忽略的问题。例如，《红楼梦》后四十回，一直是众说纷纭，但是王蒙从创作学的角度认为，《红楼梦》这部小说“作者本来就没有写完”，“这部书是写不完的”，因为“它太真实，太展开，太繁复，太开阔也太丰富了”①，作者曹雪芹已经在他亲手建造的这座艺术的迷宫中迷失了自己；王蒙甚至从小说结构学认为，就整部《红楼梦》而言，到第七十四回“惑奸谗抄检大观园，矢孤介杜绝宁国府”，事实上已经“完成”，特别是“抄检大观园”更是整部小说的“高潮”，之后部分是小说的“余波”。王蒙甚至在许多地方用自己的创作经验、创作体会来“验证”、丰富和补充《红楼梦》，这是

① 王蒙：《王蒙活说〈红楼梦〉》，第167页，作家出版社2005年版。

一般的“红学家”所没有的。例如，《红楼启示录》中谈到“茗烟闹书房”一回，王蒙从创作的角度认为，这一回相对于整部小说的主线索而言，是一“闲笔”，其目的在于“添情趣”、“调节奏”、“增侧面”、“扩空间”①；在谈到《红楼梦》中大量诗词时，王蒙认为这除了中国传统文人的某种“炫才”心理外，更重要的是大量诗词的穿插运用使整部小说在情绪、节奏上起到了很好的缓冲作用，“从叙述上起了配合与换一个角度换一个文体的调剂口味的作用”②，并具有审美上的审美化、间离化效果③；还有如王蒙认为曹雪芹在写秦可卿丧事和元春省亲的时候，特别是对那些“大场面”的描写，字里行间充满了某种曾经见过大世面的“得意”与“炫耀”④。如“元妃省亲”一节，“文字中有一种匆匆忙忙的紧张”⑤；再如《红楼梦》中某些情节、人物、事件设置和处理的非情理化、非逻辑性等。所有这些，其实都是王蒙作为一个小说家的独特领悟和发现。没有丰富的创作经验作为基础，没有敏锐的艺术领悟力，只能被曹雪芹“折服”，而不可能对这种艺术上的细微之处有如此细致入微的领悟和发现。在古今众多的“红学家”中，王蒙离《红楼梦》最近，离曹雪芹最近。王蒙与《红楼梦》相互发现，互为知己。

这种“作家意识”在《〈红楼梦〉王蒙评点》（增补版）中表现得更是明显。以往的评点家对《红楼梦》的“文学性”的研究已经相当深入，例如主题学、结构学、形象学、语言学等，

---

① 王蒙：《论〈红楼梦〉》，《王蒙文存》第18卷，第29页，人民文学出版社2003年版。

② 王蒙：《论〈红楼梦〉》，《王蒙文存》第18卷，第80页，人民文学出版社2003年版

③ 《〈红楼梦〉（上）王蒙评点》（增补版），第46页，上海文艺出版社2005年版。

④ 王蒙：《王蒙活说〈红楼梦〉》，第210页，作家出版社2005年版。

⑤ 王蒙：《论〈红楼梦〉》，《王蒙文存》第18卷，第44页，人民文学出版社2003年版。

但是这种研究往往缺乏真正的理解，读来颇感隔膜，甚至有一种挠不到痒处之感。王蒙的评点并不追求理论上、逻辑上的完善和严密，古今中外，信手拈来，不故意吓人，也不唬人，似乎有些说法和语言也有不符合《文学理论》教科书之处，但是读来颇感灵动、活泼而又令人信服。《红楼梦》第二十八回，王蒙有一个总评：

> 作者的写法是：循序渐进，不慌不忙，不夸不饰。只写其“然”，不写其“所以然”，不事先回答疑问，填补空白。“满纸荒唐言”，“谁解其中味”？尽管曹公写得很周密，仍然留下大量内里的空白，供你捉摸品味，……这不仅是一个含蓄的手法问题，技巧问题。受是作者的生活经验、阅历问题，作者的含蓄并非仅仅出自一种拒绝饶舌的艺术修养，更出自他的经验的丰富性。经验压制着判断，作者可以叙述描写自己的经验，却分析不完它。①

第五十六回贾宝玉梦中遇见甄宝玉一节，王蒙情不自禁赞叹：“此节是天才之作，真正的小说！真正的想象！真正的灵性！”赞叹和激赏来自于真正的理解和相知，这类精辟的评点在《〈红楼梦〉王蒙评点》（增补版）中随处可见。这不仅表现了王蒙高超的鉴赏水平，更反映了他独到的艺术领悟能力，既表现了一个小说家的灵气，更展现了一个思想家的深刻。

王蒙对《红楼梦》释义系统的重构，在一定意义上，既是对《红楼梦》的一次精神“解放”，也是对“红学”研究的一次“解放”。王蒙说《红楼梦》是一块“丰产田”，他自己更是把《红楼梦》“当做一个大海来耕作，来徜徉，来拾取”②。我们有理由相信，王蒙先生会在这块“丰产田”取得更大的丰收。

---

① 《〈红楼梦〉（上）王蒙评点》（增补版），第274页，上海文艺出版社2005年版。

② 王蒙：《王蒙活说〈红楼梦〉》，第210页，作家出版社2005年版。

第二节 义山情深

李商隐研究构成了王蒙学术研究的另外重要“一翼”，其成就人所共知。李商隐研究专家黄世中教授曾对从“无题诗研究的多层次性”、“李商隐心灵场的混沌性”等方面，对王蒙的李商隐研究给予过准确的评价①。笔者认为，王蒙的李商隐研究与他的《红楼梦》研究相比，更具有方法论意义。

王蒙的李商隐研究主要收录在《双飞翼》、《心有灵犀》以及《王蒙文存》第十八卷中，代表性文章有《通境与通情——也谈李商隐的〈无题〉七律》、《雨在义山》、《一篇〈锦瑟〉解人难》、《再谈〈锦瑟〉》、《对李商隐及其诗作的一些理解》、《〈锦瑟〉的野狐禅》、《混沌的心灵场——谈李商隐〈无题〉诗的结构》、《李商隐的挑战》、《重组的诱惑》、《说“无端”》等。王蒙的这些李商隐研究文章，一个共同的显著特点是显示了与目前流行的学术话语方式相区别的更带有东方色彩的思维方式和方法论。这是王蒙李商隐研究的最大意义。

王蒙的李商隐研究，一个突出的特点在于，他并没有把李商隐作为一个纯粹的研究对象、研究“客体”来对待，而是自始至终都把李商隐作为一个“话题”来阐发李商隐研究的当代性意义，“他很清醒敏锐地意识到了当代中国文学批评存在的问题，并有意识地在自己的文学批评中运用‘中国化’的批评方法、批评理论细读文本，仔细体会作品、作者想要表达的情感思想，以亲身实践来对中国当代文学批评进行‘拨乱反正’”②。例如，王蒙对《锦瑟》的解读，

---

① 参见黄世中：《论王蒙的李商隐研究》，见温奉桥编：《多维视野中的王蒙——第一届王蒙文学创作国际学术研讨会论文集》，第 278 ~ 285 页，中国海洋大学出版社 2004 年版。

② 车淑萍、高维生、肖红燕：《王蒙的古代研究论略》，《重庆工学院学报》2007 年第 9 期。

并没有走“深钩广索”的以学问解诗的老路，而是重在欣赏和理解，甚至也有点顽皮的味道，总之，相对于传统的李商隐研究理路，王蒙的研究剑走偏锋，不走寻常路。王蒙对《锦瑟》更为“惊世骇俗”的解读，是模仿“颠倒兰亭序文”，来了个“颠倒锦瑟”，把《锦瑟》打乱重组，分别组成了七言体、长短句和对联体的《锦瑟》：

七言体：

锦瑟蝴蝶已惘然，无端珠玉成华弦。
庄生追忆春心泪，望帝迷托晓梦烟。
日有一弦生一柱，当时沧海五十年。
月明可待蓝田暖，只是此情思杜鹃。

长短句：

杜鹃、明月、蝴蝶，成无端惘然追忆。日暖蓝田晓梦，春心迷，沧海生玉烟。托此情，思锦瑟，可待庄生望帝。当时一弦一柱，五十弦，只是有珠泪，华年已。

对联体：

此情无端，只是晓梦庄生望帝，月明日暖，生成玉烟珠泪，思一弦一柱已。

春心惘然，追忆当时蝴蝶锦瑟，沧海蓝田，可待有五十弦，托华年杜鹃迷。

更有甚者，王蒙把李商隐的几首诗打碎重组，重组成一首新诗，如下面这首诗就是将李商隐的几首《无题》诗重新打乱组合成的：

来是空言去绝踪，月斜楼上五更钟。
身无彩凤双飞翼，心有灵犀一点通。
蜡照半笼金翡翠，麝熏微度绣芙蓉。
碧文圆顶夜深缝，凤尾香罗薄几重?

再如：

锦瑟无端五十弦，东风无力百花残。

春蚕到死丝方尽，蜡炬成灰泪始干。

沧海月明珠有泪，蓝田日暖玉生烟。

蓬山此去无多路，只是当时已惘然。

这更像是西方的“扑克牌小说”，的确有点匪夷所思，有点“野狐禅”，王蒙自己也承认这种“重组”带有一点“顽童恶作剧色彩”①，与庄重严肃规范严谨的学术研究相比，有点不伦不类。但王蒙的“重组”，在看似文字游戏的后面，隐含着王蒙对以往解读和研究李商隐中体现出来的那种我们已经习惯了的“以治学心、史心、训诂心、考证心、侦探破案心来对待文学作品特别是诗作”② 的不满。王蒙指出，用西洋的那套创作理论来研究李商隐，总觉得不够用，不对路。王蒙通过这种“重组”，提醒读者和研究者“不要忽略以诗心问诗，情心解情，文心通心”③，也就是要把文学当做文学来读，要把诗当做诗来读，要注意诗的独特性、汉字的独特性，例如汉字的审美性、情绪性、色彩性、模糊性以及超语言性，而不是仅仅要弄明白要坐实其思想内涵。王蒙感慨：在李商隐的诗里，“让你感觉到汉字有多么美”④。更有趣的是，王蒙发现经过“重组”后，这些诗不但仍然可读，而且“情调不变”，何也？因为李商隐几乎所有的诗，都具有一种内在的“统一性”：情感的统一性，意象与典事的统一性，形式的统一性⑤。王蒙把李商隐的诗看做是一个整体，一个具有内在统一性的活的整体。鉴于此，王蒙在其李商隐研究中创立了一套开放

---

① 王蒙：《王蒙自传》第三部《九命七羊》，第 48 页，花城出版社 2008 年版。

②③ 王蒙：《王蒙自传》第三部《九命七羊》，第 47 页，花城出版社 2008 年版。

④ 王蒙：《李商隐的挑战》，《王蒙文存》第 18 卷，第 391 页，人民文学出版社 2003 年版。

⑤ 王蒙：《混沌的心灵场——谈李商隐〈无题〉诗的结构》，《王蒙文存》第 18 卷，第 380 页，人民文学出版社 2003 年版。

的话语系统，例如“潜气内转”、“混沌”、“心灵场”、“无线无序非矢量”、“通境”、“通情”等，这些概念实际上是对那种线形思维、逻辑思维、绝对思维的“解构”。李商隐研究专家刘学锴说：作为一位作家，王蒙对李商隐的诗歌有一种“别有会心的感受”①。

在一定意义上，王蒙对李商隐的解读，是一种“挑战”，是对我们的传统学术观念和学术方法的挑战，“对人们原有的阅读经验、审美习惯、研究方法形成了巨大的挑战，具有巨大的启发意义”②。应该说，王蒙对《锦瑟》的解读，其实际意义已经超越了单纯学术研究的范畴。“丢开一切哲学的成见，把文艺的创造和欣赏当做心理的事实去研究”③，王蒙研究李商隐的最大特点其实就是把他的那些颇有争议颇有歧义的诗当做某种“心理事实”来理解。长期以来，文学审美上存在着一种死硬派，无论什么都要“坐实”，都要找出某种“本事”，找到某种确凿的“证据”。许多年后，王蒙在其自传中认为，这种执著于寻找诗的“本事”的做法，是侧重于诗的“非诗化解读”，是“把诗变成时与史与事的注脚”④。所谓“考据”云云，其实偏离了文学的正途。正是在这个意义上，王蒙把李商隐的大量的“向内转”的诗，称为“心灵诗”、“混沌诗”，这就与传统的死硬的文学批评方法拉开了距离。

近三十年来，我们的学术路径和学术话语逐渐西方化，这套移植过来的学术规范有其一定的合理性，但弊端也十分明显——受本质主义思维方式的影响，西方学术话语重概念的阐释，重逻辑分析，轻视文本的感受和感悟，其哲学基础是主体与客体的二元论。而中国传统的方式是审美主义的，感悟是中国传统学术的核心，重整体，

---

① 刘学锴：《本世纪李商隐研究略述》，《文学评论》1998年第1期。

② 闻苑（温奉桥）：《春光唱彻方无憾——写在王蒙文学创作50周年之际》，《人民日报·海外版》2003年10月28日。

③ 朱光潜：《文艺心理学》之“作者自白”，复旦大学出版社2005年版。

④ 王蒙：《王蒙自传》第三部《九命七羊》，第47页，花城出版社2008年版。

重印象，体现了思维的超越性、灵动性、辩证性。“感悟思维是以心本思想作为它的精神文化的本质和特征的”，也就是说，感悟思维是与西方的重概念重逻辑的致思方式不同的一种“极富诗性特征、又极其追求圆通”① 的思维模式，其哲学基础是天人合一、物我合一。这种思维方式无疑更体现了“诗性的智慧”。例如中国传统的美学范畴是“气”、“韵”、“意”、“境”等，这些概念范畴更具有诗性特点。东西方这种完全不同的致知方式，决定了完全不同的审美方式和学术话语方式。就中国传统诗歌的研究而言，西方的审美方式和学术话语方式未必适合，在一定程度上，离开了感悟和审美，就是对中国传统诗歌的“谋杀”。事实上，在文学批评史上这类的“杀手”，不知凡几！“新时期中国文论的热闹与喧嚣重也是在飘忽着太多的‘无根’的语汇，有着众多值得警惕的概念游戏”②，在这种“概念游戏”中，人们失却了对文本感受的耐心，其结果便是评论家成了手拿手术刀的医生，文学则成了“病人”。“评价一首诗就像评价布丁和一台机器”的时代应该结束了，重体验、重感受的文学审美方式、批评方法应该重新回到文学研究中来！杨义曾提出了“感悟的现代转型”命题，这的确是中国当代文论面临的一个大问题，也是一项艰巨的工程。王蒙曾在《红楼启示录》中大发感慨，他说：“好的作品就像一个活的人，你分析不完他。……即使在对个体的认识和理解极端无知、愚昧、乖谬的情况下，活人的个体仍然是完整的细腻的与包含生命的个体。当然，这样的个体会频频受到拙劣的生理学之害。但不论如何受害，个体仍然比生理学更完整、更鲜活也更深刻。”③ 王蒙曾抱怨我们的学术体系“不是苏联式的，就是西

① 杨义：《感悟通论》，《社会科学战线》2006 年第 1 期。

② 李怡：《现代性：批判的批判——中国现代文学研究的核心问题》，第 150 页，人民文学出版社 2006 年版。

③ 王蒙：《红楼启示录》，《王蒙文存》第 18 卷，第 169 页，人民文学出版社 2003 年版。

方式的，再不就回到金圣叹的路子上了”①，这些方法都无法真正适合李商隐——这些“帽子”和“脑袋”对不上号。王蒙倡导的是一种更为人性化的学术话语，一种充满了理解和欣赏的话语（许多研究者把自己的研究对象看做冰冷的僵尸、木乃伊，无论是他面对的是李商隐的诗，还是真正的木乃伊）。王蒙所说的“李商隐现象”形成了“对我们诗学文学美学的一些框架、一些概念、一些符号系统”② 的挑战，其实就是这个意思。因此，王蒙通过他的独特的李商隐研究，传递了在学术观念、路径和方法上的一系列重要信息。例如王蒙在谈到李商隐诗“懂不懂的问题”时，他说：“一般人认为李的诗难懂，可恰恰是这一类所谓难懂的诗家喻户晓。他的政治诗、咏史诗并不家喻户晓，而家喻户晓的却是春蚕到死丝方尽、心有灵犀一点通、夕阳无限好。如果说不懂，难道大家都在爱一些他们不懂的东西？不懂偏偏成诵，不懂偏偏普及，这是一个很值得一思的现象。”③

王蒙的李商隐研究，向我们展示了某种学术趣味上的开放性和包容性。从中国诗歌主流传统而言，李商隐是个边缘化的存在，他的唯美，他的“颓唐”，他的华贵（他喜欢用诸如“珠”、“玉”、“金”、“翡翠”、“芙蓉”等“富贵”意象），他的伤感，既有违于“怨而不怒，哀而不伤”的诗教和“温柔敦厚”传统审美情趣，更有违于我们长期以来建立起来的“普罗”文学规范。应该说，新中国成立后，我们的文学审美口味存在着逐渐狭仄化、粗糙化的倾向，许多像李商隐这样的“小众化”（“雅化”）诗人，如温庭筠之类，并不受到特别欣赏。新中国成立后的文学理论中流行歌德的一种说

① 王蒙：《李商隐的挑战》，《王蒙文存》第18卷，第396页，人民文学出版社2003年版。

② 王蒙：《李商隐的挑战》，《王蒙文存》第18卷，第392页，人民文学出版社2003年版。

③ 王蒙：《李商隐的挑战》，《王蒙文存》第18卷，第394～395页，人民文学出版社2003年版。

法，没落阶级的文学才是面向内心的，而上升阶级的文学是面向未来的（原话为“一切倒退和衰亡的时代都是主观的，与此相反，一切前进上升的时代都有一种客观的倾向”①）。这些断章取义式的似是而非的说法，严重影响了中国当代文学的发展，其结果就是上面所说的审美口味的狭仄化、粗糙化以及客观主义倾向。新时期以来，评论家鲁枢元曾提出当代文学“向内转”的命题，后来遭到批评，说是“向内转”偏离了社会主义文学的方向，是反对现实主义，崇尚西方现代派。所谓“向内转”，也仅仅是相对于客观主义的“面向未来”而言，可见我们的文学观念僵化到何种程度。王蒙曾说：“轻视内转的传统在我国可谓源远流长，于建国后尤烈。”② 在这种文学观念的制约下，怎么能够理解和欣赏李商隐呢？正鉴于此，王蒙说李商隐的研究对教条主义和“至今仍然存在的文学的狭隘性”形成了“挑战”，“李商隐研究标志着我们文学观念的变化”③。王蒙通过李商隐，“启蒙”我们欣赏和接纳另一种非“普罗”的美——李商隐式的美。例如，王蒙对李商隐诗的“颓唐”的欣赏，以及所谓“消极情绪的审美化”的提法，就富有启发性，因为我们的诗教重教化，轻审美，所谓“不关风化体，纵好也徒然”是也。而李商隐的诗，与教化、风化之类提法，与“兴观群怨”说相去甚远，所以，对李商隐的欣赏，标志着文学审美空间的扩展、审美心态的开放和审美标准的多样化。再如，与李商隐的爱情诗相比，一般研究者都不太看重他的政治诗，但王蒙从李商隐的政治诗中读出了别样的滋味。王蒙认为，李商隐的政治诗特点是“气象恢宏、嗟叹深沉、见识卓然”，其中，“既有一种旁观者的清醒冷峻，又

---

① ［德］艾克曼辑录：《歌德谈话录》，第 95 页，朱光潜译，人民文学出版社 1978 年版。

② 王蒙：《混沌的心灵场——谈李商隐〈无题〉诗的结构》，《王蒙文存》第 18 卷，第 381 页，人民文学出版社 2003 年版。

③ 王蒙：《李商隐的挑战》，《王蒙文存》第 18 卷，第 392、388 页，人民文学出版社 2003 年版。

有一种旁观者（无法投入、也无法发挥什么‘主体性’）的无可奈何的悲凉”①。这不是一个纯粹的经院式的结论，这是一个具有相当政治阅历的人才能说出的话。还有，王蒙认为李商隐的内心世界“悲哀而又美丽”：“他聪明、敏锐、钟情而脆弱，对于失败、孤独、徒劳、漂泊、分离显然比对于生活的希望和乐趣更加敏感。他充满了一个智者、一个情种、一个自视甚高而时运不齐者的悲哀”，“用美丽妆点了悲哀，又用悲哀深邃了美丽”②。这也同样不是书生能够说出的话，没有相当的人生阅历和对人心的了解，就不会充满这样一种理解和人情。

王蒙的李商隐研究展现的灵活的辩证的学术方法，其实是王蒙“作家”身份的一种价值体认。例如，他对李商隐大量的“无题”诗倡导的意义“多层次说”，极大地开拓了李商隐研究视野，为李商隐研究注入了一种新的活力，也彰显了一种不同于“学院派”的作家眼光和情怀。

第三节　老子深味

王蒙曾两次遭遇人生的重大变故，可以说饱尝人生的艰险（有时甚至的凶险）困厄，但仍能保持积极乐观、豁达超脱的人生态度，直至晚年，仍旧保持了旺盛的创作精力，并在学术研究特别是对老子、庄子的研究方面，取得了令人敬佩的成就。那么，王蒙如何调适自己，保持自我与社会、时代的平衡，进而保持自我内在的平衡？王蒙可以说是又积极又旷达，又入世又超脱，又执著又宽容，不拘泥，不放纵，在保持自我的平衡方面，老子、庄子都使王蒙受益匪

① 王蒙：《对李商隐及其诗作的一些理解》，《王蒙文存》第 18 卷，第 355 页，人民文学出版社 2003 年版。

② 王蒙：《对李商隐及其诗作的一些理解》，《王蒙文存》第 18 卷，第 368 ~ 369 页，人民文学出版社 2003 年版。

浅，在一定意义上成了王蒙心灵、心理的平衡调适器。王蒙积极汲取了老庄思想中诸如“超然物外”、“顺其自然”、“清静逍遥”等思想，老子的“无为”，庄子的“自然”，也都给王蒙以极大的暗示和启迪。

老子、庄子对王蒙的影响是不同的。老子对王蒙的影响主要表现在人生观、价值观的层面，庄子对王蒙的影响主要表现在艺术精神、艺术观的层面。

对《老子》的研究，成为王蒙近些年最重要的学术活动，《老子的帮助》是王蒙近年最大的学术贡献。

早在2006年举办的“王蒙文艺思想学术研讨会”上，就有学者提出“狐狸王蒙”① 的概念（英国著名哲学家伊赛亚·伯林在《刺猬与狐狸》一文中把知识分子分为两种类型：刺猬型知识分子和狐狸型知识分子。前者执著一事，高蹈务虚，而后者则足智多谋，经世致用）。王蒙因为《老子的帮助》一书得了一个新称呼：“老妖精”。“妖精”之前加了一个“老”字，就意味深长了。“老”意味着经验、超越和修行，从《老子的帮助》看，王蒙已经得“道”。

在《王蒙自传》中，王蒙曾表达了作为“界碑”的不被理解的尴尬、孤独和深深的寂寞。王蒙的可贵之处在于，他没有因为这种尴尬和不被理解放弃他的努力。王蒙不仅是出色的作家，而且是一位具有超越性的思想家，一位具有相当智慧的哲学家。《老子的帮助》中，王蒙借老子之口，阐释自己的哲学、自己的“道”。

对《老子》的研究，自古以来就是一门显学，其著作更是汗牛充栋，不可胜数。远的不说，光是现代以来，就有诸如罗振玉、胡适、钱穆、林语堂、钱钟书、冯友兰、徐复观、高亨、王力、饶宗颐、任继愈、陈鼓应、傅佩荣等，可谓高手云集，想弄出点名堂，

① 李钧：《“狐狸”王蒙》，见温奉桥编：《王蒙·革命·文学——王蒙文艺思想研究》，第144页，人民文学出版社2008年版。

发现别人所未发现，绝非易事。王蒙研究《老子》，充满了挑战意味，必须另辟蹊径。王蒙有一个老子“情结”：“年轻时已经迷上了《老子》”，“一个天地不仁、一个宠辱无惊、一个上善若水、一个不争故莫能与之争、一个无为、一个治大国若烹小鲜、一个生也柔弱死也坚强，就把我惊呆了”①。王蒙真正去研究《老子》时已年过古稀，他知道，《老子》深含“玄机”，需要用毕生的经验来面对，来品其中的“味”。王蒙除了对《老子》逐章进行“意译”和阐释外，还撰写了一些学术论文和随笔，如《至上论——中国式的终极追寻：概念崇拜与本质主义》、《美的哲学——论〈道德经〉的审美意义》、《逆向思维的方法论》、《〈道德经〉与中国式宗教意识》、《老子的数学观念》、《道是怎么来的》、《无为论》、《价值论》、《论老子之老》、《无为》、《有无之间》等。迄今为止，在诸多对老子的研究著作中，王蒙对老子的解读无疑最具个人化和当代性。王蒙一只眼盯着《老子》，一只眼盯着当下社会，对当下社会提供“帮助”是王蒙研究《老子》的初衷，这其实是与学院派不同的。注重思想建设的意义，而不是纯粹学问研究，是王蒙作为学者的一大特点。王蒙曾多次强调自己不是“书斋型”知识分子，他这种“非书斋型”在《老子的帮助》中得到了淋漓尽致的体现。对此，王蒙相当自信，他认为自己对老子的解读“有趣有生发”、“深思自开花”、“纵横非卖瓜”②。王蒙深知学院式研究并非他之所长，更不是他所喜欢的，他的所长在于“经历、阅历、风云变幻中的思考与体悟”，“我能做的是用自己的人生，用我的历史体验、社会体验、政治经验、文学经验、思考历程去为老子的学说‘出庭作证’”③。从“证人”的角度，没有比王蒙更合适的了。王蒙的“现身说法”给老子研究带来了特有的活力和灵气。赵士林说：“王蒙对老子的解读，可谓形上形下，

---

① 王蒙：《老子的帮助》，第 3 页，华夏出版社 2009 年版。

② 王蒙：《老子的帮助》，第 5 页，华夏出版社 2009 年版。

③ 王蒙：《老子的帮助》第 4 ~ 5 页，华夏出版社 2009 年版。

挥洒淋漓；上天入地，洞烛幽微；深入浅出，能近取譬；鸢飞鱼跃，触处生春……”① 赵士林说得很文学化，但大体准确。

《老子的帮助》带有强烈的个体化色彩。王蒙这部著作基本上是一部经验主义的书，是两位智者超越时空的对话，这大概就是王蒙所说的“出庭作证”的意思。王蒙有一本书叫《王蒙活说〈红楼梦〉》，其实，《老子的帮助》更是一种“活说”。唯其是“活说”，故更活泼，更具个体性，其中的许多见解和说法是带有强烈的王蒙个人色彩的，是“王蒙式”的。《老子的帮助》前言有一句话：悟君一句话，回首七十载。也即是说，王蒙是以其七十多年的人生阅历、政治经验、社会经验、文学经验作底子，来解读老子的。王蒙说：“读书的最乐在于从中发现了生活，发现了生命的体验；生活的最乐在于从中发现了类书本，发现了迄今书本上尚无的或语焉不详乃至语焉有误的新道理、新说法、新见识。”② 王蒙以其丰富的人生经验和对社会、人生的独特思考，与老子“互证”，对老子之说既是阐释，又是丰富和补充。王蒙并不是把老子当学问来研究，而是当做活的现实、活的人生来解读。我们之前对老子的研究，大都走的是一条学问之路，从书本到书本，以书解书，以字解字，注重知识性、考证性，忽视经验性。王蒙说：“要掂量老子的某些论述的含金量，不能仅仅从语言文字的释义上斟酌，还要从实践、从经验、从悟性、从审美上去寻找探索对照。”③ 2009 年 4 月 21 日，王蒙在青岛师范学校演讲中说：“一切学问都是活的，死的学问是不值得去研读的。”《老子》本来带有很多玄妙的色彩，但王蒙的阐释不是以玄说玄，而是很具体，很容易明白，很适合一般读者的知识基础和经验范畴。浅入深出、深入深出易，深入浅出难，王蒙的老子研究可以说最大特点就是“深入浅出”，这也许正是这部著作自问世以来一

---

① 见《老子的帮助》封底，华夏出版社 2009 年版。

② 王蒙：《老子的帮助》，第 5 页，华夏出版社 2009 年版。

③ 王蒙：《老子的帮助》，第 238 页，华夏出版社 2009 年版。

直热销的一个原因。这似乎也是任继愈先生所说的《老子的帮助》“泄露天机”的意思吧[①]？“天机”不是少数精英、研究者的专属品，王蒙把老子的“天机”分享给了普通读者大众。

王蒙给老子研究注入了一种新鲜的灵动的感悟性的哲思，既是阐释老子，也是阐释自己，蕴涵了王蒙高度个体性的思悟。例如，王蒙指出了老子“道”的本质性、想象性、模糊性和似或性，同时他又指出老子的大道“不是反人生反日常反平常心的，而是贴近日常贴近生活贴近操作贴近做事贴近可行性的”[②]。王蒙的这种对“道”的两重性理解，特别是对“道”的世俗性的理解，丰富了“道”的内涵，而这种意义“附加值”其实是王蒙的智慧。再例如对“无为无不为”的理解，他说：“无为是前提，无不为是结果。无为是方法，无不为是目标。无为是哲学，无不为是价值。”他认为老子所强调的“无为”的命题，其启发意义在于“不是绝对的无为与无欲，而是批判性地审视自己的有为与有欲的状态、过程与经验教训，提出对于自己的至少是无谬恶之为、无过分之欲的要求，注意尝试以质朴之心取代欲作之动，引导自己成为更加本色、得道、从容、心胸阔大、永远立于不败之地、反而更有成就的人”[③]，这种说法极具启发性。王蒙的这种对老子的理解和发挥，渗透着他几十年独特的人生经验和思考。

同时，《老子的帮助》极具当代性。在一定意义上，王蒙对老子的解读，也是我们这个时代对老子的解读，并非完全是王蒙自己一人的解读。时代提出了重新解读和阐释老子的可能性。王蒙的解读，

---

① 著名学者任继愈在发给“王蒙新作《老子的帮助》学术研讨会”贺信中言：“我有幸先读到此书，读后深有感触：一则以喜，一则以惧。喜者，敢于把老子引而不发，点到为止之处予以揭露，使千年来对老子有兴趣的读者另辟蹊径，受到很多的启发。惧者，此书或将激怒老子，泻露天机之罪，以道教主身份，减其阳寿。奈何！”

② 王蒙：《老子的帮助》，第258页，华夏出版社2009年版。

③ 王蒙：《老子的帮助》，第151、154页，华夏出版社2009年版。

既带有自己的独特眼光、独特心得，更带有某种明显的当代意识和当代价值观，从而建构了关于老子研究的一套新的语码系统和释义方式。

从上个世纪鲁迅把“三坟五典”踏倒在地，到今天王蒙的《老子的帮助》，在这不到100年的时间里，真不知道中国到底发生了什么。这种社会转型，成为《老子的帮助》一书大的思想背景。王蒙说老子“像一味性微寒的中药”，是医治当今社会问题的一剂“良药”和“凉药”。王蒙的《老子的帮助》这剂“良药”，散发着王蒙的仁者之心、温热之心。

这个社会充满了躁动、焦虑、纷争，需要的是自我的和解。老子对塑造中国人的气质、性格、心灵都起到了极为重要的平衡作用，老子可以帮助你做做心灵的体操、心灵的扩胸运动。王蒙曾说过一句话“读一遍《红楼梦》，让你多活20年”，读一遍老子和《老子的帮助》，可能让你活得更清醒、更明白、更灵动。在这部书中，王蒙曾多次说过“人们，老子是爱你们的”之类的话。我们面对的社会，一味强调“有”，“有”的重要性不言而喻，然老子告诉你“无”，如何在“有”、“无”、“进”、“退”之间取得一种平横，实际上就是实现自我和解。王蒙更重视和强调的是自我与社会的和解。王蒙对“有”和“无”有深刻理解，他说“无是最高境界的有”，“无，常常是有的前提。有，也常常是无的后续结果或者无的变形”，在此基础上，王蒙发挥道：“好人就是有所不为的人。坏人就是无所不为的人。”① 在中国历史上，似乎还没有哪一个时代比今天更需要老子，更需要老子的帮助，大到整个社会，小到每个人的心灵，借用王蒙的说法，就像一台内存高度超负荷的电脑，再不进行扩容，再不进行清理，就可能面临死机的可能，就可能需要重装程序。老子在一定程度上可以帮助我们进行内存空间的扩容。王蒙

---

① 王蒙：《老子的帮助》，第258页，华夏出版社2009年版。

早就看到了这一点，他在向我们的古人寻找一种思想的资源和药方。在王蒙看来，几千年前的老子似乎能够给我们提供某种帮助。王蒙认为老子至少在六个方面可以给我们提供“帮助”：第一，他带来了充满大部分哲学思辨、小部分宗教情怀的对于大道的追求与皈依；第二，他带来了一种逆向思维、另类思维乃至颠覆性思维的方法；第三，他带来了“无为”这样一个命题、这样一个法宝；第四，他带来的是逻辑思维与形象思维的结合，是感悟与思辨的结合，是认识与信仰的结合，是玄妙抽象与生活经验的结合，是大智慧的无所不在，不拘一格，浑然一体，模糊恍惚；第五，他带来了真正的处世奇术、做人奇境，以退为进，以柔克刚，以无胜有，以亏胜盈，宠辱不惊，百折不挠；第六，他带来的是汉字所特有的表述的方法、修辞的方法、论辩的方法、取喻的方法、绕口令而又含蓄着深刻内容的为文方法。他将汉字的灵活性、多义性、多信息性、弹性与概括性、简练性发挥到了极致，他贡献给读者与后人的可以说是字字珠玑、句句格言、段段警世、页页动心、处处奇葩、自由驰骋。因此，王蒙认为老子可以“帮助我们智慧、从容、镇定、抗逆、深刻、宽广、耐心、宏远、自信、有大气量、有静气与定力”①。《老子的帮助》并非是当前日益升温的“国学热”的产物，王蒙在这部著作中，无疑表现出了更多的苦心和深旨。

王蒙说：“我们阅读和讨论老子，目的不是为了回到老子的主张和时代，而是为了从老子中发掘我们民族的精神资源，寻找我们的智慧遗产，为了今天，为了明天，为了未来。”② 这正是王蒙作为一个学者的初衷，也是王蒙研究学问的初衷，更是他的特色。

作为学者的王蒙，向人们显示了他的机敏、智慧，他的学术研究给人们提供了许多新的启示、新的思考，正如我在一篇文章中所

---

① 王蒙：《老子的帮助》，第 3 ~ 4 页，华夏出版社 2009 年版。

② 王蒙：《老子的帮助》，第 57 页，华夏出版社 2009 年版。

说："作为学者王蒙，他的许多卓越的独创性见解，一方面固然来自于他丰富渊博的知识，更为重要的方面，却是来自于他的与一般'学院派'学者不同的作家身份的独特眼光、独特视点所带来的独特发现。他的学术研究，脱尽了一般学术研究文章的'学院气'、'学究气'，既有鞭辟入里的精透见解，更处处渗透着知情论世的作家情怀。"①

① 闻苑（温奉桥）：《春光唱彻方无憾——写在王蒙文学创作 50 周年之际》，《人民日报·海外版》2003 年 10 月 28 日。

余论："弥赛亚"的痛苦与王蒙文艺思想的局限性

王蒙在《读书》2008年第2、3期，连续发表了《困难与跨越：关于弥赛亚》（上、下）一文，在这篇文章中，王蒙结合近20年前创作的小说《十字架上》，阐发了许多新的思想。《十字架上》是否如斯洛伐克汉学家高利克所言是王蒙"最好的小说"权且不论，但这是一篇独特的思想极为深刻的小说却是事实。也许是这篇小说长期没有引起关注的缘故，王蒙在这里不得不进行再一次阐释、阐发。在这篇奇特的小说中，王蒙实际上在探讨弥赛亚——使命的尴尬和悖论：即"使命的承担者与承担者心目中使命的受惠者之间，永远有一种难以沟通的痛苦"，原因是"使命与使命感，常常会受到质疑。而使命的受惠者往往会怀疑自身受到欺骗，感到迷惑"，"使命的结局是上十字架"①。其实，这是一个极为大胆的命题。

小说的深刻之处在于，它所揭示的弥赛亚及"弥赛亚情结"的窘境：

> 你为什么还没有上十字架呢？如果不上十字架，如果和众人一样地饮水、穿衣、吃未发酵的饼和羊羔肉，如果和众人一样地在夏天的烈日下流汗在冬天的寒风中发抖，那还有什么区别，有什么神圣，有什么发言权和感召力？②

---

① 王蒙：《困难与跨越：关于弥赛亚》（上），《读书》2008年第2期。

② 王蒙：《十字架上》，《王蒙文存》第12卷，第371页，人民文学出版社2003年版。

而当“我”听到罗马总督要释放一名犯人时：

> 我的耳边轰地一响。莫非要释放我？依公众对我的爱戴，他们一定会要求把我释放的。那么，我自幼的茹苦含辛，圣母圣父的教导，我的一切德行，一切禁欲主义，一切奇迹，一切对于道的领悟和宣讲，我所奋斗终生的使命，我的仁慈与我的形象，我头顶上的圆光，我的纯洁无瑕的档案或者用英语喜欢用的说法叫做“记录”，特别是我对于那些无知无识、诚惶诚恐、易喜易怒、多疑多惧、自利自私、攀风攀势、摇来摇去的人们的同情、怜悯与宽宏的饶恕，又将怎样表现出来？如果我来到十字架前，又被赦免，平安地走下台来，眼睁睁看着另一个杀人越货的强盗英勇就死，看着一个得不到崇拜、找不到自己的死亡的意义的强蛮的血肉之躯在刹那间变成血尸，我的上十字架岂不成了一场沽名钓誉的骗局，如果我被释放，经过这么一番大折腾以后晚上照旧饮水吃肉洗脚睡觉打鼾，现在这些为我流泪向我膜拜的人如何能再相信我的仁爱我的苦心我的关于宽恕的教导？教育别人宽恕的人是最难于得到宽恕的。因为要别人宽恕，就把自己摆到了高于一切的地位，摆到了圣人的地位，摆到了再无还手还口之力的不设防的地位，于是你便变成了众矢之的。宽恕是困难的，让斗红了眼的人宽恕比要他们的命还难，他们不愿意宽恕不能宽恕，他们就更要睁大眼睛看你能不能宽恕，你能不能容忍。简单地说，如果罗马总督彼拉多将我释放，不出十天，我的忠诚信徒们就会把我凌迟处死活埋。①

在这篇小说中，王蒙不但揭示了人之子与普通信徒之间的冲突，更为深刻的是揭示了“弥赛亚们”内心的冲突：

> 但我又想，如果真的放了，该有多好！走上十字架台，我

---

① 王蒙：《十字架上》，《王蒙文存》第12卷，第372～373页，人民文学出版社2003年版。

才想到我还有许多话没有对信徒们说，还有许多道理没有思考透彻。宗教探讨的是通向天国之路，是永远地摆脱人间的罪恶贪欲粗俗之路，而宗教是为人间而准备的。没有人间，又在哪里宣讲宗教？又从哪里走向天国？我爱的是谁人？我怜悯的是谁人？我宽恕的是谁人？我准备为之而受尽一切苦难的是谁人？不正是这些血肉之躯，这些肉体凡胎的众人吗？当我死去以后，我还能爱他们吗？我还能超度他们吗？我还能为他们而流泪并接受他们的崇拜和忏悔吗？当我复活以后，我还是我吗？我还能以肉身与众人的肉身通消息吗？

我心乱如麻，但是我还是狂呼大叫：不要释放我！①

弥赛亚们已经把自己摆在了相当危险的境地，正如小说中的一句话："上了十字架就别想再下来"，弥赛亚们已经不可避免地成为了悲情主义者。王蒙在与高利克谈到这部小说时说："《十字架上》这部作品里头，实际上我的核心，我最关切的是对于弥赛亚与弥赛亚情结的这样的一种关注。相反，也有一种跨越，超过那种弥赛亚情结。在这一点上来说，我觉得一个革命者，同样也可能有一个弥赛亚情结。革命者以为我们进行着的革命，就是我们的弥赛亚，他要解救人民。认为中国以前全部都是黑暗的，然后从这个革命以后，你就有一种使命感，这种使命感从某种意义上和耶稣是一样的。耶稣有一种使命就是拯救人类的罪恶，那么革命也是要消除，当然是用强硬的手段，而不是用传教来消除黑暗。所以我能有这样一种心情，体会这个弥赛亚使命。这种使命，既是令人向往的，又是非常痛苦的，又是不被人们所理解的。"② 王蒙曾明确拒绝了文学的弥赛亚意识，他更曾明确表示："我对背十

---

① 王蒙：《十字架上》，《王蒙文存》第 12 卷，第 373 页，人民文学出版社 2003 年版。

② 《王蒙答斯洛伐克汉学家高利克问》，《中华读书报》2007 年 11 月 21 日。

字架并不怎么感兴趣……我不认为我能当救世主。”① 但是弥赛亚的体验是否在王蒙身上就完全没有呢？王蒙曾说过一句话，毕加索的悲哀是“高峰”的悲哀。这种“高峰”的悲哀在王蒙的内心就一点也没有吗？

王蒙反对且警惕自己成为“导师型火炬型救世型”即“社会批判型福柯型”精英的作家，反对文学上的意识形态旗手心态和“斗士心态”。王蒙经常说“吾心光明”、“心如明月”、“我爱这个世界”、“我喜欢”、“理解”等，这与鲁迅作为精神战士的批判性是不同的，王蒙更是明确表示不喜欢“背十字架”，不喜欢救世主意识，因为在他看来，“救世主意识”包含着某种极端性、排他性，而每一个人都应该珍惜自己的生命，“一个人有活下去的权利”②。他认为，在后革命时期，社会所需要的是“公众友人式的、更深思的与更理性的智者而非煽情式的爆破式的勇敢怒吼者”③。王蒙不认为当代还需要丹柯式的作家。

王蒙说，张承志对理想主义有一种“愚傻的执著”④，在一定意义上，王蒙所缺少的可能恰是这种“愚傻的执著”。王蒙的智慧、潇洒特别是幽默人所共知，但智慧、潇洒、幽默也许是双刃剑。例如幽默，正如王蒙自己所言，幽默首先是种智力上的优越感，但除此之外，幽默也是一种“麻醉和狡猾”⑤，甚至是一种逃避。王干谈到

---

① 李辉、陈建功、王蒙：《道德乌托邦和价值标准——“精神家园何方共建谈话录”之三》，见丁东、孙珉选编：《世纪之交的冲撞——王蒙现象争鸣录》，第119页，光明日报出版社1996年版。

② 王蒙：《文化性格漫谈》，《王蒙文存》第19卷，第363页，人民文学出版社2003年版。

③ 王蒙：《中国文学怎么了？》，《王蒙文存》第19卷，第467页，人民文学出版社2003年版。

④ 王蒙、王干：《王蒙、王干对话录》，《王蒙文存》第20卷，第226页，人民文学出版社2003年版。

⑤ 王蒙、王干：《王蒙、王干对话录》，《王蒙文存》第20卷，第338页，人民文学出版社2003年版。

王蒙的创作时，认为王蒙的小说具有一种反射性特点，即“始终没有形成巨大的凝聚力”①，“老是游移，不愿往事情更深刻、更尖锐的地方触及，用幽默来逃避”②。王干的这种说法，是有一定道理的。这种“逃避”既是王蒙独特的智慧使然，但就文学创作而言，不能不说是一种遗憾。王蒙是一个经验主义者，王蒙对辩证法的深刻理解，使他同时是一个相对主义者。王蒙相对主义者的一面是极其明显的，这从他的思维方式甚至语言方式中即可明显感受到。王蒙曾说自己是个“大蝴蝶”：“你扣住我的头，却扭不住腰。你扣住腿，却抓不着翅膀。你永远不会像我一样地知道王蒙是谁。”③ 并为此“得意”。这是一个相对主义者的夫子自道。有的论者指出：“在王蒙的小说里没有一种心灵的拷问，他既不会拷问他自己，也不会拷问别人，所以他用机智、幽默这些方法把自己混过去。”④ 这种说法并非完全没有根据。

那么，为什么抓不住王蒙这只“大蝴蝶”呢？因为他是一个相对主义者，你还来不及下手的时候，它乘着语言的滑竿，已经滑到了另一面。维特根斯坦曾说，幽默是一种观察世界的方式。的确如此，幽默既是一种生命方式，也是一种生活的方式，是一种立身和自我保护的方式。从本质上而言，是生活的辩证法把王蒙训练成了一个“太极高手”⑤，他从不莽撞，总是游刃有余，讲究策略，分寸

---

① 王蒙、王干：《王蒙、王干对话录》，《王蒙文存》第20卷，第337页，人民文学出版社2003年版。

② 王蒙、王干：《王蒙、王干对话录》，《王蒙文存》第20卷，第341页，人民文学出版社2003年版。

③ 王蒙：《蝴蝶为什么得意》，《王蒙文存》第21卷，第97页，人民文学出版社2003年版。

④ 《〈收获〉副主编：王蒙张爱玲李锐被高估》，http：//www. ewen. cc/books/bkview. asp？bkid =145783&cid =444623。

⑤ 所谓“太极高手”的说法，语出丁东，高增德、谢泳、丁东：《话说王蒙——谈当代知识分子的精神纯洁性》，见丁东、孙珉选编：《世纪之交的冲撞——王蒙现象争鸣录》，第127页，光明日报出版社1996年版。

适度，“八面来风”。不可否认，王蒙有着中国传统文人顺适、圆通的一面。许多年以前，作家贾平凹曾说王蒙“不但得了‘道’，而且得了‘通’”①，后来干脆把王蒙称为“贯通先生”②，这符合王蒙的实际。王蒙对现实社会有“顺适”的一面，这种“顺适”表现为对现实的极力理解和适应。王蒙的身上集中体现了知识分子在20世纪可能经过的抉择与血泪、荣耀与艰难。鲁迅的孤愤乃至冷苛，体现了一个知识分子对社会的批判性姿态，王蒙的“顺适”则体现了不同革命语境下知识分子所采取的另一姿态。很多作家把文学当做自己的唯一精神方式乃至生命方式。王蒙的“战场”有许多，文学可能是最重要的一个，但不是唯一的。他游走在作家、官员、学者之间，应该说，王蒙在各个不同的“战场”上，都是非常成功的，都取得了令人瞩目的成就，这与他的“顺适”和“圆通”不无关系。但王蒙有时也“犯傻”，表现出强烈的批判性的一面，如他在最近发表的《呼唤经典》一文中，对当代文化的“泛漫”化以及急功近利、浅薄浮躁，提出了严厉指责，对“古典”式的思想、艺术、真实、深邃、完美、智慧、才学、责任、激动人心与精益求精的价值标准则充满了期待。

王蒙说：“我觉得中国的一批作家（包括笔者）都挺会全面地保养自己，都不那么执著于痛苦，幽默与机智正在成为他们的守无不胜的甲壳。”③ 王蒙说，幽默一种是成人的智慧，这不错，但是如果一味沉迷于这种智慧，有时则感到天地毕竟狭小，甚至会在这个幽

① 王蒙：《作家的书简与友谊》，《王蒙文存》第14卷，第383页，人民文学出版社2003年版。

② 2010年6月26日贾平凹先生出席“王蒙与中国古典文学暨《庄子的享受》学术研讨会”的发言并题词，参见贾平凹：《“如莲的喜悦”》，见温奉桥主编：《老庄的流韵——王蒙与道家文化》，第3页，安徽教育出版社2011年版。

③ 王蒙：《清新、穿透与“永恒的单纯”》，《王蒙文存》第17卷，第130～131页，人民文学出版社2003年版。

默构建的小天地中迷失自己，失去方向，如何把握这种分寸，是王蒙的困惑。王蒙曾相当强调作家（文学）与世界（现实）的“和解”，这也是王蒙“愿多写点好的故事”的一个原因。“和解”对于一个作家而言，并非完全不需要。王蒙在《我愿多写点好的故事》中，回顾了他自少年时代对鲁迅的阅读和喜爱，在这篇文章中，王蒙谈到“鲁迅思想的那种照亮一切的令人战栗的光辉”①。鲁迅的这种“照亮一切的令人战栗的光辉”并非完全不需要，这是人们怀念鲁迅的一种重要原因，也是王蒙不是当代鲁迅的重要标志。虽然王蒙一再告诫自己，警惕成为当代的鲁迅，因为在他看来，“我们不能不正视产生鲁迅的年代与当今时代的大不相同”，也即是说，在王蒙看来，鲁迅的时代已经过去。“雄辩的悲情的旗手式的文化艺术也许正在向亲和的良师益友式的文化发展”②，这是王蒙对当今文化和文学的基本判断。

王蒙的“人生哲学”，其实质就是与现实和解的哲学。新时期以来，王蒙就与现实和解了。在当代作家中，王蒙无疑是一个成功者，《王蒙自传》表现了王蒙成功者的心态。王蒙的成功在一定程度上源于这种和解的智慧。和解，一方面使王蒙成为现实之一和谐的因子、积极的建设性因子；另一方面，似乎也在无形中限制了王蒙的精神走向，王蒙本来可以更超拔，更高耸，更深邃，然而王蒙曾说：“高耸、升华往往又和空虚联系在一起。”③ 他自我阻绝了这条路。

王蒙曾说过一句话：“革命者和作家的矛盾冲突造就了我”④，这是大的方面；从文学自身而言，在王蒙身上我们可以清晰地看到五四文学传统与革命文学传统的矛盾、纠结和缠绕。

---

① 王蒙：《我愿多写点好的故事》，《王蒙文存》第21卷，第38页，人民文学出版社2003年版。

② 王蒙：《呼唤经典》，《人民日报》2010年6月8日。

③ 《王蒙：你不能变成“二十一世纪的庄子”》，http：//book. sina. com. cn。

④ 王蒙：《我只是文化蚯蚓》，《王蒙新世纪讲稿》，第402页，上海文艺出版社2005年版。

作家张贤亮曾说过一句话，他说："王蒙现在已经达到绝对自由的状态。绝对自由就是说他很清楚自己的局限性，……而他并不想突破这种局限性，这是不可逃避的局限性。"① 我经常想，张贤亮所说的"不可逃避的局限性"究竟是什么呢？他说："我觉得我们这一代是理想主义者……但是我们能够迁就现实，也能够适应现实。有的时候我们必须这样逼自己，而有的时候我们又必须拔高自己来适应这样的一个现实，以适应来求生存、求发展。王蒙在这一点上是我们的表率，而且王蒙能从任何阴暗的地方看出光明来，能从任何看起来非常悲观的地方看出一个积极的、乐观的因素来。这也是他的一个特点。"②王蒙似乎也曾说过自己"被逼乐观"、"被迫乐观"③的话，联系张贤亮的"我们必须这样逼自己"以及王蒙"被迫乐观"的说法，可以体味到他们这代人的无奈和丝丝酸楚。王蒙说："我的一辈子的经验既帮助着成就着一个人，也决定着限制着一个人。"④ 也许，王蒙文艺思想中的矛盾甚或不足之处有更为复杂的原因，王蒙只能如此。王蒙只能如此？

---

①② 张贤亮：《经得住研讨的人》，《文学自由谈》2003 年第 6 期。

③ 《"不是我个人被架在十字架上"——作家王蒙专访》，http：//www. mahoo. com. cn/infodetail. aspx？ id = 1656。

④ 王蒙：《沪上思絮录》，《王蒙文存》第 23 卷，第 220 页，人民文学出版社 2003 年版。

附　录

人·革命·历史

——关于《王蒙自传》的访谈

王　蒙　温奉桥

温奉桥（以下简称温）：去年，有两部自传引起了巨大关注，一部是德国著名作家、诺贝尔文学奖获得者君特·格拉斯的《剥洋葱》；另一部就是您的《半生多事》。这两部自传，都在各自国家内引起了巨大的轰动，《剥洋葱》更是在世界范围内引发了争论。这是很有意思的事。在当代，您被认为是最具有自传价值的作家，这源于您丰富的人生阅历，正像您在自传中所说的您的诸多的人生“拐点”，其实也是社会和时代的“拐点”。在一定意义上，您是共和国文学的见证者，也是引领者，甚至是弄潮者。在20世纪中国文学的发展历程中，真正具有思想家特质的作家并不是很多，您是一个。甚至可以认为，您的自传，不仅具有文学的意义，还具有某种社会史特别是思想史的价值。透过您的自传，我们的确能够从一个作家的独特视角来认识一个时代，它已经不是您的“个人记忆”，而是共和国的“精神自传”。因此，《王蒙自传》被称为一个人的“国家日记”，一个国家的“个人机密”。对此，你如何看待?

王蒙（以下简称王）：上次在“王蒙文艺思想学术研讨会”上，山东师大的一个老师提了一个关于人生“拐点”的问题，我至今都没有想过，但他说得还有点意思。我的童年，基本上按一个好学生形象来塑造自己，听老师的话，能考个全班最优秀，能得到奖学金……后来，突然被政治所吸引，参加政治生活，过早地离开了学校；后来很快又解放了，成为团的干部，还算一帆风顺，基本上算一帆风顺。这种志向突然会走上文学，文学一上来也还行，然后，运动结束以后——也没结束，只是稍稍平息一点——我到现在的首都师范大学工作，工作也安定下来，又出来了一个新疆，我也没想到。

其实，说来说去，我觉得这个所谓的拐点无非是在政治和文学之间，在这个涉及读书和个人奋斗之间，必须是这样、必须服从与自行选择的矛盾。六十年代我到大学里有个差事不错，但是我还想个人奋斗，还想喜别人之所不喜、不敢喜，跑到新疆去了。在这个中规中矩和与人不同之间，从文体到风格到手法，到内容的调侃性……但是从大的框架来说，又不失中规中矩。对这个社会潮流的认同，既是认同，又是不同，又是合潮流，又是非潮流。不管是政治的潮流，官员的潮流，还是民间的潮流，在认同和不同，在政治间拐来拐去，总之，值得一说、一写。

温：真正的“自传”是自我内心的故事，其实质是借助时间，在对回忆——自我经验——重新建构的基础上，完成对自我的重新认知和界定，是对过去之我的反思、审视。您在回顾反思自己被划为“右派”原因时，得出了不同的结论，认为自己之所以被划为“右派”，并非思想上的“右”，实与自己“见竿就爬，疯狂检讨，东拉西扯，啥都认下来”的“一套实为极‘左’的观念、习惯与思维定式”以及“离奇的文学式的自责忏悔”有极大关系，您承认“最后一根压垮驴子的稻草，是王蒙自己添加上去的”，是“王蒙自己把自己打成右派”。在您的自传中，你实际涉及了许多人性的深层问题，如你写到的某电影制片厂的一个老演员，“文革”中自己给自己贴大字报。这是否体现了您通过自传对人性反思的自觉？

王：哈哈哈……写到自己的往事，我看到最多的是两种，一种是谈自己的成就，第二种就是抢天哭地型，就是我说的苦主型——认为历史亏待自己，环境亏待自己，社会亏待自己，体制亏待自己，生不逢时，带有怨恨。至少是洗清自己，自我辩驳。我觉得这个也是可以理解的，人生就有这么多不平之事。可是我始终认为，人对历史、对环境有一点责任。这个责任呢，当然，我们不是国家领导人，不是政策的制定者，也不是事件的发动者，但是有一种责任。中国有一种情况，当那个事件到来的时候，很少有人敢抵制，哪怕是消极抵制，而是跟着起哄乃至加码。然后等事情过去以后，大家都成了被牺牲者。到现在为止，说起来很可笑的，写到“文革”，存在一点自我批评精神的，就巴金的《随想录》，很少见的一个例子。我举两个例子，五七年、五八年被划为右派的人各式各样，有民主党派的高级人士。从我们来说，我记得我在这个自传里面也写到，在还是低龄少年的情况下，参加了革命，立即就取得了胜利，然后就以为自己以革命的名义可以否定一切，可以推翻一切。认为过去的人都没有历史，历史是从今天才开始的，甚至于认为自己可以颐指气使起来。这是当时的一种写照。有时候感觉政治上有些东西，带有一种报复的行为。从我个人来说，我对五七年、五八年的落难，就是我那个时候少年气盛，自以为靠“革命”二字可以打遍天下无敌手，那样一种锐气，一种抱负。还有一个，到现在为止，我在全中国没有发现这样一个例子，就是承认被打成右派，我自己有一定的责任。但是我知道的这一类事多了，我不知道这是一种什么心理，一种自虐狂还是什么的，就是自己向党交心，交心的时候就是自己为自己扣一大堆帽子，暴露一大堆反动思想，然后最后被划成右派。当然，作为领导一般来说，这样做也是不合适的，把一个人的自我思想检查当成一个人反动的依据，这是毫无道理的。在“文革”当中还发生过这样的事情，上海电影制片厂一个老演员，“文化大革命”开始以后，很长——快一年都过去了，没有他的什么事，他受不了了，怎么天天批这个斗那个，怎么把我给忘记了？宁可挨斗，也不愿意被人给忘记了。他开始自己偷自己的财产，因为他是老演员，国民党的时候演过电影，日伪时期也跑过龙套，演过群众角色。当地把他当反革命给揪出来，批斗一番……这个事我到现在都没忘记，我不知道你们相信不相信有这样的事。但是我这个情况又不一样，但我非常明确无误地讲，在“文革”那样的时候，自己把自己——我讲这是最后一根稻草，自己把自己放上边去，事后我听人这么讲这样一个情况，最后中央在中宣部主持一个会，北京市委的人也参加，市委的文教书记坚决反对把王蒙划为右派，这么年轻的一个人……这个时候，团市委那个负责我这个专案的团市委宣传部长——这个人也很可怜，“文革”一开始他就自杀了，他就在这个会上据理力争。这里有个客观原因，团市委当时揪出来一人是毫无道理的，团市委感觉就是一个极“左”的儿童团，哪里懂革命，都是一些大学生中学生，都是二十几，十八岁的年龄都不算小的，有十九岁的……二十二岁的当然算年龄大的，所以他感觉到如果王蒙再不划右派，这个活动就没法进行下去了，我想这是一个原因。除了个人心理上那种……那些事都是真的，那个负责整我的人刚刚离过婚，他作为一个男性，那个情绪是极端的阴暗，心理非常的阴暗，这些都是真的，然后他的论据就是你看你自己都写出检讨了，这样的人再不划为右派，你还划什么呀？所以我就说，实际上任何一个人在任何一个事变当中，或者是因为胆小怕事，或者是因为迎合潮流，或者是由于人云亦云，甚至是由于表现自己，因为他觉得寂寞，觉得这个运动和他毫无关系，这种寂寞在作祟，比被枪决还恐怖。说起来好像不可思议，但是这个我亲眼看到，是事实。或者由于自己的思想上同样有一种寂寞的东西，这种我在小说里也写过。我就设想，比如咱们俩换一个个，现在是上边通知我了，说这个老W有问题，你现在负责解决他这个问题，我比他心会软一点，这点我可以肯定，我心会软一点。我会谈着谈着就自己有点犹豫，自己有点困惑，不会就非把他搞定，非把他钉在柱子上，才算完事。我看过一个推理电影《尼罗河上的惨案》，它里面最后总结，它说最大的愿望就是被关注；就是看你怎么理解，起码是吸引别人吧。我觉得它说得很好，可以概括起来，人的最大愿望之一是被关注。为什么一个人需要随时证明自己，这个从心理学上来说是生理本身的一个孤独感、不确定感。人对自己的生命有一种不确认，我是不是真的活着？没人理、没人管……越是弱者，越不能够过一个真正个人的生活。中国缺少一种严肃的个人主义的传统，这是一个原因。像你刚刚说的那个大会，一大堆人啊，一起喊口号啊，一个弱者是没法活下去的。

温：革命是20世纪中国最重要的力量，集体主义也由此构成了20世纪中国最重要最强大的思潮。在自传中，您实际写了自己如何从一个少年走向革命的过程。同时也写到了对革命和集体主义的思考，特别是对人与革命和历史的关系的思考。这其实是一个十分重大的话题。今天，在您对自己走向革命过程的总结中，是否有新的发现和体悟？

王：集体主义是很有力量很有魅力的。就是自己不但是一个人，还有一个群体，有群体器重自己，认同自己，而且这个群体有一个领袖，带领我们走向胜利。这对一个知识分子来说，有时候他是梦寐以求的就是这种群体，他和群体，和历史的意志，历史的客观规律的融合，从而把个人完全控制，这样的境界，几千年来也有很多知识分子追求这些。我在"狂欢季节"里面还有一个歌，叫《一江春水向东流》，抗战期间的，"来来来来，你来我来他来，大家来，一起来，来唱歌，一个人唱歌多寂寞，多寂寞，一群人唱歌多快活，多快活，大姑娘唱歌，小伙子唱歌……"我就说我们那个时候很多回忆。一开头你心里没有特别的那个——这个也拥护，这个也拥护，你也很激动，你拥护得比前面三个还拥护，当你说完以后，你也变成真拥护了，而且你的拥护反过来又带动了大家，真起作用啊，这种群体性的发动……还有，你刚才说的也有道理，你说是革命也好，我宁可说是历史，我们解放以后并不怎么宣传上帝，我们不搞这个东西，我们也不宣传天道，但是我们宣传历史，宣传历史的发展规律，是历史发展规律注定灭亡的，谁违背历史的规律……反过来说，当你自信你的背后是历史，是客观发展规律，就开始颐指气使，可是这些东西，我现在回到这个话题来，中国啊，几乎没有人反思自己对待历史、对待环境，对一种错误的形成起了什么作用。都是受害者。所以中国问题永远不会有顶好的进步，问题在这。德国那个顾彬跑到青岛来，来海洋大学讲课，他先以德国人的名义向中国人致歉，向青岛人致歉，他说他看了当年德国的总督府，感觉德国在青岛，把殖民主义的手掌伸到青岛来，对中国人犯下了罪行。而且这里头我也提到，我也对别人采取过某些不恰当的言行、态度，甚至给别人造成不好的后果。所以你说这个反思，我也愿意承认，你如果不反思的话，那现在更没法写回忆录了，都说成是别人的责任。我想我们应该想清楚自己做了哪些缺德事。我爱说的一句话，我说这是一种革命的惯性，因为现在我们回想起来，抗日战争以后三年，革命取得了胜利，这样一个发展超出所有人的估计，超出蒋介石的估计，超出了国民党的估计，也超出了毛泽东的估计，毛泽东也按照他的计划行事，他也没有想到……忽然国民党就变得不堪一击，这是他完全没有想到的。这种革命的胜利，使已经在战斗或者正在战斗的新中国一代，或者说革命的这一代产生的这种相信，就是自己什么都做得到，过往的历史根本不算历史，现在的历史才是开始，我特别欣赏，只有到了马列主义……变成历史唯物主义，认识历史的主人，我觉得这个在某种意义上是革命的关键。革命已经取得成功了，可能还停不下来，它还要等，还要高叫、喊叫。这个是革命时期，经济建设没有这么多喊叫，经济建设只需要发展科技，发展科技不用高叫、喊叫，发展文化也不用高叫、喊叫。而且越是执政者，越不能高叫、喊叫，因为你高叫、喊叫完了以后，你将了你自己的军，你说你要三年改变面貌，五年超过美国，你要是在野党，你可以这样，执政党不要给自己出这个难题。我觉得这里也有关系。现在谈这个自传。我觉得这个对我来说，既是一种特殊的幸运，也是一种不幸，我说过一句话，我是中华人民共和国国史的一个见证者，一个参与者，不能说都是处在中心这个位置，但我仍然是在参与着，在观察着，在见证着，在体验着。中国还有一个特点，除了刚才我们提到的，中国实际上这五六十年来，变化是迅速的。蒋子丹有过一个小说里说，昨天已是古老的。我现在回想起来，我冒着傻气能够把这个《恋爱的季节》，这个《愉快的季节》，这个《踌躇的季节》和《狂欢的季节》，像编年史一样地写下来。从文学本身，从阅读本身来说，中国的这些大事，你最多是作为背景。但是，我总觉得，我得把我所看到的东西写下来。人们很容易接受一个东西，或者不接受一个东西，这是非常简单的。比如说写土改，你看过去写土改的小说，写地主一个个都像魔鬼一样，吃人的魔鬼，而农民的正义斗争天翻地覆啊，那是血泪仇。就像胡适呀，梁实秋呀，甚至林语堂啊，他们都有一些建设性的深度，但是他们的思路是在革命的高潮之中，他们确实就变成了这个……螳臂当车，是不是，而中国的这场革命呢，又是——我认为是——不可避免的，有它的正义性的。中国革命这出大戏呀，你想不上演是不可能的。我记得在那个《狂欢的季节》，我说中国几千年来，一大堆啊，这存天理灭人欲，这个不许，那个不许，压了几千年，这个新思想一来，它不大闹一场？它不大闹一场是无天理。他就认为——我也真诚地相信，中国就要翻一个个。有些台湾背景的人、极端反共的人也不得不说毛泽东完成了一件事，这件事太伟大了，他把中国的旧社会翻了一个个。正是因为翻了一个个，大家可以看到，哪些个你可以翻，哪些你不能翻，你还得翻回去。尊重读书人，你还得翻回去——温良恭俭让，革命高潮当中不能够温良恭俭让，革命不是请客吃饭，我觉得那个说得也有点道理。

另外一方面呢，中国的这种简单化和几千年的专制体制始终有关系。我没找到出处啊，西方有一种观点——极权主义，这个“极”不是“集中”的“集”，而是“极端”的“极”。极权主义一大特点就是不承认中间状态，哎呀，我觉得我们这个不承认中间状态呀，自古以来就有。因为我们自古以来就封建主义，它就是这样，或者忠或者是奸，不承认中间状态，不允许你有其他的选择。其实你要说那种极端的那种情绪，你看那个“911 事件”，美国在这个事件之后，你瞧这布什的这个言论就是这样，不支持美国进行反恐战争，就会参加恐怖主义，他就是这个意思，他不允许你有中间状态。其实全世界都有这方面，就是有的时候有些表现得更厉害，要想提高全体人民的这种思维能力，这是一个很遥远的事情。而且这个里头我也谈到，马克思一句名言，说理论掌握了群众，就变成物质的力量。这句话绝对是正确的。但是，理论掌握了群众的另一面，或者群众掌握了理论，那和精英最初提出的理论比肯定开始变形了。这个变形里头有发展的理论、创造的理论，也有歪曲的理论、简化的理论。所以你可以想想，不管多么伟大的理论，已经变成了老百姓的口头禅了，基本上这个理论就要出事了。人人都搞“文化大革命”，人人一张口就是捍卫毛泽东思想，人人一张口就是捍卫毛主席革命路线，这个革命路线被糟蹋成什么样了？

温：长期以来，我们习惯了某种简单化思维方式和价值判断，与真正的理性判断相比，我们更习惯于某种道德判断；与真正的自我审视相比，我们更愿意把一切的过错归于某个特定的时代或某一个、几个特定的人。例如“反右”，我们至今缺乏有深度的理性的反思，每个人都认为自己是特殊年代的无辜“受害者”、“被冤枉者”，把自己打扮成“苦主”，一味地控诉、批判时代的罪愆，忽略了或者更正确地说不敢正视自己当时真实的内心世界，您对“反右”的反思令人警醒。您对“反右”运动的反思，则说出了某种至今我们还不能真正正视的时代的真相、文化甚或人性的真相，体现了一种立体的、多维的价值标准。

王：你看现在凡是写到土改——我是说某些个人，还是比较强调土改的残酷的，蛮不讲道理，没法活了。山东的土改大概是很厉害，它有翻过来倒过去这种情况……我是用一种立体的思维，就是从各个方面，你说当时是残酷的，当时残酷还有当时残酷的那种正义感。我记得我反右斗争的时候，还有一个很雄辩的理论：工人农民，尤其是中国农民，已经几千年了，还被压迫在生活的最底层，做牛做马，流血流汗，现在你们几个狗屁知识分子，让你们他妈劳动五年，跟农民干活干上五年……让你真的知道这农民日子是怎么过的，有何不可？有一种政治性，你不能说这里头没有政治性，左翼的思潮，社会革命的思潮，包括社会主义和共产主义的思潮，甚至于包括社会民主主义的思潮，包括工人运动的思潮，它都有……也就是说，我们社会最底层，我们被压迫了几千年，有很多特别富有煽情性的说法，盖房子的人没有房子住，种粮食的人吃不饱饭——你就说现在这些人，盖什么住什么也是不可能的，盖这个星级宾馆的能去住吗？造飞机场的人一律坐波音 747 吗？根本就做不到。这个世界上的事就是这样。

从咱们文学的大局来说，我觉得现在比过去立体多了，莫言写过一个三十年前举行的一个没有举行完的长跑比赛。他以一个农民的孩子写反右，他说反右什么意思呢？就说我们村突然后来了一群人，据说都是右派，一看见右派，大家都羡慕，全他妈长得漂亮，比农民长得漂亮得多了，女右派越漂亮越能干，这个农村妇女看见，嘿，一个个眉毛眼睛长得……他们无所不知，无所不晓，你问他关于季节问题，气候问题，工业、农业问题，医药问题，财经问题，地球、太阳……无所不知。而且虽然降了很多工资，都比农民一个个生活得好，戴手表的戴手表，插钢笔的插钢笔。替右派喊冤的那种，当然也可以写，但是莫言就让人觉得哭笑不得……从农民来说，我不记得我写没写，我在农村里头劳动都有过，农民问我，说你一个月挣多少钱？我说八十多块。那么多啊?！那个农民说给我八十块啊，我全家都当右派！当时农民一个月才挣八块钱，人民公社化那个时候，我还记得，每个人一年大概是分三块六，除去吃饭，每个人就三块六，当时农民也嫌少，他一听说我一个月挣八十块钱，那不得了，当右派怕什么呀？要当就当吧，不当我当去，你不愿当我当去。可是你要了解中国国情啊，你要不把这好几面都想到……

温：您在自传中体现了一种新的历史观，而这种对历史的新的态度，对我们传统的传记的写法，对我们原来的传记伦理，形成了挑战。例如，你写到了胡乔木、周扬，特别是韦君宜，表现出了一种真正的历史理性精神，实际上就是一种对历史的理解性心态。您曾说过一句话，理解比爱更高，这实际上就是一种历史精神。这使您走向了历史的深处，发现了历史的许多细节和复杂处。

王：我们不断地……其实中国并不注重历史，但是历史有时候随着潮流不断地被改写。我举一个例子，过去吧，认为这个左翼的作家都是最高尚的作家，非左翼的作家就都是渺小的、猥琐的，在那个时候是唯周扬的马首是瞻，后来在“文革”、改革开放以后。现在流行一种新的潮流，这种新的潮流实际上是以夏志清教授的观点为论点，中国最伟大的现代作家有两个：一个沈从文，一个张爱玲。而且沈从文被改写成一个孤独的英雄，一个抵抗主流意识形态的英雄，可是历史告诉我们，可能不是这样。因为我对沈从文没有一个更多的了解，因为沈从文看望丁玲受到了冷遇以后，他曾经割自己的手腕，原因就是他想参军，他非常兴奋地欢呼这个革命的潮流，他想参与，但是他没有想到丁玲对他是那样的态度。我还看到一个史料，讲这个萧乾和沈从文的过结，其中就有一个材料，是六十年代初期的事了，还是五十年代一个什么时期，萧乾看到沈从文的住房太差，给上面写了一个报告，要求改善沈从文的住房。沈从文大怒，说我正在申请入党呢，你现在弄那么些个我的私人问题去分散组织的注意力，对我实际上是帮倒忙，是破坏。而且因为沈从文是比较收缩的，萧乾相对热情一点，所以萧乾被划成是右派了，沈从文并没有划成右派。在批萧乾的时候，沈从文也是比较激烈的。沈从文是一个非常值得尊敬的人，他在古代服装研究上取得了非常辉煌的成就，但是沈从文也有另一面，就是他追求革命，追求新生活，追求新中国，这是一种追求。他的寂寞与其说是他自己的一个选择，不如说是历史对他的一个无情对待的一个结果，这样和有些人说的就不完全一样，我个人的见闻毕竟是非常有限的。韦君宜，我前前后后都讲了，我说她全家都是我的恩师、恩人、恩友，因为杨述从头就反对我戴的这个右派帽子。但是在“文革”当中，我们在新疆见面的情景，就如我所说的，大吃一惊，她是最真诚地反思的一个人，我说的确实是事实。就我个人来说，我现在还是非常地怀念她——你说感恩也可以，感谢也可以，这样直爽老实的人已经不多了。“文革”中有些人一边嘴里大喊划清界限，一边做点小动作，这种人多得很。还有，我尽量对任何人都不用强烈的褒贬，或者鞭挞，这种态度，有些呢，我是用正面的语言，但实际上我是不赞成的。所以有些读者呢，他们认可了这些东西，包括我知道那些对我并不是很友善的人，他们也很注意我的书，说我这个人太聪明了。他这是从技巧的角度，从操作的角度，但是我觉得呢，我除了技巧，可操作的层面以外，我还有一份心怀，这个心怀，就是与人为善，就是推己及人，就是能理解别人。恕就是宽容的心，恕就是能理解别人，能理解自己，能理解与自己不一致的人，能理解老是瞅着我别扭的人。对我恨不得除之而后快的人，因为他们有他们的一些想法，或者是个人利益也好，或是干什么也好。我觉得在这个层面来说，反正我是这样努力做的，是不是完全百分之百地做到，这是不可能，世界上的事没有百分之百，你说这个语言环境也好，很多东西也好，但是起码我没有扯谎，起码该提到的我提到了，有的话本来可以说的更直接一点，我现在说得比较隐讳。本来我是想批评这件事情，但是我选择了一个中性，甚至偏于褒义的词，这些事情我也承认，我也有，我觉得我也在回答呀，因为我在文学界是个案，都是特例。

有人说王蒙当官——这个当官的问题，个人有个人的情况，我恰恰是早就入了党，早就当了干部了，早就有一点职务了，科级也好，处级也好，我二十多岁的时候，已经有这个职务了，我的工资在北京——当时我十九岁——已经有八十七块五了。可是当年这八十七块五，那个感觉跟现在的六千也差不多，所以，以文学为敲门砖去谋求官职，实际上在我身上是不合适的，因为我是恰恰从事文学活动影响我的仕途，这不是很明显的事吗？否则的话，那就是另外一种情景。把这完全看成一个技巧问题，我觉得这里头他没有看到，我是相当的有入世的经验，尽可能地少做蠢事和不做蠢事，但是不等于我拒绝付出代价，我仍然有我做人的底线，仍然有我冒傻气的地方。譬如我尽我的力量保护一些作家，甚至也许你保护的那个人，那个人反过来咬你一口，那么这样的例子我也可以举很多，但是我并不后悔，我觉得我是在做我应该做的事情，我无法替别人做他所应该做的事情。而且我一直宣传，比如曹操说的宁可我负天下人不可天下人负我，我干脆反过来，宁可天下人负我，当然，谈不到天下人负我，夸我、帮助我的、伸出援助之手的，有很多，我绝不辜负一个人。还有一个，就是整天讲的那个东郭先生啊，中山狼啊，那我就宁可当东郭先生，我不当中山狼，虽然东郭先生有点蠢……心里踏实，我不咬人，我被别人咬，而且这是在社会比较正常的情况下，想咬你也没有那么容易，我也没有那么容易就让你咬……

温：整个20世纪中国都是革命与意识形态剧烈震荡的一个时期，革命与激进主义是天然的盟友。在这种激进主义思潮的整控下，形成了一种简单化、极端化的思维方式和价值方式，即“人”与“妖”——非此即彼，非黑即白，非敌即友，这实际上与我们长期的革命的背景有关，是一种过于简单化的思维和价值判断，人妖的思维方式和价值判断方式是20世纪中国的一大遗产。在这种非人即妖的极端情绪氛围中，很多真正富有建设意义的思想反而很难被认真听取和重视，甚至有的时候，建设性由于缺乏刺激性、极端性而丧失其魅惑性。

王：我就觉得这里头人们呀，习惯于简单化，习惯于极“左”的思想，习惯于人和妖的问题。当时每搞一次运动，都让大家来阅读《聊斋》，每搞一次运动，蒲松龄都变成了老师，都在看《画皮》呀，你周围的那些人……小温是不是画皮，老郭是不是画皮，摘下来一看是个白骨精。所以我觉得这个恰恰是，作为一代人呀，由不得……他所反映的那个思维的方式，那种简单化的判断，那种语言的专制，那种语言的杀手、语言的暴动，和他所反对的是一样的。我早就明白了。有时候双方不断地斗争，斗来斗去，趋同。那最简单的就是，你看一个家庭，到婚姻纠纷，我们假设一开头，女方文雅一点，高明一点；男方流氓一点，市井无赖一点——可是只要斗起来，最后两人绝对是一样。你想想，这男的反过来，这女的一样反过来，这男的动粗动口，什么你妈的，你娘的，那个女方也开始回过来，然后男的就去打探消息，找女方的领导，女的就去找男方的领导。最后就……这个文艺界的笔墨官司也是这样，一开头一个显得高明，一个显得比较低级，但是呢，三骂两骂，最后都火了以后，最后就抓小辫，怎么死怎么来，怎么狠怎么来，所以我觉得我们的老百姓所知道的真相离事实相距很远。这里头有过一些非常好的人，我也都讲到了他们的弱点，比如说在这个第二册里头，我写到冯牧，冯牧批现代派，批得跟得了病一样，这究竟是怎么回事？我现在也解释不清楚——这里头完全不牵扯到对人的评价。冯牧，你要说起来，现在作协再没有冯牧这样的人了，他每天晚上都看新作品，他的特点就是，一个双人床，一半是他，一半是书，他一晚上看几十本厚书，每天晚上看这么多书，这样的人你上哪儿找去？现在的作协谁这样看书呀？这个人生啊，本来就是社会、人生……尤其是文艺，是那个多姿多彩啊，千变万化。但是老百姓接受的就是一种温和的、理性的见解，更强调和谐，而不是强调拼命的，更强调恕道的……我有时候也觉得哭笑不得呀，因为有这种鲁迅研究专家编书说，谁谁向鲁迅挑战，把我也弄进去。“费厄泼赖”，而且鲁迅说的是“缓行”啊，是在国民党统治时期“缓行”啊，他没说建立了新中国六十年以后还得“缓行”。这个没有办法，在中国，这种激进主义和愚昧地简单化，愚昧地想当然，和用煽情来代替理性，用诅咒来代替分析一样害人。为什么我越来越不喜欢像“人妖之间”这类问题呢？因为“人妖之间”的这个命题带有极端主义、封建主义、恐怖主义那个色彩。那就是靠语言恐怖，把一个很普通的一个事——说一个人动了手术了，给别人看一看，我肚子上哪来了这么大一个口子——这种事我在新疆看到的更多。新疆人最怕动手术，他用维语说，哎呀，我的肚子吃了刀子啦，你看看，我怎么办？我活不了多久啦。实际上，就是因为你本来很普通的一件事，他这么一写，别人不敢说了呀，谁敢说呀，这么坏的人呀，这是妖啊！

（本文是2007年9月27日王蒙、温奉桥、郭宝亮三人对谈之部分内容。）

参考文献

一、王蒙著作类：

王蒙：《王蒙选集》（1～4卷），百花文艺出版社1986年版。

王蒙：《王蒙文集》（1～10卷），华艺出版社1993年版。

王蒙：《王蒙文存》（1～23卷），人民文学出版社2003年版。

王蒙：《王蒙自述：我的人生哲学》，人民文学出版社2003年版。

王蒙：《王蒙谈小说》，江西高校出版社2003年版。

王蒙、王干：《王蒙、郜元宝对话录》，苏州大学出版社2003年版。

王蒙：《青狐》，人民文学出版社2004年版。

王蒙：《尴尬风流》，作家出版社2005年版。

王蒙：《王蒙新世纪讲稿》，上海文艺出版社2005年版。

王蒙：《王蒙活说〈红楼梦〉》，作家出版社2005年版。

王蒙：《〈红楼梦〉王蒙评点》（增补版），上海文艺出版社2005年版。

王蒙：《王蒙语录》，中国青年出版社2006年版。

王蒙：《苏联祭》，作家出版社2006年版。

王蒙：《王蒙自传》第一部《半生多事》，花城出版社2006年版。

王蒙：《王蒙自传》第二部《大块文章》，花城出版社2007年版。

王蒙：《王蒙自传》第三部《九命七羊》，花城出版社2008年版。

王蒙：《伊朗印象》，山东友谊出版社 2007 年版。

王蒙：《不奴隶，毋宁死》，北京十月文艺出版社 2008 年版。

王蒙：《老子的帮助》，华夏出版社 2009 年版。

王蒙：《王蒙文学十讲》，上海文艺出版社 2009 年版。

王蒙：《庄子的享受》，安徽教育出版社 2010 年版。

二、王蒙研究著作类：

徐纪明、吴毅华编：《中国当代文学研究资料·王蒙专集》，贵州人民出版社 1984 年版。

曾镇南：《王蒙论》，中国社会科学出版社 1987 年出版。

于根元、刘一玲：《王蒙小说语言研究》，大连出版社 1989 年版。

丁玉柱：《王蒙的生活和文学道路》，黑龙江教育出版社 1994 年版。

方蕤：《王蒙——“放逐”新疆十六年》，东方出版社 1995 年版。

夏冠洲：《用笔思想的作家——王蒙》，新疆大学出版社 1996 年版。

丁东、孙珉选编：《世纪之交的冲撞：王蒙现象争鸣录》，光明日报出版社 1996 年版。

汪淏：《王蒙小说语言论》，花山文艺出版社 1998 年出版。

吴三冬：《解不开的革命情结——王蒙小说的思想轨迹》，北京出版社、文津出版社 2002 年版。

崔建飞：《我知道王蒙喜欢你》，当代世界出版社 2003 年版。

严家炎主编、曹玉如编：《王蒙年谱》，中国海洋大学出版社 2003 年版。

严家炎主编、李扬编：《走近王蒙》，中国海洋大学出版社 2003 年版。

严家炎主编、崔建飞编：《王蒙作品评论集萃》，青岛海洋大学出版社2003年版。

何西来主编：《名家评点王蒙名作》，中国海洋大学出版社2003年版。

方蕤：《我的先生王蒙》，长江文艺出版社2004年版。

贺兴安：《王蒙评传》，作家出版社2004年出版。

温奉桥编：《多维视野中的王蒙——第一届王蒙文学创作国际学术研讨会论文集》，中国海洋大学出版社2004年版。

温奉桥编：《王蒙在海大》，中国海洋大学出版社2005年版。

郭宝亮：《王蒙小说文体研究》，北京大学出版社2007年版。

方蕤：《凡生琐记》，湖北长江出版集团、长江文艺出版社2008年版。

温奉桥编：《王蒙·革命·文学：王蒙文艺思想研究》，人民文学出版社2008年版。

於可训：《王蒙传论》，武汉大学出版社2009年版。

宋炳辉、张毅编：《王蒙研究资料》（上、下），天津人民出版社2009年版。

温奉桥主编：《理论与实践——〈王蒙自传〉研究》，中国海洋大学出版社2009年版。

温奉桥主编：《老庄的流韵——王蒙与道家文化》，安徽教育出版社2011年版。

《王蒙研究》（1～11期，内部刊物），中国海洋大学王蒙文学研究所编。

朱静宇：《王蒙小说与苏俄文学》（博士学位论文），中国知网“中国优秀博士学位论文全文数据库”。

蔺春华：《王蒙文化人格论》（博士学位论文），中国知网“中国优秀博士学位论文全文数据库”。

三、其他著作类：

陶东风：《文体演变及其文化意味》，云南人民出版社1994年版。

张清华：《中国当代先锋文学思潮论》，江苏文艺出版社 1997 年版。

吴义勤：《中国当代新潮小说论》，江苏文艺出版社 1997 年版。

冯光廉主编：《中国近百年文学体式流变史》（上、下卷），人民文学出版社 1999 年版。

李慈健、田锐生、宋伟：《当代中国文艺思想史》，河南大学出版社 1999 年版。

王岳川：《中国镜像——90 年代文化研究》，中央编译出版社 2001 年版。

［日］近藤直子：《有狼的风景——读八十年代中国文学》，人民文学出版社 2001 年版。

许纪霖编：《二十世纪中国思想史论》（上、下卷），东方出版中心 2000 年版。

洪子诚主编：《中国当代文学史·史料选 1945～1999》（下），长江文艺出版社 2002 年版。

吴炫：《中国当代文学批判》，学林出版社 2001 年版。

许志英、丁帆主编：《中国新时期小说主潮》（上、下卷），人民文学出版社 2002 年版。

曹文轩：《20 世纪末中国文学现象研究》，北京大学出版社 2002 年版。

孟繁华：《众神狂欢——世纪之交的中国文化现象》（修订版），中央编译出版社 2003 年版。

温奉桥编：《现代性与 20 世纪中国文学》，中国海洋大学出版社 2004 年版。

李扬编：《文学的方式》，中国海洋大学出版社 2004 年版。

南帆：《后革命的转移》，北京大学出版社 2005 年版。

［德］顾彬：《二十世纪中国文学史》，范劲等译，华东师范大学出版社 2008 年版。

陈晓明：《中国当代文学主潮》，北京大学出版社 2009 年版。

后　记

香港中文大学的金圣华教授曾说过一句很有意思的话：欣赏王蒙是乐趣，研究王蒙是痛苦。这真是甘苦之谈。王蒙太庞大了，王蒙就是当代文坛上的一团“迷雾”，他会让你迷失，把你淹没，他与你捉迷藏，你永远无法真正走近他，更谈不上走进；他用文字布成了迷魂阵、八卦图，他让你坐卧不安，寝食不宁。但是，王蒙也能让你上瘾。你越是把握不住，你越是想把握，越是看不清楚，就越是想看明白，这似乎也是一种悖论。王蒙永远对研究者构成了一种挑战，同时，又是一种难以抵抗的诱惑。这就是王蒙的力量。对于王蒙，你把捉不住是一种遗憾，你自以为把捉住了以后，是一个更大的遗憾。我深知，对王蒙的研究，超出了我的能力，是我所无法胜任的，也许我只能在王蒙研究的门外徘徊，而最终也无法进入。

王蒙文艺思想是极其复杂的，王蒙的灵变和通脱，增加了把握的难度。我从读研究生时就对王蒙的文艺思想感兴趣，导师朱德发先生当时就警告我：王蒙是个硬骨头。后来博士毕业后有机会到中国海洋大学王蒙文学研究所工作，我再一次捡起了这个“硬骨头”。这几年，王蒙文艺思想这一题目占有了我，但是，我究竟能够做到什么程度，实在是心中无底。

然而，我必须老实地说，这几年与王蒙先生的近距离接触，使我获益匪浅，从王蒙先生身上，我学到了很多。很多时候，我是把王蒙先生的“人生哲学”作为自己的行动指南来对待的，总是有意无意地拿他的话对照自己，检查自己，反省自己，这也许就是“虽不能至，心向往之”的意思吧。我想这远远比这本不成样子的小册子更重要，更持久。

由于本课题持续时间太长，断断续续多少年，本小册子中有些章节曾独立发表过，这是需要特别说明的。这本小册子，曾得到过许多帮助，曾被立项为山东省社科基金重点项目、中国海洋大学文科发展基金重点项目；著名学者严家炎先生、谢冕先生、朱德发先生、吴义勤先生都曾给予过热情鼓励，他们的宽容，令我感动，促我奋进，我真诚地感谢他们；我的朋友毕光明先生、郭宝亮先生等都给予了我莫大的支持；感谢齐鲁书社刘海军先生，他的严谨的态度和热情都给我留下了深刻印象；感谢中国海洋大学文科处及文学与新闻传播学院领导的关心和帮助；感谢所有关心我、帮助我的领导、师友们，感谢我的夫人李萌羽博士，感谢一切热心的朋友们。谢谢你们。参考文献只列了著作类，由于涉及的学术文章太多，未能一一列出，正文注释都已标明，请谅解。

然而，我知道，作为我学习、研究王蒙的习作，这本小册子尚存在许多不足，它还相当浅薄，在许多方面未能深入，未见新意，逻辑上也有些混乱，请读者谅解，但是，我必须画上句号，因为，一个新的征程即将开始，“王蒙与中国当代文学”正在向我招手。

温奉桥
中国海洋大学浮山校区
2010 年 4 月

图书在版编目（CIP）数据

王蒙文艺思想论稿／温奉桥著. —济南：齐鲁书社，2012. 1
ISBN 978 -7 -5333 -2600 -5

Ⅰ. ①王… Ⅱ. ①温… Ⅲ. ①王蒙—文艺思想—研究 Ⅳ. ①I206. 7

中国版本图书馆 CIP 数据核字(2012)第 001010 号

王蒙文艺思想论稿
温奉桥　著

出版发行　齊魯書社
社　　址　济南市英雄山路 189 号
邮　　编　250002
网　　址　www. qlss. com. cn
电子信箱　qlss@ sdpress. com. cn
印　　刷　山东新华印刷厂
开　　本　700mm ×1000mm　1/16
印　　张　26. 5
插　　页　2
字　　数　335 千
版　　次　2012 年 1 月第 1 版
印　　次　2012 年 1 月第 1 次印刷
标准书号　ISBN 978 -7 -5333 -2600 -5
定　　价　49. 00 元